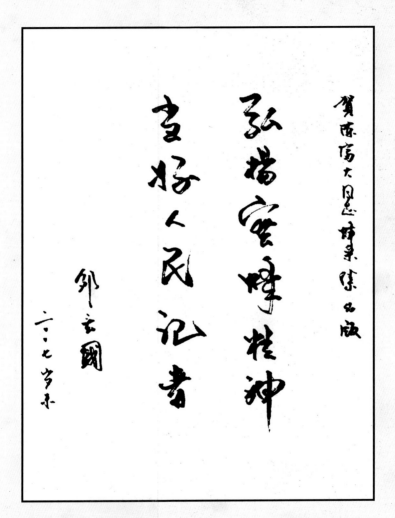

弘扬窑峰精神
言好人民记书

贺东窑大目恐博宗陈品版

邹云国
二二七岁水

（邹宏国：中共常州市委副书记兼宣传部部长）

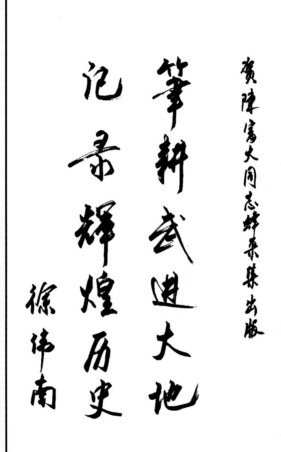

笔耕武进大地

记录辉煌历史

徐伟南

资陈富大同志蚌采集出版

（徐伟南：中共武进区委副书记、武进区人民政府区长）

1.1996 年 6 月，作者（右一）与原中国纺织总会会长吴文英（中）等领导同志在北京合影。右三为江苏九洲集团董事长刘灿放，左四为原武进县党史办副主任吴之光。

2.1997 年，作者（右）与上海越剧团著名越剧演唱演员赵志刚（左）合影。

3.2006 年 3 月，作者（左）与常州市政府秘书长赵忠齐（右）合影。

4.2008 年元月，作者（右）与新当选的（常州籍）中国工程院院士南京大学环境学院张全兴教授（左）合影。

5.1996 年 6 月，作者（右）与（常州籍）《人民日报》高级记者刘燮阳合影。

6.1990 年 9 月，作者在常熟市与参加苏、锡、常广播联办节目的领导和同志合影。第三排右一为作者。

7.1997 年，作者（中）与无锡锡剧团著名锡剧演唱演员小王彬彬（右一）、袁梦娅（左一）夫妇合影。

1		2	
3		4	
5	6		7

1	2
3	4
5	

1.上世纪30年代初作者上一辈的全家福。右一为作者的父亲陈福泉，左一为作者母亲裴琳娣，前排席地而坐的小女孩是作者的姐姐陈荷娣（现年80岁）。

2.1992年作者的全家福。

3.2008年作者的全家福。

4.2008年3月，作者（中）与妻子吴凤珍（右）、儿子陈强（左）在龙城人民公园合影。

5.2001年6月，作者与妻子吴凤珍在杭州钱塘江大桥合影。

陈富大　著

蜂采集

上海文化出版社

目 录

时代人物

人生如歌

序一　从田埂上走来的记者 ————朱　琪

　　陈富大先生捧着厚厚的一叠书稿登门要我写篇序,十几年的老朋友了,情不可却,应命执笔。但接过沉甸甸的《蜂采集》时,我还是补上一句:"不会写序,恐怕写不好,莫怪啊!"希望不至因我的浅陋而累及原书和它的主人。

　　富大与我是同行。大概在1988年,我刚调到《常州日报》不久,在武进的一次采访活动中结识了富大。当时,报社农村部主任介绍说:"这是一位从乡下田埂上走出来的记者,我们的老通讯员,很多作品得了奖。"我仔细打量站在面前的年轻人:朴朴实实,神情腼腆,衣服皱巴巴的,脚下解放鞋的鞋面鞋帮上还沾有星星点点的泥迹,仿佛刚从田头劳作后匆匆赶来,显得干练而有活力,给我留下了深刻的印象。

　　从此,只要有空,他就来看看我,吃吃茶,聊聊天,讲讲采访中的所见所闻,还有许许多多有趣的故事,自己的,他人的,用乡音俚语叙说,非常过瘾。一天,我忽发奇想:你可以写本小说了! 他不好意思地说:"我哪是这块料,将来再说吧。"富大是个脚踏实地的人,从不好高骛远,记得报社党组的一位领导告诉我,曾打算把当时还在农村的富大借调到报社来,但他感到压力大,竞争太激烈,恐辜负领导期望,愿意仍旧当他的业余通讯员。后来,又一位伯乐出现了,他就是时任武进电台编辑部主任的赵汉庭(后任台长),他发现这个年轻人身上有"新闻潜质",1985年12月26日,他冒着凛冽的寒风赶到潞城镇登门拜访富大,后经考察和领导研究,决定聘富大为电台记者。这是富大在人生道路上的重大转折。这则往事,让我对从未谋面、爱惜人才的赵汉庭先生一直心存敬意。

　　五十余万字的《蜂采集》,我最爱读《记者视角》中的小言论。言论是面旗帜,是新闻工作基本的新闻手段之一,兼具新闻性和政论性的特点,有些记者不善于写言论,并不是文字水平问题,而是缺少新闻"胆识":要有透过纷繁表象抓住本质的洞察力,要有新鲜独到的见解,要能把握恰当的分寸,事理结合,引导舆论。以写消息见长的富大,竟然在新闻评论上取得不俗的成绩(获奖篇数颇多),让我既惊讶又钦佩。电台的新闻言论是"轻骑兵",不同于纸质媒介的"白纸黑字",可以反复咀嚼,它必须在短短的几分钟内抓住听众,迅速入耳入脑,因而非常注重对文字的锤炼。富大经过反复摸索,终于寻到一把写好小言论的钥匙：以小见大，焦点集中；文字求短，容量要大。以武进电台1988年12月16日播出的《治理不是治死，整顿不是停顿》为例，作者采访了一些乡镇企业的厂长，他们在言谈中把治理"官倒"与堵死原材料渠道、紧缩资金与收干乡镇企业画上了等号，他敏感地觉察到：如果不解决厂长们的疑虑和困惑，就会给曾经创造了"苏南模式"辉煌历史的乡镇企业的发展带来思想上的障碍。于是，他认真学习有关文件，列出了言论的提纲，以某些厂长由于误读而发出的牢骚话语作为文章的切入点，从宏观与微观、大局与小局的辩证关系入手，言简意赅地阐述了中央文件精神。短短600字，讲一个大道理，确实不容易，怪不得在武进电台播出12天以后，《农民日报》把这篇小言论登在了头版头条。

短文章要讲大道理，还必须具备一个要素：语言通俗生动。小言论不能旁征博引，不能有水分，又不能干巴巴的，引不起读者和听众的兴趣。一直同农民打交道的富大，善于从乡村俚语俗话中汲取营养，他的言论像谈家常，推心置腹，不时引用生动形象的民间俗语，起到画龙点睛的作用。例如，涉及统一认识，深化农村改革的题材时，他用了"两人两心，无钱买针。三人同心，黄土变金"，"一人盖不起龙王庙，万人造得出洛阳桥"等比喻。写到横向联系的言论时，他引用了农民的话"火车头挂在车厢，工农兄弟两相帮"。他还用民间语言反映民意，在《过年不忘清廉》一文中，他引用"廉不廉，看过年"的民谣；在《既要干净，又要干事》一文中，他叙述了某乡流传的一副对联，上联是"春种秋收你不来"，下联是"统购议价我不卖"，横批是"政府莫怪"，虽然已经时过境迁，农民不再缴农业税了，但在当时，这副对联形象地反映了农民对某些干部工作作风的不满。作者还善于反映农民企业家的心声，如一位厂长呼吁改善社会舆论环境时的一段话："我们这些冒尖厂长，厂搞好了，周围人要跳；搞坏了，周围人要笑；不上不下，自己又睡不好觉。"（见《农民企业家的呼吁》）再如有的厂长对治理整顿有误解，讲出了半是困惑半是牢骚的心里话："听听风声——愁煞，面对职工——急煞，安静想想——难煞"，寥寥数语，折射出党和政府必须着力解决的思想问题（见《乡村企业应在整治中健康发展》）。可见，富大在运用民间语言上，不是点缀，不是卖弄，而是融会于整体，是一种口语化的通俗叙述模式。

《蜂采集》在"时代人物"篇章中，荟萃了70多位典型人物，是全书的亮点之一。作者不仅用浓墨描绘了对时代作出卓越贡献的老红军刘瑞祥、中国工程院院士张全兴、15项吉尼斯纪录的创造者汤友常等优秀人物的风采，而且作者生长在农村，与农民心灵相通，情感相融，写农民可谓得心应手，在他的笔下，农村基层党支部书记、绿化荒山秃岭的老党员、农民育种专家、农民企业家、农村创业的下岗夫妇、电工班长、仓库保管员、复员军人、小学教师……个个形象丰满，事迹感人。作者惯于用讲故事的方式写人物通讯，着力通过一个个小故事，让读者了解人物的个性和高尚的情操，很少有外加的赞词谀语，很少有华丽的词藻的炫耀。"重质轻形"，"以事写人"是富大的写作风格。

富大形容他的新闻作品是"泛黄的老照片"，是有一定的道理的。今天的新闻，明天的历史，但它毕竟忠实地记录了我们生活的这座城市的人和事，数一数我们如何一步一步走过来的脚印，是一件尊重历史、启迪心智的好事。陈年老酒依然满口津甜。

最后，建议读者不要忽略"人生如歌"一章，这是"田埂头记者"的心灵独白，从中你可领悟到某些人生哲理。

2007 年 10 月 20 日

（朱琪：常州日报原副总编、市文联原副主席）

序二　为民众"鼓"与"呼"

——陆涛声

　　认识陈富大很早,大约在 1980 年,当时他还是个没有结婚的小青年,在县文化局宿舍楼工地管理材料,因为也爱好写作,常来我家串门。他个子不高,有些清瘦,说话声音不高,总带着几分微笑;给我的印象是老实、诚恳、虚心。后来他终于因写通讯报道而进武进电台工作,可见他在写作方面付出了相当多的努力。因为隔行,各自都忙自己的专业工作,联系便少了。他默默笔耕,文字积沙聚塔,竟也汇编成厚厚的一本书,是出乎我意料的,无疑体现了他持之以恒的精神。我为他高兴。

　　陈富大的书稿取名《蜂采集》,其中有"记者视角"一辑,是言论文章。作为记者的陈富大,目光始终随时关注着社会现实,关注着时代潮汛变化,及时捕捉在各社会生活层面透视的苗头、动态,直率地发表自己的看法。他写的《环保也是硬道理》,批评一些地方领导将"环境保护放置脑后",致使"地方环境质量一塌糊涂,老百姓怨声载道"。他在《莫让地方保护主义"炸"瞎了眼》中,披露了本地一名小学生在服用营养口服液时用小砂轮划玻璃管时发生爆炸伤了眼睛的事故,指出假冒伪劣产品久打不绝的根源,是"少数地方领导干部""不闻不问,熟视无睹";呼吁"在打假中,首先要打破地方保护主义",并警告:"莫让地方保护主义'炸瞎'眼睛"……这些文字都显示出作者有着较为强烈的社会责任感,具有敢于直言的勇气。陈富大十分关注普通老百姓的生活状况,他的《液化气灌装不足,消费者反应强烈》,是为老百姓鸣不平;《新农村呼唤新形象》,在呼吁改善农村卫生环境差的状况同时,要求农民养成文明的卫生习惯;还有《要让农民种粮有利可图》、《农民"抢田热"的背后》等篇目,也是为老百姓说话……由此可见他有着较为强烈的民生意识,对基层百姓尤其是农民怀有较深的感情。

　　书稿中"时代人物"一辑是陈富大写的人物通讯。给我留下印象的是记述王日曦和谢飞两位书法家的文字。写书法家的文章涉及对书法艺术的评说,涉及许多专业性特强的名词术语。我见过一些记者写的这类文章,拾些专业名词术语,拼拼凑凑,拼命溢美,其实空泛含混,不知所云,对所写的艺术门类一窍不通,在行家眼里洋相百出,却毫无羞色,犹如安徒生笔下穿新衣的皇帝,反映出当前外行为艺术家写捧场文章的浮躁倾向,具有一定的普遍性。陈富大写书法家的文章,评说书艺所用词语,未发现有用得明显不当不妥之处,既似行家所论,又有一定文采。写到如此程度,必是向书法家们着着实实请教了一番,认认真真领会、消化了,可以看出他踏实、认真的为文作风。

书稿"人生如歌"一辑,是陈富大写自己人生经历、人生体会、人生感悟的文字。我读了若干篇目(章),进一步了解了他。在《"放牛郎"的心声》中,他说自己曾是"一个骑在牛背上的少年,在边读书边放牛的生活中成长",说"我愿做一棵挺拔的小草";《"小喇叭"魅力无穷》记述了他早年务农靠听有线广播学习科学种田,当记者后二十余年还一直坚持带种责任田,根还扎在农村土地;《鱼跃"抛荒河"》,写了他二十年前主动提出承包20亩"抛荒河"养鱼供村民小组分给大伙的经历;在《从田埂上走出来的记者》里,他理直气壮地承认自己是"从田埂上走出来的"……在这些文字里,丝毫没有作者出身"低微"的自卑,没有掩盖、粉饰,也就是没有虚荣心,透现出平静与诚实。在当今这个时代,能如此坦荡者不多,这种可贵品质尤其值得提倡。由此也便不难明白,富大为什么会具有那么鲜明的平民思想、平民立场、平民感情,为什么会对基层百姓——尤其是农民生存状态那么关切了。

新闻作品有很强的时间性,然而,历来又不乏具有超时空价值的新闻佳作。陈富大的《"温饱"与"环保"》写于1995年6月,批评了"抓了富民,忽视造福子孙"、"要钱不要命"的错误倾向,直截了当指出:"一个地区的环保如何,关键在于决策者的环保意识",至今仍有相当的典型意义和很强的针对性。他在《养猪》里写了他年轻时养过猪的经历,那年正是"饲料价格上涨,猪肉价格下滑"时,正是养猪户因亏本纷纷放弃养猪的形势,他逆风而上,科学养猪,节约成本,获得了好的经济效益;文章结尾有这样一段话:"联想起当今社会又重蹈覆辙,重复过去的一哄而上、一哄而下的失控状态,导致猪肉涨价,老百姓吃不起猪肉……"三十年前与今天,历史是如此惊人的相似,这给人们的警示与启迪,远远不止于养猪,对其他领域中的一些现象,直至有些领导的决策,何尝不具有警示作用?国民这种一窝蜂的狂热性、好走极端的劣根性不改,即使再过三十年,这样的文章恐怕依然会有一定的认识价值。

富大结集,令我作序;限于时间、精力、水平,草草写了以上文字,难免失当,有些惶惶然。

2007年11月8日

(陆涛声:中国作家协会会员、研究馆员)

序三　一棵挺拔的小草

——张尚金

陈富大先生编著 280 多篇文章,50 多万字的《蜂采集》,是一个"从田埂上走出来的记者",实践了"立德、立功、立言"的人生哲学,勤奋思考,辛勤笔耕,自学成才,从事二十多年广电系统编辑、记者生涯的文字结晶,可敬可喜可贺!

陈富大是我在武进县广播电视局工作的同事。在与我共事的 6 年间(1987 年下半年至 1992 年 1 月),他写了很多有分量的好稿和学术论文。如 1987 年《常州日报》刊载的《鱼跃"抛荒河"》和《武进经济生活》(第七期)刊载的他与马捷合写的《供销战线上的女强者——记县化学工业公司蒋凤仙》分别获"我和这九年"征文二等奖和"常州前进与半边天作用"征文三等奖。1988 年 12 月 16 日由武进电台播出的《治理不是治死,整顿不是停顿》后刊载于《常州日报》以及《农民日报》头版头条,并由中央人民广播电台《新闻与报纸摘要节目》播出,荣获 1988 年度常州市广播电视局言论好稿一等奖。1989 年 11 月 18 日,由武进电台播出的《保护修复淹城之我见》,后刊载于当年 12 月 1 日《常州日报》头版,荣获"我为振兴常州献一计"征文赛三等奖。原载江苏省广播电视厅 1990 年《视听界》第一期的《农村小言论之魂》和《浅谈广播评论的写作技巧及其在新闻节目中的运用》(后载 1993 年《常州广播电视》杂志和 1993 年 2 月江苏人民广播电台《编播园地》),分别获当年 10 月武进县广播电视工作研讨作品二等奖及三等奖。1991 年又有四篇好稿获得好评:与王鼎新合作的《一只粳稻新品种的诞生——记农民育种家江祺祥》先后由武进电台播出并由《新华日报》、《华东信息报》登载;先由武进电台和常州电台播出后载《战天歌》一书的《众志成城斗水魔——武进染整厂干群奋起抗洪》以及《常州日报》刊载的《"放牛郎"的心声》分别获 1991 年度常州优秀广播节目二等奖和"火车头杯""党的光辉照我心"征文三等奖。武进电台 1992 年元旦播出的《财神县连年绘出丰收图——武进县重视和发展粮食生产纪实》,2 月 13 日由常州电台播出,又载入当年《江苏农村经济》(第四期),荣获常州市 1993 年优秀广播节目二等奖。

我要感谢陈富大以及其他同事在我任局长期间对全局工作所作出的贡献和对本人工作的支持。

陈富大是给我留下深刻印象的朋友了。

　　"文如其人"。他身材不高，相貌平凡，但站得高，看得远，做得实，是属于有明末清初著名思想家倡导的"天下兴亡，匹夫有责"思想，有忧国忧民之心，偏爱农村，偏爱农民，喜欢火热的农村生活的农民的儿子；他生活安康，不是豪富，但有抱负，善调研，敢议政，是属于有中国无产阶级革命家胡耀邦所云"心在人民，原无论大事小事；利归天下，何必争多得少得"的胸怀，精神生活富有的好人；他没有显赫社会地位，是属于列宁、周恩来所赞扬的"传播花粉""酿出蜜糖"的"蜜蜂""可靠的向导"；他学历不高，未评职称，但喜读书，勤思考，年过半百还在读大学，有世界知名数学家华罗庚在 1980 年 5 月 21 日在回金坛母校讲话的结束语所说："埋头苦干是第一，发白才知智叟呆。勤奋补拙是良训，一分辛苦一分才"的刻苦学习精神。他是有真才实学的编辑、记者。

　　作为一名地方志工作者，我从《蜂采集》中获得了珍贵的地情资料，这都是为编纂新的《武进志》及《武进广播电视志》供应的"蜜糖"。

　　他在《"放牛郎"的心声》一文中留下了富有哲理的格言："我愿做一棵挺拔的小草，为祖国大地增添一分春色。"愿共勉之。

2007 年 10 月 3 日

　　（张尚金：方志专家、省级先进工作者、苏州大学社会学院兼职教授，曾任武进县广播电视局局长、党组书记、县新闻工作者协会副主席）

序四 《蜂采集》中显风采

赵汉庭

　　陈富大同志的《蜂采集》经过半年多的编纂,今已付梓,实在可喜可贺可赞。他邀我写个序,本来作序需要名人,以衬托此书之高,但本人未名,委实难以称序,然他诚意拳拳,却之不恭,只得谈些感想。

　　和陈富大同志相识共事,纯属偶然。1985年,我至潞城乡采访,在和广播站陈莉云的交谈中,得知陈富大同志高中毕业后在家务农,很能写写,而且有积极性。当时,为扩充记者队伍,他经考察和领导研究决定后被纳入,成为我们队伍中的一员,从此笔耕不辍,《蜂采集》可彰显其风采。

　　周恩来总理和列宁都曾把新闻工作者比喻为蜜蜂,赞扬和叮嘱记者要学习蜜蜂的辛勤劳动精神。周总理指出:"新闻工作者要像蜜蜂那样辛勤劳动,更好地为人民服务。"列宁说:"蜜蜂终日繁忙,辛勤地往来在蜂巢和蜜粉源之间,是从不浪费点滴时间的劳动者,是可靠的向导。"富大一直在践行着周总理和列宁的教导。在十年的记者生涯中,他深入农村、深入生活、贴近实际、贴近群众,写出了多篇力作,尤其是一些评论,针对现实,切中时弊,发挥了很好的舆论导向作用。例如,《治理不是治死,整顿是不停顿》一文,能在《农民日报》头版头条发表,并在中央台的《新闻和报纸摘要》中播出,足见他的观察力和思想水准。

　　"不懈追求,当得天成"。1995年,富大因工作需要而改做广告工作。在从那时至今的十多年时间里,他始终从事着"蜂采"工作,书中众多的评论、通讯、消息等足以佐证,尤其是一些人物通讯,他均能运用朴实的白描手法,描绘出一个个活脱脱的人物,展现各类人物的内心世界和进取精神,从中也反映出他的"宜守不移之志,以成可大之功"的精神风采。

　　富大已届知天命之年,在做记者的过程中,潞城乡党委、戚墅堰区政府等均要他去办公室工作,并担保任一定的职务,但他均婉言谢绝了,仍甘心做一名普通的记者,栉风沐雨,奔走于田埂农家,穿梭在街巷阡陌,耐得寂寞清苦,热衷于爬格子的生活,探索着新闻的"天命",终于有所修为,形成了这部数十万言的著作,体现他流露于笔端的心路轨迹。有副对联说得好："吃苦是良图,作苦事、用苦心、费苦劲,苦境终成乐境;偷闲非善策,说闲话、好闲游、做闲事,闲人就是废人。"富大能结集出版此书,是深深懂得苦境变乐境的"天命"规律的。

　　感悟至此,大可搁笔。

丁亥年重阳节
（赵汉庭：常州市武进区广播电视局原电台台长、主任编辑）

序五 "小记者"与大视角

"小记者",富大,陈氏也,原常州武进潞城乡人。身高5尺有余,肤色黑,其貌不扬,却双眼炯炯,常笑逐颜开。人称记者是"无冕之王",富大却谦恭谨慎,勤勤恳恳,每每自称"从田埂上走出之土记者",全无半点"王气"。待与深交,定感其言符实,其文如人也。

某日,富大持一文稿,来访。其时吾任政刊主编,年处理作者稿件数千,每遇佳作,欣喜若狂。富大之作,文通理顺,结构完整,层次清晰,朴实无华,言之有物,自是喜欢。待其自我介绍,方知仅高中文化,能有如此出手,实属勤勉之功也,乃肃然起敬。惟文字作适当修饰,当场拍板可发,附劝其当继续深造,以防倾轧。此乃十数年前一幕。

后因故政刊夭折,殃及池鱼,吾卸主编一职亦已经年。作者未曾谋面者众;甚至有屡发代上捉刀之文而获分房、曾肉称吾"如同再生父母"者,也早已相逢别首,形同陌路。而富大发稿不多却仍常来切磋,每有大作携来拜读并作些观点、文字润色等举手之劳,以文会友,无话不谈,相交甚笃,其乐融融。十数年如一日,竟成莫逆。

近富大已大专毕业,天命之年再度寒窗,其苦可想而知,乃名副其实"大学生"也。去岁起富大欲编其作品成书,吾有幸为第一读者,先睹为快,并嘱吾润色作序。吾曰:润色不难,但当今之世出书者作序多请官员、名人,吾乃一介布衣,作序何益? 富大曰:善傍官者难免有拉大旗作虎皮之嫌,"官序""名序"不如友序也。吾乐之,乃欣然。

吾观夫富大书胜,在"蜂采集"名与"记者视角"一章。书名系吾盟友、著名篆刻书画家王日曦先生亲题,运笔挥洒,力透纸背,间架结构,刚劲神韵;书封乃富大与吾同构:蓝天白云下,对蜂采蜜于一簇鲜黄菜花,如饥似渴,栩栩如生。版面色彩鲜明,干净利落,空灵深邃,高远广阔,一如富大文脉,给人无限遐想空间。

土地耕耘、粮食生产、乡企治理、农机水利、道路交通、文物保护、计划生育、科技教育、文化体育、温饱环保、勤俭节约、反腐倡廉、干群关系、社会风气、治安稳定等,包罗万象,不一而足。既联系实际,又针砭时弊;既娓娓道来,又振聋发聩。好个"评说是非，口无遮拦，有话要说，有气要放"！恰如本章题记所言"视角若不同，感觉就不同，观点也不同……'横看成岭侧成峰'"也。

君可见，有多少"大记者""大文豪""名专家"乃至"政治家"，每每"深入实际"，却居高临下，颐指气使；蜻蜓点水，浮光掠影；洋洋洒洒，言而无物；夸夸其谈，文过饰非。而"小记者"富大却数十年奔波于田埂民间、市井街巷，细心观察，躬身请教，坚持与工农民众实行"三同"，乃立足千顷田野，放眼万里江山，仰望浩浩长空，低首苦思百姓，方成就如此视野之宽，视角之大，视点之高，视观之异也。

此乃"小记者"之大视角矣。一应文者官者，面对《蜂采集》，岂能不自省乎？

2007 年 10 月于"参政堂"

（金明德：民盟常州市委宣调处处长，原《企业与改革》《常州月刊》主编）

记 者 视 角

　　视角若不同，感觉就不同，观点也不同，显然，效果也不同。"横看成岭侧成峰"。

　　现实社会总是有缺陷和充满矛盾的。真善美唱主角，假恶丑亦有其舞台。因此，人类社会总是在矛盾斗争中不断发展和前进的。

　　疾恶如仇，针砭时弊；评说是非，口无遮拦；有话要说，有气要放。如今，《治理不是治死，整顿不是停顿》、《温饱与环保》、《莫把制度当"纸图"》、《粮食生产忽视不得》、《既要干净又要干事》、《精神家园常走走》、《莫让地方保护主义"炸"瞎了眼》、《保护修复淹城之我见》等文章的观点、创作方法似乎"老生常谈"，可是，陈年老酒，醇香扑鼻，其中哲理，耐人寻味。

治理不是治死　整顿不是停顿

最近，笔者听到反映，一些企业厂长对中央关于整治经济的方针理解不够全面，误认为"治理"就是"治死"，"整顿"就是"停顿"。有的说：治理"官倒"和"私倒"，把乡镇企业原材料渠道给堵死了，紧缩资金把乡镇企业收干了，现在发展乡镇企业难了。例如，有的企业对如何实现今年生产指标不敢提了；一些单位在制订明年的生产经营计划时，也表现得非常保守。这些糊涂的认识和消极行为如不及时纠正，势必会给乡镇企业的发展带来思想上的障碍，同时对中央决策的贯彻也是极其有害的。

此评论被《农民日报》刊登在头版头条

我们知道，"治理"、"整顿"是为了更快地发展生产力，而绝对不是阻碍社会经济前进。现在，我们把那些过热的经济增长与基建规模压下来，正是为了解决已经出现或隐藏在经济活动中的各种危险因素，不至于造成更大的危害。因此，我们要把贯彻落实中央提出的治理经济环境、整顿经济秩序、全面深化改革的方针同发展乡镇企业统一起来。同时我们也应看到，农村产业结构的优化，剩余劳动力的转移，农民的致富，公共积累的增加等主要取决于乡镇企业的发展。乡镇企业不发展，农村改革这盘"棋"就走不活。

当然，在治理经济环境、实行宏观调控中，乡镇企业是要遇到一些困难的。但是，大局好转了，机遇就会更多；改革深化了，机制就更灵活。现在要紧的是应该从盲目追求高速度转向提高整体经济效益，从注重外延扩大再生产的过热投资转向企业内部挖潜上来，在加强企业管理、苦练"内功"、抓紧技术改造、增产急需的对路产品、搞活企业微观方面多下工夫。

武进电台1988年12月16日播出，原载1988年12月28日《农民日报》头版头条、1988年12月20日《常州日报》，获1988年度常州市广播电视局言论好稿一等奖

乡村企业应在整治中健康发展

最近,笔者在下乡采访中听到某些乡镇企业厂长对邓小平等中央领导同志最近关于乡镇企业的指示理解不够全面。有的人听到上面要关掉一批乡镇企业,怕政策有变化。因此,有些厂长就私底下说:"听听风声——愁煞,面对职工——急煞,安静想想——难煞。"

我们应看到,乡镇企业的异军突起在发展农村经济中发挥了较大作用,但是毕竟有些企业能耗大,与大企业争原料,质量较差,因此,应当自觉地遵循中央的决策,作一些更新调整,整治不健康的东西,使其健康发展,达到"蝉蜕龙变",再上新台阶。

笔者认为,当前我们首先应该完整地、深刻地理解领会邓小平同志关于"关掉一批高耗能、高耗料、高污染和经济效益低的乡镇企业"指示精神,这里说的关掉一批"三高一低"企业,特别是环境污染十分严重的企业,它贻害社会、贻害后代,如不能解决污染问题,确实是应该无条件关停的。但是,决不能说让所有的乡镇企业统统下马,况且,邓小平同志还有下句:"经济不能滑坡"。因此,我们认为乡村企业决不是不要发展,而要在整治中健康发展,整治过程从总体上来说,更应该是一个发展过程。

武进电台 1989 年 7 月 18 日播出

"温 饱" 与 "环 保"

武进县境内的滆湖,不久前被几家重污染的乡村企业排放的污水严重污染,导致大批成鱼和鱼苗死亡,损失惨重。一些养鱼专业户含着泪向笔者诉说:我们辛辛苦苦养的鱼,眼看可以变大钱,谁知一夜之间竟鱼死财空。如此看来治理环境污染已到了刻不容缓的时候了。

我们苏南地区素有"鱼米之乡"美称,然而,近几年来,随着经济的快速发展,优美的自然环境遭受严重污染和破坏。有的地方领导和企业法人代表环境保护意识很差,只抓"温饱",忽视"环保";抓了为民致富,忽视了造福子孙。这种急功近利的短期行为以牺牲环境效益为代价换来的所谓"经济效益",最终只能是"要钱不要命",以致在一些地方少数人袋里的钱多了,而大多数人的健康受到了严重损害。

一个环境被污染、资源被破坏的国家是无法建设"小康"的。古人说得好:皮之不存,毛将焉附?环境资源是社会生产力的重要因素,环境污染和资源破坏直接危及经济发展的物质基础。没有良好的环境提供资源保证,经济发展便成了无本之木,难以持久。因此,我们一定要正确处理好"温饱"与"环保"、脸皮与肚皮、脑袋与口袋的关系。

一个地区的环境质量如何,关键在于决策者的环保意识。既抓"温饱",又抓"环保",保护好蓝天碧水,功在当代,利及子孙。而且,抓了环保,又是抓了投资环境,有利于经济发展的良性循环,任何时候都放松不得。

武进电台 1995 年 6 月 1 日播出,原载 1995 年 6 月 5 日《常州日报》头版,《华东信息报》、《武进日报》刊出,获常州日报"和梦杯"延陵语丝征文三等奖,获 1994 年度江苏省广播电视厅优秀广播"环保"言论好稿三等奖

环保也是硬道理

前不久,太湖发生"蓝藻事件",它向人们再一次敲起了警钟:"环保也是硬道理!"

多年来,一些地方政府为发展地方经济,把邓小平同志提出的"发展是硬道理"作为发展地方经济的座右铭,这固然是正确的。然而,问题的关键是:他们把发展经济与环境保护对立起来,似乎只有经济上去了,小康就达到了,从而导致一些地方的领导只注重抓经济增长,而对环境保护放置脑后,有的甚至睁一只眼、闭一只眼,经济虽然上去了,地方环境质量却一塌糊涂,老百姓怨声载道。

去年,无锡市一位副市长就坦陈,作为"苏南模式"的开创者之一的无锡,其未来的五年规划,都"建立在对过去发展所导致的严重污染痛定思痛的基础上",而"自然环境的恶化是我们发展导致的后遗症"。今年蓝藻的集中暴发,则用另一种更加直观和激烈的形式,警示我们这种发展后遗症的严重。

抓经济发展固然重要,但是,环境保护不能忽略。它们虽然是一对矛盾,其实,只要我们用辩证的观点看问题,它们是对立的统一。我们只要正确对待、妥善处理这些问题,就可以化"干戈为玉帛"。要知道经济发展的目标是提升人民的生活水平和生活质量。可是,当你的经济发展了,而众多人的身体

受害了,那么,这样的经济发展有何意义呢? 俗话说得好:"既要金山银山,更要碧水青山。"那种将小康生活停留于"经济增长"层面的发展理念,不仅忽视了人与自然的和谐,缺乏开阔的民生视野,最终还将伤及社会和经济的全面进步。

前不久省委领导在一次全省太湖水污染治理工作会议上说:"要下降15% GDP 来确保治理太湖污染。"笔者认为,这是对太湖水污染事件痛彻而深刻的反省,也是对"科学发展观"深意的切肤体会。这个举措好就好在将环保作为硬道理来认识,绝对不偏废哪一面。

原载 2007 年《常州政协》第 6 期

拣"芝麻"与抱"西瓜"

芝麻,乃细小之物;西瓜,则相形见大。日常生活,人皆知之。当前在"双增双节"运动中,如何正确处理好"芝麻"与"西瓜"的关系,值得每个企业领导思考、探索。一滴水、一度电、一块煤、一颗螺丝钉,在增产节约运动中,有些人喻为"芝麻"。当然,单纯地将芝麻浪费掉的,似乎不多,但稍有疏失就是一笔惊人的数字,时时珍惜利用,日积月累就成为了不起的财富。"拾芝麻凑斗"就是这个道理。

常人说,节约是聚宝盆,生产是摇钱树。作为一个企业,注意物的节约,拾好"芝麻"是重要的。近闻武进柴油机厂在"双增双节"运动中,既拾"芝麻",又抱"西瓜",一季度增产优质柴油机 1 300 台(比去年同期增长 26.6%),抱住了企业的"大西瓜"。这种多层次的优质高产低消耗,抱好"西瓜",是对企业节约观念的深化,值得提倡。

武进电台 1987 年 4 月 20 日播出,原载 1987 年 4 月 26 日《常州日报》

紧中求活争发展

面对当前乡镇工业所遇到的资金紧缺等实际困难和矛盾,怎么办? 武进县横山桥镇党委和政府的态度是:立足自身努力,勇于奋发进取,不等、不靠、不怨,全镇上下群策群力,大力筹借资金,合理调度资金,区别轻重缓急,把有限的资金用活、用好,以确保工业生产既快又好地向前发展。据了解,今年以来,该镇已筹集到资金 8 000 多万元,技改投入 6 186 万元;1 至 7 月,已完成工业产值 7. 48 亿元,利税达 3 811 万元,分别比去年同期增长 60. 2% 和 58. 6%。笔者认为,横山桥镇这种在紧中求活争发展的精神值得各地借鉴。

在宏观调控的新形势下,特别是国家采取措施整顿金融秩序后,我们乡镇企业有些同志被资金紧缺所困扰,产生了"等怨难"的消极情绪,有的甚至对解决资金问题感到一筹莫展,束手无策,缺乏信心。剖析一下产生这些畏难情绪的原因,主要是对国家加强宏观调控缺乏全面的认识,对整顿金融秩序缺乏足够的思想准备。要知道,中央决定从整顿金融秩序、强化金融管理这个经济建设的源头入手,改善和加强宏观调控,目的是为经济建设创造一个正常、稳定、健康的金融和投资环境。愚之见,就资金而言,紧缺是客观存在,而且加快发展与资金紧缺总是一对矛盾,资金不仅现在紧,过去同样也紧,但我们要看到趋紧中有宽松、趋紧中有希望,关键在于我们怎么看,怎么干。从当前看,虽然宏观趋紧,但争取资金仍然有不少机遇:一是党的十四大和八届全国人大确立的加快改革开放的精神,对外资的吸引很大,中国是一个潜在的、广阔的市场,国外资本为了升值总要寻找投资机会,特别是常州市地处长江三角洲,紧靠上海,具有更多的优势;二是随着政治体制改革的兴起、国家机构的撤并以及兴办实体热潮的掀起,一些有钱部门急于寻找合作伙伴,把手中的资金由"储"改为"投",我们可以利用各种渠道,大力组织吸收这部分资金;三是一些实力雄厚的大企业、军工企业愿意把富余资金放进市场,加快增值,这些企业规模大、实力强,长期以来由于受传统的计划模式束缚,经营不活,"死"钱较多,现在搞市场经济,急于把"死"钱变成"活"钱,必然投放市场,或出借或联合;四是一些内地及边远地区由于工业基础薄弱,有资金无处投放,使内地资金向沿海流动,由"穷"流向"富";五是整个社会发展后,人民群众生活水平提高,手中有钱,而我们可通过企业经营机制的转换,将这一笔闲散资金组织起来,搞股份合作制,将"散"钱变成"整"钱。

总之,虽然现在宏观调控,资金有困难,但仍有不少机遇可抓,只要我们把眼光盯住市场,运用灵活的策略,就能做到紧中有活,紧中有松,紧中有路。横山桥镇的工业生产继续保持强劲的发展势头,就是最好的例证。宏观调控既是困难,但更是机遇,战胜困难的过程就是抓机遇的过程。如若我们在宏观趋紧中能抓住机遇,就能求得微观更快的发展。

武进电台 1993 年 8 月 18 日播出,原载 1993 年 9 月 8 日《武进日报》

农民企业家的呼吁

近年来,乡村企业蓬勃发展,这给广大农村带来了新的变化,这种变化确实令人欣喜。

然而,在这欣喜之余,又似乎有一种忧虑,即当前乡、村两级企业经济效益下降,亏损的企业增多。究其原因,除了企业本身经营管理水平低、人员素质条件差的因素外,在客观环境上也遇到了种种困难。譬如,不久前在武进县洛阳乡召开的全县乡村企业标兵厂长座谈会上,来自全县各地的 14 名标兵厂长共同倾吐肺腑之言:外部要为企业创造宽松环境,自身要为企业发展增强进取意识。

首先,各级要支持乡村企业的发展。目前,他们最需要的是"精神支柱",这比什么都宝贵。因为,企业在发展过程中难免有挫折和起落,现在有些领导和社会舆论对此却不是出于善意,而是指责和非议。如一位厂长感叹地说:"我们这些冒尖厂长,把厂搞好了,周围人要跳,搞坏了周围人要笑,不上不下,自己又睡不好觉。"因此,他们左右为难。

其次,要为乡村企业简政放权。本来乡村企业是靠"灵活多变"取胜的,然而,现在随着乡村企业的发展,一变而为行政干预多,某些工业公司领导被管得很死,事无巨细都要请示报告,甚至连辞退一个不合格的合同工的权力也没有。如一位电子元件厂厂长叹着气说:"我们厂一度生产不景气,面临销售上的严峻考验,根本不需要增添新职工,可是,就在这个当口,上面却提出要我们厂里再招收一批新职工,没有法子,只好硬着头皮,厂长当起安置办公室主任,打开厂门,短期内硬塞进了一百多人。因此,企业内部失去了自主权。"

再次,乡村企业办事难,难办事;厂长是做人难,难做人。如上面来了干部,没时间接待应酬,被说成是"骄傲自满";企业如在一段时间内生产不景气,被说成是"败家子";抵制不正确的意见,被说成是"不服从领导";正常的业务往来,按规定搞一些应酬,被说成是"贿赂对方";企业搞出了成绩,被说成是"出风头";从严治厂,被说成是"不关心职工的生活"。如此等等,不一而足,厂长们感叹地说:厂长难当啊!

还有,企业负担过重,乱收费、乱摊派情况十分严重。如烟囱一冒烟,说要按吨煤收排污费;机器一转动,又要收噪声费;上面管电的"大老虎"被驯服了,而下面的"小老虎"又为非作歹了。这些厂长们有一个共同的要求:"放宽政策,也要给先进企业得一点实惠,目前的政策是鞭打快牛,而我们这些快牛,越打越跑不动了。"

人们常说:发展乡村企业是广大农民打开致富门户的金钥匙,可是,目前乡村企业又处于新的困境之中,为此,各有关部门应该制定出一个既能使国家多得利,又能使企业不断发展,同时职工也受益的合情合理、实实在在的政策,从而使乡村企业在宽松和谐的社会环境中阔步前进!

武进电台 1987 年 1 月 15 日播出,1987 年《常州经济》第 2 期刊载,合作者:邓荣初

要敢与"洋人"打交道

据了解,近几年来,武进县利用外资工作已取得令人可喜的成绩:"三资"企业从 1987 年的 1 家发展到如今的 27 家,累计批准项目 80 个,利用外资协议金额 3 521 万美元;更为重要的是,利用外资,举办"三资"企业的意识,已经在全县各级领导干部的头脑中逐渐增强,一个利用外资兴办"三资"企业的热潮正在全县各地悄然兴起。

然而,无论从世界经济发展的新格局和全国全省经济发展战略来看,还是从我县经济发展的内在要求来看,对大力发展外向型经济、积极利用外资工作,还必须提高认识,增强紧迫感。譬如前一时期我县有一些乡镇领导和企业领导总认为自身条件差、企业规模小、难与"洋人"打交道,闭关自守的消极悲观思想比较严重。其实,这些消极悲观思想对发展外向型经济有百害无一利。因此,我们要通过多种方式,开阔视野,打消顾虑;要走出去,敢与"洋人"打交道,既积极又审慎地扩大对外开放,加快利用外资工作,使我县的外向型经济在现有的基础上有一个新的突破。

明年是"八五"计划的第一年,全县要争取新办利用外资项目 15 个,利用外资协议金额超过 600 万美元。为了实现这一目标,我们必须认真做好以下几项工作:首先要提高思想认识,增强开放意识,敢与同"洋人"打交道;其次要进一步拓宽思路,加快利用外资的步伐;再次要进一步办好现有"三资"企业,充分发挥示范作用;最后要切实加强领导,促进利用外资工作健康发展。

武进电台 1990 年 12 月 22 日播出

横 向 联 系 好

最近,武进县政府组织经济代表团赴上海市进行横向经济联系,取得了可喜的成果,达成了一批经济项目协议;同时还学到了很多经验,加深了与上海有关单位领导和同志的情谊,为武进县进一步发展横向经济联合创造了条件,在联合生产经营上有了较大的突破。

然而,近闻我县一些地方和单位的领导,也有一种说法:搞联合,扯皮的事情多,多找麻烦,不如"黄牛角、水牛角,各顾各"。俗话说:火车头挂火车厢,工农兄弟两相帮。联合是当前经济工作中的一项新生事物,是改革的一项重要内容。横向联合,就是取人之长,补己之短,发挥自己的优势,弥补自己的不足。在部门之间、行业之间、地区之间、企业之间,要搞好横向经济联合,首先要改革条块分割的体制,冲破各立门户、各筑高墙,"鸡犬之声相闻,老死不相往来"的局面。

因此,我们要充分认识横向联合是改革的需要,是经济发展的必然趋势。"一人盖不起龙王庙,万人造得出洛阳桥",其道理也就在此。当前,我们要抓横向联合,既要从实际出发,尊重企业的自主权,坚持互利互惠的原则,又要冲破部门所有制的传统观念,积极地促进和引导各种形式的横向联合,加快横向联合的步伐。

武进电台 1986 年 8 月 15 日播出

决策要选准目标

湖塘镇武进第二无线电厂的领导者善于在社会主义商品经济的条件下,运用科学决策的理论和方法,认真地研究市场的变化及其发展方向,正确地估量企业自身的优势与弱点,扬长避短,适时地作出正确的经营决策,从而提高了企业的经济效益。1 至 11 月份,该厂完成工业产值 2 392 万元,外贸收购额达 1 120 万元,均比去年同期增长 40%,利润达 75 万元,因此,该厂的这个经验值得提倡推广。

决策,其本质是人们对客观事物的正确认识并驾驭发展的主观能力。一个企业的领导者要能作出有助于提高企业经济效益的经营决策,就必须对企业自身的生产经营活动及其同外部的各种联系有本质的认识。常常有这样的现象,两个条件基本相同的工业企业,一个经济滑坡,困难重重,一个效益良好,欣欣向荣。究其原因,主要是两个企业领导人的决策水平有高低。

困难和希望,机遇和挑战总是共同存在的,一个企业家能否在困难条件下引导企业走上一条充满希望之路,关键在于他是否具有卓越的决策能力。如果我们的乡镇企业都能像武进第二无线电厂的领导者那样能做到了解宏观、熟悉市场、把握机遇、选准目标,作出正确的决策,那么,就有可能使企业依靠自己的力量战胜困难,开创一个新的局面。

武进电台1991年12月1日播出

两个村办厂的启示

武进县郑陆区两家村办厂的兴和衰对笔者颇有启发。一家是青龙乡勤丰村灯具配件厂,该厂厂长王道灿治厂有方,千方百计狠抓企业管理和产品质量,实行厂长和班组二级管理制,建立和健全了有关方面的规章制度,因此该厂生产的日光灯永辉器铝壳和灯头,在全国同行业中有位置。

然而,另一家村办厂的情况与勤丰村灯具厂截然相反。该厂企业管理混乱,只求产值和数量,不求质量,产品粗制滥造,造成大量积压,生产不景气。

俗话说:不怕不识货,只要货比货。上述两个村办厂的情况足以说明,村办小厂要求得生存和发展,必须在质量上做文章,下工夫,要像勤丰村灯具配件厂厂长王道灿那样狠抓企业管理,狠抓产品质量;反之,则不然。村办小厂应从上述两个村办厂的兴衰中吸取教训。

武进电台1986年8月22日播出,原载1986年8月31日《常州日报》

联户办厂要连心

近年来,随着农村产业结构的调整和商品经济的发展,家庭联户办企业异军崛起。

然而,在发展联户办工业中,也存在着一些不可忽视的问题,少数联户不连心,不会管理。据闻武进县青龙乡某村有个联户办的水石灰厂,从开办到关闭,只有九个月时间。是什么原因致使这家水石灰厂关闭的呢? 其主要原因是:联户办厂的几个股东们没有把心连在一起,彼此猜疑,遇到问题时,你推我,我怪你。还有就是企业内部缺少严格的财务管理制度,漏洞多,管理散,导致那些股东之间矛盾愈演愈烈,最后不欢而散。

俗话说:两人两心,无钱买针;三人同心,黄土变金。农村中的联户办企业要能生存和发展,首先要把心连在一起,拧成一股绳,抱成一个团,才能共同把企业办好;在此同时,还要建立健全严格的财务规章制度,在制度面前人人平等,一视同仁。另外,农村中各基层领导不应另眼看待联户办企业,要在生产、经营、资金等方面给予关心和扶持,使农村联户办企业健康发展。

武进电台1986年10月8日播出,原载1986年10月13日《常州日报》,合作者:高　峰

不要自相矛盾

"双增双节"活动在全国各地普遍开展以来,确实给很多企事业单位带来了可观的经济效益。但有一些单位对在"双增双节"活动中作出成绩的单位和个人不惜花费钱财,大开庆功会,大发奖金和实物,组织旅游等做法则是不足取的。

大家知道,我们的国家目前经济还不发达,还需要全党、全国人民的共同努力,除积极开源外,还必须积极节流,从节约一分钱、一度电、一滴水、一粒粮做起,对可花可不花的钱,尽量少花和不花。如果一方面强调"双增双节",一方面又在大肆奖励花钱,这岂不是自相矛盾吗?!

武进电台1987年8月26日播出,原载1987年9月2日《常州日报》,合作者:周仁华

莫把"成本"当作"筐"

众所周知,企业把原料、工资等费用列入成本是天经地义的。可是,时下

存在着一种令人担忧的现象：一些企业尤其是一些乡村企业把吃喝费、招待费、送礼费等非生产性开支，统统打入生产成本，似乎"成本"是只"筐"，什么东西可以往里装。

近几年来，社会上刮起了一股吃喝风、招待风、送礼风，而且愈演愈烈，原因何在？笔者认为，"风源"就在于一些企业把什么东西都往"成本"这个"筐"里装有关。譬如我县某企业的领导在酒楼上狂饮大嚼之后，就到某商店里开了一张"购买汽车零配件1 800元"的发票，报销了之；又如某采购员，为了送礼在商店里购买了一条羊毛毯，他却要营业员将发票开成"办公用品340元"；等等，如此情况，不一而足。我们说，企业为了生产或正常的业务关系，实事求是地开支一些招待费用也是在情理之中的。但是，任何事情都有个"度"，超过了"度"，事情就会走向反面，就会越轨。当前某些企业为何效益逐步下降，有的甚至亏损，除了其他因素之外，其中很大的一个原因就是成本逐渐增加，导致企业效益下降，职工收入减少。并且，一些企业无休止地搞大吃大喝，请客送礼，还严重污染了社会风气，影响到干部的廉政建设。

提高企业经济效益不仅是深化改革的目标，也是企业发展的关键所在。目前，正值岁尾年终，笔者大声疾呼：某些企业要紧缩一下非生产性开支，特别是吃喝、送礼等费用；同时，有关审计部门一定要严格按照财规制度，加强内审监督工作，促使企业能处处精打细算、勤俭节约，增加效益。

武进电台1991年12月28日播出

企业也应大力倡廉反腐

实行改革开放以来，在企业工作的广大党员、干部，积极改革，锐意进取，发扬艰苦奋斗、无私奉献的精神，努力办好企业，为实现"四化"作出了贡献。武进钢厂就是其中一例。这是应当肯定的主流，也是值得提倡的好作风。

但是，我们也应当看到，近年来在发展经济、搞活经济的过程中，一些企业由于受社会的影响，腐败现象有所滋生和蔓延，有的以"烟酒敲门，金钱开路"，用公款请客送礼，甚至施行贿赂等不正当手段，以求"搞活企业"；还有的通过违法经营、投机倒把、偷税漏税等手段来取得"经济效益"。这些腐败现象尽管发生在少数企业、少数人身上，但它玷污了党员和干部在人民群众中的形象，损害了国家企业和群众的利益，干扰和阻碍了现代化建设的顺利进行。

目前,新春佳节即将来临,各级党委、各级企事业主管部门都要在抓好企业的改革、搞活生产经营的同时,切实抓好企业的倡廉反腐工作,对于各种腐败现象,我们要敢于斗争、敢于揭露,要充分发扬艰苦奋斗、勤俭建国的精神和廉洁奉公的作风,以搞好企业生产经营和经济发展。

武进电台 1990 年 1 月 22 日播出

粮食生产忽视不得

随着农村乡镇工业的不断发展,以及农业连续数年的粮食丰收,近来,农村一些干部和农民"轻农轻粮"、"重工重钱"的思想较为普遍。如武进县有的乡镇干部误解了"不能单纯当粮食书记"这句话,便一门心思去抓钱,所以有人议论说粱(粮)书记成为"钱书记"了。有的农民感到"卖粮难",认为"种田没劲",结果,责任田变成"应付田",甚至出现了抛荒田。

民以食为天,食以粮为源。粮食生产对人类生存来说是生死攸关的大问题。我国是人口众多的农业大国,在人们的食品中,粮食(主要指小麦和水稻)约占90%以上。正如邓小平同志强调的那样:"世界上一些国家发生问题,从根本上说,都是因为经济上不去,没有饭吃,没有衣穿⋯⋯长期过紧日子。这不只是经济问题,实际上是个政治问题。"如若人们没有饭吃,没有日常生活必要的副食品,那么,社会就会出现最大的不安定。因此,这件事绝对不能小看。同时,粮食生产不仅直接关系着全国人民的生活,而且还直接关系着国民经济中一切事业的发展,影响着农业各部门的结构调整与合理布局。所以,"粮食是一切问题的基础",素称"宝中之宝"。我们在任何时候都必须把粮食抓紧,不仅国家要抓紧,而且我们农民也有义不容辞的责任。只有粮食丰收了,基础牢靠了,整个国民经济才能顺利发展,这样,我们农民才有好日子过。眼下,粮食生产值得重视的突出问题是:一是农民负担过重,种田积极性,尤其是种粮积极性有所下降,以至出现了毁田挖鱼塘或建窑等排斥和放弃粮食生产的经营行为;二是耕地不断减少,质量江河日下,人口锐增,这就不可避免地会引发一系列社会问题;三是近几年来,农业投入资金不足,大部分地方靠吃"老本"过日子,水利失修,农机老化,地力下降,导致粮食生产的后劲不足;四是生态环境恶化,环境污染严重。乡镇工业的迅速崛起,不仅使工业污染严重,而且严重影响了粮食生产。粮食生产是关系我国国民生计的头等大事,解决粮食问题具有特殊的重要性和紧迫性。

由此可见,我们农村的各级干部不能认为"粮食问题已经过去了,可以松口气了",而应还要努力提高单产,让有限的土地贡献出更多的粮食。有关部门也应为粮食生产提供各种服务,以鼓励农民种粮的积极性,保证农业持续稳定增长。

武进电台1985年9月10日播出,原载1985年9月17日《常州日报》

宁可信其有　不可信其无

防汛防旱历来是夏秋两季我县水利工作的重点,有时甚至处于"压倒一切"位置。这是由我县所处的地理环境和气候条件所决定的。一是我县所处的长江下游是中纬度季风气候和海陆过渡地带的重叠地区,由于南北冷暖气流交汇,气候变化大;二是我县地处太湖湖西1 700余平方公里的高亢和山丘地区,是西水东泄的洪水走廊;三是常武地区境内有四分之一的地面高程在江、河、湖的高水位以下。这种特定的地理环境和气候条件,使得常武地区汛期威胁大,旱涝灾害频发。

今年汛期的气候情况如何?据气象部门预报,7月份雨量偏多,8、9两月雨量偏少,因此,对今年汛期可能出现的各种自然灾害,我们要高度重视,宁可信其有,不可信其无;宁可信其重,不可信其轻;要从最坏处着想,向最好处努力,真正做到防患于未然。

武进电台1994年7月2日播出,原载1994年7月7日《武进日报》头版

食 以 米 为 本

武进县委、县政府对今年的水稻生产颇为重视,在近一个月内,就先后两次召开全县水稻生产现场会,组织和引导全县农民种足种好水稻,立足秋熟超产,夺取全年粮食丰收。

从我市来看,这几年粮食虽然获得丰收,但从宏观上看,农业生产依然存在着一些不容忽视的问题,尤其是乱占滥用耕地和抛荒的现象比较严重;少数

农民因为种种原因，种粮热情不高，满足于吃点种点。

俗话说："民以食为天，食以米为本。"我们常武地区是江南著名的鱼米之乡，大米是全市人民的主食，而水稻又是我们江南地区粮食生产的重头，水稻产量占到全年粮食总产的 3/4 以上，它左右着我市粮食生产的局势。因此，抓好水稻生产，是稳定粮食生产的关键，也是稳定市场、稳定社会的需要。对此，我们绝不能有半点马虎。

眼下正值水稻栽插的黄金季节。错过了当前便是错过了全年，因此，各地必须高度重视水稻栽插，集中精力，加强领导，搞好服务；与此同时，广大农民也应自觉而积极地种好水稻，首先做到寸土必种，杜绝抛荒，从而为秋熟超产及全年粮食丰收奠定良好的基础。

武进电台 1994 年 6 月 13 日播出，原载 1994 年 6 月 17 日《常州日报》头版

粮食增产的深层潜力在科技

今年武进县实现了县供原种，乡供良种，户不留种的供种体系，从而使我县传统的"家家种田，户户留种"的状况已得到根本改变。

纵观我县多年来粮食生产的实践，推广良种，保持良种优势，对提高粮食产量有决定性的关系。六七十年代，推广水稻农垦 58 号，水稻亩产由 50 年代的 250 公斤左右增至 450 公斤左右，单产将近翻一番；70 年代末到 80 年代初，大面积推广杂交稻，并采取温室育秧、大苗移栽、按叶龄模式施肥等技术，水稻亩产达到 550 公斤左右；近几年来，又大面积推广种植"武育粳二号"，水稻亩产又登上了一个新台阶。所以，在品种的选供上一定要争取主动，实行"两级供种"就是一种科学的战略措施。但是，同时我们也应该看到，良种还要有"良法"来配套。大包干后实行一家一户种田，统的功能削弱，不少农户种田粗耕滥种，有些农户对现在种类繁多的农药性能和作用搞不清楚，缺乏保管、使用农药的必要常识，造成一些人为灾害等。

由此可见，要想夺取粮食丰收，一方面要靠突破性的科学技术措施，另一方面，我们广大农户还要坚持科学种田，这样农业发展才有后劲，才能挖掘出粮食增产的深层潜力。

武进电台 1990 年 6 月 18 日播出，原载 1990 年 6 月 25 日《武进科技报》

粮食适度规模经营好

近几年来,农村崛起的种粮专业户使我们看到今后农业发展的方向,也给了我们深刻的启示。目前,就武进县,承包 15 亩以上耕地的种粮专业有 100 多户,他们是农村先进生产力的代表。

党的十一届三中全会以来,农村经过第一步改革,打破了过去"大呼隆"和"大锅饭"集中统一的僵化模式,从而使潜在的生产力都集中地迸发出来,推动了整个农业生产和农村经济的全面发展。

但是,广大农村在推行联产承包责任制时,大部分地方都采用了"人均口粮田,劳均责任田,猪均饲料田"的形式进行分田,还有一些地方则是按人平均分田。这种分田形式在当时来讲,比吃"大锅饭"要前进了一大步,然而,随着农村产业结构的调整和大批劳动力向外转移,也暴露出了一些弊病。主要弊端有:一是兼业户和无劳力户及劳少户难以种好责任田;二是大批青壮劳动力向非耕地经营转移,使种植业的劳动力素质下降;三是由于经营规模小,劳动生产率低,种粮和其他项业的劳务收入悬殊。

邹区镇龙潭村共 14 个村民小组,去年秋种有 6 个村民小组的 195 亩责任田,从口粮田中分离出来,由 15 户种田能手种植,发展了粮食适度规模经营,其余 8 个村民小组的 942 亩田,仍然保持原来的分散经营。今年夏收粮食登场后,该村组织专人过秤核产:15 户承包的 195 亩田三麦平均亩产达 438 斤,比未搞适度规模经营的三麦平均亩产 392 斤高出 46 斤,增产 12%。实践证明,搞不搞适度经营在同样的自然条件和服务条件下,其效果明显不同。

所以,不论采取何种形式,发展粮食适度规模经营是稳定发展粮食生产的方向,也是解放农村生产力的客观要求,是农村经济发展的必然趋势。

武进电台 1987 年 9 月 18 日播出

改革耕作方式　挖掘增产潜力

为了猛攻三麦单产,魏村镇新华村党支部狠抓秋播质量,全村 1 100 亩三麦,百分之百实行了机条播和机开沟,至 10 月 21 日,全村按质按量地完成了秋播任务。该村村民向记者说:"机条播,既省工省力,又能增产,我们何乐而不为呢?"

的确,三麦机条播作为一种先进的耕作方式和生产技术,已在我县示范推广了一年,群众对此非常欢迎,实践结果证明,机条播是突破夏粮徘徊局面,再上新台阶的一条科学措施。但是,目前机条播具有的内在优势并没有被广大干部群众所认识,进而成为自觉要求。主要原因在于广大干部群众对"科技是生产力,农业最终要靠科学解决问题"等论断认识不足,有些乡村干部"怕"字当头,认为组织发动群众难,投资扶持难,季节保证难,部分群众担心机条播质量难过关,会出现"断垄、丛籽"现象,影响夏熟产量。对此,我们认为,在推广新技术过程中,总会受到一些传统观念和落后思想的干扰,因此各级领导要加强引导,经常召开现场会,使群众在事实中醒悟,自觉行动;同时,要使这一工作落到实处,各级领导还要在政策上加以优惠扶持,从而使我县的机条播麦面积逐步扩大,真正挖掘出三麦的增产潜力来。

武进电台 1990 年 10 月 28 日播出

大胆探索　勇于实践

据了解,去年武进县首次在新安、寨桥、奔牛三个镇搞了 5 亩抛秧新技术试点,秋后平均实收单产达 562.5 公斤,比全县水稻平均单产增 15.5 公斤。今年我县搞抛秧试验单位从去年的 3 个扩大到 67 个,试种面积也从去年的 5 亩扩大到 602 亩。邹区镇戴庄村,今年搞了 60 亩抛秧,其中 30 亩是连片抛秧,在 6 月 11 号抛的秧,20 号已开始分蘖,秧苗长得一片葱绿,生机勃勃。实践证明,抛秧是水稻生产中的一项新技术,我们应当积极扶持,加以推广。

抛秧新技术不仅使水稻单产产量高,而且秧田与大田的比例为 1 比 50,也就是 1 亩秧田可以培育 50 亩大田用的秧苗,这样可以节省大量的歇冬田,从而可以扩大三麦种植面积。搞抛秧还可以达到省工省力的目的,大大减轻劳动强度,一改过去"面朝黄土背朝天"的传统弯腰莳秧方法。由于抛秧新技术具有许多优点,因此吸引了各地农村干部和群众。当然,任何新生事物都有其不足的一面。但是,只要我们认真总结经验,趋利避害,大胆探索,勇于实践,就一定能闯出一条粮食增产增收的新路子来。

武进电台 1990 年 6 月 27 日播出

秸 秆 还 田 好

最近,武进县卜弋乡段庄村重视抓好秸秆还田工作,从早熟的油菜、元大麦收割开始,就将秸秆全部还田。至 6 月 5 日,这个村又每亩田投入小麦草 200 多斤,全村 872 亩耕地面积已投入小麦秸秆 17.5 万斤。

近年来,随着农村产业结构的调整和商品经济的发展,大批劳力转移到工、商、运、建、服方面,而投放在农业上的劳力却相应减少,种田已不像过去那样重视积造自然肥料。如有些农户绿肥草不种,河泥不罱,草塘泥不搞,养猪积极性又不高,再加上氮素化肥使用量增加,致使土壤板结贫瘠。如果再不重视对农田的投入,增加有机质肥料,农业要想连年丰收就将成为空话。如何增加有机肥料的投入?几年来的生产实践证明,秸秆还田是一项花工少、来源足、成本轻、效果好的增产措施。它不仅起到增加有机质、改善土壤理化性状、提高地力的作用,而且氮磷钾三要素齐全,对当年或来年都有较强的供肥作用。武进县卜弋乡段庄村的秸秆还田做法,是当前农业生产在新形势、新情况下的一项有效增产办法,值得各地提倡和推广。

武进电台 1987 年 6 月 8 日播出,原载 1987 年 6 月 10 日《常州日报》头版

以 工 补 农 好

最近,武进县青龙乡勤丰村用村办工业利润 67 000 元,购买了比较先进的联合收割机。机器刚到家,前来预约割麦的农户络绎不绝。大家认为,发展农机化事业确实是一件顺应潮流、合乎民心的大好事。

近年来,许多乡村在以工补农做了很多工作,投放了相当可观的资金,把钱补在田上,贴在粮上的做法较为普遍,结果是越补项目越多,越贴胃口越大,资金到处散,效果却不理想。而勤丰村以工建农,促进农业机械化的做法,效果比较好。农业机械化是农村经济发展的必由之路。农业生产责任制的建立是对农村生产关系的调整,使广大农民从"大锅饭"的束缚中解放出来,显示了极大的威力。但是生产条件还没有得到充分的改善,整个农业的生产力水平还很低。尤其是这几年农村经济发展以后,农民就业的门路广了;由于种粮的经济效益低,劳动力的投放出现了很大的变化,农业正面临着新的挑战。因此,我们要稳定农业,必须在改善农业生产条件上下工夫,在农业机械化上找出路,大力提倡以工补农的做法。

武进电台 1986 年 6 月 6 日播出,原载 1986 年 6 月 9 日《常州日报》

切莫"张冠李戴"

最近,笔者从有关部门了解到,武进县有 32 个乡镇的 119 户农民的水稻,因张冠李戴用错了农药,使 244 亩多水稻受到不同程度的药害,有的田块甚至颗粒无收。

剖析其原因,主要有三:一是部分农民思想麻痹,或者缺乏使用农药的知识,盲目使用农药,如有的把冬季防、除麦田杂草的绿麦隆农药,当作治水稻害虫农药使用,结果造成毁灭性药害;二是有些乡镇供销社农资供应部门实行农药分装供应后,供应时没有向农民提供用药说明书,使得农民盲目用药,造成药害;三是有些农民缺乏严格的科学态度,如某些农民对使用后剩余的农药没有作妥善处理,而到下次治虫时只凭想象,就张冠李戴取药去喷洒了。

当前,水稻病虫防治工作正处于高峰季节。为此,笔者认为,首先,广大农户在给水稻防病治虫时,对没有标签或来路不明的农药,使用时要慎重,在未作出正确鉴别时,千万不要盲目使用。其次是对用剩的草甘磷之类除草剂,一定要做好标签,妥善保管,切莫与杀虫剂类农药混在一起,最好是用多少买多少,不要剩余。再次是,有关部门不要供应散装的草甘磷除草剂,最好供应贴有标签的小包装除草剂,以便农户识别使用;同时还必须做好科学使用农药知识的宣传工作。

武进电台 1989 年 9 月 15 日播出,原载 1989 年 9 月 22 日《常州日报》

种好责任田是农民的天职

随着农村产业结构的调整和商品经济的发展,农村中的大批劳力由务农走向务工和经商等,这本来是深化改革、搞活农村的一件大好事。然而,现在农村中却有一部分务工或经商的农民,忘掉了自己的本行,忘掉了国民经济的基础,忘掉了人们吃饭的头等大事——农业。一些农民只管外出挣现钱,不管责任田里农作物的死活。武进县某乡有一户农户,夫妻俩种六七亩责任田,丈夫常年在外开拖拉机搞运输,妻子在乡村办厂工作,去年秋种时种的"抛天麦",到现在没有加过一次工,致使田间杂草丛生,渍害严重,"抛天麦"变成了"抛荒田"。还有一些农户,油菜田缺乏肥料,只种不管,到头来成了"一枝香",不要说上交国家任务,就连自己的吃油也成问题。如此情况,决不能等闲视之。

俗话说:民以食为天。粮食是整个国民经济基础的基础。搞农业是我们农民的老本行,尤其在当前春耕备耕、面临"雨水"季节,务工和经商的农民不能忽视农业这个重头,不能顾此失彼。否则,粮食一紧张,你即使挣钱再多,又何以饱腹?我们决不能忘记60年代困难时期的沉痛教训!为此,笔者认为:首先是农村中的各级领导,尤其是负责农业的同志,应该深入田头,为农服务,发现哪一户的责任田管理不妥,就要动员哪一户去加强田间管理;其次是各个乡、村企业,应该根据本单位的实际情况,保证职工有一定的务农时间或假日;再次是作为务工或经商的农民,应该在下班或假日期间,积极主动地种好责任田,这样才能夺取工业、农业双丰收。

武进电台1987年3月3日播出,原载1987年3月9日《常州日报》头版

科技兴农　农机先行

最近,笔者在孟城镇大树村和近千名农民群众一起观看了江苏省农机局组织的农业机械现场操作表演。一位年近花甲的农民笑着对笔者说:联合收割机下田,只要我拎个袋子装麦子,勿要我弯腰割麦子了,机械化操作真灵光!

农业机械化是发展农业生产的重要手段和根本出路,也是传统农业向现代化农业转变的具有决定性意义的标志。但是,在现实生活中,也有人认为,我国人多地少,劳力充足,现在大多数地方还不具备适度规模的条件,而是实行一家一户的家庭经营,不可能实行农业机械化。其实持这种看法的人是静止地、片面地看事物,要知道使用农业机械不仅可以提高劳动生产率,而且可以有效地提高土地产出率。根据实践经验,用机械实行精少量播种,每亩可以节省种子3到4公斤,每亩小麦增产40公斤以上;用机械深施化肥可以提高

肥效 10%，比人工撒施增产粮食 12% 左右。同时，农业机械化生产不仅是实行适度规模经营的基本条件，而且即使是家庭经营，在耕、耙、播、收、植保、施肥、排灌等农业生产的主要环节，也需要机械提供社会化服务。因此，农业机械化在抢农时、抗灾害、提高农产品产量、促进产业结构调整等方面都有着举足轻重的作用。

当前，正是"四夏"大忙季节，笔者认为，各级政府和有关部门应该通力合作，积极而稳步地提高农业机械化程度。

武进电台 1991 年 6 月 9 日播出

农业要上　水利要兴

最近，常州市政府召开了大搞农田水利基本建设的有线广播大会，笔者认为开得及时，开得好，是抓到了发展农业的关键点。

近几年来，农村实行联产承包责任制后，农田水利建设一度被人们忽视，一些地方的水利工程老化，设备陈旧，排灌效益逐年下降，严重影响了农业发展的速度。

淡水是人类须臾离不开的生产、生活资料，有"宁可三天无食，不可一日无水"的民谚。庄稼同样如此，只有雨露滋润，禾苗才能茁壮。毛泽东同志说得好：水利是农业的命脉。命脉大事，轻心不得。命脉断，人则亡；水源断，禾苗枯。水利、水利，有水才有利。

当前，正值大搞农田水利基本建设的黄金季节。为此，笔者认为，首先，农村各级领导要提高对水利建设的认识，真正懂得"水利不兴，农业不稳"这个道理，从而把水利建设摆到今冬明春工作的重要位置上来；其次，搞农田水利建设也需要来个改革，要改变过去那种"大轰大嗡"、"劳民多、成效差"的状况，要建立健全责任制，要用兴修水利的效益去调动农民的积极性，使他们得到实惠；最后是作为农民来说，无论自己是务工务农还是经商搞其他行业，都应该踊跃参加农田水利基本建设。"水利建设，人人有责"，大家应当有力出力，无力出钱，共同投资，从而掀起一个群众性的农田水利基本建设高潮。

武进电台 1989 年 11 月 14 日播出

增加投入　大兴水利

　　剑湖乡前杨村投资60万元,大搞水利建设。11月20日,当记者来到该村采访时,只见一条长2公里(顶高6.7米,顶宽3米)的大堤似巨龙般地盘踞在二贤河畔。笔者认为,发展我县的水利事业,正需要前杨村人那样的慷慨精神和远见卓识。

　　和其他产业一样,水利也是有耕耘才会有收获,有投入才能有产出。所不同的是,水利的"产出",就是它在兴利、除害、减灾等方面发挥的作用是难以用货币量来估算的,而且往往不是即时产出,多数要经过相当一段时间才能看到,这种特殊性,不容易被人们所认识。这是多年来影响水利建设投入增加的一个重要原因。今年的洪涝灾害给大家上了一堂生动的教育课。我县的水利设施,特别是一些重点骨干工程,在特大洪涝中发挥了巨大作用,充分显示了水利的基础产业地位。水利不仅为工农业和城镇人民生活提供水、电力等直接产品,更重要的是可以消除或减轻洪涝、干旱等灾害,为社会稳定提供了保证。

　　毛主席说:水利是农业的命脉。当前,我县的冬春水利建设已经拉开序幕,各地也应该像前杨村那样,尽可能增加对水利的资金投入,抓一批重点工程,同时在组织实施水利工程时,一定要讲求科学,讲究实效。我们坚信,具有自力更生、艰苦奋斗传统的广大干部群众,定能响应县委、县政府的号召,创造出水利建设的新业绩来。

武进电台1991年11月24日播出

居安思危谈防汛

　　最近,武进县防汛指挥部组织人马,在16.5公里长的扁担河道上,查出障碍物达217处。其中有的地段鱼簖林立,一些砖瓦厂和乡、村办工厂在河边筑起的土码头伸入河中,还有的在河道边倾倒土块、碎砖,这些情况严重挡住了河水通行。对此,武进县防汛指挥部明令限期清除扁担河行洪障碍,确保防汛安全。

　　俗话说:居安思危,防患于未然。那种在河道上设置障碍的现象,是太平麻痹思想的反映。这种思想在当前防汛工作中十分有害。要看到今年气候异常，"厄尔尼诺"现象开始进入盛期，受其影响，很有可能出现大洪大涝。常武地区地处太湖流域，南承茅山来水，北受长江潮汐影响，历史上曾是一个多灾地区。建国以来，我们虽然兴建了大量的水利工程，使水旱灾害情况得到改善。但是，我们应该清醒地看到，我们抗御洪水的能力尚不够强，尤其是人为地在河道设置障碍，严重影响防汛安全，一旦洪水猛涨，势必使人民的生命财产造成严重损失。

目前，洪涝险情仍然威胁着农田生产和人民财产的安全，我们应当在总结前段防汛抗洪的基础上，进一步克服麻痹侥幸思想，作好充分准备，立足于防大洪大涝，做到慎之又慎，万无一失，以对人民极端负责的态度，夺取防汛抗涝的全胜。

武进电台1987年7月11日播出，原载1987年7月14日《常州日报》头版

但存方寸地　留予子孙耕

最近，武进县政府在湖塘镇召开了全县土地管理工作会议。笔者认为，这次会议为我县今后土地管理工作指明了方向，提出了新要求。

近几年来，我县土地管理工作在各级党政组织和土地管理建设规划部门广大工作人员的努力下，取得了一定的成效。但是，我们应该看到，当前我县土地管理上存在的问题仍然十分严重，各种形式的违法用地现象依然不断发生，乱占滥用耕地的歪风有回潮的苗头。据统计，今年1至10月份，群众向县以上举报违法用地的来信来访达到261件次，比去年同期增加30%。突出的是五个方面：一是干部违法占地建房的情况严重；二是一些红人、能人违法占地建房的现象增多；三是越权审批和非法转让土地的现象还时有发生；四是未经批准的开山采石、制坯烧窑和水泥预制地等违法用地现象屡禁不绝，严重地毁坏和浪费耕地；五是一些企事业单位征而不用，浪费荒芜耕地的现象依然存在。这些问题正在不断地蚕食我县越来越少的耕地，与我县人口逐年增加的情况成明显的反差。

常言道：但存方寸地，留予子孙耕。当前，我们首先要继续大张旗鼓地宣传《土地管理法》，使广大干部和群众不断提高知法、学法、懂法、守法的自觉性；其次，要坚持依法管理土地，努力节约耕地，对历史负责，对子孙后代负责，努力增强依法加强土地管理的责任感和紧迫感；再次，要狠抓队伍建设，提高

人员素质,使他们成为一支过硬的队伍,成为名副其实的"土地卫士"。

武进电台 1989 年 11 月 27 日播出

"统""分"之"度"须把握

时下在农村,健全统分结合的双层经营、壮大集体经济,已成为一个颇为热门的农村改革话题。但在实际工作中,我们必须把握好"统"与"分"两个方面的"度"。

所谓"度",就是事物发展过程中量与质的统一。比如家庭联产承包责任制的推行,确实使农村经济空前活跃,给集体经济带来活力。但一些地方把联产承包片面理解为一个"分"字,而且认为分得越彻底思想越解放,结果使集体经济成为"空壳",影响到生产力的发展和集体经济的壮大。"分得净光"固然不好,但也不能认为统得越紧越好。一些地方不顾客观条件,脱离家庭经营的基础去急于搞"土地集中",则有可能仍回到原来"大呼隆"、"大锅饭"的老路上去。这种把事情做过头的绝对思维方式,就是没有把握好"统"与"分"这两个方面的"度"。

由此可见,我们在农村工作的同志一定要把握好双层经营"统"与"分"的"度",做到宜统则统,宜分则分。由于自然条件和生产力水平不同,各地对"统"与"分"的程度可以有所不同,必须正确把握。

武进电台 1991 年 2 月 6 日播出,原载 1991 年 2 月 25 日《武进科技报》

"角壮"不忘"牛肥"

最近,笔者下乡采访时,目睹了一种现象,就是农民有钱盖三层四层楼房,集体无钱付村干部的报酬,村里学校租民房上课,村里的桥一直无栏杆……群众把这种集体经济十分薄弱、家庭经济很发达的奇形现象比喻为"牛瘦角壮"。

农村实行家庭联产承包责任制的目的是改革集体经济的管理方式,使之责权利结合,让集体经济的优越性和家庭承包的积极性同时得到发挥,以进一步解放生产力。然而,对这一新生事物由于初期指导思想不够明确,管理工作放松或者说没有跟上,一度只讲家庭经营,不提集体经济,只讲"分",不讲"统",甚至把集体经济管理上的弊端看成其自身具有的不可克服的矛盾;有的地方甚至出现"砸锅分铁"的情况,导致村会计只有桌子,集体经济剩个壳子。实践证明,没有厚实的集体经济提供服务,单靠一家一户分散的家庭经营,会碰到很多难于克服的困难。目前,不少地方尽管挂有"合作经济组织"的牌子,但是,由于缺乏经济实力,往往是"有庙有神不显灵"。

集体经济实力的强弱和村级服务的好坏直接关系着农民群众的切身利益和社会主义新农村的建设。为此,笔者认为,首先当前各级要大力发展乡村集体企业,以工建农,以副养农,使集体经济不断巩固壮大;其次,要普遍推行全方位提留制度,不仅经营土地的农户要上交集体提留,从事其他行业的农业人口也要上交集体提留;再次要搞好农村清财收欠工作,防止"蛀虫"蛀空村的集体经济这座大厦。

武进电台 1990 年 8 月 21 日播出,江苏电台 1990 年 9 月 6 日《农村》节目播出,原载 1990 年 9 月 10 日《武进科技报》

实现新目标　再上新台阶

80 年代,武进经济的特色和优势是三业协调发展,粮食生产、多种经营、乡镇工业、财政收入在全省乃至全国都有一定的位置。90 年代,武进还能不能保持这个特色? 我们认为,很重要的一条,就是要看农业能不能稳定发展,特别是粮食生产能不能再上一个新台阶。

在 1982 年以前,武进的粮食总产一直排在全省的第一、第二位;1983 年苏北的铜山县上来了,武进县排到了第三位;1985 年沭阳、东海县又上来了,我县排到了第五位。现在苏北不少县的农业生产水平跑到我们县前头去了,我们如果看不到这个形势,就要失去我们原来应有的位置。因此,农业上一个新台阶,是 90 年代摆在武进人民面前的一项十分艰巨的历史任务,我们应该争这口气,农业再上一个新台阶。这也是武进的县情所决定的,武进人多地少,到 90 年代末,全县总人口将要达到 140 万,耕地面积只会逐步减少,因此,只有提高单产,增加总产,才能使全县人均占有粮食保持在 400 公斤以上,同时完成每年国家下达的 2 亿多公斤粮食定议购任务。

当前,各级各部门要按照全县农业发展的基本思路和基本任务,正确分析农业形势,统一认识,抓住重点,认真搞好"八五"期间农业规划;同时要切实加强秋熟作物后期管理,继续抓好多种经营生产,努力夺取全年农业丰收,并精心组织好今年的秋播工作,为促进我县农村经济持续稳定、协调发展打下坚实基础。

武进电台1990年9月16日播出

火车头的启示

乘过火车的人都有这样的体会:"车厢跑得快,全凭车头带。"从表面上看,车头和车厢是两个不同部分,实际上,它们虽然有先后之分,但在方向目标上始终是一致的,而且是按照轨道向前运行的。

作者在戚墅堰机车车辆工厂广场

农村中一部分先富裕起来的专业户犹如火车头,他们沿着党的方针政策指引的方向,在勤劳、守法致富的路上处于领先地位,并且带动一大批贫困农户走向致富的道路。先富是为了带动后富,以富促贫,以富带贫,以富扶贫,达到共同富裕的目的。但共同富裕不等于同时富裕齐步走,正如车头和车厢不可能在一个轨道上平行并走一样。如果硬要搞穷富"一拉平",那只能导致共同贫穷,大家受难。因此,先富和共同富裕并不矛盾,它们存在着辩证统一的关系。

然而,最近农村有些领导干部对先富和共同富裕的关系摆不正,他们的眼光只落在少数万元户身上,忽视抓百分之九十以上农户的致富,让火车头单独冒进,或者将少数万元户看成是农村多数农户的实际收入,无形拔高,把温饱当成"小康",这样,势必达不到共同富裕的目的。因此,要通过调查研究,把我们的工作出发点和落脚点放在共同富裕上,积极而又慎重地鼓励支持专业户,让先富的更上一层楼,给暂不富裕的雪里送炭,帮助他们富起来,真正把农村的富裕程度提高到令人满意的地步。

武进电台 1985 年 12 月 6 日播出,原载 1985 年 12 月 12 日《常州日报》

农民要学会竞争

某乡一养禽专业户,去年产优良小鸡 10 多万只,但是他并不满足眼前的销路好,而是想到三年后这个品种的竞争力将减弱,于是,不惜代价赴上海求学饲养珍珠鸡的技术,着手培育适合本地饲养的新品种,使之在今后的竞争中仍然能保持优势。这位农民能够居安思危,不断求新,说明他懂得创新在竞争中的作用。

在发展商品经济的条件下,竞争是一门学问。竞争就是优者胜劣者汰。对于从事商品生产的农户来说,要能在竞争中取胜,就要开阔眼界,善于使自己生产和经营的商品具有明显的特色和捷足先登的超人优势。这样的竞争,才能越争越兴旺,使产品在市场竞争中立于不败之地。当然,我们提倡的是社会主义的竞争,绝不允许用不正当手段去排挤坑害别人,更不允许违背国家政策法令,损害国家和集体利益。

武进电台 1988 年 8 月 18 日播出,原载 1988 年 8 月 25 日《常州日报》

要让农民种粮有利可图

笔者阅了 3 月 24 日《常州日报》刊载的《来自春耕田边的呼声》一文,颇受启发,认为要让农民种粮有利可图,否则,粮食有可能进一步吃紧。

党的十一届三中全会以来,农村粮食生产有了较大发展。就拿武进县来说,1984 年全县粮食总产达 17.96 亿斤,比 1983 年增 1.17 亿斤,比 1982 年增 1.79 亿斤,人均占有粮食 1 452 斤。可是,到了 1985 年,该县粮食总产比 1984

年减 2. 22 亿斤；1986 年比 1984 年减 1. 95 亿斤；1987 年比 1984 年又下降 2. 9 亿斤，人均占有粮食下降到 1 293 斤。粮食生产下降的原因是诸方面的，但最主要的原因还是"谷贱伤农"。三中全会以后，国家曾对粮食价格作了调整，使粮价与工业品的比价趋向合理。但是，随着其他工农业产品价格的上涨，粮食价格又被推向谷底。目前面临的问题是，农业生产资料价格猛涨，生产成本加大，农民种粮积极性确实大大降低。

粮食生产对社会主义建设，乃至人类社会的存在和发展的重要性，是众所周知的，因为"经济的真正基础就是粮食的储备，没有这种储备，国家政权便化为乌有，没有这种储备，社会主义政策不过是一种愿望而已"（《列宁全集》第31 卷第 460 页）。因此，笔者认为，在当前我们必须利用价值规律来促进粮食生产。首先是要适当提高粮食价格。在社会主义初级阶段，农业生产条件还比较落后，大部分农活还是依靠手工操作，粮食产量还很不稳定，为了保证粮食产量的持续增长，满足人们对粮食的日益增长的需要，也必须实行粮食商品化。其次是降低农业生产资料价格，给种粮农民有一定的补贴，如实行农田基本建设，改良土壤和农机投资等补贴，来逐步缩小工农业产品的劳力差，使农民种粮有利可图，得到应有的实惠。再次是乡镇企业要支持粮食生产。近年来，乡镇企业发展迅速，但所得的利润没有很好地与粮食生产结合起来。因此，有关部门应制定"以工建农"、"工农同享"等政策措施，从根本上保护粮农的根本利益，鼓励农民种粮的积极性。

武进电台 1988 年 3 月 26 日播出

村道坑坑洼洼　路人叫苦不迭

近日笔者在戚区潞城镇邓家村的一条村级大道上看到：一条近 3 000 米的大道，坑坑洼洼有上万个，最深的坑足有 30 厘米，南往北来的行人经过此道时叫苦不迭。

据了解，自从去年 12 月份外环路上建了青龙收费站后，许多车辆逃避收费，绕道行驶，而邓家村的这条村道正好是这些逃避收费绕道行驶的车辆必经之路，每天经过这里的车辆有数千辆，加上春天雨水多，导致这条村道损坏比较严重。前不久，一辆桑塔纳轿车路过此村道时，因轮胎陷在泥坑里，驾驶员非要将车冲出泥坑，结果，汽车一冲出去，撞倒了村民钱某的房屋的墙壁，后叫来了 110 交警才处理完毕。

衣食住行是老百姓生活中的几件大事情,为此,笔者呼吁有关部门,迅速采取措施,将该条大道修补一下,还百姓一条平平坦坦的村大道。

常州电视台新闻节目 2002 年 5 月 31 日播出

如此地道　隐患无穷

日前,笔者在戚区丁堰镇湾城火车站西侧地道亲眼目睹了这样一幕:两辆汽车因为地道狭窄、车速过快,发生了相撞的严重事故,后经有关部门处理才平息事态。据了解,该地道每年发生类似的交通事故很多起,严重影响了人们的生命财产安全。

始建于 20 世纪 80 年代末的湾城地道,由于当时地方经济薄弱的因素,致使该地道的宽度只有 4 米左右,而且在该地道的中段有个 90 度的急转弯。近几年来,由于管理不善或无人管理,该地道交通事故频频发生。其主要原因有三,其一,自去年外环路青龙设收费站后,许多车辆为逃避收费而绕道行驶,均经过该地道,造成了车流量较多的状况。因此,行人经过该地道极不安全,交通流血事故时有发生。其二,该地道的两端由于未竖明显的交通警示标志牌,导致车速较快,在该地道内经常发生两车相撞事故和交通堵塞现象。其三,地下水常年漫淹该地道,路面长出了青苔,摩托车等车辆经过此地轮胎打滑,时常有人摔倒在地,人伤车毁。

地道狭窄,且有 90 度的急转弯,现已成为客观事实,但是,我们在主观上应采取积极的补救措施。为此,笔者呼吁该地方政府及有关部门重视一下该地道的交通安全问题,切实采取措施,杜绝交通隐患。

原载 2002 年 7 月 14 日《常州日报》

新农村呼唤新形象

社会主义新农村的标准之一应该是环境优美。可是近日,笔者在戚墅堰区和武进区农村采访时看到一些村的环境卫生状况堪忧,如有的村垃圾成堆,无人过问；有的村的河塘里死猪、死狗浮在水面，臭气冲天；还有的养猪专业户，把包装猪食用的塑料化工物品进行焚烧，造成周围村庄空气污染，老百姓叫苦不迭；等等情况，不一而足。笔者认为，目前农村这种村容村貌堪忧状况与党的十六届五中全会通过的"十一五"规划《建议》提出的建设社会主义新农村的要求是格格不入的。

改革开放以来，我市广大农村发生了历史性的深刻变化，经济、社会各项事业快速发展，呈现出生机勃勃、欣欣向荣的可喜景象。然而，许多人都有这样的感受：不少农村地区村居环境差、公共设施少，严重影响了农村的形象。有位外国朋友曾这样说："在中国可以同时看到欧洲（城市）和非洲（农村），现代化的火车头（城市）后面挂着的是长长的牛车（农村）。"这一形象的概括，既反映了我国城乡之间的发展差距，也指出了广大农村地区存在的问题。据有关方面了解，目前，我市有一半以上的村没有自来水，60%以上的农户没有用上卫生的厕所，许多农民的住房需要改善……而诸如烂泥路、臭水塘、垃圾堆等，在农村还远未得到根治。这些问题，已经在相当程度上影响到农村生产的发展，农民生活的提高，成为制约农村全面建设小康社会的瓶颈之一。

树立农村新形象是建设社会主义新农村的重要条件。实现村容村貌整洁，树立崭新形象，创造良好的环境，是生产发展、生活宽裕、乡风文明、管理民主的具体体现，是农村经济、社会发展的客观要求，也是广大农民群众的共同呼声。这项工作抓好了，可以惠及千家万户，进一步改善人们的生产生活条件，提升人们的生活质量；可以引导人们转变观念，提高素质，营造和谐温馨的人际关系和团结稳定的社会氛围；与此同时，良好的环境又是一笔无比宝贵的资源和财富，有利于提高农村的吸引力和竞争力，为农村赢得新的更大的发展创造条件。

由此可见，当前，农村各级政府领导应当把根治农村脏乱差、改善人居环境、保护生态环境作为一件利国利民的大事，千方百计地抓紧抓好，树立农村新形象，以此来团结和凝聚广大农民群众，激发他们建设社会主义新农村的热情和干劲。

原载 2006 年《常州政协》第 1 期、2006 年 3 月 31 日《常州日报》

农民"抢田热"的背后

近日，笔者在有关部门获悉：武进区芙蓉镇宕里村种田大户朱建良去年以来心事重重：田越来越少了。早在 1991 年起，他就开始规模化种田，最多时达到 112 亩。去年,原来不少将土地流转给他种植的农户,又纷纷要回土地自己种,这样,朱建良手里的农田居然减少到 61 亩。像朱建良这样"田越来越少"的现象,在广大农村中仅是一个缩影,现在,许多种田大户忧心忡忡,企盼政府能妥善解决。

近年来,随着中央一号文件的贯彻落实和各级惠农政策的出台,农民种粮积极性日趋高涨。土地成了"香饽饽",广大农民努力挖掘土地潜力,要田种、找田种、抢田种已成为当今农民的"致富热门"。不少农民除种好自己的责任田外,还想方设法主动与外出务工人员和老弱病残农户联系,协调土地种粮或开发别人不要的"四边"、"五荒"地种粮,一些外出务工和经商的农民如今也觉得种田有利可图,纷纷返乡重新种起责任田。应该说,农民"抢田种"的现象值得欣喜庆贺,这也是当前党的"三农"政策使农村日渐趋好的一个重要体现。然而在农民"抢田种"现象的背后,也凸现出一些问题,主要表现为原来土地承包管理方面存在的弊端。譬如原来有的农民因进城务工经商,将自己的责任田让给其他人来承包了,又未办理任何手续,而现在这些进城务工经商的农民看到种田能赚钱,就纷纷返乡要田种,从而出现了某些农民与农民之间、农民与种田大户之间承包土地的纠纷和矛盾,这个问题也反映出有关部门在土地流转方面操作的不规范。

一年之计在于春。眼下,新的一轮土地承包又将开始,笔者认为,2003 年国家出台了土地承包法,去年,省人大又出台了土地承包经营权保护条例,这两个法律法规的出台,对保护农民的承包经营权起到了一个法律的保障作用,农村基层干部和广大农民群众应该认真学习这个法律法规,依法保护农民的土地经营权,依法保护自己的利益,确保党在农村这个好的政策能持续下去。与此同时,农村各级领导要进一步规范土地流转行为,就是说,农民在土地的转包、转让、出租等具体的流转过程中,要签订好书面协议(现在省人大规定要按照省里统一的规范样本签订,同时要到土地承包的管理机构进行签证和备案),这样才能确保农民的权益不受损害,保护农民的种粮积极性,同时才能维护农村的稳定。

原载 2005 年 4 月 13 日《常州日报》,2005 年《常州政协》第 1 期

提高思想认识　搞好村组建设

加强以党支部为核心的村级组织建设,是党中央根据社会主义现代化建

设的宏伟目标以及当前农村的实际情况而提出的一项战略任务。

但是,现在有相当一部分干部和群众对搞好村组建设这项工作存在着这样或那样的模糊认识,比如有些同志认为,近几年,党支部已经建设得比较好了,村里的事情有党支部管管就行了,没有必要搞那么多组织;也有些同志认为,村级组织搞搞停停,一会儿经联委,一会儿实业公司,都是好景不长,这次建村合作社经济组织无外乎是换换名堂、翻翻花样;还有些同志则片面地把村级组织建设仅仅看成是搞搞选举而已,印个选票,画个圈一选了事;如此等等,不一而足。

我们说,村级组织是党和政府在农村的基础组织,它们处在农村各项工作的前沿,直接带领广大农民群众贯彻党的基本路线,具体组织和实施农村两个文明建设。因此,我们一定充分认识加强村组建设的重要性和必要性,进一步统一思想,像奔牛镇那样,坚持正面引导和教育,让干部和群众自觉地搞好村级组织建设。

武进电台 1991 年 4 月 18 日播出

党的组织必须抓好党的建设

嘉泽乡党委积极主动抓好党的自身建设,党风明显好转,去年,该乡党委被县委评为先进党委。嘉泽乡党委的做法值得提倡,而且也是各级党组织一项最为重要紧迫的任务。

前一时期,由于一些地方党委严重忽视党的建设,使党组织的战斗力不同程度地受到削弱,造成的后果是极为严重的。事实教育我们,广大党员和人民群众要求我们,必须花大气力迅速扭转这种局面,不能再让党的思想、组织、作风严重不纯的现象继续下去了。邓小平同志在不久前指出:"要聚精会神地抓党的建设,这个党该抓了,不抓不行了。"这句话切中时弊,意义深远。

当前我们在抓党的建设上,首先要抓党的思想建设。党的思想建设的中心内容,是要旗帜鲜明地、始终一贯地坚持四项基本原则,要切实加强对党员进行马克思主义教育,党的宗旨和任务的教育,以及党性、党纪、党风教育。其次,必须大力加强组织建设。党的组织建设是一项长期的工作、打基础的工作,因此,我们要扎扎实实,常抓不懈。《人民日报》在"七·一社论"中指出:"共产党的力量和作用,主要不在于党员的数量,而在于党员的素质。"所以,我们必须坚持党员的标准,对党员提出严格要求,严肃党的纪律,保持党的纯洁性。

武进电台 1989 年 7 月 2 日播出

反腐败大势所趋　抓廉政民心所向

昨天,武进县委县政府召开了"惩治腐败、廉政建设"动员大会,并公布了一些案例,对此,干部群众拍手称好。这真是:"反腐败大势所趋,抓廉政民心所向。"

坚决惩治腐败,加强廉政建设,这是贯彻落实党的十三届四中全会精神的一项极为重要的工作。四中全会以来,以江泽民同志为核心的新的中央领导集体,根据四中全会精神,作出了近期内抓好群众普遍关心的七件实事的决定。不仅如此,中央领导同志还带头廉洁奉公,艰苦奋斗,不坐进口车,中央领导同志的子女及其配偶已全部从流通领域的公司退出。这些扎扎实实的行动在广大干部群众中引起了强烈反响,振奋了党心、民心。党中央领导的实际行动向全体党员和群众说明了中央是下决心抓惩治腐败和廉政建设的。

当前,我们要根据我县的实际情况,将教育、执法、执纪和廉政制度建设结合起来,进行综合治理。只有集中力量认真查处违法违纪案件,并结合案例教育广大干部群众,才能震慑腐败分子,又极大地鼓舞群众同各种腐败现象进行坚决斗争的信心和勇气,从而达到取信于民、重振党的威信的目的。

武进电台 1989 年 9 月 1 日播出

妙哉　第一板斧砍"吃风"

读了 7 月 20 日《常州日报》头版刊登的《从餐桌上捡来的新闻》后,笔者不禁为武进县孟城乡党政干部从我做起制止吃喝风叫好。

近年来,无论在城市还是农村,无论大企业还是小单位,吃喝风盛吹,可谓是"无宴不办事"。吃喝已成为一种恶化社会风气的公害,人们对此早已深恶痛绝。中央领导同志曾指出,这类问题不解决,再过三年五年就不得了。可见问题的严重性。

侈之为害,近者祸临其身、家人,远则殃及子孙、国人。司马光在《训俭示廉》一书中就对此作过如下推论:侈则多欲。士人多欲便"贪慕富贵,枉道速祸";小民多欲则"多求枉用,败家丧身"。所以,他的结论是奢侈者"居官必贿,居乡必盗"。吃喝成瘾既而成风实属奢侈者所为,如不制止,必将误党误国,贻害无穷。

当前,举国上下正在抓廉政建设。近日党中央决定近期做几件群众关心的事中,有一件就是:严格禁止请客送礼。"大气候"在制止吃喝风,那么我们每个党员干部都应像孟城乡的党政干部那样,创造与之相应的小气候——从俭入手,从我做起,不宴请,不吃请,使艰苦奋斗、廉洁奉公的正气升腾弥漫于华夏大地,并以此推动改革开放事业的顺利发展。

武进电台 1989 年 8 月 2 日播出,原载 1989 年 8 月 10 日《常州日报》

过年莫忘清廉

近日,武进县纪委就严禁春节前后的不正之风向全县发出了通知,通知说,在 12 月 25 日,县纪委发了《关于少数乡镇干部在 1987 年春节前后收受礼品问题的通报》,要求各级各单位领导要认真吸取少数乡镇在 1987 年春节前后收受礼品的教训,遵照中央关于"过几年紧日子"的指示精神,采取切实措施,严禁今年春节前后各种不正之风的发生;通报强调,对不听招呼,仍然我行我素的,将严肃查处,绳之以纪。对此笔者认为,这个通知对少数欲搞不正之风的机关领导干部,敲了一记警钟。

以往,每到春节时,一些基层单位的人就向机关党政干部送鱼送肉送土特产等物品,而某些领导干部经不住"糖衣炮弹"的袭击,就毫无顾忌地收受下级送上门的礼物。群众说:"廉不廉,看过年。"严明的纪律是我们党的重要建党原则,是共产党区别于其他政党的重要标志之一,也是我们党具有战斗力的根本所在。古人云:"俭生明,廉生威。"毛主席说:"加强纪律性,革命无不胜。"这些都是我们党十分重要的历史经验。

因此,我们的各级党政领导干部在迎来 90 年代第一个春的时候,一定要严格遵守党的各项政治纪律,廉洁奉公,艰苦奋斗,与各种腐败现象作斗争,争做身体力行、不谋私利、自觉献身的人民公仆。

武进电台 1990 年元月 13 日播出

读邹方父子事迹有感

毛泽东说,"人是要有点精神的。"这个精神,就是一心为公的思想,就是共产主义理想的精神支柱。本报元月 6 日刊登的通讯《勇士前线洒热血,家书句句感人心》,反映了邹方烈士和他父亲高尚的思想情操。我们就是要用这种共产主义理想来武装自己,正确理解理想和实惠的关系,正确处理物质文明与精神文明的关系,学习邹方父子为了国家利益、集体利益牺牲一己之利、一家之利的崇高精神,并以这种精神推动自己的学习和工作。

然而,近来一些地方和一些部门出现了一种片面强调物质利益,忽视精神支柱的现象,忘记党的思想政治工作的传统。例如有一家乡办厂的厂长认为,物质第一性,经济是基础,只要把经济搞上去,有了钱物,一通百通,一灵百灵,说"理想理想,有利就想"、"只要能赚钱,就是好主义"等等,以致企业里出现了干什么事都要讲究实惠,没有钞票开路就什么都干不成的现象。这种现象偏离了社会主义方向。我们干的是社会主义事业,最终目的是实现共产主义。如果认为搞社会主义,就是只搞经济建设,只要把经济建设搞上去就行了,或者认为,自己是搞经济工作的,抓精神文明建设是别人的事,这些都是不正确的。社会主义精神文明是社会主义的重要特征,是社会主义制度优越性的重要表现,是物质文明建设朝着正确方向发展的根本保证。当前,我们要实施"七五"计划的蓝图,更要努力建设以共产主义为核心的社会主义精神文明,牢固树立崇高的精神支柱。

原载 1986 年 1 月 19 日《常州日报》

"民生"问题无小事

党的十七大报告指出:"努力使全体人民学有所教、劳有所得、病有所医、老有所养、住有所居……。""民生"问题已摆在了各级党和政府领导干部面前,解决得好不好,势必成为衡量其执政水平的重要"标尺"。

然而,也许有的同志会说,按照党中央部署的干呗,不就是个态度问题吗?在"要不要干"上,这话当然没错。但是,在"为什么干"、"怎么干"上,领导干部光有"态度"是不够的。

过去,我们评价一级政府或官员时,GDP 增长越快、财政收入越高、大型工程越多,说明越有政绩。与其"大"相比,涉及"民生"的,诸如老百姓的柴米油盐、吃穿住行、生老病死……看上去显得太"小"。对某些领导干部来说,解决这些"民生小事",远不如像 GDP 增长那样显"政绩",有"前途"。

然而,小事不小。"民生"者,人民生计也,乃"民心"所系,"国运"所系。在改革发展的关键时期,党中央之所以如此高度关注"民生"问题,是因为它是在中国社会转型期各种社会矛盾产生的根源之一。教育问题不仅仅是投入问题,医疗问题不仅仅是医德问题,住房问题也不仅仅是房产商的道德问题。透过民生问题表象,探寻改革的攻坚思路,彰显公平正义的社会主义本质属性,这才是看似"低端"的民生问题的政治高度。

古语说:"民惟邦本,本国邦宁","水能载舟,亦能覆舟"。领导干部如果没有这样的认识,那么,"境界"会限制"能力",解决"民生"问题必然大打折扣。

"民生"问题还是个"感情"和"立场"问题。

"权为民所用,情为民所系,利为民所谋",保障人民群众的根本利益,是我们党的优良传统,也是长期以来共产党赢得人民群众信任和支持的力量源泉。党和人民群众的关系是一种浓厚的"鱼水情"。因而,为民是为政之本、万善之源。

"衙斋卧听萧萧竹,疑是民间疾苦声。"这种"鱼水情"要求领导干部要"沉"到群众中间,了解群众心声,倾听群众意见,关心群众疾苦。只有这样,才会发现自己存在的问题在哪儿,解决的办法在何处。如果一味脱离群众,只念"升官发财经",对群众的冷暖麻木不仁,那么必然对党的事业造成恶劣影响,也折射出官员站在什么立场上的问题了。近年来,常州频频出现的像张东林、薛扬诚、丁国良等一批贪官落马事件,足以说明领导干部脱离群众、背向人民的危害性和严重性。

从党的十七大报告所确定的主题来看,"民生"问题还是落实"以人为本"、"三个代表"、"科学发展观"、"构建和谐社会"、"又好又快发展"的出发点,也是落脚点,意义深远。

其实,不仅此次党的十七大报告,近年来中央领导同志的许多重要讲话中,对"民生"的突出强调已给全国人民留下了深刻的印象。"关注民生、重视民生、保障民生、改善民生,是我们党全心全意为人民服务宗旨的要求,是人民政府的基本职责"。"只要我们真心实意地为人民群众办实事,办好事,尽最大的努力解决'民生'问题,那么,就一定会得到人民群众的拥护,就一定能越来越充分地调动人民群众的积极性创造力。"

各级领导干部应当将这些话语铭记在自己的心间。

写于 2007 年 11 月 10 日,此文系作者在中共常州市委党校 2005 年经济管理大专班毕业考试作文

好一个"群众看干部"

去年水稻孕穗扬花期,武进县某乡号召推广施用"药肥混喷"的新技术,虽然会开得不少,但效果却不怎么样。而今年水稻孕穗扬花期,许多农民进行了"药肥混喷",水稻长势喜人。原因何在呢? 一位乡干部说得好,"现在种田,农民看着干部,干部的责任田带头搞什么,农民就会跟着搞什么,跟着搞勿吃亏"。

好一个"群众看干部",农民群众不仅看着干部廉政不廉政,而且看着干部的责任田种得好不好。如果农村干部光要求群众如何种好田,而自己的责任田却没有种出个好样子来,那么,群众就会认为你在瞎指挥。常言道:喊破嗓子,不如做出样子。如今包产到户了,干部当然就得在自家责任田里干出样子来。就拿推广新品种和新技术来说,往往一开始在群众中不容易搞,若干部带头在自家责任田里搞好了,群众看了自然就不推自广了,这比开会作报告要灵光得多。

由此可见,农业要上新台阶,干部家的责任田非但不能拖后腿,而且还得当好群众的示范田、样板田,带头上台阶。

武进电台 1991 年 9 月 15 日播出

"精神家园"常走走

有支歌唱得好,"常回家看看,回家看看"。不久前,我随常州市武进广播电视局的同行在井冈山参观学习途中,不禁油然想起这支歌。我想,井冈山这一革命圣地,早已成为中国人缅怀历史、提升人格、汲取力量的"精神家园"。全国这类地方甚多,我们该常去走走,就像儿女常回家看看一样。

"井冈山精神,最重要的方面就是坚定信念、艰苦奋斗,实事求是、敢闯新路,依靠群众、勇于胜利。在新世纪的征途中,全党和全国上下始终要大力弘扬井冈山精神。"这是江泽民同志在 2001 年 6 月视察江西时的一番重要讲话。笔者认为,井冈山精神是我们进行社会主义革命和建设取之不尽、用之不竭的力量源泉。今天,我们学习井冈山精神,就要同学习"两个务必"结合起来,同改革开放和现代化建设的实践结合起来,发扬当年井冈山军民那种开拓创新、锐意进取的拼搏精神,解放思想,更新观念,与时俱进,不断推进社会主义现代化建设;发扬当年井冈山军民那种不畏艰难、艰苦奋斗的光荣传统,求真务实,艰苦创业;发扬当年井冈山军民那种无私奉献的革命精神,以主人翁姿态积极投身于改革开放和现代化建设的伟大实践;发扬井冈山时期那种我党密切联系群众的优良作风,一切依靠群众,一切为了群众,全心全意为人民谋利益。

然而,毋庸讳言,近几年来在市场经济的浪潮冲击下,确实也有不少人忽视了精神上的追求,淡薄了这样的意识,他们一听革命传统教育就摇头,一提"精神家园"就头痛,认为"现在入世了,走到哪里讲的都是经济效益,注重的都是个人利益,还奢谈那些精神干什么?"在他们看来,以无私奉献、艰苦奋斗为核心的井冈山精神已经过时了,什么人民的疾苦、民族的兴衰、祖国的前途,统统与己无关;只有金钱,只有个人私利,才是他们追逐的唯一目标。这些人也许是物质上的富有者,但他们实在是精神上的贫困者。

其实,在市场经济条件下,人们不可能离开物质刺激,但物质刺激又确实不是万能的。毛泽东同志说过:"人是要有一点精神的。"人首先要靠理想信念活着,还要讲一点无私奉献和艰苦奋斗精神。没有一点这样的精神,人活着又有什么意义呢? 古人云:"忧劳兴国,逸豫亡身","生于忧患,死于安乐"。曾在我市出现的蒋正国、许和平、葛亚欣、张东林等一批党员干部,他们在入党提干的一段时期,思想和行为是比较积极的,也是艰苦奋斗的。但是,他们一旦掌握了权力,地位变了,条件好了,就忘记了理想信念,忘记了艰苦奋斗的优良作风,有的甚至信奉"有权不捞,过期作废",因之大捞特捞不义之财,最终跌入了犯罪的泥潭,成了历史和人民的罪人。这些腐败分子在我市的频频出现,足以说明进行理想信念教育、革命传统教育的重要性和必要性。

由此可见,每当我们陶醉于事业取得成功、享受丰裕物质生活的时候,每当我们碰到困难和挫折、对理想信念产生动摇的时候,井冈山、延安、西柏坡、雨花台、焦裕禄纪念馆等"精神家园",我们就必须常去走走。

原载 2003 年 1 月 17 日《常州日报》,2004 年 6 月中共常州市委《开创》第 5 期,2004 年《常州政协》第 3 期

既要干净 又要干事

时下,到处都在提倡为政清廉,这实在是一件顺应民心的大好事。然而,一提倡为政清廉,就有部分区乡干部只注重不吃请、不受礼,而忽视从政要勤这一方面,该抓的工作不抓,该管的事情不管,或面对困难两手一摊,四脚朝天直叹苦经。这样的精神状态和从政态度是要不得的。

前一段时期,武进县某乡流传着这样一副对联:上联是"春种秋收你不来",下联是"统购议价我不卖",横批是"政府莫怪"。为何会出现这副对联?农民群众的呼声就是最好的解释,他们说:如今的干部真好当,春耕生产不来抓,夏种秋收不来管,缺肥少药不过问,旱涝成灾耳不闻,要钱要粮就大队、小队出来了,这叫我们怎么没有意见呢? 这些话虽然是牢骚气头话,失之偏颇,但它却告诉我们,人民群众是多么希望我们的各级干部脚踏实地抓好工作,兢

兢业业,多干实事。

由此可见,在抓廉政建设的同时,还必须抓勤政。"廉政""勤政"不应分裂,"勤政"应是"廉政"的题中应有之意。也就是说,勤政就是要干事,干事就要有事业心和责任心,要有干事创业的本领;廉政就是要干净,干净就是要不贪、不沾,自身过硬。光干净不干事不行,只干事不干净也不行。老百姓看党和政府是从他的身边的人和事开始的。如果我们机关干部要求不严格,自身不过硬,就会影响党和政府的形象,影响到全面的改革、发展和稳定。堂堂正正做人,踏踏实实做事,清清白白做官,应该成为我们各级干部的座右铭。

当前,四秋大忙已经来到,许多工作等待我们去做。为此,笔者希望我们的各级干部要革掉过去那种"为官"习气,走出机关,下到基层,为民排忧解难,与民同甘共苦,真正做到既干净又干事。

武进电台 1989 年 10 月 15 日播出,原载 1989 年 10 月 22 日《常州日报》

亦谈"党员形象"

说起党员形象,有人认为,共产党员应成为"老黄牛",任劳任怨,埋头耕耘;也有人认为,共产党员是"千里马",勇往直前,步步争先。

其实,"老黄牛"和"千里马"之争说明了一个道理:在不同时期,党的中心任务不一样,因而群众对党员的形象要求也就不尽相同。革命战争年代,党的中心任务是推翻"三座大山",建立新中国。那时候,人民心目中的党员是英勇善战、不屈不挠、舍生求义的崇高形象,如方志敏、刘胡兰、董存瑞那样的共产党员。新中国成立后,党的中心工作转为和平建设。人民群众渴望改变"一穷二白"的面貌,建设繁荣昌盛的国家,要求党员像王进喜、焦裕禄、雷锋那样,具备大公无私、艰苦奋斗、吃苦在前、享乐在后的形象。如今,改革开放成为当今中国的主旋律。共产党员更应当注重自身形象的塑造,成为带领群众开拓进取、不断开创新局面的排头兵。

由此可见,党员形象离不开时代的要求。在任何时期,任何地方,任何部门,任何岗位,党员都必须具有不同于一般人,亦可说高于一般人的形象,只有这样,才无愧于共产党员的光荣称号。

武进电台 1992 年 7 月 20 日播出,原载 1992 年 7 月 28 日《常州日报》

共产党员要敢于同腐败现象作斗争

共产党员要经得起执政和改革开放的考验,一个十分重要的方面是要敢于同各种腐败现象作斗争。然而,现在的问题是一些单位"老好人"盛行,不能开展正常的批评与自我批评,使党内监督流于形式,腐败现象得不到揭露和抵制。

在治理整顿、深化改革的新形势下,我们的绝大多数党员和干部表现是好的,他们锐意改革,遵纪守法,勤奋工作,为改革开放作出了贡献。这是主流。但在当前新旧体制交替的过程中,确实也有少数党员、干部经不起执政和改革、开放的考验,他们无视党纪国法,以权谋私,侵吞国家资财,有的甚至索贿受贿,贪赃枉法,走上犯罪道路。这样的人虽是少数,但危害极大,他们破坏党的声誉,损害党同人民群众的联系,挫伤人民群众的积极性,最终影响改革、开放和现代化建设的顺利进行。这当然是我们所不能允许的。

因此,我们要从根本上扭转这种状况,就必须使党内的每一个同志都拿起批评和举报的武器,敢于同党内的各种腐败现象作斗争。腐败现象是阴沟里的东西,最怕见阳光,把它揭露出来,放在光天化日之下,是消灭它的最好办法。

与此同时,我们每个党员还要不断加强党性锻炼,克服私心杂念,保持清正廉洁。古语说,其身正,不令而行,其身不正,虽令不从。党员自身清正廉洁,就可以影响和带动周围的人,为清除腐败现象作不懈的斗争。

武进电台1989年5月15日播出,原载1989年5月26日《常州日报》

共产党员应发扬自我牺牲精神

共产党员的自我牺牲精神是什么?自我牺牲精神指的是:包括生命在内的一切属于个人利益范畴的物质上和精神上的奉献。然而,有的同志讲,共产党员的自我牺牲精神,在革命战争年代是十分必要的,现在讲改革开放、发展生产力、发展商品经济,提倡自我牺牲精神已经过时了,没有多大实际意义了。笔者认为,这是一种错误的认识。

我们必须明确,共产党员是工人阶级的先进分子,共产党员的高度自我牺牲精神是与他的称号并存的。为人民的利益不惜牺牲,这是共产党员党性的集中表现，是我们党的优良传统，无论是在革命战争年代还是在生产建设时期，都有千千万万党员默默地作出奉献，有些甚至献出了自己的生命。董存瑞、黄继光、邱少云、向秀丽、焦裕禄、罗健夫……他们的自我牺牲精神，加快了社会前进的步伐和科学发展的进程。

当前，我国处在社会主义初级阶段，经济不够发达，按劳分配的真正实现还缺乏条件，个人利益、集体利益、国家利益还未达到完全统一，因此，需要工人阶级的先进分子发扬牺牲精神，不计报酬、不计得失，忘我地工作和生产。建设有中国特色的社会主义，进行经济体制和政治体制改革，一些人的利益可能暂时受到影响。在这种情况下，怎么办？这就更需要共产党员发挥先锋模范作用，牺牲个人利益。党的十三大针对我们党是执政党，同时面临改革、开放的实际情况，在党章中强调党员"必须全心全意为人民服务，不惜牺牲个人的一切，为实现共产主义奋斗终生"。这就充分说明，在个人利益受到重视以后，在改革开放的形势下，党员的自我牺牲精神并没有过时。

武进电台 1998 年 10 月 2 日播出，原载 1988 年 10 月 7 日《常州日报》

肝胆相照　共商大事

中国人民政治协商会议武进县第八届委员会第一次会议于昨天上午隆重开幕，这是全县人民政治生活中的一件大事，我们热烈祝贺这次会议隆重开幕，并预祝大会取得圆满成功。

这次会议将要认真审议县政协七届常委会的工作报告，讨论确定今后县政协工作的目标和任务。过去的三年，县政协第七届委员会在县委的正确领导下，在上级政协的指导下，认真贯彻中共十三届三中全会、四中全会、五中全会精神，执行"长期共存、互相监督"、"肝胆相照、荣辱与共"的方针和全国政协《关于政治协商、民主监督的暂行规定》，以经济建设为中心，坚持四项基本原则，坚持改革开放，切实履行政治协商、民主监督的基本职能，协助党委和政府，为巩固和扩大爱国统一战线，调动一切积极因素，促进社会主义两个文明建设和实现祖国统一大业，做了许多工作，取得了新的成绩。

90 年代第一春是一个充满希望、催人奋进的春天。今年的工作，我们要本着一要稳定、二要鼓劲、三要发展的精神来安排。稳定是当前的大局，是压倒一切的任务，要保持大局的稳定不但要政治稳定，而且要经济稳定、社会稳定,把各方面的工作搞好。县政协委员肩负着全县人民的重担,要充分发挥"人才库"和"智囊团"的优势,积极参政议政,集思广益,为完成今年的各项任务而努力奋斗。

武进电台 1990 年 4 月 19 日播出

在学习和实践中增强党性

一个共产党员如何才能增强党性,做一名合格的党员呢? 笔者认为,党性要在长期的学习和实践上狠下工夫,才能得到不断增强。

增强党性,离不开对马克思主义、毛泽东思想的学习,并努力用其立场、观点和方法来观察社会,处理问题。因为只有掌握了马克思主义理论,才能正确领会、贯彻执行党中央的一系列方针、政策,才能在新的历史变革时期分清哪些是不正之风,哪些是为了搞活、开放所开拓进行的试验,才能在深入进行经济体制改革和四化建设中发挥党员的先锋模范作用,使改革深入进行下去,加快经济建设步伐。

增强党性,也离不开实践。不到实践中去,即使将马克思主义的理论背得滚瓜烂熟,也不能真正发挥其作用。我们学习理论,不是为了好看,而是因为它有用,能指导我们的行动,解决革命和建设中碰到的实际问题。比如说,协作就是生产力的理论,如果不到实践中去,那我市可能出现如此蓬勃发展的企业群体,并进而发展到跨地区、跨行业的横向经济联系和联合吗? 革命的理论指导革命的行动,其道理大概也就在此吧!

每个党员如果都能既努力掌握马克思主义的基本理论,又能全副身心地投入到开拓建设有中国特色的社会主义道路的实践中去,那么,我们的党性必将会锤炼得更加坚强。

原载 1986 年 7 月 4 日《常州日报》,合作者:郭国兴

环境也是生产力

近日,笔者从有关部门获悉:去年,在武进开展的"勤廉之风万人评"活动

中,十个层面的一万名参评人员对区级机关作风总的评价是比较高的,满意率和基本满意率达到94.9%,认为近几年来机关作风日趋好转的达到93.06%。区机关为全区的经济建设营造发展了一个良好的"软"环境。去年,该区在全国农村经济综合实力百强县(市)评比中,仍然名列前茅。

众所周知,科技是生产力。然而,环境也是生产力。这一观点对于大家来说是生疏的。其实经济的竞争在一定意义上说也是发展环境的竞争。应该说"硬"环境与"软"环境对经济的发展均有至关重要的影响,从目前的形势和今后的发展趋势看,提高机关干部的政治素质和提高机关部门服务经济的效率,是"软"环境建设的核心问题。由此,我们若要营造一个良好的富商氛围,为企业发展提供便捷高效的"绿色通道",就必须切实加强机关作风建设,这也是老百姓对我们政府机关的企盼。

古人言:"忧劳兴国,逸豫亡身。"一个地方的工作特别是基层工作,成在干部作风,败亦在干部作风。群众敬佩的是作风好的干部,不满意的是作风差的干部。干部的作风是好还是差,群众心里自有一杆秤。

因此,笔者希望我们机关的每一位干部都能成为基层和人民群众值得信赖和满意的好干部,使我们的政府成为清正廉明的好政府。

武进电台 2003 年 3 月 1 日播出

墙内开花缘何墙外香

据2006年10月27日浙江省《湖州日报》报道:2006年10月26日,浙江省湖州市练市镇经济开发区内机声隆隆,彩旗飘扬,常州B公司落户练市,并举行奠基仪式。

常州B公司是一家民营企业,该工程项目由练南建筑工程有限公司承建,项目总投资2.5亿元,主要生产各种精密数控机械,项目总占地面积122亩,建筑规模为89 471平方米,形成年产3 100台各类规格的系列数控机械生产能力,年产值可达10亿元,同时成立企校合作数字化数控机械研究中心。

在奠基仪式上,南浔区委领导对B公司精密机械制造项目落户练市表示祝贺,并指出,这个重大工业项目符合国家的产业政策,具有科技含量高、投资规模大、辐射和带动作用强等显著特点。练市镇领导表示将进一步优化发展环境,竭诚为投资者提供优质高效的服务,让投资者满意,使投资者赢利。

读罢这则消息，笔者深感忧虑，并思考这样一个问题：一个既无污染又不是高耗能的企业，为什么会跑到浙江省去安家落户呢？一个好端端的，而且是科技含量高的企业为什么青睐浙江省的一个小镇呢？这里的原因究竟何在呢？笔者带着这个疑问采访了有关企业家。

原来，我们地方政府机关工作作风虽然已有所好转，但是某些部门某些领导在工作上确实还存在官僚主义作风。首先，政策环境。某些领导在口头上是说要精心打造优越的投资环境，而在行动上却是很不到位；有的部门还存在着"门难进，脸难看"的现象，有的企业要审办科技项目，某些部门的人爱理不理，不是以产品来衡量一个企业，而是以产值来衡量一个企业。其次，人际环境。浙江省的领导是围绕企业转（服务），而我们是企业围绕领导转；浙江人招商引资是言行一致，说到做到，而我们有些部门把企业当作唐僧肉看待；浙江人是千方百计扶持企业的发展，从小企业一直扶持到大企业，而我们有些部门是要待企业发展壮大后，再来重视扶持。两相比较，一个是借鸡生蛋，一个是杀鸡取蛋。

俗话说，茅山的道观——照远不照近。意思是说，我们到处招商引资，可是，自己身边的商机却跑掉了。为此，笔者建议，某些政府部门的领导莫学茅山的道观照远不照近，应该既照远又照近。对外要积极做好招商引资工作，对内又要把本地的企业扶持好，在政策上、服务上都要到位，口头上、行动上要言行一致，千方百计为企业创造有利环境，做到墙内开花墙内结果，这样才不会让上述那则消息的现象再次发生。

原载 2007 年《常州政协》第 2 期

液化气灌装不足　消费者反应强烈

随着人民群众生活水平的提高，石油液化气已进入我县千家万户，应运而发展起来的液化气站、公司，全县已有 60 多家。然而，由于思想上、经济作风上和管理上的差别，今年以来，全县消费者对石油液化气的投诉有 18 件，集中反映了瓶装液化气的计量不足、质量不好、残液过多，以及价格频繁上涨的情况，消费者费时、费力、费钱，受害不浅。针对这些问题，最近，县消费者协会、县工商局会同标准计量局，对县第三液化气公司等四个单位进行抽检。抽检的结果主要反映了以下四个方面的问题：

首先是普遍存在着缺斤少两的问题。就县第三液化气公司抽查的 6 个换气点，应灌 15 公斤的气瓶，平均只灌气 13.88 公斤，每瓶少 1.12 公斤，而且平均每瓶有残液 1.51 公斤。县通汇实业公司湖塘换气站抽检 10 瓶，平均灌气 11.6 公斤，每瓶少灌 3.4 公斤，而且 10 瓶平均有残液 1.11 公斤。据对一名个体气贩周某的抽查，8 月份，他就贩气 26 149 公斤，灌装 2 061 瓶，按灌足每瓶 15 公斤计算，应灌 30 915 公斤，克扣了 4 765 公斤，按每吨气价 2 620 元计算，非法获利 12 485 元。

其次是气价频繁上涨。由开始订协议时的每瓶 10 元，而后逐步上涨到 15 再到 21.20 元。横林镇多服公司液化气站由开始定的每瓶 15 元，现已涨到每瓶 27 元到 30 元，还收钢瓶检测费 20 元到 50 元。

再次是某些人利用消费者求气心切的心理，搞欺骗活动。据罗溪乡一名消费者反映，去年九里液化气站到罗溪发展 200 户，每户投资 1 650 元，供气 5 年，每年 10 瓶，15 公斤价格是 10 元。当时供气 2 瓶后，从今年开始一直没有供气，也没有退款，负责人袁某已避而不见。类似情况在雪埝、东安、龙虎塘均有发生，令消费者非常气愤。

第四是全县许多液化气站、公司的安全规章制度不健全，出现了一些事故。去年吕墅液化气站煤气爆炸就炸死了一人。这个事故值得大家反思。

记者认为，以上问题如果处理不好，涉及千家万户，会出现社会不安定的状况，为此，建议县有关部门重视这个问题，并迅速采取措施，进行检查整顿，维护正常的经济秩序，以切实保护广大消费者的利益。

武进电台 1991 年 9 月 15 日播出

莫把制度当"纸图"

最近，常武地区爆出一条特大新闻：武进化肥厂财务科长蒋正国，利用职务之便贪污巨款 130 万余元。震惊之余，笔者产生了一点想法：莫将"制度"当"纸图"。

武进化肥厂各种规章制度名目繁多（共有 965 页，洋洋数百万字，23 个大类，从生产、质量、财务管理直至生活管理制度应有尽有）。然而这些制度用蒋犯的话来说："制度订得很多很细，但只是挂在墙上看看的制度。"制度订了，但没有严格执行,从而使蒋犯有机可乘,大捞特捞不义之财。作为一个企业,制订各种规章制度是必要的,而更重要的是要能层层监督,照章办事,循制度行动。反之,如果我们将制度仅仅写在纸上,挂在墙上,以为有了制度就万事大吉,那么,最好的制度也是一纸无用的空文,仅起了装饰的作用。这样,势必会让蒋犯那样的大蛀虫钻空子。

目前一些企业在执行财务制度时很不严格,一些会计睁一只眼闭一只眼,不合理的开支照报不误,更有甚者,一些财会人员利用工作之便从中浑水摸鱼,使国家、集体资产蒙受损失。

俗话说得好:牵牛要牵牛鼻子。有了各种规章制度,还必须认真抓执行,只有这样,漏洞才可能堵塞,企业才有可能兴旺发达。

武进电台 1987 年 8 月 8 日播出,原载 1987 年 8 月 12 日《常州日报》,1987 年 9 月 2 日《中国乡镇企业报》头版

经济犯罪者戒

今年以来,武进县把审理经济犯罪案件作为一项重大政治任务来抓,严惩了一批贪污、受贿、挪用公款等严重经济犯罪分子。据悉,1 至 6 月共审结经济犯罪案件 18 件,22 名罪犯被惩处。日前,该县又公开宣判了 4 名经济犯罪分子。这些大量的事实再次提醒我们:查处经济犯罪大案要案一时一刻也不能放松。

更为值得深思的是,武进县惩处的这些经济犯罪分子,有些还是党员干部,有的还曾身居领导岗位。他们为了满足一己私欲,竟把人民赋予的权力变成攫取不义之财的手段,有的收受巨额贿赂,有的以贷谋私、以权谋私、以税谋私,既干扰了正常的经济运行秩序,也损害了党的形象。

在市场经济的大潮中,有些人经不起考验,堕落成为金钱的奴隶,为钱而不择手段,为钱而丧失人格。尤其是一些从事经营活动的掌权者,不是做以法经营的带头人和保护神,而是凭借手中的权力,或非法经营,或贪污受贿、侵吞公款。从近几年的情况来看,经济犯罪有明显的上升趋势,已引起了从中央到地方各级党组织的重视,打击经济犯罪的力度也在逐步加大。当然,查处经济犯罪,也不可能毕其功于一役,必须像武进县那样常抓不懈,使犯罪分子无喘息机会,无可乘之机,无逃避之机。唯有如此,社会主义市场经济才能在法制

的轨道上正常运行。

武进电台1994年7月21日播出,原载1994年7月26日《常州日报》头版,获"金交杯"《延陵语丝》征文竞赛三等奖

莫把社教当"说教"

最近,笔者与县社教办的同志一道下乡了解到少数地方在开展社会主义思想教育中,存在着两种值得注意的偏向,一种是照本宣科,无的放矢,不联系当地的实际和群众的思想,念几篇材料,开几次会议,或满足于广播宣传和标语上墙,看起来热热闹闹,实际上不深不细,把社教当作空洞的"说教";另一种是光务实,不务虚,就事论事,把思想教育当作"软任务",虽然为群众办了些实事,解决了一些具体问题,但农民群众的社会主义思想觉悟没有得到真正提高。

用社会主义思想占领农村阵地,树立社会主义必胜的信念;落实各项方针政策,引导农民走共同富裕之路;加强以党支部为核心的基层组织建设,充分发挥共产党员的先锋模范作用,是中央提出的这次农村社会主义思想教育的三项任务。从这三项任务的内在要求来看,第一项重在务虚,后两项重在务实。我们要全面完成这三项任务,就必须把三者有机结合起来,将务虚与务实有机结合起来。一方面,在农村社教中,坚持以思想教育为主线。在调查研究、摸清干部群众思想脉搏的基础上,认真搞好思想教育,切实解决思想问题。譬如针对我县农村实行责任制后,还要不要三兼顾,要不要发展集体经济的问题,进行爱国家、爱集体的教育;针对"土地分到户,还要不要党支部"的问题,进行坚持党的领导,发挥党支部核心领导作用的教育等,寓教育于解决实际问题之中,并通过解决群众关心的"热点"问题的生动事例深化思想教育。另一方面,在开展社教中,必须突出以经济建设为中心。当前农村的根本任务是发展农业生产力,发展商品生产,壮大集体经济,实现共同富裕,促进农村社会的全面进步。任何情况下都不能忘记和偏离这个根本任务,农村社会主义思想教育当然也是这样。农村经济是上去了还是没有上去,这是检验农村社会主义思想教育好坏的一个重要标志。因此,在社教中,一定要自始至终围绕农村经济建设这个中心来开展工作,既不能"生而论道",也不要放弃思想教育,单纯抓生产,而要把两者有机地结合起来,凡是两者结合得好的地方,社会主义

思想教育就生动活泼,农民就乐于接受,精神文明建设和物质文明建设就获双丰收;反之,凡是两者脱节,搞成"两张皮"的地方,社会主义思想教育就深入不下去,农村经济和其他工作亦上不来。

总而言之,我们要全面完成我县农村社会主义思想教育的各项任务,不仅需要正确处理社会主义思想各项任务之间的辩证关系,而且需要正确处理务虚与务实之间的辩证关系,坚持虚实结合,注重实际效果。

武进电台 1992 年 4 月 14 日播出

领导带头　尊师重教

昨天,武进县有关学校的教师代表和县领导同志欢聚一堂,庆祝第六个教师节,对此,我们谨向辛勤耕耘在全县教育战线的广大教职员工表示热烈的节日祝贺,并致以亲切的慰问!

人民教师是社会主义教育事业的基本力量,教育主要是通过教师的辛勤劳动来实现的,离开教师的劳动,就谈不上办好教育,谈不上培养人才。教师的工作影响着整个社会,关系到国家和民族的未来,广大中小学教师是开发人的智力的启蒙者,是培养革命后代的园丁,他们的劳动是十分艰苦的。有许多教师几十年如一日,在培养人才的创造性劳动中贡献了毕生的精力。有的虽然已经白发苍苍,或者疾病缠身,仍然默默无闻地耕耘在教育园地上,这是一种崇高的共产主义精神,是一种为人民服务的奉献精神。因此,教师的创造性劳动应当受到党和人民的尊重。

当前,各级党委、政府和广大干部都要带头尊重知识,尊师重教,要把教师的冷暖挂在心上,这样,整个社会就一定会形成尊师重教的良好风尚。

武进电台 1990 年 9 月 13 日播出

创优质服务　迎"亚运"盛会

再过 24 天,举世瞩目的亚运会就要隆重举行了,我们应该为亚运会做些什么呢? 这是我们每一个人都必须思考的。昨天,武进县政府召开的"两学两创"竞赛活动,以优质服务、优良秩序,以祥和文明的气氛和面貌迎接亚洲各国体育健儿和朋友,这是我们迎接亚运盛会最直接、最具体的表现。因此,开展"两学两创"活动,不仅是我县两个文明建设的需要,而且具有深刻的爱国主义和国际主义的意义。

这次我县在商业、粮食、供销系统广泛开展学习全省商业系统排头兵——常州百货大楼,学习全国服务行业标兵——南通平潮饭店,争创最佳商店,争创最佳营业员的优质服务竞赛活动,关键是要坚持社会主义经营方向,以雷锋为榜样,全心全意为人民服务,同时学习他们加强政治思想工作,严格经营管理,热情为顾客服务和大力加强领导班子建设等方面的具体做法和经验,在全县形成一个学先进争创最佳商店、最佳营业员的热潮,把我县的商业服务工作提高到一个新水平。

武进电台 1990 年 8 月 29 日播出

为"亚运"添光增彩

在第十一届亚运会召开前夕,9 月 21 日,武进县驻常单位的县级机关党员干部 1 000 多人分别在县政府门前、文化宫广场、武进大厦、博爱路等 5 个中心点,积极开展"为亚运添光彩奉献日"活动,实地为民服务项目有 60 多种;另外,还有不少单位在所在地开展了为烈军属、孤寡老人和病残人员打扫卫生、买煤球、买粮食、上门体检、赠送书籍等活动。党员干部的义务活动受到了当地群众的交口称赞。

举世瞩目的亚运会于 9 月 22 日至 10 月 7 日在首都北京隆重举行,这是

我们伟大祖国的光荣,是我们中华民族的骄傲,它对于提高我国的国际威望、振奋民族精神、激发爱国热情、推进改革开放、促进祖国统一大业,都具有十分重大和深远的意义。昨天,县级机关驻常单位组织党员干部在各自驻地附近开展奉献活动。这是密切党和群众的联系,体现党和政府为人民办实事,转变机关作风,提高党政机关在人民群众中的威信的实

际行动,全县广大共产党员、共青团员都要通过自身的模范行动,影响和带领广大群众,继续开展"两迎两创"活动,人人为亚运增添光彩。

武进电台 1990 年 9 月 22 日播出

清除"精神鸦片" 纯洁文化市场

8 月 5 日至 6 日,武进县委、县政府积极组织了公安、工商、税务、广播、文化部门的负责人,以及区乡镇的党政领导,共计 450 多人,统一对全县各乡镇的书刊、录像市场进行了一次认真严肃的检查和整顿,从而有力地清除了"精神鸦片",纯洁了文化市场,推进了我县的物质文明和精神文明建设,这无疑是意义重大。

书刊、录像市场是文化市场的一个重要组成部分。书刊、录像市场必须坚持"为人民服务,为社会主义服务"的方向,真正成为社会主义精神文明建设的坚强阵地。但是,正如中共中央政治局常委李瑞环同志在全国宣传部长会议上所指出的那样:"目前,宣扬资产阶级自由化的反动书刊,传播色情淫秽、暴力凶杀、封建迷信等的庸俗书刊和音像制品泛滥成灾,屡禁不绝,造成严重的精神污染,毒害人民的灵魂,腐蚀青少年一代。""要彻底清查、整顿书刊和音像市场。这些'精神鸦片'一经发现,就要坚决收缴销毁,并顺藤摸瓜、追究出版及批售单位的领导责任,从重予以经济处罚和党纪、政纪处分,直到追究法律责任。"李瑞环同志的讲话充分说明了当前书刊、音像市场存在问题的严重性、危害性,以及清查和整顿书刊、音像市场的迫切性和重要性。

当前,我们要通过检查整顿,尽快净化书刊、音像市场,抵制封建主义和资本主义腐朽思想侵蚀;要不断加强书刊、音像管理,各企事业单位和私人拥有的录像机,都要到县广播电视局和乡广播管理站进行登记,从而使书刊、音像市场更好地为社会主义精神文明建设服务。

武进电台 1989 年 8 月 11 日播出

将"严打"斗争不断引向深入

从今年 8 月 1 日武进县公安局、检察院和法院联合自发布《关于敦促犯罪分子必须在限期内投案自首的通告》以来,各地广泛宣传发动,重点做好教育规劝工作,促使一批违法犯罪分子走上了投案自首的道路。据统计,到 8 月 31 日为止,全县已有 61 名违法犯罪分子主动到公安机关投案自首。我们认为,这充分体现了法律的威严,显示了人民民主专政的力量。"严打"斗争所取得的成效,是全县各级党委、政府正确领导的结果,是广大人民群众支持和拥护,各部门特别是公、检、法这些部门密切配合的结果,是全体公安干警发扬吃大苦、耐大劳的优良传统,团结一致共同战斗的结果。

但是,我们必须清醒地看到,当前我们县的治安形势仍然是严峻的,有的地方宣传发动工作的深度和广度还不够,群众还没有充分发动起来。国家需要稳定,人民需要安定。在严峻的形势面前,全县人民必须保持清醒的头脑,广大公安人员必须保持旺盛的斗志,各级党委政府必须与政法部门密切配合和通力合作,要通过全党动员和全社会的进一步发动,把这场"严打"斗争继续引向深入,以实际行动保卫国庆、保卫亚运会、保卫全县人民的安全,保证全社会的稳定,促进全县的经济建设和社会事业进一步发展。

武进电台 1990 年 9 月 4 日播出

打出声威　打出实效

7 月 16 日,武进县人民法院在武进影剧院召开了宣判大会,公判了一批犯罪分子,对此我们拍手称快。

今年是我国进一步治理整顿、深化改革的关键性一年,维护稳定尤为重要。人民要稳定,稳定压倒一切。目前,全国政治经济形势总的是稳定的,全党、全国人民民心思定,大部分地区的社会治安情况也是好的。但是,我们必须充分看到,潜在的社会不安定因素大大多于去年,形势相当复杂和严峻。因此,在全国开展一场严厉打击严重刑事犯罪活动的斗争是十分必要的。这是维护政治稳定、经济稳定和社会稳定的一项重要措施,是保证十一届亚运会顺利进行和建国 41 周年国庆安全的重要部署。

当前,在我县已经拉开了集中"严打"斗争的帷幕。各级党委和政府对"严打"斗争加强领导、统一指挥,在全县已形成了一个全党重视、全社会参与、各行各业都大力支持的局面。我们要严惩行凶杀人、暴力抢劫、重大盗窃、拦路强奸、严重犯罪团伙、流窜惯犯和累犯六种严重刑事犯罪分子,务必使这场斗争打出声威,打出实效。

共产党员、共青团员、全县干部和人民群众要立即行动起来,积极投入"严打"斗争,坚决同各种犯罪分子作坚决的斗争,积极检举揭发各种犯罪事实和线索;发现正在作案或者潜逃的犯罪分子要挺身而出,制止犯罪并把其扭送到公安机关;要规劝有违法犯罪行为的子女、亲戚、朋友投案自首,争取宽大处理。

在此,我们严正警告一切犯罪分子:你们只有改恶从善、投案自首、检举揭发同伙,才是唯一出路;如果执迷不悟,继续作恶危害人民,必将受到法律的严厉惩处。

武进电台 1990 年 7 月 17 日播出

严厉打击刑事犯罪活动

"严打"斗争开展以来,武进县各级公安机关在县委县政府的正确领导下,在检察、法院、司法等部门的配合下,扎扎实实地抓好"严打"斗争的各项措施落实,目前已初战告捷。自 6 月 1 日以来,全县共查获各类违法犯罪人员 77 名,其中逮捕 32 名,破获各类案件 71 起,其中重大案件 11 起,缴获赃款赃物折价达 126 900 元。

发动群众,坚持群众路线,是我们同各种违法活动作斗争的优良传统和有力武器。眼下,稳定是全体人民的根本利益所在,广大干部群众要从"稳定压倒一切"的高度,充分认识严重刑事犯罪活动对国家对人民的危害性,认识开展"严打"斗争的重要性和必要性,增强维护治安的社会责任感。要在统一思想认识的基础上,动员群众积极行动起来,坚决同刑事犯罪活动作斗争,使犯罪分子处于"老鼠过街,人人喊打"的境地。为此,我们大家要做到以下几点:

首先要积极检举揭发各种犯罪事实和犯罪线索,可以向公安机关和保卫组织口头举报,也可以写出检举材料。

其次发现作案或者潜逃的犯罪分子,要见义勇为,挺身而出,制止犯罪,并且将犯罪分子扭送公安机关,或者迅速向公安机关报告。

再次规劝有违法犯罪行为的子女和亲友,主动坦白交代,投案自首,争取从宽处理。如果包庇、纵容、窝藏犯罪分子,将依法追究其责任。

又次,配合公安司法机关和基层组织宣传党的政策和国家的法律,对犯罪分子开展政治攻势,促使他们分化瓦解,敦促犯罪分子坦白交代,投案自首。

最后,要积极参加治安、调解、帮教等各种社会治安综合治理工作和群防群治活动,大力扶正祛邪,落实各种行之有效的治安工作责任制,巩固和发展斗争成果。

武进电台 1990 年 6 月 26 日播出

竭尽全力　维护稳定

昨天,常州市、武进县两级法院联合在横林镇召开宣判大会,对 3 名故意杀人犯执行枪决,对 4 名盗窃犯均判处五年以上有期徒刑。这是政法机关依法从重从快打击严重刑事犯罪活动的具体体现。

国家要稳定,人民盼安宁。我县政治经济和社会治安形势总的来说是稳定的,但是,我们必须清醒地看到,当前刑事犯罪案件大幅度地上升,尤其是暴力犯罪案件和重大恶性案件急剧增多,日趋严重的刑事犯罪活动已经直接危及社会的安定、经济的发展和大局的稳定。因此,全县人民群众要提高对当前集中开展"严打"斗争重要性、必要性的认识。要全党动员、全民动手,精心组织好这场"严打"斗争,要大力推进社会治安综合治理,共产党员、共青团员和广大干部群众要积极行动起来,同严重刑事犯罪分子作坚决的斗争,为全县的政治、经济和社会的进一步稳定发展作出新贡献。

在这里,我们还要严正警告一切犯罪分子,党的政策历来是"坦白从宽,抗拒从严",只有投案自首、检举揭发、改恶从善,才是你们唯一的光明大道;假如你们执迷不悟,一意孤行,必将受到法律的严厉惩处。

武进电台 1990 年 8 月 20 日播出

积极开展除"六害"斗争

最近一段时期,武进县各地在扫除"六害"斗争中做了大量的工作,取得了一定的成绩。但是,我们也应该看到,前阶段的扫除"六害"的斗争还开展得不够平衡,有的地方发动不广,声势不大。剖析以上问题,原因是多方面的,一是某些人对扫除"六害"的重大意义认识不够统一;二是某些人对"六害"存在的情况心中无数;三是某些领导担心把问题揭露出来会影响文明单位、明星企业、先进集体等的评比;四是元旦、春节期间工作较忙,精力不够集中。

为了使扫除"六害"的斗争善始善终,取得预期的效果,当前,我们各级领导还必须切实抓好以下几点:首先要统一思想认识,搞好宣传发动。各地要结合关于东欧局势宣传提纲的宣讲,继续讲清"六害"的严重危害,讲清扫除"六害"对贯彻五中全会精神的重要意义,对此动员各级党政干部和骨干行动起来,积极投入到除"六害"的斗争中去。其次,要切实加强领导,认真组织力量。公安、民政、司法、宣传、广播、文化等部门,要统一组织力量,分工负责。对已经排查出的线索要抓住不放,一查到底,破一案牵一伙,由点及面扩大战果。各地还要选择典型案例,公开严肃处理,以达到"处理一人、教育一片"的目的。再次,要执行政策、加强纪律。除"六害"斗争要掌握一个"准"字,该打击的、该以乡规处罚的都要有具体材料,要做到证据确凿,有法可依。

武进电台 1990 年 2 月 18 日播出

"二进宫"引起的思索

当前,在有些地方,犯罪分子重新犯罪呈上升趋势,严重危害了社会治安。据某县检察院统计,在 9 个半月受理的刑事案件中,重新犯罪者计 77 人,占犯罪总数的 18%。

这些犯罪分子重新犯罪具有以下特点:一是刑满释放到重新犯罪之间的时间缩短。今年受理的 77 人中,三年内又犯的 64 名,占 83.1%。释放后不到一年就重新犯罪的,占总数 50% 以上。有些人前脚刚跨出监狱,后脚就踏上犯罪道路。如罪犯顾建新,于 1989 年 8 月 13 日刑释,当月就连续盗窃两起。二是屡进屡出,"三进宫,四进宫"人员逐渐增多。77 人中有 12 人属于这一类,占重新犯罪总数的 15.6%。如罪犯方宗良(男,63 岁),他从十几岁开始就在沪宁铁路线上扒窃,今年已是第四次入狱。前后数十年,基本就是在犯罪至判刑、再犯罪至再判刑的循环中度过的。三是两劳人员结伙,共同作案。在 77 个重新犯罪人员中,此类有 21 人,占重新犯罪总数 27.3%。这些人共同犯罪时,一般有预谋、有准备、有分工,手段狡猾。如一个由刘元林等五人组成的盗窃团伙,都是在 1988 年后刑满释放的。回乡后,他们纠合在一起,重操旧业,在 1989 年 11 月至 1990 年 2 月这短短的三个月中,就盗窃十多起,盗窃总价值达 2 万多元。四是犯重罪的比例上升,在 77 个重新犯罪人员中,属重大特大和暴力性犯罪的有 37 人,占重新犯罪总数的 46% 。

重新犯罪的原因主要是:

1. 这些人长期来好逸恶劳,劣性不改。有的刑释人员不能正确对待一些人的厌弃,思想颓废,自暴自弃。少数犯罪分子虽判刑劳改,但不认罪服罪,之后又屡屡作案,危害社会。

2. 改造不力。目前,有的监狱、管教场所存在重劳轻教现象,对犯人注重生产、劳动,忽视思想改造,对道德教育、法制教育、政治形势教育等抓得不够,以致有些犯人的犯罪心理没有得到很好的改正和矫正。

3. 有些地方帮教工作未落到实处。具体表现在:一是家庭管教脱节,劳改(教)人员回家后,有的受家庭成员的歧视、厌弃,有的家庭教育不当,有的放任不管;二是社会帮教脱节,有些虽建立了帮教小组,但有名无实,有些刑满释放人员因受到社会上部分人的歧视,就业困难,刑释、解教人员多数处于无组织、无纪律约束的状态。

为了遏止重新犯罪上升的势头,降低重新犯罪率,促进社会治安的进一步稳定,我们认为应当采取如下对策:

第一,提高劳改、劳教的质量,抓好犯人犯罪心理的矫治和改造,以清除犯人身上的恶习。

第二,社会帮教工作要紧密衔接。刑释人员一回家,帮教就要跟上去。基层派出所要与有关方面一起为他们落实教育措施,真正做到安置工作有人管,思想教育有人抓,以消除帮教的断裂层,所在单位或农村党支部、村委要鼓励他们遵纪守法,勤劳致富,并尽可能为其创造条件。

第三,家庭帮教要跟上去。要帮助他们克服自卑感,引导他们改邪归正。

第四,坚持回访制度,加强督促。尤其是刑释、解教后的三年内,要加强回访。回访应有统一安排,一年内可回访两至三次,对表现好的表扬鼓励,对表现差的对症下药,积极采取措施,使他们警钟长鸣。

第五,坚持"严打"方针,对重新犯罪露头就打。

原载 1990 年 11 月 17 日《常州日报》周末版,合作者:严杏珍

车祸血与泪　警钟要长鸣

交通事故猛似虎,车轮无情鲜血流。据记者了解,从 1987 年至今的 30 个月中,武进县已发生交通事故 2 004 起,可怕的车祸吞噬掉 284 名无辜者的宝贵生命,无情的事故给 1 183 人留下了终身残疾;造成的经济损失高达 2 403 045元,使成百上千个幸福的家庭遭到破坏,给众多受害者的亲人带来巨大的精神痛苦。鲜血让人醒悟:车祸血与泪,警钟要长鸣。

那么,为何我县交通事故频频发生呢? 据笔者调查,主要存在四个方面问题:首先是机动车车辆急剧增加,到今年 6 月份,全县已拥有机动车车辆23 000 多辆,自行车 70 万余辆;其次是非机动车和行人违章严重,据今年 1 至6 月份统计,全县发生重大、特大交通事故 51 起,其中非机动车、行人与机动车发生交通事故为 36 起,占事故总数的 73.5% ;再次是道路交通管理出现了新的矛盾和问题,我县是发展外向型经济的沿海开放县,以城市为中心的城乡交流和广大农村之间的横向联系越来越广泛,从而造成人、车出行频率加快,客货运输量剧增,交通负荷增大;最后是随着商品经济的发展,交通运输结构发生了较大的变化,社会安全防范机制有所减弱,重效益、轻安全的现象在一些地方或部门仍然存在。

交通安全,事关重大。当前三个月,正是高温季节,也是交通事故最频繁发生的非常时期,为此,县委、县政府日前提出要在全县开展"百日交通安全竞赛"活动。这对防止重大交通恶性事故的发生,减少无辜者的丧身,将会产生巨大的作用。为此,我们要借这股强劲东风,切实加强道路交通管理,以治"乱"为中心,以压降重大事故为重点,集中整顿干线集镇的交通秩序,清理整顿瓜果摊位等违章占道问题,确保路路畅通,处处平安。

武进电台1989 年 7 月 5 日播出

千日打柴何必一日烧

最近,笔者在下乡采访中了解到,武进县某乡有一个四口人的农民家庭,原有四间瓦房,今年年初又建造了两间三层楼房,结果是楼房竖起,债台高筑,负债一万余元。

目前,农村许多农民为了盖楼造屋,有的起早摸黑含辛茹苦地劳动;有的节衣缩食、省吃俭用地生活,经过几年甚至十几年的积攒,等手头有了一些钱就全用在建楼房上,真可谓是千日打柴一日烧。诚然,住房较拥挤的农户造一些楼房是无可非议的,问题的关键是,一些农民讲排场、图宽敞、搞攀比,不仅盖楼房自己住,而且还盖"儿子楼",甚至盖"孙子楼"。为此,不少农户往往是"盖新房,添新愁",有的甚至是"头年造新房,二年喝稀汤",生活陷于窘迫的境地。这种做法实在没有必要。

中国人有句老话:"屋宽不如心宽。"农民家庭作为目前一个独立的经营实体,必须保持积累和消费的合理比例,如果只顾生活消费,甚至超前地不合理地消费,而生产投入极少甚至没有,那么势必会削弱农业的后劲,也影响自身生活水平的进一步提高。因此,笔者以为,农民兄弟要正确处理好积累和消费的关系,千万不要千日打柴一日烧。

武进电台1987年9月16日播出,原载1987年9月20日《常州日报》,合作者:周仁华

吸取教训　引以为戒

12月12日,中共武进县纪委就关于开除原戴溪派出所所长贾仁康党籍,向全县各地发出通报。通报指出:贾仁康身为共产党员、执法干部,竟乘人之危,奸淫妇女,执法犯法,严重地败坏了党和政府在人民群众中的声誉,为严肃纪律,县纪委决定开除贾仁康的党籍。

在改革开放的新形势下,我县广大执法干部在打击各种违法犯罪和歪风邪气,维护人民的合法权益,保证我县经济建设健康顺利发展等方面,做了大量的工作,对于执法队伍的主流和取得的成绩,我们必须予以充分的肯定。

但是,我们也应该看到,在某些腐朽意识和腐败现象的侵袭影响下,执法队伍中以权谋私、敲诈勒索、徇私枉法、道德败坏等违法乱纪现象时有发生。除了贾仁康利用执法办案的机会乘人之危,强奸妇女这个典型案例外,有的执法人员私藏淫秽物品,私藏因卖淫被收容审查人员的案卷,并与该妇女乱搞两性关系;还有的执法人员利用手中权力,收受下属单位大量的贿赂;还有的执法人员采用欺骗等手段,将集体单位数万元公款借给私人搞非法营利活动,并

拿走纳税单位6 000余元建材,迟迟不去结账付款。这些事情尽管发生在少数执法人员身上,但在群众中造成了极坏的影响。

俗话说:前事不忘,后事之师。全体执法人员一定要从贾仁康等人的违法乱纪事实中,认真吸取深刻教训,要牢记全心全意为人民服务的宗旨,明确自己肩负的重任,要想到自己的一言一行都关系到人民群众的利益以及党和政府的威信。要以党和人民的利益为重,坚决依法办事,要处处严格要求自己,自觉保持廉洁作风,用自己的行动带领群众同腐败现象作斗争。

与此同时,各级领导也要加强对执法人员的管理教育,防止和克服使用多、教育少的倾向。对执法犯法,无视纪律者,要从严惩处,决不姑息。

武进电台1989年12月25日播出

充分发挥"第一道防线"的作用

昨天,武进县政府召开人民调解和防止民间纠纷激化工作会议,这在新形势下具有重要意义,对于依靠各级调解组织,运用社会力量,维护社会安定团结无疑将产生重要作用。

人民调解制度是我国人民创造的一项解决民间纠纷的卓有成效的重要制度,人民调解工作已成为社会治安综合治理中不可缺少的重要组成部分,成为运用人民调解力量减少纠纷、预防犯罪的"第一道防线"。如果各级党委和政府都重视起来,把法制宣传、调解纠纷、防止矛盾激化等各项工作做好了,那么各类纠纷和犯罪案件就会大大减少,人民群众就会更加和睦团结,社会的稳定和经济的稳定就有了坚实的基础。

因此,当前全县各级党政组织在目前社会治安状况尚未明显好转的新情况下,一定要十分重视发挥人民调解这"第一道防线"的积极作用。

武进电台1990年9月28日播出

莫当"精神乞丐"

江阴有个华西村,武进有个新华村。地处长江边上的魏村镇新华村,这几年来可谓富得"流油"。新华人物质上富有了，精神状态、村风民俗同样令人羡慕。据了解，该村近几年来无一刑事案件发生，无一人参与赌搏和卖淫嫖娼，邻里之间很少有纠纷，在这里，村风正，民风淳，祥和气氛洋溢着全村。

新华人在大力发展经济的同时，一时一刻也没有放松精神文明的建设，努力创造一个和睦、团结、安定的小气候。良好的小气候如何创造？首先是干部起模范带头作用，从未有任何干部参与违法经营、赌博迷信等活动。其次是该村有一套全面细致的奖惩条例，时时对村民起到约束作用。三是该村千方百计搞好文化设施建设，使人们在紧张的工作之余玩有内容，行有去处，谈有雅室。

与新华村不同的是，我们也经常看到听到一些物质上已经富裕了的地方，忽视和放松了精神文明的建设，文化站改成小作坊，阅报栏成了广告栏；有钱修庙宇，设灵台，祭祖先，修椅子坟，请神汉，信巫婆，兴赌博，婚丧嫁娶大操大办等，一些腐朽没落的东西又死灰复燃，淳朴的村风民风变了味。

物质上的富翁，不能成为精神上的乞丐。但愿新华村的清淳民风能吹醒一些人。

武进电台 1994 年 2 月 12 日播出、常州电台 1994 年 2 月 16 日播出，原载 1994 年 2 月 21 日《常州日报》，获常州电台"金花杯"广播言论竞赛三等奖

大家都来刹"三风"

近来，"三风"即赌博风、偷窃风、封建迷信风，在武进县某些地区的个别地方有所抬头，蔓延成风。它搞乱了人们的思想，污染了社会风气，危害了社会治安，给群众造成了种种不应有的损失，严重影响了群众的生产和生活。

赌博害人、害己、害国家，给社会带来很大危害。其一，诱发犯罪。某些人赌博输钱后，为偿还赌债或聚本再赌，贪污、盗窃、诈骗，甚至抢劫、杀人等。譬如，武进县嘉泽乡平原村青年徐某，赌输钱后想翻本，将双代店营业员张某杀死后，盗取现金 300 余元。这起由赌博引起的恶性刑事案件严重危害了社会治安，影响了社会安定。其二，涣散劳动纪律。某些人久赌成瘾，上班迟到早退，有的长期旷工，有的甚至上班时聚众赌博，破坏正常生产，严重影响了经济发展。

偷窃不仅扰乱社会秩序，而且直接危及国家、集体和群众的财产安全。如

我县某些地方,前阶段群众有"三怕":一怕出门被扒窃,尤其怕乘公共汽车,车上的扒窃者猖獗,一不小心就会被窃。二怕路上被抢劫。不久前,我县某乡一位财会人员从银行提1万元现金,不料被伏击在路上的强盗抢走,那位财会人员痛哭流涕地说:"现在的社会治安状况真令人担忧啊!"。三怕家中被盗窃。如经济发达的湖塘镇经常发生"白日闯",窃贼胆子越来越大了,越来越猖狂了。这些严重影响了群众的正常生产和生活,群众对此痛恶疾之。

封建迷信活动既影响生产,又毒害人们心灵,危害人民身心健康。近年来,我县有些地方封建迷信活动猖獗,甚至搞得乌烟瘴气。武进县寨桥乡灵西村的赵某,在家设堂拜佛,兜售仙方、镇梦符,诈骗60多位农民520元现金和鱼、肉、酒等实物。雪堰乡有位青年杨某,胡说在杭州得到一位98岁老僧的指点,从惠山脚下获得经书,自称"杨半仙",诈骗一百多名农民的钱财,导致当地群众人心惶惶,扰乱了社会秩序。

因此,"三风"的危害事实充分说明,它是破坏社会主义物质文明和社会主义精神文明建设的违法犯罪行为,我们必须坚决禁止和破除。眼下,我们正处于阳春三月"文明月",希望大家都来狠刹"三风",创造一个文明和谐的武进。

武进电台1990年3月3日播出

如此家风要不得

不久前,武进县潞城乡某村的C家,儿子因筹办婚事向父亲伸手要钱,父亲拿不出,两人争吵开了。儿子操起碗、锅直朝父亲砸将过去,结果父亲被打得头破血流,送往乡医院治疗。儿子呢,嘴里还振振有词:"你们能打奶奶,我就不能打你?"

儿子的话,事出有因。过去,他父母对年迈的奶奶稍不如意就骂,一不顺心就打。有一次,他们对老人先是两记耳光,后又将一只痰盂扔过去,浇得老人从头到脚一身尿屎,臭气熏天。老母气得几乎要寻短见,最后还是被赶出了家门,只得长期住在女儿家。这一切,小辈耳濡目染,如今他成年了,也开始仿效父母对长辈的恶劣态度了。

俗话说:"上梁不正下梁歪。"三年前母亲甩痰盂,现在儿子扔锅、碗;三年前奶奶挨耳光,今天父亲被打得头破血流。可见家长的一言一行直接影响着儿女们。显然,儿女不敬老甚至虐待老人,是错误的。C家这戏剧性的后果,值得人们深思!

原载 1986 年 3 月 1 日《常州日报》周末版

莫让孩子以身"殉"网

不久前,浙江绍兴一名连续三个通宵上网的少女,因父母亲不准她再去网吧,竟从四楼窗口一跃而下,以身"殉"网;湖北省一名高中生因经常浏览黄色网站而出现情感性精神障碍……如此种种使互联网渐渐成为一些家长和老师眼中的"洪水猛兽";而"色情网站"、"网恋"、"电子海洛因"等字眼,则更是让关心孩子的大人们感到心惊肉跳——孩子泡"网吧"已是日益突出的社会热点难点问题。

据中国互联网信息中心新近公布的一项统计报告显示:18 岁以下网民占我国上网总人数的 15.1%,而对网民职业分布的调查中,学生的比例占到 23%,是所有职业中最多的一项。如此众多的青少年上网人群给一些犯罪分子提供了可乘之机,他们利用网络的隐匿性,将目光瞄准涉世未深的青少年。一则来自大连的消息说,该市某职业高中两名女学生在网上聊天时结识了一男网友,在相约见面后,该男网友将二人骗至宾馆,其中一名女学生被强奸,另一名女学生因极力反抗而脱险。如此严峻的现实,怎不令人痛心疾首。

泡"网吧"不但浪费时间,更有害于青少年的身心健康。"网吧"里空气混浊;"网吧"经营者很少及时清理记录,不良、非法网站一旦被登录,便很快可以一传十、十传百,引起连锁式的负面影响,使青少年遭受不健康网站的侵害。

保障孩子安全上网、上健康网,确实是目前青少年教育中一项刻不容缓的任务。眼下,学生开始了漫长的暑假,笔者认为,这不但需要家长、学生的自醒自觉,更迫切需要相关的教育行政部门、学校和其他相关单位的互相配合以及相应政策措施的制定、实施。

原载 2002 年 7 月 6 日《常州日报》头版,荣获 2002 年红星美凯龙杯《延陵语丝》征文优秀奖

"疏"比"堵"好

日前,笔者在本市浦南小学电教室看到,一群孩子正聚精会神地操作电脑上的中国少年"雏鹰网",看得出他们玩得开心、学得舒心。一旁的家长高兴地对笔者说:"让孩子们上这样的网,我们家长也放心。"

玩游戏是每个孩子的天性,也是家长和老师反对孩子上网的原因。现在,一些家长和老师谈"网"色变,对孩子上网一概拒绝。然而,我们若一味采取"堵"的办法,实际上是一种消极的行为。这种行为往往会导致孩子产生逆反心理。因此,积极的方法应该是变堵为疏。据了解,"雏鹰网"系中国少先队组织的唯一官方网站,也是我国最早开发的、集百科趣味教育为一体的全国少年儿童自己的网站。"雏鹰网"e 少年学堂(网上学校)就是为适应电脑迅速普及的形势以及小孩子喜欢打游戏的天性而开设的网站,学生可以通过这种寓教于乐的形式,在游戏的环境中完成作业,加强在课堂里学到的知识,既玩又学,学生开心,家长放心。

目前,我国正在大力推动学校教育信息化进程,邓小平同志早就提出"电脑要从娃娃抓起",江总书记针对信息网络化问题也提出了"积极发展、加强管理、趋利避害、为我所用"的基本方针。"从娃娃抓起",绝不能把所有网站都关了;"趋利避害",关键是"加强管理",而加强管理绝不是一禁了之。

原载 2002 年 7 月 20 日《常州日报》头版

由"清华校训"所想到的

"自强不息,厚德载物"是清华大学的校训,当今社会的父母们多么希望自己的孩子依此校训而成才,能够成为清华等名校的莘莘学子。"望子成龙、望女成凤"的心态由此可想而知。

可是,如今为什么有些孩子的成长之路却充满坎坷?为什么父母们的良苦用心有时不能如愿以偿?在此,让我们从先辈的教诲中寻找原因吧。

古代的《周易》中有乾卦和坤卦,这是代表天和地的卦象,后《象传》中的解释有这样的精彩词句:"天行健,君子以自强不息;地势坤,君子以厚德载物。"它的基本含义是这样的：天的运行是刚健不屈的，它不受人世兴衰治乱的影响，也不为任何艰难险阻所挡，按自身的规律永恒不止地前进。因此，将刚健视为天的高尚品格。《象传》的作者要求人要效法天，刚健不已、自强不息，不因困难而阻，不因失败而馁，一往无前，努力进取永无止境。

坤，即地。柔顺是"地"的性格，以补偿"天"的性格刚健之不足。"地"的柔顺性格主要体现在："地"幅员广阔，其体深厚，它生长万物，滋养万物，且万物并蓄。这种公而忘私、宽厚为怀的品德，就是"厚德载物"。因此，人在效法"天"的刚健的同时，还要效法"地"的柔顺，培养出公而忘私、宽厚为怀的高尚品德。

"自强不息、厚德载物"，它为中华民族树立了一个全面的、理想的高尚品德。眼下，结合我们的家庭教育，笔者认为：一方面应引导孩子在品德方面效法天和地，贯穿其终生，让孩子自己能够形成高水平的学业抱负和学习动机，从而使孩子向着自己的目标努力。另一方面，对于为人父母者，还可理解为——父亲是孩子的"天"，母亲是孩子的"地"——家庭、父母应效法天、地，从而为孩子的成长开辟一个比较理想的天地——天高地厚，一个充满爱心、健康成长的自由空间。

2006 年 9 月 1 日

学雷锋 树新风

今年是毛主席发表向雷锋同志学习题词 27 周年，为此，武进团县委号召全县各级团组织、广大青少年积极行动起来，广泛开展"学雷锋，树新风"活动。

然而，近几年来，由于受社会上的不良影响，一些人的思想被搞乱了，认为雷锋精神"已经过时了"，因此，学习雷锋也很少有人提了，社会风气一度很不正常。

雷锋精神集中体现了中华民族的优良传统，闪耀着共产主义思想的光辉，在改革开放和现代化建设的今天，雷锋精神没有过时，仍然是我们建设中国特色的社会主义不可缺少的精神财富。在全社会特别是在青少年中开展学习雷锋的活动，是非常必要的。

在新形势下学习雷锋精神，主要是学习雷锋热爱党、热爱社会主义的政治立场,公而忘私的共产主义思想,全心全意为人民服务的崇高品质,艰苦奋斗的优良传统,刻苦学习的"钉子"精神,干一行爱一行的工作态度,通过学习雷锋精神,使"讲奉献、讲理想、讲道德、讲文明"在全县蔚然成风。

武进电台 1990 年 3 月 3 日播出

贵 在 参 与

八月龙城,绚丽缤纷。魅力常州"思元杯"服务业迎宾小姐风采大赛经过数场的激烈角逐,现已揭晓了,并于 2005 年 8 月 25 日在华英大酒店一片喜气洋洋的气氛中降下了帷幕,在此,我们对这次大赛取得圆满成功表示热烈的祝贺!

具有深厚文化底蕴的龙城,近几年来餐饮业犹如雨后春笋般迅猛发展,这在全省乃至全国堪称是凤毛麟角。然而,在这火爆餐饮业的背后,龙城餐饮业迎宾小姐形象风采及综合素质究竟如何呢? 这次由《常州晚报》、常州大运河广告有限公司等单位筹备组织的魅力常州"思元杯"服务业迎宾小姐风采大赛,真实地展示了她们的外表形象及内在素质。尽管天气炎热,气温达到摄氏37 度,但是,她们克服重重困难,冒着酷暑,全身心地投入了大赛活动;尽管她们不很职业,有的是第一次登台,有点腼腆和拘束,但是,她们作为常州餐饮业的"亮点",在此大赛中表现得非常精彩,充分显示了她们的智慧和魅力。她们的精神是可贵的,她们的风采是靓丽的,她们的智慧是闪光的,她们跨出了成功的第一步,为龙城餐饮业开启了春天般的先河。

常言道:众人拾柴火焰高。任何形式的大赛活动,都需要人的参与及社会各界领导的支持。得奖固然重要,但参与更重要,只有大家参与了,大赛活动才能搞得热火朝天。因此,事在人为,贵在参与。

因作者系这次大赛评委,故撰写了这篇评论

窃 电 就 是 贼

最近,笔者从有关部门了解到,我县某乡有一家乡办企业,不择手段使电表停走,从而达到窃电目的。案发后,该厂被电力管理部门追补电费1.2万余元,罚款1.8万余元,窃电者作检查,并被撤去职务。据了解,目前窃电现象不仅农村有之,城镇有之,而且窃电手段已趋向多样化、智能化。

剖析其原因,主要有三:一是有相当一部分人"电是商品,是国家重要的动力资源,是国家财产"的观念比较淡薄,某些人错误认为"窃电不算贼"、"窃电不违法",致使窃电成"风";二是一些乡镇企业承包人的收入与经济效益挂钩,有的人为了降低成本,无视法律,指使电工进行窃电;三是个别电工玩忽职守,甚至伙同用户窃电,或者对一些已查的窃电案件不按规定处理而受贿私了。

当前,全国上下正在开展一场反窃电斗争,为此,笔者认为,首先各级要利用一切宣传工具广泛宣传国家能源部、公安部联合发布《关于严禁窃电的通告》,使广大群众认识到窃电的危害性和认识到"窃电就是贼","窃电已违法",自觉地遵守用电纪律,用电计划,节约用电,爱护国家电力资源。其次要发动群众检举揭发窃电行为,严厉打击窃电歪风,使国家财产不受损失。第三要加强各级管电队伍思想建设和组织建设,整顿行业不正之风使电业人员廉洁奉公,照章办事,提高服务质量;同时,还要加强用电管理,整顿供用电秩序,使电力销售环节走上制度化、规范化的轨道。

武进电台 1990 年 10 月 1 日播出

以德经商天地宽

以德经商天地宽,陆国强在总结江苏金太阳家电有限公司八年来取得的发展时,下了这么一个定语。他认为,以德经商就意味着必须依法经营讲诚信,又必须加强售前、售中及售后服务以取悦消费者,还必须让利于消费者并尽可能回报社会。

陆国强这话实质上是对传统意义上的商业作了新的诠释,道出了当今商人以德经商的三种境界。

经商就得依法,就得诚实守信,这也是对商人最起码的要求。然而,在向成熟的市场经济转轨过程中,由于目前法制还不十分健全,同时也由于目前惩治假冒伪劣商品的力度还不够,致使依法经营无利图,不讲诚信有光沾。在这样的社会环境中,要想真正依法经商,没有一点商德还真难坚持到底。

有了诚信,再坚持一切为消费者着想,加强对顾客售前、售中及售后服务,就会在消费者中形成一个较好的口碑,同时也就赢得了市场。然而对大多数商家而言,总认为凡事多为顾客想是自找麻烦,是赔钱赚吆喝。事实上,比起依法经商、诚信经商,这种自找麻烦对商家的道德要求也高了一步。

让利于消费者,是目前商战的常用口号。但如果真正将商业利润定位在一个合理的界线,尽可能少赚一点顾客的钱,哪怕是结合商业炒作,搞一点社会回报之类的活动,也值得我们欢迎。尽管这对商家而言,或许是一个商业眼光的问题,但仔细想来,不也有一个商德问题在其中吗?

原载 2004 年 1 月 27 日《常州日报》

莫让地方保护主义"炸"瞎了眼

最近,武进县崔桥乡蓉丰小学六年级学生张红晓,在服用江苏省弋阳花粉食品厂生产的"中华花粉"营养口服液时,刚用小砂轮划破玻璃瓶,便发生了爆炸,顿时小张的左眼疼痛难忍。如今,小张的父母心神交瘁,虽已用去医药费 3 000 多元,但是小张的左眼是好是坏还难以预料,一位多年的"三好"学生只好被迫休学在家。

假冒劣质营养品已经声名狼藉,但是,为什么至今还能在生产和市场上销售呢?究其原因,除了行业不正之风和消费者对假冒劣质品的识别能力不强等因素之外,搞地方保护主义是一个很重要的原因。

由于少数地方领导干部的法律意识不强,只顾抓经济,不顾抓法制。某些干部为了本地区、本部门的利益,对制售假冒伪劣营养品的行为不问不闻,熟视无睹,他们错误地认为"自己的孩子自己爱",致使制售假冒劣质营养品的行为愈演愈烈。据我县有关部门反映,从 1988 年至今,全县就有 40 多位消费者在服用假冒劣质"人参蜂王浆"等营养口服液时发生了类似的爆炸事故,其中 10 人被不同程度地炸伤了眼睛;今年就有 4 位消费者的眼睛被炸伤致残。一位消费者含着泪痛苦地说:假冒劣质商品真是害煞人!

假冒伪劣产品是发展社会主义市场经济中的一股浊流,而地方保护主义又是这股浊流的"保护伞"。不彻底根治这个"恶瘤",企业会受困扰,消费者的权益会被侵害,社会主义现代化建设也必然会受到影响。所以,当前,我们在打假治劣中,首要的是打破地方保护主义,莫让地方保护主义"炸"瞎了眼睛,造成真假难分。

武进电台1992年12月28日播出,原载1993年2月6日《新华日报》、1993年1月9日《华东信息报》、1993年1月7日《常州日报》、1993年8月21日《消费指南》杂志,获常州市广电局1992年度优秀广播节目一等奖

有钱岂能买"超生权"

最近,笔者在下乡采访中,发现一些专业户在计划生育中出现了"有钱不怕罚,只要有儿生"的事。譬如武进县某乡有一位花木专业户,不顾政策的许可,超计划怀孕第二胎,他对乡政府领导说:"你们规定罚超计划生育五千元,我情愿出五万元,是否给我再生一个儿子?"

我们说,近几年来农民的生活由穷变富,这全靠党的政策的正确指引。农民手中有了钱,这本身是一件好事,但不应把自己已有钱作为超计划生育的资本,拿钱去买"超生权"。为了做好农村的计划生育工作,近几年来各地相应制定了一些惩罚措施,这是必要的。但是这只能是实行计划生育过程中的一种辅助方法,决不是我们的目的。我们的目的在于物质生产和人的生产有计划地进行,到20世纪末,人口控制在12亿左右,人民的生活达到小康水平。因此,奉劝那些至今还抱着"有钱能使鬼推磨"想法的"聪明人",不要认为有钱就可以买"超生权"了。须知,你致富是靠党的政策,而计划生育也是党的政策,不能顺我心的政策就执行,不合心的政策就不执行啊!

武进电台1987年5月5日播出,原载1987年5月27日《常州日报》,获全县"计划生育征文"一等奖

保护修复淹城之我见

"里罗城,外罗城,中间方形紫罗城,三套环河四套城","内高墩,外高墩,四周林立百余墩,城中兀立王女墩",这两首民谣恰当地描绘了淹城的地理概貌及美好画图。

闻名中外的千古淹城,位于常州市区西南约7公里处,总面积为1平方公

里。淹城是目前我国保存最完整、最古老的地面城池遗址,距今三千余年。自1956 年以来,淹城多次被列为江苏省文物保护单位;1985 年 9 月,武进县人民政府在淹城成立了武进县淹城博物馆和淹城管理委员会;1988 年,淹城被国务院列为全国重点文物保护单位。

如今雄伟的淹城门楼

近几年来,各级政府与有关部门为保护、修复淹城做了大量的具体工作,三年多来,省、市、县三级政府共投资 215 万余元,并对居住在淹城内的农户做了搬迁工作(现已搬出 100 多户,尚有 20 多户未搬出);同时还建造了淹城博物馆。但是,目前淹城的状况是:一、保护措施得不到落实。由于土地问题没有解决,搬迁出来后的农民仍然要进淹城种地,特别是一些农户的自留地仍在城墙上,致使城墙逐年下降,遭到人为的破坏。二、淹城至今没有一个绿化规划。千年古城现在是杂草丛生,劣树满城。由于淹城名声在外,许多游人慕名而来(每年有近万人),可是,他们来到淹城,别说找个风景点摄个像留念,就连喝杯开水的地方也没有。鉴于以上不利状况和目前国家财政紧张情况,笔者谨向常州市政府提出几点保护修复建设淹城之意见:

首先,要加强对淹城的保护、管理。作为全国重点文物保护单位之一的淹城,目前在国家财力有限的情况下,保护是前提,修复是基础,考古是关键。当务之急要解决淹城内的农民土地承包问题,即农民的谋生问题。在这点上,建议市政府在政策上要给淹城农民一点实惠。如为开发淹城旅游事业办一些综合性的服务设施,对一些工业、商业、饮食业等,政策上给予适当优惠,这样,既可以解决淹城农民的就业问题,又能使千古淹城得到有力的保护。

其次,要绿化淹城、美化淹城。笔者建议市政府将淹城列为全市义务植树基地,从今冬明春起,动员全市各单位、学校、团体及个人,为淹城植树,为美化淹城作一点贡献,逐渐为建设江南特色的园林打下扎实的基础。

再次,修复、建设淹城是一项巨大工程,国家一下子投资建设不可能。但笔者认为,长远规划,可以分段实施。从明年起至 1999 年止,三年一规划,一年一计划,逐年实施。

春秋淹城古遗址

第四,对解决修复建设淹城的资金来源,笔者认为可以采取以下多种形式、多种办法:1. 省、市、县三级政府,可以根据自身财力及建设淹城的总体规划,每年拨一定数量款,实施 1～2 个小段计划,逐步来装点淹城风景区。2. 由淹城管委会主办,发放修复、建设淹城纪念币(20 元或 100 元的有偿面币),社会个人捐款者认领后,今后凭此纪念币免费游览淹城。3. 吸引台胞及外商前来投资建设淹城。

武进电台 1989 年 11 月 18 日播出,原载 1989 年 12 月 1 日《常州日报》头版,荣获“我为振兴常州献一计”征文赛三等奖

切莫冷落小喇叭

最近,笔者从有关部门获悉:在今年六、七、八月的三次抗洪救灾中,武进

县广播电台和乡镇厂广播站的小喇叭发挥了特殊的作用。如县委、县政府用电台发紧急通知,召开广播会议,播出县领导和部门领导讲话等达 33 次;崔桥、寨桥、湖塘、东安、横山桥等重灾区依靠有线广播组织抢险和指挥灾民转移,群众称有线广播是"生命线、救命线"。

然而,近几年来,随着乡镇企业的蓬勃兴起,农民衣食富足,彩电、收录机都有了,有线广播一度遭受到某些干部的冷遇。我们说,农村有线广播是党和政府的喉舌,也是党和政府密切联系群众的桥梁、纽带,要建设具有中国特色的社会主义现代化,如果光抓"钱袋",不抓"脑袋",这"钱袋"迟早保不住。事实上,农村有线广播一竿子到底,"说的身边事,讲的心里话",与农民关系密切,犹如"着肉的布衫,贴心的朋友",党和政府需要它,农村干部使用它,广大群众喜欢它;从振兴经济的角度来说,有线广播不仅是有力的现代化宣传工具,而且能传播信息技术,促进农村共同富裕。实践证明,在这次百年未遇的抗洪救灾中,小喇叭起到了大作用。因此,笔者建议某些曾冷遇过"小喇叭"的农村干部,请你们把"小喇叭"摆上位子,安排票子,鼎力办好农村有线广播。

武进电台 1991 年 9 月 3 日播出

要增强"造血"功能

岁末年初,扶贫工作已摆到农村各级领导的议事日程上来,这确实令人欣喜!

然而,在这欣喜之余,似乎又有一种担忧:年年扶贫,年年贫穷。这种忧虑并非毫无根据,据了解,我县少数地方在扶贫时,将扶贫资金朝贫困户手里一放就算万事大吉,至于贫困户将这些钱用在何方,则不闻不问。这种扶贫方法,虽然也能解决贫困户的一些"燃眉之急",但是,最后并未"扶到实处,治到根上"。到头来,一些贫困户因没有找到致富门路而把钱花到了其他地方,有些贫困户则因不懂技术而导致生产亏了本。去年武进县某乡有个贫困户养了许多小蚌,由于缺乏科学养蚌技术知识,结果很多小蚌死了。又如前年庙桥乡某村扶贫户种了一亩田的葡萄,由于缺乏管理葡萄的技术,最后只成活了10%,而即使成活的结果也很少。这些生产上失败的扶贫户都叹着气说:"扶贫经费给我们是'输血',而科技扶贫是'造血'啊!"

古人云:"授人以鱼,莫如授人以渔。"这意思是,送人家数条鱼,不如教人家养鱼和捕鱼的方法。扶贫帮穷亦同此理。因为,不少贫困户除了劳力少、缺乏资金外,很重要一个因素就是缺信息、缺技术。所以,在当前扶贫工作上,资金扶持固然重要,但信息引路、技术指导也不可少。如果贫困户既有生产资金,又有致富项目,还有生产技术,那么,农村贫困户就犹如鱼儿得水,必定可迅速脱贫致富。

武进电台 1991 年 12 月 8 日播出

兴建电话村好

　　近闻武进县魏村镇新华村采取"村里补一点,村民拿一点,邮电局优惠一点"的办法,投资 88 万元,为全村 363 户农户家安装了电话,占全村总户数的 70% 以上,率先成为常州地区的"电话村",从而使多少年来农民渴望的"楼上楼下,电灯电话"真正变成了现实。

　　经济能较快发展,农民能较快致富,均与乡镇工业的兴起和电话的广泛使用关系甚大,这已被越来越多的人所认识,亦已被在中国广大农村中率先致富的苏南农村的实践所证明。因为发展经济不能没有工业,搞工业又离不开通信,市场经济与通信有着直接关系。电话传递信息快,可以提高时效,减少业务联系人员和车辆往返,特别是供销人员可以利用晚上与对方联系业务,不出家门就可以做生意,亲朋好友即使在异国他乡,只要电话一拨便可以相互问候、祝福等等。一句话,实现现代化的小康生活,离不开现代化的通信,发展通信事业能使人们更加富裕。

　　兴建"电话村"既能促进地方经济的繁荣和发展,又能提高农民生活的质量,因此是一件利国、利村、利民的大好事。为此,笔者希望农村有关领导把兴建"电话村"作为为民办实事的一项目标,像新华村那样采取"三个一点"的办法,这样,既可减轻村民负担,又体现了集体经济的优越性,何乐而不为呢?

武进电台 1994 年 11 月 2 日播出

百花园中一枝兰

　　不久前,我从朋友处偶然看到一本《常州政协》刊物,随意翻阅,顿觉其内容丰富多彩,形式生动活泼,颇有看头,爱不释手。于是,自己有时干脆提起笔来也向《常州政协》撰写文章,有幸成了《常州政协》的一名热心读者和通讯员。

随着时间的推移,《常州政协》渐趋成熟,现已成为广大政协委员及市民交流经验的平台,了解重大信息的窗口,反映社情民意的渠道,吸取政治营养的精神家园,对常州的经济、社会发展及构建和谐社会起到举足轻重的作用,因此,《常州政协》在广大政协委员和读者的心目中有很重要的位置,可以比喻为百花园中的一株兰花,它虽不艳丽夺目,却幽香四溢,引人入胜。

任何事物都是一分为二的,《常州政协》同样如此。为此,笔者提出一孔之见:建议双月刊改为月刊。因为双月刊相隔时间太长了,有些重大新闻时效性差了,新闻变成旧闻了;而且,还有些重大的建议或意见得不到及时落实或修正,这样势必会使我们工作效率打折扣,直接影响到党和政府在人民群众中的威信。当然,双月刊改为月刊,肯定要有人力、物力、财力的投入,但是,笔者认为,有投入就会有产出,这个投入是值得的,是符合广大政协委员及读者心愿的,是具有极其重要的政治意义的。与此同时,笔者建议《常州政协》要扩大发行范围,提高刊物的知名度,从而促进广大市民了解政协工作,积极参与和支持政协工作,使政协工作有条不紊,锦上添花。

原载 2006 年《常州政协》第 1 期

莫让稿子"摆架子"

一个人走出去与人打交道,倘若架子十足,那势必会使人们敬而远之;一篇稿子发给编辑,倘若是架子十足、言之无物,编辑就难以录用。笔者最近曾阅读过一篇稿件,它的开头说:"某公司"今年以来,抓原料、促生产,抓产量、促供应,抓质量、上水平,抓管理、增效益,全面落实了经济承包责任制,进一步加强了企业管理,今年取得了双增双节较好的成绩……看看气势是够大的,样子有点吓人,可是细细一读,大多数是空话,这篇长达七百八字的稿子经过编辑的删改后只用了其中 90 字。使人头疼的是,这类稿子还常常可见,只不过是摆的样子有所不同罢了。有些稿子,本来内容很好,可是被作者施用了"障眼法",编辑很难捕捉到其中精粹的东西——新闻事实。

"山不在高,有仙则名;水不在深,有龙则灵。"唐代诗人刘禹锡的名句,千百年来为人称道,可知有内容、有神韵的文章并不在于字数多少以及"架子"多大。反对新闻报道"摆架子"是我们党在新闻事业中的一贯立场。早在 1942 年,毛泽东同志在《反对党八股》一文里,历数党八股的八大罪状,其中就有"空话连篇、言之无物"和"装腔作势、借以吓人"两条。数十年过去了,八股的浪头几经涨落,眼下已平息了不少,但八股的遗风尚远远未最终消失,新闻报道中的"架子"就是一种表现。

"观微能知著","于细微处见精神",让我们彻底地放下"空架子",开门见山地撰写新闻报道吧!

原载 1988 年 8 月 25 日《武进广播》,1992 年 3 月 25 日《常州日报通讯》、1992 年 3 月《新闻通讯》

切莫"枝蔓横生"

前不久,一位通讯员送来一篇稿子。稿子写的是一位农民,原先家里很穷,去年他家成了村上的养殖专业户后,逐渐富起来了;接着写这位农民买了一台手扶拖拉机,以后,又买了辆汽车跑运输;又写他家里开了爿小店,儿子婆媳妇,家里盖新房……一篇 600 字的人物新闻,写了这么多的事情,一件接一件,平分秋色,成了三国鼎立之势。

清代文论家刘熙载说,著文有七戒,第一条是"旨戒杂"。旨,宗旨意义也,即为今人所说的主题,意思是说,写文章主题不能庞杂。写新闻亦应如此,写短新闻更要把主题相当集中到一点,只能说一个意思,不能枝蔓横生。以愚之见,一名通讯员(或记者)要对所写的人和事进行反复地采访,在采访时观察细,记得全,这都是对的,但是,不能把采访到的东西一股脑儿都写到稿件里。在拿起笔来写稿的时候,要再三思考,找好角度。也就是说,从哪个地方开始写,写些什么事情才能充分地把你所要表达的主题思想准确而精炼地表达出来。

古人说,凡人体过肥者多不灵,文之肥者不可寿世。意思是说人过肥胖行动多有不便,文章浮词太多华而不实不能长久流传。因此,我们在下笔写新闻时,一定要慎重地把采访来的材料筛选一下,从中找出最典型、最有代表性、最有说服力、最有趣的内容来,切莫"枝蔓横生",废话连篇。

原载 1993 年 11 月 8 日《武进广播电视报》、1994 年 1 月 20 日《常州日报通讯》

繁荣广播电视　促进文明建设

秋风送爽,稻穗吐黄,在这充满丰收喜悦的季节里,武进人民广播电台调频开播了,江苏武进电视报道组也成立了,这是我县广播史上的一件大事,也是全县人民政治生活中的一件喜事,它对宣传武进、促进我县两个文明建设将发挥出越来越重要的作用。

广播电视是党和政府的喉舌,也是党和政府密切联系群众的桥梁。这充分说明了广播电视的性质、地位和作用。为什么我们的广播电视会具有这样重要的地位和作用呢? 这是因为广播电视作为现代化的传播手段,能够最迅速、最广泛地把党的路线、方针、政策贯彻到群众中去,变为群众的实际行动;能够广泛地反映群众的意见、呼声和愿望;能够及时传播各种信息,直接影响群众的思想、行为和政治方向,引导、激励、动员和组织群众为认识和实现自己的利益而斗争。因此,我们一定要坚持为社会主义服务、为人民服务的基本方针,坚持以正面宣传为主的指导方针,努力在"亲切、轻松、喜闻乐见"上下工夫,真正做到贴近群众、贴近生活、贴近实际,使我县的广播电视办得更有武进特色。

　　"人民广播人民办，办好广播为人民。"当前全县各级各部门都要关心支持广播电视事业，党政主要负责同志要亲自过问新闻宣传和事业建设，要和广播电视工作的同志一道，研究如何不断提高新闻宣传的水平和效果，从而把我县的广播电视办得富有吸引力和感染力，更好地促进我县两个文明建设。

武进电台 1990 年 9 月 21 日播出

团结拼搏　再创辉煌

　　"风雨送春归，飞雪迎春到。"不平凡的 1994 年已匆匆过去，转眼又迎来了光辉的 1995 年。在此新春佳节到来之际，我们衷心祝愿广播电视战线的同志和广大通讯员及广大读者新年身体健康！全家幸福！事业再创辉煌！

　　过去的一年，是贯彻落实党的十四届三中、四中全会精神的一年，也是我县广播电视工作者在艰苦的条件下取得新成就的一年，为促进我县两个文明建设作出了应有贡献。但是，成绩只能说明过去，美好的未来还得靠我们的双手继续去努力。我们的面前存在着许多困难和问题，对于困难和问题的认识，关系着人们的精神状态，关系着我们对完成今年我局提出的十三项任务的信心和决心，因此，作为一名广播电视战线上的同志，应该增强信心，弘扬团结拼搏精神，迎难而上。

　　当前，我们首先要坚持改革，不断提高广播电视的宣传质量。我县的广播宣传在改革上已作了不少探索，在全省乃至全国县级电台(站)中已有一定的知名度。但是，我们还要认真总结经验，继续在节目内容的编排和形式上不断创新，以求得最佳的宣传效果，从而再登新台阶。其次，要加强电台、电视台编辑、记者、播音员以及通

武进电视塔（高 228 米，
全国最高的县级电视塔）

讯员队伍的自身建设,努力提高自己的政治思想素质和新闻业务素质。新的一年,宣传工作任务很重,特别是 7 月 1 日电视台试播,这就给我们广播电视战线上的同志提出了新的要求。为了更加出色地完成县委、县政府交给我们的宣传任务,我们必须认真学习党的路线、方针、政策,同时要钻研新闻业务知识,苦练自己在采访、写稿、编稿、播音等方面的基本功,努力完成上级领导赋予给我们的光荣而又艰巨的任务,为迎接县电视台的开播和县广播电视中心的胜利竣工而作出我们一份贡献。

原载 1995 年 1 月 1 日《武进声屏报》

新农村建设的典范

——电视剧《喜耕田的故事》观后感

近日,笔者饶有兴趣地观看了中央电视台一频道播出的 19 集电视连续剧《喜耕田的故事》,深感这部电视剧无论是人物语言还是剧中人的生活方式,均符合当今农村社会实际,因此,它对当前建设社会主义新农村有一定的现实指导意义。

一、政策巨变,革故鼎新

2006 年,中央 1 号文件将延续 2 000 多年的皇粮农税一朝取消,全国农民为此奔走相告,兴高采烈,真是:党的富民政策使农民吃了开心果。在省城打工的农民喜耕田闻此消息后,毅然返乡种田,因为自己的根在农村,他说:"如果不好好回来种田,就对不住党的好政策。"因此,他与村里签订了承包 15 亩土地的协议,在黑土地上种上了玉米等粮食。为了使城里人吃上无公害的蔬菜,喜耕田将拖拉机改装成一辆"流动厕所",并与驾驶拖拉机的儿子青山一同到县城收粪,他们的举动成为当地电视台的一大新闻。后来,喜耕田意识到种植经济作物来钱致富快,又与"倒插门"的女婿一道搭起了塑料大棚,进行种草(中草药);到 2006 年底,喜耕田又与村上能人"三鬼"等农民创建了股份制合作社,喜耕田担任董事长,"三鬼"担任总经理,他们办合作社的新鲜事受到了县乡领导的赞扬,并成为当地建设社会主义新农村的排头兵。

二、聪明能干,积极向上

自古以来,农民的形象大多是朴实憨厚,寡言少语,做事呆板。可是,喜耕田这位农民与众不同,他头脑灵活,能说会道,办事灵活机动,村里大小事情他都要过问,令村主任二虎佩服得五体投地。譬如,为了喜大妈的剪纸著作权问题,他亲自出马,用法律武器讨回了公道,最终得到了那家饲料厂的赔偿,喜大妈获得了剪纸创作费 20 万元。后来,喜大妈将此钱捐献给村里建造了一座敬老院。这件事树立了喜耕田这位当代新农民聪明能干的良好形象。

三、真实可靠,生动鲜活

据该电视剧导演牛建荣介绍,在拍摄该部电视剧时,摄影师不用三脚架,一直是肩扛摄像机,现场拍摄,这样场面显得活灵活现。演员也富有农民个性,语言朴实无华,真实地反映了农村的生活、生产。

林永健是这部电视剧的领衔主演,他从小就喜欢做演员,曾经是位话剧演员,后来在部队当兵 20 年,又是部队的话剧演员。这次牛导演一个电话的邀请就将他"逮住"了,他演得惟妙惟肖,活脱脱就是农民喜耕田。

2007 年 8 月 28 日

坚定信念　必定胜利
——电视剧《井冈山》观后感

在隆重纪念中国人民解放军建军八十周年的日子里,笔者以极大的热情,每天晚上坐在电视机前观看了由中央电视台、解放军总政部、中共江西省委宣传部、南京军区政治部、中央纪委宣教室联合拍摄的 36 集电视剧《井冈山》。笔者深切地领悟到:坚定理想信念,事业必定胜利。

电视剧《井冈山》其中有一个场景:红军刚上井冈山的时候,就有人提出"红旗到底打多久"的问题,1928 年湘赣边界两次党代会也讨论了这个问题。那时候有些人公然提出"井冈山这面红旗打不了多久"。问他们的根据是什么? 回答是"敌我力量悬殊太大"。问他们打算怎么办? 其主张是"部队解散,各自回家"。

按照辩证法看问题,大和小、弱和强、胜利和失败,都是相对的,而且在一定条件下会相互转换。而主观主义者却不是这样看,他们认为敌人的强大和红军的弱小都是绝对的,而且是一成不变的,所以才会有师长余洒度的脱逃,团长陈浩、营长袁崇全的叛变,这些都不是偶然的。

以毛泽东为代表的湘赣边界党和军队，一方面承认反动派的强大、红军力量的弱小，但同时又指出这只是一种暂时现象。毛泽东说："我们看事情必须要看它的实质，而把它的现象只看作入门的向导，一进了门就要抓住它的实质，这才是可靠的科学的分析方法。"

什么是"事情的实质"呢？毛泽东在湘赣边界党的"二大"决议中回答了这个问题，他说："军阀间的分裂和战争，削弱了白色政权的统治势力，因此，小地方的红色政权得以乘时产生出来。"同时指出："中国白色政权的分裂和战争是继续不断的，则红色政权的发生、存在并且日益发展，便是无疑的了。"

毛泽东对这个问题的回答是十分英明、非常精辟的。那时候，美、英、日、法四个帝国际主义国家同时侵略中国，并各自在中国豢养他们的走狗。这些走狗就是大大小小的军阀：北京张作霖、南京蒋介石、武汉汪精卫、山西阎锡山、江西朱培德、湖南唐生智、广西白崇禧等等，这些军阀在屠杀革命人民这一点上是一致的，但他们内部也有不可调和的矛盾，从而导致了连年不断的军阀混战，如直奉战争、蒋汪战争、唐李战争、蒋桂战争等等。

毛泽东透过这错综复杂的社会现象，进行本质上的分析。他认为，帝国主义争夺中国的矛盾，必然导致军阀混战的激烈。

我在井冈山，当一回红军

这给中国人民带来了深重的灾难，但是也有两个好处：一是军阀混战削弱了白色政权的势立，于是红色政权随之产生，乘机发展。巩固扩大井冈山革命根据地的时候，正是敌军营垒分裂的时候；开辟赣南闽西根据地的时候，也是"风云突变、军阀重开战"的时候。毛泽东一贯善于利用敌人内部的矛盾，以造成对革命事业的有利之机。二是军阀混战大大增加了敌人的消耗。这些消耗从哪里补？主要靠税收。随着税收的猛增，地主加重对农民的剥削，大老板加重对工人的榨取，导致物价飞涨，市场萧条，民不聊生。这一切逼得工人罢工，农民暴动，学生罢课，商人罢市，士兵哗变。毛泽东经过一番科学分析后，得出的结论是：现在全国都布满着干柴，"星星之火，可以燎原"。

这就是毛泽东的坚定信念。他的这种信念与普通革命者的那种朴素的阶级感情是不同的，与对阶级敌人的那种深仇大恨也是不能画等号的，这是一门科学。什么科学？马克思主义的唯物辩证法。

马克思主义的唯物辩证法是我们共产党人的世界观、方法论。毛泽东就是运用这个锐利武器去观察、分析、判断政治形势，透过事物的现象，抓住它的本质，从而得出了"星星之火，可以燎原"的结论。

井冈山斗争的历史告诉我们：坚定信念，必须以马克思主义理论功底作基础，只有理论上正确，才会有政治上的坚定。"以其昏昏，使人昭昭"是不行的。

那时候，全国一片白色恐怖，唯有井冈山升起一面红旗；全国漆黑一团，唯有井冈山点燃一盏明灯。经过 22 年（1927—1949 年）的浴血奋战，井冈山革命根据地同全国各个革命根据地一道，同心同德、并肩战斗，终于把胜利的红旗插上了北京天安门，伟大的中华人民共和国屹立在世界东方。

电视剧《井冈山》紧紧围绕以毛泽东同志为代表的中国共产党人如何坚定信念、从中国国情出发，把马克思主义中国化这一主题，精心结构情节，着力塑造人物，较好地实现了艺术的思想与思想的艺术的和谐统一。该剧的播出，将有利于我们学习和发扬井冈山精神，坚定树立建设中国特色社会主义的共同理想信念，推进现代化建设和构建和谐社会的宏伟大业，这既是最好的继承，也是最好的创新。

2007 年 8 月 18 日

正确把握　灵活应用
——解读《经济管理原理》

我在市委党校学习《经济管理原理》一书时，觉得有那么几个关键词值得我们加深理解、深入探讨，那就是：和谐、开明、圆通、尊重。这几个词谈起来相当简单，要做到并不容易。因为和谐与讨好、看开与看破、圆通与圆滑、尊重与盲从之间的正反差距十分细微，稍不留意，就会"差之毫厘，失之千里"，走上歧途。因此，笔者认为能真正把和谐、开明、圆通、尊重视为光明正大的合理心态，并能在工作和生活中正确把握、灵活应用，就是成功制胜的重要法宝。

一、和谐并非讨好

中国古人讲求"和为贵"、"厚道"，中国传统文化不鼓励竞争，并走出了

"不争之争"的道路。用不争来争,以让代争,就是在和谐当中化解恶性竞争,以免两败俱伤,甚至同归于尽。不以"讨好"的方式,不抱"讨好"的心情,却能够得到他人的欢迎,在他人心目中建立自己牢固的位置,才是人际关系中和谐的精髓所在,唯一的途径,便是在和谐中解决问题。和谐可以化解许多不必要的猜忌和怀疑,因而和谐绝对不是讨好,当然,和谐也绝不是无原则的"和稀泥","厚道"更不是窝囊。

二、看开并非看破

大事明白超脱,小事明白平庸。什么时候该糊涂就涉及看开与看破的问题。看开不是看破,一切都看破,就会消极而退缩,不求上进。所谓看开,就是心里明白一切都是空的,但在未破之前,仍能够"当一天和尚撞一天钟",兢兢业业地撞下去。主张"谋事在人,成事在天"便是看开的表现。人在能否升迁过程中经常面临看开与看破的问题。

三、圆通并非圆滑

"圆通"就是面对现实,负起责任,另外加上不伤害面子。面对现实和负责任,可以用理智和科学来处理。不伤害面子包括不伤害自己的面子以及不伤害别人的面子,需要细心和耐性以及经验的累积,才能够在顾及面子的情况下,圆满完成任务。完成任务比较容易,圆满完成任务则相当困难。圆通既非纯科学,也不是纯艺术,它是科学加艺术,理智加感性,所以比较不容易做到。

许多人分不清圆通和圆滑的异同,以至于把圆通当做圆滑,对之产生不满和厌烦情绪。从过程角度看,圆通和圆滑都是推、拖、拉,但其结果却完全不一样。推、拖、拉到最后没有解决问题,叫圆滑;推、拖、拉的结果把事情圆满解决便是圆通。过程相同,结果完全不同。在现实生活中,如果认为推、拖、拉全是坏事,那就会到处看不惯,甚至整天不愉快。实际上,合理地推、拖、拉,能把办事的功夫发挥到出神入化的地界,那才是真正的圆通。

四、尊重并非盲从

有些人认为,只要顺从就有前途。实际上,领导者并不欣赏完全听话的人,甚至把他们称为"奴才"。成功的领导者最重视的是"有所听有所不听"的人,亦即尊重领导的意见却不会盲目顺从的人。尊重不一定是口服心服,它代表"你对我好,就没有理由不对你好",以及"你尊重我,我当然也尊重你"的心态。中国人相信"教人者人恒敬之",便是此理。

事实上领导所重视的,是那些"有所听有所不听"而合理接受指示的下级。换言之,下级不应该存心听话或不听话,却应时刻提醒自己,最好站在有所不听的立场来有所听。唯有如此,才能够听得恰到好处,成为最受主管敬重的下级。

2007 年 10 月 20 日

文化,沟通海峡两岸人民

——读《九号宿舍》

近日笔者赏读了台湾同胞旅美华人罗文森博士的新著《九号宿舍》,联想颇多,但可用一句话概括:文化,可以沟通海峡两岸人民。

走过 63 个春秋的罗文森,出生在北京,他在 5 岁时,即 1948 年的夏天跟随父母来到宝岛台湾,住进了九号宿舍。后来,罗文森曾担任过美国华生制药公司亚洲区总裁和纽约州立大学物理化学博士。

九号宿舍一共有 32 户,住的都是高雄港务局的中阶主管及技术人员与家属。这些人大部分都是所谓的"大陆人",有的是军人转业的,有的是在大陆受过专业训练的,所以九号宿舍与一般的军眷宿舍有很多类似的地方,九号宿

作者(右)与罗文森博士(左)在一起

舍的孩子们都是在大陆或台湾出生,在九号宿舍长大,长大后有的在台湾发展,有的在国外发展。

1962 年,罗文森到台中东海大学读书,离开了九号宿舍。这 12 个年头是罗文森一生中最难忘的日子,他很想把这段成长的过程写下来,但由于念书与工作占去了他全部的时间,一直无法如愿。他说:"如今,我已退休了,可以好好地完成这个梦想,把我记得的点点滴滴写下来,至少也可以让我的孩子们知道,他们的上一辈是如何活过来的,也许对他们的成长有些帮助。"

《九号宿舍》既是一本纪实性散文,也是一部文化学著述。该书写的是那段艰难岁月,是台湾社会生活的一个横切面。作者在饱尝了排外的滋味之后再研究本土,饱学了西方文化之后来观察东方文化的,不经意间给我们提供了观察自身文明存续的多个角度,也给我们几分自然而然的深刻。著名作家余光中先生说:"乡愁是一湾浅浅的海峡,我在这头,大陆在那头……"台湾海峡把他们与祖国大陆隔开,那种长年在外,无法与大陆亲人团聚的心情,也只有他们才能深刻体会。因此,罗博士想借着《九号宿舍》,拉近台湾人民与大陆人民的距离。

读完罗博士的《九号宿舍》,笔者觉得华夏后裔的根,真真切切地扎在自己的文化里,哪里有这样的文化,哪里就有我们的家长里短,意气相投;哪里有这样的文化,哪里就有我们的根。文化,是可以超越空间范畴的,是可以沟通和连结两岸人民的!

原载 2007 年 7 月 19 日《武进日报》,合作者:徐立克

龙 城 巡 礼

　　龙城,常州别称,悠久历史。

　　北枕长江"黄金水道",南濒太湖万顷碧波的武进,物华天宝,人杰地灵。这里有灿烂的历史文化、发达的近代民族工业,特别是改革开放以来,武进发生了亘古未见的巨大变化,经济建设和社会事业雄居全国各县(市)前列。

　　岁月峥嵘稠。作为武进电台的一名记者,正赶上了武进发生巨变的大好年代,义不容辞地踏遍了武进的乡乡村村、山山水水,记录着一个又一个的生动故事,撰写了一篇又一篇的武进变迁的文章,犹如摄影师拍摄的一张张珍贵照片,见证着武进改革开放后的巨变,留下了永恒的记忆。

"财神县"连年绘出丰收图

——武进县重视和发展粮食生产纪实

1991 年,武进县虽然遭受了百年未遇的特大洪涝灾害,但全县上下经过艰苦努力,粮食总产仍夺得 7.23 亿公斤的好收成,100 多万亩水稻连续 8 年单产超千斤,粮食年总产、水稻单产和上缴国家的商品粮数一直居苏南地区之首。去年,该县向国家上缴商品粮达 2.24 亿公斤,这是该县自 1982 年以来的第十个粮食丰收年。

从 1982 年农村改革以来,武进县在全县人口逐年增加、耕地逐年减少的情况下,粮食总产十年累计达 80.3 亿公斤;粮食在满足自足自给的基础上,十年共向国家提供商品粮 24 亿公斤,人均达 1 854 公斤。1988 年,该县被江苏省委、省政府评为"粮食生产先进县";1990 年又被评为"全国夏粮生产先进县"和"全国粮食生产先进县",受到国务院表彰。

武进县是"七五"期间全国商品粮基地建设县之一。县委、县政府认识到:粮食生产是"安定天下"的基础产业。如果光抓"钱袋子",不抓"粮袋子",人民势必会"饿肚子"。只有一起把"两袋子"抓好了,农民才能真正地富裕起来。认识的升华产生了巨大的动力,从而使"口号农业"变为"务实农业"。首先,他们认准了走"科技兴农"的路子,大搞科学实验,促进粮食稳定高产。近几年,县、乡镇用于农业科技进步的资金达 1 000 多万元,为粮食生产的稳定提高增添了活力,积累了后劲。现在全县已形成了"县供原种、乡繁良种、农户以粮换种"的种籽繁育供种新体系,并先后培育成了"武复粳"、"武香粳 1 号"、"香血糯"、"武育粳 2 号"等一批水稻新品种,全县良种覆盖面积达 95% 以上。该县还大力推广耕作栽培新技术,提高科学种田水平。近几年,他们先后推广了叶龄模式栽培法、测土配方施肥技术,以及节本、省工、高产的免少耕配套新技术。同时积极开展农技知识的普及教育,通过举办培训班、印发技术资料、栽培模式图、开展广播讲座等多种途径,把农技知识传播到千家万户。另外,为了调动农技人员的积极性,县政府对乡镇农技推广站的机构性质和农技人员的待遇作出了明确规定,支持和关心他们工作,帮助他们解决后顾之忧。

其次,该县针对投入中存在的重工轻农倾向,建立和健全多层次、全方位的投入机制,增强稳农的物质基础。在工业与农业的投入关系上,既要考虑经济效益,更要看到社会效益。基于这一点,他们一方面不断增加工业投入,近几年全县用于工业的投入保持在 2 亿元左右;同时利用于工业创造的利润,增加对农业的投入,反哺于农业。1986 年,该县建立了建农基金制度,1987 年又在原有基础上进行了完善和补充,制订了《关于农业发展基金制度的暂行规定》。"七五"期间以来,县、乡(镇)、村三级用于农业的投入达 1.3 亿元。与此同时,积极推行劳动积累制度,要求每个农村劳力每年投 15 个劳动积累工。各级都分别建立了农业发展基金管理组织,加强建农基金的筹集、管理和使用,并逐步由"以工补农"向"以工建农"方向发展。县的投入重点用于区域性的重点水利工程建设、大中型农业机械的补贴、培育良种、开发新的自然资源等方面;乡镇的投入重点用于本地区较大的农田水利基本建设、大中型农业机械的补贴和乡镇农业服务体系建设;村的投入重点用于农业服务队伍建设、小型农田水利建设和购置集体农机县;农村劳力的劳动积累工主要用于农田水利设施的兴建、配套和修筑大道,以及其他改善农业生产条件的项目。"七五"以来,全县完成农田水利工程建设土方 4 000 万立方米以上,农机总动力由"六五"期末的 59.28 万千瓦增加到目前的 74.5 千瓦,亩均达到 0.55 千瓦,有效地改善了农业生产条件,提高了农业综合生产水平,增强了抗御自然灾害的能力。

再次,该县针对农村青壮劳力向第二、第三产业转移的新情况,强化农业服务体系,推行农业适度规模经营。目前,全县 68.26 万农村总劳力中,有 22.66 万人从事工业生产,占农村总劳力的 33.2%;商业、饮食服务业 1.47 万人,占农村总劳力的 2.15%;农副业劳力 29.19 万人,直接从事粮食生产的劳力明显减少。根据农村劳力结构发生的变化,该县在抓好承包责任田"大稳定、小调整"的同时,以集体经济的实力为依托,强化农业服务体系,发展农业适度规模经营,认真解决农业劳力不足矛盾。目前,全县 805 个行政村,有 94% 的村建立了农村服务队,56% 的村建立了植保服务队,53% 的村建立了常年性水利服务队,50% 以上的村建立了集体农机服务队。一些经济实力较强的村,还建立了农机、水利、植保、农技等五位一体的综合服务队。全县机耕面积达 85% 以上,植保服务面积也在 70% 以上。全县拥有承包集体粮田 15 亩以上的种田大户 419 户,共承包集体粮田 11 800 多亩,同时还发展了一批集体农场,从而使集体经营的积极性和家庭经营的积极性得到了有机的结合。

与此同时,该县针对乡村企业职工亦工亦农的特点,推行双轨管理。全县乡村企业职工大都来自农村,离土不离乡,种田已成为他们的兼业,为了务工、务农两不误,他们在乡村企业普遍推行了双轨管理、双重考核制度。目前,全县大多数企业都配备了分管农业的专职干部,有的还设立"农业科"或"农业车间",根据农时季节具体负责上情下达,督促职工种好责任田,并提供必要的服务。在职工的奖金中专门拿出一部分用于考核职工完成农业生产、粮食入库等情况,从而既确保了农业,又促进了工业。

武进电台1992年1月1日播出、常州电台1992年2月13日播出,原载1992年《江苏农村经济》第4期,获常州市1992年度优秀广播节目二等奖

新华村率先实行"一田制"

武进县魏村镇新华村大胆探索农村改革新路子,率先实行"一田制"农业规模经营,实现了农业社会化和专业化生产。上月,江苏省副省长姜永荣到该村考察时,给予了充分肯定。

为解决经济发达地区农业基础地位不稳的问题,新华村曾做过一些有益的探索,先实行农工一体化,又进行过"两田制"试验。这些探索,在稳定农业、保证粮食定购任务的完成等方面起到了明显作用。但仍存在着矛盾:村办厂职工务工又务农,心挂两头;农忙季节工厂停工,职工回家种田,不仅减少收入,而且影响工业生产计划的完成。为了解决这些新矛盾,村党支部决定彻底打破口粮田分散承包的格局,全部实行"一田制",实行农业的专业化经营、商品化生产,缩小务农与务工的收入差距,从根本上稳定农业生产,并逐步实行农业的现代化。从1992年秋播起,该村将全村所有农田划归为6个农场和1个农机服务部,共由12人承包经营,自负盈亏,并为全村村民提供口粮,保证完成粮食定购任务。

该村实行"一田制"后,带来了一系列可喜的变化:首先,村办厂职工可以集中精力务工,增加了企业的经济效益。以每年村办厂不再放10天忙假计算,就可多创工业产值100多万元,利润10多万元。其次,促进了劳动力结构调整。原来该村由于"一田多户"或"一户多田",许多劳力窝工浪费。"一田制"后,他们多数已向二、三产转移。务农的人少了,农业生产却得到进一步发展,全村科学种田水平和机械化程度大大提高。去年全村65公顷三麦良种面积达100%,76.6公顷水稻平均单产由前年562公斤增加到595公斤,总产量达到189万公斤,比上年增长3%。此外,务农人员的收入也有大幅度增长,村办农场人员去年人均收入达万元,高出村办厂职工人均收入

的 1 倍以上。

武进电台、常州电台 1993 年 12 月播出、获常州市广电局 1993 年度优秀广播节目一等奖,原载 1994 年 1 月 27 日《人民日报》、1994 年 2 月 23 日《解放日报》、1993 年 11 月 24 日《新华日报》1994 年 1 月 6 日《常州日报》、1993 年 12 月 16 日《华东信息报》

注释:"一田制",即村民既不种责任田,也不种口粮田,全村农田均有村农场人员种植。

雪堰乡万亩丰产方喜获丰收

位于太湖之滨的雪堰乡,今年大搞水稻万亩丰产方,在六七月份突然遭受了百年未遇的特大洪涝灾害,但是,由于该乡党政领导狠抓关键性措施,水稻仍然获得了好收成。10 月 23 日,笔者饶有兴趣地观看了该乡的万亩丰产方,只见密密层层的稻子,沉甸甸的稻穗,真如正在田中挥镰收割的农民所说:"鸡蛋放上去,也不会掉下来。"据常州市农业局对该乡万亩丰产方中的 103.6 亩的测产,理论亩产可达 698 公斤,最高的一块田达 754 公斤。10 月上旬,全国著名育种家、省农林厅厅长俞敬忠带领省农林厅和部分市的有关领导、专家察看了该乡万亩丰产方后,一致公认,雪堰乡的水稻万亩丰产方是全省的头块牌子,是最好的一个万亩丰产方。"6 月暴雨稻苗遭殃,10 月金秋喜气洋洋。"群众的这句顺口溜确实是该乡 1991 年水稻生长的真实写照。

素有鱼米之乡的雪堰乡,"春天桃李芬芳,夏天茶叶飘香,秋天柑橘橙黄,冬天鲜鱼满塘"。雪堰乡建设水稻丰产方是从 1987 年开始的,组织万亩丰产方竞赛仅两年历史。在去年夺得丰产方平均亩产 629.3 公斤,并荣获常州市开展的"万亩丰产方"优胜奖的成绩后,今年他们又组织了 16 个行政村、75 个村民小组的 4 286 户农户参加了水稻丰产方竞赛,总面积达 12 389.8 亩,并在其中的谢家、共建、费巷村设立了三个千亩中心指挥方,设了 20 个重点百亩单产超 650 公斤的攻关方,在全乡形成了"大方带小方,小方促大方,内外一个样,方方夺高产"的生产热潮。为了达到平衡增产高产的目的,乡党政领导抓住了"科技兴农"这把金钥匙,大力推广新品种、新技术。他们选择了在全县推广的水稻优良品种"武育粳 2 号"作为当家品种,育秧期间正值暴雨成灾,该乡在秧苗上使用了"多效唑"农药新技术后,秧苗长得粗壮有力;在水稻中期,他们针对连续暴雨后水稻光照条件不足的不利情况,动员全乡企事业等单位的 50 多辆汽车花一天时间,冒着酷暑从武进复合肥厂运回了 253 吨复合肥,并立即发动农民把复合肥施下了田,这次施肥对水稻秸秆粗壮、后期防倒伏起到了明显的作用;在水稻孕穗扬花期,他们又动员农户在水稻上进行根外追肥,喷施了"丰产灵"和"强力增产素",促使水稻增粒增重。

武进电台 1991 年 10 月 27 日播出

为了大地的丰收

——武进县复合肥厂见闻

金秋时节,稻谷飘香。10 月中旬的一天,笔者慕名来到滆湖之滨的武进县复合肥厂采访。上午 9 时许,当笔者驱车来到该厂大门口时,只见一辆辆拖拉机、汽车等排着一条条长"龙",等待着提货(复合肥)。走进厂区,只听得隆隆的机器声,工人们你追我赶、日夜不停地抓紧生产"佳馥"牌复合肥。一位忙得满头大汗的女工说:"为了支持当前秋播粮食生产,我们宁可少休息,多流汗,也要生产更多的质优价廉复合肥,来满足广大农户种粮的需要。"

接着,笔者走进该厂办公室,秘书吴中庆热情地向我介绍说:武进县复合肥厂是嘉泽乡的一家乡办企业,亦是江苏省复合肥定点生产企业。产品"佳馥"牌复合肥以其质优、美观、施用方便而畅销全国近 20 个省、市、自治区,并连续多年获市优、省优称号;1993 年,又被评为"中国公认名牌产品"。据了解,该厂现拥有完善的产品质量分析化验设备和高素质的分析化验人才,硬软件配套齐全,并在 1992 年就设有专业的"武进复合肥研究所"和"复合肥检测站",这对工厂产品质量保障起着举足轻重的作用。

笔者来到该厂质量检验科,只见质检所的工作人员正在一丝不苟地检验原料和成品。质检科科长赵菊明告诉笔者说:"工厂在产品质量管理体制过程中,实行双重质量控制和双岗把关,即把住原料进厂关和成品出厂关。做到产品原料进厂有数据,成品出厂有数据,更注明产品的生产日期和产品的主要技术质量指标,切实为用户负责。如 9 月 17 日,我厂质量科和检测科的同志在检测成品复合肥 20 吨时,发现这批复合肥在复合肥八项指标中,只有一项粒度不合格,仅相差 2% ,可是,我厂决定坚持不出厂,重新加工后再出厂。"怪不得,在前不久武进县组织开展的复合肥产品质量抽查中,该厂的复合肥是唯一的合格产品。一位在该厂提货的高邮县横泾供销社的同志向我反映,在苏北有数十家复合肥生产厂家,而且价格便宜,可是,他们宁可舍近求远,带着现款来到该厂提货,并跷起大拇指啧啧称赞:"佳馥"牌复合肥,是庄稼的灵丹妙药!

质量信誉给该厂发展带来了艳阳天。今年 1 至 9 月份,全厂完成产值1.2 亿元,比去年同期增长 2 倍多,利税实现同步增长,预计今年可完成产值 1.5 亿元。

武进电台 1994 年 10 月 28 日播出,原载 1994 年 11 月 10 日《常州日报》

武进县掀起绿化造林高潮

武进县各级领导始终把绿化工作放在重要位置,带领广大群众大搞植树活动,到本月 6 日为止,全县公路绿化开塘、栽种树苗 52 公里,骨干河道绿化林带 12.5 公里,滆湖大堤绿化 6.5 公里,山区成片造林、整地 900 多亩,义务植树、四旁绿化栽种各类树苗 60 多万株。

去冬今春以来,全县各级领导广泛发动,主动积极参加义务植树。县级机关的主要领导分三批到县绿化重点工程湟里河、滆湖大堤参加义务植树 1 000多棵。湟里乡的副乡长吴兴泽,为解决一些单位的绿化资金来源,亲自上门到有关单位筹集绿化资金 3 800 多元;目前,全乡已栽种 4 万多棵树苗,基本结束了湟里河道上的绿化工程。

各级干部的模范作用推动了广大群众的植树热潮。横林镇江村在村级农田林网绿化上,根据一些农民"多栽杨柳,就是绿化"的偏见,坚持逐年更新"成材林",淘汰"柴爿林"的做法,现在这个村在主要大道两旁的成材水杉树木有 1 000 多棵,今春以来又新栽 4 000 多棵经济效益高又能起到绿化作用的水杉树苗。地处山区的潘家乡利用雨天,突击搞种树,现已栽了国外松等树苗300 多亩。这个乡的绿化专业队队长,省、市(县)劳动模范蒋阿林同志,从春节以来,基本上未休息,坚持每天带领 5 个 50 岁以上的老农民进行开挖树塘、治山造林,到 3 月 6 日为止,他和全队同志已开山栽种国外松等树苗 2.6 万多株,植树造林面积达 210 亩。

武进电台 1987 年 3 月 8 日播出,原载 1987 年 3 月 12 日《常州日报》

为荒山添绿　为家乡增色

植树节来临之际,全县上下掀起了一股"爱我家乡、绿化武进"的绿化造林热潮,到 3 月 8 日止,全县已完成荒山成片造林 1 250 亩,栽植国外松 11.4 万株,拓植新茶园 300 亩,果园 300 亩;公路绿化 18 公里,植树 2.4 万株,补植公路树苗 9 条计 120 公里,补植水杉 1.3 万株;河道、圩堤、大道绿化放样开塘栽种也正在进行之中。

雪堰镇发动共青团、民兵、妇联等群众团体,组织 1 000 余人上山搞突击种树,该镇已完成荒山造林 300 亩,栽植国外松 2.7 万株;同时,绿化了镇机关大院,铺设草坪 2 000 平方米,栽植月季、含笑等花灌木 1 000 余株。潘家镇把消灭宜林荒山作为造林绿化的主攻方向,已完成荒山造林 400 亩,栽植国外松 4.5 万株;横山桥镇把消灭宜林荒山的任务落实到奚巷、芳茂、五一等村,实行包干负责制,超额完成荒山造林任务达 350 亩。该镇奚巷村党支部副书记宋富朝,带领群众在山上奋战 4 天,完成荒山造林 250 亩,为绿化荒山作出了贡献。

武进电台 1995 年 3 月 12 日播出,原载 1995 年 3 月 13 日《武进报》

武进向"平原绿化县"目标进军

植树节来临之际,武进县紧紧围绕"绿起来、活起来、富起来"的目标,在全县上下掀起了一股绿化造林热潮,为今年达到"平原绿化县"目标而奋斗。

该县绿化工作抓得早,抓得实。去年底就召开全县绿化工作会议,大年初七,副县长周福元深入未达标的 17 个乡,落实今年绿化任务。各级领导分工负责的绿化工程和农田林网建设进展较快。2 月 15 日,县四套班子带领机关干部到潘家镇公路参加植树劳动。新桥区副区长张荣福在家前屋后及自留地上种树 160 余棵,为绿化造林作出表率。九里、浦河虽然是经济薄弱乡,但他们绿化乡村决心大,千方百计筹集资金,落实好苗木,农田林网植树已分别完成 1 万株和 15 万株。

该县在绿化造林中实行一种就管,一包到底。潘家镇为保证种植质量,林业专业队实行"五定",即定人、定地段、定任务、定时间、定成活率,因此不但整地开塘进度快,而且质量好。罗溪乡专门聘请了 18 位护林员,乡与村签订了"成活率责任状",奖罚措施扎实。

据不完全统计,到 3 月 10 日为止,全县已完成成片造林 300 亩,整地开塘 300 亩,新建和完善农田林网 20 万亩,植树株数 120 多万株,公路绿化 25 公里,新拓植茶园 2 000 亩、果园 3 000 余亩。

武进电台 1993 年 3 月 9 日播出,原载 1993 年 3 月 12 日《常州日报》,合作者:邱 添

厚余乡兴起塑料大棚种菜热

一项由农民自发承建的菜篮子工程——塑料大棚种植在武进县厚余乡悄然兴起。据了解,目前,该乡大棚菜地已发展到 400 多亩,蔬菜品种主要有西红柿、黄瓜、菜椒、茄子等。

大棚种植蔬菜在厚余乡已有数年历史。开始,个别农户用塑料地膜在场头培育西红柿苗,4 月初移栽,6 月中旬上市供应,获得的效益比大量上市时的效益高出 1 至 2 倍。此后,部分农户积极探索大棚种植技术,他们在大棚里架设小棚,每年水稻收割后的 11 月下旬先在小棚里下籽,12 月下旬把苗移栽入营养钵,到次年 1 月底再把苗栽入大棚管理。首批黄瓜、西红柿一般在 4 月和 5 月初上市供应,以后便陆续收获上市。

由于该乡农民懂得利用时间差获得最佳的经济效益,因此,他们把收获期逐年提早。冬春两季在稻田里种 1 亩西红柿,产值高的达 7 000 ~ 8 000 元,一般的在 4 000 元左右。去年,该乡部分农户仅此项经济收入就达近 100 万元。

武进电台 1993 年 4 月 20 日播出,原载 1993 年 5 月 1 日《常州日报》,并获《常州日报》"武钢杯"好新闻三等奖

武进水果统一亮出"阳湖牌"

鸡鸭在林间散步,小狗满地撒欢,成熟的果子挂满了枝头,丰收的果园弥漫着香甜的气息。昨天,记者在横山桥镇砂梨果园看到,果农们一边采摘梨子,一边挑选个大有形的装进标有"阳湖牌"字样的特制果盒里。"这果盒都不要钱!"他们高兴地说。

据武进果品协会会长吴泉培介绍,免费发放"阳湖牌"果盒是今年武进区政府推出的惠农举措。果盒虽小,显示了政府对果业生产的支持和对果农的关心,更重要的是,统一的果盒标志着武进地产果品从此结束了散兵游勇闯市场的历史,拥有了统一、规范的品牌形象。

甜蜜的"东南角"

近年,武进区大力培育高效农业,着力调整产业结构,果品种植业迅猛发展,地处常州东南角的漕桥、雪堰、潘家、洛阳、横山、焦溪等几大乡镇构成了连片的果林板块,以桃、梨、葡萄三大类水果为主打产品,无论规模、产量还是品种、质量,在苏南各市均名列前茅。目前,果林板块栽培面积达 4.3 万亩,涉及农户 1.2 万亩。

常州甜蜜"东南角"的悄然崛起,成为新农村建设的丰硕成果和亮丽风景线。每到季节,这里成了果品的海洋,成千上万吨果品从这里发往全国各地,专利品种、金奖品种、绿色水果、有机水果,常州水果声名鹊起。

果品业的发展带动了农民经纪人的大批崛起,全区经纪人队伍已达 800 多人。近两年仅通过武进果品协会培训的经纪人就达 400 多人,70 多人持有了劳动和社会保障部颁发的"农产品经纪人"资格证书。土生土长的农民经纪人备受果农的信任和欢迎,60% 的销售量都由他们完成。

武进水果首次统一"番号"

常州果品生产一步步走向组织化、整体化,越来越多的果农自发组织合作社,在种植、销售、供应方面达成一致行动,有的合作社还注册了商标。不过,总体上看,在销售环节依然存在着小而散、各自为政、不成气候的局面。而一山之隔的无锡果农们团结一致,大打"阳山牌",甚至把常州出产的水果也纳入了"阳山牌"的范畴。

无锡的做法直接刺激了武进业界人士的"神经"。去年底,在有关部门和社会各界的大力促成下,武进农林部门通过新闻媒体发布公告,向全社会有奖征集武进水果的"番号",武进果品生产终于迈出了历史性的一步,由武进古地名而确定为"阳湖牌",今年,"阳湖牌"正式注册登记。

保护"阳湖牌"

"阳湖牌"新鲜出炉后,需要规范、保护和扩大影响。为了让"阳湖牌"深入人心,并通过果品销售打响品牌,武进区农林部门出资十多万元特制了印有"阳湖牌"字样的果盒,提供给广大果农免费使用。根据对优质产量比例的测算,确定首批印制果盒四万只。

果盒免费发放,但装盒水果却有着一整套严格的标准。凡用阳湖牌果盒包装的果品,必须表面光洁,品相良好,单个重量达标。武进果品协会和农林部门一道,不定期组织市场检查,凡查出装盒果品的数量和质量不达标,影响阳湖品牌声誉的,将进行惩罚。通过各镇管理机构对农户实行监控,保证让信誉好、质量控制好的果农多受益。与此同时,政府正在采取积极措施加大宣传力度,提高"阳湖牌"的市场知名度和美誉度。

"表面看,果农收到的只是免费果盒,其实,和果盒一起送到农户手中的,是水果产销的品牌意识和'阳湖牌'的生产标准,而这正是武进水果发展的最大动力。"吴泉培如是说。

原载 2007 年 7 月 21 日《常州日报》,合作者:钱月航

生态建设改变了雅浦村

2007 年 10 月 21 日,由武进果品协会与常州大运河广告有限公司联合举行的"参观社会主义新农村——雅浦村以及赏橘、品橘、摘橘活动"魅力四射,报名活动在网上一公开,许多市民踊跃报名,共有 200 余名爱好者参加了这次活动。

上午 9 点钟,一辆辆私驾车(共有 70 多辆)来到湖塘明都汽摩城集合,这些私驾车的车主,有的带着自己的家属,有的带着自己的朋友,扶老携幼,一路上有说有笑,兴致盎然。一个小时后,大家来到了雅浦村。来到该村后,我的第一印象是:这里的村容村貌焕然一新,整齐的村庄、整洁的大道、碧清的河塘、优美的

环境,使我感到雅浦村真是名不虚传的社会主义新农村。据该村干部介绍：该村原来是"靠山吃山",村民依托窑墩山的石料买卖度日,如今他们改变了观念,禁止采石,保护环境,从而迈上了探索人与自然和谐共存的生态发展之路。原先从事石料开采和运输的村民,忍痛转行,搞起了客运以及多种经营,特别是他们利用依山临湖得天独厚的地理优势,大力发展优质水蜜桃和柑橘、特种养殖、优良奶牛等高效农业。同时,积极发展农家乐旅游项目,实现了另一境界的"靠山吃山"。一位村民喜滋滋地告诉记者："生态建设改变了我们雅浦村!"

在柑橘林园留个影

中午时分,当我们来到了雅浦村的柑橘林园时,一幅秋景秋色的美好画图展现在我眼前：一大片一大片的柑橘丛中,绿里透红,串串果实压弯了枝丫,坠向地面。柑橘专业户张秀英告诉记者：今年全村有 200 多亩柑橘树,丰收在望。她家种有柑橘 2 亩多,有 6 年历史。今年是盛产年,预计每亩可收 70～80 担橘子,总收入可达 1.5 万元至 2 万元。

于 2007 年 10 月 22 日

南山村里柑橘香

——雪堰乡南山村巡记

金秋十月,天高云淡,我饶有兴趣地来到了柑橘之乡——武进县雪堰乡南山村进行采访。

一踏上南山村的土地上,就被那一棵挨一棵、一片连一片的橘树深深地吸引住了,此时,正是橘子成熟采收季节,阵阵清风从橘园里轻轻掠过,带着醇厚浓郁的果香,沁人心脾。走进果园,那黄橙橙的橘子密如繁星,点缀在青枝绿叶中间,真惹人喜爱。陪同采访的县劳动模范、优秀共产党员杨荣斌告诉记者:南山村种植橘子的历史不长,是从 1972 年开始的,起初种植橘树没有技术,后来,通过到苏州吴县、东山、西山等地参观取经学习,终于闯出了一条适合本地区柑橘栽培的成功经验,但是,真正形成规模还是近几年的事。如今,全村 33 户农户都有橘树,今年全村 40 亩橘树的总产量有 23 000 余斤,收入有 2 万余元,家家户户的自留地也种上了橘树,这也是一笔可观的收入。从 10 月份开始,温橘、早发、黄皮等品种相继上市,人们可以连续数个月品尝柑橘的香甜。

年过七旬的老杨还告诉记者:橘树浑身是个宝,叶子可以提炼香精,树干可以做家具,橘子皮和核都是很好的中药药材。瞧着那一棵棵扁圆形、香味四溢的温柑品系三井的"橘子之王"新品种,真令人垂涎欲滴。老杨熟练地从枝头上摘下几枚,与记者有滋有味地吃了起来。

穿过橘林,记者跟随老杨来到了山坡上一个两开间的平房矮屋里,遇到该村妇女龚裕珍,她告诉记者说:"我们南山村委如今有这么多的橘树,这么多的经济收入,与老杨是分不开的。老杨他年老体弱,有胃病,可是一日三餐吃住在山上。冬天,他每天早晨要出去看温度,尤其是下雪天,他还拿着竹杆在每棵橘树上敲打冰雪;夏天,他经常帮村上一些专业户修剪树枝,查虫防病。"那位妇女接着又说:"像去年,我看着我家的橘树叶直黄下去,很担心,后来,老杨走到我家橘树旁看了后,指出我们施肥有问题,尿素施得太多了,属于肥害。一般橘树要求施猪、羊灰和复合肥以及菜饼等。有时,老杨看到我们的树冠修剪不当,就帮我们修剪。橘树最怕红蜂蜘蛛虫,可是老杨总是身带放大镜,走到哪里就观察到哪里,有虫就查虫治虫,有病就查病访病。老杨真不愧是我们南山村致富路上的引路人。"这时,记者抬头看到墙上挂着一面镜框,上面写着八个大字:"科学种果,硕果满园"。是啊,种植柑橘离不开科学技术;科学种田,越种越甜。

当记者恋恋不舍地离开南山村橘园的时候,情不自禁地又深深地吸了一口弥漫柑橘馨香的空气。在此,笔者愿柑橘果香飘向我县各个乡村,愿柑橘能给南山村的村民带来更大的收益!

武进电台 1987 年 10 月 20 日播出

南山村里的"养兔热"

——访常州市寿桃兔业合作社社长卢寿道

20 世纪 80 年代,养兔一度成为广大农民的致富热门项目,但后来由于受市场经济价格波动等缘故,养兔又逐渐滑坡,农民因养兔亏损而不再养。时至今日,养兔又如何呢?记者带着这个大家普遍关心的问题,日前来到武进区雪堰镇南山村采访,并采访了该村的常州市寿桃兔业合作社社长卢寿道。

具有多年养兔历史且有丰富经验的卢寿道社长与笔者侃侃而谈。他说:"合作社于 2002 年 8 月成立,是一个由农户自愿合作的企业,亦是省内第一家兔业合作社。社内现有社员 30 多户,并带动了全镇及周边地区 200 多农户养兔致富。目前,合作社有养殖基地 2 700 平方米,5 000 多个兔笼位;养殖基地面积 80 亩,以种植牧草为主。"

"雪堰镇原先就有养兔基础。而价格波动的背后是'市场之手'在起作用。"卢社长告诉记者说。的确,他们通过市场调研以及农村产业结构调整,大家对养兔(养獭兔)前景十分看好,因为养兔具有下列优势:1. 目前,野生动物受到国家保护,而兔子可以替代野生动物,兔皮可替代野生动物皮以加工成帽子、服装、工艺品等,在国际、国内市场很畅销。2. 在我国民间素有"飞禽莫如鸪,走兽莫如兔"之说;《本草纲目》中称:兔肉性平,无毒,补中益气,主热气湿痹,止渴促脾。因此,兔肉、内脏可提供医药上的好原料,可制成多种药材。3. 养兔这项副业最能适合农户养殖,它投资少、见效快,每个农户投入资金少则数百元,多则数千元就可养殖。如一名正常的农村妇女劳力,一年只要养30 只母兔,即可出栏 750 只商品兔,经济效益可达 1.5 万元左右。南山村妇女卢法英以及村民龚建兴等,在 80 年代就喜欢饲养兔子,后来由于养兔出现亏本而索性不养了。如今他们看到养兔有利可图,便重操旧业,又养起了兔,去年养兔均达 200 多只,年收入均达万元以上。并且,这些农户均种植桃树 2～3亩,种桃树需施有机肥料,他们就用兔粪施(基本上不用化肥)。同时,桃树底下种草,青草喂兔,从而营造了一个无公害生态种养殖基地,获得了显著的经济效益和社会效益及生态效益。

据了解,"雪桃"牌兔肉松是以无公害兔肉为原料,依托中国畜产品加工研究会等权威机构,采用先进、科学的加工工艺生产而成的,产品经市卫生部门检验合格,并注册商标。去年该产品被省有关部门批准为"无公害农产品标志",荣获了省农业综合开发产品展示金奖以及市第五届名优农产品证书。

最后,卢社长满有信心地向笔者说:"2004 年,合作社的目标是入社社员增至 60 户,规模养殖户达 30 户,带动全镇及周边地区上千个农户养兔。全年生产和加工商品兔 6 万只,生产兔肉松等系列产品 30 吨,养殖、加工产值达 646 万元,实现利税 60 余万元,真正让农民增收、增效,得到实惠,真正把合作社办成农民致富的龙头,办成贸工农一体化的企业。"

原载 2004 年 3 月常州《金土地》杂志第 5 期

秋 访 葡 萄 村

焦溪镇石埝村马家、颜家村民小组的巨峰葡萄,可谓是各地葡萄中的佼佼者了。饱满的果型,薄薄的果皮,紫中带亮,圆润可爱,活像一串串紫色的珍珠,吃上一粒,满口果汁,甘甜如蜜。笔者在秋初的一天,专程对这两个村作了采访。

马家和颜家这两个村民小组,坐落在鹤家山与石埝山之中,整个村庄掩映在一片深绿色的葡萄林之中。石埝村党支部书记马贵根热情地向笔者介绍了这两个村民小组种植葡萄的情况。他说:"石埝村共有 8 个村民小组,党的十一届三中全会以来,农村商品经济不断发展,村里有不少农户商品经济观念比较强,一心想在种植上致富。原乡党委书记周洪勋同志得知后,便向他们推广了种植巨峰葡萄的副业项目。从 1985 年春天起,马家、颜家这两个村的村民们就率先从沈阳农学院购进了巨峰葡萄树苗,第一年这两个村民小组的 19 户农户,共种植葡萄 23.5 亩。现在,这两个村已经扩种葡萄面积达 60 多亩,最多的是马兴根农户,种有 35 亩,目前已投产的有 30 多亩。这两个村已成为全县种植巨峰葡萄的专业村。据不完全统计,今年全村生产葡萄有 6 万多公斤,产值达 17 万余元。"马书记又说:"我自己家里在前年也种了有 2 亩田的葡萄,今年收获有 2 500 公斤,毛收入也有 8 000 多元。"

在马贵根书记的陪同下,我们穿过葡萄林,恰好遇见了"县科技示范户"马建忠同志。当我们问及他今年葡萄收获的情况时,他高兴地说:"从 1985 年起,我种植了 2.7 亩巨峰葡萄,由于精心管理,第二年就结果了,而且这一年在果子收入有 8 000 多元,还培育了树苗,树苗收入有 1 000 多元;去年收入又增加了,净收入达 1.1 万元;今年共收获葡萄 5 000 多公斤,收入达 1.3 万余元。"

马建忠同志在谈到巨峰葡萄的栽培技术时又说："巨峰葡萄在技术栽培上,主要是'三分种,七分管'。对两三年生的幼龄树,从 5 月份开始,就要采取新梢掰芽、定梢,形成好的主蔓。掰芽的程度要根据冬季修剪留下的芽数、发芽状况及枝条生长情况区别对待。葡萄在盛花以后 50 天已具备足够的叶数时,希望新梢能停止生长,这时就要摘心。摘心的目的就是抑制消耗性的生长,使养分多向花穗供应,确保棚面的光照好,借以提高生产效能。葡萄在开花期,最好有 5 天不下雨,而且气温要高,如果遇到低温阴雨,就容易落花。巨峰葡萄的土壤管理和科学施肥非常重要。土壤条件是决定葡萄品质好坏和产量高低的主要因素。改善土壤翻水性、透气性、硬度物理性,主要应以排水、深翻、施用改良土壤有机质为主。施肥的特点:除了施好有机肥外,还要掌握时间,巧施磷钾肥。葡萄对磷的需要量极大。磷既对葡萄的早期生长有利,也对开花坐果和果实的成熟有好的影响。为此,为确保坐果和提高品质,要多施磷肥。钾对果粒增大有关系,对果实的着色和提高糖度效果都很好。巨峰葡萄的主要病虫害有:黑痘病、霜霉病、白粉病、锈病、葡萄二星斑叶蝉、红蜘蛛类、虎天牛等等。因此要 10 天左右施一次药,如遇到雨天,还要提前施药,一般用药都用波尔多液。秋冬季节,要搞好施肥、清园、修剪等工作。"

临别时,在旁的一些村民们建议笔者说:"葡萄属于时鲜货,目前在销售渠道上有困难,希望县有关部门能为生产者着想,在焦溪镇上设立一个果品收购站,这样既能解决果农的后顾之忧,又能进一步满足城乡消费者的需要。"

武进电台 1988 年 8 月 26 日播出,原载 1988 年《武进经济》第 9 期

为农民致富搭鹊桥

——县电影放映发行公司纪事

县电影放映发行公司和各乡(镇)、村重视做好农林科教电影的放映工作,从而提高了农民的科学文化素质,推进了农业现代化建设。在今年全国首届农林科教电影汇映活动中,他们广泛宣传、层层发动,共组织科教片目 80 多个,以室内、场头加映和利用各种会议及对专业村、专业户服务等方式,共放映科教电影 6 348 场,受教育的观众达 286 多万人次,全县农村人均看科教电影 2.3 次,形成了放映单位争排科教片、群众争看科教片的可喜局面。

农林科教电影对农村为啥有这样的吸引力呢?主要因为农林科教电影是

直接为农业生产服务的,它为广大农民带来致富的信息和技术,有着广泛的群众基础。纵有富路千万条,还需科技先开导。我县的多种经营生产,尤其是发展水产养殖有着良好条件。在汇映活动中,《淡水鱼生活》、《鱼膨化饲料》、《鱼塘水质改良》等影片,颇受农民群众欢迎。横山桥镇五一村养鱼专业户孟盘兴承包水面 300 亩,他为了增长知识,掌握技术,提高效益,特挑选以上科教片放映了专场。被称为"珍珠之乡"的洛阳镇十分重视科学技术的普及推广和科教片的放映。在汇映中,除放好县里安排的科教片目外,还把本镇拍摄的《洛阳在腾飞》、《河蚌育珠》等结合起来放映。万绥乡西兔村养鱼专业户朱小明看了淡水养殖方面的科教电影后,很快学会了池塘消毒及多种鱼类喂养等技术,并将十多亩鱼塘进行了翻塘消毒,还合理安排养殖密度,增添鱼苗 800 多尾。不少养鱼专业户都将影片所介绍的情况与自己的实践结合起来,认真探讨,研究多层次立体养殖法,从而提高了单位面积产量和养殖效益。

科教电影的放映对推动和指导绿化造林也有积极作用。在汇映期间,仅《水乡绿化》、《绿化祖国》两个片目就放映了 316 场。横山电影队抓住今年植树绿化的有利时机,把林业方面的科教电影送到村村巷巷,促进了群众性绿化造林运动的展开,全镇 14 个行政村都完成和超额完成了植树造林任务,共植各种苗木 12 万余株,山区造林 100 多亩,新种果树 800 多亩。潘家乡有着一定数量的丘陵山地,该乡电影队为配合山区竹、木、茶、果等的综合开发和利用,把《森林与我们》、《柑桔》、《地膜覆盖》等科教片肩挑船运,翻山头、爬山坡,为果园林场放好科教片,促进和推动了绿化造林的进展,全乡山地成片造林 10 200 亩,种植国外松 300 多亩,不仅改善了生态环境,也促进了农业和多种经营的连年丰收。城湾林场看了科教片《地膜覆盖》后受到启发,把地膜覆盖到茶树上,使茶叶早产而丰收。雪堰乡今年新栽柑橘 560 亩,现全乡已有柑橘树 1 168 亩,基本上形成了柑橘基地。

科教电影还直接指导农民科学种田,促进粮食丰收。今年春,正是三麦拔节孕穗的关键,薛家乡农技站主动与电影队的同志商量,要求配合农时季节放映《施好小麦拔节孕穗肥》。在县电影公司的支持下,他们集中力量在全乡放映该片共 36 场,其中还为全乡农技人员放映了专场,促使各村对 1.5 万余亩小麦赶在关键时节基本施上了一次拔节孕穗肥。

武进电台 1987 年 6 月 16 日播出,原载 1987 年《武进经济生活》第 12 期,1987 年 6 月 8 日《常州日报》,合作者:龚业勤

欲问致富何处有　脚下自有致富路

——访武进县雪堰镇黄粉虫合作社

金秋季节,笔者慕名来到风景秀丽的太湖之滨——武进县雪堰镇采访,只见这里的农户家家饲养一种特殊的小虫——黄粉虫。

据该镇黄粉虫生产合作社社长董仲新说,目前,该镇饲养黄粉虫的农户已达80多户,邻近乡镇的养殖户已发展到120多户。该社现已成为全国首家黄粉虫专业生产合作社。

黄粉虫又称面包虫。它是多汁软化动物,含蛋白质及微量元素丰富,是鸟类、牛蛙、甲鱼、黄鳝、全蝎及家禽、畜的极好饲料。1991年,该镇经营管理办公室主任董仲新和农民董建新、秦云培等,根据《农民文摘》饲养黄粉虫能致富的信息,自发组成了黄粉虫开发小组。他们边开发,边筹建,边编写养殖技术资料,终于在去年6月试养成功,并得到《农民文摘》编辑部领导的重视,作为向全国推广的一项致富项目和系统工程。

该镇邮电所邮递员贡发荣的妻子在家养了多年的母猪,每年经济收入只有2 000元左右。今年,他们根据本镇黄粉虫生产合作社的介绍和指教,从合作社购回了15公斤黄粉虫幼虫,4月至6月共饲养三个月,就挣来了4 000余元,预计全年净收入超过8 000元。

武进电台1993年11月20日播出,原载1993年11月28日《常州日报》,1993年12月15日《新华日报》

雪堰乡农民学用《农民文摘》

风景秀丽的太湖之滨的武进县雪堰乡,近年来多种经营事业兴旺,农民学科技用科技的兴趣日益浓厚。人们说,这都得力于一本好书《农民文摘》。目前,这个镇的农民订阅《农民文摘》1 600多份,占总户数的五分之一,广大农民从中获取了较多的致富信息和知识,在奔小康的征途中如虎添翼。旺庄村农民钱再良在1989年第一期《农民文摘》上看到一则种植冬天也能生长的雪韭的致富信息,随即从外地买回0.5公斤种籽,种了0.4亩地韭菜,当年收益350

元,去年又获利 1 300 多元。镇经营管理办公室会计吴正立从《农民文摘》上看到一则关于治疗肩周炎的小验方,先为自己的妻子治疗,结果疗效显著;后来他治好了全镇 30 多名肩周炎患者。这个镇从 1987 年起曾数次荣获全省学用《农民文摘》先进单位。《农民文摘》编辑部主任张铁林,日前从首都来到雪堰乡,他说:"这种组织农民学习《农民文摘》的方法,在全国乡镇中实属首创,值得在全国农村中推广。"

武进电台 1992 年 8 月 15 日播出,原载 1992 年 8 月 21 日《常州日报》,1992 年《农民文摘》杂志第 10 期

武进县政府扶持农民办沼气

武进县采取优惠政策,积极扶持农村能源建设,办好沼气,取得显著成效。目前,全县已建有沼气池 9.2 万余只,已改省草灶 29.65 万户,已装铜热水器 6.89 万只,分别占总农户的 78% 和 18%。

为了大力发展农村沼气,县政府在调查研究的基础上采取八项优惠政策:一、对沼气池建在宅基地上的农户,增加 15 平方米的建房面积。二、实行适当的资金补贴。县对每只新建池补助 20 元,改老池补助 10 元。乡、村、组也从企业的积累中拿出一部分钱支持沼气建设,困难户建池,信用社发放沼气贷款。三、物资上给予支持。县计委已把今年的建池水泥砖头列入计划,由县沼办根据各地的建池、改池任务和进度逐步安排,保证供应。四、实行"以工补能"。乡、镇村合作组织的建农基金,适当安排一部分用于补贴沼气建设,并列入同级建农基金使用范围。五、沼气系统企业的管理费,由原来的乡、镇和县主管部门收取,改为由区沼气办公室按沼气系统企业销售收入总额的 1% 按季收取,年终结算。六、在县、区沼气办公室建立农村能源建设开发基金制度。七、对沼气企业给予税收优惠。八、对乡镇企业和学校、医院改建或新建的沼气化粪池,需要配备发电设备的,县工业部门将为其配套沼气发电设备,并帮助调试发电。

武进电台 1987 年 4 月 8 日播出,原载 1987 年 4 月 12 日《常州日报》,合作者:周济人、戴鸿文

村级经济的领头雁

——来自武进县横山桥镇五一村的报告

坐落在武进县横山桥镇芳茂山北麓的五一村,依山傍水,错落有致,环境葱郁幽静,风景秀丽迷人。

五一村东通江阴,南连无锡,北近长江,距沪宁高速公路横山桥镇道口2公里,离中国民航常州站30公里,是横山桥经济开发区腹地。1991年,五一村在全国96万个村中,工农业产值排列第72位,利税排列36位;列入江苏省27个亿元村行列。该村干部在改革开放中,加强两个文明建设,带领群众发展村级经济,走共同致富的道路,连续多年被评为省先进集体,省级红旗团总支,常州市先进集体、文明单位,市级红旗党总支;1988年被列为市、县农村现代化试点村。

一、科技兴厂 人才奠基创名优

五一村原是单一的农业经济,1967年利用三间旧房创办了刀模厂(武进合成材料厂前身),仅有12个工人,年产值3 000元。1975年创办电动头厂,只有7间厂房,20多个工人。至1978年,全村工业产值仅24万元。党的十一届三中全会后,村办工业迅速崛起。1980年,该村集资2.3万元,利用生产队的6间破猪舍,创办了武进化工防腐材料厂。尔后,该村依靠"滚雪球"的办法,先后兴办武进第一铁合金厂、常州市阀门驱动装置厂、武进纺织厂、武进第一建筑装潢材料厂、武进燎原化工厂、武进牙膏原料厂、武进耐磨衬里厂、武进凯达化工厂等10个村办企业。全村现有职工2 100余人;有技术职称人员150多名,其中高级17名,中级62名,初级70多名(高中级含外聘)。目前,该村坚持走科技兴厂的路子,已与全国150多个省市级以上的研究院(所)、设计院建立了密切的科研合作关系,生产化工涂料、铝合金等26个大类、150多种产品,其中有6只产品分别获得部优、省优、市优和专利产品称号。如今,在五一村中,产值在5 000万元以上的企业有2家。

二、农副比翼 粮茶果渔鸽兴旺

五一村的工业经济在不断发展壮大,该村的干部始终没有忘记农业这个基础,他们将工业上所取得的经济效益拿来反哺农业,从而使农业基础得以加强。

据了解,该村从 1988 年到 1992 年,全村累计用于农业投资 200 多万元,其中购置农业机械 50 万元,用于补农和农田水利基本建设 150 万元。去年该村投资 30 万元改建了电灌站,还兴建了"三库一室"(仓库、机库、种子库、维修室)720 平方米。全村农机总动力达 2 727 千瓦,亩均 1.23 千瓦,共修建地下暗渠道 1 800 米,砖砌明渠道 1 500 米;建中小电灌站 9 座,修筑沙石机耕道 8 000 米,基本达到沟、渠、路、林、田、涵、洞、桥、闸、站系统配套,农田绿化达标,现全村建成吨粮田 700 亩。农业生产条件的改变,农业科技的运用,以及不断完善的联产承包责任制,使该村粮食产量大幅提高。1992 年全村粮食总产达 140 万公斤,平均亩产 633 公斤,比建国初期增加 358 公斤,增加一倍多;全村上交国家商品粮 50 万公斤。

五一村不仅土地肥沃,而且山水资源亦很丰富。全村已建立 5 个副业基地:养鳗场有温室 37 亩,年产成鳗 50 多吨,出口创汇 50 多万元;茶场有茶园 35 亩,年产茶叶 3 500 公斤;良种肉鸽场有种鸽 800 对,年产乳鸽 8 000 多只;林果场有果园 60 亩,年产水果 6 000 公斤;渔场有水面 179 亩,年产成鱼 2 万公斤。去年全村副业收入 230 万元。

三、尊师重教　培养学生早成英才

走进五一村小学,只见宽敞明亮的教室,全新一流的设施,真是令人赞叹不已。

1986 年,五一村的干部想方设法,投资 70 多万元,建造了全县一流的村校五一小学。该小学占地 9 870 平方米,建筑面积 2 100 平方米,设有 9 个教室和电化阶梯教室、音乐室、队室、贮藏室、阅览室(藏书 1 600 册)、会客室、阴雨操场,且老师宿舍、厨房、浴室、篮球场等一应俱全,并且还有彩电 1 台、录像机 1 台、高亮度投影机 3 台、录音机 11 台(每个班 1 台)、风琴 5 台、电子琴 2 台,广播设备齐全。1991 年 12 月,国家教委副主任何东昌视察该村时,为该校题词:"充分发挥社会主义农村环境优势,办好小学,为孩子们健康成长奠定基础。"并与该校全体老师合影留念。

五一村的干部告诉记者说,该村每年用于教育的经费达 6 万多元,全村 140 名幼儿和 179 名学生的学费全部由村里负担;每月还补贴小学办公费 400 元、老师每人 15 元。老师享受在厂职工的待遇,并每人解决一套煤气。学生如考取高中,每人奖 200 元;如考取大学,每人奖励 300 元,鼓励学生早成英才。现在,该村学生的小学入学率、普及率、毕业率均达到了 100%。

四、卓识高见　立体开发各种人才

"企业有三根柱子"，这就是"产品开发、市场开发、企业管理"。企业的发展依赖于这三根顶梁柱，而支持这三根柱子的则是人才。"一个企业的成长、发展、壮大，需要一大批有文化、懂技术、善管理、能经营的人才。人才创造了企业，企业造就了人才。"这段富有哲理的言语出于五一村的一位干部之口。基于这样的认识，该村把人才开发作为提高企业素质的首要任务，作为经济腾飞的根本措施。

五一村在人才开发上紧紧抓住了这样几条：首先是求贤若渴，引进人才。数年间，全村各企业向全国各地招聘高中级技术人才和管理人才共 30 多名，招收高中以上的技术工人 200 多人。其次是千方百计培育人才。该村采取选送上学、委托代培、合作研究、来村办班、岗位培训、函授教育和自学成才等 7 种方法，多层次、多途径地培养人才。目前全村已培养了一批专业人才，其中具有高级技术职称的 10 多名，中初级职称的 100 多名。再次是大胆放手，重用人才。该村干部认识到，尊重知识、尊重人才，首先要体现在信任人才、重用人才方面，因此，他们把招聘来的外地人才全部放到三总师、科室、研究所等关键技术和管理岗位上担任实职、要职，使这些"英雄"有用武之地。第四是改善条件，爱惜人才。人才来之不易，该村对人才一方面敬若上宾，另一方面爱如至宝，千方百计改善他们的工作、生活、学习环境，为他们短期内快出成果创造条件，解决他们生活上的后顾之忧。第五是论功行赏，优待人才。该村规定了科技专业人才的优惠待遇，制订了成果奖励办法，按科技成果在生产应用中新增效益的一定比例提奖。

五、为民造福　民富芳茂山北麓

"吃水不用挑，烧饭不用草，通信不用跑，生病医疗有报销……"这在五一村已成为事实，使广大村民真正体会到改革开放后的实惠。

解放初，五一村只有 15 间矮楼房，多数农民住平房，约有 4% 的农户住草房，全村人均住房不足 10 平方米。改革开放以来，村民生活水平显著提高，户户住楼房，人均住房面积达 45.3 平方米。人均收入从 1978 年的 116 元，增加到 1992 年的 2 365 元，而且户户有存款，人均储蓄 2 100 元。该村邮电交通发达，全村有 5 部电话总机，装机容量 334 门，安装电话 260 门，全部纳入常州市话自动拨号，其中有 45 门程控电话，可与全国各大中城市直接通话。武进化工防腐材料厂还开通电传电报，通信设备全部自动化。去年，该村投资 80 多万元浇制一条长 3 千米的水泥公路，现全村公路总长达 6 公里。全村现有轿车、面包车 23 辆（含私家车 1 辆），卡车 6 辆。

1991 年，该村投资 30 万元，开通了闭路电视，与县有线电视台联网播放录像;每百户中有电视机95台,其中彩电40台,全村户户用上自来水,烧上液化气。全村现有4个村厂卫生室,11名村厂医生,村每年支出30万元作为医疗费用。全村还实行劳保制度和养老金制度,对男满60周岁、女满55周岁的企业职工(含村民办教师),实行劳保退休制度;对全村365名老人(非企业职工),每人每年发放180元养老金。1989年,村里投资35万元建造了280平方米的老年娱乐院,每年提供1万元活动经费。娱乐院内设茶室、棋室和扑克、麻将等活动室,300个座位的剧场免费供应茶水,经常邀请剧团、说书人员演出,从而活跃了老年人的文化娱乐生活。

六、春风荡漾　柳绿花红春满园

五一村的风是轻暖的,五一村的雨是细软的,正是这轻风细雨,才把五一村调理得这般细腻柔和,旖旎玉润。

该村在大力发展经济建设的同时,精神文明建设亦取得了新的进展,全村"五讲四美"蔚然成风。从1991年以来,该村积极开展了"十星级文明户"评比活动。他们把文明户的十条标准通过各种渠道广泛宣传,分发到户,做到家喻户晓、人人明白、户户对照。经过村民小组的初评、条线职能部门的复议和村委审定,全村694户村民中,共评出十星户602户,九星户66户,八星户18户,七星户8户,户户张挂"星级文明户标牌"。该村文明户的十条标准在标牌上化作十颗五角星,分成两行,哪一条标准达不到,就缺哪颗星。在这动态管理中,五角星可剥可贴。

五一村的农民公园

与此同时，该村在全体职工中积极开展了文明职工评比活动。文明职工的评比标准不仅是企业职工的评比条件，而且还与家庭社会相关连在一起，形成了一个八小时内外和家庭内外的自我约束机制，从而使全村呈现出干群团结、经济发展、社会和谐、村风民风齐昌顺的良好景象。

"一方水土养育一方人。"我们已经看到，一个奔向小康的社会主义新农村的雏形正在江南水乡芳茂山北麓孕育成长。

武进电台1993年5月8日播出，原载《东方冲击波》一书，合作者：高家林

产权关系明晰　企业活力增强

武进县农村产权制度改革初见成效

今年以来，武进县大张旗鼓地开展了以农村股份合作制为重点的产权制度改革，并收到了明显成效。全县已实行产权制度改革的企业达1 050家，其中股份制企业331家，资产转让(先售后股)的企业389家，有限责任公司94家，租赁企业246家。预计到今年年底，全县产权制度改革的企业将超过1 200家，转制企业占全县已有乡镇企业总数的25%左右。综观农村产权制度改革取得的成绩，主要表现在：

——思想上形成共识。今年以来，县委县府把这项工作列入农村深化改革的重要议事日程，采取多种形式进行层层发动，统一基层干部群众的思想认识，为全县产权制度改革工作的开展打下较坚实的思想基础。

——领导上放正位置。县委县政府成立了农村股份合作制工作领导小组，各乡镇也相应成立了机构，并配备了工作班子，由乡镇主要领导挂帅。据统计，全县抽调的骨干达800人左右。同时，县委、县政府从县级机关36个部门抽调人员组成了工作组分赴全县各地，帮助指导协调、督促全县股份合作制工作。

——政策上日趋配套。县委农工部于去年起草了《武进县农村股份合作制试行办法》，并以县政府文件下发；同时，县体改委、县委农工部还及时起草了关于县属和乡镇村小型企业产权拍卖转让办法和租赁经营办法，为全县多种形式的产权制度改革提供政策保证。

——工作方法进一步规范。各级通过请进来走出去的办法，举办各种形式的培训班9.6期，培训人员达12 150人次。通过培训，形成了一支精干的业务队伍。在此基础上，工作程序进一步规范。对改制企业普遍按规定进行资

产评估,制订章程,招资入股,建立机构,变更登记,使改制企业一开始就走上健康发展的轨道,生产蒸蒸日上,效益显著提高。

武进电台1994年11月25日播出,原载1994年11月29日《武进日报》,1994年12月《常州日报》

乡村企业的必由之路
——来自武进县郑陆区推行股份合作企业的报告

在探索乡村工业大发展和实践中,武进县郑陆区工委、区公所的领导,牢记邓小平同志"改革也是解放生产力"的科学论断,做到抓改革、明思路、抓转换、促发展,从去年上半年起,他们就开始探索产权制度改革,大力发展股份合作企业。据不完全统计,目前该区已组建股份合作制企业72家,正在组建30家。总额股金3 700余万元。其中集体股787万元,职工股1 986万元,法人股700万元,社会股208万元,股份制企业拥有职工3 500人,其中入股人数1 823人,占50.9%,车间主任以上干部476人,做到100%入股。今年1至4月,该区工业经济继续保持了旺盛的发展势头,已完成工业产值19.6亿元,比去年同期增长54.6%。

该区何以获得如此瞩目的成绩?日前,笔者专程采访了该区有关领导,得出的结论是:

一、从反思中提高认识

该区提出推行股份合作制,实行产权制度的改革,其动因主要是对现行承包制进行认真反思的结果。他们认为,过去的经营承包责任制曾给乡镇企业的发展起到过积极的作用,但随着时间的推移,时代的进步,这种单一的承包模式逐渐暴露出诸多的疲软性:

一是所有权与经营权难分离。放权与管理的矛盾越来越大,往往是一放则乱,一管就死。二是政府办厂的风险难转移。如企业发展依赖政府决策,企业贷款依赖政府协调,连企业回收欠款也要依赖政府组织。企业处于被动的"客体",成为政府的附属物。三是负盈不负亏的状况难改变。承包人有集体这一"靠山",即使企业办不好,个人仍可采取各种形式得到较高的实惠,即"穷庙富和尚"。四是职工积极性难调动。由于职工与企业的利益没有很好地挂钩,致使职工与企业不能共担风险。上述弊端是经营承包制所无法解决的,问题的实质是企业产权关系不明确。经营权与所有权的粘合,使企业未能真正成为利益、责任、权利的主体。因此,他们深深体会到,深化企业改革的关键是转换经营机制,实行产权制度改革,这是发展乡镇企业的必由之路。为此,从去年上半年起,他们以芙蓉镇为领头雁,积极探索以组建股份合作制企业为主的企业产权制度改革。与此同时,他们坚持因地制宜、分类指导、多种形式并存的原则,全区先后对 269 个企业进行了机制转换,其中股份制企业 72 个,不动产租赁企业 141 个,动产拍卖了 56 个企业,为"先售后股"打下了良好的基础。

二、将措施落到实处

该区在提高认识的基础上,加大力度,精心组织,把推行股份制企业的措施落到了实处。他们主要采取五条措施:

一是搞好典型示范,总结推广芙蓉镇的试点经验。前不久,他们又组织乡镇党委书记、分管工业领导、公司经理和工作人员到芙蓉镇 7 个厂进行考察,学习看得见、摸得着的经验,增强改革的现实感和紧迫感,从而在全区上下达成共识,聚成合力。

二是定期交流。区公所召开了两月一次的碰头会,交流推行股份制进程中的情况,探讨解决推行中的一些具体问题。

三是加强骨干培训。从去年以来,全区办了三期培训班,共计受训股份制业务骨干 356 人次。

四是对乡镇干部定厂定责,实行业务包干,并列入干部工作目标考核的内容。如芙蓉镇做到对镇干部每周碰头汇报一次,每月检查考核一次,请包片干部和村书记上台谈体会,讲做法。

五是实行因地制宜,分类指导。全区将企业大致分为四种类型,即新办企业一步到位,合伙企业帮助规范,挂牌企业引导转股,老企业逐步改制。在老企业改制中,他们实行了"先售后股",即先产权转让,由卖主负责经营,再在企业内部搞股份制改制。目前,全区正在 19 家企业中开展股份制改制工作。

三、抓好配套服务

全面推行股份制是乡村产权制度的一项重大改革,是继农村家庭联产承包责任制后又一次深层的重大突破,是对农村生产关系的再一次重大调整。这次改革涉及面广、政策性强,必须做好配套服务工作,使之健康发展。为此,

郑陆区在这方面着力抓好"三配套,三把关":

一是从规范操作上配套,把好资产评估关。他们考虑到对资产评估的客观现实性和公正合理性,面上普遍做到对固定资产的评估以账面价值为依据,按重置现行价作重新评估。对有物无账的固定资产和低值易耗品,按重置现行价估价,对流动资产中的库存材料、半成品和库存产品,按实盘数量现行价计算。经评估,企业净资产一般都得到升值,有的升值率达 40% ~ 50%。

二是政策上配套,把好规范关。在推行股份制过程中,由于企业结构经营状况各不相同,必然会遇到各种各样的问题,也会涉及企业职工的切身利益。他们本着积极稳妥的方针和实事求是、因厂制宜的原则,一方面鼓励乡镇大胆探索、大胆创新,另一方面及时总结试点乡镇和村厂的经验。特别是对企业股份、股权、股权证书、股东的权利与义务、收益分配、管理体制、规费上交等方面均作出明确的规定;同时对企业在职职工的福利待遇、养老保险上也都制定了实施细则。政策上的配套为推行股份合作制工作健康发展提供了保证。

三是从加强管理上配套,把好服务关。他们认为企业实行股份制后,政府等直接主管部门既不能撒手不管,一转就了,也不能用过去的老办法进行管理,而应把工作和重点放到服务指导上。如企业扩建用地、劳动力配置、社会公益事业的兴办、企业管理和安全生产等,仍离不开政府和主管部门的协调和安排。为此,该区芙蓉镇专门成立了由经管办、工业公司为主的股份合作制管理办公室。他们做到了"五上门",即产品和市场信息上门提供,企业管理上门咨询,办公益事业上门协调,财务报表上门辅导,内部关系上门疏通,从而为股份制企业正常运行排忧解难。实践证明,企业机制转换后,对政府的服务指导,企业是十分欢迎的。

四、股份制后显示的优越性

郑陆区在大力发展股份合作企业上已取得了显著成效。一年的实践证明,乡镇、村企业实行股份合作制,是近期一种较为理想的经济模式。其优越性主要体现在:

一是产权明确化。投资者既是经营者,又是资产占有者,产权关系明确,利益关系直接,彻底改变了过去"财产都姓公,主人两手空",集体所有制名存实无的局面。

二是投资多元化。股份合作制后,拓宽了融资渠道,能把股东手里的消费基金迅速转化为生产建设基金,便于扩大再生产。该区 52 家股份合作制企业,1993 年技改和扩能生产投入 2 500 多万元,基本上没有依赖政府和靠银行借贷,而是通过内部入股,自筹解决。芙蓉镇梁家村 1993 年新办的 5 家股份合作制企业,股东投入 314 万元,集体只能提供厂房,当年创产值 1 500 万元,上交集体各种规费 22. 36 万元,今年可望创产值 2 500 万元。

三是风险分散化。企业实行股份制后,达到了"你办厂我服务,你亏损我不管,你经营我收费"的目的。老企业转换股份制后,把集体资产连同债权债务一并转让给经营者,实行"先售后股",政府不背包袱,股东自担风险,企业自负盈亏,使企业真正成为市场经济的主体。同时确保集体资产不断增强,使乡镇、村从无限的经济责任中解脱出来,真正做到"拉闸断奶"。经营者从自身的利益出发,不得不拿出全身招数,把企业搞上去。去年,该区设制的 28 家老企业中 8 家亏损企业,有 6 家企业扭亏为盈,2 家企业也出现了新的转机。

四是职工股东化。职工一旦入股,就会与企业同呼吸、共命运,做到管理上联营、政治上联心、经济上联利。芙蓉镇采菱村合金工具厂由于发动全厂职工入股,产值效益大幅度上升。今年 1 至 4 月份,产值比上年同期上升 90% ,利税上升 95% 。大桥村办厂去年下半年改制后,仅招待费一项就比上年同期减少 10 万元,效益成倍提高。大家都说,现在是"想主人事,干主人活,尽主人责,获主人利"。

五是经营灵活性。股份制企业属于全体股东所有,经营者必然对股东负责,加上自身参股比例大,有强烈的保本值欲望,促使经营者拼命开拓市场,开发新品,参与市场竞争。新安曙光化工厂去年投入 230 万元,销售 1 500 万元,今年瞄准市场空白,开发了三只新品,近两个月就投入批量生产,今年销售额可望突破 5 000 万元,实现产值和利税成倍翻番。

六是上缴规费直接化。过去上缴规费对好企业"看瓜削皮",层层加码,对差的企业,交多了厂里不干,交少了乡、村不放,亏损了只能减免抵冲。股份制后,合同上缴三年不变,逐年递增,经法律公证,1993 年,根据该区 2 个镇的调查,股份合作企业上缴比转换前增加 284 万元,增 32.4% ,集体经济得到了不断壮大。

郑陆镇在产权制度改革、发展股份合作制方面已作了一些有益的尝试和探索,并取得了显著成效。为此,笔者希望该区干群"百尺竿头,更进一步",围绕产权制度改革这个主旋律,切实把推行股份合作制工作提高到一个新水平。

武进电台 1994 年 5 月 30 日播出

武进县亿元乡镇已达 58 个

　　武进县乡镇工业经济呈现出超常规、跳跃式发展势头。去年全县 60 个乡镇工业产值累计达 193.6 亿元,比上年增长 83.6%;有 58 个乡镇工业产值超亿元;全县"十强"乡镇中的湖塘镇,产值率先在全市闯过 10 亿元大关,达到 10.7 亿元;横山、横林、洛阳、剑湖、马杭、遥观、邹区、牛塘和鸣凰等 9 个乡镇工业产值超过 6 亿元,奔牛、孟城、东安等 13 个乡镇产值均超过 3 亿元,雪堰、薛家、魏村等 15 个乡镇产值均在 2 亿元以上。浦河、万绥两个经济薄弱乡的产值均已超过 5 000 万元,争取在今年跨上亿元台阶。

　　　武进电台 1993 年 2 月 1 日播出,原载 1993 年 2 月 3 日《常州日报》头版

活跃在经济建设中的一支生力军
——武进团县委为企业牵线搭桥纪实

　　9 月 12 日,江苏省高淳县城内彩旗飘扬,热闹非凡,大街上挂起了一条横幅:"热烈欢送高淳青年赴武进县乡镇企业工作。"这些高淳县青年,就是武进团县委为解决该县乡镇企业劳动力不足而招收的第三批"打工仔"。这一创举,受到了江苏团省委领导的高度赞扬。由此,武进团县委亦被广大干部群众誉为活跃在经济建设大潮中的一支生力军。

为企业架"金桥"

　　近几年,武进县乡镇工业突飞猛进,被誉为"华夏第二强县"及"苏南五虎"之一。伴随工业的快速发展而来的是劳动力的严重不足。据统计,全县各乡镇企业需要招收各种类别的工人 1 万多名,可是,该县农村富余劳动力早已所剩无几,乡镇企业的招工又不在劳动部门的管辖之内。一些工厂求人心切,自己到外地去招工,却又很难保障职工素质,从而给工厂生产和社会治安管理带来了一系列影响。为此,武进团县委主动积极投身于改革开放经济建设的大潮,他们急为企业所急,想为企业所想。6 月 16 日,团县委在全县广为发布劳务信息:"竭诚为武进乡镇企业解决劳动力的短缺问题。"数天内,全县近百

家乡镇企业前来登记"要人"。7月3日,团县委带着第一批选定的9家乡镇企业的招工要求,到苏北沭阳县招工,引起了淮阴地区数万名初高中毕业生的强烈反响,报名者络绎不绝。根据工厂的要求,首批从沭阳县招收了200多名团员青年。

现在,武进团县委已在沭阳、高淳、淮阴市靖浦区等贫困地区招收了400余名团员青年,为全县30多家乡镇企业解决了劳动生产力不足的问题。一位乡镇企业厂长感慨地对记者说:团县委利用组织这个优势,帮助我们企业招兵买马,让我们有更多的精力用在企业生产经营上,今后,我们更要支持共青团的工作。

为青年当"红娘"

7月11日,夏日炎炎,沭阳县沂涛镇上出现了这样一幕激动人心的场会:一辆大客车上,数十名年轻人泪水盈盈,车下,一群老农民殷殷嘱咐着:"孩子,好好工作,为家争光","多给家里写信"。这场景不亚于五六十年代送子参军的场景。其实,这些祖祖辈辈都是农民的农家孩子,将要赴江南当工人,挣钱致富,他们能不喜悦,能不流泪吗?他们的"红娘",就是武进团县委。

为青年服务,为贫困地区脱贫致富,这是共青团组织为青年办实事的宗旨。苏北地区经济薄弱,大部分劳动力闲置,尤其是具有一技之长的青年人,因为找不到用武之地而感到苦恼。为此,武进团县委主动为企业牵线搭桥,为青年甘当"红娘"。7月28日,当武进团县委的同志到该县前黄镇武进热电厂看望由他们引进的青年工人时,来自沭阳县的二位中专生叶圣望和张超激动地握住他们的手说:"共青团确实是青年人的靠山,年轻人的成长离不开团组织的培养和教育。"淮阴市清浦区的一位干部说:"淮阴地区经济落后,这批劳动力输送出去,既能增加青年人的经济收入,又能在发达地区学到商品经济的知识和各种生产技能。武进团县委真是给我们办了一个不冒烟的工厂,不要交费的学堂。"

为团工作创新路

在当今的改革开放经济建设浪潮中,共青团如何利用组织优势,直接为经济建设服务?这是摆在各级团组织面前的一个值得探讨的问题。武进团县委在探讨这个问题时,积极参与经济建设,主动投身于经济建设,他们在改革开放经济建设的实践中,为团工作创出了一条新路子。

8月中旬的一天,淮阴市清浦区政府大院内,一位老农满脸怒气在训斥一位低着头的小伙子。原来这位小伙子因为不是共青团员而没有被招工单位录取，气得他的父亲连连骂他"没出息"。武进团县委在引进劳务时，确定了一个硬指标，即不是共青团员的青年一律不招收。因此，许多青年因为不是共青团员而被拒之门外。这样，通过团组织的招工，保证了团组织的凝聚力，促使千千万万的青年人在政治上迫切要求进步的强烈愿望。

武进团县委不仅从根本上缓解了该县乡镇企业劳动力生产力紧张的状况，同时加强对外来团员青年的管理，并在这些青年团员中建立了临时团组织，切实做好思想工作，引导他们学技术、本领，尽快上岗。8 月 24 日傍晚，当武进团县委的同志在一片感谢声中走出武进华盛毛纺厂的外来工人宿舍楼时，一位陪同的副厂长感激地说："谢谢你们团县委，真想不到我们几天都没有能解决的问题，你们只用了两个小时就使这 10 个'打工妹'心悦诚服了。"每次招工回来，武进团县委的同志都要到各个招工单位巡回地对引进工人做好思想工作，他们以诚挚的态度稳定了外来青年工人的情绪，这一招受到了厂家领导的充分肯定和欢迎。

武进团县委正确把握了机遇，找到了共青团工作与经济建设的结合点，既赢得了广大青年的信赖，确立了团工作的新目标，又为经济建设作出了贡献，受到了企业的欢迎，因而日前受到了江苏团省委副书记许津荣的高度赞扬。我们坚信，武进团县委只要继续沿着这条路走下去，紧紧把握团工作与经济建设的结合点，共青团组织的地位将在经济建设的大潮中得到更进一步的巩固和提高。

武进电台 1992 年 9 月 16 日播出，原载 1992 年 10 月 25 日《新华日报》

改革源头活水来
——武进第一棉纺织厂由衰转兴纪实

位于武进县湖塘镇的武进第一棉纺织厂是常州市 70 家重点企业之一。前几年，该厂由于受计划经济的影响，一度出现了严重亏损，由过去的"摇钱树"变成了"苦菜花"。去年，该厂通过大胆改革，转换企业经营机制，取得了明显的经济效益。全厂共完成产值 8 909 万元，实现利税 143 万元，分别比上年增长 30% 和 37%；同时，职工的收入亦明显增加，全厂 3 000 多名职工人均收入达到 3 400 元，比上年净增 700 元。

厂,还是那个厂,人,还是那些人,为何在一年中能取得如此的经济效益呢?近日,笔者慕名来到该厂进行了采访,从中看到了该厂转换机制,走向市场的轨迹。

一、绝处求生 逼上梁山

由于受纺织行业大环境的影响,该厂从 1990 年起,生产经营开始滑坡,昔日车水马龙、门庭若市的兴旺景象骤然消失,随之而来的就是销售疲软、惨淡经营,工厂开始进入了开台不足、产品积压、成本增高、效益下降的恶性循环状态。俗话说:"屋漏偏逢连夜雨。"1991 年夏天,该厂两次遭受百年罕见的水灾,损失达 700 多万元,扣除保险赔款和减免税收,企业亏损仍达 410 万元,工厂陷入了前所未有的困境。

1991 年 9 月,中央工作会议《关于搞好国营大中型企业的决定》,明确提出了深化企业改革、转换经营机制的要求,该厂党政领导反复认真地学习了这一决定,深入细致地分析了工厂内外部状况,按照决策科学的目标确定法,作出了"眼睛向内,苦练内功,通过深化改革,解决机制转换"的重大抉择。接着,他们外出学习考察,起草改革方案,大造改革舆论,并一连召开了 12 次各种类型的职工座谈会。一时间,全厂每个角落都在议论改革,企盼着改革的到来。

去年 2 月,《中国剪报》上刊登了邓小平同志视察南方的重要谈话。

一场改革,犹如箭在弦上,急等待发。

二、权力下放 "分灶"吃饭

经过长时间的充分酝酿和上级有关部门的两次论证,并经过职代会讨论通过,该厂的改革方案终于在去年 2 月份出台了:将原先的 8 个车间改为 5 个分厂,由分厂厂长自由组阁。分厂实行以目标利润为主要内容的承包责任制,拥有产供销等 8 项自主权,并且实行单独核算,自负盈亏。

由车间改为分厂,产供销一体化,原先的"大锅饭"取消了,这就逼着分厂走向市场,自己到市场上去找原料、找销路。而这一逼,也真逼出了道道,逼出了高招。如气纺分厂自"分灶"吃饭后,他们结合气流纺的特点,努力寻找效益的最佳点。他们为保证毛粘新品的试纺成功,满足用户的需要,在一无技术参数、二无工艺设计的情况下,由分厂厂长刘晓伟亲自带领技术骨干钻研技术,摸索配料和试。经过十轮试验,终于纺出了合格的毛粘新品。新品投放市场后,立即成为抢手货,并取得了较好的经济效益。去年,这个分厂共完成产量 1 765 吨,实现利税 122 万元,分别比年初计划超额完成 65 吨和 94 万元。

三、下海扬帆　闯荡市场

过去,该厂是张网捕鱼,守株待兔。实行分厂制后,全厂近 30 名销售人员主动寻找客户、走访用户,接连召开座谈会,交流联络感情,忙得不亦乐乎。

该厂领导认识到,欲把企业推向市场,必须培养一支过硬的销售员队伍。为此,他们把那些懂生产、善经营、责任心强的同志充实到营销第一线,使全厂的销售人员从 2 名增加到近 30 名。同时,厂部对这些营销人员实行政策倾斜,鼓励他们多销售、多得奖金。如今,该厂的产品在满足地方用户的同时,还打入了浙江、安徽、福建、广东等市场,人造棉、手术巾、灯坯、粘棉等产品打入了国际市场。去年该厂实现外贸收购额达 3 200 万元,比上年增长 3 倍,荣获了县政府授予的"发展外向经济出口创汇超千万元企业"嘉奖。去年全厂实现销售收入 8 638 万元,比上年增长 19%。

四、"铁饭碗"换上了"金饭碗"

企业经营机制的转换使职工的经济收入发生了显著变化,用该厂的一位职工话说:"铁饭碗"换上了"金饭碗"。

过去,该厂在计划经济的体制下,职工捧着"铁饭碗"上班熬钟点,"不歇白不歇",反正工资奖金一个子儿不少。工厂实行改革后,许多职工认为"歇着白歇着,不如多干活,多拿工资"。如机电分厂 40 多人,只有 10 多人的工作量,原先他们是干多干少一个样,职工的积极性未得到充分发挥。实行分厂制后,职工的工资奖金与劳动工时、产品质量捆在了一起,职工的劳动积极性大大被激发了。去年这个分厂在完成日常工作量的情况下,主动承接外加工任务,职工有时在清晨 6 时就到厂里干起活来,而且产品质量能满足用户的要求。去年该分厂盈利 7 万多元,职工收入人均达到 3 500 元,最多的达到 4 000 元。

该厂工人们惊喜地发现:"改革后虽然工作累了点,苦一点,但是,奖金单上的奖金数额上涨了。"于是,工人们的干劲更足了。

五、思想政治工作的魅力

去年 5 月,该厂在实行转换经营机制的同时,又对科室干部进行了精减,把原来 28 个科室精减为 14 个部门,压缩富余人员 100 多人。这一改革措施一出台,就使许多干部的思维方式发生了变化。原档案科一位领导在精简中被落聘了。当时,他思想上产生了埋怨情绪,认为:"干了十多年的领导工作,没有功劳,亦有苦劳,想不到这次精减成了一名富余人员。"厂党委书记兼厂长盛正华了解到这一情况后,及时做他的思想工作,消除了他的埋怨情绪。去年6月,他乐意地接受了组织上的调动,到该厂劳动服务公司负责筹建纸管厂工作。

深化企业改革,转换经营机制是一项艰巨而又复杂的系统工程,涉及每个干部职工的切身利益。因此,作为企业改革的主体——干部、职工,他们能否关心、理解、支持和参与改革,是关系到改革成功与否的一件大事。对此,该厂党委全心全意依靠干部、职工搞改革,并利用一切宣传工具,在全厂上下形成了"早改早主动,晚改就被动,不改就进死胡同"的共识。目前,该厂干部坚持早上班、晚下班,既抓生产现场,又跑销售市场。同时,职工的主人翁的责任感亦明显增强,一个比纪律、比技术、比质量、比贡献的新风尚在全厂悄然形成。去年,该厂党委连续5年被常州市评为思想政治工作先进集体。

六、全方位走向市场

笔者在该厂的大门口北侧看到,一排25间装潢一新的经营部正待日开张。一位厂领导告诉笔者,这些经营部的建立,是他们工厂全方位走向市场的其中一个新举措。

据了解,该厂今年的奋斗目标是生产各类纱7 000吨,各类布600万米;实现销售收入1亿元,实现利税300万元。他们的基本方针是:深化改革,转换机制,全方位走向市场,并以经济效益为中心,努力实现织部外向型,纺部上水平,科室转向服务经营型。他们着重采取三项改革措施:一是按照发展第三产业的构想和推进科室及下层辅助岗位由生产服务型向服务经营型的转变,将原有14个科室重新组成10个既能为分厂提供优质高效的服务,又能发挥各自优势放开搞活经营的实体,使工厂全方位地走向市场,提高企业的经济效益。二是扎实推进"人事、体制、分配"三项制度改革,逐步实行全员劳动合同化管理和计件工资制。三是大力推进分厂内部改革,通过裁减非运转班人员,制订有效的激励政策与严格考核相结合的办法,充分调动分厂职工的生产积极性,提高劳动生产率。

与此同时,该厂还将努力加快技术进步,实施投入三千万元的重大技术改造项目,大幅度提高机械装备水平和产品质量的市场竞争能力;加速对外开放,积极争取已经批准的"正达化纤织造有限公司"尽早挂牌开业运营,力争年内促成一个中外合资企业,以利于引进国外的资金、技术和管理,增强企业的活力和发展后劲。

企业是舟,市场是海,愿武进第一棉纺织厂在市场经济这个大海浪潮中搏击吧!

武进电台1993年3月8日播出,原载1993年《武进经济》第3期,合作者:赵志明

转机制　抓技改　严管理

武进一棉厂变亏损大户为盈利大户

3年前还是亏损大户的武进第一棉纺织厂,3年后却成了纺织行业的盈利大户,固定资产、流动资金翻一番,职工收入增长一倍半。去年是该厂建厂30多年来效益最好的年份,销售收入、实现利润分别比上年增长28%和179%,职工人均收入达到6 300元。

当纺织行业在低谷中徘徊、苦苦挣扎的时候,武棉一厂为什么能迈上发展的快车道?

向内部改革要效益。随着纺织行业的形势逆转,该厂同样面临着原料价格大幅度上涨、装备落后等困难,1991年已跌入亏损大户的行列。在困境中,该厂广大干部职工没有气馁,没有等待,从1992年起,首先抓了内部机制的改革,迈出了划小核算单位这关键的一步,把8个车间办成5个分厂,将产供销的权下放给分厂。机制变了,干部群众的积极性明显提高,责任心明显增强,当年就扭亏为盈。1993年稳步增长。在此基础上,从1994年起,他们又在织布分厂全面推开一等品计件工资制,迈出了工厂内部分配改革的第一步,人均全员劳动生产率比上年提高了18.16个百分点。同时,理顺主业与“三产”的关系,重新调整和确定了“三产”经营的范围。仅此一项,1994年便为该厂创利税200万元。

向技改要效益。早在1992年上半年,该厂按照国家对纺织行业的产业政策,在认真调查研究的基础上,果断作出了压缩纺锭、引进国外先进喷气织机的决定,并将该项目纳入了1993年国家技改项目计划。经过两年多苦战,共投入3 000万元,建成了近5 000平方米的新厂房,引进了48台喷气织机和两台自动络筒机,使生产能力、现代化程度大大提高了一步。为确保全厂机台的满负荷生产,该厂派出精兵强将奔赴安徽、江西、湖北等产棉区采购棉花,1994

年在计划棉仅到位30%的情况下,自行组织到原棉3 393吨。去年一年,该厂翻改品种1 200台次,8个系列、63只品种的产品销售率达到99.47%。

向管理要效益。首先,坚持基础管理工作制度化、经常化。总厂各部门按照各自职责范围,把强化基础管理作为"服务、协调、监督、检查"的重要内容来抓,由生产技术科牵头坚持每周一次生产会议制度,并组织专人到生产现场查质量,查操作,查工艺,查设备。其次围绕生产管理,开展多种形式的创优评先竞赛活动,去年一年就评出质量标兵201名,操作能手199名。管理严,效益佳。1994年该厂棉纺上一率为99.13%,用户满意率为98.5%,棉布入库率达98.72%。

《常州日报》编后话:

"转机制、抓技改、严管理",这9个字对我们所有企业家来说都十分熟悉了,平常得很,谁都会说。但这平平常常的9个字,真正落到实处却不易。在纺织行业近几年普遍不大景气的情况下,武棉一厂老老实实把这9个字落到实处,结果,亏损大户变成了盈利大户。

平时我们讲要转换机制,有人总是想不通,认为机制转不转无所谓,或者跟着喊喊口号,或者搞点花架子,在形式上变变花样,没有从转机制中尝到甜头,于是热情不高。至于搞技改,有些人总是舍不得投入,宁可老牛拖破车,宁可吃光分光眼前风光,也不愿从长计议。武棉一厂则不然,新机制正儿八经地运转起来了,技改舍得花血本了,于是,柳暗花明又一春。由此可见,再好的政策、方案、思路、措施,都需要落实,否则便一事无成。武棉一厂的由亏而盈,对亏损企业来说,颇值得比照和借鉴。

原载1995年1月27日《常州日报》头版

众志成城斗水魔
——武进染整厂干群奋起抗洪

当特大洪水像猛兽一样直向武进县马杭镇东升村的武进染整厂扑来的时候,全厂的党员、团员、干部职工奋起抗击,展现了他们与洪水奋战的风采。

水中抢布

武进印染整厂是家村办企业,去年创产值1亿多元,是武进县的骨干企业。

7月1号,暴雨整整下了一晚上。2号凌晨,雨不仅没有停止,反而越下越急,此刻,48岁的女厂长沈兴娣心急如焚,厂里摊在车间地面上的30万米布,还有10多吨棉纱,如果浸水,300多万元的成品和半成品就会付之东流。她简直不敢多想,立即通知全厂300多名职工突击抢布。在家里的职工看到雨一个劲地下,强烈的主人翁责任感驱使他们在10分钟内就全部火速赶到了工厂。

风,越刮越大,雨越下越猛,刹那间,天地连成了一片,雨点砸得人眼都睁不开,可是,职工们一进厂就摆开了战场,有的扛布,有的捐布,争先恐后。省劳动模范、市、县优秀共产党员、厂长沈兴娣虽然是个女同志,但和男同志一样,既当指挥员,又当战斗员,身先士卒;女共青团员曹建清,虽然力薄体弱,但她扛布的劲头犹如来往的穿梭;职工赵建平身体有病,但他宁愿让自己的衣服被雨淋湿,不愿让1寸布遭受损失,主动投入了捐布的战斗。经过4个小时的拼搏,30多万米布和10多吨棉纱全部被搬到了高处,终于避免了工厂300多万元的经济损失。

勇斗水魔

7月5号,老天着魔了,泻向武进大地的降雨量已达到330.8毫米,并且还在不停地下。武进染整厂厂区内普遍积水50至60厘米,最深处达100厘米以上。面对灾情,厂长沈兴娣立即召集各车间主任和科室干部进行商量,决定马上动员全厂职工勇斗水魔。下午1时,一场垒土围堰的战斗打响了。只见几十名突击队员喝了几口酒,跳入水中打桩,其他的同志挖泥、装包,有的运送、垒堤,共产党员曹友坤,是厂里的供销员,在战斗中奋不顾身,连续几小时站在水中打桩、安装水泵,被职工们称为"冲不垮的铁人";村治保主任朱国才,身体有病,他看到职工都回家拿塑编袋为工厂筑堤,很想参加战斗,可是,心有余而力不足,最后,他吩咐自己的女婿也投入了战斗。这次大会战共用去草包、麻袋、塑编袋9 000多只,动用大小水泵14只。经过6个多小时的战斗,终于在全厂周围筑起了一条250多米长的围堰,从而击退了水魔。

人定胜天

无情的洪水威胁着工厂的正常生产,全厂职工抱着绝对不能把苦心经营的劳动成果拱手让给水魔的坚强信念,争夺时间,恢复生产。

7月2号凌晨7点,雨声哗哗,雷声隆隆,突然一声巨响,雷电将武进染整厂的 315 kV 和 350 kV 变压器击坏了,顿时,工厂停电了,配电间也进了水。工厂停产 1 天就意味着损失 30 万元的产值!这时刻,女厂长沈兴娣临危不乱,果断决策:一面与供电局联系,马上派电工抢修变压器,一面号召职工把电器设备搬出,擦洗烘干。经过 6 个日日夜夜的抢修,7 月 8 号晚上 7 点,强烈的电流终于又通过了每只电动机,车间内又响起隆隆的机器声。

工厂虽然恢复了生产,可是,全厂大部分职工都要涉水上班。于是,动人的一幕出现了:有的丈夫划着小船,把自己的妻子送到厂里来上班;有的职工平时到厂只要 10 多分钟,现在需绕道走半个小时;还有的职工家中淹水齐膝深,可是,他们克服种种困难,照样准时来上班。

为了按时交货,保持工厂的信誉,他们克服交通中断的困难,在常州雕庄中学设立中转站,先用拖拉机把布运到学校,再用汽车把布迅速装运到业务单位。这样虽然增加了许多工作量,职工却没有半句怨言。由于全厂上下齐心协力,从 7 月 8 号到 25 号的大灾期间,全厂创产值 500 多万元,奏出了一曲人定胜天的凯歌!

武进电台、常州电台 1991 年 7 月下旬播出,获 1991 年度常州市优秀广播节目二等奖,原载常州市广电局《战天歌》一书

滆湖大堤抢险记

扑——嗞,尽管声音轻微,并且在黑暗之中,但还是被日夜巡逻在大堤上的群众发现了。不好!滆湖大堤发生塌方!

7 月 4 日凌晨 1 时,武进滆湖农场与厚余乡交界处的一段圩堤突然塌方,一会儿就扩展到 7 米多,3 米多厚的堤岸塌掉 1 米多。

滆湖农场是上世纪 70 年代围湖建成的,地势低洼,连日大暴雨使滆湖水位涨到 5.54 米,与农场形成了 3.34 米的水位差。一旦决口,场内 3 000 多人、2 000 公顷良田、5 000 万国家财产将遭灭顶之灾。情况十分危急!

险情就是命令。农场 200 人的抢险队赶来了!厚余乡 100 多人的抢险队也赶来了!场部领导和周福元副县长也赶来了!他们在水中摆开了战场,有的打桩,有的挖泥装包,有的垒堤。农场四分场妇女主任朱玉芳也和男同志一样,奋不顾身站在水中打桩固堤。在抢险中,农场和厚余乡两支抢险队互相支援,密切配合,汇成了一支团结治水的抗洪大军。战斗一直进行到 5 日凌晨 3

时,终于筑起一道 100 米长的加固堤。

武进电台 1991 年 7 月 6 日播出,原载 1991 年 7 月 7 日《常州日报》,合作者:巢桂兴

武进台在抗灾中显神通

面对百年未遇的洪涝灾害,武进县广播电台,电视部,各乡、镇广播站深入到全县各地,既快又全面地报道抗洪救灾的情况,取得了良好的社会效果。

从 7 月 1 日到 20 日,县电台播出抗灾新闻稿 760 篇,专稿 92 篇,电台每天三档新闻节目不受原来播出时间限制,《武进新闻》节目最长一档延长到 33 分钟,从而增强了新闻的时效性、新鲜性。如 7 月 4 日晚上,宜兴某部 200 名解放军奉命来常保护县化轻公司北环仓库,解放军 20 点到达,县台记者用现场口头报道的形式于 20 点 55 分播出。速度之快令人佩服。

在抗灾期间,电视部的同志克服人手少、时间紧、任务重、天气恶劣等困难,日夜奋战,跑了全县 50 多个乡镇,拍摄抗洪救灾电视资料 10 小时,向上级电视台发电视新闻和专题片 40 条,其中专题片《暴雨侵袭武进,干群奋起抗灾》由江苏电视台和上海电视台播出。

各乡、镇广播依靠有线广播组织抢险、指挥灾民转移。崔桥、寨桥、湖塘、横林、东安、横山桥等重灾区的有线广播被群众称为"救命线",深受群众信赖。

原载 1991 年 9 月 25 日《常州日报通讯》

武进县收到救灾捐款 123 万元

武进县遭受特大洪涝灾害以来,广大党员干部和社会各界人士纷纷向县救灾募捐委员会办公室捐款、捐粮、捐物。截止到 9 月 2 日,县救灾募捐办公室直接收到捐款 1 234 995.40 元(不含物资折价数),其中兄弟省市 244 877 元,省内兄弟市、县 1 271 元,县内 888 587.40 元,台湾 100 260 元(人民币),接收捐赠粮票 82 008 公斤,同时接收了一批捐赠物资。根据募捐情况来看,县级

机关及所属单位有 21 116 人捐了钱款和粮票。在全县个人捐款 100 元以上的人中,90% 是党员干部。这次救灾募捐人员中,年龄最大的 82 岁,最小的 4 岁。县冶金物资供应公司的王华荣经理个人一次救灾捐款 2 100 元;一位不知名的普通中学教师还从农村乘长途汽车赶到募捐办公室捐款 1 000 元。许多离退休干部、老党员,人虽休息在家,但心系灾区,纷纷向救灾募捐办公室送来了捐款、捐粮;自己不便行动的,也委托他人送来捐款、捐粮,充分表达了老共产党员对灾后人民的一片爱心。

武进电台 1991 年 8 月 28 日播出,原载 1991 年《武进经济》第 9 期

东 方 一 枝 花
——记省级文明单位常州市东方电缆厂

金秋十月,笔者慕名来到位于潞城镇的常州市东方电缆厂采访。笔者的第一印象便是整个厂区显得宽敞舒适、美观怡人,处处花木错落、绿茵红絮,让人宛如进入丽色秀容的园林之中。除了环境优美别致外,这里的人亦很文明聪明。该厂复合型的管理模式,使工厂迅猛发展。1990 年产值 560 万元,利税 70 多万元;今年,产值将超 1.5 亿元,人均创产值 50 万元,人均创利税 4.5 万元。该厂现已成为国家能源部定点生产电线电缆的专业工厂。今年 2 月,该厂在首都人民大会堂举行了新闻发布会,民政部和化工部的有关领导赞美该厂走出了一条具有中国特色的民政工业新路子,被誉为"东方速度"、"东方一枝花"。

3 年前,因负债而倒闭的常州纺织机械铸造厂由姚建坤组阁,改造成常州市东方电缆厂。由于全厂上下奋力拼搏,社会各方面大力支持,短短的几年,企业就一跃成为常州地区电线电缆行业中的明星。

该厂产品繁多,每天要生产大量不同品种、规格的产品,工厂生产管理难度较大。为此,他们采用计算机联网管理,并建立健全了全面质量管理系统,使全厂生产管理步入了规范化的轨道,各车间班组台账一份不少。同时,他们还全面加强了企业的各项基础管理工作,1992 年,该厂顺利通过了二级计量企业的验收,企业七项技术管理达到一级,连续三年被评为"重合同守信用"企业。

在分配形式和日常操作上,该厂采用合资企业的管理手段。他们彻底打

破传统工资制度,实行厂长考核中层干部、部门考核职工的两级考核计酬制。各个部门对每一个职工从产量、质量、物耗、安全、设备保养和环境卫生等 6 个要素进行综合考核,各部门分别计算出每个职工的成分工资,并且上不封顶,真正做到多做多得,少做少得。1992 年,该厂职工中收入最高的比最低的高出 4 000 元。同时,在日常操作中,全厂人员均佩戴胸卡上岗。

在营销策略方面,该厂采用乡镇企业的管理体制。他们从销售需要出发,建立了一套销售围绕市场转、生产围绕销售转的适应市场经济发展的经营机制,灵活地在十多个大城市设立了办事处,驻办事处人员由工厂委派,亦有当地聘用的,还设置了一个部门专门从事国际国内有关信息的搜集工作网络。这些工作人员的收入和销售实绩紧密挂钩,完不成指标的,要倒扣;对本厂产品的代销,根据情况作出让利,形成联手促销的良性循环,使工厂长期保持产销两旺的强劲势头。

采取复合型管理模式这一集大中型国有企业现代化管理、中外合资企业和乡镇企业三种企业管理处于一身的管理模式,为该厂一手抓产品开发,一手抓市场开拓,提供了有力的保证。为了扩大生产规模,他们把进一步研制高科技术产品作为奋斗目标。当市政府将研制 MIC 多功能本安电缆作为常州振兴计划下达给该厂后,他们看准了具有雄厚的技术力量,先进的技术装备,曾完成过 600 多项国家重点工程建设任务的环球公司,欲借“大腕”之手,抖擞小厂精神。于是“环球”的技术在东方电缆厂找到了市场。该厂也依仗“环球”而使已经跻身于电缆生产名牌行列的“神鸡”牌电缆再添新族——MIC 多功能本安电缆,这种新型电缆的研制成功,填补了国内空白,改变了该类产品过去一直依赖进口的局面,并且产品的性能和质量均达到了国际同类产品 80 年代末期的先进水平。目前,该厂生产的“神鸡”牌电缆已有 12 大系列,2 万余种品种规格,产品覆盖了全国 28 个省、市、自治区,并已配套出口。去年,该厂在新加坡创办了首家境外企业——常州企业发展有限公司。

常州市东方电缆厂正是依靠这一多元化的复合型的企业管理模式,借助于科技利斧劈开市场大门,在激烈的市场竞争中立足,并迅速发展壮大,从昔日的负债累累走到今天的硕果累累;同时,企业经济效益的连年大幅度增长,亦为加强精神文明建设、争创文明单位奠定了坚实的物质基础。近日,该厂被省委、省政府授予“省文明单位”称号。

原载 1994 年 1 月 8 日《华东信息报》

常州市首家民营工业园
在戚区潞城镇启动

　　常州市首家民营工业园近日在戚墅堰区潞城镇正式启动,并投入紧张施工。

　　常州潞城民营工业园占地面积 500 亩,与正在建设中的常州新加坡城南北相对,水陆交通十分便利,投资环境得天独厚。戚区按照"统一规划、成片开发、配套政策、优化服务、自主经济、综合管理"的富民模式,将用 3 年时间左右,开发建设成可容纳近 500 户私营企业的三个小区,即生产区、商贸区、高科技区。目前,贯穿该区的主干道镇北大道,土方工程已完工,现正进行碎石路面铺设;水、电等配套设施在抓紧施工;第一期工程用地 200 亩,1.3 万平方米的标准厂房可望年底建成。

　　　　　　　　原载 1995 年 3 月 24 日《常州日报》,合作者:张晓利

遥观镇工业生产跨越式发展

　　遥观镇在邓小平同志的南巡重要谈话和党的十四大精神鼓舞下,抓住机遇,乘势而上,工业经济呈现出超常规发展的好势头。去年该镇工业产值超过 6 亿元,工农业总产值达 6.3 亿元,连续两年实现翻番。该镇能取得这些成绩的主要经验是:

　　一、加大技改投入,发展规模经济。去年该镇技改投入达 5 112 万元,其中 500 万元以上的项目有 5 个,骨干企业从 5 家发展到 10 家。二、抓好外向型经济,促进对外开放。去年,该镇做到"三外"一起上,新办合资企业 4 家;全镇外贸供货额超过 1 亿元。镇办企业——华昌集装箱公司,去年完成产值 2.4 亿元,比上年翻一番。三、突出人才培养,加快"科技兴镇"。该镇采取了"内培、挖潜、外引"的办法。目前,全镇拥有科技人员 240 多人,其中高薪聘用的人才就有 30 多名,去年自己培养的有 20 多名。四、抓好基础设施建设,加快工业区的开发。去年全镇浇铺柏油路 5.7 公里,实现了镇村公路黑色化;工业区规划了 1 平方公里,现已有 7 家企业进区动工,其中五家是中外合资企业。五、讲求经济效益,加强企业管理。去年全镇利润突破 600 万元,与产值、销

售收入同步增长。

武进电台 1993 年 1 月 20 日播出,原载 1993 年 1 月 28 日《武进科技报》

生机勃勃的常武西服厂

——常武西服厂'97 新形象

阳春三月,春光明媚,3 月 5 日,记者慕名来到位于常州新区的常州常武西服厂采访。当记者跨进该厂大门时,该厂大楼顶上的"一身常武,一生光辉"八个金光闪闪的大字首先映入眼帘。进入厂区,宽敞的水泥大道、优美的绿化环境、豪华的宾馆设施、一流的休闲中心等充分显示了该厂一派勃勃生机的新景象。

常武西服厂原本是武进市新桥镇的一家并不起眼的村办企业。近几年,该厂的迅猛发展犹如"芝麻开花,节节升高",一跃成为常州市新城区的明星企业。据了解,该厂研制生产的常武西服先后荣获"中国首届十大西服市场奖"、"中国公认名牌产品",1994—1996 年连续三年荣获国内贸易部授予的"全国大型商场推荐名优商品"称号,被市、省及中国消费者协会评为"消费者信得过商品"。

该厂的成功奥妙何在? 记者走访了该厂的广大干部和职工,一致认为,"狠抓产品质量、积极开拓市场"是他们取得成功的法宝。

质量是企业的生命,没有质量就谈不上信誉,没有质量就没有效益。可以说,没有质量就没有一切。这是该厂厂长陶志宏对产品质量的认识。在他看来,在激烈的市场竞争中,获取胜利的法宝是产品的质量,只有靠优质产品,才能赢得市场、占领市场。因此,他向全厂职工响亮地提出:"质量压倒一切,一切服从质量。"并反复对职工进行质量意识教育,要求大家牢固树立"质量第一"的观念,并将之作为每个人的行为准则;同时,在全厂建立了一整套抓产品质量的规章制度,质量与报酬挂钩,不合格者受罚。他们还从厂部到车间,从车间到班组,建立起一支质量检验队伍,层层落实质量考核,实行质量否决权与质量奖惩制,把提高产品质量与职工的切身利益结合起来,从而有效地保证了产品质量的稳定与提高。目前,该厂生产的西服已成为全国公认的名牌产品,企业亦已成为全国服装行业中的佼佼者。

西装是男性服饰中的"皇帝",可众多名牌西装的价格却让老百姓望而生畏。"常武"人的观念是高价不等于名牌，名牌不是"大款"的专利，要让中国老百姓穿上自己的名牌西服。在保证质量高、款式新的前提下，常武西服厂千方百计降低生产成本，让利给消费者，因此，"常武"广告虽然没有同行多，可销量却一直居高不下。去年该厂的销售额仍比上年增长20%，在常州同行名牌中保持第一。

优胜劣汰是市场竞争的无情法则。今年以来，该厂在推出大众系列西服以后，又继续推出适合于白领阶层的高档精品西服，以满足社会不同层次的需求。与此同时，该厂相继成立了职业服饰部和新产品开发部。职业服饰部自成立以来，由于该厂产品在质量、价格和服务上的优势，使许多客户慕名而来。常武地区数十家企业，纷纷要求该厂赶制职业服饰，不少厂家还为该厂寄来了表扬信和感谢信。

"务实创新，团结拼搏，弘扬名牌，振兴常武"是常武西服厂制订的常武精神。为此，厂长陶志宏先生在结束记者采访时表示，他们决定继续发扬常武精神，在激烈的市场竞争中，愿意与国内外名牌西服比质量、比价格、比服务，不断创造出高品质的西服，推向广阔的市场。

原载 1997 年 3 月 21 日《武进日报》

克服片面追求产值速度　大力提高产品质量

潞城乡工业稳步发展

武进县潞城乡在发展乡村工业中，针对重产量、轻质量、盲目追求产值速度的偏向，以及一些企业在管理上的薄弱环节，对乡村企业负责人进行质量意识和维护用户利益的教育，取得了显著成效，从而使上半年的利润比去年同期增长四倍以上，实现了生产与效益同步增长的好势头。

前几年，该乡的乡村工业一直处于全县的下游，乡里想尽快把乡村工业搞上去，但有的同志急于求成，因而导致一些企业重产量，轻质量。这种不正常的情况引起了乡党委的重视，他们明确提出质量是企业的生命，效益是企业的希望，不能单靠争产值、抢速度来搞乡村工业，而要加强乡村企业的基础管理，以发展优质产品、提高经济效益来发展乡村工业。潞城乡建筑钢件厂厂长杨东台，经过乡领导的质量意识教育后，很受启发，在产品质量上做文章。他们在厂内建立健全了质管机构，制订了质量百分经济考核制度，厂部与车间都有检验员,道道检查把关,从厂部到职工都有一个质量观念,从而使产品打开了销路。他们生产的钢门窗,由于质量好、价格低而受到用户的青睐,畅销全国20多个大中城市。首都钢铁公司通过同类产品的比较,觉得潞城乡建筑钢件厂的产品质量好,因此和该厂建立了长期的供货关系。该乡村办企业邓家轻骑附件厂生产玻璃钢小型精密恒温器壳体时,坚持把提高产品质量作为首要工作来抓,亲自登门征求用户意见。今年春节以来该厂产品的合格率达到百分之百,受到用户的好评。

武进电台 1985 年 8 月 2 日播出,原载 1985 年 8 月 6 日《常州日报》

潞 城 在 腾 飞
——潞城撤乡设镇巡礼

1994 年 4 月 11 日,经江苏省民政厅批准潞城撤乡设镇。从此,潞城历史翻开了崭新的一页。

潞城位于常州东大门戚墅堰区境内,拥有土地 1.3 万亩,人口 1.3 万。潞城东靠沪宁高速公路,南临沪宁铁路、京杭大运河和 312 国道,市城北干道穿境而过,交通和通讯发达,基础设施完备,具有发展经济得天独厚的地理条件和近郊优势。

1987 年,潞城镇由武进县划归戚墅堰区,实行了以区带乡、城乡一体化的新体制。近几年来,该镇依靠党的改革开放政策,发挥新体制的优势,经济持续高速增长,工业产值连年翻番,1993 年全镇完成工业产值 7.26 亿元,实现利税 4 994 万元,跻身全市"工业销售十强乡镇"的行列,社会事业蓬勃发展,基础设施全面改善,社会面貌发生了根本性的变化。

电缆一枝独秀 带动工业腾飞

潞城镇的工业经济结构中,电缆产品一枝独秀,是闻名遐迩的"电缆之乡"。全镇 14 家骨干企业中,有 11 家从事电缆生产或提供配套产品。目前全镇电缆产品已拥有 14 大系列、上千个品种,产品销往全国各地,被不少国家重点电力建设项目指定为专用产品。去年全镇仅"一线一缆"(铜线材、特种电缆)产值就达4.8 亿元,创利税 3 500 多万元,分别占全镇产值、利税总额的 66% 和 70%。

电缆产品的崛起也带动了全镇其他产品的发展,形成了以线缆为主体,机电、塑料、化工为配套的工业产品体系,具有"潞城特色"的产品在市场上受到客户青睐,经济效益良好,为下一步再发展输入了后劲,形成了良性循环的格局。

粮食年年丰收　番茄挂满枝头

经济要发展,农副业也不能放松。

潞城镇在近几年耕地面积逐渐减少的情况下,走农业现代化的路子,走规模效益型农业的路子,去年全镇农副业产值达 950 万元,今年要确保完成 1 200 万元。

大树下村是全市首批农业现代化试点村之一,这个村的农田耕作实行了全部机械化,因而在劳动力转向乡镇企业后,这里不仅无抛荒,粮食产量年年丰收。镇党委、政府对农业的投入也不放松,今年预计将投入 50 万元用于稳定农业,以确保今年粮食产量保持过去几年总产 750 万公斤的水平。

番茄是潞城副业生产的特色,种植面积占菜田面积的一半以上,目前全镇千余亩塑料大棚内的番茄已挂满枝头,不日可上市供应,潞城也因此享有"番茄之乡"的美誉。

确保交通先行　先开致富大道

"若要富,先通路。"潞城镇政府在资金矛盾十分突出的情况下,按照"量力而行,尽力而为"的原则,抓住与该镇经济发展关系密切的道路问题,进行重点投资、重点建设。据统计,近几年来,全镇投入"路"的建设达 600 多万元,逐步从解放初期的泥土路到目前的碎石路、黑色路、水泥路。目前,全镇石子路面已有 11 公里,黑色路面达 10 公里,还有部分水泥路面。该镇在去年投入资金 110 万元建设的"东方开发区",开辟了全长 2 500 米的东方大道,加上接通201 所电缆厂的 625 米路段,共计长 3 125 米,路面宽 30 米,现已正式通车。

重金投入教育　提高全民素质

走进潞城中心小学,看到的是宽敞明亮的教室,全新一流的教育设施,令人赞叹不已。据统计,近几年来,该镇把有限的资金用到刀口上,投入教育经费 450 万元。

目前,全镇有初级中学一所、中心小学一所、村级完小六所,各校校舍均进行了新建、改建和扩建。其中新建校舍 1.2 万平方米,扩建校园面积 7 500 平方米;投入教学设备 20 万元,各校的课桌椅、书橱等全部更新,全乡的办学条件发生了根本性的变化。

《义务教育法》颁布后,该镇把普及九年义务教育和巩固扫盲成果工作放在重要位置来抓。1992 年,全镇实施了九年义务教育,青壮年非文盲率达 99.95%。1991 年至 1993 年,全镇小学升学率均达 100%,适龄儿童入学率达 100%,巩固率 100%,毕业率 100%。去年,全镇 6 年级外语第一次作为会考科目参加考试,全镇平均成绩达 83.6 分。1993 年初中入学率 100%,年巩固率为 100%,毕业率 100%,中考升学率 93%。全镇中小学生在市级以上各项竞赛中获奖 16 人次。

生活逐年提高　农民住进别墅

潞城镇党委、镇政府坚持以发展经济建设为中心,提高人民群众生活水平为宗旨。因此,近几年来,人民生活水平逐步提高,由 1986 年的人均收入 648 元逐步提高到 1993 年的人均收入 2 596 元,翻了两番。与此同时,农民住房亦发生了翻天覆地的变化:70 年代农民住的是平房,80 年代住楼房,90 年代已有部分农民住进了别墅;还有各种现代化的高档家用电器、摩托车等亦进入了寻常百姓家。这真是:潞城人民喜洋洋,芝麻开花节节高。

新颖的农民别墅

文体设施一流　活动丰富多彩

潞城镇原是一个经济并不发达的乡镇,于 1989 年才进入亿元乡镇行列。多年来,镇党委、政府十分重视群众文化事业建设,真正做到两个文明一起抓。据统计,近几年,全镇共投入文化事业建设资金 150 万元。目前,该镇已建成了一个现代化多功能的、民族特色型的文化中心,整个文化中心建筑面积达3 333平方米。文化中心现有10多个活动项目:影剧院、老干部活动室、录像室、茶室、乒乓室、桌球室、棋类室、图书室、篮球场、培训室;新近又建成了一个设施一流、颇具规模的舞厅。

该镇开展了丰富多彩的群众文化活动后,提高了全镇人民群众的思想道德素质和科学文化素质,促进了社会主义精神文明和物质文明建设。

文明之花盛开　敬老蔚然成风

潞城镇党委、政府积极主动关心、提高老年人的生活水平,已为全镇600多位70岁以上的高龄老人发放了"高龄优待证",成立了老年体育协会;敬老周活动亦富有特色;去年还创办了一个经济实体。镇敬老院先后被省政府和省民政厅评为"文明敬老院"。

回眸沧海已桑田,而今迈步再攀登。潞城的发展成就,是该镇党委、镇政府贯彻党的基本路线的结果,是潞城镇广大干部群众团结奋斗的结果。潞城撤乡设镇是潞城人民继往开来的新起点。他们将抓住这一新机遇,发挥优势,进一步加快潞城镇经济建设的步伐。如今,该镇工业开发新区设施日趋完备,中新合资建设的"新加坡城"已经签约,其中第一个项目已经落户潞城,可以看到,一个大手笔、大开发、大发展的潞城正在腾飞。

原载1994年4月26日《常州日报》,合作者:张政、刘克林等

雪堰镇村办工业有活力

武进县雪堰镇积极扶持村办工业,全镇村办工业保持了旺盛的发展势头,据统计,今年1至4月份,全镇村办工业已完成产值7 848万元,比去年同期增长30.9%,居前黄区前茅。

该镇村办工业的发展有三个特点:

——选好书记,配备班子。该镇在选用村党支部书记时,注重德才兼备,并要能带领群众致富。该镇雪东村原先是一个经济薄弱村,通过调整班子,今年该村1至4月份已完成工业产值达314万元,相当于去年全年的产值。

——开展竞赛,争创先进。该镇建立严格的以工业为主体内容的村级考核激励和竞争机制,开展了"十强企业"、"五强村"等争创先进竞赛活动,调动

了村级领导的积极性。该镇共建村在争先创优活动中,已连续两年产值实现翻番。

——放手发展,不拘一格。该镇在重点扶持村办集体骨干企业的同时,放手发展村级"公有私营"、"公地私资"、"公扶独资"、"合股增资"、"租赁承包"等村级企业,扩大了村级工业的群体规模。目前,该镇 16 个行政村有村办企业 116 个,职工人数占全镇企业职工总数的七成;同时,办成了 4 家合资企业,迈出了村级外向型经济发展的步伐。

武进电台 1994 年 5 月 15 日播出,原载 1994 年 5 月 20 日《常州日报》,合作者:龚　科

激发致富热情　开拓致富门路

安家乡千方百计引导群众摆脱贫困

武进县安家乡千方百计引导群众树致富志,走致富路,办致富事,为全乡经济发展注入了新的活力。今年 1 至 5 月份,全乡工业产值达 4 951 万元,外贸收购额达 385 万元,分别比去年同期增长 62.3% 和 120%。

安家乡是全县 8 个贫困乡之一。这个乡党委、政府针对部分干部群众存在的"脱贫难度大,致富无指望"的思想,及时采取"算、讲、看"等方法,帮助群众克服畏难情绪。他们发动群众细算了近几年来本乡经济发展账,尤其是去年全乡在特大洪涝灾害情况下,农副工三业产值仍达 1.12 亿元,跨入亿元乡行列的实践,增强了干部群众的信心。同时,他们组织了 120 多名群众到戚区潞城、丁堰等乡镇的致富典型村参观学习;选择了本乡 4 名先富起来的专业户,到各村巡回介绍脱贫致富的经验体会,从而激发全乡群众脱贫致富的热情。

此外,该乡还帮助群众拓宽致富门路。他们采取内挂外联的方式实行村厂挂钩,扶持经济薄弱村发展村办工业。乡农机厂与上海冶金设备总厂联营后,迅速扩大了生产能力;沪安塑机厂近日同美国客商接触洽谈了合资事宜。他们还发挥传统副业优势,大力发展养猪事业,至 4 月底,全乡母猪存栏数 3 719 头,仔猪存栏数 23 822 头,分别比去年同期增长 15.9% 和 19.4%。

武进电台 1992 年 6 月 25 日播出,原载 1992 年 6 月 29 日《常州日报》

创名牌产品 树名牌企业

武柴厂实施名牌战略成果丰硕

武进柴油机厂把发展名牌产品作为振兴经济的突破口,采取了"质量以优取胜,产品以新取胜,服务以好取胜"的工作方针,从而取得了名牌效应和规模经济效益。据统计,今年1至7月份,该厂已生产柴油机31.7万台,实现利税9 422万元,分别比去年同期增长62%和494%;1至7月份,该厂人均创利税3 7961元,居全国同行业第一位。近日,该厂荣获了机械工业部授予的"中国机械工业百家最大企业"称号。

该厂是国家机械部定点生产中小功率柴油机的国有大型企业。1956年建厂,1968年9月试制成功S195柴油机,成为当时全国县属企业唯一能生产柴油机的厂家。周恩来总理曾先后两次接见该厂赴京代表,亲切勉励该厂"要终身立志于此,要把工作做得好上加好"。1985年以来,该厂在党委书记、现兼任厂长潘振华的带领下,不负总理嘱托,发扬了"艰苦奋斗、求实发展、爱国爱厂、团结自强"的"武柴"精神,积极实施名牌战略,主产品五菱牌S195柴油机和S1100柴油机先后荣获首批部优产品奖和全国同类产品中唯一的国家金质奖。

"武柴"人认识到:创造名牌并不等于研制一两个好的产品就能成功,它包含着质量、知名度、市场覆盖面、相应的文化含量和形成这一切的企业在科技、管理、经营和人的素质等诸方面的第一流工作。于是,他们围绕企业实施名牌战略的方针目标,在树立企业整体形象上着实抓了以下几项措施。

——抓产品质量,以优取胜。产品质量是争创名牌的基础条件。没有过硬的产品质量,就不能形成名牌产品;没有名牌产品,也很难树立名牌企业形象。为此,他们狠抓产品质量,严格按照ISO 9000系列标准的要求,修订和完善了质量体系的文件及质量体系运行、审核、检查、考核等一系列措施,在质量管理上做到与国际标准接轨;引进了9台加工中心设备,使产品质量有了可靠的技术保证。同时,他们还在职工中广泛开展了"五菱在我心中,质量在我手中"等教育活动,增强了职工的质量意识,提高了职工的技术水平,使五菱牌柴油机的质量有了可靠保证,在国内外市场享有崇高的声誉。

——抓新品开发,以新取胜。在新品开发中突出一个"新"字,以新取胜是该厂争创名牌的一大特色。该厂在生产S195柴油机的基础上,80年代开发了 S1100 柴油机,1991 年又开发 S1110 柴油机和 N485 多缸柴油机,每次开发都以新的面貌在市场上处于领先地位。目前,该厂已形成四大系列 20 多个品种的变型产品,从不同型号上满足市场不同客户的需要,使企业在产品结构上处于合理状态,扩大了产品在市场上的覆盖面。

——抓售后服务,以好取胜。他们把优质服务作为创造名牌企业和产品的一大举措,通过优质服务加深用户对企业和产品的信赖,提高企业和产品的声誉。同时将通过优质服务获得的各种反馈信息为企业进行产品开发、实行技术改进、改善服务方式等提供决策依据。对此,他们在售后服务上建立了服务网络,帮助各地培训技术骨干,做到柴油机销售到哪里,服务工作就做到哪里。每年秋季,企业还组织多支服务队,开展质量万里行活动,花一个多月时间,奔赴全国各地农村进行巡回跟踪技术服务。因而,许多用户说:"买了名牌产品称心,用了名牌产品舒心,厂方售后服务放心。"近几年来,在山西、黑龙江等省的农机市场上,出现了"非五菱不买"的可喜局面。

武进电台 1995 年 8 月 15 日播出,原载 1995 年 8 月 21 日《武进声屏报》,1995 年 12 月 30 日《人民日报》海外版,合作者:王润林

武柴人均创利税 4 万元

江苏武进柴油机厂把发展名牌产品作为振兴企业的突破口,采取了"质量以优取胜,产品以新取胜,服务以好取胜"的工作方针,从而取得了名牌效应和规模经济效益。据统计,今年 1 至 10 月份,该厂已生产柴油机 44.8 万台,实现销售收入 7.5 亿元,分别比去年同期增长 58% 和 71%,实现利税比去年同期增长 334%;该厂人均创利税 4 万元,居全国同行业第一位。

该厂是国家机械部定点生产中小功率柴油机的国有大型企业。1985 年以来,该厂积极实施名牌战略,主产品五菱牌 S195 柴油机和 S1100 柴油机先后荣获部优产品奖和国家金质奖。目前,该厂已形成四大系列 20 多个品种的变型产品,以不同型号满足了市场不同客户的需要。

武进电台 1995 年 11 月 2 日播出,原载 1995 年 11 月 24 日《人民日报》,合作者:王润林

对消费者健康负责

常州药业健民制药厂坚持质量动真格

常州药业健民制药厂坚持经济效益与社会效益并举,产品畅销不衰,企业日趋兴旺。据统计,该厂去年完成产值 1 204 万元,实现销售收入 1 617 万元,分别比去年增长 40% 和 34% ,利税实现同步增长。

该厂原名为常州毛房药酒厂,已有 160 余年历史。如今,该厂已成为颇具规模的综合性中药厂之一。该厂领导认为,作为药业企业,产品直接关系到人民群众的身体健康,应该对消费者负责,对社会负责。因此,该厂坚持把质量放在首位,严格遵照《药品法》生产药业产品。他们除组织职工认真学习《产品质量法》,提高职工质量意识外,还对整个生产过程严加控制。原料中药材一进厂,他们就按照《中国药典》有关标准进行检测,不合格的决不进厂;生产中,道道工序严把关;成品出厂,都要由工厂中心化验室签发成品出厂检验报告单,再由质监科的人员核准。对成品采用"红、绿、黄"三种颜色作标志牌,"红色"牌即不合格,不准出厂;"黄色"牌即待检产品;"绿色"牌即合格产品,可以出厂。对于霉变药材、过期产品,坚决销毁。去年 10 月上旬,在市卫生局药政处、市药检所等部门的联合监督下,该厂把价值 4.28 万元的霉变药材、53.1 万元的过保质期的产成品,总值达 57.38 万元的企业财产付诸一炬。

近几年来,该厂不仅被市评为市质量管理先进企业,而且产品"止咳定喘膏"荣获国家银奖,"参鳖补膏"、"参茸酒"、"三尖杉酯碱注射液"等先后被评为江苏省优质产品。产品畅销全国 30 余个大中城市。

原载 1995 年 1 月 11 日《常州日报》

为了让蓝天更加纯洁

——常州锅炉总厂锅炉辅机分厂
研制开发环保新品纪实

金秋季节,从首都北京传来了激动人心的喜讯:常州锅炉总厂锅炉辅机分厂荣获了"中国环保产业百强企业"证书和标志牌,厂长杨国伟在颁奖大会上作了典型发言。此时此刻,该厂的 170 多名职工兴高采烈,全厂一片欢腾。

该厂位于著名的"菊花之乡"武进县马杭镇,它的前身原是一爿砖瓦厂,产品单一,效益不佳。1990 年,厂长杨国伟和他的伙伴们通过对市场的调研,发现我国现用的工业燃煤锅炉除尘器除尘效率普遍较低,使用寿命较短,致使一些工厂的燃煤锅炉烟尘排放超过国家标准,严重污染周围环境,危害人们身体健康。因此,迫切需要开发生产一种除尘器新品。这既可解决环保部门的当务之急,又可实现企业发展走科技进步之路的良好愿望。于是,他们找到了上海市工业锅炉研究所和河北省张家口市热工技术研究所及常州锅炉总厂,主动提出承担开发生产多管式旋风除尘器这一课题。

在试制过程中,由于多管式旋风除尘器的关键部件旋风子结构形状复杂,因而制作上有一定难度。为此,该厂组织了科技攻关小组,反复试制、摸索制造工艺,终于找到了一套浇铸熔炉的最佳配方,将浇铸成品的合格率从 30% 提高到现在的 90% 以上。

旋风子的难题解决后,又出现了排灰装置的新问题。可是,排灰装置密封性要求较高,既要做到灵活排灰,又要保证一定的密封程度而且在排灰工作过程中不影响除尘器的除尘效率,为此,该厂攻关人员又进行了数百次的反复试制和探索,终于试制成功了能够满足除尘器密封技术条件要求的排灰装置,从而对整个除尘器产品质量起到了关键性的保证作用。

几番努力,几多艰辛,该厂终于换回来了可喜的变化,研制的 XD 型和 GXL—DL 型多管式旋风除尘器投产了,并分别于 1992 年和 1994 年通过了省级技术鉴定,据国家环保总局检测中心的检测,这两种环保新产品的除尘效率达到 92% ~ 97%,适用于 1 至 10 吨工业燃煤锅炉的煤烟气除尘,也可用于高粉尘厂区空气除尘和粉料回收等其他用途。

由于这两种除尘器的关键部件旋风子均用铸铁制造,因而具有使用寿命长、占地面积小、稳定性好、适应性强、维修方便等特点。一般的锅炉除尘器使用一两年就要更换,而这种除尘器可用上 8 ~ 10 年,它是工业锅炉烟气除尘和其他行业高粉尘场地净化空气理想的升级换代设备。

该环保产品研制成功后很快受到了环保部门和使用企业的重视,过去长期使用单筒旋风除尘器的厂家纷纷改用多管式旋风除尘器,短短两三年,多管式旋风除尘器已畅销大江南北、长城内外的 20 多个省、市、自治区。常州冶金机械厂得知该厂有新式的多管式旋风除尘器,就先购买了 4 台,常州光明塑料厂的工程师来到该厂考察后,认为多管式除尘器是他们最理想的产品,一下子就为厂里购买了 5 台。沈阳铁路局客运段的领导从有关方面获悉常州锅炉总厂辅机分厂有最新式的除尘器,起初,他们还不太放心,要求该厂先付一万元作保证金,待除尘器试用检测合格再归还。销售员对此不敢定夺,杨国伟厂长闻讯,立即指令销售员当场拍板,因为他深知自己的产品是经得起任何形式的考验的。果然,沈阳铁路局安装后一试用,十分满意,昔日的黑烟滚滚消失了,于是,连测都不测了,不仅还了保证金,而且还表示愿意帮助该厂在沈阳、长春、哈尔滨等地宣传和推广多管式旋风除尘器。

虽然用户反映好,产品销路广,但杨国伟没有故步自封,而是更加注重产品质量和企业管理。在他看来,在激烈的市场竞争中,获胜的真正法宝是产品质量,只有靠优质产品,才能赢得客户,占领市场,那种试图靠给回扣、拉关系,甚至行贿来推销质次价高的产品,是一种自欺欺人的短期行为,它虽然有可能得逞于一时,但终不会长久。因此,杨厂长经常对职工进行质量意识教育,要求大家牢固树立质量第一的观念,并成为每个人的行动准则。全厂建立了一整套抓产品质量的规章制度,实行质量与报酬挂钩,不合格者受罚,从厂部到车间,从车间到班组,建立起一支质量检验队伍,层层落实质量考核,使产品的合格率达到99%以上。今年6月,该厂生产的多管式旋风除尘器产品荣获了首届中国金榜技术产品博览会金奖。不久前世界银行的代表米勒先生专程来到该厂考察,对质量优的新式除尘器竖起了大拇指,连呼"OK! OK!"如今,该厂的环保新产品与常州锅炉厂的主产品锅炉配套出口到东南亚国家,获得了良好的经济效益和社会效益。最近国家环保总局、省环保局等领导视察了该厂,给予了该厂极大的支持和鼓励。

武进电台 1994 年 10 月 28 日播出,原载 1995 年 8 月 30 日《常州日报》,1994 年 12 月 25 日《常州环境保护报》

"新科""华科"比翼双飞

说起江苏新科电子集团,人们自然会夸它的"VCD",新科 VCD 如今已是家喻户晓的名牌产品。其实新科集团不光有 VCD,它的华科空调也堪称一流。

1992 年,一排奶白色的近百米长的新厂房在我市洛阳镇上落成,这就是新组建的常州华科空调器厂。当时,我国尚在发育中的空调市场已基本形成进口机与国产机两军对垒的格局。在此,"华科"人决心发挥自己在电子技术方面的优势,后来居上。经过一年的艰苦奋战,令人耳目一新的华科冷暖型"一拖二"空调问世了。由于它的产品造型、特性完全适应普通家庭的消费需求,因此很快受到消费者的欢迎。

集团发现,大都市夏季电力供应普遍紧缺,因而低电压现象频频发生。因为低电压,许多消费者饱受了"买了空调却不能用"之苦恼,当时还没有厂家能针对这个问题去扩展空调器的新功能。以开发新产品为己任的"华科"人,又一次找到了新的发展目标,他们齐心协力,攻克技术难关。一年后,一种新型的"低电压自动补偿型"空调从"华科"长长的流水线上下来了。这种空调器在各种环境下使用都能发挥"最佳状态",因为机器内安装了专门用来对付低电压的"秘密武器"——一块微电脑控制芯片,把空调器的功能与稳压源的功能有机地结合起来,自动调节电压升降,使空调达到"超宽电压工作范围"。这是华科继"一拖二"之后,又一项属全国首创的新科技产品。

今年4月,华科2匹柜机在上海、常州等一些大商厦登台亮相,俊朗、挺拔的外观和一目了然的大屏幕液晶显示令人眼前一亮,消费者为之打了个很高的印象分。而高科技含量和过硬的质量则是华科2匹柜机立足市场的一张"王牌"。该产品采用世界名牌压缩机,用美国摩托罗拉公司的微电脑控制电路;用上了最先进的内螺纹铜管热交换器,使热交换率更高;运用新型发热材料进行辅助制热,高效、节能,制热能力更强;风扇摆动采用步进电机驱动,噪音更小,为国内首创。

除了技术含金量高和价格公道合理外,华科空调吸引消费者还在于其售后服务也是实实在在、信得过的,因为它有一支过硬的技术服务队伍作保障。消费者在安装和使用空调器中如有遇到什么问题,他们随叫随到,真诚服务到你家。

武进电视台《商海金桥》栏目1998年7月2日播出

春风化雨润心田
——武进社教二三事

社教,像春风吹暖人心,似春雨滋润心田。武进千余名社教工作组成员进村入户,热情宣传八中全会和中央2号文件精神,给农民奔小康带来了一份力量,一丝希望……

社教点燃了希望

夜已经很深了,庙桥乡港桥村村民王金文仍在床上辗转反侧,晚上社教工作组来该村讲课,"发展集体经济,走共同富裕道路"的话语尚在耳畔回响。自己有十多年养蜂经验,加上近几年"跑供销"积累了点钱,原先和亲戚合计准备去安徽办家个体营养食品厂,现在该怎么办? 再想想村里也确实穷,全村连条像样的路都没有,村委办公室还设在破旧的小学校舍里……想到此,他毅然决定放弃去安徽办厂的打算,就在村里为集体创事业作贡献。次日一早,他来到村支书家里谈了自己的想法,得到了村党支部的支持。

目前,村保健营养食品厂已通过有关部门的论证和审批,王金文正全力以赴投入筹建工作:见村里缺少资金办厂,他又毫不犹豫地掏出了自己准备办个体企业的五万余元钱。

乐为集体创事业

在焦溪镇胡家村最近的一次社教讲课中,村党支部书记提出了"一年超历史(产值 700 万元),两年上千万,三年摘穷帽"的口号,赢得全场热烈的掌声。可就在不久前,村主要干部还曾因村办企业亏损,愧对父老乡亲而要求辞职。

这个村前几年因办厂项目未选好和管理不善而造成严重亏损,拖了 400 万元的债,村干部心灰意冷,企业职工更是人心思走。社教开展后,镇党委和工作组把胡家村选为重点,和村干部一起学习八中全会精神和邓小平同志南巡的重要讲话,认清乡镇企业对农村经济的重要作用和当前经济发展的大好机遇,使村干部重新振作了起来。他们在认真总结经验教训的基础上,利用县里扶持经济薄弱村的优惠政策,四出奔走落实项目,办起了汽车改装、化工等四家联营厂。村办企业原先想走的职工不走了,一些在外面工作有一技之长的同志也应村干部的邀请回厂担任供销、技术等关键岗位的工作,村办企业重新又燃起了希望之火。

大步流星奔小康

社教,成了遥观镇经济发展的催化剂。去年年底冬训会上,当镇领导提出1992 年三业产值保 4.2 亿元时,大家感到步子已够大了,可是,通过近两个月的社教,尤其是学习了邓小平同志的讲话后,一致感到过去的想法仍然保守,于是提出了"确保 5 亿元,再上新台阶"的口号。

这次社教工作开始时,一些人担心是不是又要整人了,然而,事实并不是这样,工作组从坚持思想教育入手,激励大家一心一意奔小康。他们和干部群众一起逐村逐厂清理经济上的思路,寻找经济发展的生长点,还和镇里的主要领导下沉到一个小康先行村和两个经济薄弱村,帮助发展村办企业。镇里还组织村、厂干部到深圳、珠海、北京等地学习考察,使大家进一步解放了思想,开阔了视野,于是,新的发展计划在酝酿、在成长,"确保 5 亿元,再上新台阶"的口号终于脱胎而出。目前,全镇各村、厂已形成你追我赶的势头,一季度工业产值比上年同期增长95%,利润也大幅度提高。

武进电台 1992 年 6 月 10 日播出,原载 1992 年 6 月 25 日《武进科技报》

多办实事暖人心

——泰村乡社教工作二三事

泰村社教工作组人员深入基层,想群众所想,急群众所急,尽心竭力地为群众办了诸多实事。

一、"群众看病难使我们深感不安"

泰村乡是我县的贫困乡之一。该乡卫生院由于经济困难,陈旧狭小的房子、落后的医疗器械长期得不到改造和更新,因而给老百姓看病带来了诸多不便。为解决这些问题,该乡政府积极努力,决定更建乡医院和改善医疗条件。但由于乡财政实在困难,心有余而力不足,翻建医院的事只能暂搁一旁。社教工作组的同志了解到这一情况后,深感不安。他们到处奔波,争取各方面的支持,近日,终于使翻建医院的 20 多万元资金全部得到了落实,从而使翻新改造工程顺利展开。该乡群众情不自禁地说:"社教工作组真是我们泰村乡人的贴心人。"

二、"校舍破旧使我们感到担忧"

泰村乡杏塘村由于前些年办企业缺乏技术等因素,结果负债累累(至今仍有 50 多万元债务),沉重的债务包袱压得村委干部喘不过气来。因此,多年来村小学校舍破旧不堪,教师和学生仍在危房中上课学习。去年在特大洪涝中,学校为防意外事故,只得停课放假。去年暑假,乡政府在有限的财力中调出 30 多万元,对乡里的 8 所村校翻建改造,但由于财力有限,杏塘村小学不在 8 所翻建学校之内。今年,上级有关部门要来该乡进行九年制义务教育验收,破旧不堪的校舍已到了非翻建不可的地步了。这时候却又遇到资金短缺这个难题,老师急了,家长急了,村干部更是心急如焚。当社教工作组的同志了解到上述情况后,他们立即到实地查看,并与乡村干部共商翻建校舍之事宜,决定在全村开展有钱出钱、有力出力、我为教育作奉献活动。经过工作组同志近一个月的多方协调和努力,如今翻建校舍的 8 万余元资金已经到位,预计该工程将在今年暑期完成。问题解决了,老师和家长都眉开眼笑说:"这个社教工作组真是为老百姓办实事的。"

三、"贫困户的忧愁就是我们的忧愁"

贫困乡里贫困户多,这是泰村乡的事实。为此,该乡党委和政府及民政部门做了许多工作,尤其是在去年的特大洪涝灾害中,帮助他们安家造房、送衣送粮,使贫困户渡过了难关。眼下,已进入了春耕备耕,一些贫困户不仅生活上仍然有困难,而且春耕生产所需要的种子、化肥、农药等也无钱购买。社教工作组的同志们看到贫困户的忧愁,心里总觉得不是滋味。为此,他们跑部门、找领导,通过牵线搭桥,从有关部门争取到 1 万元扶贫资金,从而为贫困户解决了春耕生产中的燃眉之急。一些群众感动地说:"共产党一心一意为我们谋利益,我们要跟定共产党走社会主义金光大道。"

武进电台 1992 年 3 月 16 日播出,原载 1992 年 3 月 18 日《社教简讯》第15 期,合作者:沈建钢

齐抓共管乡风正
——罗溪乡社会治安综合治理纪实

罗溪乡地处武进县西北部,现有 13 个行政村,169 个村民小组,1 个市镇居委会,总人口 20 982 人。该乡交通发达,常州民航机场在该乡境内,流动人口较多,人员较为复杂,一度时期盗窃案件比较突出,治安任务较重。为此,近年来该乡一直把社会治安综合治理工作放上重要位置来抓。这次社教中,又进一步在深入上做文章下力气,做到:齐抓共管、标本兼治,取得了明显的成效。目前,该乡干部群众法制意识不断增强,社会秩序良好,广大群众普遍有了安全感。一个文明、和谐的罗溪乡正展现在我们的眼前。其主要做法是:

一、抓教育,增强干部法制意识

该乡领导认为,社会风气要好转,首先必须增强广大干部群众的法律意识

和法制观念。为此,他们在全乡广泛开展了法制宣传教育,利用党校、广播、影剧院等阵地,组织干部群众学习有关法律条文和法律常识。(1)利用党校阵地,通过举办党员、干部、积极分子培训班,抓好党员、干部的法制教育,今年已举办了9期,共培训1 100多人次;乡党校还编印了80多份法制宣讲材料,分发到各村、厂支部及企事业单位进行学习;乡机关利用每周"学习日",组织党员干部学习法律知识。(2)利用广播阵地,积极配合法制教育,在乡自办节目中,把有关法律常识和法制教育内容编成通俗易懂的广播稿,每周2档,每档不少于15分钟,向群众进行系列化法制教育。(3)利用影剧院阵地,有针对性地制作了24片幻灯片,在电影放映前进行法制宣传教育。与此同时,乡里还印发了公民手册,每户一份,使群众明确自己的权利、义务和在社会治安中应做的工作。还采取"四包"办法加强青少年的教育,即学校包学生、工厂包青工、居委会包待业青年、家庭包子女,对他们进行社会主义思想道德教育和法制教育,帮助他们增强辨别是非的能力。乡综合治理办公室还对全乡执法人员定期进行法律法规教育,促使他们更好地为改革开放和发展经济保驾护航,如乡司法办组织了各村、厂调解主任着重学习了《宪法》、全国人大常委会《关于加强社会治安综合治理的决定》、《治安管理处罚条例》等基本法律法规,使他们懂得运用法律武器同违法犯罪行为作斗争。

二、抓治理,促进社会风气好转

近几年来,该乡始终坚持"两个文明"一起抓,认真开展社会治安综合治理工作,取得了一定成效。但是,在新的形势下,乡党委、政府丝毫没有放松这项工作,而是进一步下大气力抓,做到"打防结合,标本兼治",努力实现社会治安形势的持续好转。乡成立了综合治理办公室,并与各村、厂签订了综合治理责任书,明确规定了各级的责任和所要做的工作,从而提高了各单位抓综合治理的自觉性。在此基础上,认真开展调查研究,进行排队分析,明确综合治理的重点:一是在全乡范围内排出违法青少年5人,刑满释放人员4人,轻微违法犯罪人员3人,社会闲散人员和外来人员175人,重点加强了对这类人员的监管。二是排出少数防范意识薄弱,漏洞较多的村、厂,把这些村、厂和三条通干线两旁23个公共场所、14家特种行业单位作为重点防范区域。三是对社会风气存在的突出问题,进行解剖,把加强外来人员管理,防偷盗、反对赌博和封建迷信等作为治理的重点内容。重点明确后,乡里及时制定措施,采取对策,逐个予以解决。

1. 狠刹赌博歪风。他们一方面组织派出所、联防队等集中一段时间和精力,突击抓赌。今年以来该乡抓赌 10 局,参赌人员 40 人,个个写了以后不参赌的保证书。另一方面,抓好文化阵地管理,丰富群众文化生活,切实加强正面引导。如该乡幸福村,前几年赌博较严重,村里有个茶馆店,店内有 6 桌麻将,经常赌博,村支部组织村干部在抓赌的同时,在茶馆店内设立书场。在社教工作中,联系本乡解放以来的十大成就和改开放以来的十大变化以及奔小康的十大目标,向群众进行宣讲。平时用群众喜闻乐见的说书形式吸引群众,昔日的赌博场所变成了精神文明建设阵地。乡文化站原来也有 9 桌娱乐性麻将,但由于管理不善,被有些人用于赌博,乡里几次前去抓赌,并当众烧毁赌具,教育了群众,使文娱活动得以正常开展。

2. 反对封建迷信和铺张浪费。去年 10 月,乡会同文化站,召集全乡从事看手相、算命、看风水的人和乐队人员,专题进行法制教育,叫他们自己讲如何搞不正当活动的,向他们讲述封建迷信的危害性,并研究制订有效的制约措施。坚决取缔看相、看风水、算命和迷信品的生产和经营,对殡葬制度实行三项改革,通过改革,大大节约了丧葬开支,普遍受到群众的欢迎。

3. 切实加强安全保卫工作。建立健全了保卫科、治保会、调委会、联防队、消防队等组织,各行政村除组建联防队外,还以自然村为单位设立了护村员,并做到责任、报酬双落实。每个护村员,根据自然村的大小,确定年报酬为 100 至 200 元,由村负担。凡遇重大节日和重大活动,乡、村联防队都日夜巡逻值班,防止坏人乘隙而入,搞盗窃破坏活动。该乡还加强了对外来人员的管理,派出所建立了外来人员台账,对来本乡工作的外地人,其身份证由派出所登记保管,凡有不法行为的,及时与他们的所在单位联系,互相配合,共同解决。目前该乡群众家中被盗特别是自行车被盗案件得到有力遏制,群众普遍有了安全感。

三、抓建设,巩固综合治理成果

加强各项治安制度建设是落实综合治理的关键,也是巩固治理成果、实现社会治安形势好转的根本所在。为此,该乡党委、政府从加强治安基础工作入手,把综合治理与群众性精神文明建设活动结合起来。首先,开展了乡级文明单位评比活动,把综合治理作为其中的一项重要内容加以考核评比,规定只有被评为乡级文明单位的才能申报参与市、县文明单位的评比。其次,继续开展"新风户"评比活动,把计划生育、不参加赌博、不搞封建迷信等列入了评比"新风户"的条件。目前,全乡"新风户"挂牌的农户 4 421 户,占总数的 80%。今年该乡将在搞好"新风户"复评的同时,评出 50 个"标兵户",以深化这项活动,提高创建效果。再次,在企业开展了评比"文明职工"活动。在评比中,他们规定,凡是一个月未评上"文明职工",厂部将挂出黄牌以示警告,如连续三个月未评上,奖金扣除10%,如评上了"文明职工",就挂红牌。乡液流器材厂不仅开展了评比"文明职工"活动,还开展了评比"文明班组"、"文明科室"活动,推动了企业精神文明建设,促进了生产经营。现在全乡已评出"文明职工"1 511名,占全乡职工总数的93%。

武进电台1992年4月30日播出,原载1992年5月4日《社教简讯》第29期

扫除思想障碍　促进经济发展

武进社教为改革开放鸣锣开道

武进县在开展社教过程中,针对群众思想实际,有针对性地做好教育引导工作,坚持为改革开放鸣锣开道。

武进县有24个乡镇首批开展社会主义思想教育。进驻这里的社教工作队员,在调查研究中发现,有少数干部群众对改革开放与开展社教的关系认识不清,有的甚至把开展社教与改革开放对立起来。针对这种情况,他们从思想教育入手,及时组织当地干部群众认真学习党的十三届八中全会精神和邓小平同志关于建设有中国特色的社会主义的一系列论述以及党在农村的现行政策。在提高思想认识的基础上,他们与各村的干部群众,共商发展全镇经济的规划和奔小康脱贫困的大计,大大增强了干部群众的改革开放观念。遥观镇的窑业发达,是全县有名的"砖瓦之乡"。通过教育,该镇干部群众气壮了,胆大了,最近还分批组织有关人员前去深圳、珠海、苏州、无锡等地参观考察,全镇从上到下已形成了寻项目、借资金、引设备、开新品、办新厂的热潮,而且还出现了富村带穷村、大厂帮小厂的喜人景象。庙桥乡是外向型经济发展较快的一个乡,去年的外贸收购额达3 000多万元,进入了全县外贸收购"十强"行列。社教工作组进驻后,引导干部群众认真回顾总结改革开放以来所走过的历程和取得的成果,进一步增强了该乡发展外向型经济的紧迫感。现在,他们在原有开办3个合资企业的基础上,最近又有4个企业在与美国、中国香港等地的公司进行洽谈。据统计,目前全县首批开展社教的24个乡镇有23个"三资"企业项目正在与外商洽谈之中,数量比去年同期成倍增加。预计今年全县

的外向型经济将有一个较快的发展。

武进电台 1992 年 3 月 6 日播出,原载 1992 年 4 月 10 日《新华日报》、1992 年 3 月 8 日《常州日报》,合作者:顾培华、许本源、徐福鑫

武进县首批农村社教结束

今春以来,武进县首批开展农村社教的 24 个乡镇,以党的十三届八中全会精神和邓小平同志南巡谈话为指针,联系本地实际,按照讲道理、树正气、办实事、兴实业的要求,精心组织,周密部署,加强指导,使我县农村社教工作历时五个多月,取得了明显的成效。据统计,在集中教育中,24 个乡镇共授课 4 325 次,培训骨干 10 059 人,群众受教育人数达 380 478 人,受教率分别达 95% 至 98%。通过教育,进一步坚定了广大干群的社会主义信念,增强了爱国主义、集体主义和民主法制观念。同时,各地还把贯彻落实邓小平同志重要谈话精神贯彻于社教全过程,在统一认识的基础上,理思路、定目标、订措施。今年上半年开展社教的 24 个乡镇中,工业生产的发展势头较好,合计完成工业产值 28.4 亿元,比去年同期增长 53%。其中 27 个小康先行村完成工业产值 3.7 亿元,比去年同期增长 62.5%;56 个贫困村完成工业产值达 5 493 万元,比去年同期增 205%。另外,各社教工作组还以解决生产难题和增强发展后劲为突破口,既当联络员,又当办事员,24 个工作组为基层解决了许多实际问题,为促进农村经济发展作出了贡献。

武进电台 1992 年 8 月 18 日播出,原载 1992 年 8 月 25 日《武进科技报》

武进"三台"开播周岁运行良好

武进市电台、电视台、有线电视台自去年 7 月 1 日在广电中心开播后,该市广播电视局像抓广电中心硬件建设那样,精心组织,认真探索,积极按照新闻规律来办好"三台"。

——当好喉舌,充分发挥党、政府和人民喉舌的功能。"三台"在新闻宣传中,把当好喉舌、坚持正确的舆论导向始终放在首位。他们围绕市委、市政

府的中心工作、重要会议、重大决策、重要活动,切实加强广播电视的新闻宣传。一年来,电台共发新闻节目 936 档,用稿 9 560 篇;电视台发新闻节目 117 档,用稿 1 170 篇;有线电视台发新闻 104 档,用稿 1 248 篇。为了加强和发挥新闻合力优势,正确把握舆论导向,"三台"在新闻节目中均加强系列、连续和典型报道。仅电台而言,一年中就开展了 16 次系列报道,宣传了 126 位先进模范人物,发了 428 篇言论和评论文章。

——围绕全市两个文明建设,发挥服务功能。"三台"开播后,为全市两个文明建设做好服务工作。一年来,市电视台为 56 个乡镇拍 10 分钟专题片,并在《今日武进》栏目中全部播出。从宣传武进出发,为全市及有关部门开展经济活动拍摄 7 部资料片。按照市委、市政府的要求,为落实"九五"计划开好头、起好步,市电视台和有线电视台开辟了《回顾八五》和《九五新思路》专栏,邀请 30 个市级机关部门负责人和 56 个乡镇党委书记上电视谈规划、谈措施。

——努力办好文艺节目,丰富群众的文化娱乐生活。"三台"从各自实际出发,千方百计办好文艺节目。市电台坚持每天播出 5 小时的文艺节目,这些节目内容以锡剧、沪剧、越剧等听众喜闻乐见的地方戏为主。电视台克服困难,每天设置 3 小时的影视剧场,在每星期三还专门安排一部戏曲片。到今年 6 月止,已播出连续剧 37 部 789 集、电影 150 部、戏曲 48 部。为了让武进人在武进舞台上多演武进的戏,在武进的大地上多看武进戏,电视台负重奋进,增办了有特色、有水平,颇受广大观众喜爱的《万家灯火》综艺节目,目前已办了 25 期。

原载 1996 年常州日报《新闻建设》第 4 期

尊师重教蔚然成风

——第六个教师节录音报道

[出录音]各位听众,下面请听本台记者周元松、陈富大采写的录音报道:

昨天上午,县教育局在县人大会议室召开庆祝第六个教师节教育工作汇报会议,来自全县有关学校的教师代表、县四套班子领导以及县各部、委、办、局负责人共 130 多人出席了会议。副县长童方云主持了会议。县教育局局长蔡发章首先在会议上作了关于近几年来全县教育工作情况的汇报。县长赵耀骥在会上作了重要讲话。

[出录音]同志们,值此第六个教师节之际,我代表县委、县政府、县政协

向辛勤耕耘在全县教育战线上的广大教职员工表示热烈的节日祝贺,并致以亲切的慰问!向长期以来一贯重视、关心和支持教育的各部门、各单位及社会各界人士表示衷心的感谢!

[出主持人讲话][压混]赵县长说,近几年来,我县各级各类学校进一步端正办学指导思想,全面贯彻教育方针,切实加强学校的教育工作和思想政治工作,不断提高教育质量,为国家和地方输送了一大批人才。认真实施《义务教育法》后,中小学流失得到了有效控制,全县有五个乡镇首批实施了九年制义务教育,到今年年底前还将有十五个乡镇实施九年制义务教育。积极实施农村教育综合改革,普通教育、职业技术教育和成人教育的"三教"沟通、协调发展也有良好的开端。教育思想、教育内容、教育方法的改革已取得一定成效。

就如何进一步重视和加强教育工作的问题,赵县长向大家提出了几点要求。第一,各级党委、政府要进一步加强对教育工作的领导;第二,各部门、各单位要进一步关心教育、支持教育;第三,在全党全社会要进一步形成尊师重教的良好风尚;第四,教育行政部门和各级各类学校要进一步端正办学指导思想,全面贯彻教育方针,为培养"四有"新人作出贡献。

浦河中心小学校长刘奇、西林职业高级中学校长胡玄生、湖塘实验小学校长王学观、前黄中学校长章听福分别在会上汇报了本校教育工作的情况及取得的成绩,县人大主任蒋惠良也在会上讲了话。

武进电台 1990 年 9 月 12 日播出

"我为亚运添光彩"录音报道

[出录音]各位听众:

昨天,秋高气爽,阳光明媚。在举世瞩目的第十一届亚运会召开前夕,我县驻常单位的党员干部开展"为亚运添光彩奉献日"活动,这次活动共分县政府门前、文化宫广场、武进大厦物资局、博爱路的县地方工业局门前等五个中心点。上午八点半,本台记者陈富大随同县四套班子的有关领导来到县政府大门前等地方进行现场采访。记者在现场看到了许多动人的情景,尤其是各部、委、办、局的领导亲自在为群众服务,显示了异常亲密的干群关系。于是记者采访了县机关党委书记张志伟同志。

[出录音](记者问话略):为了认真贯彻十三届六中全会精神,增强县级党政

机关广大党员、干部和职工的亚运意识,提高广大干部全心全意为人民服务的自觉性,今天,我们机关党委组织县机关80多个局级单位开展"为亚运添光彩奉献日"活动,这次奉献日活动分别在县政府大门前、博爱路县工业系统门前、西新桥物资局门前、武进大厦、市区文化宫广场五个中心场地,开展了多种为群众服务的活动。

参加这次奉献日活动的有80多个县级机关单位,2 400多人,其中党员1 000多名,各级领导干部180多人,服务项目有60多个,另外,还有不少单位在所在地开展为烈军属、孤寡老人和病残人员打扫卫生、买煤球、买粮食、上门体检看病、赠送书籍等活动。据统计,仅县政府门前和文化宫广场两个服务点,到今天上午十一点钟,已经为5 760多人提供了各种服务。[录音止]

[出录音]当记者来到市区文化宫广场时,看到一位年过花甲的老伯伯正高兴地把修好的电视机拿回家去,记者上前采访了他。

[出录音]老伯伯,你的电视机已修好了吧,请你谈谈你对这次活动有什么感想。

老人:我家的电视机已坏了好长时间,今天终于给武进县五交化公司的领导同志修好了,说实在话,我家的电视机大毛病没有,仅是配些小零件,但是,要拿到修理店去修,一拆机就要五元、十元钱,作为我们老年人,经济上总要算算。今天,武进县开展的"为亚运添光彩奉献日"活动,他们这种无私奉献的精神,为我们常州人添了光彩,我非常感动。

武进电台1990年9月22日播出

广电的"春天"

——县电台调频开播和县电视摄制组成立录音报道

[出录音]各位听众,现在请听本台记者陈富大采写的录音报道:

今天下午2点钟,在县人大四楼会议室里,宾客满坐,欢声笑语,充满着喜庆的气氛,这里,武进县人民政府正在举行县人民广播电台调频开播和江苏武进电视摄制报道组成立仪式,来自省、市县和兄弟县市的领导,县各部、委、办、局、行、公司有关乡镇、厂、场的负责人,以及各区广播电视管理站站长、记者共250多人参加了仪式。

[出主持仪式人讲话录音]

县委副书记、县长赵耀骥在仪式上致词。

[出录音讲话]各级领导、各位来宾、同志们：今天，在"迎亚运、迎国庆"的大喜日子里，县政府举行县人民广播电台调频开播和江苏武进电视台报道组成立仪式，首先，让我代表县委、县人大、县政府、县政协表示热烈的祝贺，对全县奋战在广播电视战线上的全体同志表示诚挚的慰问，对来参加仪式的省、市、兄弟县市的领导表示衷心的欢迎和敬意，对各部、委、办、局、行、公司、乡、镇、厂、场关心广播电视事业、支持广播电视事业的领导和同志表示深切的感谢！

[出主持人讲话]（压混）赵县长说，我县的广播电视事业是随着我县经济的发展而逐步提高的，1956 年，我县建立的广播站、喇叭仅有 120 只，每个乡两只都不到，但以它独特的宣传功能和手段，深深地吸引了干部和群众，到目前为止，全县广播喇叭已发展到 26.5 万多只。1987 年 9 月 20 日，我县人民广播站经省广播电视厅批准，改为武进县人民广播电台，至今已整整三周年了。现在，调频台又以 93 兆赫的频率开始向全县人民播出，这是我县广播史上的一件大事，也是全县人民政治生活的一件大事。同时，江苏武进电视报道组也成立了，更是喜上加喜。这对宣传武进、促进我县两个文明建设将发挥出越来越大的作用。

赵县长在致词中还指出：广播电视事业是一项重要的社会事业，也是一项系统的工程，随着经济的发展，人民需求的提高，今后我县的广播电视事业将会更快地发展和提高。"人民广播人民办，办好广播为人民"。广播电视事业理应全社会来关心和支持，共同来办好，为此，赵县长要求全县各级各部门都要关心和支持广播电视事业，把广播电视办得更好，更受听众、观众的欢迎。

接着，上海著名电影演员话剧表演艺术家乔奇、上海滑稽一级演员王双庆、上海青年滑稽剧团滑稽新秀王善，以及常州歌舞团、京剧团的部分演员作了精彩的表演。

江苏省广播电视厅总编办公室主任张一才、市委常委、宣传部部长潘宗白等领导分别在仪式上讲了话。

武进电台 1990 年 9 月 21 日播出

健全四项制度　确保一方平安

武进社会综合治安步入制度化轨道

武进县在开展社会治安综合治理过程中，紧紧抓住综合治理领导责任制这个龙头,建立健全相应制度,增强了各级领导"为官一任,致富一方,安定一方"的政治责任感,使全县的社会治安综合治理工作走上了制度化、规范化的轨道。

完善领导责任制,奖罚分明。自1991年起,该县就在全县范围内全面推行了社会治安综合治理目标管理责任制,在对乡镇领导的综合考核中,突出了社会治安综合治理分数的比重,并与奖金挂钩。县委政法委制订了具体的考核细则和考核办法,每年对乡镇、县属党委(总支)厂、县级机关设党委的部门进行考核;各乡镇则普遍与行政村、企事业单位签订了社会治安综合治理责任书,从而形成了上下结合、齐抓共管的氛围,保证了全县社会治安的持续稳定。

建立考核制度,加强督促检查。该县每季组织公检法司等部门的负责人对16个乡镇的社会治安综合治理工作进行抽查。每半年和年终对县属党委(总支)厂、县级机关设党委的部门逐个检查考核,并将检查情况通报全县。实行重大案件(事故)防范责任查究制度。该县制定了重大案件防范责任查究意见,要求有关部门在规定期限内对重特大案件、治安灾害事故逐级查报。去年,他们依照"原因不查明不放过、责任不分清不放过、当事人不处理不放过"的原则,共调查重大案件37起、治安灾害事故3起,并将处理情况及时通报全县。

行使一票否决权制度。该县在乡镇、机关、团体、学校、企事业单位评选综合性先进时,凡治安有问题或发生灾害性事故的,一律取消当选资格。去年,共否决有这方面问题的文明单位14个、先进个人2名。

武进电台1995年3月3日播出,原载1995年3月10日《常州日报》,合作者:陈伟东

群众举报热情高　惩治犯罪成果大

武进检察院成为打击经济
犯罪的前哨阵地

武进县检察院重视举报工作,积极探索举报工作为经济建设服务的新路子,取得显著成效。据统计,该院举报中心成立5年来,共受理各类举报线索1 421件,查处经济、法纪案件566件,经立案侦查,构成犯罪、应当追究刑事责任的246件312人,破获贪污、贿赂万元以上大案75件82人,为国家和集体挽回经济损失1 515万余元。

武进县检察院领导十分重视举报工作,他们充分认识到举报是打击违法犯罪行为的基础工作。为此,他们着重从以下几个方面开展举报工作:

——重视举报机构建设,加强舆论宣传。该院自成立举报中心后,专门设立了举报电话;在县政府、湖塘镇等地设置了 3 个举报信箱;在湖塘、奔牛、横林、郑陆 4 个镇和税务、供销系统建立了 6 个基层检察室,并在各乡、镇和企业聘任了 81 名兼职检察助理员,方便了群众举报。为了使群众充分认识举报工作的意义,了解举报常识,该院还通过报纸、电台等新闻媒介,宣传检察机关的性质、职能和举报受理范围。

——及时消化举报线索,积极为经济建设服务。举报线索能否及时消化,是检察机关取信于民,反腐倡廉,为改革开放和经济建设服务的关键。为此,该院建立了一整套受理、分流、消化、处理、反馈制度,为及时消化举报线索提供了有力保障。据统计,仅今年 1 至 6 月,该院根据群众举报,就破获经济、法纪罪案 37 件,为企业挽救回经济损失 400 多万元,激发了广大人民群众的举报热情。

原载 1993 年 7 月 15 日《江苏法制报》,合作者:严杏珍

用法律手段促社会主义市场经济发展

武进检察院积极开展反贪污贿赂斗争

武进县检察院把打击严重贪污贿赂等经济犯罪放在首位,充分运用法律手段保护和促进社会主义市场经济的发育完善。去年该院共受理贪污贿赂等经济案件 97 件,立案侦查 46 件,比上年增长 18%,其中万元以上大案 15 件(含特大案 5 件)。

在打击贪污贿赂中,他们坚持做到:

——突出重点,深挖重特大犯罪。该院加强了对侦查的部署,快速反应,严查深挖,查获了一批利用职权坑害国家集体的严重犯罪案件。

——伸张正义,致力于安定一方。该院对于那些群众意见大、基层迫切要求查处的案件优先受理,集中力量查处,去年共查结盗卖技术资料和群众性集体上访、举报的案件 10 起。

——清除"蛀虫",排查非正常亏损大户。去年初,他们将"穷庙富方丈"案件作为重点排查,全年共清查 14 家亏损企业,亏损金额达 300 余万元,挖出

罪犯 16 名。

武进电台 1993 年 2 月 10 日播出,原载 1993 年 2 月 17 日《常州日报》

武进县"金库"安全有保障

武进县公安局将金融系统的安全保卫工作当作头等大事来抓,确保全县金融资金万无一失。最近,经省公安厅会同省 6 家专业银行对该县金融系统的安全保卫工作检查验收,武进县公安局被评为全省的金融卫士先进单位。

该局首先依靠金融企业加强对金融职工的政治思想工作,经常进行治安形势教育,提高职工的安全意识和防范意识,教育职工自觉遵守党和国家的政策、法令、法规,严格按各项规章制度和业务工作操作程序办事,堵塞漏洞;并且层层签订治安责任书,实行奖罚并举。其次,加强队伍建设,创建合格警队,组建防范网络,开展群防群治。6 个专业银行的经济民警队按省、市公安机关要求开展创建合格警队活动,并加强了政治、业务体能的训练;开展报警"预演方案"活动,增强了警员及安全员的应变能力。这样使全县 6 家专业银行下设的分行、办事处、分理处、营业所等 287 处基层金融单位,去年以来未发生任何案件和事故。由于工作人员警惕性高,还发现了多张假支票,当场抓获诈骗犯罪分子 2 名,从而确保了全县金融系统的资金安全。

武进电台 1995 年 5 月 5 日播出,原载 1995 年 5 月 10 日《常州日报》

投以真诚　枯树回春

武进县人民法院少年庭对少年审判工作中,对少年犯进行了教育、感化、挽救,促使他们成为新人。这里向读者介绍几则小故事。

她,还是她

生活是一个大染缸,它可以塑造出不同色彩的人生来。

我们要说的她,就是曾经作为少年犯度过两年铁窗生涯的女青年小 A。

想当初,她初涉人世,情窦初开,洁白无瑕,但"灵魂"的锈蚀使她成了危害一方、诱人下水的"害群之马",最后终于进了"班房"。当时她感到恐怖、沮丧和迷茫。

然而,当她处在与法官面对面、近距离的气氛中,接受着法官们那种严肃中不乏慈祥、诱导中不乏真诚教育时,她的恐惧心理消失了,冰冷的心开始溶化了。反复的教诲,使她看到了新生的希望。她在给少年庭的汇报信中写道:处罚的宽大和政府的关怀,使我内心非常激动,我要用汗水洗涮过去的耻辱和污垢,重新塑造自我。两年的改造中,她多次受到表扬,带着良好的评语回到了新的生活里。

她,还是她,但已不是过去的她。她在生活中暗暗实践着自己的诺言,尽管生活有时还在捉弄她,但她都能坦然应付。

一天,她从弟弟口中获得了一个消息:某位劣性颇深的小青年欲勾结其弟弟当晚外出行窃并将窃物藏于她家,她立即告诫弟弟切莫参与,并以自己的沉痛教训教育弟弟,弟弟听了她的劝告。她又立即将情况向当地派出所作了汇报,派出所获悉后,迅速深夜组织伏击,一举将窃贼抓获。为此,她受到了派出所的嘉奖,还为她落实了工作。如今,她已建立了自己的家庭,成了一个堂堂正正的青年。

生活的大门重新向他敞开

当你看到站在面前的是一位高大壮实的、持重稳健且刚刚迈出高校大门的高材生时,也许你不会相信,他曾经体验过失足的痛苦。

他本来是一个聪明好学的孩子,而且是一名班干部,但是,一些不健康的书刊迎合了他早熟的生理欲望。在一个晨曦微露的早晨,他照例出来跑步锻炼身体,途经同村一单身妇女家门口时,突然的生理冲动战胜了理智,他破门而入,欲行非礼。在女方的斥责下,他猛然幡悟,但为时已晚,已造成了危害社会、触犯刑律的结果,站到了被告席上。

当时,法官们本着教育挽救的政策,耐心地启发诱导他,使他深深认识到了自己失足的根源。根据其轻微的犯罪情节及悔罪表现,法院给了他一次重新做人的机会。

"我还有学习的机会吗? 我还想读书。"他用渴求的目光向法官吐露了自己的心声。"我们会尽力为你创造重新复学的条件。"这是法官们的回答。于是,老院长协调于各个部门之间,法官们往返于各个校园之中,终于使他重新获得了学习的机会,他也不负众望,以优异的成绩步入了高校。生活的大门重新为他敞开了。

他从矛盾中解脱出来

"谢谢你们,为我指点了迷津,我一定听你们的话,决不感情用事。"这是已刑满释放归来的少年犯小 B 对上门做他工作的少年庭法官们的临别表白。

事情是这样的:今年 4 月的一天,小 B 从工厂下班回去,突然碰到两个流氓将他拦截殴打,并抢走他身上的人民币 200 元。对此,小 B 内心非常郁闷,便又上了本已久违了的酒馆,借酒浇愁。本来刑释归来后,他立志重新做人,第一年通过自己的聪明才智和辛勤劳动,种植草药挣得万余元。为此,1992年少年庭去江苏少管所回访考察时,还专门请他去现身说法。后又招考进工厂,勤恳工作,工厂对他评价良好。然而,想不到要做个好人竟如此之难。他越想越气,难以从郁闷中解脱出来。他怀疑敲诈之事可能是受某人指使,便萌生了报复的念头。乘着酒兴,他上街买了一把匕首,欲行报复。猛然间,他想到少年庭,想到了少年庭的法官们当初对他的殷切期望,想到了报复可能产生的后果。思想处于极度矛盾之中的小 B 找到了少年庭,少年庭的法官们听了他的反映后,极为重视,对他进行了耐心劝导,并希望他要冷静地考虑问题。

为了防止事态的扩大,少年庭的法官们又及时来到小 B 所在的派出所,把信息反馈给他们,并请他们一道找到小 B,耐心做他的思想工作,终于使他从狭隘的偏见中解脱出来。当少年庭的法官们问及小 B,如果不找你,你将如何时,小 B 回答说:"我很难从矛盾中解脱出业,也许会铤而走险,是你们又一次把我从犯罪边缘拉了回来。"

武进电台 1993 年 10 月 15 日播出,原载 1993 年 10 月 22 日《武进日报》,1993 年 11 月 13 日《常州日报》,合作者:朱庆惠　张喜林

金 融 "蛀 虫"

十分钟　十万火急

广西柳州。某部招待所。

夜色已降落在大地,远处传来几声虫的啁鸣。

餐厅的一角,三男四女正举杯畅饮,不时发出得意的笑声。门外,检察官王建南焦急地看着手表。5 分钟过去了,前去搬救兵的另一位检察官王锡敏

还未到。他们奉命南下追捕一伙贪污银行巨款的"蛀虫",两位检察官长途跋涉,36 小时未合眼,到柳州才 1 个多小时,就发现了"蛀虫"的行踪,但是招待所总台服务员说,这帮人已经结完账,吃了晚饭随时可能拔腿就走。10 分钟,一辆警车悄然驶进了招待所的院子,原来王锡敏连跑带问,5 分钟跑了 1 000 多米,找到了五里卡机场公安派出所,搬来了援兵。

"不许动!"4 支黑洞洞的枪口指着那三男四女。其中一个戴着金丝眼镜的青年男子,操着半生不熟的普通话说:"你们抓错人了。""没有错,你是潘传坤,你被拘留了!"检察官的目光如剑,青年男子如雷轰顶,一下子跪倒在地上……

时间:1991 年 6 月 21 日。

告急的"534"

一向沉稳干练的武进县人民检察院的几位领导也沉不住气了! 他们承办过轰动一时的蒋正国特大贪污案,但当看完桌上摆着的那份材料后,他们拍案而起:"这还了得!"

农业银行武进县支行的几位行长急急火火赶到检察院称:该行小河镇信用社记账员潘传坤于 1991 年 5 月中旬不辞而别,留下了一堆烂账,初步查实,其分管的"534"活期储蓄科目中短少资金 4.7 万元……

检察院领导听了汇报讨论后,立即组织力量,立案侦查。

经过一昼夜的查账,"534"上的漏洞越来越多,金额超过 10 万余元,接着"005"等科目也亮出了"红灯"。

一个手上掌握了大量现金,又突然不知去向的人,意味着什么? 种种迹象表明:潘传坤是畏罪潜逃。因此,必须尽快找到他,可是潘传坤又在哪里呢?

大海有针就得捞。侦查人员终于发现,潘传坤临走前曾将一笔款子汇到了安徽省阜阳市。

6 月 5 日,虞玉炎副检察长带领追捕组赶到阜阳,在当地检察机关的协助下,找到了潘传坤落脚的旅馆,但这家伙似乎嗅到了气味,已于两天前离开了,并将汇到此地的 9 万元钱全部提走。

线索断了!

侦查人员并未气馁,询问,走访,内查,外调……涉及的人逐个过堂,终于查到了重要线索:潘传坤炒卖美金,在河南、广西活动过,现在已经南下广东、广西,和他一起活动的还有三四个人。

6 月 20 日上午,检察官王锡敏、王建南踏上了南下的征程,经过连续 36 个小时的颠簸赶到柳州,立即开始侦查工作,终于在某部招待所的餐厅里发现了潘传坤等人的行踪。

外逃 34 天的潘传坤落入了法网,检察官从他另一个居住点缴获了 5 万元现金,找到了犯罪证据。

欲望与冒险

刚刚 27 岁的潘传坤 1986 年才走上金融工作的岗位,这是一份令许多农村青年羡慕的工作。他戴着一副金丝眼镜,文质彬彬,然而,这样的年轻人却深深陷入犯罪的泥潭。

1988 年 6 月,潘传坤走出了滑向犯罪泥潭的第一步。一日,他坐到了赌台上,几下便输掉 2 万余元,想捞回本,索性放开胆子干,自己没钱,就拿公款去赌,越赌越惨,1 个月就输了 4 万多元。

1989 年上半年,潘传坤又打起经商的念头,开头两笔生意就亏了 3.5 万元,不久另一个"好心人"上门来说:"安徽有金佛像,原讲本钱只要 10 万,现在只要 5 万元,一转手就可以净得 5 万。"鬼迷心窍的潘传坤居然相信了,结果 5 万元买回的只是表面涂了一层金粉的铅佛像。他买了假货不甘心,又到广东等地去骗人,非但假货出不了手,却又贴进去 5 000 多元。

1990 年初,潘传坤调到"005"科目,具体分管农村集体经济的记账。此时他的日子越来越难过,债主把他家的门槛都踏平了。为了应付这难堪的局面,他把手伸向了信用社,开始大把大把地弄钞票。他采取做假账的办法,一年半的时间里盗用信用社资金 20 余万元。这些钱一部分去弥补已有的巨额缺口,一部分投入经商又亏了,更有一部分在赌台上消失,最多一次,他一下就输了上万元。

潘传坤做贼心虚,千方百计想补上漏洞,1991 年 5 月又开始了炒卖美金的生意,求爹爹告奶奶才认识了来自河南省自称是"高干子弟"的掮客,结果又被骗走了 3.3 万元。

就是这样,为了个人的欲望,他在犯罪的道路上越走越远。

"挖出萝卜带出泥"

潘传坤被抓获归案后,在清查过程中又发现了一批"蛀虫"。

侦查人员在查账中发现汇到安徽的一笔 6 万元的巨款是从郊区永红乡财政所汇出的,王锡敏等检察官立即赶到永红乡调查,发现该所会计查舫与另一案犯唐建松合谋挪用上百万元巨额公款。经与郊区人民检察院联系,派出得力办案人员查证,查舫、唐建松共同挪用巨额公款一案由此而案发,又挖出了两条"蛀虫"。

潘传坤贪污数十万元巨款而且轻易得手,没人"帮忙"是不可能的。侦查人员顺藤摸瓜,一查到底,从上百笔账务、几十家单位清理中,又挖出了武进县沿江堤闸管理所会计陈某某及小河镇信用社记账员苏某等挪用、私自开出银行信用证明帮助案犯提取现金等问题,清除了隐藏在财会室里的重大隐患。

潘传坤、查舫等罪犯受到了法律的严惩,但是这伙"蛀虫"轻而易举就从银行、单位盗走几十万元,难道不应该引起有关部门的重视吗?

武进电台1992年7月16日播出,原载1992年7月24日《常州日报》,合作者:王哲、严杏珍

东安乡党委坚持做到

经济工作再忙　党建工作不忘

武进县东安镇党委坚持做到经济工作最热,党建工作不冷,从而使全镇经济工作和党建工作双丰收。今年头10个月,该镇已完成工业产值5.93亿元,比去年增长79.6%;连续两年被武进县委评为"红旗乡镇党委"。

今年该镇的总目标是:经济工作调整发展,党建工作再创特色,条线工作争先创优,各行各业争作贡献。今年以来,镇党校在经济建设的百忙之中,举办各种培训班15期,受教育人数1 500多人次,促使广大党员和积极分子在经济建设的主战场上大显身手。常州市第二合成纤维厂经常不断地对党员开展"三讲"主题教育,使党支部"一班人"更新了观念,拓宽了视野,同时,提高了支部的凝聚力和战斗力。去年以来,工厂投资8 200多万元,搞了三项技改,目前已先后竣工投产。今年1至10月,全厂完成产值1.1亿元,实现销售收入7 600万元,分别比去年同期增长97%和75%。该镇余柯村第一党小组的6名党员在今年的"科技兴农"活动中,积极发挥了党小组"责任区"的作用,使该村的百亩三麦、水稻丰产方获得了好收成,三麦平均单产达582斤,水稻平均单产达1 108斤。

武进电台1993年11月18日播出,原载1993年11月26日《常州日报》

剑湖乡党委——

围绕经济抓党建　抓好党建促经济

发展社会主义市场经济,党的建设如何走出一条新路子? 武进县剑湖乡党委的经验是:围绕经济抓党建,抓好党建促经济。近几年来,该乡一直被上级评为党建工作先进单位,从 1985 年起年年被评为文明乡镇;经济工作亦每年迈出一大步,在去年三业总产值突破 7 亿元的基础上,今年上半年,全乡又完成工业产值 5.1 亿元,完成年计划的 46%,比去年同期增长 93%,销售产值实现 4.8 亿元,经济效益显著提高。

剑湖乡现有 1 个村级党委,40 个党支部,55 个党小组,630 名共产党员。围绕党的工作中心,对党员进行经常性教育,是该乡党建工作的一条宝贵经验。在新时期,引导党员在经济建设中发挥先锋模范作用,无疑是党员教育最基本的内容。每年年初,该乡党委都要结合全年经济工作的目标和乡村企业党员队伍的思想状况,确立党员主题教育活动的内容。去年以来,他们及时开展了"岗位作贡献、社会树形象"活动,引导党员做深化改革和经济建设的促进派。同时,他们还改变那种"我说你听"的单调方式,尽可能寓教育于多种服务和平等探讨之中。近几年来,他们一直在乡村企业党员中开展"比改革,看谁为党作出的贡献大;比献计献策,看谁的智谋多;比技术革新,看谁的改造项目效益最好"活动,以及"争当先进工作者,争当文明职工、争夺振兴杯、奉献杯、合力杯"等多种竞赛活动,让广大党员从中受到教育,提高素质,增长才干,增强投身于改革开放和经济建设的自觉性。

"支部建在连上"是剑湖乡党委在组织建设上引用的一条成功经验,亦是保证加强党在基层的领导的一条重要原则。近几年来,乡村企业的崛起使农村基层原有的组织设置越来越不适应形势发展的需要。倘若还是固守原来那种只以村为单位建立党支部的做法,那么,这项原则就有可以成为一句空话。针对这一状况,该乡从"支部建在连上"引申出"支部建在企业"的构想,逐步建立起了有利于乡村企业党员发挥作用的组织结构。凡有 3 名以上正式党员的乡办企业都单独建立党支部;党员数量不足 3 人的新办乡村企业,配备 1 名专职政工干部作为企业的"党代表";党员较多的村建立党委、党总支;村办企业单独建立党支部。乡村企业党支部的建立和"党代表"的派入,不但加强了党对企业的领导,而且还使企业党组织能够根据企业的特点加强对党员的管理教育工作。

武进电台1993年7月1日播出,原载1993年7月3日《常州日报》

武进县对农药生产分装进行全面检查

中央人民广播电台在8月2日播出武进一些农药分装厂生产的农药质量低劣的消息后,武进县人民政府对此十分重视,县人大常委会和县政协专门召开了会议。县政府责成县经委、县工商局和县化学工业公司等7个部门组成检查小组,对全县54家生产和分装农药的企业进行全面检查。

目前,鸣凤镇化工厂、湖塘区农药分装厂、鸣凤何留农药分装厂以及湖塘第二农药分装厂4个生产劣质农药的单位,已被立案调查。湟里镇农药分装厂和夏溪乡植物激素厂生产的农药也已被取样化验。检查情况反映,这些生产劣质农药的企业,设施简陋,大都没有测试设备,也没有专业技术人员,购进的原料根本不检测,有的单位甚至仅靠人工混合一下就分装出售了。

对于已查出的问题,武进县政府的态度十分明确:凡是违反法规的坚决依法办事,按法处理;制订具体标准,要求这些企业限期整改,进行内部整顿,逐个过堂验收,不合格不准生产。现在,县检查小组正在全县范围内进一步展开这项工作。

武进电台1988年8月5日播出,原载1988年8月7日《常州日报》,合作者:诸亦裕

竹林深处铁匠多
——小河乡银河村访问记

阳春三月,笔者沐浴着明媚的春光,驱车慕名来到位于长江边上的武进县小河乡银河村采访。当我们走进银河村时,映入眼帘的是一片片翠绿色的竹林,一排排整齐的树木,一幢幢新造的楼房。同时,在这鸟语花香的竹林深处,还伴奏着悦耳动听的叮嗒叮嗒的铁锤敲打声……

我们随着声音走进了银河村党支部办公室,村委主任于世金向我们介绍

说：银河村是长江边上的"下滩里"，从事打铁的有 141 户、500 余人，从事木工的有 85 户、200 余人，去年，全村铁木业产值共有 80 多万，利润有 40 多万。如今的银河村："户户都有铁木匠，竹林深处叮咚响，生活水平大步上，家家都住新楼房，人人感谢共产党。"在于主任的陪同下，我们来到了打铁专业户李小海家。只见李小海父子三个，在火红的炉子旁，你一榔头，他一铁锤，娴熟的手艺真令人羡慕。李师傅笑着对我们说："我今年 47 岁，17 岁就跟人家学打铁手艺，俗话说：摇船打铁磨豆腐最辛苦。三十年来，甜酸苦都尝过，1957 年去上海打铁做临时工受人家气，后来索性回到家乡农机厂工作，从事打小农具；1960 年大队'五匠'组织起来，就又到了大队厂'吃大锅饭'。党的三中全会犹如春风送暖，大队厂的'大锅饭'终于分成了'小灶'，搞起个体经营打铁了。现在我们父子三个，起早摸黑，不仅打木工用具，而且还打小农具，产品规格有几十种，畅销全国十几个省、市、自治区，去年产值数万元，取得了可观的经济效益。如今我们的生活像芝麻开花——节节升高，一年更比一年好！"

武进电台 1987 年 3 月 21 日播出

扭亏为盈的奥秘

——武进铁合金厂从夹缝中走出新路纪实

地处古运河畔、沪宁线旁、常州市西郊的武进铁合金厂，是全国地方 45 家铁合金骨干企业之一，亦是江苏省最大的炼锰企业。前十年，这家企业一直是戴着"政策性亏损企业"的帽子度日，然而，今年上半年呢？该厂已摘掉了亏损的帽子，完成工业总产值（1990 年不变价）5 500 万元，比去年同期增长 82%，实现利税 181 万元，比上年增长 232 万元，半年跨大步，令人刮目相看。

人还是那些人，厂还是那个厂，那么，究竟是什么原因使这家工厂扭亏为盈？为此，笔者专程采访了这个厂的领导。

科技兴厂效益增

武进铁合金厂的领导者们认识到：企业，特别是大中型企业的发展离不开科技进步，如果在技术上、设备上不能领先，就无法增强企业自身的竞争能力和发展能力。基于这种认识，近年来，武进铁合金厂先后投资 1 800 多万元。引进新技术，改造老设备，从而使企业实现了速度、效益、后劲三个同步。

该厂原有一座28立方米的练锰高炉,设备陈旧、产量低、消耗高、效益低,企业因此长期戴着"国家政策性亏损"的帽子。从1990年11月份开始,该厂在上级有关部门的支持下,投入了400多万元资金,将原高炉改造成60立方米高炉。新高炉的建成,显示了它突出的优点:产量比原高炉增加40%以上,能耗比原高炉下降15%左右。

武进铁合金厂的60立方米高炉改造一举获得成功,改变了企业在全国同行业中的位置,经济效益也有明显提高。为了向生产的深度和广度进军,全厂干部职工意气风发,快马加鞭,在提高锰铁产量的同时,又积极利用高炉余热发电,因此,该厂在进行60立方米高炉技改的同时,同时安排上了1650千瓦的余热发电机组,使余热发电量比原先提高一倍。从此,该厂的自发电可以解决工厂70%的用电量,仅用电一项,企业每月就可少支出10万多元。

继高炉技改之后,今年年初,该厂又进行了水泥技改,将生产水泥规模从9万吨扩大到18万吨。今年技改的特点,一是采用了很多新的设备、新的工艺、新的技术,如埋刮板、输送机、微机配料等;二是边生产、边技改,这一点是技改中难度最大的一点;三是基建时间长、工期安排紧,整个土建工程从2月份动手到6月底提供安装;四是场地狭小,既要生产,又要施工,给安全生产带来了难度。

党政同唱"一台戏"

武进铁合金厂为何能在短时间内实现经济腾飞?厂党委书记朱汉荣告诉笔者说:我们在全党工作重心转移到以经济建设为中心的轨道上后,将党委这一级组织的政治核心作用这个魂,紧紧地附在企业经济工作这个"体"上,把党的工作有机地渗透到生产经营工作中去,从而促进了工厂经济工作的发展。

企业党委是企业的政治核心,企业厂长在企业中处于中心地位。企业的党政领导如何在企业的精神文明建设和物质文明建设中"两心"合一心,是衡量一个领导班子有无凝聚力和战斗力的重要标志,也是关系到企业能否办好的重大问题。近几年来,该厂党委书记朱汉荣和厂长卞春暖,把正确处理党政关系作为领导班子建设的重要内容之一,坚持以党性原则处理党政关系,从党和国家利益的高度,从企业整体利益的高度来考虑问题,协调关系。

由于该厂领导能同唱一台振兴企业戏,从而使企业在两个文明建设中取得了丰硕成果。近两年,企业先后被市、县评为"先进企业"、"文明单位"、"常州市思想政治工作先进集体";厂长卞春暖连续被县政府评为优秀厂长,党委书记朱汉荣被县市委评为优秀党务工作者。

共产党员似"骏马"

　　武进铁合金厂有300多名共产党员，占了全厂职工的五分之一左右，这是一支不小的力量。该厂党委认识到：党员先锋模范作用将能带动全厂职工同心同德完成各项生产任务，因此，他们坚持发挥党员在生产经营中一马当先的作用。厂党委在党内开展了"我为企业作贡献，我为社会作奉献"为题的"三讲"（"讲信念，讲传统、讲奉献"）活动，并建立了党员责任区，使党员的先锋模范作用在责任区中得到落实，经受考验。克服党员"自管自"和混同于普通老百姓的现象。具体要求在生产经营中当好先锋模范，做好表率，树立共产党员的良好形象。例如该厂在去年技改扩建60立方米高炉过程中，涌现了一大批忘我劳动、无私奉献的优秀共产党员，如机修车间主任潘建凯同志一心扑在高炉建设上，三个月从未休息一天，为了早上班、迟下班，虽然他家离厂有10公里路，但他坚持不坐厂车，骑自行车上下班；强将手下无弱者，机修车间负担着高炉制作的繁重任务，职工们在他的带动下，一项项任务都提前按质按量地完成，为高炉提前三个月竣工立下了汗马功劳。又如共产党员朱国全，虽然身患癌症，仍坚持参加高炉的扩建工程，领导下了住院命令后，他才被迫离开工地，在医院里，他仍关心工厂的高炉建设。在高炉投产庆功大会上，全厂表彰了122名职工，其中共产党员有88名，占72%。

凝聚力来自党的温暖

　　1990年4月，常州市第一人民医院的医生在武进铁合金厂职工王德良的诊断书上写着：尿毒症，必须换肾，否则难以救活。然而，要换肾，谈何容易？必须从健康人身上取下肾，手术费等共7.5万元，这个近似天文数字的花费，王德良就是倾家荡产也难以凑齐。可是，他却顺利地换了肾，而且王出院后，还继续每月用进口的每瓶价值2 700元的药水两瓶，至今工厂已为王德良花去了近10万元钱。王德良全家感激地说："是共产党和社会主义企业给了王德良第二次生命。"

　　武进铁合金厂的领导者们十分关心和体贴职工，他们没有把职工看成仅仅是完成生产任务的工具，而是把职工看成是企业的主人，是企业发展前进的基础和动力。尤其是党的六中全会以来，工厂的主要领导心中装着职工，经常下车间，找职工谈心了解情况，并建立了每周一下午接待职工日制度。据统计，近几年中，工厂领导在资金十分困难的情况下，千方百计为五名重病号职工治病,用去医药费 14 万元,为 166 名职工解决特殊困难补助费 6 000 余元;为家在农村的职工解决造房优惠价水泥 518 吨,为职工修建了在常武地区数一流的食堂、浴室,在常州、奔牛等地建造了职工住宅楼,办起了职工招待所、职工俱乐部;建立了漏湖副食品基地,逢年过节给职工供应鸡、肉、鱼等。

干部对职工的无微不至的关怀极大地激发了职工的主人翁责任感,产生了巨大的向心力和凝聚力。在建设 60 立方米高炉的大会战中,许多职工日夜奋战,无私奉献,高炉扩建工程原定 5 个月完成,结果仅花了 3 个月时间就提前竣工,创造了全省冶金系统的奇迹。投产后,1 个月就达产,3 个月超设计能力,出现了锰铁生产日产量 57 吨这一建厂 20 年来的新纪录。

蔚为壮观的"金字塔"

武进铁合金厂之所以具有旺盛的活力,在于该厂领导尊重人才、培育人才、关心人才,让人才有施展自己才华的广阔天地。

实行厂长负责制以后,特别是近年来,该厂十分重视科学技术的作用。他们广招贤才,充分发挥专业技术人员的一技之长。从 1985 至今,该厂先后吸收、引进各类技术人员 73 人。为稳定科技干部队伍,调动科技干部的积极性,该厂在工资、住房等待遇上对他们给予优先照顾。如厂内有位工程师因考虑到家属的"农转非"问题,要求调往苏北工作,当时厂部同意了他的要求。可是,去年那位工程师又找到厂部要求返回工厂工作。厂部考虑这位工程师家庭确实困难,他要求调回工厂工作也是合理的,立即为他办理了调动手续。如今,那位工程师又回到工厂上班了。

与此同时,该厂还十分重视全员培训工作。"七五"期间,工厂投入教育经费 15.8 万元,厂内举办班组长岗位培训、全面质量管理培训、劳动知识培训、青工技术培训、高中补习班等共 51 期,受培训职工 5 200 人次,占职工总数的 78.5%,并且还输送 193 名职工到电大、职大、夜大等各类专业院校学习,从而较快地提高了职工队伍的整体素质。

到目前为止,该厂已有各类专业技术人员 152 人,其中高级工程师 3 人,工程师 30 人,8 名厂级领导都是科技干部,60% 的中层干部均是科技人员。70 年代、80 年代、90 年代的科技人员在武进铁台金厂已形成了一座蔚为壮观的"金字塔",各类科技人员相得益彰,使工厂的生产、经营、科技始终充满着勃勃生机。

武进电台 1991 年 7 月 18 日播出,原载《冲天集》一书

武进县医院成功切除巨大肿瘤

3 月 27 日,武进县人民医院外科医师成功地为一位农村妇女切除了一个重达 13 公斤的巨大腹膜后肿瘤。

今年 45 岁的丁凤英,家住武进县龙虎塘镇街南村。1991 年,她的腹膜后生了个肿瘤,于当年 7 月施行手术切除。由于该肿瘤系多发性和低度恶性肿瘤,到去年 3 月肿瘤复发,又施行了手术切除。今年以来,丁凤英的腹内肿瘤又逐渐长大,腹大如鼓,由于肿瘤压迫血管,左下肢严重浮肿,行走很不方便。如果不开刀把肿瘤切除,患者只得等死。因此,丁凤英到处求医,先后赴上海几家大医院求医,遭到了一些医院的拒绝,加上丁凤英家境困难,付不起昂贵的医药费。于是,丁凤英回到家乡武进县人民医院治疗。3 月 27 日,该医院外科主任医师丁儒林在莫乃新等医师的密切配合下,经过三个半小时的手术,终于成功地将患者腹内重达 13 公斤的巨大肿瘤取了出来。面对如此大的肿瘤,人们连声惊呼:"罕见,罕见!"

术后,丁凤英的左下肢浮肿已全部消退,也无任何并发症。

武进电台 1993 年 3 月 28 日播出,原载 1993 年 5 月 23 日《江苏科技报》,1993 年 4 月 7 日《常州日报》

潘家山上古迹多

——武进县潘家乡见闻

你到过位于太湖之滨的武进县潘家乡吗？当你乘上汽车驶入潘家乡时,向南遥望,就会看到重重叠叠的青山顶上、脊上、坡上,布满了馒头形的巨大土圆墩。过去人们都将其传认为"炮墩"。山上景致十分壮观,犹如古代战场,势如兵临城下。

近两年来,它吸引着省、市以及广州中山大学教授等考古学家的到来,经过科学鉴定,那些所谓的"炮墩"是春秋战国时期吴国的军事设施,距今约有2 500 年左右的历史,和我国至今保存的长城一样具有古代军事建筑物——石室土墩和石城墙。

潘家山上的石室土墩共计有 250 多个,逶迤起伏的石城墙有 1 公里左右。墩与墩之间距离不一,邻近太湖外分布密集,在当地起着"临湖控越"的作用。这些墩都是顺着山的走向建造的,远的相隔 100 至 200 米,近的相隔四至五米,土墩的外貌呈椭圆形,直径一般为 20 米,高度有 2 至 30 米。石室土墩大多直接建筑在山脊的基岩上,左、右、后三壁用当地石块垒筑,构成长方形石室,前端石垒壁作出入口(平面形状呈"匚"形)。壁高一般 2 米左右,左右两壁逐渐上收,在石室的横剖面上呈梯形,石室一般长 15 米左右,底宽 1.2 米,顶宽 1 米,用方整的大块口作顶盖,出入口处堆放有 70 至 80 厘米高的石块,便于掩蔽(石室口用石块封门,难以出入),石室周围还用石块作护墙护坡,外表还复一层土,达到隐蔽和加固的目的。石城墙(与土墩非同时代建筑)均用当地石垒筑,底宽 1 至 2 米,残墙高 1 至 2 米,长有 300 至 400 米。

考古工作者在发掘考察过程中,在石室底层发现了大量的古代兵士将领用过的餐具(绝大多数不见使用痕迹),有古陶瓷碗、盆、碟、罐、坛、瓮、盅以及纺轮(搓线砣),每个石室中起码有三套以上的餐具(石室内器物非同时期,有早晚),色彩鲜艳,大小不等,总计有 40 至 100 件古陶瓷器皿,完好的约占二分之一。这些遗址遗物,对于考察、研究春秋战国史,具有重要的价值和意义。

武进电台 1986 年 7 月 28 日播出,合作者:韩裕良

得天独厚的百渎
——潘家乡百渎村巡礼

武进县潘家乡百渎村,位于风景秀丽的太湖之滨,离潘家集镇南端约 6 公里,距常州、无锡市区约为 40 余公里,常锡公路在村北经过。背靠城湾山,南临太湖水,东西长约 3 800 米,南北长约 200 米,地域总面积为 3 300 多亩,其中水稻田为 340 多亩,湖滩田为 150 多亩,山地面积为 2 700 多亩,与宜兴、无锡以及浙江省隔湖相望。

百渎风景优美,自古就是文人墨客搜奇览胜之地。晋代王孝子的墓葬于此处王衰岭下,至今尚有石碑等遗迹。在墓侧,曾有比常州天宁寺还宏伟的蓼莪禅寺,因此当地流传"先有蓼莪寺,后有天宁寺"之说。明代吴门才子祝枝山因爱慕此处山清水秀,环境优美,曾旅居蓼莪寺院,并留下了"无事山家"匾额一块,清代一些名人官宦也曾慕名居于此处。可惜解放后由于寺僧还俗,寺

院拆除，匾额也已丢失，昔日的繁华已经消失。

百渎地理位置优越，冬暖夏凉（冬天气温比一般地区要高摄氏 4～5℃，夏天比一般地区凉爽），具有"太湖小气候"特点，同时还有着得天独厚的自然资源，具备发展经济、旅游、疗养的有利条件。解放以来，特别是党的十一届三中全会以来，该村经济发展较快，目前除种植粮食以外，还发展了多种经营，集体办有橘园150亩，茶场113亩，综合性林果场40亩，渔场330亩，村办采石场两个。种植毛竹70亩，国外松200亩。此外，还有农民个体橘园130亩。该村年产炒青、烘青、碧螺春茶就达80余担，其中有的还被省评为优质茶。1986年，柑橘喜获丰收，收获温柑"南丰"、"黄皮"、"料红"橘 16 000 斤。目前，潘家乡政府对百渎村提出的"春天桃李芬芳，夏天茶叶飘香，秋天柑橘橙黄，冬天成鱼满塘"的美好理想已经初步实现。

百渎资源丰富，尽管前几年积极进行了开发和利用，但是发展经济的潜力仍然很大。据初步测算，全村适宜种果树的面积尚有500余亩，适宜种茶树的面积有100亩，宜林宜竹面积2 000余亩，适宜养鱼的水面则更多。尤其是这里新近发现的优质矿泉水更是常州地区之宝。南京大学地质系肖楠森教授等人实地勘测后，证实这里的矿水含有丰富的铁、锰、铜、锌、钼、钴、镍、锂、铷、铯等10多种对人体有益的微量元素，它与杭州的虎跑泉、无锡的天下第二泉水质相似，是制造啤酒等饮料的上好水源。鉴于这些难得的资源，百渎村民渴望社会各界有识志士前来洽谈，共同投资开发，在"七五"期间，可以在"三水一石"（即水果、水产、矿泉水及石料）上大做文章，朝着实行工、副、农、育种、养一起上的目标作努力，尽快地把百渎村建成一个环境优美的小型配套的经济旅游区或疗养胜地。

武进电台1986年10月18日播出，原载1987年《武进经济生活》第1期，合作者：徐福鑫　周元松

家门口的乐园
——访武进东青乡文化宫茶室

金秋十月，秋风送爽。记者在今天党的十三大召开的喜庆日子里，慕名来到武进县东青乡文化宫茶室进行采访。

早晨六点二十分，当记者走进文化宫，真是大开眼界。这是建在东青河道上的一座古建筑，它飞檐翘角，雕栏花窗，院内幽静，绿树常青之中有一喷泉

池,显得古色古香、别具一格。文化宫内图书馆、游艺室、文艺厅、老干部活动室、男女浴室、屋顶小花园等等。踏进茶室,茶客满堂,他们中有的临窗而坐,有的正在谈天说地……喝茶的有老年人、中年人,共有 180 余人。他们三五成群,谈着市场行情、庄稼长势、庄户新闻,应有尽有。这时,记者也泡了一壶茶,坐到这些茶客之中。东青乡白茅村第十村民小组的邱焕正在兴致勃勃地对记者说:"我今年 66 岁,有 5 个儿子、4 房媳妇,其中 2 个儿子媳妇在村办厂工作,还有 3 个孙子、4 个孙女,家里共有 18 个人。现在全家生活正如芝麻开花节节高,全靠党的好领导。今天十三大召开了,我说句真心话,希望邓小平身体健康,国家兴旺,政策不变,这样,我自己也可以安度晚年了。"在旁的一位是来自青龙乡青龙村的姚盘兴,他接着说:"在我父亲手里时,我全家靠捉鱼维持生活,现在,我家是 7 个人种 10 亩责任田,目前已收获的 3.8 亩杂交稻,平均亩产有 900 多斤,晚粳稻青秀老健,看来比杂交稻收成还要高,又是一个丰收年景;在种好责任田的同时,还有承包 4 亩水面养鱼,全年收入约有五六千元。"责任制连着农民的心,他们把握着自己的命运,自觉地走上了科学种田的道路,这茶馆也就成了他们谈天说地交流生产、交流致富信息、经验的阵地了。

茶客们还告诉记者,现在农村的文化生活丰富了,这里的赌博迷信活动大大减少,拾金不昧、助人为乐的事越来越多,"五讲四美"蔚然成风,精神文明建设有新的进展。就在前几天,有一位从狄市村来的茶客不慎丢掉 40 多元钱,另一位茶客拾到后,立即归还了失主,失主非常感激。最后,记者采访的是位五保老人姚金林,他今年 83 岁高龄了,也是这里的常客,他捧着茶壶,笑得合不拢嘴,并说:"共产党真好啊!"

是啊,党的三中全会给农村带来无限春意。这茶室正是反映农村改革带来变化的一个缩影。正如一些茶客们所说的那样:乐园建到家门口,茶叶飘香沁人心,喝上一杯精神振,幸福不忘党的恩。

武进电台 1987 年 10 月 26 日播出

《浣沙谣》荣登榜首　历史剧魅力无穷

在第七届江苏省锡剧艺术节和第四届江苏省滑稽戏艺术节上爆出新闻:由中天钢铁艺术团武进锡剧团演出的大型古装戏《浣纱谣》在全省七个优秀剧目中名列第一、荣登榜首,在锡剧界引起了强烈反响。

据悉,全省共有 14 个剧团、14 个剧目参与这次锡剧、滑稽艺术节,经过评委们的严格筛选,有 7 个剧目荣获了优秀剧目奖,武进锡剧团演出的大型古装戏《浣纱谣》以丰富的文化内涵和精湛的表演艺术赢得了专家和观众的一致好评,名列第一。与此同时,该团的姚金诚获优秀编剧奖,卢浩获优秀导演奖,王星南获优秀作曲奖,张振获优秀舞美设计奖,朱维生、叶建明获优秀灯光设计奖,徐霞英、陈华珍获优秀服装设计奖,徐霞英、刘爱玲获优秀造型设计奖,沈惠兰、朱国兴、朱惠民、周建中四位演员获优秀演员奖,胡子寅、范仙琴、李建南三位演员获演员奖,乐队获优秀伴奏奖,赵燕君等获伴唱奖。

《浣纱谣》根据明代梁辰鱼的《浣纱记》改编,以现代文化的视觉,对中国古代第一美人西施的经典故事进行了新的解读和挖掘,企图透视出一些历史的与人性的秘密;在舞台表现上,该剧以细腻婉约与炽烈奔放融为一炉,力图创造出一种凝重凄美、亦雅亦俗的舞台景观。

沈惠兰(饰西施)

国家一级演员沈惠兰

该剧由国家一级演员武进锡剧团团长沈惠兰领衔主演。3月20日,该团在无锡演出时,由于演出是在下午,许多观众早早就来到了剧院门口,在大众剧院门前出现了等退票的观众,到开场时仍有许多观众因没票进不了场。演出开始后,剧场内座无虚席,观众的热情非常高涨。老戏迷们都说:"我们是冲着沈惠兰来的。"当演出谢幕时,戏迷们纷纷"冲"上舞台与演员合影。

原载2006年3月31日《扬子晚报》常州版

剑湖乡被省授予"体育先进乡"

武进县剑湖乡积极开展群众性体育活动,丰富和活跃职工群众的业务余文化生活,收到良好效果。最近,该乡被省体委授予"体育先进乡"光荣称号。

这个乡的经济比较发达,但昔日职工群众的业余文化生活却较为单调,一些青年职工工余时间便东游西逛、寻衅滋事,有的甚至染上了赌博盗窃等恶习,社会治安也随之恶化。为了扭转这种状况,乡政府决定把开展丰富多彩的体育活动作为突破口:一是健全组织制度。去年初,乡里成立了体育委员会,由一名副乡长兼任体委主任,各单位支部书记担任委员。二是完善体育设施。乡政府拨出专款,各单位自筹资金,修建了篮球场、文娱活动室,配备了篮球、乒乓球、象棋等文体用品,各村委、企事业单位先后成立了篮球队、乒乓球队、拔河队等。三是提供经济保障。乡政府把开展体育活动的费用列入年度财政预算,一些工厂、村民委员会也拨出经费,保证体育活动正常开展。这样大大调动了职工群众参与体育活动的积极性,促进了全乡群众性体育活动的蓬勃兴起。目前,全乡参加活动的人数已占全乡总人口的60%以上。社会治安也日趋好转,去年全乡各类案件的发案率比往年下降了18%。

武进电台1991年1月18日播出,原载1991年1月22日《常州日报》,合作者:陈兴荃

园博园景点介入　恐龙园喜添新丁

2003年4月28日,一直受人关注的华东旅游线将再次新星闪耀,常州中

华恐龙园与江苏省第三届园艺博览园真正实现无缝衔接，"双园合璧"共铸旅游名牌。

中华恐龙园又称东方侏罗纪乐园，是一座融博物展示、科普教育、现代生态于一体的乐园。园内鲜花盛开、绿草如茵，银杏、香樟、桂花等80余种名贵树木遍布其间，人工湖与优美的中华恐龙馆交相辉映，以恐龙为主题的特色游乐项目分布其中，内容丰富，惊险刺激，让游者感受到无比的欢乐。

园区的核心部分——中华恐龙馆，又名中国地质博物馆分馆，是国土资源部和常州市人民政府的合作项目，是迄今为止国内收藏展示中国系列恐龙化石最为集中的专题博物馆，它以古代恐龙化石为线索，旨在弘扬人类与自然界和谐发展的新自然观。馆内运用多项现代技术和娱乐手段，营造科学启智与审美情趣相融合的动感空间，是寓唯物史观教育于旅游体验之中的新型科学殿堂。馆内陈列了永川龙、马门溪龙、山东龙、巴克龙、霸王龙等50多具各地地质年代的恐龙化石骨架。更突破了传统"博物"概念，以生物演变史为背景，重点突出恐龙从生存、繁衍、演化直至毁灭的发展历程，揭示出人类保护生态、保护恐龙化石。中华龙鸟是展示世界级国宝——中华龙鸟化石的展厅，中华龙鸟是目前世界上最早的长有羽毛的介于恐龙和鸟类之间的过渡型生物，真正代表了鸟类的祖先类型，它的发现有力地支持了鸟类系由小型兽脚类恐龙演化而来的学说。另外，中华恐龙馆还收藏了2002年4月份常州中华恐龙园名誉馆长、中国地质研究所季强博士等人在辽宁北票中合屯地区早白垩世义县组中发现的一具保存极为完整的初鸟类化石。根据其头骨、肩带、腰带、四肢等骨骼学特征，季强等人认为这具化石要比国际上早先发现德国始祖鸟和中华神州鸟都要进步,具有较强的飞行能力,这具化石被正式命名为东方吉祥鸟(新属、新种)。

在中华恐龙馆的四周,来自新西兰的飞天蹦极、来自德国的夏日雪橇以及穿越侏罗纪、动感电影、高空滑索、潜水艇、横空出世等等数十项大型游乐项目为游园的客人带来了更多的欢乐。

在常州市委、市政府的关心、支持下,中华恐龙园已制定了占地3 000亩的发展计划,正分步实施。即将在恐龙园开幕的江苏省第三届园艺博览会就是其中的一部分,本次园博会由省政府主办,省建设厅、省农林厅和常州市政府共同承办,其他12个省辖市政府协办,目的在于提高现代化城市生态环境质量,集中展示我省现代园林园艺的成就和发展方向,加强行业的技术合作交流,加快园林园艺产业化步伐,营造人与自然和谐共处的环境。

园博会期间适逢五一黄金周,届时的恐龙园精彩纷呈,澳大利亚飞车表演、"春之场"专场文艺演出、焰火晚会、玫瑰婚典、造园艺术展、园林园艺精品展、园林园艺科技交流研讨会等等十多项活动样样精彩,畅游恐龙园在感受古老生物与现代科技完美结合的同时又能一睹现代园林风光,何乐而不为呢?

原载2003年4月5日《服务导报》,合作者:陈青成

武进县春节文娱活动丰富多彩

今年春节,武进县广大农村普遍开展了多种多样的文化体育活动,给热闹的节日增添了更加欢乐的气氛。全县既有戏剧、曲艺、歌舞等舞台演出,又有电影、录像等影视节目;既有舞会、卡拉OK、桌球等时髦娱乐项目,又有调大头、调龙灯等民间传统项目;既有文化娱乐活动,又有乒乓等体育活动项目。整个春节活动显得多姿多彩、生动活泼,受到了广大群众的欢迎。南宅乡的城乡影演晚会形式多样,效果好,观众既看了演出,又看了电影;魏村的卡拉OK演唱活动,由于有较强的自娱性,参与性,一连搞了两天;三河口乡举行了别开生面的新婚夫妇知识竞赛。全县最大的集镇湖塘镇,更是热闹非凡。装修一新的县文化馆丽都舞厅新春佳节重新开放,吸引了众多的少男少女,连日场场爆满;县图书馆举办了美术学习班,县博物馆举办了摄影作品展览,县工人文

化宫陆续开放了多种活动项目。

武进电台 1992 年 3 月 1 日播出，原载 1992 年 3 月 10 日《武进科技报》，合作者：庄旦良

雷锋精神在这里闪光

"今天下午，在亚细亚影城看完电影后回家，发觉自己钱包丢失，顿时心中非常焦急，后来多亏工作人员叶小芬、许隽等，她们拾到后，立即归还了本人，十分感谢！——失主：陈群。"这是笔者日前在亚细亚影城看到的一封表扬信。据了解，亚细亚影城自开业一年多来，共为观众和顾客做好事 1 000 多件，拾金不昧合计金额 7 万余元（包括现金支票、什物折价等）。

亚细亚影城领导在抓好经济效益的同时，始终将社会效益放在首位，他们把观众和顾客当作"上帝"，坚持优质服务，常年开展"学雷锋树新风活动"。去年 6 月的一天，影视部镭射厅的放映员吕钟旗在观众看完电影清场时，发现座位上有一只公文包，立即将公文包交给了领导。经清点，包内有现金 1.5 万余元，还有其他证件等物。当失主用重金酬谢时，吕钟旗分文未收。

亚细亚影城的工作人员在"学雷锋树新风"活动中，对老年人和残疾人特别关心。不久前，影视部蓝厅服务员瞿祖狄在楼下大厅得知有位残疾同志要到蓝厅看电影，就主动将该同志背到蓝厅座位上。这位残疾人感激地说："你真是 90 年代的活雷锋！"据影视部场务负责人陆志静对笔者说："一年多来，仅影视部就收到各种表扬信 100 多封，其中有外地人写的表扬信 10 多封，该部还被评为'红旗班组'。"

原载 1993 年 1 月 19 日《常州日报》，获《常州日报》"满意在常州"征文三等奖

油船沉没以后……

"幸亏你们公司迅速组织人员打捞沉船和油桶，否则，我的几万元钱就要付之东流了。"这是笔者日前在武进县石油公司办公室听到的一位受害者的感

激之言。

10 月 14 日,武进县湟里区农机油料门市部承包者姚荣根,从武进县石油公司五星桥油库提取零号柴油 7 吨(分装 49 桶),用船运载离开码头,下午 3 时 10 分驶往常州维达饮料厂门口运河处,突然遇到过往船只激起的大浪而沉没,顿时 49 只油桶飘浮在河面上,船主姚荣根心急如焚。他爬上岸后立即打电话到武进县石油公司求援。该公司油库领导闻讯后,迅速组织了 16 名职工赶赴现场打捞。年过花甲的女职工房华芳,不顾年老体弱,一面下水打捞,一面看管油桶;三卡驾驶员陈岳林身患严重的胃病,不顾刺骨的冷水,也跳入河中;武进县港务驻油库的 8 名搬运工人,也赶赴现场……坚持到晚上 7 点 30 分,49 只油桶打捞上岸 48 只;沉船也已于 15 日上午被打捞上来了。

武进电台 1993 年 10 月 16 日播出,原载 1993 年 10 月 21 日《常州日报》

特殊的爱献给特殊的家庭

9 月 1 日,新学期开学的第一天,当人们看到武进县孟城镇城南村 14 岁的赵金妹和 9 岁的赵建度姐妹俩以及其他村的三个孩子高高兴兴地背上书包,跨进孟城中学和城南小学等学校的大门口时,不禁交口赞称:"是镇干部又为他们做了一件大好事。"

原来,赵家是全镇出名的特困户,长年被镇政府列为重点照顾救济对象。今年 4 月,户主赵雪良不幸因病去世,留下一个轻度痴呆的妻子和一对正在学校读书的儿女。在孟城镇,类似赵家姐妹情况的学生还有 3 个,破碎贫困的家庭已无力支付他们的读书费用。镇长谢益三得知这一情况后,十分关注,经镇政府研究作出决定:由镇财政承担这 5 个孩子读书的一切费用,保证他们在 9 月 1 日按时入学,并委派镇民政干部到有关学校具体落实。

孟城镇的干部把一份份特殊的"爱"倾注到那些贫特困户身上,使他们看到社会主义祖国处处温暖如春。

武进电台 1993 年 9 月 2 日播出,原载 1993 年 9 月 6 日《常州日报》,获常州电台"象船杯"社会新闻征文优秀奖,合作者:俞建东

消费者的"保护神"

——常州市技术监督黄金珠宝产品质量检验站纪事

今年国庆节长假的一天,在延陵西路的富丽华珠宝商店门口,许多消费者围着一张小桌子,在等待一位专家通过仪器检测一件件黄金珠宝饰品。原来

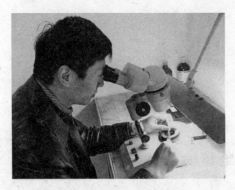

是永进站长正在检测珠宝饰品

这是常州市技术监督黄金珠宝产品质量检验站站长是永进和该站的专家放弃节假日休息,免费为消费者检测的一项服务活动。这一天,他们共为消费者免费检测达 200 多人次。

这是该站自 1995 年建站以来,放弃国庆节假日休息的第五个年头了,累计为消费者义务检测达 5 000 多人次,受到了广大消费者的称赞。

黄金珠宝饰品近几年已成为市场上新的消费热点。然而,某些不法商人利用一些消费者对黄金饰品的基本知识及辨别能力的缺乏,以假乱真,以次充好。作为我市唯一的黄金珠宝产品质量检测机构,该站一方面利用合法的手段严厉打击一切假冒伪劣现象,另一方面还为广大消费者提供更优质的服务。今年元旦期间,该站在一次义务检测中,发现来自武进湖塘镇的一对小夫妻拿来检测的一对钻戒均是假货。经询问,方知这对小夫妻是在出国旅途中花费 1 万余元购买的。为此,该站通过有关部门几经周折,终于寻找到那个出售假货的商店,最后此商店全额退款,从而维护了消费者的利益。

黄金珠宝是贵重物品,商场送检不方便。对此,他们总是主动派员上门收样,检测后再派人送到客户单位。今年国庆节前夕,市购物中心黄金首饰部购进一批新货,为了使这批新货能尽早上柜销售,商店在晚上 7 点多钟打电话给该站,站领导接到电话后,迅速通知全站职工冒雨赶到站里,连夜为这批黄金珠宝饰品进行检测,待检测完毕送到市购物中心,已是晚上 11 点多钟了。

原载 2000 年 11 月 21 日《常州日报》

飞吧　罗溪

　　凡是到过罗溪的人，没有一个不说这里便利、独特的交通条件是该乡今后发展经济尤其是外向型经济的一大制胜"法宝"的。

　　罗溪乡地处常州市西北郊，距市区 19.5 公里，北靠长江魏村港（常州港德胜作业区），南接奔牛新港口、奔牛火车站。中国民航常州站就在该乡境内，每周 6 天有航班往来于北京、广州、厦门、武汉之间，自 1987 年开站以来，已接送了数以万计的中外宾客，吞吐了大量货物。"空中走廊"的一端在罗溪，另一端通向祖国的四面八方。

　　罗溪的公路交通也很引人注目，正在建设中的沪宁高速公路穿越该乡，规划中全市高速公路仅有的 3 处道口中的一处，离罗溪乡政府仅 350 米。省道镇澄公路贯穿罗溪南北，全乡黑色路面 8 公里，机场专用线 3 公里，罗溪距武进县重镇奔牛镇仅 5 公里。

　　据《罗溪乡志》载："全乡呈梭形，东西窄，南北长，东贴新孟河。"这条新孟河南连运河，北接长江，每天有定时航班往来于常州与苏北间。奔牛新港距罗溪镇南 4 公里，也是一处重要的水上要道。

　　今年 8 月，罗溪的通讯已进入程控局，全乡的通讯联络水平上了一个新台阶；奔牛 11 万伏变电所开始使用……所有这些，像一块块磁石吸引着海外客商和港澳台胞，相信不久的将来，罗溪经济的腾飞，如同交通、通讯等"硬件"的飞速发展一样，是指日可待的。

充满活力的罗溪乡,总面积 24.38 平方公里,总人口 2 万多人,有 13 个行政村、1 个市镇居民委员会、169 个村民小组。罗溪虽小,却有水、陆、空运输的独特优势,这在我市其他乡镇是寻不出第二家的。该乡 1988 年已被省政府批准为对外开放卫星镇。党的十一届三中全会以来,该乡坚持改革,集中精力发展经济,经济建设呈现出繁荣兴旺的可喜局面。今年全乡工农业产值预计可达 2 亿元,比去年增长 48.15% ,比 1990 年增长 97.2% ,比 1989 年翻了两番多。

3 年来,该乡干部群众进一步加强了对农业基础地位的认识,农业投资达 40 余万元,大搞农业基础实施,整修了水利,增添了农业机械,健全了服务网络,加强了科技兴农工作的力度,扩大了良种覆盖面,确保了粮食生产持续稳定增长。今年夏熟作物全面增产,水稻丰收,全年总产可达 1.278 万吨。3 年来,该乡共向国家交售商品粮 742 万公斤,全面超额完成上级下达的任务。该乡多种经营产值连年增长,今年预计可达 2 500 万元,比 1989 年增长 66.67% 。

该乡 60 多个乡村企业已成为农村集体经济的支柱和各业发展、人民生活提高的强大经济后盾。各企业强化了竞争意识,增强了实干精神,使该乡工业特别是外向型经济迅速发展。继去年首次突破亿元关后,今年全乡工业总产值预计可达 1.7 亿元,比 1989 年增长 246.8% ,实现利税 518 万元,实现利润 185 万元,分别比上年增长 110% 和 51% 。今年外贸收购额任务指标是 250 万元,该乡 1 至 10 月份已完成 1 350 万元,是全年任务的 5 倍。第三产业也有了较快的发展。

在大力发展经济的同时,该乡精神文明建设和文教卫生等各项社会事业也有新的发展。3 年来分期分批开展了争创"新风户"活动,目前已有 80% 的农户挂牌。在企业中开展了"文明职工"评选活动,五讲四美蔚然成风。全乡政通人和,百废俱兴。近年来,该乡利用自身积累,投资近 200 万元,新建、改建了中小学校舍、医院、敬老院、自来水厂等公共基础设施,在全乡实现了"小有所学,老有所养,病有所医"。学龄儿童入学率达 100% ,全乡有 4 所学校被县命名为文明学校,3 年来向大中专院校输送 194 名学生。全乡计划生育率达到 99.5% 以上,平均出生率控制在 12‰以下。

在党的十四大精神鼓舞下,罗溪乡的经济将会以更快的速度、更高的效益发展。全乡工农业总产值将每年递增 50% ,明年计划实现 3.3 亿元,到 1995 年将突破 7 亿元。

罗溪前进在今朝,明朝罗溪更美好。

飞吧,罗溪!

原载 1992 年 12 月 20 日《江苏科技报》,合作者:周文虎

武进第三产业发展迅猛

　　武进县积极建设大市场,搞活大流通,推动了全县第三产业的迅猛发展。据统计,到今年上半年,全县第三产业单位已发展到 35 620 个(其中全民 726 个,集体 3 149 个,个体 31 745 个),从业人员已突破 10 万人。全县上半年社会商品零售额 10.1 亿元,集市贸易成交额 7.3 亿元,分别比去年同期增长 17.4% 和 153%。上半年,全县第三产业增加值达 6.69 亿元,比去年同期增长 37.8%,高于全市 12 个百分点。

　　近几年来,武进县一、二产业发展较快,跻身于"苏南五虎"之列。但由于种种因素,第三产业发展滞缓,成了全县经济的短腿。县委、县政府通过学习贯彻党中央国务院《关于加快发展第三产业的决定》精神,针对全县第三产业总量小、档次低、结构不合理的现状,明确提出了"增加总量,提高档次,优化结构"的发展思路,采取了切实可行有效措施,出台了扶持第三产业发展的 30 条优惠政策,并要求各区、乡镇、各县部门都有 1 名领导分管第三产业工作,要像抓一、二产业那样来抓第三产业。目前,全县各区、乡镇都成立了第三产业办公室,形成了全县三产工作的组织网络。

　　与此同时,全县各地集中财力、物力,狠抓一批上规模、上档次、有影响的三产重点项目,来带动全县第三产业上档次、上水平。九里乡政府利用交通地理环境独特的优势,在奔牛火车站附近投资 1 500 多万元建设了一个在全市颇具规模的万家富招商城(占地 3.8 平方米,建筑面积 3.3 万平方米),现已基本竣工,将于 10 月 1 日开业。此外,魏村眼镜、水晶工艺品市场、小河灯具市场、礼嘉商城亦已基本竣工;邹区商城灯具年内可望竣工;县工业品批发市场、孟河商城、湖塘小商品市场、新龙商城、洛阳珍珠市场等一大批大型市场正在抓紧实施。

　　武进县还积极引导流通企业兼并联合,优化组织结构,增强市场竞争能力。仅今年上半年,全县新成立各类总公司 61 家,集团公司 16 家。

武进电台 1993 年 8 月 14 日播出,合作者:范正洪

合理调整经营结构　不断适应市场变化

——来自武进县国贸总公司的报告

从常州市区向南驱车 3 公里,便进入全国"乡镇百颗星"之一的武进县湖塘镇。这里是武进县人民政府所在地,水陆交通方便,商品经济发达,是全县的政治、经济、文化中心。近几年来,该镇冉冉升起一颗灿烂的明星,那就是流通领域中闻名遐迩的"常州市流通企业零售十强"之一、江苏省商品质量信得过企业——武进县国贸总公司。

武进县国贸总公司是批零兼营的综合性国营商业企业。总公司下辖百货公司、糖烟酒公司、五交化公司、日用杂品公司、物资公司和国营第一商场。现有职工 168 名,营业用房 5 000 平方米,仓库储存面积 8 000 平方米,经营范围有 20 多个大类、15 000 余种商品。1993 年销售额突破 1 亿元,实现利税 318 万元。从 1986 年开始,总公司连续几年被武进县人民政府命名为"物价、计量信得过单位"、"重合同、守信用企业"、"会计达标企业"、"资金、信用 AA 级企业",并被评为市级先进企业、市县文明单位;1993 年荣获"常州市流通企业零售十强"的称号。

一、调整经营网点　扩大经营范围

社会主义市场经济的发展和经济形势的变化,要求企业在经营决策、工作思路上必须适应市场经济发展的需要,走良性循环的轨道。今年以来,该总公司在经营网点上遇到了一系列的问题:总公司所属糖烟酒公司仓库、营业现场全线翻建,五交化公司和日用杂品门市部 20 间店面、仓库 750 平方米归还给湖塘供销社。这给经营带来了很大的困难。面对现实,他们根据企业的实际情况,在充分发挥现有网点作用的基础上,不断拓展市场。糖烟酒公司与县烟草公司联合建立昆烟专卖店,开拓烟草业务。五交化公司搬迁后,由原来七间营业批发现场缩小到两间店面,给经营造成了较大困难,而他们在做好职工思想教育工作的同时,积极为搬迁提供方便,激发了干部职工的热情,今年 1 至 9 月份,不但生意没有少做,反而销售比去年同期增长 34%。

二、划小核算单位　增强责任意识

今年以来,武进县国贸总公司为了培养经营人才,积极开展"企业靠我发展,我靠企业生存"的教育,彻底打破吃"大锅饭"的思想,走"小而专"的道路。总公司下属的百货公司由原来的 8 个批发部划分为 10 个批发部,从而提高了劳动效率,增强了职工责任意识。今年 1 至 8 月份,销售比去年同期增长 26%。国营第一商场通过调整柜组,商品归类,由原来 16 个柜组划分为 21 个柜组,并且签订了以销售、利润、费用、资金周转"四定"为基础的经济承包责任书。今年 1 至 10 月份,这个商场的商品销售首次突破了 1 550 万元大关,与去年同期相比增长 51%。

三、增强开拓意识　把握市场机遇

面对市场竞争激烈的严峻形势,武进县国贸总公司抓住重点,多方开拓,努力完成扩销任务,糖烟酒公司面对今年副食品、卷烟生意难做的局面,拓宽经营思路。今年上半年,他们先后组织松木 50 立方米、红木 100 立方米投放市场;百货公司在批发的同时,积极开展调拨业务,先后与市县二、三级站挂钩调拨商品,今年 1 至 10 月份,实现销售额 4 000 万元;五交化公司还与扬州市五交化公司挂钩,开展了调控业务,从而扩大了业务的辐射面。

四、抓好内部管理　提高企业素质

今年以来,武进县国贸总公司同各分公司全部签订了经营承包责任书,并且从抓内部管理入手,加强对资金、商品、价格、发票、合同、安全等项工作的管理,总公司领导班子分工明确,专门由一名副总经理分管业务指导和企业内部管理,促进企业走上健康、稳步、高效的发展道路。

与此同时,总公司党支部始终坚持两手抓、两手都要硬的方针,不断把开展文明经商、创优评佳活动引向深入。年初,他们制订了创建文明窗口、开展文明经商的活动规划,教育职工树立正确的思想观念,进一步明确了开展文明经商活动的目的和意义。通过一系列的思想政治工作,国营第一商场的干部和职工提高了认识,主动提出夏季延长半小时下班,方便顾客购买商品。为了便利客户进货,百货公司今年以来坚持星期天不休息,照常营业。糖烟酒公司为了提高经济效益,坚持自搬自运,不用装卸工。五交化公司店面缩小后,为弥补经济损失,转变工作作风,坚持中午不关门,开展全天服务。

由于武进县国贸总公司合理调整经营结构,发挥企业经营优势,因而适应了市场的不断变化,据统计,今年 1 至 10 月份,这个总公司在市场形势普遍不景气的情况下,实现商品销售总额 7 600 万元,完成年度计划的 90%,实现综合经济效益 128 万元,完成年度计划的 151% 。

原载《东方大市场》一书

小商品　大市场

—— 访常州九龙小商品批发市场

从古到今,常州拥有过不少独特。

就名人而言,常州诞生过瞿秋白、刘海粟、盛宣怀……就物产而言,常州的大麻糕、芝麻糖、梳子以及柴油机、收音机、灯芯绒、自行车,可谓闻名遐迩。就城市建设而言,常州近年大踏步前进,又拥有了号称亚洲第一的亚细亚影城,以及各类大酒店、购物中心、商场、商厦……可是,常州从来没有过一家小商品批发市场,直到 1994 年 9 月 18 日,常州终于填补了这一空白——常州市九龙小商品批发市场应运而生。

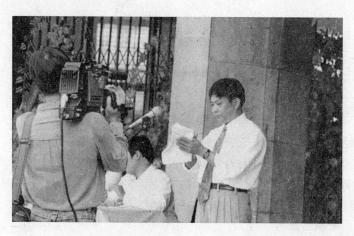

总经理邓筱平在开业庆典时发言

广招天下客　笑迎八方人

三角场是常州市区东北部的一处繁华地段。顾名思义,这里是北环路上的一个三岔路口,交通十分便利。9 路、15 路、115 路公共汽车均从此经过,并设有停靠站;常州火车站离这里只有 1.5 公里。这里又是个人口稠密的居民区,周围有红梅东村、红梅西村、北环新村、翠竹新村等四大新村,将近 4 万户居民聚居于此。

好一片大市场,好一片经营小商品专业批发兼零售的广阔天地。看准了这个空白和大市场的,不是国家商业部门,也不是国营商场,而是武进县郑陆区以及 9 个乡镇的领导们,在邓小平同志的南巡讲话精神鼓舞下,乘着社会主义市场经济蓬勃兴起的强劲潮头,他们果断地作出明智的决策,将地处三角场的原九龙商场扩建为常州市九龙小商品批发市场。从此,常武地区才有了第一家也是唯一的一家小商品批发市场。这个市场占地面积达 15 000 平方米,营业面积达 8 000 平方米,首期工程竣工时,共有 428 个摊位。

谁来主持、管理这样一个市场呢? 武进郑陆区工委领导的眼光是很有洞察力的,他们看中了原九龙商场的总经理邓筱平,不久,邓筱平出任九龙小商品批发市场的总经理。

服务高质量 管理上水平

"栽下梧桐树,自有凤凰来。"九龙小商品批发市场刚开业一个月,428 个摊位便被一抢而空。前来注册登记的摊位既有常武地区的个体工商户,又有远道而来的浙江、福建、广东、江西、上海等外省市的客商。他们看中了常武地区经济发达,九龙小商品批发市场又是此地第一家经营批发小商品业务的专业市场,故而争先恐后,有些浙江商贩,在此之前已在无锡市设摊经营,听说常州新开九龙市场招商,便赶来增设了摊位,他们在锡、常之间穿梭奔忙,把两地的生意都抓了起来。面对众多的摊主,九龙市场狠抓服务质量,以良好的服务赢得他们的认可。

首先,九龙市场提供了通讯、保安、工商、税务、金融等一条龙服务。进场设摊的经商户,如想打电话,发电报、电传,无须步出市场,在场内即可办到;如要办理工商登记、注册、纳税、存款、取款,也都在场内即可办到。市场还为摊主们办了食堂,解决了他们的用餐问题。部分摊主的住宿问题也由市场妥善给予安排,甚至个别摊主带孩子经商,场部还专门为孩子联系好入学就读的学校。难怪摊主们感动地说:进了九龙市场就像到了家一样。

其次,九龙市场为培育市场,制定了"放水养鱼"的政策,对经商户实行优惠政策。凡在场内设摊者,头三个月免费交摊位费,免交一年工商管理费,平日经营也是定额低税,这就确保了经商户们的利益,使他们得到实惠。

九龙市场还在经营上实行了"四个放开政策":在经营主体上放开,无论是国营、集体,还是私营、个体,皆可进场设摊;经营方式放开,无论是批发还是零售,皆可经营;经营项目放开,除各类小商品之外,还可经营服装、家具、鞋帽、针织品、小五金、电子产品、箱包等等;价格放开,随行就市。这些具有很强针对性又切合实际的措施和政策,深得经商户们的拥护,于是越来越多的申请注册的摊主拥向了九龙市场,市场的第二期工程尚未开工,1 000 个摊位就已被注册一空。

摊主们进场后,每个摊位都按经营项目分区编号,统一管理,市场管理部门每天查询出摊情况,统计销售额,听取摊主和客户的意见,了解市场经营情况。在摊位安排上,为防止出现不公正的情况和不必要的纠纷,邓筱平总经理特地请来工商部门的同志,委托他们和经商户的代表出面监督,摊主们以统一抽签的方式决定自己的摊位所在位置,此举深得人心,抽签后无论位置优劣,谁都没有怨言。相反,许多摊主称赞九龙市场办事公正,没有偏心。场部还制定了严格的纪律,不允许管理人员找摊主压价购物,更不允许白拿。如有摊主举报,调查核实后将严肃处理。

走进九龙小商品批发市场的一楼营业大厅,只见小商品琳琅满目,摊位摆放整齐,同类货物相聚一起,任客户随意挑选,各个摊位上号码鲜明,摊主们神情愉悦,接待热情,顾客出出进进,生意十分兴隆。一位来自浙江 A 区 119 号摊主周桂日,以低廉的价格批发旅游鞋,不仅在无锡、常州两地设摊,而且本钱投入也很大。九龙市场为他解决了仓库问题和孩子上小学的问题,他很感激,干得十分卖力,不到一个月便净赚了 3 000 多元。他认为九龙市场很有希望,越干越有奔头。

今日已繁荣　未来更辉煌

小商品,别看它小,人民的生活离不开它。九龙小商品市场的兴建和营业,取得了很好的社会效益和经济效益。开业仅一个月,销售额便突破 550 万元。其中,服装为 130 万元,鞋帽为 120 万元,针织品为 120 万元,小百货、塑料制品、工艺品三项为 100 万元,童装为 50 万元,小五金、小电器、文具用品为 30 万元。有句广告语说得好:这里是小商品的海洋,购物者的天堂。

九龙市场的繁荣还带动了周围地带的商业繁荣,无形中培育了三角场地带的三产市场。开业后,人流量空前增多,附近的小吃店、餐馆、旅社也随之增多,个体运输的生意也明显好起来了,当地一个行政村还建起一个娱乐中心,设有舞厅、录像厅、卡拉 OK 以及浴室等等。一片从未有过的兴旺情景出现在三角场周围。

九龙市场的二期工程已经竣工,并于 1994 年 12 月 18 日开业,它的面积是 2 400 平方米,拥有 1 000 个摊位,如果加上现有的营业面积和计划中的二楼改作营业厅面积,九龙市场的总营业面积将达 8 600 平方米。

可以预见,常州市九龙小商品批发市场的未来前景必将更加繁荣兴旺,更加灿烂辉煌。

原载《东方大市场》一书,合作者:周文虎

风景这边独好

——常州市九洲食品日用品市场走笔

10月1日,常州市九洲食品日用品市场在一片喜气洋洋的气氛中隆重开业了。为此,记者在10月8日专程来到该市场,采访了该市场总经理刘仁放。

总经理:刘仁放

得天独厚的风水宝地

九洲食品日用品市场矗立在常州市关河东路常州火车站东侧150米处的黄金地段。该市场占地面积32 700平方米,仓库营业大厅面积27 500平方米,共设商位2 500个。一楼经营食品,二楼经营日用品,三楼为仓库。便捷的铁运、汽运、水运环绕市场,市场离常州民航机场15公里,从沪宁高速公路至上海、南京只需1个多小时,与市内火车站公交车14路、2路、18路、28路等车均紧靠,市场铁路专用线每次能进8个车皮货物。市场处于立体式的交通枢纽地段,并与闻名中外的千年古刹天宁寺及风景秀丽的红梅公园毗邻。

放水养鱼的政策环境

九洲食品日用品市场以其独特的地理优势及完美的设施吸引了众多的客商。自 1997 年元月 8 日公开招商以来,2 500 个商位即告爆满,特别是许多名、特、优食品厂家,他们以投资家的眼光看好这块风水宝地,不失时机地在一楼食品区设立了经销专柜。其中有山东扳倒井集团、山东金贵集团、香港金日集团、红桃 K 集团、新加坡超级食品、河北旭日集团、上海天厨味精等 100 多家食品企业。有的直接以厂家的名义签订租赁合同,有的指示其总经销代理前来办理手续。二楼的日用品批发市场,为了消费者购物方便,采用全国现代化市场的最新设计方案。这里近 17 000 多平方米的 1 700 个商位分成若干个特色小区,成立了来自各地的著名日用百货专区,如海宁皮装区、义乌小商品区、南通床上用品区、柯桥布料区以及鞋类、服装、箱包、精品专卖区等十多个特色小区,数万种日用百货商品争奇斗艳,为日用品市场增色不少,人们可以在这里任意选购所需要的商品,更能买到物美价廉的日用商品。

九洲食品日用品市场自 1997 年 10 月 1 日开业以来,市场客流量与日俱增,经营者生意一天比一天红火。该市场总经理刘仁放向记者介绍说,九洲食品日用品市场的生意之所以这么红火,经营者的干劲之所以这么足,其重要原因是该市场不仅有地理的优势和完善的设施,更有一套优惠的政策和低廉的收费及配套的服务。九洲食品日用品市场为企业和经营者提供了良好的经营环境,也为市场内每一个商位经营户提供了公平的竞争机会。经营者在这里无须缴纳巨额租金,工商管理费第一年全免,第二、第三年减半缴纳。这样大大降低了商品交易的经营成本,经营者完全可以灵活的价格薄利多销,充分发挥自身的经营特长,让利于消费者,使市场的经营充满活力。市场为免去经营者的后顾之忧,为经营者提供了从工商、税务、金融、通讯、仓储、运输、食宿、娱乐以及经营者子女上学入托等完整的服务体系。

市场实行统一有序的规范管理。如市场内设消费者协会,对经营者实行“信誉卡”制度。顾客以低廉的价格购物,同样也能享受到优良的售后服务。此外市场管理部门还定期对市场内商品价格采取工贸联合的平抑措施,大大消除了消费者对商品质量的顾虑。市场内设有市场拓展部、商情部、运输服务公司等,为顾客及时提供国内外食品信息和市场动态情报并提供运输便利条件;保安部实行保安系统 24 小时值班,电子监控,为经营者提供安全检查可靠的保障。优越的地理位置,优良的服务保证,使全国各地许多厂家、商贩慕名而来增设商位,使得九洲食品日用品市场呈现一派红火景象。

前景广阔的食品市场

古人言：民以食为天。随着人民生活水平的不断提高，人们对副食品的需求是越来越大。据了解，就常州市及所辖三市（县）而言，副食品的消费每年达 20 亿元左右，并且每年以 10% 的速度递增；就江苏省的镇江、丹阳、无锡、南通、苏州地区而言，副食品消费总额每年在 100 亿元以上。可是，目前各地尚未形成副食品专业市场。九洲食品市场起步早、规模大，具有得天独厚的地理优势，预备通过两至三年的精心培育和辐射，在数年内使销售量达到 10 亿元乃至 100 亿元以上，真正成为全国大型的食品批发市场，为企业经营者与消费者之间架起一座宽阔的金桥。

原载常州《经济时刊》1997 年第 12 期，合作者：蒋　星

一个充满希望的九洲服装城
——访九洲服装城总经理邱小丽女士

1996 年 6 月 18 日，中国纺织总会会长吴文英女士为武进市九洲服装城欣然题词："集名优服装之萃，创服装市场之新。"矗立在常州市劳动中路的九洲服装城，自今年 5 月中旬隆重招商以来，招商工作搞得红红火火，有声有色，近千个商位被来自浙江、福建和江苏的客商竞相认购，这充分昭示了九洲服装城蓬勃旺盛的生命力和服装市场的巨大潜能。

九洲服装城为何有如此魅力？日前，记者专程赴九洲服装城采访了总经理邱小丽女士。

一、服装市场，潜力巨大

总经理邱小丽告诉记者说：衣食住行"穿"字当头。服装可以反映出一个国家文化经济的水准，在人们生活水平提高，经济富裕的今天，追求新奇美的服饰已成为大家的共同愿望，加之我们泱泱十几亿人口的大国，服装市场潜力巨大。我们的服装生产企业不是太少，而是缺少高层次全国性的市场。基于这个思路，我们建设了九洲服装城，就是要拓展服装市场，让全国的名优特服装生产厂经销商与消费者直接见面，降低流通成本，增强企业的竞争力。

二、地理位置，得天独厚

有了好项目，选址亦是成败的关键。邱总介绍说，九洲服装城地处常州市南大门兰陵饭店东侧，背靠京杭大运河，北临火车站、沪宁高速公路，南临 312 国道，水陆空交通非常便利，常州市区距常州民航机场只有 15 公里，而且从 1996 年 9 月 28 日起，沪宁高速公路也将开通，常州至上海只需 1 小时 30 分，常州至南京只需 1 小时 20 分。如此优越的地理位置，如此发达的交通，真可谓是得天独厚。

三、大树底下好乘凉

九洲服装城作为九洲集团的发展项目之一，有着坚实的后盾。九洲集团于 1988 年 3 月份创建，以物资经营为主，在集团董事长刘灿放的正确领导下，全体员工发扬艰苦创业精神，仅用了短短 8 年时间，便成为目前拥有 6 个下属分公司，年营业额上亿元的常州地区首屈一指的大集团。九洲集团的强大实力使九洲服装城从一开始便具有高起步、高档次，而九洲集团创业 8 年多所积累的丰富经营经验，使九洲服装城的管理在某种意义上成为一群有丰富经营经验的经营专家在幕后帮着投资者搞经营，这也是体现了九洲集团对振兴地方经济和发展服装事业的决心和信念。

四、筑巢引凤为厂商搭台

总经理邱小丽在谈到服装城的设施时，如数家珍。她说，服装城主体结构面南朝阳，自然采光条件本已优越，再加上人工采光配套，更显光线明亮。自东往西 160 余米的临街门面，总占地面积 20 366 平方米，其中一期工程配套已于去年启动并竣工，二期工程分三层，为服装城的营业大厅，共 1.8 万平方米，计划于今年底竣工使用。服装城内装潢豪华高贵，全大理石地面，木制隔断，参照国外同类服装市场布局，采用分隔式处理。服装城集经营、办公、住宅、储运于一体，其内部邮电、通讯、娱乐、金融、保险、书店、餐饮等综合服务项目一应俱全，并为客商解决了孩子入托、上学等事宜，解决客商的后顾之忧。保安部实行保安系统 24 小时值班、电子监控，为经营者提供安全可靠的服务。

雄厚的实力和对市场严谨的把握，使得九洲服装城从创办初期便达到了较高的层次，成为服务一流和设施齐全的中高档服装批发市场。九洲服装城的建立，为我国服装市场的更新换代做出了很好的尝试。与此同时，服装城还引用了新的机制——由服装厂家直接入场经营，这样对企业和经营业主来说减少了诸多不必要的繁琐手续，亦减少了从厂家到消费者的中间环节，使消费者获得更大的便利和效益。

邱总经理表示：创建九洲服装城只是第一步,正在策划中的项目还有大型的服饰活动,力争把九洲服装城建成一个服装交易和服装文化交流的场所。

邱总经理是用这样一句话来结束记者采访的：我认为,九洲服装城不仅意味着高质量的管理、高档次的服务、高品质的服装,同时也意味着一次大型的商业机会,是常州服装市场的突破和希望。

原载 1996 年 10 月 18 日《武进日报》

"小绍兴"的魅力
——访武进大厦上海酒楼总经理陈峰

近日,记者光顾武进大厦上海酒楼时亲眼见到这里的顾客对"小绍兴"白斩鸡特别青睐,许多顾客一边咀嚼品尝,一边议论赞扬"小绍兴"白斩鸡,难怪国务院副总理吴邦国曾因此为"小绍兴"题了四个大字："独领风骚"。"小绍兴"白斩鸡何以有如此强大魅力？记者带着人们普遍关注的这个问题,专程赴武进大厦上海酒楼采访了总经理陈峰。

一、"小绍兴"的历史与发展
戴着一副咖啡色眼镜、操着一口浓重上海口音的陈总侃侃而谈"小绍兴"

的来由。"小绍兴"在上海人心目中,就跟大世界、老城隍庙、外滩一样,已经不可磨灭,成为日常生活中的一部分,成为地域文化内容的一部分。一个懂得享受生活的上海人,必定到这个酒家去品尝过特色产品白斩鸡。"小绍兴"的白斩鸡就是市民欢迎的风味美食。

半个多世纪前,浙江绍兴的农民章氏父子到上海滩来谋生,从提篮小卖开始,发展到路边小摊,从经营一些鸡杂碎开始,最终根据家乡口味创制了白斩鸡,在市民中树立起一定的信誉。但是,旧上海从事露天职业的摊贩只能在风雨飘摇中惨淡经营,能养家糊口就很不错了,很少有人能在此基础上扩大生产规模。有的小吃摊就自生自灭,有的手艺就此失传,有的地方小吃再也尝不了。"小绍兴"就在这种情况下挣扎,其中的艰辛难以想象。解放后,"小绍兴"的白斩鸡也走过了一段曲折的发展道路,停停歇歇,走得十分艰难。尤其在极"左"思潮的干扰下,一度处于销声匿迹的状态。改革开放的春风吹开了百花齐放的局面,饮食业犹如老梅开花,再次香飘万里,"小绍兴"的白斩鸡在这种有利形势下被挖掘出来,重新奉献给人民,"小绍兴"也作为正式店号扬眉吐气地挂在店门口。所以说,"小绍兴"的真正发展是从70年代才开始的,在80年代突飞猛进,进入90年代又开始了以建立集团性经营公司为标志的第二次创业阶段。

"小绍兴"白斩鸡一直是公司的龙头产品,皮脆、肉嫩、形美、味鲜,并多次荣获部级、省级、行业优质产品称号,排队等候品尝的顾客一年四季总是络绎不绝。内贸部副部长杨树德到上海也专门光顾。前几年沪上掀起"百鸡大战","小绍兴"白斩鸡始终处于不可动摇的地位。去年,小绍兴公司销售额达2.3亿元,位居上海餐饮业"亚军"。董事长兼总经理梅安生亦被内贸部评为"全国商业优秀企业家"。

二、"小绍兴"与龙城人喜结良缘

陈峰总经理在谈到"小绍兴"开进常州城与龙城人喜结良缘时,他如数家珍。他说,今年以来,由于流通领域普遍不景气,武进物资(集团)公司受到严重影响。如何振兴企业,寻找新的经济增长点?他认为,与上海小绍兴总公司联手合作创办"武进大厦上海酒楼"是一条上策。于是,陈总近10次赴沪躬请"小绍兴"董事长兼总经理梅安生。梅总后来坦诚地说:起先两次来常,只是礼节性地应付,后来被陈总的诚意所感化,才认认真真再到常州察看,清晨考察菜场,半夜考察夜市,每次来,武进市的副市长还陪同迎送。经过市场调查论证,最后他们终于形成一个共识:随着物质生活水平的提高,常州人民在餐饮上已逐步走向追求品牌、追求特色、追求新奇,在服务上追求高品位的温馨服务,开设上海酒楼正顺应了这种消费需求。不久前,沪宁高速公路通车,更为双方合作创造了契机。

陈总说:"小绍兴"此番与武进大厦联手成立"武进大厦上海酒楼",带来了三件"法宝":国优产品白斩鸡是其中之一,另两件是海派美味佳肴和时令四季火锅。

海派诸菜,清新秀美,色形浓郁,注重火候,讲究滋味,"有味者使之出,无味者使之入"深得东方美食神韵。虾籽大乌参、油酱毛蟹、扣三丝等等,光看菜名就令人馋涎欲滴。四季火锅品种尤多,"小绍兴"系列鸳鸯火锅使人耳目一新,爱辣的、喜麻的、好甜的……均能在此一饱口福。值得一提的"白斩鸡",用的都是"小绍兴"专用优质鸡,活杀现烧现卖,使人百吃不厌,流连忘返。"小绍兴"献给龙城人的是东方风味的美食。

记者在结束采访时,陈总表示:所谓"一方山水养育一方人",这个"养"字,绝不是靠山吃山、靠水吃水的被动,而是靠我们的辛勤劳动和聪明才智。我们武进大厦上海酒楼将以优质的品牌、优惠的价格、优质的服务奉献于广大消费者,坚信"小绍兴"在龙城一定会生根、开花、结果。

原载 1996 年 12 月 27 日《武进日报》

情系人民健康

——常州药皇堂大药房创建纪实

在全民创业、自主创业、民营经济飞速发展的今天,龙城悄然兴起了一股开药店"热",各类药店犹如雨后春笋般林立于大街小巷。那么,这些开药店的老总们是抱着何种心态以及采取何种措施来创建药店的呢?日前,笔者专程来到新近开张的常州药皇堂大药房有限公司,采访了该公司董事长殷明、总经理李成洲。

欲奔小康　先保健康

长期在商界奔波的殷明、李成洲志同道合,通过大量的社会调查,他们得出这样一条结论:要奔小康,先保健康,这是党中央国务院领导的意图,也是殷明、李成洲的口头禅。

随着科技的进步,社会的发展,经济的发达,人们的消费落差不断加大,伴随而来的则是疑难杂症、常见病、多发病、营养过剩症,人民的身体健康严重受到了威胁。

董事长：殷明

殷明、李成洲这两位"同情人民,热爱人民"的热血男儿认为：人们没有一个健康的体魄,怎能去奔小康？于是,他们积极响应党中央的号召,首先走出去,到全国有关城市进行考察,通过考察,他们看到某些经济发达城市在防病、治病方面做的较好,切实为老百姓的身体健康做了许多实事。譬如,在某些经济发达城市,人们倡导"小病进药房,大病进医院"。药店流通行业已有小药房、特色经营药房、仓储式药房、药品批发集散中心等等。可是,常州与其他城市相比,药品零售市场不及其他城市活跃,主要是计划经济的痕迹较重,表现在规模小(场地小)、品种小、经营规模单一等等方面。因此,他们看到常州传统的小药房不能满足千家万户老百姓身体健康的用药需求。同时,他们还看到,药是一种特殊商品,这里有巨大的商机。为此,他们克服种种困难,立志要在常州创建一个让人民满意放心的大药房——常州药皇堂大药房。

以人为本　以德经商

殷明、李成洲告诉记者："常州药皇庙始建于清雍正七年(1729),乾隆四十九年(1784)增修。药皇庙坐西朝东,大殿供奉神灵的牌位和像。清代,每年农历四月二十八日,即药皇庙诞辰,全县药业同仁都相聚于庙内,举行药皇庙会。常州药皇堂大药房取名于此,主要是秉承历史渊源,弘扬祖国医药,与时俱进,决意为人民创造健康广场。"

殷董和李总他们是这样说的,也是这样做的。首先,他们对员工进行素质培训教育,教育员工"做生意先做人"。殷董经常说："做人无非是讲个信义,生意失败,还可以重新再来,做人失败,不但再无复起的机会,而且数十年的声名将付之东流,尤其是经营药品这一特殊商品,更应讲究信义。"因此,他们提出"以人为本,以德经商"作为企业的宗旨。并且,他们在店堂内设立了意见箱,先后两次召开了顾客座谈会,聆听顾客的意见。

其次,他们营造了一个人性化服务的"软"环境,在 1 200 平方米的店堂内配备了 4 个药师(其中有高级职称的药师,有 60 年代就担任药师的执业药师,有主管药师)。这些药师的配备,对加强药品质量的监督管理起到了一定的保障作用,并对顾客购药起到了一定的指导作用。譬如,最近有一位来自武进区湖塘镇的顾客李某,他患了泌尿道感染、前列腺炎,本来想购买济尼新甲砜霉素胶囊(二盒计款 157.6 元),由于他经济困难,承受不了这个药价,后来在药师的指导下,改用了苓必新甲砜霉素胶囊(三盒计款 44.7 元),节省了 112.9元,既省钱又达到了治疗该病的目的。

与此同时,他们对老年人特别关照,因为他们看到购买药品最多的是老年人,所以他们在店堂内开辟了休息区,免费向顾客提供保健茶饮,免费为顾客提供测量血压,设立导购服务,实行对老年人上下楼梯进行搀扶等措施。一位年过花甲的许先生近日来到该店购药,不仅感到这里的购物环境一流,更加感到这里的服务也是一流的。他告诉记者说:"到药皇堂不仅买到好药,还买了个心情愉快。"

再次,价格是顾客最关心最敏感的问题。药皇堂的老总们向记者说:君子爱财,取之有道,经营药店不仅是讲经济效益,更要注重社会效益。现在,许多经销商提出"平价药"这个词语,实际是否平价呢? 有的药房是"挂羊头卖狗肉",愚弄老百姓。而药皇堂大药房提出的"平价药"是何种概念呢? 殷董和李总说得好:药是一种特殊商品,"平价药"不是低价药、劣质药,而是一种价位合理的品牌优质药,经营者在合理价位下获得的一种利润。为此,他们将最大的利益让给顾客。譬如,最近该店出售西洋参这一品种,他们采取买一送一,顾客买多少,该店送多少,让顾客得益。为何要采取买一送一? 殷董说:因为西洋参属于一种优质滋补品,而优质滋补品是不能随便降价的,若降价,反而会引起顾客的误解。又如中药配方,他们以七折的优惠价格出售,道理同样如此,让利于顾客。

著名诗人歌德说过:你若要喜爱自己的价值,你就得给世界创造价值。殷董、李总他们心系人民健康、锐意进取、乐于奉献的精神绽开了灿烂的奇葩,结出了辉煌的硕果,这就是殷明、李成洲两位同志给人类、给社会创造的价值。

写于 2004 年 3 月 26 日

珠宝有价情无价

——常州富丽华珠宝商店以往经商纪事

今年,在珠宝行业竞争激烈的形势下,常州富丽华珠宝商店却保持着旺盛的销售势态,销售群体进一步扩大,成为常州珠宝界中的一匹"骏马"。

常州富丽华珠宝商店成功的奥秘在于该商店长期坚持以德经商这一宗旨。该商店从成立的第一天起,总经理李国富就向员工提出了做生意必须先做人,做人必须诚实经营的要求。他们定期邀请市质量技术监督局黄金珠宝检验站的有关领导和专家到该店进行讲课,传授有关经营珠宝方面的知识及职业道德方面的教育。去年有一段时期,江苏地区的珠宝行业刮起一股"虚假打折,以次充好"之风,对此,李国富总经理坚持自己的观点:"凭自己良心做生意,宁肯企业亏损倒闭,决不去赚一分黑心钱。"李总是这样说的,也是这样做的。他的店堂里、柜台内所摆设的每一件珠宝饰品,均挂有市质量技术监督局黄金珠宝检验站的检测证书,价格合理,品质优良。去年,该店还荣获了市质量监督局颁发的"质量信得过企业"称号。

作者与李国富先生(右)在一起

做生意,不光是为了赚钱,还要乐于奉献。富丽华珠宝商店在经营活动中,把对顾客的关爱和奉献作为自己的职业道德。今年4月下旬,有两位女士步入了该店,她们欲买一对耳钉。其中一位女士在琳琅满目的耳饰品中选中了一款"皇冠型"的钻石耳钉。而另一位女士则羡慕地看着她,流露出欲试而不敢的神态,因为她是刚打上耳洞,生怕感染发炎。这时,该店员工许某察觉到了这一点,热情地向这位顾客介绍了该店的服务措施,并为她选择了重量轻、款式新的耳钉,还为她提供了消毒的酒精棉球,细心地对耳钉、耳朵进行了清洗和消毒,从而消除了这位女士的后顾之忧。这位女士在满意离开该店时,该店还赠送给这位女士一份特殊礼物——两粒消炎胶囊。这位顾客感激地说："全市所有珠宝首饰店,没有一家卖耳钉还赠送消炎丸的,只有你们想得周到,你们这种经营道德,我真是佩服!"

据了解,近几年来,该店免费为顾客的珠宝首饰品进行清洗、抛光、整形等上千次,而顾客的投诉则是零。

原载于 2002 年 8 月 1 日《武进日报》生活周刊

开拓常武地区市场　实施"一二三四"战略
——常州兰陵五交化公司向规模经营发展纪实

在积极推行经济体制和经济增长方式的两个转变的过程中,商业企业尤其是商业零售业如何顺应世界经济潮流和时代变革的要求,已日益呈现出必要性和紧迫性。常州五交化总公司兰陵五交化公司面临着新的形势,充分发挥企业自身的特征和优势,制定和实施了"一个宗旨、二项战略、三个调整、四项创新"的"一二三四"经营战略,在加快商业零售企业实现两个转变的道路上迈出了可喜的第一步。1996 年,公司实现销售总额 1 604 万元,同比增长50%,实现经营毛利218 万元,同比增长 40%,企业面貌发生了显著的改观,经济效益增长明显。

一、明确树立一个"贴近老百姓"的经营宗旨

市场竞争的实质实际上是企业实力的较量。商业企业特别是商业零售业实力的具体体现,则是企业经营规模和企业经济效益的综合,而这种综合实力的实现,最终归根结底必然聚集在消费者身上。因此,从某种意义上讲,只有使消费者满意的企业、获得消费者信任的企业,才是最有发展动力的企业,才是最有实力的企业。

常州兰陵五交化公司位于市区南大门,顾客除部分市区、市郊企业及居民外,其余多为武进地区较远的消费者,相对市区商业区域而言,公司地处较偏,所在地尚未成"市",购物环境欠佳、客流量较少;再者,该公司商业设施还不够"档次"。面对这样的现实,该公司结合企业的自身特征以及消费者对象,明确地树立了"贴近生活、贴近老百姓"的经营宗旨。这个宗旨的选定,决不是哗众取宠,而是确立了企业经营服务的主题。"贴近生活"本身就是"欲使家庭现代化,请到常州五交化"等等广告宣传的内涵。另外,贴近生活还有动

态经营的追求,生活本来就是不断发展、不断提高的,因此经营就必须随时掌握生活的脉搏,捕捉生活的气息,不断地调整和充实经营的内容和方式。"贴近老百姓"是明确了经营服务的最终对象。该公司深深地认识到,确立以消费者为中心的经营宗旨,不但是商业零售企业实现两个根本转变的前提,也是企业求生存、图发展的最终方向,更应将它作为企业广大员工思想观念和具体行为的准绳。

二、实行二项战略　提高企业整体素质

经营服务宗旨确立后,该公司为提高企业的整体素质,着手实行二项战略目标,即对外确立目标经营的战略,借此塑造企业形象,扩大企业经营规模和社会效应,以企业的规模、名声、信誉等努力挤占市场份额,积极参与市场竞争;对内强化企业经济效益管理的战略,借此不断提高企业的经济效益,增强企业的内在实力和企业发展的后劲。

(一)确立目标经营战略,积极参与市场竞争

该公司目标经营战略主要从以下几个方面实施:

1. 舍得花精力财力,重视广告舆论宣传,借助电视台、电台、报刊等大力宣传企业的宗旨、经营特色、便民活动等,进行企业外界形象的设计,在企业形象的覆盖面上做文章,提高企业的形象效应。

2. 在经营服务的具体过程中,着重进行企业性质、商品质量、价格优势、服务措施等全方位的实实在在的宣传,在企业信誉的真实性上下工夫,扩大企业在消费者中的"口碑"效应。

3. 在企业的专业经营方面,采取批量化、规模化的营销策略,形成保证商品质量、降低商品成本、物美价廉的经营特色。

4. 瞄准市场发展趋势,敢于开拓、敢于标新立异,逐步发展专业经营之外的边缘商品、连带商品、配套商品,不断扩大花式品种,以品种多、配套齐、功能好等取胜。

(二)强化效益管理战略,增强企业内在实力

该公司是一个中型商业零售业,要大幅度提高企业的经济效益有其难度,也不大现实。为此,该公司强化经济运行质量的管理,在细小环节上,从点点滴滴中着手抓经济效益。

1. 在整体经营上实施"广种薄收"的经营效益策略,以拓展新品种、扩大销售规模来求企业整体经济效益的提高。

2. 规范进货渠道和进货管理,逐步扩大批量进货的规模,促进商品经营

毛利率的提高。

3. 不断寻求新的经济增长点。一是开拓发展新的商品系列及品种,二是探索开发新的销售网点,三是努力发展新的销售渠道。

4. 加强资金的运用和管理力度,充分提高资金使用效率和效益。

三、实现三个调整　充分展示经营特色

（一）经营布局调整。针对五交化商品专业性较强又有一定交叉性的特点,以适应消费者选择购物的需求进行布局调整,努力为消费者营造舒适、明朗、明了的购物环境。

（二）商品结构调整。该公司着重抓了三大方面:一是抓商品质量,规范进货,注重名牌品牌商品;二是抓商品系列化、配套化,基本上做到了层层楼面有特色商品,部组有系列商品;三是抓商品的创新开拓;根据市场发展及消费者需求及时引进新品种、新门类。

（三）服务内涵调整。以企业经营服务宗旨为根本,在保证优良服务的基础上,提出精心服务、超值服务的更高要求。消费者未想到的要设身处地帮他们想到,使消费者产生意想不到的感觉,做到让顾客感动,以此作为该公司服务更上一层楼的要求。

四、坚持不懈抓四项创新　奠定企业永恒动力

（一）培育新的企业员工。实践已证明:谁拥有高素质的企业员工,谁就能赢得市场,就能赢得成功。该公司正是基于此观点,一抓员工思想观念的转变,树立我是五交化人、兰陵人的正气感,增强奋发图强意识;二抓骨干队伍建设,从思想上、实践中培育和锻炼他们,逐步使他们成长为企业的中坚力量;三抓企业员工业务素质的全面提高,在经营服务的实践中不断提高新要求、新标准、新规范,促使员工长见识,增才干。

（二）建立新的企业机制。充分应用激励机制、竞争机制,主要体现在劳动报酬的分配上以及劳动关系的确定上,以此充分激发企业员工的工作积极性;竞争机制主要运用在人才选择使用上,促使企业员工增强危机意识,培养员工奋发向上的意识。

（三）设计新的商品定位。该公司在坚持经营宗旨的同时,重新设计了商品定位,以质取信、以廉促销、以便待客、以诚相待,不断探索新的经营特色。

（四）重塑新的企业形象。该公司提出了"兰陵五交化,兴旺靠大家"的口号,使企业与消费者关系进了一大步。但是,还存在不令人满意的地方。西

方精明的企业家提出,"要像在家里接待朋友那样接待顾客",因此,该公司为了重塑企业在消费者中的新形象,重新调整了企业的形象设计,这就是"常州兰陵五交化,广大消费者之家"。

原载 1997 年《常州月刊》第 6 期,合作者:裴锁舜

武进成立 100 个农贸专业市场

　　素以经济发达而被誉为"苏南五虎"之一的武进县,到 4 月底为止,已兴办了 100 个农贸、专业市场。这些市场既推销了产品,积极服务乡镇工业,又为专业户的商品经营提供了广阔的舞台。

　　武进农贸、专业市场现有经营总面积 16.26 万平方米,摊位 2 万余个,主要经销眼镜、服装、雨衣、珍珠、花木等 18 个大类上万个品种。1989 年全县农贸、专业市场的总成交额达 18 921.6 万元,比上年增长 21%;上交国家税收 2 246 万元,比上年增长 67.4%,为发展商品生产、繁荣城乡经济、广开国家税源发挥了积极作用。地处长江南岸的小河镇,不仅来往客商多,而且盛产竹、木、芦、柳。小河镇利用地方优势,先后办起了竹木、苗猪、粮油、小商品等农贸、专业市场,吸引了四方客商。据统计,今年 1～4 月份市场成交总额 1 210 万元,收取市场管理费已达 8 万元,分别比去年同期增长 11.2% 和 10%。

　　武进县农贸、专业市场之所以如此兴旺,并取得如此良好的社会、经济效益,其原因是:

　　——县委、县政府重视兴办农贸、专业市场。县政府由一名副县长分管市场工作,县各职能部门积极配合支持。近十年来,县政府先后专项拨款 522 万元,用于专业市场建设。去年,有 8 个乡镇重建和扩建了市场面积 40 265 平方米,总投资 840 万元,绝大部分专业市场都建立了统一的管理班子,加强文明管理,开展创建文明市场活动。

　　——采取了比较优惠的政策。工商行政管理、税务部门按上级有关规定,实行了比较优惠的政策,供销社提供的服务,有的是无偿的,有的仅收 1% 的手续费,从而调动了经营者的积极性。

　　武进电台 1990 年 5 月 5 日播出,原载 1990 年 5 月 11 日《常州日报》,合作者:陈忆母

武进房地产公司坚持经济
效益与社会效益并举

在众多房地产开发公司的商品房销路不畅的情况下,日前被省建设委员会授予综合实力 30 强之一的武进县房地产综合开发公司商品房仍然很旺销,今年 1 至 7 月,该公司销售商品房面积和销售收入均比去年同期增长了 3.1 倍和 55.4%,其奥秘在于坚持经济效益与社会效益相统一。

该公司认识到,房地产业是一个新的经济行业。它的开发经营,一定要按照商品经济的规律,特别是价值规律的要求办事。而在目前城市建设投资渠道尚未理顺的情况下,注重经济效益当然重要,只有经济效益提高了才能更好地去发展城市建设。但城市的改造与开发是千秋大业,决不能只顾眼前利益而给社会与环境留下隐患。因此,在注重经济效益的同时,该公司十分注重社会效益,力求做好两者的有机统一,主要抓了以下几个环节:首先,坚持"统一规划、合理布局、综合开发、配套建设"的方针,并采取市区开发与乡镇开发、住宅建设与基础建设同步的方法,从而拓宽房地产开发的领域。自该公司 1984 年成立以来,先后综合开发了翠竹新村、北环新村武进小区、湖塘花园新村、邹区镇别墅等一大批规模较大的工程项目,累计施工面积达 58 万平方米,其中商品住宅 52 万平方米。其次,注重房屋的工程质量管理。为了提高工程质量,该公司在建筑工程分配上采取发包与招聘相结合的办法,择优选择施工队;在质量管理上,实行工程师和现场代表责任制;同时把好材料质量、施工质量、设备安装质量和工程验收四道关。因此,数年来,该公司所竣工的房屋合格率达到 100%,优良率达到国家二级企业 25% 的标准。再次,处理好盈利性建设与为社会、群众办实事的关系。该公司自觉地把社会和环境效益放在首位,做到开工按规划实施,公建按规范配套,质量按标准验收,成本按规定核算,售价按批文执行。数年来在资金缺口较大的情况下千方百计、不遗余力地为城市建设办实事,总投资达 1 100 万元,解决群众关心的实际问题,受到了社会各界的好评。

武进电台 1993 年 8 月 20 日播出,原载 1993 年 8 月 24 日《常州日报》

围绕市场 举棋落子

省建筑设备公司连续 6 年获省先进集体

省建筑设备材料常州分公司采取"经营围着市场转,人人围着销售转"的营销策略,扩大销售范围。去年该公司销售额突破千万元,比上年增长45%,连续 6 年被省有关部门评为先进集体。

该公司的领导认为,市场是大棋盘,竞争是大拼搏,要在拼搏中获胜,得看企业如何"举棋落子"。为此,他们加强市场调查,掌握市场信息,根据市场需求采购出手快、配套全的建筑机械,满足用户需要。去年 10 月,市人防公司和武进县薛家建筑公司急需一批搅拌机和其他机械,一时难买到。该公司得知情况后,想尽一切办法,迅速从北京、上海等地的建筑机械厂调进了货,帮助用户解决了生产中的困难,同时也拓宽了销售渠道,增加了经济效益。

售后服务是营销的重要一环。该公司坚持做到:凡从本公司销出的产品,一包到底,上门走访,若发现机械故障,及时会同生产厂家一起解决。前不久,常州客车厂工地上某工程队一台搅拌机的变速箱发生故障。该公司于下午 5 点半钟接到这一工程队求援的电话后,迅速通知生产厂家,请其派员协助维修。当晚 10 点多钟,该公司的技术员与厂方技术员一同前往工地进行抢修,确保了工程队的施工进度,受到了工程队的赞扬。

原载 1994 年 2 月 24 日《常州日报》

武进打假治劣取得成效

武进县针对假冒伪劣商品违法行为愈演愈烈的情况,组织工商、检察、公安、技术监督等部门作了大量的查处工作,取得显著成效。据统计,今年以来,该县出动 13 000 多人次,100 辆车次,端掉制造假冒伪劣商品窝点 67 个,查获的假冒伪劣商品主要有:各种假冒白酒,如假洋河、假五粮液、假常州白酒等共计 63 700 瓶,假冒香烟 4 800 条,假冒劣质人参蜂王浆 17.96 万盒及其假包装盒 16.34 万只,假冒劣质味精 5 100 公斤,变质茶叶 150 公斤,各种劣质饮料

1 597 瓶(听),假冒劣质一次性输液器 2 000 余箱计 100 多万套。国务院发出"打假"通知后,该县遵照上级的指示精神,从 8 月份起的每月 10 日,实行了对查获的部分假冒伪劣商品进行集中销毁,销毁假货的价值已近百万元。

为了认真贯彻国务院《关于严厉打击生产和销售假冒伪劣产品违法行为的通知》,深入开展打击假冒伪劣商品活动,以维护正常的经济秩序,保护人民群众的利益,9 月 28 日,县政府发出了武政发(1992)196 号"关于严厉打击生产和销售假冒伪劣商品违法行为的通知",成立了以梅鹤训副县长为组长,以各有关部门主要负责人为组员的打击假冒伪劣商品违法行为领导小组,下设由工商、公安、技术监督等部门为成员的打击假冒伪劣商品违法行为办公室,并从经委、公安、工商、标准计量、卫生、化学工业公司、建委、建材工业公司抽调人员组成"打假"行动小组,具体实施打假,采取分工负责、依法查处的办法,下设三个工作小组:一个小组由工商部门牵头,专门对一次性输液器进行检查和处理。他们从 7 月至 9 月共查处 32 起。一个小组由经委牵头,专门对人参蜂王浆制品进行检查和处理。该县生产人参蜂王浆企业共有 22 家,其中 18 家犯有违章违法行为,其不仅冒用他人厂名、注册商标,而且绝大部分质量低劣。据药检所对 12 家厂的产品检测,结果全都不合格,其大部分产品中既无人参也无蜂皇浆。另一个小组由标准计量部门牵头,专门对劣质水泥制品进行检查和处理。他们在检查中发现:水泥楼板所用的钢筋细,混凝土标号低,保养期短,大部分无检验合格证,已多次因楼板断裂发生房塌致人伤残事故,使群众蒙受了重大损失。

武进电台 1993 年 12 月 15 日播出

春华秋实展风采

——常州市装饰材料市场流通协会两周年纪实

"我们志同道合,为了共同的目标,团结在一起,凝聚在一起,走过风雨,共享彩虹,一起面对,一起分享……"这是日前常州市装饰材料市场流通协会会长陈康义先生接受记者采访时说的一席话。

二年历程　脚踏实地

陈会长在总结协会两周年时告诉记者说:常州市装饰材料市场流通协会

是在市场竞争大潮中诞生的,是一个综合性、跨行业的协会;从装饰建材分会来看,他又是一个专业性很强的协会。目前,我市的装饰建材经营户约有几千家,协会一直承担着这个行业的质量监管、投诉处理、行业评比、保护会员合法权利、维护市场公平竞争以及在政府和商户间架设沟通的桥梁,得到了有关职能部门和市内各大装饰建材市场以及兄弟协会的首肯和认同。成为装饰建材行业公认的权威性行业组织,并成为消协"3·15"装饰建材维权分站,为装饰建材业的有序、健康发展作出了积极的贡献。两年来,从无到有,创建了这个协会;从小到大,已拥有了100多家会员单位。两年来,协会向海啸灾区捐过款,向贫困老区献过爱,与社会各界的合作不断展开,奠定了协会在这个行业的标杆地位;两年来,协会与房地产公司联手举办家装设计大赛,加强了与地产商和装饰公司的友谊和合作;与建筑装饰协会家装委员会共同组织的装饰建材认定产品招标活动,为一批有实力的会员单位争取到了一次长期的合作机会;两年来,协会与电视台和网站合作的建材 PK 秀,在龙城装饰建材领域激起层层涟漪,市场反映良好,会员积极拥戴,与媒体的关系更为融洽,从扬子晚报、南京晨报、到市内的电视、报刊及电台,为进一步扩大协会的社会影响力奠定了坚实的基础。

陈康义先生在接受记者采访

两年来,协会与周边地区营销机构的密切合作,积极参与"长三角"跨区域合作项目;还加强与楼盘、装饰公司的紧密合作,共同探讨发展方向;还组织会员参与社会公益活动,向东南亚海啸捐款 5 100 元,向革命老区黄金山小学捐款 37 000 元。

校企联姻 战略合作

2007 年 7 月，由协会会员全额赞助，投资 45 万元，在常州大学城工程职业技术学院建材展厅举办了常州首届校企业共建实景样板展示活动，这是一项创意性的动作，并开创了一种新的教学模式，使学生在校就能学到在书本上学不到的实践知识，为学生更好的辨别饰材类别，更进一步的巩固学生的专业知识提供了新的课堂，可谓是认识建材的实验室。这次活动受到了社会各界领导的支持与好评，江苏省教委评估院院长一行在走访了该展厅后，对这种"产、学、研"一体的合作模式给予了相当高的评价。

大专院校与企业实体的全方位联合共建展厅在全国尚属先例，建成后的展厅将以实景样板的形式，系统地介绍建材的发展历史及品牌展示、施工工艺、实景效果于一体，形象生动地让学生靠近建材、了解建材。直观地引导学生对绿色建材的感性认识，从而摆脱以往学生重理论、轻实践的倾向，培养更受社会欢迎的实用型、复合型人才。

建成后的实景样板房展厅不仅供大学城内每个院校的学生共享，同时也向社会开放，达到全民共享，成为常州最形象、最全面、最权威的装饰建材大看台。

情系贫困学子 爱洒革命老区

为创建和谐社会，倡导爱心事业，为了让贫困的孩子能够安心学业，2005年 11 月 8 日常州市装饰材料市场流通协会一行 30 多人，在陈康义会长的率领下，带着 50 多个会员单位的拳拳爱心，前往溧阳后周黄金山小学，举行了隆重的捐赠仪式和帮扶活动。

溧阳黄金山，曾是新四军"三战三捷"的革命老区，由于交通闭塞、经济欠发达，现在仍有一些学生因交不起学费而面临辍学的境地，经《常州日报》社牵头，协会发动会员单位募集资金，很快得到响应，在陈康义先生的带领下，常州萨米特建材行史晓虹、常州艳鑫物资有限公司周政伟、旭辉装潢材料中心潘上谊、常州新区富来装饰材料经营部傅伟平、常州双湾欧派橱柜商行沈宏、常州新区周佳物资有限公司周志春、常州超杰建材有限公司朱国华、方圆地板授权常州一杰建材总代理何一杰、常州市新北区岳林建材材料经营部刘岳、常州市好运来装饰材料经营部薛东雷等纷纷捐款，各在千元以上；常州正大洁具总汇蒋征、常州百霖建筑材料有限公司徐波、常州新区周佳物资有限公司周志春、常州永尚装饰有限公司陈旭丹、常州佳得利贸易有限公司芮秋英、世家屋家居常州专卖店钱姿英、顺美装饰材料经营部徐仁美、常州凯迪装饰材料有限公司许建英、常州鑫辉涂料有限公司王新潮、常州市鹏鑫建材有限公司鞠建南、常州市丫宝装饰材料商行丁春林，以及非会员单位的万国装饰宣伟敏、多喜爱，我爱我家青少年儿童家具专卖店陈旭辉、"汉斯格雅"龙头胡珍娣等 14 人现场各捐款 800 元，并表示将长期结对帮扶。宝路卫浴的秦伟东告诉记者，这次活动很有意义，让他从中学到了不少对人生有益的东西。

当天下午 3 点，20 多名贫困学生被老师领了过来，不等走进教室，就被急不可耐的经营户来个"半路打劫"：大人们纷纷瞅准看中的孩子，抢先牵住一只只小手，把他们往教室里领，之后亲热地坐在了一起。凯迪装饰材料公司的许建英是抢孩子的"始作俑者"，她对自己相中的帮扶对象很满意，小男孩一副聪明机灵相，长得还挺神气，就是不爱说话。许建英拿纸笔让男孩留下联系方式，男孩很听话地写下"盛峥，8 岁"等字样，还规规矩矩地标上了电话号码，得知孩子父亲残疾、母亲打工、自己跟着爷爷奶奶过，许建英当场表示，今后她会每年资助 800 元（一年学费），争取扶持到该孩子大学毕业。周佳物资公司的老总周志春这回"抢"到手的女孩也姓周，这点让他很是开心，"这就叫缘分，竟然和我一个姓。""有两个爸妈开心吗？"众人冲着才上三年级的周桂芳开起了玩笑，小女孩腼腆地点点头。

受现场气氛感染，近 10 位原本没打算结对的经营户也结上了对，他们向记者坦言：以前考虑结对的时间很漫长，怕担不起这个责任，所以选择了一次性捐助，现在想想每年拿出 800 元，看着这笔钱落到实处，看着孩子一步步成长，既安心又很开心，何乐不为呢？

陈康义会长告诉记者：不断提升自我，以更好、更优良的品质做好双向服务，始终是常州市营销协会装饰建材协会孜孜追求的一个目标，也是我们协会生机勃勃、团结敬业的真实写照，更是协会领导和全体会员共同努力的结果。

在此，我们祝愿常州装饰材料市场流通协会在新的一年里，一路欢歌高进，再创副业辉煌！

原载 2006 年 12 月 8 日《南京晨报》社区专刊，合作者：姚建华　陈锦祥

规范、诚信、监督、责任
——访常州市装饰装修行业协会副会长毛晶

历时数月，精彩的"L&D 陶瓷杯"常州市首届家庭装修施工大奖赛于 11

月 25 日落下了帷幕。这次活动主办者常州装饰装修行业协会副会长、家装委员会主任毛晶接受了记者的采访。

　　自信、从容的毛晶抑制不住内心的喜悦,兴奋地告诉记者说:经历了春季的筹划,夏季的比赛,秋季的考评,感受颇多。他说:近年来,随着中国经济的突飞猛进的发展,人民的生活水平也随之逐步提高,人们已经不再满足基本的衣食住行,在追求物质生活提高的同时,对精神生活的需求也日益提升,家居生活已经不是"居者有其屋"的简单要求,而是希望家的空间也是精神生活享受的一部分。需求就带来了蓬勃发展的家庭装饰装修市场,

协会副会长:毛晶

从十年前的刚刚起步到现在已经拥有六千多亿的产值,从业企业二十多万家,并且产值正以每年 30% 的速度增长。我们常州市居中国经济前沿的长三角地区,经济发展速度及人民的生活水平均居全国前列,自然常州的家装市场也是一片红红火火,给我们从事这行业经营的企业带来了前所未有的机遇。

　　记者:目前,家装行业良莠不齐,你们协会是如何正确引导们健康发展的?

　　毛晶:在这一片繁荣的背后,却也存在着行业健康有序发展的重重危机:家装工程项目单量小,项目众多,政府部门无从监控;准入门槛底,资金投入要求不高,从业人员鱼龙混杂;监管乏力,有些企业受利益驱动,坑害消费者利益,诚信缺失;装修游击队占有 50% 的市场占有率,消费者权益无法保障等等。这些不良的现象,在短期内不会一下子消亡,但行业朝着正规健康的方向发展将是不变的事实。在这行业正规化发展的历程中,我们每个正规的家装企业有义务承担起这份责任,从自身做起,从现在做起,规范我们的行为,净化我们的行业,提高我们的诚信,而作为行业的协会组织,更是在行业的正规化道路上担负着不可推卸的责任,也正因为此,常州装饰装修行业协会家装委员会才策划组织了这次也是第一次由行业协会主办的常州首届家庭装修施工大奖赛,旨在通过媒体、行业专家、市民对参赛施工全过程的监督,了解家装的全过程的各个环节,让装修阳光化、透明化,真正做到消费者在装修过程中明明白白消费。也想借此活动,重新树立行业的诚信,把一批有责任感的企业,展现在广大消费者面前,为他们提供真诚的服务。

记者：这次大赛活动,效果如何? 影响如何?

毛晶：本次活动的宗旨是为了引导规范本地区的家装市场,提倡诚信和谐的消费环境,到目前已经取得了良好的成果,达到了预期的目的。参加本次活动的 25 家常州知名家装企业,从老总到每个技术工人,都抱着十分认真负责的态度参与了整个过程,让整个比赛过程呈现出红红火火的景象,体现了我们常州家装业的整体水平。本次活动博得了常州团市委的有力支持,一批在这次比赛中表现突出的项目经理及技术能手已得到团市委颁发的"常州市青年岗位能手"的称号,这既是对我们这次大赛的肯定,也是对我们行业正规化发展的促进,我代表协会对团市委对我们行业的支持表示衷心的感谢!

参与本次活动评选的行业专家与市民评委,是这次大奖赛的全程见证者,在协会王道全秘书长与曹兴良主任的率领下,他们抱着实事求是的态度,冒着炎炎夏日,经历了九轮阶段性的考评,共计 378 次的现场考评,拿出了上万个考评数据,为我们评选的最终结果提供了真实可靠的依据,我们在此对他们辛勤的工作表示由衷地感谢!

常州大运河传媒公司是这次活动成功主要的助推剂,从参与策划开始,到比赛过程及收尾组织,他们都表现出了极好的组织策划能力,不仅让此次大奖赛能圆满地完成,更使这次活动在广大消费者中产生了巨大的社会影响,我们在此也对他们的辛勤付出表示衷心的感谢!

本次活动同样得到了常州市建设局、常州市技术监督局、常州市妇联、常州市消费协会等政府部门的支持,同样也得到了《常州日报》等诸多媒体的关注。正是由于社会各界对我们的关爱,才使得我们行业净化有了良好的环境。

我十分感谢组织本次活动的大赛组委会的全体同仁,大家在整个过程中付出了精力,心中坚守"公平、公正、公开"的原则,默默奉献,不求索取,在困难面前不退缩,体现了良好的团队意识与协作精神,我在此真诚地向你们致敬。

原载 2007 年 11 月 29 日《南京晨报》社区专刊,合作者：姚建华

提升菜篮子　丰富餐桌子

——访常州新生代·菜篮子农副产品
超市有限公司董事长于东平

千百年来,老百姓一大早要做的第一件事,就是拎着菜篮子去买菜,菜篮

子丰富了，人们的肚子才能美满，生活才能幸福。

随着时代的变迁，买菜这一概念已经发生了深刻的变化，菜场业态也不断更新。2007年1月底，一个源自青山绿水的崭新业态——新生代·菜篮子农副产品超市诞生了！

"新生代"，"新"在哪里？它将为我们的菜篮子带来哪些变化？记者近日见缝插针般地采访了正在出席市人大会议的"新生代"连锁超市董事长于东平先生。

董事长：于东平

记者：新生代菜篮子农副产品超市将给我们带来什么？它有哪些亮点？

于董：新生代菜篮子农副产品超市，突出的就是一个"新"字：新的理念，新的业态，新的定位，新的内涵。这一介于大卖场与农贸市场之间，又有别于副食品超市和土特产商行的新兴零售业态，将通过规模化经营，精细化管理，实现"服务人性化、质量生态化、价格大众化、包装标准化、环境舒适化"的美好目标，为市民带来全新的感受，让买菜变成一种享受。

记者：新生代菜篮子农副产品超市与传统的农贸市场有什么区别？

于董：也许你会有这样的体会，走进传统的农贸市场，给人的第一感觉就是乱糟糟，闹哄哄。脚底下污水横流，菜边皮到处都是，杀鸡宰鸭的地方更加不堪入目，人们常常掩鼻而过，一派脏、乱、差。再加之个体经营，素质参差不齐、货品来源不详、价格随心所欲、短斤缺两、以次充好，管理难度可想而知，食品安全与卫生更让人放心不下。这种状况与消费日益增进的消费需求，与现代化城市发展的需要，两者极不相称，矛盾日益显露。

"新生代"超市是贯彻落实市政府加快建设"菜篮子"工程精神,立足民生的连锁机构,它将是传统农贸市场的升级换代版。它的诞生代表了一种潮流、一种方向,是菜市场发展的必然产物,因此,也就更贴近时代、贴近民生、贴近市场。

记者:"新生代"超市的经营理念是什么?

于董:以"绿色、便捷、价廉、省时、安全",打造"提升菜篮子,丰富餐桌子"这一经营理念。

今天的消费者,已不是昨日的概念。对于"菜篮子",逐渐富裕起来的人们,开始讲究绿色、环保,讲究营养、安全,讲究方便、快捷,讲究审美、尊严。我们"新生代"就是沿着这一思维运作的,定位的。

目前,福建、厦门等沿海城市,已经看不到传统概念上的农贸市场了,他们应该是菜篮子工程的先行者,我们今天也终于在常州迈出了第一步。

记者:"新生代"为市民提供哪些农副产品?

于董:我们经营的商品以"农"为主,共有十大类,一、荤、蔬菜品,包括蔬菜、肉类、水产、各种蛋品、豆制品;二、各种农副产品及其加工而成的包装食品(包括茶叶、干菜、干果等);三、各种原生态山货、土特产及由其加工而成的袋包装食品;四、五谷杂粮为主的各类粮油食品,以及食用油;五、畜禽卤制品,各种风味特色、保质期长的干、卤、酱制品;六、新鲜水果(包括进口水果);七、功能性农副产品,如枸杞、首乌、莲心、银杏、灵芝、虫草等,包括由这些产品加工而成的保健食品;八、各种海鲜产品及干、卤制品;九、以农副产品为原料加工而成的时尚休闲食品,如牛肉干、鱼干等;十、以农产品加工而成的各类调味品,袋包装菜品。另外还经营便民的日用品等。

所有的门类,我们都正本清源,并走品牌化之路,让您放心、称心、省心、舒心、开心。

记者:最后,请你描绘一下"新生代"未来的前景。

于董:这还得用那句经典的语录来概括:道路是曲折的,前途是光明的。"新生代"的诞生,虽然代表了一种方向,一种潮流,但它的发展有一个历练的过程,消费者也有一个认可与适应的过程,我们必须加以引领,让"新生代"的理念,变为大众的理念和行动。

做强做大是我们的理想;我们将在成功的基础上,不断扩大经营,把连锁开到新建小区、没有"菜篮子"配套小区、距农贸市场较远的小区等地,坚持便民、利民、惠民,为常州的"菜篮子"工程,为市民的生活美好,作出应有的贡献。

原载 2007 年 1 月 25 日《南京晨报》社区专刊,合作者:建华　克平

百年老店展新姿

——常州瑞和泰创业与发展纪实

2006 年年底从首都北京传来喜讯,在商务部认定的全国首批"中华老字号"名单中,常州糖烟酒股份有限公司所属的瑞和泰副食品商场榜上有名,而且是江苏省 35 家老字号中唯一的一家经营副食品类的百年老店。这是"瑞和泰"的荣耀,更是他们长期以来坚持不懈抓诚信、抓特色、抓创新的结晶。

百年老店瑞和泰,百年商誉口口相传,这块光耀了常州乃至整个江南副食品界的金字招牌,在其鼎盛时期,曾缔造出年销售额超亿元的辉煌业绩。让人刮目相看,啧啧称赞。

然而,百年沧桑,风云变幻。那么,瑞和泰是采用何种战略战术取得这些辉煌业绩的呢? 近日,笔者采访了该店党支部书记兼副经理刘顺和经理杨云龙先生。

以质量求生存——管理更进步

注重质量,大概是所有老字号的共同特征,也是它们的核心竞争力所在。"瑞和泰"也是如此。在营销的前沿,"瑞和泰"能积极投入创建"百城万店无假货"活动中,经常按照国家法律法规进行自查,严格执行《中华人民共和国计量法》、《物价法》、《食品卫生法》和《消费者权益保护法》,从源头不折不扣抓质量。如在各个部门和柜组配设专兼职质检人员,严格把好入库、验收、上柜、销售各项关口,要求对所售食品索证齐全,查看实物,仔细论证,逐一记录在案,随时对每一批次进行抽样检验,核对食品保质期限、包装有无破损、重量是否准确,如发现不合格食品坚决退返厂方,并记录在案,一旦下次再发生类似情况,商场将不再经销此类商品,确保顾客购物放心。而且,商场最近购置了食品安全快速检测箱,进行食品安全快速检测,避免食品在储藏、运输过程中的二次污染。采购前对食品进行检测,合格后方予进货。销售中,若消费者对质量产生疑义,可随时检测,一时判定不合格,商场立即追溯源头,自行下架,并主动送至权威部门进行检测。

对于南北货、茶叶、农产品等品质难掌握的商品,则实行"产销联营"的办法,既能从源头抓质量,又能为消费者提供质优价廉的商品。例如:对于茶叶,现在市场上品质参差不齐,消费者难以鉴别。"瑞和泰"就向上水道延伸,专设了西湖龙井、洞庭碧螺春、神峰碧螺春、长峰寿眉、金坛雀舌六个茶叶基地，每年两次以上对实地进行考察，从当地的土质、周围环境、茶树生长情况、治理、生产加工过程，到最后的包装出厂，全程跟踪监督，真正实行产、供、销一条龙；外地茶叶则由专家把关验收，确保优质优价；并且"瑞和泰"还申请了茶叶 QS 认证，使消费者放心品茶。2006 年联合开展的"老天泰·瑞和泰杯"常州"三品茶"（绿色、有机、无公害）推介暨产品展示会，既吸引了常州市领导对"瑞和泰"的关注，也吸引了不少消费者的目光，更打响了"瑞和泰"茶品牌的知名度。

以特色求市场——品质更完美

特色是"瑞和泰"立足市场的生命线。"瑞和泰"根据商场、超市的区域环境、目标定位，不断优化商品结构，立足商圈特点，实行市场细分和错位经营，使不同门店、超市和柜台形成自有特色，确定目标消费群。对于南大街旗舰店，以中高档为主，在"精、专、特"上做文章，在特色化、个性化上下工夫，积极向上水道和货源基地延伸，采取自采、买断、联购分销、代销等手段，不断打造茶叶、名烟名酒、南北货、进口食品、糖果、滋补品、休闲食品等特色柜台的优势资源，拓市场，抓促销，增亮点，做品牌，树个性。同时，进一步做精细类的商品品类，不断发展潜在顾客。

特别是 2006 年，随着我国"建设社会主义新农村"战略目标的确定，我市启动了"让常州优质农产品接轨市场"的重要举措，这是展示农业精品、营造经营特色、展示企业形象的一次极佳契机，为此，"瑞和泰"以战略谋局，积极主动与市农林局和农产品行业协会联系争取机会，以作为直销展示窗口进行毛遂自荐。在我市有关部门实地考察、精心选择下，有幸被确定为"常州名特优农产品瑞和泰销售中心"，并举办了隆重的授牌仪式。为抢抓机遇，不辜负上级部门的厚望，"瑞和泰"积极开展"名牌进名店，精品到万家"工程，注重向上水道和农产品货源基地延伸，积极做好常州名特优农产品的引进、培育和开发工作；为突出名特优农产品在商场的展示效果，他们在商场一楼专辟营业场地，进行重点设计、装潢和布置；在采菱港仓库专门腾出 300 平米建成农产品加工厂，通过了常州市技术监督局、卫生监督所等部门的检查、验收；并在消费者中积极倡导绿色消费新理念，使"绿色、无公害、有机"食品与消费者零距离，不断提升了商场的新形象。

以素质求发展——服务更热情

"瑞和泰"在当前开放式自行购物方式普遍流行的今天，还努力沿袭和固守着传统的柜台式服务,他们的目的就是通过营业员与顾客面对面的沟通交流,使消费者体味到一份满意,一份亲切,一份真情。

为达到这个效果,"瑞和泰"加强现场管理,严肃劳动纪律,注重对营业员班前学习、业务培训和工作技能的提升,努力提高营业员素质、服务意识和操作技能;要求各营业员积极强化顾客至上的服务观念,并在对《员工手册》修改的基础上,于2006年底专门编撰了《瑞和泰标准化管理规范》,以开展"百日无投诉"竞赛和各种岗位技术练兵比赛,不断提高消费者的满意度和商场的美誉度。

为充分释放中华老字号的内涵文化,2006年,商场乘市政建设南大街修路期间,对新商场内部进行了一次大规模的全面改造装修,改造后的商场营业面积又有所增加,并对门面、店堂、柜台重新进行了设计、装潢和布置,增添亮化效果,注入了时尚元素,使自己能全身心地融入充满韵味、个性张扬的南大街特色步行街这一商业街区;不断注重营销策划,抓住各大节假日商机,紧跟季节变化、民俗风情,精心组织饮料节、休闲食品节、红茶节、滋补品节等适时适令的促销活动、广告宣传和公益善举活动,以新理念、新举措做大以文兴商、商文并茂的规模声势,赢来人气;同时,还积极推行各柜台的计算机单品管理,以此为切入点加强现场科学化管理,提高营销技术含量和现代化管理水平。

以连锁为战略——市场更宽广

为关注老字号发展,发掘和提升老字号的经济价值、文化价值和品牌价值,促进老字号在实施品牌战略,构建和谐社会中发挥更大的作用。"瑞和泰"以企业品牌无形资产吸引、带动有形资产,向规模化、集团化和国际化方向发展,进一步扩大连锁经营规模。

瑞和泰坚持"壮大主业、推进两翼(茶叶、农副产品)、多种模式、连锁发展"的战略方针和"改革与管理同步,发展与效益并重"的发展原则,一方面抓连锁体制模式的建立完善,实施了柜台式服务、超市业态资源的调整整合,奠定瑞和泰百年老店快速连锁扩张的平台;另一方面抓市场扩张网络建设,坚持以南大街瑞和泰旗舰店为核心,以城北和湖塘为主轴,向常州各区市县延伸和辐射,通过多渠道、多业态加密渗透常州各商圈的拓展。目前瑞和泰在常州糖烟酒股份公司的资助下,已投资700多万元购买新北区"太阳城"铜锣湾广场420多平方米开设连锁分店,并争取在今年下半年还将在湖塘镇开设分店。面对激烈的市场竞争,瑞和泰正着力加快"内涵强壮、外延扩张"的质量效益型连锁发展,积极扩大市场规模,不断增强竞争实力,用自己实实在在的行动,以恒心、耐心、热忱和活力,为百年老店"瑞和泰"增添一个又一个亮点,一个又一个精彩,使"瑞和泰"这棵枝繁叶茂的老树绽放着新枝,愈老弥坚,历久弥新,在常州副食品行业特色经营中独领风骚!

瑞和泰在常州地区确立了较高的知名度和美誉度,在消费者心目中赢得了良好的口碑,成为常州地区副食品特色经营中的佼佼者。2006 年,"瑞和泰"努力克服我市南、北大街断航所带来的困难,实现销售 6 500 多万元。同时,近年来,商场先后荣获"全国星级信誉承诺企业"、"江苏省文明单位"、"江苏省爱国卫生先进单位"、"江苏省商品质量信得过单位"、"江苏省文明服务示范单位"、"常州市商品质量、计量信得过企业"、"常州市文明标兵单位"、"常州市文明窗口单位"等荣誉称号。的确,老字号不等于老糊涂。聚焦"瑞和泰"的成功之路,与时俱进,以变应变,正是企业生生不息的秘诀。

"路漫漫其修远兮,吾将上下而求索"。在这百舸争流、千舟竞发的时代,笔者衷心祝愿瑞和泰进一步弘扬中华老字号的文化精神,努力使"瑞和泰"之树枝繁叶茂,万古长青!

撰写于 2007 年 2 月 8 日

和礼堂的"和""礼"文化

走进常州和礼堂的店堂内,首先感受到的是浓厚的中华传统文化氛围,橱柜内的冬虫夏草、燕窝、灵芝、雪莲、野山参、西洋参、藏红花、石斛、枸杞等传统高档养生滋补品,琳琅满目,陈列有序。还有该店处处彰显着的文化气氛,特别是"和""礼"文化更具魅力。体现着企业深厚的文化底蕴和价值追求。当前,在构建和谐社会建设中,这种将"和""礼"文化贯穿于企业经营之中,的确是一种聪明之策、高明之举。

一个企业区别于其他企业的文化差异即为该企业独有的文化特性。那么,常州和礼堂的文化有何与众不同呢? 常州和礼堂总经理杨新远告诉笔者:"所谓'和'文化,即继承和弘扬传统文化中'和'的文化内涵。'以和为贵,以人为本',和谐发展,为企业发展目标。中华传统文化强调'以和为贵'的思想,以和为贵,和睦相处,中庸和谐,乃夫人之处世之道。和者,天下之达道也,谙此道,事理通达,可纳百川,相容互携,合众力,终成大事。"

世纪之交,恰逢盛世,天地人和,倡导和谐理念。和礼堂,和顺时代潮流,应运而生,乘势而成。

集天地灵气,聚万物精华,服务社会精英,弘扬传统文化,打造传统健康产业,倡导中庸和谐理念,崇尚"和"文化,树民族品牌,立足国内,面向世界,是他们创业的理念和目标;为客户创造价值,为员工谋福利,为企业谋发展,为社会创造财富是他们企业的根本价值观;用感恩的心和辛勤的汗水奉献质地优良、品质纯正的产品,使客户满意,是他们的经营宗旨;诚信有道,和谐共赢是他们的经营理念;宁缺毋滥,精益求精是他们的质量方针。为此,和礼堂坚持不懈地将这些理念、方针付之于经营实践中。

所谓"礼"文化,杨总告诉笔者:"'礼'作为中国传统儒家文化之精粹。'礼'规矩也,无规矩不成方圆。在儒家文化《论语》《孟子》中非常强调'礼'的重要性,如'礼之用,和为贵。不学礼,无以立。以和为贵,以礼相待。礼下于人,较人之长。仁者爱人,有礼者敬人……君子有风乎,为礼为义者。君之以仁存心,以礼存心。礼之与人,犹酒之有蘗也。凡人之所以为人者,礼义也。礼义之始,在于正容体,齐颜色,须辞令。人无礼而不生,事无礼则不成,国无礼则不宁。'礼'作为社会、经济、生活的有序运行的根本之道,是必须遵循的社会秩序,否则,社会则可能出现混乱和无序。和礼堂强调企业和谐有序发展为理念。作为企业文化建设的中心思想,积极倡导'和''礼'文化内涵,为构建和谐社会做出应有的责任和义务。"

中庸和谐,讲礼重仪之优良传统,更是我们得以继承和发扬。在高度物质文明的今天,经济飞速发展,变化日新月异,人际交往频繁,竞争激烈,压力加大,迫切需要正确的价值取向作指导。所以,崇尚和谐,讲礼重仪,和谐相处,相容互携,互利共赢之理念尤为重要。和礼堂本着礼之用,和为贵之理念,以和谐之礼、健康之礼、商务之礼、品味之礼为主导,专为社会精英而打造的商务平台,既是特产,又是礼品,平常随意而稀有尊贵,又有养生保健之实用功效。使顾客在商务公关,人际交往,礼尚往来之时,赠之随意,受之自然;恰到好处,自然得体,毫无压力尴尬之感。彰显不凡的生活品位和处事技巧,在谈笑风生间自然功成。

今逢盛世,天地人和,倡导和谐理念,和礼堂,取礼之用,和为贵之意,和合时代潮流,和谐社会,礼尚往来,和礼堂也。

"世界要和平,社会要和谐,家庭要和睦,人心要和顺",这是当今社会必然发展趋势,也是我们的共同心愿。愿常州和礼堂在构建和谐社会中实现"以和为贵,和气生财,以礼相待,礼顺人情"之理念。

时 代 人 物

时势造英雄,艰辛出人才。

人一生总会留下许多痕迹,或深或浅,或闪光或黯淡。每人都有自己的故

事,或动听或平淡,或神秘或平凡。无论是时代的风云人物,还是芸芸众生,每个人都在走自己的路,谱写着各具特色的人生篇章。

《一位老红军的闪光情怀》、《闪光的科技人生》、《勇攀世界艺术巅峰的人》、《孟河医派的传承人》、《一只粳稻新品种的诞生》,这些文章中的主人公刘瑞祥、张全兴、汤友常、徐迪华、江祺祥等都可谓是我们这个时代的英雄,在他们创造的一个个奇迹背后,蕴含着无限的艰辛……沧海岁月不可倒流,让我们永远记住他们的精彩故事。

一位老红军的闪光情怀

——访老红军、原常州市政协副主席刘瑞祥

他，一位从大别山走来的老红军，在战争年代与敌人浴血奋战，战功显赫；他，一位我军早期的卫生专家，在战争与和平年代不断奉献，卓著勋劳；他，虽然年事已高，但仍发扬红军精神，发挥余热，为党和人民的事业作出贡献。他，就是现年92岁的原常州市政协副主席、离休干部刘瑞祥同志。

7月中旬的一天，风和日丽，笔者专程来到刘老的家进行采访。刘老面带笑容，与我们一一握手，他满头银发，精神矍铄，我们落座后，便在亲热而轻松的气氛中拉开了话题⋯⋯

刘瑞祥，1916年出身于大别山腹地、河南省新县的一个贫苦农家。1931年，刘瑞祥报名参军，成为一名红军战士，在湖北七里坪参加红四方面军成立大会。作为红四军10师30团卫生队的看护员，刘瑞祥参加了鄂豫皖苏区历次反围剿斗争，包括1932年9月，红四方面军西征，刘瑞祥被编入新组建的红二十五军，任军医院医官。

"红色的青年战士志气昂，好比那东方升起的太阳⋯⋯"在苏区最后一次激昂高歌这首《红二十五军军歌》，是在1934年11月16日的河南省罗山县何家冲。那天下着瓢泼大雨，红二十五军全体干部战士排列成威武的方阵，集中在"中国工农红二十五军北上抗日先遣队"的大旗下，军政委吴焕先、军长徐海东迎着风雨宣读《出发宣言》："反对日本和一切帝国主义！""收回华北失地！"红军战士们振臂高呼，

作者与老红军刘瑞祥（右）合影

浩浩荡荡的队伍向西开拔。那时，大家都没有想到这是一次两万五千里的长征。在跟随红二十五军长征后不久，1935年2月，刘瑞祥被编入红二十八军，留在大别山坚持斗争，救治不能随队长征的伤员。

红军主力深入荒无人烟的草地，攀登冰雪皑皑的雪山，而在他们身后，那些留在根据地坚持敌后游击斗争的战士，处境同样艰辛困难。1936年初，蒋

介石严令国民党 17 万正规军反复"清剿",使鄂豫皖苏区几乎变得"鸟无栖息之所,人无藏身之地"。刘瑞祥等红军医护人员背着武器弹药、干粮袋子和红十字医药包,扶着轻伤员,抬着重伤员,在山林中与敌人打转转。由于封锁,医护人员连清洗伤口的硼酸、酒精都很难弄到,只能自己采集草药用土办法治疗。后来敌人实行移民并村、持久封山政策,红军处境更为艰险,刘瑞祥把药品和粮食全部留给伤员,自己则以野茶充饥,草根果腹,有的医护人员甚至献出了生命。

1935 年冬,红二十八军与敌一个师在湖北省黄冈县大崎山一带打了几仗,轻重伤员几十人,军部指示刘瑞祥负责 245 团团长梁从学和另两名重伤员的医护。眼看着敌人步步紧逼,刘瑞祥只好将 3 名重伤员从群众家中转移到村后山上一个十多平方米的石洞里。白天,敌人搜山队常来骚扰,有时就从洞口过,用机枪盲目扫射,还狂喊:你们的主力被消灭了,快出来投降吧。在见不到阳光的日子里,刘瑞祥最大的任务就是照顾伤员的生活与身体康复。群众和红军便衣队员冒着危险想方设法送来一些生熟食品,怕烟雾引来敌人,白天刘瑞祥只能给伤员吃点冷饭,喝点冷水,到了半夜敌人熟睡后,他就摸到洞外水沟里找些水和树枝,烧饭给伤员吃,烧水给伤员清洗伤口。担心火光会引起敌人注意,烧火时刘瑞祥就用破被单把洞口挡住,以至洞里烟雾弥漫,呛得人十分难受。

在三年艰苦卓绝的游击战争中,刘瑞祥踏遍了大别山区内外 43 个县域。凭着极度顽强的革命意志,红二十八军创造了中国战争史上以弱胜强、以少胜多的罕见胜利,总共歼敌 6 万余人,成为一支拖不垮、打不烂的英雄劲旅。

1938 年 3 月,从反围剿中活下来的刘瑞祥途经新县老家,只见村子一片破壁残垣。此时他才知道,在离家的七年时间里,大哥刘瑞兴(苏维埃政权的副主席)已经牺牲,二哥刘瑞福(中共新县的区委常委、红军独立团连长)也已牺牲,母亲被反动地主杀害。刘瑞祥拭干眼泪,成为新四军一员,毅然奔赴抗日前线。

1939 年夏,刘瑞祥除了参加新四军江北指挥部第一期卫生干部训练班学习,还不时停课参加反日伪扫荡战斗。1940 年初,日伪两千余人向新四军江北指挥部发动大规模扫荡,全体指战员奋起反抗,学员也全部投入战场救护。1941 年底,刘瑞祥在新四军二师卫校学习后,医学和文化知识有了很大提高,被任命为罗炳辉师长的保健医生。解放战争开始后,刘瑞祥任华中军区第三医院三所所长。1947 年 10 月,刘瑞祥调任华东野战军第八野战医院一大队大队长,率队转战涟水、鲁南、莱芜、孟良崮。1948 年 5 月,刘瑞祥调任华东军区后备兵团一师卫生处长，参加淮海、渡江战役。1949 年 10 月全国解放，刘瑞祥率队接管南京市公安医院，被任命为院长。1955 年 3 月，刘瑞祥调任常州市卫生局局长。

正如毛主席所说："夺取全国胜利，这是万里长征走完了第一步。"在刀光血影的斗争中，在血与火的考验下，刘瑞祥成长为一名坚强的战将，一名卫生系统的专家，此后五十多年，他把发展常州的卫生事业作为他的第二次长征，创造并推动了城市发展特别是卫生事业翻天覆地的变化。

"1955 年我第一次进入常州城时，露天粪坑到处都是，蚊蝇乱飞。"刘瑞祥当即响应党中央号召，"动员起来，讲究卫生，减少疾病，提高健康水平"，全城上下轰轰烈烈开展爱国卫生运动，消灭苍蝇、蚊子、老鼠、麻雀"四害"。刘瑞祥认为，"当时的'除四害'运动，起到了清洁卫生，移风易俗，改造国家的积极作用"。

常州历史上名医辈出，誉满杏林，五十年代，屠揆先、朱普生都已名满全城。1956 年，刘瑞祥从省里争取到建设常州市中医院的指标后，多次登门拜访几位名医，终于感动他们放弃自己辛苦创立的私人诊所，进入常州中医院工作。看到第一人民医院、第二人民医院的门诊处仍是破败的平房，刘瑞祥又和同志们筹资建造了三层高的门诊大楼，"这在当时算是十分先进的了"。

1980 年，刘瑞祥当选为常州市政协副主席后，以一个人民公仆的身份，不辞辛劳地带领委员奔赴各地开展调查研究。投身于落实民族宗教政策、恢复毁于"文革"的天宁禅寺、恢复和发展参政议政的民主党派等大量工作之中。

1983 年 12 月，刘瑞祥办理了离休手续。按理说他应该在家里享享清福，安度晚年了。但他离而不休，坚持每天看书读报，仍然参加相关的工作和社会公益活动，尤其非常关注民生，体察民情。他多次为老区修建烈士陵园和烈士墓，为老区改善中小学条件等慷慨捐款，还前后上百次不辞辛劳地深入厂矿企业、中小学校和社区作革命传统教育报告，并担任常州市新四军历史研究会顾问，参加有关红二十八军及新四军支队战史文稿编纂工作。1980 年，刘瑞祥回了趟河南老家，在看到家乡依然贫困的乡亲们时，一种强烈的责任心油然而生：应该利用自己的条件为家乡、为故乡经济发展做些实事。在市委、市政府的支持下，新县驻常州办事处成立了。新县数千种中草药品种被带到常州，各乡干部来到常州轮训，1 000 多名农村劳动力被招聘前来就业，成为我市最早的一批外来务工人员……

老红军时刻怀有一颗慈爱的悯民之心。1990 年 6 月，武进魏村镇农民常广友因病到医院治疗，由于严重药物过敏，生命垂危，后转到市里医院进行抢救,仍无好转。据常广友后来回忆说,当时的他,全身起水泡,皮肤溃烂剥离,不能穿衣服,甚至找不到一处好皮肤扎针输液,只能光着身子,躺在无菌隔离罩内,等着家属为他办后事。而为了给他看病,家里还欠下了 18 万元债务。在这束手无策的生命垂危时刻,与他素不相识的刘瑞祥知道了这件事,立即吩咐医院领导和医生一定要千方百计全力抢救这位病人,并对院方领导承诺,他愿意个人承担患者的费用担保和医疗风险。医院的领导和医生被这位老红军的宽大情怀和高尚情操感动了,请来专家教授对常广友会诊,及时调整医疗方案,组织积极抢救,终于使他摆脱了死神的威胁。在常广友住院期间,刘老还时常去探望他,给他安慰,鼓励他战胜病魔。经过两个多月的精心治疗,常广友终于康复回家了。

17 年过去了,如今,已拥有数千万资产的常州市常宏同力电器总经理常广友每当提到这位慈祥可亲的老红军,都激动得热泪盈眶:"我的生命和健康,我的事业发展,全靠老红军刘瑞祥! 如果没有他,就没有我的今天,是老红军给了我第二次生命!"

大爱无疆,德高感人。2006 年,刘老获得了"中华魂"为主题的中华活动组委会颁发的《英雄红军老战士》亮剑雕塑、"长征胜利七十周年纪念勋章"与"爱国报国先进个人"奖牌,他的经历被编入《红心照耀中国》一书。红军的精神至今仍在他的身上闪光!

原载 2007 年《常州政协》第 4 期、2007 年《江苏政协》第 10 期

闪光的科技人生
——记常州籍新当选中国工程院院士张全兴

两年一度的中国工程院院士评选结果揭晓了,33 名杰出的工程科技工作者新当选为中国工程院院士,68 岁的常州籍环境工程学家、南京大学教授张全兴榜上有名,常州籍两院院士由此增至 61 位。昨天记者采访了刚刚从北京出席 2007 年国家科技成果奖颁奖大会载誉归来的张全兴教授。

出身贫寒 立志报国
中国工程院院士是国家设立的工程科学技术方面的最高学术称号,为终身荣誉。中国工程院院士的评选很严格,要经过三轮投票,而张全兴均以高票

当选。

本届新当选院士的平均年龄为60岁,即将步入古稀之年的张全兴雄心不减,他说:"当上院士不是事业的终结,我应该在科学事业上作出更多贡献。虽然人的生命有限,但是我要调整心态,锻炼身体,争取为党和人民再有效工作更长的时间。"

回忆自己的坎坷一生,张全兴感慨良多:"获得院士殊荣,是我一生从事科研工作的心血结晶,也是我的梦,今天终于圆梦了,作为贫农的儿子,我感到莫大的荣耀。我未辜负党对我的多年培养,也未辜负家乡常州父老乡亲的希望!"

张全兴夫妇在苏州拙政园合影

1938年,张全兴出生于常州戚区潞城邓家村。他从小家境贫寒,跟着父母四处逃荒。抗战胜利后,他在当地紫云小学就读,稍大跟随兄姐打工到上海,读了中学;1957年,以优异成绩考上天津南开大学化学系。在读大学期间,他一直是所在班级团支书。由于教育要与生产劳动相结合,因此,张全兴担任了南开大学校办厂树脂车间负责人。"1958年8月12日是激动人心的一天。"张全兴兴奋地回忆起当年与毛主席握手的情景,"毛主席从外地来到天津考察,第一站就是我的母校——南开大学,视察了树脂车间,毛主席与我握了手,亲切地询问了我们搞科研生产的情况,最后,毛主席还和我合了影。"这是张全兴最激动的一天,他又说:"这一夜我兴奋得一夜没睡着,当天晚上就写了入党申请书。"从此,张全兴树立了一颗"求学、成才、报国"之心。在大学里,他非常珍惜时间,学习刻苦,生活俭朴。因表现突出,他二年级就入了党,三年级就提前毕业留校任教。

28岁那年,"文革"开始了,张全兴被迫停下全部研究工作,一停就是10年。"文革"后,他如鱼得水,全身心地投入到科研工作中,成了南开大学有名的"拼命三郎"。

废水淘金　利国利民

把污水变清,让百姓安居乐业,这是张全兴科学生涯的核心追求。

1985年,从南开大学调到江苏石油化工学院任教的张全兴,看到迅猛发展的江苏乡镇企业带来了严重的环境污染,决定把过去合成的高分子材料用到环境保护上。在"六五"、"七五"期间,他成功地参与完成了三项国家科技攻关项目。1993 年 2 月,张全兴加盟南京大学后,更加快了对水污染治理的追求脚步。2001 年,张全兴主持的"树脂吸附法处理有毒有机化工废水及其资源化研究"项目获得国家科技进步二等奖。2007 年,张全兴主持的"水溶性、难降解有机污染物治理与资源化新技术"项目获得国家技术发明二等奖。

把化工企业排放的大量浑浊不堪、色泽深沉的有毒废水变成无色无毒的清水,并从中回收有用物质、变废为宝,这就是张教授的"大孔离子交换树脂及新型吸附树脂的结构与性能"项目获得应用后达到的结果,该项目荣获 1987 年国家自然科学二等奖。

2002 年 4 月 28 日,江苏南大戈德环保科技有限公司挂牌成立,张全兴任董事长。几年来,他们已帮助众多化工企业解决了迫在眉睫的环境问题,并为长江、太湖、淮河、海河、大运河、黄浦江等水质保护作出了贡献。截至目前,他们已在全国 11 个省市 30 多家企业建成有机化工废水治理与资源化装置 40 多套。这些装置有效处理的高浓度、难降解有毒有机工业废水达几十种,每年使 300 多万吨有毒有机化工废水实现达标排放。此外,还从废水中回收有机化工和无机化工原料约 7 万吨,直接经济效益约 1.5 亿元。昔日面临强制停产的"污染大户",如今一个个成为人人夸赞的"治污标兵",不仅抛掉了沉重的环境污染包袱,而且还取得了显著的经济效益和社会效益。张全兴形象地比喻说:"为治理污染,原来是企业往废水里扔钱,现在是要帮他们从废水里捞钱。"

有名孝子　情系家乡

张全兴是有名的孝子,他对父母、对家乡满怀深情,当年从南开回到常州工作主要的想法即为侍奉老母。他有五个兄姐,现在都病故了,其中有两位早年病故,某种程度上与环境污染密切相关,在他内心深处,治污环保是造福老百姓的一等大事,他愿意为此鞠躬尽瘁。"眼看老百姓吃不到清洁的水,身体受到糟蹋,真是于心不忍啊!"

多年来,张全兴开创的树脂吸附环保技术为常州创造了很多社会、经济效益,早在 20 世纪 80 年代,他就帮助二化厂治理含酚废水,取得了明显成效。近年,亚邦化工集团、江东化工厂、常州农药厂、有机化工厂、金坛激素研究所等近十家企业都"享用"过树脂吸附技术带来的显著效益,一批毒性很大的污水经过处理实现了达标排放,避免了对环境和人体的毒害,并产生了一定的经济效益。

张院士对家乡常州的环保事业非常关注,他说:常州是沿江濒湖城市,环境保护任重道远,责任重大,常州的环保工作对长江下游和相邻城市影响很大,要确保长江下游水质安全,常州政府不能有任何闪失。

张院士对常州化工企业的发展状况很了解,他说:化工是常州的重要产业,相对来说,常州化工企业规模小,布局分散,建议进行集中布局,使污水得到集中处理,对于那些规模小、治理难度大的企业,要贯彻中央和省政府的有关政策和规定,下决心实施关停并转。

张院士表示,他愿意为常州化工企业提供帮助,凡有需求的企业,可以直接与他所在的江苏南大戈德环保科技有限公司或江苏省有机毒物污染控制与资源化工程技术研究中心取得联系,他会尽力提供帮助。

原载 2008 年 1 月 18 日《常州日报》,合作者:张树焕、钱月航

情系教育写人生
——记全国优秀教育工作者,原武进区教育局局长夏诚

他,自 1992 年退休并于 2000 年改办离休后,已出版了 6 本厚厚的书,约 250 万字,真是硕果累累,令人敬佩。

他,离退后,一天未休息,一直扑在教育调研上,奔东赶西,足迹踏遍武进一个个学校,可谓呕心沥血,情系教育。

他,已取得了卓著的成果,却谦虚谨慎,总说"自己没有多大贡献,离党和人民的要求还相差甚远"。

他,就是全国优秀教育工作者、原武进区教育局局长、武进区农村教育综合改革研究会会长夏诚。

夏 诚

一、虚心学习 锤打自己

走过 77 个春秋的夏诚,出身于江苏省丹阳市的一个城市贫民家庭。青年时代的夏诚,由于家境贫寒,生活俭朴,十分懂得珍惜学习时间,因此他积极要

求进步,学习非常勤奋。早在建国前,他就加入中国新民主主义青年团。1952年 7 月大专毕业后,被分配到江苏省邮电管理局工作,并担任机关党总支宣传委员兼团总支书记。1957 年,夏诚响应省委号召:"到农村去当新农民",随即就被派到武进湖塘镇。在湖塘农村,他虚心向当地的干部群众学习,由于表现突出,只锻炼半年就于 1958 年被抽调到县委组织部当临时秘书,后又当县委办公室任副主任及代主任。1960 年 7 月他被任命为县文教局局长,1963 年他被抽调搞"四清"工作。"文革"后,夏诚担任县军管会、革委会新闻通讯报道组组长。夏诚在变换不断的岗位上总是虚心好学,他恳切地说:"党叫干啥,我就干啥,在干中学,学中干,只有实践才能出真知,只有艰辛才能锤炼自己。"这话一点不假,夏诚在担任县新闻报道组组长期间,他和他的同事撰写的新闻作品经常被新华通讯社和中央广播电台及省、市的新闻媒体录用,为宣传武进、反映武进、提高武进的知名度作出了积极的贡献,他也因此受到了县领导的多次赞扬。

二、勤奋做事　真诚待人

夏诚,真是人如其名,名副其实。1978 年 9 月,夏诚被委任县教育局局长。"任命我当局长,当时压力太大了,真有点不敢当……"夏诚感慨地说。的确,经过十年"文革"后的武进教育,真是千疮百孔,灾难重重:全县 1 000 多名老教师的冤假错案亟待平反,落实政策;全县 1 000 多所学校缺编 3 000 多名教师;全县校舍破旧不堪,有危房 20 多万平方米,还有许多学生还没有课桌,均在用泥草垒起的课桌上写字……夏诚面临着这些困难,看在眼里,急在心里,并暗暗思忖:"我是经过党多年培养的一名国家干部,既然组织上信任自己,而我何不挑起这副重担为党的教育事业做点实事,作点贡献呢?"于是夏诚决心放开手脚,在教育这个战线上大展宏图。这里列举三则小故事以窥一斑。

1. 改造危房,千方百计。上世纪 70 年代末、80 年代初,夏诚经常要下乡沉到基层学校搞调研,他一下去就是数天,吃住在学校。有一次,他在漕桥乡调研时发现漕桥中学的房屋破旧,还有许多危险房屋,学生在教室里上课,一旦遇到刮风下雨或下雪,很有可能房屋倒塌,危及学生的生命,于是夏诚亲自去当地乡政府和该乡领导商量如何解决学校危房的资金问题,可是当时由于该乡经济比较困难,实在拿不出资金来,这使夏诚心急如焚。过了几天,他又跑到该乡,找领导一定要千方百计解决学校的危房,前后去了该乡几次还是未得到解决。最后,夏诚想出了实在没办法的办法,约了分管教育的县领导一齐出马,终于较好地解决了漕桥中学的危房资金问题。后来,那位乡领导说:"真是被夏局长这种对教育事业锲而不舍的精神感动了。"

经过夏诚多年的不懈努力，全县 20 多万平方米的危房终于彻底得到修葺，学生们都能在亮堂堂的教室里安心上课了。由此，武进在改善办学条件、校舍建设方面，连续三年受到原省教委的表彰和奖励。

2. 带病工作，令人感动。夜深了，人们都已入睡了，可是夏诚的办公室还是灯火通明。为什么？因为夏诚白天下乡深入到各学校搞调研和指导学校工作，没有时间阅文件、看材料、写报告，这些事只能安排在晚上进行。1989 年，夏诚由于埋头工作，积劳成疾，严重胃溃疡，后在医院动了大手术，切除了五分之四的胃。夏诚在医院和家里疗养了三个月，就上班了。夏诚坦诚地说："因为看到有许多的事要我去做，我在家里实在待不住啊！"他的一位同事感动地说："按理说，夏局长当时已有 58 岁了，应该在家疗养 6 个月再上班的，可他对教育事业有一种执著精神，三个月后就带病上班了。所以，经常看到他在饥饿时拿着面包在啃。在教育局的办公室以及在基层总能看到他那不知疲倦的身影。"

夏诚的这种对党的教育事业忘我工作的赤诚之心以及务实、求实、扎实的工作作风，令全县教育系统的干部职工感动和敬佩。这一年，他被评为全国优秀教育工作者，受到原国家教委、国家人事部、全国教育工会的表彰奖励。

3. 心系教育，情牵民生。夏诚在推进人本管理中，将更多的校长和教师造就成推动全县教育事业发展的"栋梁"之材。他说：教育是一项阳光事业。教师是搞好教育的根本，真诚对待教师，就是真诚对待教育，就是一种良好的管理方法。为此，夏诚对校长、教师的工作和生活非常关心和关怀，并倾注了大量的心血。

20 世纪 80 年代末，前黄中心小学校长张兰阳患了淋巴癌，这对张兰阳来说无疑是一个沉重的打击。夏诚了解这一情况后，心急如焚，及时与前黄视导员商量，一定要全力以赴、千方百计为张校长治病，并与上海一家最好的医院联系，派最好的医生为张校长做手术。后来张校长在上海一家专科医院做了手术。由于手术很成功，张校长身体恢复很快，回家休养后，夏诚又立即登门慰问，使张校长全家感动不已。张校长由于心情好，体力很快就恢复正常，数月后便又上班主持学校的全面工作了。张校长出于对上级领导对他关怀的感激之情，对学校各项工作非常认真负责，由于各方面成绩斐然，张校长被评为江苏省劳动模范。

江苏省前黄中学的校长邹兴华的夫人原先是漕桥乡的一位农民。夏诚了解到这一情况后,为了照顾邹兴华的家庭生活,将其夫人从农村调到省前黄中学校办厂工作,从而使邹兴华能安心地做好校长工作。夏诚在关心校长的生活疾苦方面不知做了多少好事,至今,一些得到夏诚帮助的校长说起此事还是记忆犹新。

一个能立于不败之地的事业单位,必然注重人才,爱护人才。夏诚在提高教师队伍的素质的同时,积极争取劳动指标,将全县 2 612 名民办教师、优秀代课教师逐步转为公办教师,绝对数名列全省首位,从而改变了教师的结构,稳定了教师队伍。同时,夏诚狠抓在职教师的培训、进修和提高工作,在青年教师中积极开展"立志、立业、立功"活动,从而使全县的教育质量稳步上升。1987 年,武进县被江苏省教委评为"基础教育先进县"。1990 年,武进县被省、市政府确定为省、市农村教育综合改革试点县,还被确定为原国家教委指定参与全国农村教育综合改革实验区的联系县。

三、离休不离志 余热再生辉

"欣逢盛世,当倍加珍惜;岁月匆匆,当惜时如金。"夏诚告诉笔者说:"1992 年 7 月,我从领导岗位上退了下来,我首先调整好自己的心态,锻炼身体,争取在有生之年再为党的教育事业做些力所能及的事,作点贡献。"

离休后的夏诚,按理说应在家里享享清福,度度晚年了,可他不。他每天还照常上班,在武进农村教育综合改革研究会一干就是 15 年多。用他的话说:"我为党的教育事业工作,不觉辛苦只觉甜。"的确如此,夏诚离休后的工作热情仍然不减当年。

——平时他定期下基层,围绕区教育局的中心工作及群众关心的热点、难点问题,深入基层开展调查研究,对教育改革与发展中的有关经验与问题,及时写出调查报告、工作通讯、人物通讯、访问记等,每年约有 10 多篇供上级领导参阅。

——他及时发掘或总结有关乡镇与学校教改处的经验,写成新闻、通讯或论文等,向《新华日报》、《常州日报》、《武进日报》、《中国教育百家》等有关媒体、杂志投稿,先后发表章 90 余篇,其中《深化改革,迎接挑战——武进是实施农科教结合的实践与思考》一文被选入《中国"八五"科学技术成果选》,同时编入《中国发展文库》等书。

——为了总结交流全县乡镇学校的教改信息和研究成果,他集中主要精力,围绕武进教育的改革与发展这个主题,编审、出版了 6 本书籍,其中 1994 年出版个人专著《实践与探索》一书,约 13 万字,曾参与中国艺术系统全国性创作会评比,获全国一等奖;1997年主编出版《改革与腾飞》一书,约57万字,江苏教育出版社专送国家图书馆60本借读或存档;1998年主编出版《改革与辉煌》一书,约18万字;2001年,与横林中学老校长朱宝松合作主编《新槐》一书,约37万字;2002年编著《敢立潮头》一书,约25万字;2007年,编著《再创辉煌》一书,分上、下册,约60万字。

——围绕教育上重点、难点和群众关心的热点问题,夏诚进行深入研究和探讨,并及时组织人员召开研讨会。2002年,他们针对如何提高农村初中义务教育的质量,召开了专题研讨会。研讨会的召开,对提高农村初中义务教育质量起到了一定的促进作用。至今,他们已召开了6次大中型研讨会。

年届古稀心更健,寒梅越老越精神。"夏诚局长做人,诚;做事,实。"1963年就和夏诚一起工作的袁林生这样评价他,"办好武进教育,让孩子好上学、上好学,人才强国,这是他最大的心愿!"

社科理论园地的辛勤耕耘者

——记中共常州市委党校副校长沈建钢教授

在中国江苏理论网站点击省专家学者栏目,沈建钢那熟悉的照片和大名欣然跃到记者眼前,这不是我熟悉的党校老师、副校长沈建钢吗?

沈建钢

带着满怀兴奋的心情和对专家学者的敬意,日前,记者在中共常州市委党校采访了他,并被他的过去和现在所深深吸引。

一、从回乡知青到文科状元

走过 50 个春秋的沈建钢,出生于常州市五星街道五星村委沈家村。1976年,他从常州市第十中学高中毕业后,回乡来到了当时为常州郊区的五星公社五星大队沈家村生产队务农。由于年轻、勤快、肯苦,他很快就当上了生产队作业小组组长,"农业学大寨"人工开河时,他又当青年突击队队长,被推选当上记账员,协助并监督村会计的财务工作。沈建钢笑着回忆说:"在农村短短两年,就参加了三次开河(毛浦河、国棉四厂旁的大运河和本村的沈家河),把沉重的泥担从河底挑到岸上,虽然越挑越深,越挑越远,越挑越重,但也没有觉得苦和累。"

1977 年,我国改革高考制度的春风吹回了十届知青(1966—1976 年)的大学梦,沈建钢也是其中的一个。他那积极上进的性格使他迫切想读大学,这是年轻人的梦想,而且上大学能把农村户口转为城市户口,国家包分配工作,一股动力促使着他。白天,他参加生产队的集体劳动,休息时,把藏在裤袋里的书拿出来,坐在田埂上看书;晚上,躲在蚊帐里看书复习,由于纱蚊帐闷热,常常使他汗流浃背,他已不得不改换方法,把腿脚伸进瓮头里防蚊虫叮咬。功夫不负有心人,有志者事竟成。1978 年全国高考,他以常州郊区文科总分第一名的成绩,考上了江苏省名牌高校——南京大学历史系。一个回乡种田的知青终于踏进了人人向往的高等学府殿堂。

二、南京大学的三好学生

南京大学属全国一流名校,面向全国招生,在南京大学老的校歌歌词中有"要当南国雄"的豪气。沈建钢所在的班,78 级历史系在全国各地只招一个班,59 名学员,来自五湖四海,汇聚十届考生的出类拔萃者,各有各的优势和长处。沈建钢说:"起初时,自己在班里学习成绩只称中等,古汉语,没有基础;外国名著,基本没看过;文史哲基础,在班里也没有任何优势。硬是靠着自己的勤奋和努力,在教室和寝室熄灯后就到校医院的走廊里看书,学习成绩不断提升。"他的刻苦精神和学习成绩得到同学们的普遍肯定,在二年级就被评为南京大学优秀共青团员;在三年级时被民主推荐成班干部,还被评为每班为数不多的南京大学三好学生。沈建钢的一位同学叶皓(现中共南京市委常委、宣传部长),曾赞赏和勉励沈建钢:"诚实是你的美德,朴素是你的本质,刻苦是你的精神,正直是你做人的资本。"

三、勤奋耕耘的社科工作者

1982 年 7 月,沈建钢从南京大学毕业,被分配到无锡市人事局工作,具体从事全市科技干部的培训和管理工作。为了照顾家庭,1983 年底他主动要求调回常州工作,进入了常州市委党校,至今已 24 个春秋。他从一名普通老师成长为我市在党史党建学科方面的专家教授,从一名普通员工成长为一名分管市委党校主体班次教学和科研的副校长。

最让记者感叹的是他长期以来在社科领域勤奋耕耘的精神和多产丰硕的成果。他撰写或参与编写的著作有六部,公开发表各类学术文章 100 多篇,其中在省级以上刊物上发表的有 60 多篇,有的被人大复印资料全文转载,有的被多家网站收入转发。他在《学习时报》上发表的《我党历史上的五次学习高潮》,被多家报纸和网站争相转载。记者在新华网等主要网站也拜读过他的文章。

近年来,他十分注重常州市情市策和社会经济发展的研究,他组织撰写的《发挥工会平台作用,推进非公企业党建工作》获全省"五个一工程"优秀论文奖,他撰写的《增量民主,促进政治文明》获市"五个一工程"优秀论文奖,他组织调研的《非公企业主党员先进性的调查与思考》获省委统战部优秀调研成果一等奖,他的《构建和谐常州的指标体系研究》获市委研究室、市政府研究室优秀调研成果二等奖、全省党校系统构建和谐社会优秀论文一等奖。

在 2006 年 12 月的全市社科代表大会上,他荣获全市"优秀社科工作者",他还先后荣获"全省党校系统优秀教师"、"市立功者"、"优秀共产党员"等荣誉称号。

四、颇受欢迎的宣讲员

沈建钢同志以理论功底扎实,讲课概括性强、条理清楚、信息量大、通俗易懂、联系实际等特点,在党校讲课深受学员欢迎。同时,他也多次成为市委宣讲团成员。作为"三个代表"重要思想宣讲团成员,他在全市作《学习"三个代表"重要思想辅导报告》,既有理论深度,又有现实广度,还有政治高度;作为市委十六大精神宣讲团成员,他在机关、高校、乡镇的宣讲深受各单位好评;作为党的先进性教育活动的宣讲团成员,他深入工厂、农村进行党的先进性讲座,还被邀请到常州电视合作专题讲座。这次他又作为市委十七大精神宣讲团成员,在全市各单位宣讲十七大的主要精神。他那演讲式的授课特别吸引人,使广大听众感到一种美的享受和一次"精神大餐"的品尝。

五、名副其实的学习型家庭

不仅是沈建钢一个人爱好学习,他的家庭成员都爱好学习。走进他家的书房,藏书达数千册,各人有自己的书橱和写字台。他的妻子王琴毓是花园中学的语文老师,在中学从事语文教学20多年,是该校语文学科的领头人、高级教师,已连续11年教两个毕业班的语文课。她精益求精,认真负责,所带班级的语文成绩都能明显上升,学生的语文水平明显提高,在她所教的班上,还出过全市语文状元。她也获得过市教育局"优秀党员"、"优秀教师"等称号。

沈建钢的女儿在西北政法大学学习期间,有强烈的学习进取心,不仅政治素质好,在大学期间入了党,而且是西北政法大学的优秀大学毕业生,现正在攻读法律研究生。

正因为沈建钢一家爱好学习,2004年沈建钢、王琴毓被表彰为全市学习型家庭。

这些都是沈建钢获得的荣誉

常言道:一分耕耘,一分收获。沈建钢在社科理论这块园地上默默地辛勤耕耘,已取得了累累硕果。在此,笔者衷心祝愿沈建钢教授在漫漫的人生道路上,继续对社科理论进行深入的研究和探索,为繁荣和发展我们常州文化(特别是社科理论)作出新的贡献!

一个"老三届"的"公民意识"

——民盟常州市优秀盟员、常州市人民建议
优秀联络员金明德参政议政侧记

采访他不容易,他太忙。

每次到他办公室,总见他在劈劈啪啪敲键盘,下了班,机关静悄悄的,他还在敲打,一天工作十几小时;双休日、节假日朋友们找他,第一个电话就打办公室,准在。

天天如此,月月如此,年年如此。

年过半百的"老知青、老工人、老机关"了,前几年自学电脑,凭着扎实的普通话基础,他用紫光拼音打字直接写文章,打写出的文章格式严谨,一丝不苟,看了舒服,读了感叹。

金明德

"一般人到了50岁就不大肯写东西了,金明德的精神难能可贵。"市统战部黄部长说。

"忙什么呢?地球离了谁都转,何必这样拼命?"有人问。

"此生没机会做大事,参政议政罢了,哈哈!"他总是不无调侃地自我解嘲着。

有人说他是"工作狂",有人说他"不会生活",有人说他"痴鬼",有人说他"可惜"……

"随他人说去,走自己的路。"他总用鲁迅的话自勉,再补上一句:"一介布衣草民,混到这步田地可以了,有啥可惜的? 再说有效职业生涯不长了,抓紧时间'狂'一把吧。"

一

其实金明德这辈子可没瞎混,将近40年的职业生涯,丰富多彩着呢!

从17岁下放到兵团当知青,种过田,当过会计,"五好战士"的大红喜报被组织上寄回家乡敲锣打鼓送上家门,风光得很;后被选派到北方的国有大型煤矿当"工人阶级",先上山开山采石,勤学苦练,技术一路领先,团党委通报嘉奖,披红戴花的大照片挂在宣传橱窗,吸引了姑娘们爱的眼球;再到煤矿当了16年"特别能战斗"的"地下尖兵","为祖国和人民开采光和热",采煤、掘进、机电、运输样样在行,活脱脱一个"年轻的老矿工",被派出脱产攻读管理专业四年,毕业后谢绝留在大机关的安排而要求回煤矿搞管理,还兼过广播站站长;80年代到无锡国有企业搞企业管理;后又学了对外经济专业,在外贸单位当过进出口报关科长,当过机关三产法人代表总经理,还担任经济管理刊物和政府机关刊物主编十余年,参加史志研究和编纂工作多年……

比他的职业阅历丰富的人不多,他说这是一笔财富。不管干什么,他似乎没有专业限制，很适应各种岗位要求，靠的是刻苦钻研，埋头苦干，很快就能研究新问题，作出新业绩，创出新局面；既掌握了大量的国情民情，又积累了丰富的工作经验，如今作为参政党的宣传调研处长，搞点参政议政，真是如鱼得水，驾轻就熟，尽管有点像"苦行僧"。

有人赞扬他"有思想有能力"，他总说：不过用别人喝咖啡跳舞的时间，笨鸟先飞一下，充其量就像一个欲考第一的学生而已。

金明德在知识和业务、思想和作风追求上，永远是那么不满足和执著。

二

他的"工作狂"，其实根源就在于比一般人早点树立了"公民意识"。

"所谓公民意识，就是比一般农民或市民多一点事业心和责任感，用中国特色词汇叫做国家主人翁意识吧。"他如是说，也如是做。

早在 20 世纪 70 年代初，他在兵团连队当主办会计，对一斤稻谷成本高达 1.05 元（其时大米仅 0.14 元一斤！）的现象心急如焚：这样下去怎么能实现"中国应当对于人类有较大的贡献"呢？于是他夜夜攻读《毛泽东选集》，敬佩毛主席十分注重经济工作和增产节约的观点；经过在煤油灯下多个晚上的奋笔疾书，一篇《关于加强连队的思想和物质建设的建议》出笼了，很快受到各级党委的高度重视，兵团开展了轰轰烈烈的增产节约、民主理财运动，第二年产量大增成本大降。在那个突出政治的年代，敢于提出算经济账，是要有点勇气的，而他就"敢冒天下之大不韪"。

在外地工作期间，他针对国有企业中大手大脚和公物"大家拿"现象，针对安全生产和增产节约，针对改善矿工的物质和文化生活状况，针对企业管理中民主管理的现状等，曾写过大量论文、调查报告、建议、管理标准等，还编写过《"行为科学"在煤矿》的故事在报刊连载发表，宣传普及现代管理科学；在采写的大量新闻报道、人物通讯和报告文学中，他总是突出挖掘先进典型的"主人翁意识"。他被这些普通劳动者中先进人物的主人翁精神所折服，同时自己也在采访、调查、写作过程中，更加强化了不可多得的"公民意识"。

三

金明德对家乡有着割不断的关爱情结，关注着常州发展的每一个步伐，执著地盼望常州能创出中国一流的大手笔重大项目。

早在 20 世纪七八十年代他在大学读书期间，以一个天涯游子的激情流着热泪完成命题作文《我的家乡——常州》,全面介绍了常州几千年的历史和现代突飞猛进的发展,描写了江南水乡常州人的市井生活和城市个性,在北方的校园里引起轰动,各地师生提到新型名城常州就肃然起敬。

20 年的外地工作,免不了经常探亲、出差,他不但在南来北往的火车上大力宣传常州,还在每次回常州时骑上自行车围着古运河转悠考察。于是在 10 年前,他在全市第一个写出了《总体规划运河两岸,建设常州"十里秦淮"》的建议案,提出了完整的古运河保护开发"民间方案",不但被评为"九五计划献计献策"一等奖,编入《再创辉煌》一书,还被热心市民复印后寄给市长,得到了市长的批转;几年后他应有关部门要求,围绕建设特大城市对此建议案进行了修改完善,再次得到新一届市长的批转;近几年,他和民盟市委副主委李永达一起多次被市规划局、民政局、建设局等邀请参加《常州古运河、关河地带城市概念性设计》和新运河大桥桥名、常州地名改革等专家论证会;前年,古运河课题被列入民盟市委在政协大会的集体提案;去年,此课题又被纳入市级重点调研课题,他在市委统战部领导下执笔将其提到《常州古运河经济带保护开发研究》的高度,以"七党一联"联合调研的名义再次提交市委、市政府,获得一等奖,并被市委宣传部、规划局等部门联合邀请在亚细亚影视城作专题演讲,得到广大市民的高度赞扬,许多素不相识的人在报告会后来电索要课题全文;最近东南大学和市规划局编制的古运河新一轮保护开发规划中,多处采纳了课题中的观点和建议。

市民们说:如果真能按照金明德提出的思路改造古运河,常州不要太美丽、太有特色啊!

四

金明德的"公民意识"岂止表现在一条古运河上?随着社会的转型,各类社会矛盾和民生问题不断涌现,参政党员任重道远。面对国家发展和民众生活现状,这个走南闯北几十年、当过工农商学兵的"老三届"坐不住啊——他用稳稳地坐住三尺案头来表达自己的坐不住。

1995 年 10 月,他针对交通秩序问题,经过长期考察,撰写了《关于实施交通设施新工程之建议》,在常州首次提出建造地下通道、人行天桥和实施道路隔离化管理的意见。不久,常州第一座地下通道在文化宫十字路口建成,尽管只有半幅;市区的主要道路也开始实行快慢车隔离管理。

2002 年 6 月,他针对常州老地名不断消亡的状况,撰写了《关于常州路名及其相关管理的建议》,提出路名要从历史文化、国内省市、国际名城、名山大川等方面,按区域、分方向有序命名,以分别体现常州的历史文化底蕴、向全国和全世界学习与开放的胸怀并方便百姓记寻等。范燕青市长亲自批示曰:"请俞市长、孙市长阅,多参考各方意见,很有益。"当年新北行政区成立,路名就用名山大川分向命名。

2003 年 4 月,他看到外地发生"非典"的报道后,马上意识到问题的严重性,立即向市委、市政府提出 6 条紧急建议,建议打一场全民动员防止"非典"的"人民战争"。两天后市委、市政府就全面部署防"非典"战役;7 月,他提出的《建设常州发展史文化标志性建筑区群》刊登在《常州日报》"我为龙城建设献一计"专栏并获奖。

2004 年 5 月,他针对市区居民在住宅"平改坡"问题上的多年矛盾,经过调查研究,写出《关于"改坡"的建议》,提出不能一禁了之,要考虑平顶住宅居民的苦衷,将"平改坡"统一纳入政府为市民办实事范畴,有计划按步骤地分批实施;12 月,他得知中华恐龙园要扩建的信息后,撰写了《突出地方历史文化,建设"中华龙文化旅游城"》的建议,蒋新光副市长批示道:"此文很有见地。搞好'中华龙城'的规划、策划及建设确需集思广益,此为百年大计。请市旅游局、新北区旅游发展总公司阅,并认真研究思考,以利旅游业的科学发展。"

2005 年 4 月,他针对建设和谐社会的重大任务,经过长期调研思考和查阅大量历史文件,写出了《关于建设和谐社会应从根本"解困"抓起的 10 条建议》,其中有"率先调整分配方针为'公平第一,兼顾效率';统一制定法规法令,严控农村'圈地'和城乡企业'经济型裁员',把失地农民和下岗人员比例降下来并争取早日为零;改善工人阶级的境遇;迅速降低'基尼系数';建立贫困人员政策性分配就业机制;提高最低工资、最低生活费和 60 年代精简下放人员的'定补'标准;大力开展慈善事业;严厉党纪国法,坚决制止公权官员公费挥霍"等等,得到了市委、市政府的高度重视。市委书记范燕青批示说:"请召集有关方面作些研究,以使在市委、政府部署工作中有些可及时考虑";市长王伟成作了充满激情的批示:"所提建议很好,政府应很好研究吸取。人民政府人民选,选出政府为人民。我在第一次政府成员扩大会上就提出了'以人为本'的为政理念,市政府各分管市长应该结合自己的工作,做一些调研,看看人民群众最关心、最希望我们解决的问题是什么。然后理出几条,制定出我们今后一个阶段政府工作的重点";市委秘书长盛克勤批示说:"初步意见拟先请'两办'(含研究室)负责人共商一次,使其中合理化的内容及时进入视野,重要课题作专项研究深化。"

　　一个参政党成员的建议，同时得到中共常州市委和市政府首脑如此一致的高度重视，而且这种重视不是停留在"批示"阶段，更重要的是在近两年来的市委和政府的决策中，出台了许多关乎国计民生的重大政策和举措，其中调高最低工资、最低生活费和60年代精简下放"定补人员"的定补标准，大力开展慈善事业使常州市成为全国该事业发展最快的城市，特别是今年7月出台的《常州市市区"知青半家户"及六十年代精简下放职工等城镇老年居民养老补贴暂行办法》等重要政策，就采纳了10条建议中的好几条，是"及时考虑"、"及时进入视野"和"很好地研究吸取"的最明显体现。

　　2006年9月，他针对市区人行道问题又写出《关于把人行道早日归还行人的建议》。孙国建副市长立即批示："建议很好。请市城管局、公安局、规划局、建设局等部门明确职责、抓好落实。"近来人们欣喜地看到，全市进行了大规模的人行道改造和管理，现在的人行道出现了前所未有的新面貌。10月，红梅公园改扩建，他又写了9条建议并获奖。

　　不仅如此，他在参政议政中还十分善于抓大课题、新课题研究。

　　在刚结束《关于振兴常州东部戚区经济的调研建议》后，他在市委统战部领导和兄弟党派的共同努力下，又完成了《关于常州生态文明建设的思考和建议》、《构建城市生态交通体系的调研和建议》等。其实关于生态城市的研究，早在2003年6月，他就和江苏工业学院副教授任衣伟合作，写出了《塑造生态形象工程　建设现代美学城市——关于常州生态城市建设调查与特色取向的若干理念和思路》的建议论文并获市二等奖。这些研究的前瞻性意义在于其正与中共十七大首次提出建设生态文明的重大战略任务相符。

　　金明德怎能不忙？发挥智力优势为社会服务也是民主党派参政议政的另一方式——清潭中学组织"运河寻梦"夏令营，他应邀向中学生作《古运河的昨天、今天和明天》的主题演讲；天宁科技局进行科技拥军，他应邀为消防官兵作常州历史文化报告；荷花池街道、朝阳街道、蓝天学校、天皇堂社区、武警支队等单位要充实和新建图书馆，他经领导批准后送去上万册图书，并为社区居民作《怎样读书与思考》的辅导报告；民盟综合支部、北郊中学等支部搞组织活动，他应邀作《常州革命史》和民盟史宣讲；武进区委统战部举办各民主党派调研工作培训班，他应邀作《公民意识加知识广度和思维深度》的讲座；市委统战部要编写《同舟华章》一书，请他在写作培训班上作《新闻通讯和报告文学的写作方法》主讲；妇幼保健医院要编史修志，他应邀前往作史志业务辅导报告……

　　在2007年即将过去的时候，他为今年的人民建议工作"欠了账"而感到深深地歉疚。在年关的最后一个月,他又拿出了关系国计民生问题的一揽子建议……

他把原常州市政府副秘书长、现江苏省广电总台副台长张建平的书法装裱后挂在卧室,上书他拟的文句"居高忧民 处远怀国",秘书长落款时添上一句:"与老金共勉"。

金明德居不高,他幽默地说"住在一楼";也不处远,他就工作和生活在这个城市的人民群众中间。他以一个"老三届"知青时代起就开始培养的牢固的"公民意识",在长期的社会实践中,在平凡的工作岗位上,几十年如一日,坐着"冷板凳",干着热心事,为我们的国家兴旺、为我们的人民幸福而鼓与呼……

撰写于 2007 年 12 月 18 日,合作者:钱月航、周逸敏

博　爱
——记常州市天宁区政协委员、武警常州消防支队卫生队队长黄家伶大校

他,高高的个子,戴着一副近视眼镜,穿着一身白大褂,正在一丝不苟地工作,为烧烫伤的病人清洗、消毒、敷药、包扎,口里还不停地安慰着病人;他,对病人充满爱心,有着高超的医术、高尚的医德、人格的魅力。他,就是常州市天宁区政协委员、武警常州消防支队卫生队队长、常州市中西医结合学会理事、烧伤专业委员会副主任委员、主任医师黄家伶大校。

一、全心全意,治病救人

走过 51 个春秋的黄家伶,笑称自己是常州消防支队最老的一个兵,此话不假。1976 年他入伍来到武警常州消防支队,1982 年从南京医科大学毕业后又志愿返回部队——常州消防支队。那时的卫生所还是一个只有 9 平方米的小屋,加上一只只放置一些常规药的小药柜。一个医生带着一个卫生员,坚守岗位,努力拼搏,白手起家,钻研业务。20 年来,黄家伶作为部队卫生队的基层领导和医务工作者,积极探索基层卫生工作的特点,用高超的医术和热情的服务全力做好广大官兵的医疗保健工作。在部队医疗经费有限与官兵的医疗标准不断提高的矛盾日益加剧的情况下,他与卫生队全体医务人员团结一致,

克服各种困难,在不靠外援、不依赖上级拨款的情况下,自力更生开展便民服务,科技兴队,用业务收入填补部队卫生经费的不足,使设备条件简陋、技术力量薄弱的卫生队发展成为具有 500 多平方米工作场所,并且购置了一部分医疗设备,健全了部分科室和病房,使之具有一定技术能力的基层卫生保健单位。

黄家伶

黄家伶常说,圆满完成部队的后勤保障工作是他的天职。根据消防部队驻地高度分散、战备值勤任务繁重的特点,作为消防支队卫生队长,他坚持"预防为主"的工作方针,组织医务人员经常深入基层中队和训练场地做好医疗保健工作,宣讲卫生常识。根据不同季节和疾病流行情况,有的放矢地指导基层中队落实卫生防疫措施,减少发病率;为官兵建立健康档案,对新战士做好身体状况的跟踪检查,组织全体干部开展健康普查,提高部队官兵的整体健康水平。多年来整个部队未发生食物中毒及传染病流行的现象。

烧烫伤是消防战士在灭火战斗中时常发生的事,地方老百姓也经常发生类似事故,而这些事故的 80% 以上是中、小面积烧烫伤,如果掌握良好的医疗技术,基层医疗单位也能开展治疗。而过去只要发生烧烫伤,患者就送大医院治疗,价格昂贵,而且病人往往因需手术植皮经受很大痛苦。如何在短期内极早治愈患者的伤口,减轻他们的痛苦,降低费用,这是摆在黄家伶面前的一个新课题。2003 年 4 月 15 日,金坛消防大队直属中队指导员陈明华同志在扑救一所民房火灾时不幸被倒塌的墙体压在下面,当战友们冒着生命危险将他救出时,他已被火焰严重烧伤,当时被送往当地一家医院急救,根据陈明华同志的伤情,院方认为需要十几万元的医疗费用。金坛消防大队即刻向常州支队领导作了汇报,支队领导征求黄家伶的意见,能不能为陈明华同志开展治疗。当时陈明华除了全身二度烧伤外,其左大腿因长时间压在一根燃烧的木桩下已造成严重的烧伤,左膝已可看到骨骼。黄家伶完全可以借口技术力量薄弱、条件简陋推托掉,但是,面对战友的伤情退缩将严重影响卫生队的声誉。而且如果接受对陈明华同志开展治疗的任务,将承担较大的资金和医疗风险,对此,黄家伶召集卫生队的几名主要技术骨干,进行了研究,认为只要我们抱着对战友极端负责的态度,发挥我们的最好技术能力,认真为战友治疗,还是有把握治疗陈明华同志的创伤的。第二天,陈明华转到卫生队病房后,几名技术骨干轮流看护,制订周密的治疗方案,使其很快度过了危险期。经过半个月的治疗,全身二度烧伤的创面均已愈合,而左大腿的深度烧伤创面开始腐败液化,散发臭味。医务人员每天从不因为怕苦怕脏而有半点马虎,细致地为陈明华清洗创面,去除坏死组织,更换敷料,使陈明华深受感动。由于深度烧伤面积较大,自然愈合时间很长,治疗困难,同志们为了减少陈明华同志的手术痛苦,从未有厌战情绪,前后经历了三个多月,终于使其大部深度烧伤创面均自然生理愈合。为了减少左膝关节今后的功能障碍,对小块未愈合的三度烧伤创面进行了小面积的植皮手术。现在陈明华同志已重新战斗在消防工作的第一线,左腿创面愈合良好,左膝关节功能基本恢复,对日常工作、生活的影响很小。卫生队在整个治疗中的开支仅几千元,为部队节约了大量经费,尤其是看到自己受伤的战友重返工作岗位,大家感到由衷的欣慰。榜样的力量是无穷的,在黄家伶同志的带领下,卫生队党支部在 20 多个支部中以高票被评为"优秀党支部",作为支部书记的黄家伶也被评为"优秀党务工作者"。

二、服务地方　造福大众

10 多年来,卫生队在黄家伶同志的带领下,克服人员少、工作任务重的困难,始终牢记人民军队"全心全意为人民服务"的宗旨,热情接待每一位伤病员,治愈烧烫伤患者 2 万多人,受到人民群众的好评。常州市原市委书记李全林、市长范燕青曾视察过卫生队,对卫生队的工作给予了充分肯定。治疗烧烫伤到消防支队卫生队已是常州老百姓悉知的事。他们自行研制的烧烫伤药膏具有疗程短、痛苦小、治愈率高的特点,慕名而来的患者络绎不绝,平均每天治疗 50 人次以上,多的时候一天要治疗 100 多人次。

有一次,武进区马杭乡一位 60 多岁的村民右手臂不慎被烫伤,在某医院治疗已花去 2 000 多元仍不见好转,无奈之下慕名来到消防支队卫生队,仅换药 10 余次,用去 200 多元医药费就痊愈了,病人大夸是神医神药。2000 年 3 月,一场大火烧毁了市区居民蒋勤芬一家,导致多人受伤。蒋勤芬本人全身三度烧伤面积达 90% 以上,生命垂危,在某大医院接受抢救,很快就花光了全家的积蓄和社会各界捐助的 10 多万元,依然被死亡的阴影笼罩着,做植皮手术还需要 10 多万元。蒋勤芬夫妻均是下岗工人,治疗费的短缺使全家陷入了困境。黄家伶从报刊、电视上得知蒋勤芬一家的不幸遭遇后,同意为他们继续治疗,先是治好了男主人林巧生的伤,黄家伶还雪中送炭,慷慨解囊 300 元以解燃眉之急。为减轻患者经济负担黄家伶特地在蒋勤芬家开设了家庭病床,不管是刮风下雨还是双休日,坚持亲自上门治疗。经过近两个月时间、70 多次上门服务,蒋勤芬终于摆脱了死亡的威胁,已基本痊愈。为感谢卫生队医生的救命之恩,蒋勤芬一家东挪西凑8 000元钱,万般虔诚地酬谢劳苦功高的黄家伶。黄家伶坚决拒绝,并真诚地安慰病人说:"如果为了钱,我们就不会来了。我们是消防部队的一员,人民利益重于泰山。"寥寥数语,表达了他对人民的拳拳爱心,令蒋勤芬一家热泪盈眶。黄家伶主动急人民群众所急,不收一分钱不受一份礼的事迹在常州被传为美谈,影响很大。江苏电视台作了专题采访,并在当红栏目《情感超市》中播放。

不久前,武进横林镇一名患者下肢深度灼伤,由于治疗不当延误了时间,导致创面溃烂深达骨骼,经有关专家会诊认为要做截肢手术。患者儿子慕名来到消防支队卫生队求诊,黄家伶运用他长期实践、探索完成的科研项目"硬纸板加压包扎治疗小面积深度灼伤"的技术,经过3个多月的科学治疗,患者的下肢不仅没有截掉,而且伤口渐渐愈合。患者及其家属的感激之情溢于言表,一个劲地称赞"奇迹!奇迹!"并向卫生队赠送了"医德高尚、医术精湛"的锦旗。黄家伶及其卫生队应用高超的医术为成千上万名患者解除痛苦,谱写了一首警爱民的凯歌,为此,该卫生队受到武警江苏总队的集体嘉奖。黄家伶说,为群众治疗烧烫伤,卫生队仅收些药品成本,主要是从造福人民、密切警民关系出发,个人苦点累点算不了什么。看着一个个治愈的患者康复而去,黄家伶打心眼里高兴!

三、科技兴医　勇攀高峰

黄家伶认为,医学无止境,要不断进取,开拓创新,因此,他在做好部队医疗保健工作的同时,与时俱进,坚持搞好医疗科研。多年来,他积极开展中、小面积烧烫伤的治疗研究,采取中西药结合的方法配制烧烫伤药膏。经过长期实践和摸索,他总结出了一套适合基层开展的治疗中、小面积烧烫伤的有效方法,治愈烧烫伤患者两万余人,烧烫伤药膏也获得了国家专利。他先后在全国武警部队和地方烧伤学术会议及各类杂志上发表论文10多篇,同时完成了"硬纸板加压包扎治疗小面积深度灼伤"科研项目,通过了由常州市科委组织的专家技术鉴定。该技术对降低小面积深度灼伤疤痕的发生率有显著效果,且患者不需植皮,痛苦小、费用低,治疗不受环境条件的限制,受到了广大患者的欢迎。论文《硬纸板加压包扎对防治小面积深度灼伤疤痕发生的价值》在《武警医学》杂志发表后,被国家卫生部有关部门推荐参加了在韩国举行的"99'国际医学美容、整形学术交流会",并获得优秀论文证书。2002年,他出席了在北京举行的第二次世界中西医结合大会,会上交流了《陈旧性深度烧伤小创面治疗的探讨》论文。2003 年 5 月,该论文在《中华中西医药研室临床杂志》发表。现任全国烧伤中心主任的夏照帆教授对黄家伶及其卫生队取得的成绩表示高度赞赏。黄家伶带领的卫生队在烧烫伤方面先进的治疗技术也引起了外国朋友的兴趣。英国与新西兰的朋友与卫生队开展了学术交流。来华旅游的非洲小朋友海琳不慎烫伤来卫生队求治,在黄家伶亲自治疗下得到了较快的恢复。

黄家伶依靠科学的治疗方法为患者解除了痛苦。鉴于他的显著业绩,他多次受到团以上机关的表彰,先后荣获"常州市百佳文明市民"、"市优秀医务工作者"、"优秀党务工作者"称号;荣立江苏省公安厅授予的三等功一次和江苏省消防总队授予的嘉奖;2006 年,他光荣当选了中共常州市第十次党代会代表。

当上了天宁区政协委员的黄家伶,时刻不忘一个政协委员的责任,积极参政议政,建言献策,主动参加政协活动,2003 年他被区政协评为先进政协委员。他的《加强对外来务工人员素质教育》的提案,得到了区人事劳动保障局的高度重视。目前,区人事劳动保障局已组织外来务工人员进行各类岗前培训数万人次。近年来,他还提交了关于加强社会治安及消防工作方面的提案,及时反映了广大人民群众的呼声,得到了有关部门的高度重视,并且及时采取措施予以解决。因此,大家称赞他既是一名优秀共产党员,又是一名合格的政协委员。

原载 2007 年《常州政协》第 5 期

孟河医派的传承人

——记一代名中医徐迪华

他,一生好学,热爱中医,长期临床;他医术精湛,学术成果丰硕,曾到美国旧金山、洛杉矶等地讲课;在上世纪九十年代初获得"全国首批国家中医药管理局名老中医药专家"称号,并享受国务院特殊津贴。他,就是现年 85 岁的一代名医——常州著名中医师徐迪华先生。

近日,笔者专程来到徐老女儿的家(徐氏诊所)进行采访。徐老虽年逾古稀,但看上去仍气宇轩昂,我们寒暄了一会后,便在亲热而轻松的气氛中拉开了话题……

一、学医从医 60 载

"我出生于武进马杭一个书香门第的家庭,少年曾在常州辅华中学高中读书,肄业后先任小学教师 2 年。1943 年 3 月,我投拜孟河医派费氏传人——全国著名中医师屠揆先为师,习医 3 年有余,并随师临证。"徐老回忆说。

1946 年,徐迪华出师行医,在本市东郊开设私人诊所,就诊患者以平民为主,他上午门诊,下午出诊,不计劳累,不计报酬,深更半夜出诊,甚至往返一二十里,还为贫病者减免费用。临证时详细问诊,中西结合,博采众方,疗效显著,六年中积累了丰富的临床经验,因此名声鹊起。

1951 年,徐迪华先后参加了常州第一期中医进修班,研习中医药经典著作及西医药知识,至 1954 年结业。这一时期的悉心钻研,为徐迪华一生从事中医事业成为一代名医奠定了良好基础。

1952 年,他响应政府号召,加入常州市水门桥联合诊所,任所长及内科主治,兼东郊地区防疫负责人,又兼市卫生工作者协会常委,负责审查中医协会会员资格。

在十年浩劫的特殊年代,他被下放到农村,环境变了,但他依然兢兢业业工作,作风一如既往。需要送医送药时,他常风雨无阻,前往农村基层;抢救病人,有时通宵达旦;遇危重病人,曾多次亲自护送至市内医院。1974 年,当地菌痢流行,为掌握流行病原体,他亲自采集大便样本,设法送至武进县防疫站检验,搞清了病原体是福氏痢疾杆菌,下情上达,从而使武进县防治部门及时下达了得力的防治措施。痢疾,婴幼儿腹泻是农村常见病,遇到顽发病,他就地取材,发掘鲜铁苋治疗急性菌痢,用芋芳食疗婴幼儿腹泻,治好多例危重病防,并发表相关报导。1978 年,他受邀参加武进县第一次科技代表大会,受到表彰。

1978 年,党中央召开十一届三中全会,拨乱反正,徐迪华被调至常州市中医院工作,在该院期间,他坚持提前上班,推迟下班,上午门诊,下午搞科研,先后任内科负责人兼急诊室、老干部病房的查房工作。1982 年他受命筹组常州市中西医结合研究会,任常务副理事长及省中西医结合学会理事。1985 年至1990 年他担任医院中医研究所所长,推动全院开展科研工作,为促进医院成为三甲医院作出一定贡献。1988 年,该医院成为南京中医药大学附属医院后,他被聘为兼职教授。

在徐老的医务生涯中,他不仅善于总结临床经验,而且敏于探索新知。他对哮喘、原发性高血压、脑梗塞的发病原因和治法有独到见解,发表了相关论述,被国内医界接受。他创新治疗疑难杂症的治法有 10 余种,例如"宣瘟泄浊法"治散脑,"熄风定痫丸"治疗癫痫大发作,"加味苦黄汤"治疗郁胆型肝炎,"龙胆泻肝汤"加减治疗胆汁返流性胃炎,"新方大柴胡汤"治疗胆道术后综合症,"阳和熄风汤"治Ⅲ期高血压心肾阳虚症等,均有较好疗效,被有关书籍登载。

他主搞"中医电脑证治慢性支气管炎"获省、市的科技成果奖;他主搞"肥儿消化散"临床观察 332 病例,获省级科学技术进步奖;他完成了中医四诊信息量级化、中医证侯的动态变化、阴阳脉法的科学内涵、中医临床思维过程等理论研究,发表了 5 篇重要论文,其中"论中医证的临界状态"一文被中医研究院等权威机构誉为现代证候学中的创造性发现,全国中医学会理论研究会把它作为新理论向全国推广。为了验证他的上述理论,他于 1987 年至 1990 年率领门生申春悌、王彩华等开展了"运用量级值概念、临界理论,提高中青年医师辩证水平研究"的项目,获省中医管理局科学进步奖,此项成果在省内外 60 余家医院推广。大大提高了临床医师的辨证方法的水平,取得了较好的社会效益。

他在市中医院任职 19 年,每年被评为先进,两次评为市级劳模,1987 年卫生部授予全国卫生文明先进个人称号,1992 年享受国务院特殊津贴。

二、医德医风受人赞

徐迪华,从医 60 余年,他继承和发扬了孟河医派名医屠揆先"谦虚热忱、善待病人、详审精治、忘我服务"的医德医风,受到广大患者的赞誉。

——崇尚孙思邈大医精诚及白求恩救死扶伤精神。徐迪华在学医之时,即钦佩孙思邈大医精诚的准则;解放后,他又接受党的教育,反复学习白求恩救死扶伤的精神,因此对病人不分贵财贫富,均视为亲人。上世纪五、六十年代,在他开设私人诊所及参加联合诊所时,经常对贫民患者免费;郊区农民要求深夜出诊他从不拒绝,对赤贫者送诊送药。六、七十年代他在农村巡回医疗及乡村医院时,不分风雨寒暑,坚持下大队巡回医疗,送医送药上门。遇农民患重病不能送院治疗时,经常夜宿患者家,连夜抢救。遇有溺水幼儿,不避污秽,立即实施口对口呼吸急救。遇有消化道大出血及产妇大出血病例,他边抢救边护送,多次通宵不眠,毫无怨悔。

1947 年 4 月,他诊所开业不久,去棚户区为一陆姓病孩诊病,患儿高热、昏迷、抽搐,诊为流脑,嘱送当时唯一的武进医院救治。陆家赤贫,病孩的母亲已亡,祖母欲放弃治疗。徐迪华目不忍睹,买来紫雪丹并免费为病儿注射大剂量青霉素,连续用药五天,后渐康复。上述两药在当时价格昂贵,但并不富裕的徐医生,却能慷慨解囊付出自己一个月的收入,事后,病孩祖母跪谢,徐医生宽言安慰,未取分毫酬谢。

——详尽诊断,正确治疗,重视预防的医疗作风。徐迪华经常说:"作为一个好医生,应该具有详尽诊断,正确治疗,重视预防的医疗作风。"因此他诊病比较详细,竭望、闻、问、切之能,并运用现代医疗技术,协助诊断。遇疑难杂症,及时组织会诊,以求早其确诊。他在诊治疾病后,做好医嘱,并作防治宣教。在 1950 年至 1958 年期间,他任水门桥中医联合诊所所长、兼地段防疫小组组长时,率领同仁为该地段万余居民接种疫苗,普查寄生虫病,夜以继日,不辞辛劳,八年如一日,常超额完成任务,多次受到上级表扬。

——科研工作中的献身精神。徐迪华一生重视科研,他认为:医生的职责,不仅要精心治疗疾病,使病员早日康复;同时还要不断总结经验,有所发现,有所创造,推动医药事业不断前进。因此,他很少休闲娱乐,下班之余,就是看文献,找资料,发掘整理,经常工作十几个小时。1978 年他进入市中医院之后,他主持了"中医电脑证治慢性支气管炎""肥儿消化散"两项省级课题,在此过程中,他克服各种困难,未向协作单位求援;在院白天照常上班,凑出早晨黄昏时间追访病家,冒暑淋雨,毫无怨悔。两项成果,先后通过省级鉴定,获得省级科技成果奖。他在带教工作中发现较多的进修生和实习生,缺乏证候学及脉学知识,对四诊信息的取舍和诊断标准缺乏准则。为此他决心投入中医证候学、脉学、四诊信息量化和辩证方法学等方面的研究。这是一个庞大的课题,他先后花了三年时间,解决了它们的理论问题,发表了 5 篇重要论文。其中"论中医证的临界状态"一文,在北京中医药大学学报专栏发表后,受邀去中医研究院及卫生部证候规范会议上作了演讲。完成这批理论成果后,他身体多病,理应休息,但他并不满足,决心要把这些理论作临床验证,因此,又开展了"运用量级值概念、临界理论,提高中青年工程师的辩证水平的研究"的课题,率领课题组人员在常州、苏州、无锡、金坛三市一县的中医院作临床验证,又历时三年方才完成,完成后,向 60 余家中医院推广。之后,他又花二年时间著成《中医量化诊断》一书,此书被评为 1987 年江苏省优秀科技著作,获第四届世界传统医学大会金像一等奖。徐迪华于 1998 年退休,时年 75 岁。退休前后,他因劳累过度,球溃三次大出血,生命危殆,最后手术治疗。出院后,白发苍苍的他犹壮心未已,又历时 8 年著成《中华脉诊的奥秘——200 幅脉图解析》一书出版发行,获华东地区 19 届优秀科技图书奖。此外,他还写成《证候系统诊断与动态治疗》、《中医辩证方法十二讲》两书的初稿,约 60 万字。

——弘扬祖国中医传统文化,传承孟河医派医术。徐迪华经常说:"孟河医派是尚存为数不多的中医流派,更由于她有延续传承近 400 年的历史名扬海内外,是可以代表我国典型的传统中医流派之一。因此,继承孟河医派,也就是肩负着把祖国优秀的传统中医传承下去的重任,其意义非同小可,这对于保护中华民族优秀的文化遗产具有十分积极的意义。"为此,他积极培养下一代。他的带教方式是:一、指定哪些书籍必需认真研读;二、在带教时经常提问,要求学生回答,进行修正;三是授以自己的四诊技巧和辩证诊治方法。因此他的这些施教方式受到了学员的欢迎,他所带教的学生,有较多成为孟河医派的后起之秀,例如现为省突出中青年医师、国家新药审批评审委员的申春悌主任中医,现在南京中医药大学任教的张端珣、施德欣教授,都受过他的熏陶。在上世纪七十年代起,徐迪华又把自己的女儿徐剑秋、孙女徐丽敏培养成为比较优秀的中西结合医师,由她们协助完成了一生中三部重要著作。徐迪华在巡回医疗队和武进县行医时,多次对赤脚医生进行授课,他根据学员需要,精心备课,深入浅出,以生动活泼的方式,进行讲解,连续2～3小时讲课,换来了暴风雨般的掌声,对他来说行使了自己的天职,得到了终身难忘的回报。

1992年,他受邀去美国旧金山、洛杉矶等地讲学,弘扬中医。在国内他先后受邀去北京中医研究院、南京中医药大学研究生部、上海中西结合学会等地讲学。2006年,他受邀去深圳市中医药学会,广东省中医院讲授中华脉学,均受同行好评。

那么,如何将古老的中医一代一代传承下去?徐迪华的女儿徐剑秋对记者感慨地说:"我父辈原汁原味的继承了孟河医派的医德医术,而我不希望中医在我们这代人身上失传。因此,我要接过父辈的火炬,继续传递下去"。

中医药学的继承在很大程度上是离不开名医传承的。如今,徐迪华的女儿徐剑秋、他的孙女徐丽敏祖宗三代均从事中医这行,堪称是中医世家,特别是徐剑秋、徐丽敏她们刻苦钻研技术,既继承了传统中医,又吸收西方医学,做到"古为今用,洋为中用",中西结合,与时俱进,不断创新,在学术研究上也颇有建树,成果颇丰。在此,笔者衷心祝愿已经延续近400年的孟河医派在中华文明的发展历程中,继续传承,发扬光大。

合作者:徐立克

魂 系 科 研

——记中国农业科学院教授章琦女士

9月4日,在武进市稻麦良种场的百亩水稻种子方里,只见有位头发花白、戴着眼镜、衣着朴素的女子站在田头,她一会俯身探视,一会儿举目远望,像是哥伦布发现了新大陆。她,就是中国农业科学院作物育种栽培研究所的教授章琦女士。

今年62岁的章琦,15岁时就离开家乡厚余镇北上求学。她从沈阳农学院毕业后又到菲律宾国际水稻研究所以及美国的堪萨斯州大学进行深造。80年代初,她又先后4次在国际水稻研究所进行水稻多抗性的研究。国外一些合作者(水稻专家)一再挽留她在国外多合作几年,但她认为,国内急需组建我们自己的水稻科研队伍。为此,她于1984年6月毅然舍弃了国外搞科研的优越条件,回到祖国怀抱。

章教授认为,水稻上有些病虫害单靠农药来防治效果不一定会好,而采用品种的抗性,即用遗传的方法来防治,则既经济有效,又无环境污染。因此,她于1984年7月着手组建了一个水稻病理实验室。在实验室搞科研期间,她主持了"七五"、"八五"国家"水稻育种方法基础理论"、"有利基因的发掘利用"等专题;"七五"、"八五"农业部重点项目"中国水稻白叶枯病抗性遗传、基因定位研究";她还先后三次赴菲律宾合作研究了"稻白叶枯病抗性型、抗性遗传、菌系致病性分化、分子技术在细菌病害群体遗传结构分析中的应用"。1988年8月,她出席了日本京都第五届国际植物病理学大会,当选为国际水稻白叶枯病研究委员会委员(她是五个委员之一)。1994年,她获得了美国洛克菲勒基金资助7.7万美元,主要研究用于分子生物技术在中国水稻白叶枯病抗性遗传育种的应用。

章教授说,科研必须与生产相结合,这样才可以达到学科的互补,才会有生命力。因此,她经常走出机关,跑到偏僻的农村寻找协作伙伴。此次,她千里迢迢来到家乡滆湖之滨——武进稻麦良种场,与我市水稻育种专家江祺祥共同研究95'国家水稻改关中组建双抗稻病的育种材料的专题,这不仅为我国水稻抗病育种提供新的抗病基因源,也是她对家乡的一片热爱和奉献之心吧。

原载1996年9月20日《武进日报》

观云测天为人民

——记常州气象局副总工程师、原
钟楼区政协委员蒋顺卿

他,在气象工作这个特殊的岗位上默默奉献了38个春秋;他,为大众提供的天气预报及时准确,为社会创造了显著的经济效益;他,非常谦虚,也很沉稳,总说自己没有多大业绩,不值得张扬。

他,就是常州气象局副总工程师、原钟楼区政协委员蒋顺卿。

一、情系气象　立志报国

走过63个春秋的蒋顺卿,从小就酷爱气象事业,1961年,他考入了南京大学气象学系大气物理专业。1966年8月毕业后,于1967年12月分配到中国人民解放军某部队从事天气预报工作,1977年退伍到句容县气象站工作,1985年5月调到常州气象局工作。30多年来,他一直与气象打交道,并始终牢记当年毛主席"为完成我们的伟大的历史使命,我们这一代青年要下决心一辈子艰苦奋斗"的谆谆教诲和"全心全意为人民服务"的宗旨,以满腔热情的姿态投入到工作中去,投入到建设祖国的洪流中去。

蒋顺卿

蒋顺卿在常州气象局曾担任过气象台副台长、气象局副总工程师,具体负责组织和实施气象服务工作。天气的万千变化、服务对象的门类繁多、服务需求的纷繁复杂,给气象服务工作带来了较大的复杂性和艰巨性。为了保证服务质量,达到各级领导的要求,满足广大群众在生产生活中对气象信息的需求,获得较高的经济效益和社会效益,蒋顺卿花费了大量的时间和精力,刻苦钻研业务技术,掌握天气演变规律,了解社会各界需求,寻找最佳服务形式,热情、周到地开展服务。为此,多年来,他基本上没有休息过一个完整的节假日,大多数休息日都是在单位里埋头苦干。

二、勤奋努力　忘我工作

勤奋和刻苦使蒋顺卿练就了扎实的业务功底,也培养了他兢兢业业、一丝不苟的工作作风。1998年汛期,蒋顺卿多次与预报中心一起,从班次、接收资料、会商、服务对象和要求、一级值班的执行、多种表簿记录到各种仪器装备的维护,每一个环节都进行了精心组织和安排。在汛期预报过程中,他一方面亲自动手制作各种预报,另一方面注意发挥全台每个预报员的业务特长,集思广益,严格把关。由于长期劳累,他脚肿得连上楼梯都很困难,但为了工作仍坚守岗位。在关键的长江第三次洪峰东下前,他病倒了,吃了早饭就呕吐。可一接到市政府召开紧急会议的通知,他又抱着病体,在一小时内赶写、打印好服务材料,并迅速地骑车赶往会场,向市领导汇报天气情况。在他的带领下,整个汛期各种预报量全面达到和超过省定目标,三性天气的预报都抓得较准,特别是 6 月 24 日至 9 月 12 日期间,沿江潮汛超警戒水位时的预报服务更为突出,得到了市防汛指挥部的表扬。他本人也被评为我市唯一一名省气象系统防汛抗洪先进个人。

三、服务大众　当好参谋

气象信息是领导层决策的重要依据。蒋顺卿抓住重大天气气候的变化、三性天气、重大活动的气象保障等方面的服务,组织预报员在保证预报准确的基础上尽量注意服务的超前性,真正使气象服务在领导决策时起到可靠的参谋作用。1995 年冬季干旱,第二年 2 月底,市政府打算实施长江翻水方案来解决春播需水的问题,在向气象局了解天气情况以作最后决定时,蒋顺卿凭着丰富的经验和过硬的业务知识,认真分析天气趋势,预测出半个月后将会有连续阴雨天出现,而且雨量较多。市有关部门听取这一意见后,当即决定放弃实施翻水方案,后来的天气情况果然证实了他的预测。事后的统计表明,仅此一次就节省翻水费用 120 万元。1999 年 9 月 30 日下午,市政府将在市体育场举行市第十一届运动会开幕式。蒋顺卿凭着自己多年的气象工作经验,先后 6 次为开幕式提供气象信息服务。早在一个月前,他就在市政府召开的第一次组委会上告诉大家,9 月 29 日至 30 日有一次小降水过程。29 日在体育场彩排现场,他告诉大家:30 日上午有点小雨,下午阴。30 日上午 8：15 和 9：00 他又先后告诉组委会:"上午能见度不好,不能跳伞,下午问题不大。降雨在 9：30以后即停,下午阴到多云。"9 月 30 日这一天的天气情况果然与蒋顺卿预测的信息一致,从而为开幕式的热烈、顺利进行提供了准确优质的服务,得到了市体委的高度赞扬。

蒋顺卿始终遵照国家气象局"一年四季不放松,每次过程不放过"的指示,在好天气时警惕和预测坏天气的到来,在坏天气出现时竭力捕捉有利的生产时机。1998 年 11 月 20 日,他了解到武进第八砖瓦厂因天气寒冷准备停产,便根据自己的经验,告之该厂未来 7 至 10 天气温不会下降到零度以下,建议该厂继续生产。厂长听取了他的建议,多生产了一个星期共 80 万砖坯。而1999 年,该厂因夏季阴雨天较多,影响了生产进度,生产指标未到额,到 11 月22 日,该厂还准备继续生产,蒋顺卿及时告之该厂北方有强冷空气南下,应停做砖坯,潮坯应切实采取防冻保暖措施。这些准确的预报为该厂的生产经营活动提供了较好的参考,从而得到了用户的高度赞扬。

近几年来,一个气象名词频繁地出现在媒体上——"气候变暖",这也成为人们关注的话题之一,原来冬天常见的冰凌不见了,暖冬却一个连着一个。常州是否变暖?作为一个气象人,蒋顺卿感到,人们的感觉必须要用实事来进行科学的证明。

于是,从2001年开始,蒋顺卿便开始着手准备自己的研究。他把自己扎进了枯燥无味的数据和资料中。2003年4月,在他前期工作的基础上,气象局专门立项研究,另外两名同事也加入进来。研究的方法主要是统计分析,在数万个数据和上百张图表中探寻规律。这些密密麻麻的数据,普通人看了几分钟就会两眼发花,而在蒋顺卿的眼下,却像拥有了生命一样,充满神奇,一张张图表、一条条曲线,像优美的舞者在跳跃。

蒋顺卿退休前三年担任了气象局业务法规处处长(市防雷减灾局局长)的职务,但他知道,在退休之前,必须完成此项研究,为自己的气象工作生涯划一个完整的句号。他不得不利用起每一天中午和晚上回家后的时间,甚至星期天也赶到单位工作。三年后,他终于完成了自己的夙愿——当这一份《常州50年降水量、平均气温变化情况探讨》最终变成飘着墨香的文字时,蒋顺卿吁了口气,这下可以安心地退休了。

四、气象服务与科普结合

在开展气象服务工作的同时,蒋顺卿还注意将气象服务与科学普及有机地结合起来,为提高国民科技素质作贡献。他按照江泽民总书记"科技工作者要争做社会主义精神文明建设的排头兵"的指示,科学安排工作,充分利用时间,组织并参与科普宣传工作。作为市气象学会秘书长,他一方面组织全会围绕3.23世界气象日主题开展科普宣传工作,围绕每届科普宣传周的主题,组织、审核、编印《气象科普材料》的小册子,设计科普宣传版面,将气象科普知识送到广大群众手中。同时,他还结合分管工作,"三句话不离本行",走到哪,服务到哪,科普宣传到哪。10多年来,他撰写各类科普文章500余篇,先后被全国省、市级报刊和电台录用,由于他写的科普文章联系气象,结合生产,贴近生活,科学性、可读性强,深受读者和听众欢迎。他的文章先后有6篇获得了省、市级优秀奖,有1篇获得一等奖,有4篇获得二等奖。由于在科普宣传中的杰出表现,他连续多年获得省、市级科普先进个人及优秀秘书长等荣誉称号。

五、参政议政　当好委员

1998 年 1 月,蒋顺卿光荣地成为政协常州市钟楼区第五届委员会委员。数年来,他积极履行政协委员职责,广泛收集社情民意,认真参加各项视察、调研活动,虽然本职工作十分繁忙,但只要有政协活动,他总是千方百计地调整时间,尽可能地参加政协活动,积极参政议政,为钟楼区的经济建设和社会事业的发展出谋划策,并多次为该区重大活动和企事业单位生产经营活动无偿提供天气咨询服务。在担任政协委员期间,他连续 3 年两次被评为优秀政协委员,1999 年他的"加强社会公德教育,促进社会风气好转"的提案还被评为优秀提案,受到区政协的表彰。

蒋顺卿同志常说:"我是农民的儿子,是党和人民培养了我,我理所当然要将工作做好,来回报人民和回报党。"这就是蒋顺卿的心路历程,也是他一生工作的动力。

合作者：姚建华

一只粳稻新品种的诞生

——记农民育种家江祺祥

近日,笔者在武进县农村采访时,发现千家万户农民都在种植水稻新品种"武育粳 2 号",该品种名副其实地成了农民的"当家品种了"。据有关部门提供的信息,今年常州市已推广种植"武育粳 2 号"140 万亩,全省已扩大到 450 万亩左右。"武育粳 2 号"这个早熟晚粳新品种自 1985 年定型以来,以高产、抗病、米质好等优点驰名于大江南北。可是,谁有料想到,这个新品种的育种人却是一位名不经传的普通农技员,他就是武进县滆湖粮种场的农民育种家江祺祥同志。1990 年,他被常州市政府评为劳动模范,荣获常州市"十佳农艺师"的光荣称号。

江祺祥

江祺祥在农村土生土长至今已有 45 个春秋了,他中等个子,四方脸,家住武进县郑陆乡三皇庙村。1961 年初中毕业后,他一直在农业生产第一线摸爬滚打。从 1963 年起,他就当上了生产队农技员。1974年,武进县农业局和种子公司筹建稻麦育种场,他听到此消息后,立即到县种子公司去报了名,要求到育种场工作。从此,江祺祥就与种子结下了不解之缘。他在十几年的农技生涯中深深体会到,优良品种在农业科技诸因素中,是增产潜力最大的一种因素。因此,他立志把培育水稻良种作为自己终生的奋斗目标。

江祺祥在实践中体会到,搞育种工作不能光凭力气蛮干,得按科学规律办事。于是,他决心从头学起。当时育种场的生活条件极差,芦席棚里屋顶漏雨,地面潮湿,到了夏天蚊虫多,江祺祥就穿上长筒靴子,点上煤油灯学习农技知识。经过数年的努力,他系统地自学了植物学、植物生理学、遗传育种和水稻栽培生理学等专业基础知识。为了尽快掌握水稻育种原理,他还虚心向内行请教,广泛积累育种知识。1980年,这位已过而立之年的壮年农民,经全省招考合格,被正式录用为国家农技人员,并且初步掌握了水稻育种原理和基本技术。

早在1980年以前,江祺祥在上级领导和有关部门的支持下,就开始逐步选育一种新的水稻品种。他根据苏南太湖流域及沿江地区的肥水条件,想培育一种高产稳产、需肥中等、抗病性强、适合大面积推广种植的早熟晚粳新品种,并且,他提出了具体设计方案:要求新品种在5月20日前后播种,10月25日前成熟,生育期155天左右,既可充分利用光温条件,提高水稻产量,又利于适时秋播,提高三麦产量。要达到以上设计目的,首先要求品种具有较高的生物学产量和较高的经济系数。这个设计方案很快得到了领导的支持,并立即成立了课题研究小组,进行新的育种攻关。

根据设计要求,江祺祥首先正确选用了三个亲本:"79—51品系"、"扬粳1号"和"中丹1号"。其中"79—51"的生育期符合设计要求,适合本地种植;"扬粳1号"叶片挺拔,有利于光合作用,而且结实率高、籽粒饱满,有利于提高产量;"中丹1号"抗病性强,成熟早,米质好。江祺祥准备通过多次杂交配组将这三个亲本的优势集于一身,从而培育成符合设计要求的新品种。1980年,他将"中丹1号"作为母本,把"79—51"和"扬粳1号"分别作父本,进行杂交配组。这些配组的主要难度是要精确调节好花期,因为"中丹1号"属中粳品种,一般到8月中旬抽穗,而"79—51"和"扬粳1号"均属晚粳品种,要到9月初才抽穗,花期相差近20天。因此,江祺祥和他的伙伴们从8月上旬开始,就每天到"中丹1号"的田块里观察,随时掌握孕穗情况,然后采取拔除早穗的办法,促进晚生分蘖成穗。经过十多天的精心调节,到9月初,这两组杂交组合终于花期相遇了。江祺祥立即动员全组人员配合做好人工去雄授粉,完成杂交配组。由于花期只有四五天,而每天的最佳花期只有中午2个多小时,加上人工授粉的技术精细复杂,江祺祥和他的伙伴们经常忙得顾不上吃饭。每完成一组杂交,他们总是累得头昏眼花,可是,江祺祥心里很踏实,严格按照种子规律办事。这一年秋收季节,他们终于成功地获得了两组杂种一代种子各四五十粒。1981年,江祺祥将这两组杂种一代种子播种后,再次成功地进行了复合杂交,收获到100多粒新种子,编号为"81—69"。这个新品种能否达到设计要求还必须反复进行加代试验。1982年初夏,江祺祥栽种了58株"81—69"杂种一代,他一面精心管理,一面详细观察记载每一株稻苗的分蘖、习性、株型、形态、植株高度、抽穗期等综合数据。最后,经过数据分析,实地观察,终于在58株稻苗中选中了其中一株,这一株稻看上去秆青籽黄、枝叶无病斑,十分清秀老健。当年冬天,江祺祥就把这棵稻上的种子带到海南岛进行加代繁殖。

江祺祥知道,杂种二代是疯狂分离世代,种子很容易变异,而且其中大部分向坏的方向分离。在海南岛的加代繁殖中,江祺祥又经过细心观察,严格选取了60个单株带回家乡育种场种植。就这样,经过连续四年南繁北育、八次加代繁殖,到1985年,水稻新品种"武育粳2号"就基本定型了。1986年,该品种参加市、县单季晚稻组品比试验,在八个品种中名列第一;1988年参加全省生产性试验,五个点平均亩产520公斤,比原"当家品种"武复粳增产9.5%。1989年4月,"武育粳2号"通过了省审定,审定书上写道:"武育粳2号(原名8169—33),系武进县稻麦育种场用(中丹1号×79—51)×(中丹1号×扬粳1号)复交,于1985年育成,属早熟晚粳品种。株高95~100 cm,株型较紧凑,叶片较短挺,叶色淡绿,生长清秀,熟相好、分蘖性较强,穗粒结构较协调,米质较好,结实率在90%以上。"去年,这个新品种已在苏、锡、常以及扬州、南通、上海等数十个县市推广种植了420万亩,平均单产比其他常规稻增产50公斤以上(去年,武进县种植62万亩,平均单产达577.2公斤)。

一分耕耘,一分收获。从70年代到80年代,江祺祥共培育出多个优良稻种:"武育粳2号"、"8169—22"、"复虹糯4号"、"80—1粳稻"和"80—4糯稻"。江祺祥出名了,各地来参观学习的人络绎不绝。面对他简陋

江祺祥在田间察看水稻生长

的实验室、住房和简单的家具，人们总是会提出各种问题。江祺祥总是对人们说："育种是长线科研，需要献出毕生的精力。"目前，以江祺祥为主的课题组和省农科院粮食作物研究所等五个单位，一起承担了江苏省"八五"重点攻关水稻中、晚粳新品种选育课题，争取在原有的基础上更上一层楼。

是种子，就有希望；愿耕耘，必有收获。我们祝愿他能向人民奉献出更多的优质种子，在祖国的大地上结出累累硕果。

武进电台1991年6月25日播出，原载1991年8月7日《新华日报》、1991年9月15日《华东信息报》，合作者：王鼎新

重 读 江 祺 祥

农民育种家江祺祥，现任常州市武进区稻麦育种场水稻育种课题组组长，推广研究员，江苏省第八、九届政协委员，常州市十一、十二、十三届人大代表，武进区十二、十三届人大常委。江祺祥原本是一个出身于农民家庭的"种子迷"，1974年被选拔到武进稻麦育种场从事专业水稻育种。他努力学习理论知识，不断积累、总结实践经验，"功夫不负有心人"，终于在1980年在江苏省招收1 000名农、林、牧业技术人员考试时，被录用为国家干部。通过数十年如一日的艰苦奋斗，南繁北育，先后育成武育粳系列品种（系）十余个，累计推广面积1.5亿多亩，增加社会经济效益100多亿元。培育的品种多次获重大成果奖，其中国家科技进步二等奖一次，省科技进步一等奖一次、二等奖三次、三等奖一次，江苏省首届农业科技成果转化一等奖一次。其个人分别被评为省和国家有突出贡献的中青年专家，全国农技推广先进，省、市、县各级劳动模范和先进工作者等，享受国务院特殊津贴，并获得常州市及武进区政府重奖。其育成的品种中有：20世纪80年代初与江苏省农科院合作育成的"紫金糯"，改变了当时糯稻低产的局面，并在南方11个省市种植；其后主持育成的"武育粳2号、3号"风靡大江南北，其中"武育粳2号"促进了江苏省长江两岸广大地区连续9年水稻单产超千斤；"武育粳3号"更是独领风骚，该品种集高产、稳产、米质较好于一体，是目前国内推广面积最大的粳稻品种，累计达1亿多亩，种植面积之大，历时之长，为国内粳稻品种史上所罕见。它不仅是江苏省第一个单产超过杂交籼稻的常规中粳稻品种，而且它的育成促进了江苏省水稻生产"南粳北移，扩粳压籼"战略决策的实施，促进了农业增效，农民增收。它品

质适口性之好,为许多日本及东北优质粳米所不及,深受长江三角洲地区广大群众所欢迎,大米畅销苏、沪、浙及南方诸多省市。最近育成的"武香粳14号"集早熟、高产、米质较好于一体,不但克服了太湖稻区原有香米品种的不足,同时大幅度提升了本地区稻米品质,由于其具备高产、优质、抗倒等综合优点,故适合目前轻型栽培新技术的应用,能较好地解决当地劳力紧张、用工成本高的问题。该成果获2004年常州市科技进步一等奖。另外尚有一些武育粳新品种(系)近几年在陕南地区大面积种植,为当地农民增收起到了较好的促进作用。

江祺祥在海南岛的试验田里

最近,他主持的育种课题又育成了一批优质、高产、专用型水稻新品系,其中早熟晚粳"武2401"、"武2146"等新品系集高产、优质于一体。为了使当地农民水稻生产能有更好的收成,人们能吃到更好的大米,目前,他和他的助手们勤奋地耕耘在希望的田野上,争取为农业生产培育出更多、更好的水稻新品种。

写于2007年9月30日

"衣官"谈衣着

——访中国纺织总会会长吴文英

"人们的穿着,反映了一个民族精神文明建设的程度,不同国家的人有着不同的衣着特色,不同的审美观。我们中国人的衣着,应讲究款式大方、新颖美观、经久耐穿。一句话,要符合我们中国的国情。"这是日前记者赴京采访中国纺织总会会长吴文英时的一席谈话。

作者(左)在京采访吴文英(右)

6月18日,记者随同常州九洲服装城董事长刘灿放等同志到中国纺织总会拜见了吴文英会长。吴会长上身穿一件黑白相间的短袖花衫,下身着一条黑白相间的花裙子,虽是年逾花甲的人了,但这一身衣着显示出了她端庄大方、精神抖擞的独特气质。

我们在谈到常州要搞九洲服装城之时,吴会长侃侃而谈:搞服装城,首先

与吴文英的哥哥吴之光先生(右)在北京颐和园合影

要研究人们的穿着心理,如现在北京人的穿着非常讲究,主要以中高档服装为主。因为,服装总是反映一个人的精神面貌,穿得太差劲不行。俗话说:人要衣装,佛要金装,就是这个道理。因此,搞服装城的方向就是以中高档服装为主。当然,这就要求我们进货一定要讲究质量,粗制滥造的东西不行,外国进口的服装不一定都好,应该注意。

吴文英会长还说,在"文革"期间,我们在穿着方面讲究一下,要受到一些人的冷嘲热讽,这实际是一种极"左"思潮的体现。而现在形势不同了,在这方面我们应该根据自己的经济条件,装扮一下自己。其实,一个人讲究打扮,也说明生活质量在提高。

采访将结束时,吴会长还欣然为九洲服装城题了词:"集名优服装之萃,创服装市场之新。"看来,这亦是吴会长对家乡服装事业的殷切希望吧!

原载 1996 年 7 月 5 日《武进日报》

一位企业家的文化情怀

——记江苏省优秀民营企业家、江苏九洲 投资集团董事长刘灿放先生

近日,在常州市"五个一工程"颁奖典礼暨"九洲花园杯""常州之歌"演唱会上,只见有位中等身材、西装革履、面带笑容、操着一口浓重国语口音的同志在振振有词地说:"我衷心祝愿'常州之歌'唱响常州,唱响神州,唱响九洲!"

这位发言人就是江苏省优秀民营企业家、常州工商联副会长、江苏九洲投资集团董事长、十分注重企业文化建设的企业家刘灿放先生。

一、他的文化传奇

走过 55 个春秋的刘灿放,在 20 世纪 80 年代,租用常州港务处几间办公室、借用 6 万元钱起家,创办了九洲物资公司,如今,他已成为拥有 6 个房地产公司、3 个大卖场、1 个娱乐公司、2 个物业公司以及 10 余家贸易公司,实现年销售 20 亿的知名民营集团公司总裁。他既是企业家,又是文化人,

刘灿放

更是个儒商。

刘灿放兴趣单一,下棋是他最大的业余爱好,两片大蒜当菜,可以解决一顿午餐,一本书当枕头,可以睡得很香;他最大的兴趣是学习,为文化建设他愿作最大的投资。要说他对文化的情怀,得从他艰苦的童年岁月说起。小时候,他酷爱学习,成绩很优秀,语文课文过目不忘,文章背得滚瓜烂熟,他的天赋令老师也惊讶,然而,"文化大革命"前是讲成分的,他舅舅在香港,有海外关系,"文革"使他失去在校学习文化的机会。繁重的劳动泯灭不了渴求文化的心,他借助屋外的一丝霞光,借助着星光、月光、微弱的油灯灯光,通宵达旦地学习,以至灯火把藏在头上的毡帽烧了一个大洞,他也全然不知。斗转星移,当年在月光下看书的农家学子,如今已是社会公认的"大知识分子"了。《新华日报》、《江南日报》、《扬子晚报》、《常州日报》、《武进日报》、《东方企业家》等数十家报刊杂志介绍过他的事迹,以他为主人翁题材编写的《九洲集团典章》、《炼狱之门》、《家族企业向现代化企业转变的研究与实践》、《创业与实践》等专著,已出版发行,他的署名文章和事迹报道5次在省市比赛中获奖,他走上了高层名企论坛的讲台,他成了九洲集团的"高尔基式"的教授。

二、文化建设的理想

企业的发展总是伴随着文化建设的发展而发展,一年发展靠产品、三年发展靠领导、五年发展靠制度、百年发展靠文化。打造百年九洲,文化治企是必然的途径。他认真制定着文化治企的战略方略,"文化治企"、打造"百年九洲"是他最美好的梦想。他提出了"以人为本,以德治企,文化治企,创建学习型组织"活动的意见,他语重心长地说:"什么钱都可省,用于教育的钱不能省,为学习我愿作最大的投资。"他要用真诚的心带出一支"相互真诚、永远热忱、不断创新、团队制胜"的精英团队,决心要实现"文化治企、百年辉煌"的理想。

三、文化建设的实践

十多年来,该公司投资1 000余万元,专门用于规划、设计、培训等文化建设,启动了"十年树木、百年树人"的育才工程。刘灿放董事长"不唯书、不唯上、只唯实",他引用了在"游泳中学习游泳,在战争中学习战争"的人民战争思想,在企业内部设立了类似"陆军士官学校"、"黄埔军校"、"政治学院"等不同层次的培训。创办了《九洲方圆》报、《九洲工作通讯》等企业内部刊物。在"学习年"、"管理年"、"培训年"中开办各种培训班、轮训班、集训班150余期,员工参加学习 4 000 人次,已举办 3 次常州名企论坛,邀请 500 多人次的企业家参加。邀请了南京大学成志明教授、沈荣坤教授及人民大学彭剑锋教授,进行"管理模式"、"职业经理人"、"科学发展战略"等数十种课题的培训。刘灿放董事长亲自撰写并宣讲了《加快企业建设,做长寿企业》、《关于品牌建设》、《将我们的企业纳入健康发展的轨道》、《融入社会,塑造自身》等重要教材。全体员工接受着"现代企业文化"的洗礼,以全新的面貌投入到企业文化建设的热潮中去。

企业的文化建设是企业的生命,是一项系统工程,需要长期的努力和奋斗。九洲采用政治学习和专业学习相结合,培训和轮训相结合,赴外学习和封闭学习相结合,爱国主义教育和旅游活动相结合,企业文化建设和经济建设相结合的方法,把文化建设不断引向深入,形成了理论与实践相结合的育人文化。

刘灿放董事长是企业家,也是爱国主义者,他每年都带领员工进行爱国主义教育,多年来共组织员工 1 800 多人次奔赴全国 10 多个省、30 多个爱国主义教育基地进行爱国主义教育。在韶山,他们在毛主席铜像前宣誓;在皖南,他们向新四军烈士默哀;在虎门炮台、在江泽民、胡锦涛祖籍,他们学习、探讨儒家文化;在井冈山,他们举办了党课;在德国马克思故居,他们宣讲着共产党宣言等。通过教育,大家坚定了理想信念,逐步形成了"爱党爱国"的信仰文化。

10 多年来,刘灿放董事长数十次带领 60 多人次到亚洲、欧洲、美洲、澳洲、非洲等几十个国家学习考察,学习美国、日本、英国、法国、德国、俄国、澳大利亚等国的建筑风格和设计理念,借鉴经验,汲取精华,逐步形成了"依法经营、规范运作、市场导向、正确定位、精雕细琢、打造精品"的开发文化。

"善待员工、善待客户、善待社会"是刘灿放实业报国的心声和行动。他用心关爱着员工、客户和社会。除夕夜前,单位放假了,员工都走了,人们合家团圆沉浸在节日的欢乐中,刘董事长静坐在办公室,"我想想你今年过年有困难……"他把电话打到了困难家庭中,也把关爱和温暖送到了困难职工的心坎上。每年初秋,他出资买回整车的葡萄,送给员工品尝。员工的生日,他送上蛋糕祝贺。几年来他个人还默默捐献了几十万元关心弱势群体,被武进区总工会授予"关爱职工的十佳厂长(经理)"称号,九洲党总支被区组织部授予"四佳企业党组织"称号。他的世界观、人生观、伦理观影响着员工,他的人格、理念、思想被员工所认同和接受。"老板文化"逐步转变为企业"服务大众,奉献社会"的价值文化。

刘灿放董事长是常州市武进区优秀共产党员,是市区人大、政协、党代会代表,他以"科学发展观"为己任,勇当改革开放的先行者,在与时俱进的实践中探索和总结现代企业制度,潜心研究企业制度的改革和创新,向教授请教,请专家会诊,建立九洲管理模式,出台了《九洲集团典章》,制订了现代企业法人治理100多种规章制度,发表了《正确界定五大关系,认识现代企业制度》、《家族企业向现代企业转变的研究与实践——常州九洲集团制度改革亲历录》等6篇关于制度创新成果的文章。制度创新给企业带来了无限生机和活力,实现了企业的第二次创业和蜕变,执行制度和流程也成为企业的风尚,形成了"经营有战略,管理有系统,财务有预算,运作有流程,业绩有考核"的制度管理文化。

九洲走过了17年的诚信路,企业把诚信视为生命,不但企业讲诚信,要求员工也处处讲诚信,制定了"优良的信誉、优惠的价格、优质的服务、不谋暴利、不偷漏税、不经营劣质商品……"等"三优"、"六不"的经营纪律,使企业连续16年被评为"讲信誉、守合同"单位,成为江苏省条线系统的"AAA级企业"和"特级信用单位"。讲诚信成为员工的职业道德和共同遵守的员工守则,集团形成了"讲信誉、守合同"的信誉文化。

《九洲集团员工手册》是依据法律制订的员工行为准则,是全体员工共同遵循的行为规范,集团逐步形成了全体员工"遵纪守法,敬业爱岗,文明礼貌,开发自我"的行为文化。

"以人为本"是企业文化建设的宗旨,"天地间,人为贵","得人心者昌"。九洲集团用事业吸引人,用待遇激励人,用感情留住人,用培训培育人,用文化凝聚人,建立起了文化治企的团队,树立了"开拓创新,求实奉献,与时俱进,持续发展"的理念和"敬业爱岗,奉献社会,服务大众,发展自我"的核心价值观,形成了"相互真诚、永远热忱、不断创新、团队胜制"的企业文化。

四、文化建设的成果

"梅花香自苦寒来",刘灿放董事长有30多篇关于文化治企的文章在全国省市报纸杂志上发表,有5 000余篇文章在企业的《九洲简讯》、《九洲方圆报》、《九洲工作通讯》上发表,有100多篇作品获奖。电视台、电台、报刊杂志介绍刘灿放董事长事迹和企业业绩的报道有30次。

刘灿放介绍九洲17年诚信路信誉文化的经验在社会上得到推广后,以制度文化为题的《正确界定五大关系,认识现代企业制度》和《将我们的企业纳入健康发展的轨道》的文章又在《东方企业家》杂志上陆续发表。《花儿为什么这样红》在《扬子晚报》等刊物上刊出后引起了社会各界高度评价。

"精诚所至,金石为开。"企业的文化建设促进了企业的经济建设,近年来九洲已开发高文化品位的商住楼 100 多万平方米,完成销售 100 多亿元。九洲建造开发的芜湖新时代商业广场、镇江九洲广场、扬州名都华庭、常州都市桃源、常州九洲环宇都凝聚着浓郁的企业文化色彩,成为文化名城亮丽的文化景点,这些项目数十次获得奖牌和奖杯。九洲服装城连续 3 年被评为"江苏省样板市场"和"江苏省文明市场"。

雄伟的九洲环宇大厦矗立在常州火车旁

　　文化治企是企业健康发展的法宝。文化建设激发了员工空前的热情和积极性,他们同企业同呼吸、共命运,出现了企业关爱员工、员工奉献企业的动人事迹。有 180 人次的员工得到表彰和奖励,有 60 位员工得到提升和晋级,有 38 位成为职业经理人,企业受到省、市、区各项表彰的有 100 多次。企业文化使九洲集团充满生机和活力。

　　企业弘扬"服务大众,奉献社会"的价值文化,员工们认为,奉献和服务就是体现自身价值,从而积极向社会奉献力量。379 名员工参加无偿献血,献血量达 60 800 毫升,成为全国首家"无偿献血日"单位;1 800 人次的员工加入了慰问困难家庭、救助病重人员、捐助残疾人、捐助困难学生的行列,共捐衣服 11 456 件,捐助资金 30 多万元。该企业赞助学校、出资社会团体、捐助慈善机构、安置国企员工等款物共达 2 500 多万元。该企业用于"三个善待"的基金达 1 000 多万元。九洲全系统年上缴国家税收上亿元,安置就业 5 000 余人,为社会作出了积极贡献。

　　"人有善愿,天必佑之。"九洲集团在文化建设中崛起,正朝着"文化治企"

的更高目标冲刺,可以相信:九洲的明天一定更辉煌。

原载《创业与实践》一书,合作者:刘仁放

勇攀世界艺术巅峰的人
——记 15 项世界吉尼斯纪录创造者汤友常

　　他,被众多媒体评价为"五者九人",即 15 项大世界吉尼斯纪录创造者,两项吉尼斯纪录最佳项目奖获得者,被中央电视台一、三、四、五、九、十频道数十次报道者,被全国大小媒体数百次宣传者,中央电视台三频道玻璃刻挑战成功者,他是奇人、怪人、狂人、才人、真人、艺人、吉尼斯人、文化人、阳光男人。

作者与汤友常(左)在一起

　　人们不禁要问:"他是谁呢?"他,就是全国声名显赫的、龙城家喻户晓的世界艺术名人——汤友常。日前记者专程赴常州新北区孟河镇汤友常艺术工作室采访了汤友常先生。

一、"孩子王"与"汤司令"

　　走过 55 个春秋的汤友常,出生在常州市新北区孟河镇小河汤家村。据载,孟河镇历史悠久,人文荟萃,具有深厚的历史文化底蕴。这里是"孟河医派"的发祥地,这里也是我党早期革命领导人和青年运动领袖恽代英的故乡。

童年时代的汤友常是幸运的,生活也是丰富多彩的。他一家七口,兄弟姐妹五人,他是长子,排行老二。他的父亲一直在苏州雷允上从事医疗工作,收入颇丰;他的母亲在家务农,在当时,他的家境条件是属于较好的。所以,他从小无忧无虑,个性张扬,思维缜密,想法、做法独特。当时,农村奉行力大为王,力大无比称得上是真正的男子汉。由于他父亲长期在外,汤友常从小就撑起了汤家的门面。因此,他12岁拜师习武。放学后,他在牛背上倒立行走,既练了杂技,又挣了工分;他经常故意不带鞋子,在河中洗好脚后,倒立行走回家再穿鞋子……就这样,他坚持不懈地练习各种功夫,少林拳、红拳、刀枪棍棒样样精通,从而练就了"金刚不坏"之身。因此,他自然就成了当时的"孩子王",学校班主任和教导主任都知道,只要把汤友常搞顺了,其他调皮捣蛋的孩子就都顺了。放学后,汤友常经常带领小伙伴们玩"抢占山头"等军事游戏,每次都以他率领的一方胜利而告终,小伙伴们就前呼后拥着"汤司令"回村。

童年的这些经历,逐步形成了汤友常永不服输、勇争第一的刚毅个性。

二、戎马生涯十七载

1970年,为保家卫国,汤友常怀着振兴国防的雄心大志,从孟河镇汤家村应征入伍。在部队,汤友常在政治思想上迫切要求进步,在技术上刻苦训练。因此,他18岁入党,19岁就提干,21岁任作战参谋,22岁任侦察参谋,26岁便是全军最年轻的火箭炮营营长,练就了一身刚毅、率直、剽悍和不怕困难、勇往直前的钢筋铁骨。转到地方后,他历任地方检察官、劳动监察大队长,而立之年投身艺术。在出色完成本职工作的同时,他昼夜不分、寒暑不停,为扬民族之文化、激华夏之豪情、立中国之奇绝、创世界之新景,向大世界吉尼斯纪录发起了一轮又一轮、一波又一波、一浪高过一浪的疯狂般的冲击。十年来,他平均每天的创作时间达16小时以上,吸进身体里的花岗岩、玻璃、铜、陶的粉尘,恐怕要让正常人死好几次了,幸运的是,他不但十年创造了15项大世界吉尼斯纪录,而且现在的身体还特别棒。

三、敢冒风险,敢为人先

汤友常才华横溢,十年磨炼,成为正草隶篆全能的书林高手。他也临摹古画,经过两三年的心摹手追,《清明上河图》中的一草一木全部烂熟于心,维纱维肖刻于铜板之上,5公分厚的铜板,被他刻得金光闪耀。对于强权欺世,他是怒目金刚,横眉冷对。世间再难办的事,经过他的计算机大脑一过,马上灵光闪现，迎刃而解。对于再大再深的苦痛，汤友常视之为享受。前年，他在训练猛犬过程中臂膀遭到突然袭击而被咬烂，粉肉外翻，见者无不掩面，汤友常竟然大喜过望："终于看到我充满活力的肌肉了，太神奇了！"并吩咐医护人员缝针不用麻药。

中央电视台节目主持人张蕾（右）
正在现场采访汤友常先生

汤友常敢冒险，因为他不怕失败，他渴望失败，享受失败。为了这份"享受"，他无数次向极限挑战，向大世界吉尼斯纪录挑战。上海大世界吉尼斯的所有刀刻纪录，几乎都出自汤友常之手。刻铜，刻花岗岩，刻玻璃，刻陶器；刻书法，刻绘画；阳刻、阴刻，正刻、反刻。大到数丈高碑，精致到虾米的触须，汤友常无所不刻，什么最硬他刻什么，什么难刻他刻什么。汤友常的刻功表现在他独一无二的工具上：数十公斤重的手提切割机，他挥洒自如，无论寒暑，不分昼夜。

时光流逝，岁月如梭。钢头岩身的汤友常，猛志常在，越战越勇，十年，15项吉尼斯纪录！他的精神感动了上海大世界吉尼斯总部的所有工作人员，叹服他是"吉尼斯第一人"。

汤友常的岁月，不是踩着钟表流逝的，而是在钢进石炸的轧轧巨响中度过的。

和平年代，人间百态，谁不逐名利而动？为了一点蝇头小利，多少人甚至大打出手。而在汤友常的心里，那些都是不足挂齿的东西。他常常用几碗腌菜面对付辛苦创作的一整天；他长年累月在荒郊野外的工棚里埋头创作，过着"野人"似的生活，吃井水，生炉火。与此同时，他坚持不卖一件作品，对方出价再高，他都毫不心动。

在汤友常的心里，什么最重要？创造人间奇迹，创造绝世佳作，这就是汤友常魂牵梦萦的人生大事。在汤友常艺术工作室里，摆满了闪光的作品：最大的铜刻作品《兰亭集序》、最长的铜刻作品《清明上河图》、花岗岩自书自刻作品《唐诗三百首》等等，每件作品都让观者心灵震颤，惊叹不已。这些作品，都是在惊人甚至"非人"的状态下诞生的，耗时长则数年，最短也要半年之久。那些时日，汤友常戴着黑色沉重的防尘面罩，类似动漫作品里的"魔鬼"，手持切割机，周围机声震耳，四周飞沙走石，石粉腾空飞扬，这样的状态下，他一干就是几天,数十天,每天连续工作十多个小时。他不接电话,不思寝食,这是他神圣的创作时间,此时如果有人不约而至,或者不约来电,肯定会招致他的一顿怒斥。

四、挑战自我,挑战极限

被上帝安错了时空的汤友常,时时显出怪异,天寒地冻之时,身着短袖,走在风雪之中;夏天,在摄氏五十多度的环境里,他刻石不止;看到平地,他就有倒立的冲动;看到土墩,他一个箭步冲上去,一阵狮吼。汤友常的狮吼功,曾经把峨眉山上一大群游客震得目瞪口呆。这一切都源于他心里的力量,冲出平凡的强烈欲望,时时折磨着汤友常!

大世界吉尼斯敢为人先的宗旨,正符合汤友常做啥都要争第一的性格。当他自1997年与吉尼斯结缘后,命里注定就是不解之结。吉尼斯是一个舞台,吉尼斯是一座桥梁,吉尼斯是一根导火索,把汤友常心中积压已久的激情点燃,汤友常从此一发不可收。当汤友常创到了第九个纪录时,人们说,第十个创成,就是圆满,他也说,从此告别。可是,他根本收不住脚步。当他创成第十一个纪录时,人们说,第十二个应该是顶点,他也发誓到此为止。可是,他还是没有力量停止,又向媒体大众宣告他的第十三项计划。这就是有650个字数的玻璃阳刻作品《钟楼赋》。玻璃阳刻《钟楼赋》由650个字及一枚印章组成,但汤友常只花14天时间就完成,不少人不理解为什么。只有理解他内心的人知道,吉尼斯是他生命的需要。与其说吉尼斯需要汤友常,不如说,汤友常需要吉尼斯。2007年3月1日至6月18日,为纪念中国人民解放军建军八十周年,由常州军分区政委、市委常委路浩文书、汤友常雕刻的陶坛阳刻作品《兵情抒怀》共537字,创成他人生的第十四项吉尼斯纪录。为纪念常州高新区成立十五周年,由常州高新区党工委、新北区区委书记朱剑伟撰文,汤友常书刻的陶坛阴刻作品《常州高新区赋》,共602字,向他人生第十五项吉尼斯纪录发出冲击,现已取得了圆满成功,并获得了荣誉证书。吉尼斯是他生命的全部,没有吉尼斯的舞台,汤友常的生命会变得无滋无味。这辈子,吉尼斯在汤友常身上刻下了最深的烙痕,汤友常选择吉尼斯,就选择了惊世骇俗的生命形式;吉尼斯有了汤友常,就拥有了一种灵魂。

"今后干什么"永远是汤友常思考的问题。一次又一次的超越自我,一次又一次地挑战极限,用他坚韧、刚毅、开拓、创新的性格和人格魅力演绎着一个又一个美好的未来。十五项吉尼斯纪录后,"今后干什么?",汤友常自豪地告诉大家,他应家乡常州孟河镇党委、政府的邀请,回他的老家,去创作与家乡历

这是汤友常获得第14项吉尼斯纪录的
陶坛阳刻作品："兵情抒怀"

史发展有关的巨作,而且一定是他人生第十六项、十七项,乃至更多的吉尼斯纪录,并且,他立志在三年内达到二十一项大世界吉尼斯之最纪录,同时取得六项大世界吉尼斯之最纪录的最佳项目奖。

采访将结束,汤友常对记者说:"幸福是一种感觉,与追求有关,能为家乡、为民族、为艺术、为历史创造更多的宝贵财富而流血流汗,奋力拼搏,不断超越,是我人生最大的幸福。"在此,笔者衷心祝愿汤友常在艺术人生的道路上,生命不止,纪录不断,勇攀世界艺术巅峰!

2007 年 12 月 8 日

地方文化的传承者

——记农工党员常州"老房子"画家季全保先生

他,已出版有《岁月留痕》老房子画集,合著《常州方言》、《武进老桥》等,并有《寻访老常州》、《延陵百业》、《老常州市井风俗》等;他的作品编入《中国美术家选集》、《中国书法名家》、《中国艺术与收藏》等多部专著;他,还是省、市、中央电视台以及欧洲卫视分别播出的《岁月留痕》专题片中的主人公。

我在采访季全保先生（右）

他，就是中国书画艺术委员会委员，中国书法家协会会员，中国美术家协会江苏分会会员，中国收藏家协会会员，江南国画院副院长、副研究员季全保先生。日前，记者专程来到常州聚和家园采访了季全保先生。

岁月留痕传千古

走过 54 个春秋的季全保，是个职业书画家，专攻江南老房子绘画，青年时代曾深造于中国画研究院、中国书法研修班。常言道：有志者事竟成。季全保在艺术的生涯中一步一个脚印，取得了累累硕果。

看着那《岁月留痕老房子作品集》这本记载着常州历史和文化的沉甸甸的画卷，人们的心早已融进亲切、隽永、温馨的城市旧梦里。

由知名画家季全保编绘，南京出版社最新出版的《岁月留痕老房子作品集》，是一本以本土文化为背景，以江南民居水乡风光为主题，从画家季全保创作的数百幅系列作品及收集的数千幅老照片中精编而成的作品集。作品包括老桥、老街、老巷、故居、石库门、老岸等六大系列的历史性建筑，从清末 1900 年到 2000 年，时间、内容、空间跨度很大，人物、服饰、场景变化更大，展现了常州这座城市的变迁。

全书采用简洁朴素、鲜明和谐的绘画和散发着浓郁历史厚重感的照片的形式，每单元系列开篇由作家石花雨配以富于灵性的文字，融文学性、艺术性、史料性于一体。

　　常州的每一条街巷、每一座老屋、每一座桥梁、每一条驳岸都有许多感人的故事,许多美丽的传说,是常州最富有生命力的生活场景,它所体现的人与自然和谐相处的哲学思想,与现代建筑理念是一致的。数十年来,寻访老巷、老桥、老宅已成了画家季全保的一种自觉的选择,一种执着坚定的信念,一种神圣的社会责任。为此他踏遍城市大街小巷,寻访数百人,翻阅数十本史志书籍,数易其稿,创作出百余幅绘画作品,收集了数千幅老照片。

　　而正是有了无数有作为的艺术家探寻城市其历史流变,自觉进行关于人与自然、人与社会、人与自身的观察和思考,并把观察和思考的一切艺术化,才有了古城的韵致、城市的记忆、出色的艺术,让后人看到一代代常州人的生息繁衍之所,了解普通市民的生活状态,触摸城市的文脉,品味城市的精神。

　　在社会进步和城市发展的历史进程中,新建筑逐渐取代旧建筑,新的生活方式日益改变旧的生活方式,许多街巷已在城市的版图上消失。人们在怅然若失的同时,更欣喜今日之常州已进入历史上大发展的时期,正在成长为一个气势恢弘、大气磅礴的现代化特大型城市。昔日低矮的平房变成高楼大厦,斑驳陆离的墙壁被玻璃幕墙取代,湿漉漉的石板桥和狭小的弄堂早已变成通衢大道,街上的灯火越来越璀璨,市民的生活越来越精彩。作为画家的季全保,更欣慰于这种变化和发展,他创办的老房子艺术中心,不但有传统的老房子作品画,还有相关的艺术作品,如陶瓷挂盘、陶板刻画等等,已成为现代人一种怀旧的情结、送礼的佳品,并在全国旅游纪念品大展中获银奖,作城市礼品。

"十年一剑"绘佳图

　　《清代常州府全城全景图》这幅近10平方米的巨制,占据了季全保书房的整个墙面。全城图全面展现了百年前常州的城市布局、建筑形制和风土世情。图中绘制了以城郭、城垣为标志的内子城、外子城、罗城、新城的演变格局,有造型严谨的城门、箭楼、瓮城、鼓楼、钟楼,有不同形制的石拱桥、条石桥、石板桥、三孔桥、木板桥,有各种民居天井、进式,有府署、府第、寺庙、庵堂,有舟船、码头、水关、园林,还有许多常州人耳熟能详的人文景点半山亭、龙城书院、府学、大成殿、三吴第一楼、崇法寺、落心亭、忠义祠等等,一处处都清晰可辨。水边有树木,树旁有叠石,树种有讲究,叠石有章法,门窗有风格,建筑有形制,俨然一派旧时风貌。除了"硬件",图中还有各色人物,有聚而论道的读书人,有引车卖浆的生意人,穿着长衫马褂,表情神态栩栩如生。

所有看过这幅全城图的人都有共同的疑问：年仅五旬的季全保是怎么知道百年前常州城的样子的？他的画有没有依据？实际上，这正是季全保创作中遭遇的最大难题，也是他花了十多年功夫做的功课。

为了解常州的过去，季全保翻遍了许多鲜为人知的图书资料，包括市面上难觅其踪的图书，如《城记》、《清代两江总督与总督署》、《中国古版画之山志图、地池图、胜景图系列》等，光购书就花了数万元。他还阅读了大量地方志、地方府志，考证一个个疑问。《常州府城坊厢字号全图》是季全保最重要的蓝本依据，这册线装木刻版地图刻印于宣统元年，反映了清末民初的常州城区风貌。这是一册平面图，季全保以此为蓝本，把中西绘画的透视法相结合，采用俯视鸟瞰的视角，力求真实再现城市风貌。

与此同时，季全保遍访文博专家和熟知历史的市民，先后访谈了数十位70岁以上的市民，他穿街走巷挨家叩门，无论寒暑，不畏风雨，记录了《寻访手札》十多本，搜集的照片、文字、录像、录音资料堆如小山。他还经常邀请市民到家里，在他的作品上"走"一遍，看是否走得"通"，帮助他推敲修改。

为了全城图，季全保经历了无数个不眠之夜。他是一个没有其他收入来源的专业画家，却几乎丢下了自己全部的创作活动来做这件无偿的事情。这项面广量大的工程占用了他的大量创作时间。季全保说，他强烈的创作欲望，来自对老常州的深切感情。他要用手中的笔画出一幅常州人的"龙城清明上河图"，留住"老常州"，给众多热爱老常州的人提供一个怀旧的平台。他说："留取丹心照龙城，这是我的心里话！"一些市民闻讯赶到季全保的画室，看到自己原先住过的老街巷重现眼前，激动得热泪盈眶。

季全保的创作与同济大学教授、当代著名建筑学权威阮仪三的鼓励分不开。季全保与阮教授长年保持着电话、书信和面晤来往。阮仪三认为，常州老城的特色是"城城相叠，环环相套"，这样的城池格局全世界唯一。

阮教授听说季全保全身心创作全城图，很是感动，对他说："你歇了饭碗下来做这件事，了不起！天津有个冯骥才，保护天津古城立下汗马功劳，你在保护常州古城方面也是无名英雄，我要为你的精神鼓掌！"在阮教授的指点下，季全保于2004年自费赴欧洲考察古城保护，收获颇丰，更加坚定了复原古城的决心。全城图完成后，阮教授表示，要把它作为同济大学建筑系的教材。

我国著名地图学家、中科院地理科学与资源研究所研究员廖克，曾是《国家地图集》的主编，他看了季全保的全城图照片后说，这是一部地图和艺术的完美结合，是常州清末民初的"大百科全书"。香港地图收藏家谭兆璋，家藏万张珍贵地图,听说季全保绘制的这幅立体全城图后,赞叹不已,欲重金收藏并陈列。

这幅巨制是进博物馆还是供私人收藏呢? 常州市政府有关部门得知后上门与季全保协商:千万不能让家乡这幅全城图流落他乡,一定要在龙城扎根。在市政府和有关部门的协调下,全城图最终落户在红梅公园,供全市人民和中外游客观瞻。

潜心再绘《全境图》

根据《清代常州府全城全景图》制作的铜雕落户在红梅公园后,不断有市民打电话到季全保家里,或给他网上留帖,希望他把《城厢图》"延展"到戚墅堰。戚墅堰是常州的东大门,其人文历史和市井风情的研究相对比较薄弱,人们热切地期望"老房子"画家也能画一画戚墅堰,给老戚墅堰人一个怀旧的依托。家住牌楼弄附近的张老先生特地登门拜访季全保,他说,自己年纪大了,特别想念儿时的戚墅堰老街。当时季全保的创作任务很繁重,但是,老人的诚挚深深感动了他。于是,他数次把老人请到家里,请老人细细地回忆。老人一边讲,他一边画。得知季全保准备创作"老戚墅堰",戚区建设局的一位负责人想方设法找到了一本《戚墅堰商业志》提供给他,书中详细记载了 20 世纪上半叶戚墅堰商业发展的历史资料。在作了充分的资料准备后,季全保开始加紧创作。其间,每画到一些重要的商铺和历史景点,都请来熟悉情况的老先生"校对",直到大家都认可为止。

经过一年的辛勤努力,长 16 米、宽 0.48 米的长卷《戚墅堰全境图》宣告完成。画卷浓缩了 20 世纪 30 年代从丁堰至横林,横跨戚墅堰全境数十公里范围内的人情风物,主要展现戚墅堰唯一一条老街,即西街、中街、东街的风貌,商铺鳞次栉比,人家枕河而居,小桥长虹卧波。画中近 200 家店铺,包括茶楼、粮行、馄饨店、照相馆、粥店、香烛店、酒楼等,大部分都有确切的店名;收入画中的还有万安、惠济等六座桥,牌楼、普济等数条巷弄以及渡口、客栈、教堂等。画中人物都栩栩如生,推车的,挑担的,卖菜的,身着过去年代的装束,神情悠然。据戚墅堰志书记载:20 世纪 30 年代,这里物产丰富,官办民办工商业发达,商业以粮食、棉布为主,有"小上海"之称,南北货、漕运、饭馆、酒肆一应俱全。画家用娴熟的艺术技法生动形象地再现了那段平静富足的生活。

季全保的这幅长卷也是一幅优美的"江南古运河风貌图",运河以宽阔的胸怀承载着老街上的岁月故事,画家以饱蘸浓情的笔墨抒写着运河两岸的生活。画卷刚刚出炉,名声已经远播。中国文物局主编的《中华遗产》杂志为配合古运河申遗工作,正在酝酿一期"古运河"专辑,专门找到季全保,请他提供常州运河的老照片、市井风俗、传说典故等,对他的这幅运河老街新作也兴趣甚浓。上海《大美术》杂志社近日也向季全保伸来橄榄枝,他们正策划出版市井风情系列画册,拟邀请冯骥才画"老天津",贺友直画"老上海",贾平凹画"老陕西",季全保画"老江南"。

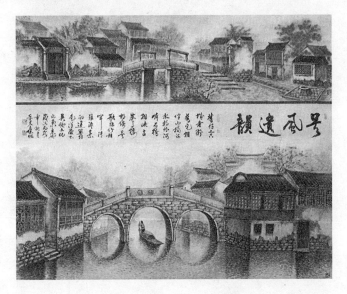

季全保先生的老房子、桥作品

"老常州"依托画家季全保的笔走向全国,画家季全保依托"老常州"成就了事业和声誉。在此,记者衷心祝愿季全保先生在漫漫的人生道路上有更多的佳作问世,为挖掘和传承我们常州地方文化及建设常州文化名城作出新的更大的贡献!

既是创业者又是慈善家
——记常州市政协委员、常州
电通集团董事长李焕明

不久前,在常州大酒店白云厅举行的"电通200万光彩基金"成立暨资助优秀大学生捐赠仪式大会上,只见有位身材不高、面带笑容、操着一口浓重的广东潮汕口音的人在发言："作为一个企业和企业家,应该对社会有回报,对弱势群体承担一定的责任,现在别人有了困难,我应理所当然地帮助人家,善举会有善果……"

中共常州市委书记范燕青(右)与李焕明(左)亲切握手

他,就是常州市政协委员、常州市工商联副主席、常州潮汕商会会长、常州电通集团董事长李焕明先生。

如今,李焕明在常州可是个叱咤商界的风云人物,他现任常州电通集团的董事长,集团在常州、无锡、南京有 10 个下属企业,涉及通信、商业地产、服装零售、物业管理、金融等多个领域,年营业额达 10 亿元,其中手机通信业务已在江苏省显现王者风范。那么,李焕明是如何一步一个脚印走向成功的呢?日前,笔者专程采访了李焕明先生。

一、勤奋的"探矿者"

李焕明出生在广东省汕头市两英镇,父母是土生土长的农民。家乡人多地少,但潮汕人被称为"中国的犹太人",他们从小就有一种意识:唯有从商才能改变自己的命运。李焕明也有着这样的理想,长大后要到商海里去搏一搏。23 岁大学本科毕业后,那年中央有政策,改革开放,鼓励一部分人先富起来。李焕明认为这是一个创业的机遇,因为广东地处沿海,毗邻香港,是改革开放的前沿。他听了到内地做生意的人的意见后,感到录像机、电话机、随身听等小家电生意可做,于是家里七拼八凑,好不容易凑齐 2 万元,就买了几大包内地紧缺的进口小家电作路费,外出单身闯市场了。他先后闯过湖南、河南、山东、上海等地,最后到了常州。

李焕明说:"有句俗话,男人不能选错行,女人不能嫁错郎。2 万元可是家里的整个家当,因此一定要选准行业,既要有自信,又要规避风险,只能成功,不许失败。"

初闯商海,所带的小家电很快全部销光,赚了三四千元,这让李焕明着实高兴了一番。

一个偶然的机会又使李焕明高兴万分。一些百货公司看到小家电样品后,同他签订了供销合同。李焕明就在南方组织货源发给他们,百货公司货到付款。

李焕明开始尝到了闯荡商海的甜头,从此一发不可收。他看到电话机正在江南迅速普及,进入千家万户,有些地方还出现了电话村。他果断决定,主要业务从小家电转到以电话机为主。1992 年底,他干脆租了一家百货公司的 4 个平米的橱窗作为安身之处,作长期发展打算。1994 年他成立了铁通通讯设备公司。1996 年电话机的营业收入超过 8 000 万元,李焕明手上有了三五千万元的流动资金,掘到了真正意义上的"第一桶金"。经过4 年时间的打拼,李焕明经营的电话机业务已在常州同类商品市场中占有70% 以上的份额。

到 1996 年,李焕明又开始实现他的投资转移了。他说:"当时我发现,电话机销量快速增长后,市场日趋饱和,随着行业门槛的降低,市场业态发生了变化,附加值也相应减少。这时手机开始在市场崭露头角,高科技、高附加值的大哥大成为市场的新宠,我于是紧跟市场,进行新的发展定位。这一年上半年,国家对手机市场放开后,我立即成立常州电通集团,把手机作为主营业务之一。由于定位正确,到 2003 年,手机业务已占到常州手机市场份额的 80%。"

李焕明渴望着做大做强。从 2003 年开始,李焕明再次调整发展思路,对投资目标进行新的定位:进军商业地产行业。

李焕明兴奋地对笔者说:"2003 年初,我考察了国内外的房地产市场后了解到,经济发展到一定阶段,人们的经济收入达到一定水平后,房地产业必定会有一个大的发展,而且会带动相关的产业,沿海地区的发达城市必定会走在发展的前列。我的分析判断很快得到了事实的证明。"李焕明斥资 2 亿多元,共收购 3 万平方米的商业地产物业,其中通信大厦建筑面积达 1 万平方米。他还先后收购了金坛城西宾馆以及博爱大厦、恒利大厦、润隆大厦、嘉乐广场的部分楼层。2006 年,又斥资 1.5 亿元在无锡的繁华地段收购了明珠商贸广场,前后所投资的 20 个楼盘没有一个闪失,都取得了很好的业绩。

在 2005 年,他又做起了服装零售业,也获得了较好的经济效益。

二、聪明的"挖矿者"

2007 年,李焕明开始涉足金融业,经国家商务部批准,在常州开办了葡京典当有限公司。

李焕明不无自豪地说:"隔行如隔山,转行有风险,我的典当公司虽开得晚,只经营了两个多月,但已向社会发放各类贷款 5 000 多万元,取得了很好的经济效益和社会效益,这在同行中并不多见。"

李焕明说:"一个成功的企业家应该既是探矿者又是挖矿者。"为了办典当,李焕明先后考察过不少地方,对典当的业态、功能、客户的要求和心理状态等等都作了了解和分析。他发现典当同银行一样,是与百姓息息相关的融资应急平台,是可利用的资源。它的客户群体是富人、个体工商户、中小企业、开发商、工矿企业。典当又有自己的特点,即发放贷款快捷、高效、方便,抵押物范围更广。但客户对典当的认识有误区,认为只有穷人到走投无路时才进典当。事实上现在的典当和旧典当有本质的区别,它是一个融资的机构,客户进典当应有同进银行一样的心理状态。

为了打消旧典当对客户投下的心理阴影,树立新典当的形象,李焕明的葡京典当的环境布置,一改老典当大门口放石狮子、门内摆财神爷的旧传统,参照经典的银行进行装饰,显现出一种现代的人性化的气息,宽敞,明亮,温馨,还设有优雅的贵宾室,在典内可听到舒缓优美的轻音乐,可喝到功夫茶。典当还推出一些惠民举措,充分发挥专业人才和专业设备的作用,为客户免费进行黄金珠宝鉴定。葡京典当成了与客户和谐沟通的场所,很快得到了客户的认可,也证明了李焕明当初的发展定位是符合整个经济发展趋势的。

"我一直讲,作为一个优秀商人成功的概率应该是 95% ,而不是要么成功,要么失败,各 50% 。经商不是赌博,不是摸彩票。那为什么成功的概率不是 100% 呢? 因为谋事在人,成事在天,5% 的失败是不可抗拒的意外事件造成的。一个企业的成功,有它的成功的基因、成功的企业灵魂、成功的企业文化,决策者是关键。"如何抓住商机? 李焕明说:"商机处处在,商人要会'捕风捉影',要好学,要勤奋,要有魅力和胆识,要有整合资源的能力。"

三、开明的"慈善人"

"从人性角度来说,财富积累到了一定程度,人的基本需求也仅此一张嘴、

一张床。扶危济困,帮困助学,是我们中华民族的传统美德。"李焕明常说:
"作为一个通过艰辛创业致富的民营企业家,在大家彼此诚信的环境下,我觉
得有必要且一定要回馈社会,去帮助那些需要帮助的人,去关心那些需要关心
的人。帮助和关心别人是我人生的快乐,相互携手去共建我们的和谐家园是
我的目标。"在常州电通集团的不断发展壮大过程中,李焕明思想开明,致富思
源,富而思进,扶危济困,共同富裕。他始终热心于社会公益事业,把捐资社会
公益事业当作自己应尽的职责,用自己的实际行动来回报社会。他的企业先
后接收500多名下岗人员就业。2001年,他为一名身患重病、急需抢救的女孩
提供3万元的医疗捐款;2005年,他又投入60万元捐助支持爱心工程;2006
年,他的企业积极投身常州光彩事业,常州电通设备有限公司向常州光彩事业
促进会捐资200万元人民币,设立电通光彩基金。基金的设立得到了各级领
导和社会各界的关心和支持,同时也激励李焕明更加努力为常州光彩事业的
蓬勃发展作出更大的贡献。2006年8月23日,他向需要帮助的20名优秀大
学生捐款10万元,向他们伸出了援助之手,帮助他们圆大学梦,他给贫困家庭
一个走出贫困的希望。2007年1月,他向天宁禅寺捐赠了天宁宝塔镇塔之宝
龙华三会,出资360万元,;2007年10月,他又向天宁区慈善分会捐赠慈善基
金400万元。据了解,近年来,李焕明先后捐助慈善事业、希望工程小学等共
计1 000余万元,向国家缴纳各类税收3 000多万元,为构建和谐常州和发展
常州社会事业作出了巨大的贡献。

李焕明说:"有的人以为富有就是拥有物质财富,其实,精神财富的富有才
是真正的富有。一个企业家拼搏的动力最重要的来自自己肩负的社会责任,
来自要为社会多作贡献,来自得到社会的尊重和认可。"的确,李焕明是这样说
的,也是这样做的。

原载2008年《常州政协》第1期,合作者:姚建华

寄 园 一 枝 秀

——记常州市政协委员钱月航女士

她有一双深邃的眼睛,闪烁着洞悉世界的锐光;她有一支犀利的健笔,善
于撰写许多具有历史研究价值且有较高质量的文史报道;她身兼两职,不辱使
命,为民众鼓与呼,为政协建言献策,赢得了社会各界人士的赞誉。她,就是常

州市政协委员、《常州日报》社记者钱月航女士。

一、充当"桥梁" 传承文化

走过 40 个春秋的钱月航出身于书香世家,从小在浓郁的传统文化氛围中耳濡目染,曾祖父钱名山是光绪癸卯年进士,面对强敌压境、民族危难的局面,钱名山先生激于义愤,两次上书言事,未被录用,1909 年愤而挂冠,退隐回乡,在东门白家桥筑"寄园",课徒耕砚,传承文脉,读书、教书、著书、刊书长达三十年,造就了一大批国学人才,被尊为江南大儒。寄园作为常州历史上最后一个古典书院,与国学大师章太炎在苏州创办的国学讲习会、唐文治在无锡创办的国学专修馆三足鼎立,称誉一时。钱月航常常沉浸于先祖们留下的浩瀚文墨中,吸收营养,汲取力量,秉承家训:"读书便佳,为善最乐";"留得家门风雅在,中原文物未消沉"。多年来,学习、探究乃至保护、传承中华传统文化精粹,成为她坚持不懈的精神追求。

钱月航

常州自古崇文重教,常州的历史大多以文字形式存在并延续,人们只有翻开卷帙,大量阅读,才能认识常州的历史。这是今天的人不太乐意做的事情。因陌生而冷漠,这就是人与城之间的尴尬关系。

钱月航选择了在历史与现实之间充当一座"桥梁"。她认为:城市文化,历水火而不灭,是"这一个"城市的底气和灵气,它集无数代人的精华提炼而成,是未来世世代代常州人的生命源泉和精神家园。她把传承地方文化当作一名新闻记者和政协委员应尽的天职。

近十年来,她在从事社会经济多方面报道工作的同时,对地方人文历史倾注特别的关注,采写了数以百计有分量的地方文化报道,为发掘、抢救和保护地方文化资源作出了积极而富有成效的努力。《洛阳乡民自发保护骨成墩》、《千件石刻隐古城》、《溧阳沙涨:全球偰姓发源地》、《陈亚先工作室——扛得起常州乱针绣吗?》等报道,强烈呼吁政府和社会重视文物和非物质遗产的保护工作。长篇人物通讯,如蒋介石女婿陆久之、爱国女杰袁晓园、台湾报业巨子余纪忠、"中央"日报社长、台湾"立法委员"程沧波、国民党元老吴稚晖、胡风夫人梅志、艺术大师谢稚柳、书画鉴定家承名世、孟河医派传人屠揆先、微软中国总裁唐骏、戏剧评论家钱谷融、城市规划家周一星、数学家曹怀东、走上中央集体学习会讲坛的世界史权威钱乘旦等等,展现了地方人文的宝贵资源。此外,她还利用政协委员的身份,用政协提案的方式向政府和有关部门建言献策。

钱月航关于地方文化方面的新闻报道和政协提案,在政府有关方面的支持和重视下取得了积极的现实效果,引发了广泛的社会关注,费伯雄故居、溧阳沙涨村、洛阳骨成墩、市中心前后北岸地块等多处文物点以及一批民族工业遗产、地方特色工艺美术项目等,升格为非物质遗产项目,得到了永久性保护。

二、著书立说　繁荣文化

作为政协文史委员,钱月航不仅认真出色地报道政协活动,还自觉肩负起捍卫地方文化尊严,避免人为流失或被侵权的危机。

乱针绣是常州才女杨守玉大师创立于20世纪二三十年代的艺坛奇葩,随着时间的推移,其神奇的艺术光芒正越来越被中外人士所共知。2006年,钱月航在完成报社繁重工作任务的同时,全部利用业余时间,完成了《人淡如菊——杨守玉传》一书。全书共18万字,分47个章节,真实再现了杨守玉大师充满坎坷的人生历程,突出了她高洁清雅的人格境界。三条若现若显的线条贯穿始终,交叉呈现:一是杨守玉发明乱针绣,创立绣坛奇迹;二是杨守玉与艺术大师刘海粟青梅竹马、揆违七十年白首重逢的情感故事;三是杨守玉与艺术教育家吕凤子超越师生的冰雪情谊,展现了一幅人生、艺术、爱情交相辉映的动人画卷。该书的出版,填补了常州乃至国内乱针绣研究的空白,对推动乱针绣艺术的学术研究和发展繁荣常州地方文化起到了推动作用。这本书的出版有其重要的意义:它捍卫了常州人对于乱针绣艺术的创始发明权。该书出版后,社会反响良好,清华大学美术学院、北京大学、中央戏剧学院、北京电影学院、北京戏曲艺术职业学院、中国戏曲学院等多所著名高等院校将之收为馆藏图书,清华大学美术学院负责教材编写的教授看到这本书后,喜出望外,马上决定增补乱针绣内容,让今后一代代学生学习传承好由杨守玉创立的中华绝艺。

钱月航说:"如果常州没有人来研究,没有人在这个问题上坚持,那么,这门天才的艺术很可能离常州越来越远,常州人将会最终失去一份宝贵的文化遗产。"

近年来,钱月航还参与了对江苏唯一地方拳种,发源自常州的阳湖拳的抢救与保护工作。钱月航于2005年第一次在《常州日报》编发稿件,揭开了阳湖拳之谜。此后,她便开始关注阳湖拳的命运,阳湖拳师每有获奖消息,就公开见报,扩大其社会影响,2006年,她还专程赴镇江跟踪采访阳湖拳师的参赛现场。至此,阳湖拳的近况终于引起了市政协文史委的高度重视,并以专委会的名义提交了社情民意提案,从而引起了政协领导和分管市领导的高度重视,列为市政协督办的重点提案,居丽琴副市长专门签署了意见。与此同时,钱月航与市政协文史委领导一起,参与了一系列保护行动,争取社会各方对阳湖拳的支持。日前,阳湖拳已被列入了市级非物质遗产保护名录。

三、身兼两职　有机结合

新闻记者和政协委员的双重身份,给了钱月航更为宽广的舞台。

2004年5月底,市政协文史委组织委员赴溧阳考察,当地接待部门安排的考察点中有一个特别的村落:沙涨村。虽然对沙涨村的考察走马观花,印象模糊,但是,钱月航敏锐地意识到,历史文化村落的史料挖掘,在文物保护工作中是一个无人关注的空白点,是一个薄弱环节。一周以后,她再次赶往溧阳沙涨村详细采访,写成了4 000字的文史通讯《溧阳沙涨:全球偰发源地》,在《常州日报》头版头条刊出。详细记述了这个淹没在历史风云中颇具文化价值的特殊村落的今昔故事,特别是现代村民保护历史遗迹的觉悟,和同宗同族的后裔万里之遥认祖归宗的故事,感人至深,反映了民族大融合的潮流和中华民族的巨大凝聚力。报道引起了良好的社会反响,引发了当地村民和文物部门保护这个古村落的积极性,以及申报文物等级的信心。不久,沙涨村被成功列为省级重点文物保护单位。

钱月航采写的另一类政协新闻稿属于"即时跟踪型",即随着事物的发展,适时跟进,不断报道,相互呼应,形成合力,取得双倍效应。率先拉响古运河保护导火索的就是市政协文史委。钱月航的报道及时跟进市政协的每一步动作,《长三角：古运河波澜正起》、《常州古运河开发的序幕之作》、《古运河奏响"申遗"新乐章》多篇报道引发了古运河保护的热潮,最终引起了政府的高度关注,并使常州市的保护跟上全国政协掀起的申遗大热潮。由此,《古运河奏响"申遗"新乐章》被评为2006年度政协好新闻一等奖。

四、不怕压力　不辱使命

围绕地方文化最敏感的话题就是文物保护。当今城市现代化的热潮中,发展与保护的矛盾越来越尖锐。作为文物保护方面的新闻报道,常常面临多方面的压力,持不同观点的读者对报道的看法完全不同,大家都在要不要保护的问题上尖锐对峙,报道一出,政府觉得"过"了,甚至认为给政府造成了压力;而读者认为报道力度不够,给政府脸上贴金,没有站在拆迁户即老百姓的立场上。政府会给报社压力,老百姓也会对报社议论纷纷。在这种情况下,钱月航首先坚持自己的基本立场,一切从保护文物的目的出发,同时,讲求报道的技巧,对于老百姓,她要解释政府的难处,说明政府规划的合理性;对于政府对开发商的过于妥协作为,她会用曲笔有限度地提出批评,或借用高层专家的话间接地批评政府的某些不当行为。尽管她如履薄冰地采写文物保护系列报道,仍然难免不被理解,但她做到了不怕压力,不辱使命。

2006年夏季,钱月航和报社另一名同事一起冒着炎炎烈日,实地踏访了常州所有新修复的文物保护点,采访了一批专家学者和参与修复工程的规划方案制订者,同时也采访了众多居住在文物保护点内的居民和名人故居后裔,写成了轰动一时的"常州文物保护系列报道(四篇)",旨在通过一系列有针对性的调查采访和报道,帮助广大读者对我市的文物保护工作现状作出比较客观、全面的"解读"。由于依据事实,采访扎实,立场正确,观点客观,顾全大局,这组系列报道得到了市政府领导、文化职能部门、地方文化界人士和普通读者的认可,市新闻出版局审读小组以专题评论《强热媒体的声音——解读常州日报"文物保护系列报道"》予以高度评价。

梅花香自苦寒来。笔者钦佩钱月航"位卑未敢忘忧国"的壮志,钦佩钱月航自强不息的拼搏精神,在此,笔者衷心祝愿钱月航能无愧于时代的要求,直面人生,直面社会,撰写出更多的新闻精品、更多的佳作,为挖掘和传承我们常州地方文化及建设常州文化名城作出新的更大贡献!

原载2007《常州政协》第3期,合作者：徐立克

退休局长和"田野考古"

每个周末,只要天晴,在武进的某个乡镇总能看到一对夫妇的身影,他们背着照相机,走村串巷,时而拍照,时而与村民攀谈,时而做笔记。四年多来,"义务田野考古"成为原武进交通局长蒋惊雷夫妇退休后的"中心工作"。

19 个"古"字　数千张照片

蒋惊雷爱上"田野考古",与他的性格爱好和工作经历有关。他性格开朗、兴趣广泛,唱歌、摄影、写诗样样拿得出手。作为土生土长的武进人,他满怀对大地乡村的留恋与感恩,因而退休后回归田野,并且乐此不疲。蒋惊雷在武进交通战线干了 30 多年,从一般职工到副局长、局长,筑过无数路,架过无数桥。前几年退居二线后,他便与老友钱世康一起普查武进古桥,经过艰苦努力,共同出版了《武进古桥》摄影版和《武进古桥》图文版,这两本书首次全面、系统地展现了常武地区现存古桥的特色与风貌,受到来自社会各方面的好评。

在调查古桥的同时,蒋惊雷注意到大批古建筑遗迹散布乡间,有的历经千年,有的雕饰精美,有的形制壮观,但大部分都摇摇欲坠,或面临拆迁,再不实施抢救性保护,很快将会销声匿迹。于是继古桥考察后,他着手更加面广量大的古建筑考察工作。蒋惊雷不忍心让年逾七旬的老友钱世康跟他"吃苦受累",决定一个人"奔赴前线"。

蒋惊雷确定的考古内容相当广泛,包括 19 个"古"字:古镇、古街、古巷、古村、古塔、古亭、古碑、古墓、古井、古祠、古树、古寺、古宅、古桥、古书院、古牌坊、古城池、古家具、古农具。

几年来,蒋惊雷夫妇的足迹踏遍了武进的乡乡镇镇,把每一处有价值

蒋惊雷夫妇正在潞城镇一民宅考察、拍摄

的遗存都收入镜头,多年来,他们拍摄了数千张照片,都分门别类作了整理,还扫描进电脑里保存。

他用镜头抢救"古董"

蒋惊雷对义务考古工作相当投入,走村串巷,登高爬低,每张照片都倾注了心力。很多村民被他的精神所感动,主动给他带路。

蒋惊雷说,由于工作关系,他原先就对武进的乡镇相当熟悉,但是现在的熟悉和过去不同,过去是平面印象,现在每个乡镇都立体地"活"在脑子里,有声音,有图像,有过去,有历史。记者在他数不清的照片堆里任意提及一张,他都能马上指出其所属镇村、周边环境及其相关人文历史。

蒋惊雷用自己的眼睛和镜头"抢救"了一系列的"古董":三河口的高山书院,它是武进一地目前唯一尚存的古代书院遗存;白龙观、横山桥的古树堪称本地之最;夏溪有乡间少有的两座欧式古建筑,一为住宅,一为教堂;坂上等地留有老砖窑十多座,大部分都面临拆除;厚余有一口古砖井,为唐代遗存;常武一地保存最好的墓园是马杭的恽南田墓;上店街上有恽南田故居,可惜尚未得到保护,也未列为文保、文控单位;横山新安老街颇有特色,全部屋墙都是就地取材,用大石块砌就……

蒋惊雷说自己在"拉牛尾巴"。由于各方面的原因,许多古迹遗存已经消失和正在消失,如果现在没有人来做这件事,今后子孙们就没有东西可看了。他认为考察工作最大的意义在于"抢救"二字。

"只要天晴就出门!"

蒋惊雷做田野考古工作纯粹是义务性的,不求任何回报。他说,这是一项对社会有益的事业,不管遇到什么困难,他都会继续做下去。"只要天晴就出门。"这是蒋惊雷最常说的一句话。

下一步蒋惊雷要做的事更多:将重点的遗迹拍成录像,今后制作成"常武古镇"专题片。待资料积累到一定程度,汇编一本《常武古镇》,献给所有和他一样有怀旧情结的人们。他还积极向政府有关部门宣传保护古建筑的意义,向有关领导建言献策,他提议加大力度做好古镇的旅游开发工作,开发"武进古镇一日游",与其他旅游线路配套推出。

退休后,蒋惊雷又被一家单位返聘,所以,他只能利用周末时间进行考察。他这样描述自己的考察工作:"抢拍古桥,初尝甜头;拍摄古镇,继续前行;夫唱妇随,出双入对;抢救遗产,留住文化;多人引路,热情洋溢;生活充实,其乐融融；乡村风光，边拍边游，编书成文，记录历史；带走摄影，留下脚印。"

原载 2007 年 11 月 18 日《常州日报》，合作者：钱月航

盛世修志结硕果 锲而不舍得真经
—— 喜读《开创广义方志学之我
见——张尚金文论集》

方志专家张尚金先生新著《开创广义方志学之我见——张尚金文论集》，近日由珠海出版社正式出版了，真是可喜、可敬、可贺！

20 世纪 80 年代初，全国各地时兴盛世修志，武进也不例外。由张尚金等

张尚金

同志合作编纂并公开出版的《武进县志》曾荣获 1993 年全国地方志优秀成果一等奖（最高奖）。不久，他在江苏省第二次地方志工作会议上被表彰为"江苏省修志先进工作者"，并被调入江苏省地方志办公室工作，担任市县指导处处长。张尚金先生可谓是地方志编纂的行家里手。

实践出真知，妙手著华章。随着当代修志事业的深入发展，修志理论值得修志工作者和专业学者的认真探讨。为此，张尚金先生本着"开拓创新、与时俱进"的指导思想，勤于思考、勇于探索新方志编纂理论。比如，关于志稿的编写，他和姚金祥先生（系上海市地方志办公室原副主任、研究员，上海市地方史志学会、上海市年鉴学会副会长）提出了"一稿抢，二稿磨，三稿雕"的见解，中心意思是志书的成书不能太急，要反复推敲，注重内在的质量。如今，这一观点可以说已经成为志坛同行的共识。当时，江苏和上海都还没有省市地方志办公室，他们便和其他一些市县的同行一起，自发创造了修志协作会议的好形式。不仅省内、市内进行协作，而且江苏的苏、锡、常各市县和上海的郊县一起召开修志协作会议，从而解决了修志中的许多疑难问题。近 5 年来，张尚金还参与了《江苏省志·人物志》、《南京通志》、《南京市秦淮区志》、《常州市天宁区志》、《武进统计志》等各类志书的编审、总纂工作。特别是近几年来，他应聘担任了南京市《鼓楼区志》的特约编审和特

邀副主编。在长期的修志实践中，他总结提炼出综合型地方志书必须达到"一全"、"二精"、"三特"、"四美"的基本要求，才能保证合格，力争优秀，争创名志。具体是："一全"即全面记述该区域自然社会的历史与现状；"二精"即资料精确，文字精练；"三特"即具有时代特色、地方特色、专业特色；"四美"即思想美、体例美、文字语言美、装帧美。

张尚金先生不仅对地方志书有独到研究，对地方综合年鉴也有比较深入的研究。早在武进县时，他就具体策划编纂并正式公开出版了江苏省建国后最早的县级综合年鉴《武进年鉴(1989)》。他还与杨汉平先生合作编著出版了《年鉴学浅议》一书。正因如此，他曾担任中国年鉴研究会地方年鉴工作委员会委员。

如今，江苏全省76部市县志早已全部完成编纂任务，市、县(市、区)两级综合年鉴的编纂数量和质量都名列全国前茅。张尚金先生为此作出了应有贡献。江苏省地方志办公室原主任汪文超先生曾称赞说："他是地方志事业的热心人，也是年鉴事业的热心人。"25年来的修志历程中，他总纂、主编、编著(与人合作)的书籍，已经公开出版的有600万字，即将出版的有1 000多万字，可谓是事业有成，成果丰硕，殚精竭虑，精神可嘉。

洋洋四十余万言的《开创广义方志学之我见——张尚金文论集》，收有作者撰写的70多篇文章。这些文章，大体可以分成7类：工作研究、理论探索；培训讲稿、授课讲义；经验体会、信息交流；新书评价、读后有感；地情研究、史料辑考；往事回忆、人物春秋以及附录。作者在书中称："广义方志学，是以广义方志和广义方志事业为对象进行研究的学问"；建立广义方志学的科学体系，必须在解决广义方志及其事业的"四化"上下功夫，即法制化、方志信息化、管理科学化、续修志书体例多样化。作者对"广义方志"的理解，包括了回忆录、大事记、志书、史书、年鉴和地情研究论文。《开创广义方志学之我见——张尚金文论集》中的这七个部分，确实包括了广义方志及广义方志事业管理方面理论和实践相结合的文章。对此，笔者钦佩张尚金先生几十年如一日对志鉴事业的不倦拼搏和执著追求。

"江山代有才人出，各领风骚数百年。"张尚金先生的《开创广义方志学之我见——张尚金文论集》是他几十年来从事地方志事业的阶段性成果总结。一册在手，自然欣慰，同时也生出无限的感慨。在此，笔者衷心祝愿张尚金先生在有生之年，注意颐养天年，保证身体健康，继续为丰富、充实中国地方志理论宝库和发展地方志事业作出新的力所能及的贡献！

原载 2007 年 11 月 14 日《常州日报》、2007 年 12 月 20 日《武进日报》

树塔树人树德的广电人

——记原武进广播电视局长、党组书记黄国平

在我的手上有一本厚厚的书,书名叫《聚沙成塔》。不知何故,这本书经常在催唤我,为何不写写身边的他呢——黄国平,这位从事多年广电事业的原武进广播电视局局长、党组书记,他既是这本书的作者,又是《聚沙成塔》的树塔人。

一、勤奋树塔

事情还得追溯到 1990 年 5 月,由时任武进县广播电视局局长张尚金(于 1992 年 2 月调离广电局)等同志的积极建议,经县政府有关部门反复论证,之后,在 1991 年 3 月,武进县十届人大二次会议把筹建武进广电中心和电视台正式列入全县"八五"期间国民经济和社会发展计划。时任武进县县长的宋诚宇为此阐述说:"武进过去没有电视台,全县边缘地区的老百姓也看不到常州台的电视节目,这对武进来说是个很大缺陷和遗憾,为了让全县人民能看上电视,这两年,我们要下决心花力气,要建自己的电视台……"

然而,这个反映武进百万人民共同心愿的"民心"工程,实施起来却并不容易,且不说这项工程技术要求高,投资数额大,涉及面广,就单是电视台的选址和电视塔的建造就让筹建的同志大伤脑筋。选台址,建铁塔要从地质条件、环境污染、电气干扰、交通状况、气象条件及发展角度等多方面来考虑。为此,时任武进县广播电视局局长黄国平兼筹建领导小组负责人,带领筹建办的全体同志在武进全县详细而科学地考察和论证了 8 个地址,最后才于 1993 年 8 月确定了湖塘镇湾里村。

为创一流,为对全县人民负责,黄国平说:"建造武进电视台是全县人民的一项'民心'工程,而'民心'工程一定要办好,得民心!"为此,他和筹建办的同仁们一起,做了大量而细致的工作:

——考察了江苏、山东、上海等地 14 家县市广电中心和电视塔,查阅了近百万字的设计资料,拟订了 10 多万字的"中心"和"电视塔"设计任务书。

——为"中心"和"电视塔"两次征地与七、八个部门进行了 30 多次洽谈协调,为杨家村的村民房屋拆迁做了两年几十次的工作。

——经过好几年回合后,辅以大量论证,筹资方案作了 20 多次修改,搞了

10 多次大型"聚沙成塔"奉献爱心的文艺和宣传活动。

——为武进电视频道等审批,向上级申报申请 15 次之多,跑市、跑省、跑部不知多少趟。

——电视塔方案前后经过 6 次论证,作 10 多次大修改。不仅从铁塔外型、技术工艺、配套设计等大方向考虑,甚至连无线固定的打孔等细小问题也进行考虑设计……

建造电视台这是一项庞大的系统工程,武进广电人徐龙兴、张喜华、芮三元、胡发珍、周伟进、李兆方等同志为此开足马力,日夜奋忙,他们付出了巨大心血。当然总负责工程的黄国平更是不知操了多少心、出了多少力,流了多少汗……,在这里,笔者仅摘录黄国平在日记中亲笔记载的一部分,辛劳程度窥见一斑:

1993 年 10 月 17 日至 27 日。这 11 天是武进电视发展史值得记载的 11 天,也是我永远不会忘记的 11 天。县委常委、宣传部长顾培华带队,我、徐亮和县电影公司的经理秦国祥、孟城盆景公司经理魏达荣等一行五人,受县委县政府的委托在北京申办武进电视台……24 日,今天是星期天,没有外出。说实在话,连续紧张的工作,再加上整天背上心理包袱,整天考虑电视台批不到回去怎么交待,所以人够累了。昨天听到广电部的同志说同意了,人才松了一口气,吃了中饭,4 个人睡了一个午觉,一致感到这个觉睡得太香了……同志,你可知道,在北京,顾部长一行为了批到电视台,到广电部办公大院前后跑了10 多次,也可说我们实足去上了 5 天班;为了批到电视台,顾部长一行不知打了多少电话,找了多少人,做了多少工作。可为了节省钱,到路边小吃店弄点吃吃,甚至有两次晚饭干脆吃点饼干就算了。在北京,我这位广电局的局长,此时压力很大,我深知,如果批不到,不仅对县委、县政府没有交待,就是对顾部长,我也没有交待,更不要说对全县人民了。

1994 年 2 月 28 日。这一天,是武进广播电视发展史上重要的一天,是跨上新的里程碑的一天。这天是"广电中心"即电视塔正式奠基开工的日子。这天凌晨一点多种,我就醒了,到 5 时起床时已看了 4 次表,没有睡好觉,又不知天气如何,起床开窗一看,天上有星星、有月亮,顿时高兴起来,自言自语了一句:原来天老爷还是帮忙的。5 时 15 分来到办公室,再看了一下奠基仪式的日程安排。7 时去武进宾馆陪来客用早餐。7 点 20 分去湖塘参加奠基仪式。10 时又赶到湖塘镇政府第二会议室参加广电座谈会。半天下来,本人十分吃力,觉得很累,但想想奠基成功了,心里挺舒畅的。

二、积极树人

1995 年农历大年初一,县委书记赵耀骥在向县新闻单位拜年时,又一次对黄国平说:"我们要建电视台就要建一流的,武进要在精神文明建设方面多出一流的精品佳作来。"广电中心始终得到县领导和全人民的关心支持。据黄国平统计,就他接触,1994 年一年,县领导中仅赵耀骥、宋诚宇、周复新、顾培华、王益中等直接关心协办广电中心事务就达 245 次之多。

应该说,投入所有的努力都期待着好节目的出现。宋诚宇县长说得语重心长:电视台竞争不分先后,不问县市,办不出好节目,频道就会被打入冷宫。

这的确是悬在广电人心头上又一把达摩克利斯剑。塔是一流的,引进的设备也将是一流的,然而一流的作品却需要高素质的人才来完成啊。这时黄国平意识到:树人更比树塔重要!

其实,在电视塔艰苦攀升的时候,另一场战役早也打响,那就是培训人员,预制节目。为此广电局先后派了 3 批人员上北京中央电视台和鞍山广播器材学院进修学习,同时又招聘和吸收一批形象好、素质高的播音员和摄影师,人才培养和节目制作已摆上重要的议事日程。据了解,从 1994 年至 2002 年的 9 年中捷报频传,全局荣获省级先进个人和先进集体 42 项,部级先进个人和先进集体 3 项,同时取得了丰硕的广电优秀作品,培育和造就了一大批广电先进个人及优秀人才,真正做到了树塔与树人并举。

如今,占地 108 亩的广电中心正处于武进的几何中心,也处于武进新城的政治、文化和商业中心区。228 米高的塔屹立在武进大地上,也树在 120 万人民心中。一位诗人热情讴歌这是:"百万颗心的凝聚,百万脊梁的焊接。"广电人正在为武进的两个文明建设辛勤耕耘作出贡献!

三、为人树德

黄国平经常说:"诚实做人,勤奋做事,是我们做人的基本道德和准则,尤其是作为一名领导者,更要做到这一点。"为此,黄国平在广电局处处以身作则,严格要求自己,甘洒汗水,乐于奉献,身教重于言教。笔者看到,在黄国平的工作日历上,基本上没有星期天,就连他的女儿都说:"我爸爸在单位没有礼拜天。"节假日如此,平时工作又是如何呢?可以毫不夸张地说,他一天干了两天的活,一人干了两人的活,甚至有时还要超过。他的这种以局为家、忘我工作的精神令人敬佩。

可是,岁月不饶人,毕竟是 50 多岁的人了,2002 年 10 月,一直身强力壮、马不停蹄的黄国平终于病倒了。他到武进人民医院和常州市第三人民医院检查,结果患的是肝炎,但既不是阳性,也不是阴性,什么原因呢? 医生说是疲劳过度,身体透支了,应该休息疗养一段时间,身体就会康复。为此,黄国平与医院的病床打了三个多月的交道,广电局的职工无不感动。

黄国平在《聚沙成塔》一书后记中说:"我一生在风雨吹淋和阳光哺育中做了一点事,但最难忘的最值得自豪的是与同仁一起有幸建造了广电中心。在这较长时间'聚沙成塔'的艰苦创业中,我看到了许多,知道了许多,学到了许多,当然也成熟了许多,但更不能忘记许多:特别是我的同仁,广电战线上的兄弟姐妹们,为了武进的广电事业,为了让后人幸福乘凉,自己却日夜辛勤栽树,为了栽好树,有的头上增添了白发,有的身上患上了疾病,还有的带着中心的泥土退了休,回了家。付出了,付出了,可他们得到了什么呢? 是利、是名、是官,没有,一点也没有,他还是他。但值得欣慰的是,他们得到了留在武进大地上的一座广电城,得到了留在武进新城里的一座电视塔,得到了武进区政府的嘉奖,得到了国家人事部、国家广电总局授予的全国先进集体的荣誉称号。"

黄国平为树塔树人付出了很多,却把荣誉和功劳归功于广电局的同仁,这就是黄国平做人为人的高尚品德。一位多年在广电局工作的老职工对黄国平这样评价说:"黄国平的这种对广电事业的执著追求、求新进取,对工作的认真负责、一丝不苟,对同志的宽容厚道、人文关怀,正展示了当代广电人的精神风采,他的这种高尚品德为我们广电人树塔树人树德,树立了良好形象!"

执著的人生追求
——记武进广播电台原台长赵汉庭

他,虽然稍瘦,但挺精神的;他,虽然已退休6年,但还每天到单位上下班,发挥余热;他,虽然已获得了主任编辑职称及诸多荣誉,但仍孜孜不倦地学习;他,虽然只做了些平凡的事,但对广电事业的执著精神令人佩服。人们不禁要问,他究竟是谁? 他,就是武进区广播电视局原电台台长赵汉庭先生。

走过66个春秋的赵汉庭先生,青年时代曾在师范学校当过语文教师,中年时代当过广播电台编辑部主任及台长。他大半辈子从事的是广电事业,对广电事业情有独钟。按理说,到了退休年龄,他该在家里享享清福,度度晚年了,而他不,他说:"我不喜欢打牌、搓麻将,闲在家里又闲不住;虽然外面邀请我去'打工'的单位很多,但我对广电事业有割不断的情、舍不掉的爱。"因此,在广电局的办公大楼里,总是见到他那不知疲倦的身影。原来他被广电局的领导返聘为顾问,至今已整整6年了。

众所周知,撰写材料是个苦差使,它不是体力劳动,而是脑力劳动,有时甚至24小时都会不停地苦思冥想,不停地琢磨酝酿,并且所写的材料必须吃透"两头",即吃透上面领导的意图和吃透下面基层情况,宏观与微观、理论与实践相结合,因此,赵汉庭在这方面下的功夫是颇深的。他关注时政,博览古今中外书籍,做到去粗求精、去伪存真,记下的笔记每年约3万余字。他的治学态度和脚踏实地的工作作风令人感动,他的笔记本上写着:"老夫聊发少年狂,求取有生添华章。历来深感学识浅,唯有勤奋见地广。"他还经常与同事聊天、谈心,从聊天、谈心中了解有关情况,获取信息。有人对老赵说:"你这么大年纪了,还去学习什么?写些什么?"可他的信条是:"人要有存在价值,更要有表现价值,有了表现价值,才能体验存在价值。"他的这个信条的意思是:人必须有对社会的表现贡献,而不能认为自己本事大,有着存在价值,仅是你不用我,因而无须表现。实际上,这种认识大错特错,你有好弓和好箭,一直拿在手里玩玩,引而不发,有何价值的体现呢?他还常说:"学习是永恒的动力,人要活到老学到老,不学习,思想观念就会滞后,跟不上时代的发展,我也要与时俱进啊。"是啊,正是因为他有了这份执著,在纷至沓来的诱惑面前,他坚如磐石,守住游离不定的心思;正是因为有了这份执著,尽管外部的世界那么精彩,他依然故我,一心一意追寻与探索;正是因为有了这份执著,他热情地投入、全身心地探求广电事业。

与赵汉庭先生(右)在一起

所以,赵汉庭所撰写材料的每一个观点、每一种措施、每一篇文章,都具有一定的前瞻性、指导性、实用性,特别是对广电事业的发展起到了较大的推动作用。

天道酬勤。据了解,自从2000年12月28日退休至今,赵汉庭所写的新闻类作品约有1.5万字,其中获省二等奖和市一等奖各1篇、市二等奖5篇、市三等奖3篇,并创造性地把省内外有名的《武记者巡游记》搬上了电视,亲自写了2篇文章;又在前年春节前后把演唱、歌颂武进巨变的锡剧搬上了电视,并写了6篇唱词(共 8 篇),开创了广电局新闻宣传寓教于乐的先河。更难可贵的是,他将自己多年来从事广电事业工作的经验写成论文,传授给年轻的新闻工作者,自从他退休后,已有 20 篇论文(10 万字左右)在常州市广电系统获奖,其中一等奖 8 篇、二等奖 6 篇、三等奖 6 篇,并在常州市以上杂志刊载的论文有 16 篇,约 8 万字。2006 年,他居然饶有兴趣地为《武进日报》撰写了杂文 8 篇、散文 2 篇、《龙城掌故》4 篇;他还在常州市永宁路社区、广电局的离退休人员会上讲述有关历史地域知识和时政内容,这大概就是他一再说的要有"表现价值"吧。

如今,赵汉庭先生身体硬朗,思维敏捷,看来这与他平时经常用脑和适量饮酒有关。他说:"广电事业是我第一爱好,饮酒是我终身爱好,如若哪天我不喝酒了,那么,我的身体也要垮了。"正如他说的,常喝酒的人,如果哪天不喝酒,肯定是身体不舒服,这也是常规。据有关资料显示:适量饮酒能抵御寒冷,促进血液循环,特别是老年人,活动量少,每天适量饮酒的确能增强体质。同样如此,多用脑,能刺激人的中枢神经,亦能增强体质。季羡林说得好:"多用脑者多长寿。"在此,我们衷心祝愿赵汉庭先生每天适量饮酒和用脑,健康长寿,永葆青春活力!

原载 2007 年 1 月 16 日《武进日报》

不用扬鞭自奋蹄

——记常州市政协书画社艺术家王日曦先生

一轮红日透过田野、工厂、晨雾,从遥远的地平线上冉冉升起,古运河两岸被旭日染得绯红,沉醉在晨曦朝霞之中的江南水乡——常州市戚墅堰,显得更富生机和活力。

简居一隅的中国书法家协会会员、中国美术家协会江苏分会会员、中国中华诗词学会会员、常州书画院画师、常州市政协书画社成员王日曦先生,迎着初升的朝阳,开始了他的晨练。这位学识渊博的艺术家,时而慢跑,时而沉思,从他时紧时松的眉宇间可以看出,王先生又在为新的一天进行艺术筹划……

一、名师出高徒

走过 64 个春秋的王日曦先生是无锡人氏,自幼爱好书法、音乐等,曾当过

10 余年钳工。1974 年，著名书画家陈大羽教授下放到戚墅堰机车车辆工厂"接受工农兵再教育"，一个偶然的机会，王日曦的一手字竟被陈大羽大师所赏识，被陈大羽收为门徒。从此，他正式开始了学书治印生涯。初学治印他刻得很多很苦，自以为"多多益善"，结果刻来刻去还是刀法落俗，自己也说不出所以然。老师意味深长地说："篆刻是一门艺术，它不同于技术，不像做工，产品做得越多越好。"并十分严肃地对他说："停住你的刻刀，再也不要盲目刻下去了！"

王日曦先生正在写字

停下了刻刀，老师就让他临碑帖，背读古典文学名著，欣赏品味名家印谱、字画等。经过了一段时间的刻苦学习，再回头看看，他感到了不足，艺术就在无形中长进了许多。10 多年之后，王先生临摹古今名家印章 4 000 多方，一年 365 天，日日治印，没有一日闲过。观王先生的治印，笔法方圆并有，寓动于静，做字结构，奇正相生，方巧朴茂，疏密得神，不尚狂怪，入古而生新，既有刚劲苍古之感，又有挺拔流畅之韵，集笔、墨、刀、石之趣于方寸之间。他博采古今众家之长，大部分作品以古抽苍劲和势豪迈著称，于道劲挺拔之中见秀锐，在朴茂凝重之间显生动。

在书法方面，王先生行、草、楷、篆、隶、魏无一不精，他以谦虚和勤奋的态度遨游于墨海之中，其书法作品除了给观赏者以美的艺术享受外，更从神采、格调、气势上予人以深远的启示。他的书法凝重、刚劲、潇洒，风格粗犷雄强、古朴浑厚，那种爽朗坦荡、豪放大度的气质充溢在字里行间，有一般不可抗拒的自然情趣。著名书法家费新我用四个字高度赞赏王日曦的书法："铁划银钩"。已故艺术大师陈大羽对王日曦执著的艺术追求评价是"久久自芬芳"。

二、静思园造景

去过苏州市静思园的人都知道，在一座古色古香的长廊里，有 72 块峻雄秀美的"中国古代科学家篆刻造像"石碑，吸引了众多的游客，它不仅为园内景致平添不少诗情画意，更使拜谒者勾起诸多遐想。

篆刻造像的作者是谁？他就是王日曦先生。1985 年至 1988 年，王日曦曾经为《常州日报》开设过一个专栏，专门介绍中国古代的科学家。每周刊载一幅科学家的画像，配上三百字左右的传略，先后登了60期，引起过读者的广泛关注。2001年，王日曦整理旧作，重新修改自己对古代科学家们的造像，并用汉隶抄录这些科学家传略，结集《中国古代科学家造像》一书出版。在请原全国人大副委员长、民盟中央主席费孝通题词"弘扬爱国主义精神"的过程中，王日曦与吴江市政协接触颇多，并结识了当地的企业家陈金根。

陈金根是一个园林迷，他把自己几乎全部的经济收入都用于建园上，在吴江松陵镇，他出资兴建静思园已有好几个年头，并提出让王日曦为静思园造景——建一座中国古代科学家篆刻碑廊。王日曦通过考察发现，陈金根是一位有远见的企业家，静思园也已初具规模，遂欣然答应。

如今250米的碑廊蜿蜒曲折，高低起伏，72块高1.6米、宽0.7米的石碑记录了从远古到清代的65位科学家的生平介绍和最具代表性的造型，从而为苏州静思园营造成了一道靓丽的风景线。

三、"鸡画"性如人

走进王日曦的书房，只见两壁墙上挂满了"鸡"画，堪称"鸡"壁辉煌。

王先生缘何爱鸡、画鸡？用他的话说："吾喜欢画鸡，主要受恩师陈大羽传承，大羽先生画鸡名闻天下，学生岂能不继承发扬？"

乙酉年，农历鸡年，"鸡"、"吉"谐音，故谓吉祥之年也。《韩诗外传》称鸡有文、武、勇、仁、信五德，画鸡就是写其五德之美也，是秉承五德，发扬拼搏奋斗之创业精神、建设精神文明、构筑和谐社会所必需也。

观王日曦笔下的鸡，是真正大写意的鸡，用笔简练、造型夸张、笔墨传神、画风鲜

王日曦的画鸡作品

明。无论鸡冠、躯体、羽毛，皆以或浓或淡的大墨块、大色块构成，显得率性而又充满趣味。王日曦以书法篆刻见长，以书入画，具有纯厚的金石之味，似篆似隶的笔触勾勒有大羽之魂，鸡喙、鸡爪更显得别具精神，栩栩如生，呼之欲出。同时，王日曦作画注重虚实处理，画中既有实像又有虚像，实则虚，虚则实，有画处是画，无画处也是画，充满了虚实相生、虚实相辅的中国美学的深层意蕴，耐人寻味，回味无穷。

"心存五德情，鸡画性如人，文武勇仁信，司晨最为珍。"这是王先生画鸡后的所赋的一首诗。中国画家重视人品、画品、"人品攸关画品"。王日曦为人厚道，仁慈诚信，在常州乃至全国颇有知名度，真可谓：画如其人，字如其人。

王日曦的砖刻《万事如意》

一分耕耘，一分收获。数十年来，王先生成绩斐然，诗书画印各臻其妙，如今画坛"四者鼎立者"，堪称凤毛麟角。2003 年 11 月 18 日，他被世界教科文卫组织授予"世界教科文卫组织专家成员"。

然而，王日曦在成绩面前不骄傲，仍将自己的工作室取名为隙草庐，缘何取这个号？王先生解释：隙者，石隙，缝隙，隙草即隙间长出的一棵草。这是王先生的自喻，形象地绘出他数十年来学书治印的艰辛，体现了他锲而不舍的奋斗精神。王日曦先生以常州已故著名书法家、诗人钱小山先生的谆谆教导"名不贵苟得，学以美其身"时刻告诫自己。"不用扬鞭自奋蹄"，正是王先生不断取得成功的秘诀。在此，我们衷心祝愿他在文化艺术上更上一层楼！

原载 2005 年《常州政协》第 2 期

言为心声　画如其人
——走近著名写意花鸟画家居大宁

我和居大宁认识已有十余载，6 月 18 日在常州新北区薛家镇举办的华厦工艺美术产业博览园仪式上，正好又见到了他，同时欣赏了他在园上展出的两幅鸭画，惟妙惟肖，精彩绝伦，真是士别三日，刮目相看。在金陵江南大饭店用餐后，我抓紧时间，对他进行了采访。

在访谈中，才知画鸭，看似容易，其实不易，必须具有自己的个性和特色，在形式上要有所突破，有所创新，大宁的鸭画，栩栩如生，出神入化，决非一日之功。

大宁从小生活在江南水乡，水乡的山光水色，旖旎风光滋润了他的心田，那似诗如画的几风情和悦耳动听的富有节奏的鸭子"呷呷"鸣叫声，无不撩动他儿时的心弦,逐渐使他走上了涂鸦之路。高邮是鸭的故乡,他曾多次专程走访了高邮的鸭种场,在那里进行实地写生,并利用摄影捕捉鸭子瞬间动态和微妙的变化、如春夏秋冬不同季节是鸭的各种形态,如鸭子见到人的惊态,憩息时的恬态,梳羽展翅的舞态,畅游时的悠悠之态等;他尤其喜欢鸭的和善、纯朴的习性,大度无私,与世无争,即使有人向它挑逗,它能坦然对之,只是看你一眼便摇摇摆摆地走了。平时和同伴在水里追逐嬉戏,从不欺软压小,始终和谐相处,这些都在他的笔下巧妙地表现出来。

大宁画鸭,用笔不多,一气呵成,由于他对生活感受颇深,自然形成了自己的风格,如在画鸭的尾巴时,打破传统的画法,借鉴摄影中高光手法,采用飞白处理,用粗细不等湿润重墨勾勒,三两笔就把一个沉甸甸的鸭画了出来,形神兼备,别有一番韵味。

大宁的画鸭,在上海、北京影响尤为显著,特别是 1992 年在北京,2002 年在上海首创成功中国第一幅巨幅"春江水暖"和"荷塘百鸭图",被画坛誉为"当今画鸭第一人"。

居大宁不仅擅长画鸭,而且画路宽阔,其笔下的山水、人物、花鸟、虫鱼,样样流露出他的灵性和情感,立意深刻,笔墨纯正流畅,构图简洁,内涵丰富。大宁画的鱼,可和他画的鸭相媲美,著名美术理论家左庄伟先生对其画更是赞叹不已。

居大宁的国画作品,先后被全国各种报刊采用发表,并出版大型画册《春江水暖》,国家邮政局曾多次将鸭画选入中国画名家精选。世纪珍藏版,并印制"贺年有奖明信片"、"个性化邮票册"向全国发行,天津杨柳青出版社还特意选用大宁鸭画 30 余幅,出版了《写意鸭画法》专供艺术学院学生作为美术示范教材。

更有意思的是,一些喜欢大宁国画的粉丝,为了讨个口彩,在亲友中遇有乔迁、新婚、出国时,送上一幅大宁的画作为礼物,特别看重画上"居大宁"三字的落款,寓意"居藏大雅(鸭),吉祥安宁",以示对亲友的祝福,因而使居大宁的画和名,相互增辉,别有情趣。

大宁为人厚道随和、坦率大度,对自己要求很严,从不自满。他热心公益事业,感受到回报社会和奉献的快乐,有了成绩也不沾沾自喜,总是归功于老师和曾帮助过他的亲朋好友,他念念不忘王个移老师"做人要忠诚老实,画画要调皮活泼"的教诲。平时,除工作、画画之外,只要有人请他帮助或辅导,他总是尽心尽力,乐意相助,这正表达了一个画家诚挚的感情以及对生活的热爱。

言为心声,画如其人,这就是居大宁的为人之道,也是他的绘画之道。

写于 2008 年 6 月 20 日

凌云健笔意纵横
——记书法家谢飞

自今年 5 月上旬"谢飞书法展览"在刘海粟美术馆举办之后,越来越多的人认识了谢飞。中国书协代主席沈鹏先生看了该展览后说:"谢飞书法,传统功力深厚,学书路子宽,作品有意境,在楷书、行书的创作上达到了相当高的水平。"并兴致勃勃地和谢飞合影,还在册页上挥毫题了四个大字:"含英咀华",对谢飞的书法艺术作了全面高度的概括。

谢 飞

谢飞在书法上的成功,来自他的勤奋和对书法艺术的执著追求。

今年 43 岁的谢飞自幼爱好书法,在南京大学时,他一边学数学,一边学书法。大学毕业分配到常州高级技工学校,他又一边教数学,一边练书法。1988 年他调入常州财经学校,专门从事书法教学,这对他来说真是如鱼得水,为自己书法走向成熟创造了良好的条件。1992 年,学校又送他到南京艺术学院进修书法。他十分珍惜这次进修机会,阅读了中国古代书法史、书法美学、古代书论、中国书法技法等著作,并系统地临写了历代大量的书法家字帖。

谢飞十分注重传统,他认为,学习书法的过程就是临摹传统书法的过程,董其昌的一生就是从临摹传统中过来的。为此,谢飞在临摹历代书家的字帖中花了很大气力。柳公权楷书一写就是十年,后因柳体法度严,用笔装饰味道浓,不利发挥个性,在黄惇老师的开导下,又改学智永千字文,后旁涉褚遂良、苏东坡和赵孟頫楷书。行书从二王入手,兼习杨凝式、米芾、苏东坡、董其昌和王铎。临杨凝式的《韭花帖》,无论从用笔、结构、章法和神韵都能体现出原帖的风貌,临褚遂良的《倪宽赞》,用笔自然灵动,点画精微老到,结构惟妙惟肖,极具褚字神采。

这是谢飞的书法作品

　　然而，世界上的事物又是辩证的，如若恪守传统，一成不变，这又是书家之大忌。谢飞认为，我们要用最大的气力从传统中打进去，还要用最大的气力从传统中冲出来。这也就是继承与创新的辩证关系。学柳像柳，学颜像颜，照猫画虎最多只能成为一个书匠；反之，一个连传统还未入门的人，也不可能在书法创作上有所创新。谢飞正确地摆正了继承与创新的关系，凭着对传统书法的深厚功底和对书法艺术的特有感悟，笔底下自然地流露出属于他自己的艺术语言。谢飞长于楷书、行书。他的楷书结体修长，中宫紧敛，用笔方圆并施，方笔为主，法度谨严，字势开张，气度平和，静穆雄浑，笔画舒展，点画精微，姿媚潇洒，笔法灵动洒脱，行气贯通。他的行书笔势连绵，字形大小相间，错落有致，字势奇侧，顾盼有情，用笔灵动多姿，时出新意，行笔不激不厉，含蓄和婉。同时，他善用墨，吸收了国画的用墨法。书写前，墨汁旁放一盆清水，书写时用笔先蘸墨后蘸水，或先蘸水后蘸墨，或蘸水墨后相调，这样每次落笔都能产生不同的墨色效果，特别是先蘸水后蘸墨书写的笔画边上渗出一缕缕淡墨，极具韵味。谢飞还善用枯笔，一笔下去直写到无墨汁为止，这没有深厚的功力是难以奏效的。

　　谢飞现为常州财经学校高级书法讲师。他的书法作品已四次入选国家级重大展览,作品和传略收录《中国当代书法名家墨迹》和《当代书法篆刻家辞典》,并在《书法导报》作过专题报道。他说,这些成绩只能说明过去,如果一位艺术家不求进取,那么,他的艺术生命也就停止了,如今,谢飞正以百倍的努力潜心钻研,耕耘不止。

原载 1996 年 7 月 26 日《武进日报》、1996 年 12 月 15 日《常州日报》

墨 香 庐 山

——记九江市书法家协会会员刘云飞先生

"快给我写一首。"

"请把你的大名写在此本子上。"

我立即将我的姓名写在了一本小本子上,然后,他根据我的姓名马上作了一首诗,并挥毫泼墨书写在一张宣纸上面,即:"陈笔写春秋,富贵竟自由,大志存高远,桃源也风流。"在场的观众顿时鼓掌称绝。以上所述,是笔者在今年9月初赴江西庐山旅游时结识一位文友——刘云飞先生的一幕。

生于 1975 年的刘云飞,现为九江市书法协会会员、中华当代书画艺术研究会常务理事,敦煌艺术研究会会员。

自小酷爱书法艺术的刘云飞,由于家庭经济较贫困,买不起笔墨纸,只能以大地为纸,以树枝为笔,每天在地上划划写写,周围不理解的人还戏称他是"文痴"。可是,他总认为,若要学到一门艺术,非要下苦功不可。日复一日,年复一年,孜孜不倦的学习,使刘云飞的书艺大有长进。后来,他师承著名书法家吴光才先生,又得益于中国书法家协会理事会崔延瑶老师的指教,"有志者事竟成",刘云飞的书法艺术得到了有关领导的赞扬和肯定。全国著名书法家吴光才先生赞扬刘云飞的人品和作品是"谦和朴诚",全国著名书画家唐岩勉励刘云飞"艺海无涯"。十多年来,刘云飞的书法作品参加过全国书法展、中日名家书法展、首家敦煌国际艺术展、庆祝中华人

刘云飞为作者题词

民共和国成立五十二周年"中华魂"作品邀请展、首届太平洋杯画展等,并获得"国际银奖艺术家"、"中华当代书画艺术名人"等荣誉称号。作品编入《中国当代书画名墨迹大观》、《庆祝中华人民共和国五十二周年"中华魂"作品集》。他的作品还被敦煌美术馆、太平洋书画院、爱心书苑、中国翰园碑林、文化部文化市场发展中心以及英、美、日、法、新、澳、台等国家和地区的友人所收藏。

原载 2003 年 1 月 22 日《扬子晚报》常州版

一个政协委员的淹城情结

——记陆惠根和他的《淹城公主》

"没有当初的淹城情结,也就没有这本书。"一个春光明媚的下午,在常州市委农村工作办公室会议室里,手抚着《淹城公主》的陆惠根,娓娓地向笔者讲述了他和这本书的故事。

已走过 48 个春秋的陆惠根是常州市政协委员、常州市委农村工作办公室副主任。他自幼爱好文学写作,在魏村中学高中二年级时,他就写过一本锡剧剧本,在学校里排演。高中毕业后,他回到当时的龙江村当赤脚兽医 2 年,其间,他潜心钻研医术,采集家前屋后和沟塘边的鱼腥草,起早摸黑到屠宰场拣猪苦胆,成功提炼中药注射液,减轻社员的经济负担;同时,他还写通讯报道,参加扫盲工作等。1977 年恢复高考后,他以优异的成绩考取了南京师范大学中文系,为此,陆惠根兴奋地告诉笔者:"'七七级',如同一颗掠过夜空的彗星,它的明亮尾巴一直拖到了三十年的今天。作为'七七级',我首先感到自豪和骄傲。因为我梦寐以求的文学梦终于实现了;我凭自己的实力考上了大学,而不是仰仗别人的鼻息靠关系走后门上大学;我的好多高中同学,还有我的老师,绝大多数都未考上,而我考上了,那年我们公社只有五六个人考上大学或中专,我是其中之一;我是我们大队有史以来'破天荒'第一个考取大学的人,当年生产队大摆宴席庆祝,敲锣打鼓把我送到汽车站,长长的欢送队伍,一张张激动而亲切的脸,一遍又一遍的挥手道别,那场面真是……至今难以忘怀。我是光荣的'七七级'。"四年的大学深造,给陆惠根的文学功底打下了坚实深厚的基础,他的毕业论文是 2 万余字的电影剧本,受到了老师的高度赞赏。大学毕业后,他被分配到镇江地区行政公署办公室当秘书,1983

年2月,从镇江调回常州市委农村工作办公室当秘书。在农办,他与"三农"问题结下了不解之缘,深入农村搞调查研究,为全市农村改革献计出力,被某些媒体誉为常州市研究农村经济政策方面的专家。与此同时,他一直想写一点文学方面的东西,可是没有这方面的灵感、素材,自己感到对不起自己所学的专业。

一次偶然的机会,听朋友说,在常州西南方向有一个千年古城——淹城。"百闻不如一见",第二天,他就亲自骑自行车来到淹城,看个究竟。一到淹城,这里的三城三河遗址像磁铁一样,深深地吸引住了他。他感到惊喜,常州居然有这么一个古老而神秘的"世外桃源",顿时,他萌发了一个念头,是否从这里创作一点东西来,为常州的文化事业作出一点贡献?

2003年,陆惠根策划组织了常州市农业摄影展,得到了著名摄影家汤德胜的指导,通过汤德胜,陆惠根结识了北京电影学院原一级编导杨恩璞教授,在陪同杨恩璞教授参观武进区行政中心和淹城途中,杨教授对陆惠根说:"千古淹城,值得一写。"这更激发了陆惠根创作《淹城公主》的热情。

与此同时,陆惠根将自己的创作构想与关心支持淹城开发的领导和同事进行了交流,特别是与直接领导组织淹城旅游开发的武进区建设局局长是国林同志进行了沟通,为此,是国林同志感到很高兴,欣然要与陆惠根共同创作。

几度春秋,几经易稿,如今《淹城公主》终于与世人见面了。可是,谁知这其中创作的艰辛,用陆惠根的一句话:"有失必有得。"原先体重有140余斤的陆惠根,现在只有120余斤了,瘦掉20余斤肉,创作了一本20余万字的书。

《淹城公主》这部长篇小说以常州淹城遗址的零星民间传说和历史、考古资料为线索,虚构了2 500年前这片土地上发生的动人故事,为今天的人们眺望历史打开了一扇窗口。

小说一开始,就通过淹城落成庆典大会描绘了古代淹国的繁荣和其所处的外部环境:春秋末年,淹国与众多诸侯国一样,虽然贵为一方盟主,但时刻要提防邻国的入侵和挑衅。淹城的属国阊国就无时不梦想着吞并淹国,通过种种阴谋诡计使淹国陷入水旱连年、兵连祸结的境地。淹国百灵公主识破敌人一个又一个阴谋,与气势汹汹的阊国太子羊羊斗智斗勇,终因寡不敌众,惨烈牺牲。小说通过对孟颖幽通灵龟、解除涝灾、用心求雨、与王后吴蛾的斗争、与淹王桑怀谷和太子孟龙的爱恨亲情,特别是与"太湖渔郎"阳湖光的爱情的描绘,使纯洁美丽、善恶分明、能文善武、不爱红装爱武装的百灵公主形象跃然纸上。

《淹城公主》试图尽可能地还原 2 500 年前的历史景象,但这毕竟是一部小说,更多的是大量借助神话、传说等素材,构造了一个亦人亦神、瑰丽神奇的世界,使小说的情节跌宕起伏、引人入胜,充满了传奇色彩。书中关于碧玉灵龟、青剑老鼋等神奇灵物,关于太湖渔郎捕鱼捉鳖的绝活,关于摇铃钟声、三丢手绢传递情报等情节,都是作者别具匠心的构思。而小说对金井、银井、玉井以及头墩、身墩和脚墩等传说的丰富和充实,更使经历风月沧桑,今天不过是枯井残垣的历史遗迹,具有神奇悲壮的内涵。

"毗陵县的南城,故古淹君地也。东南大冢,淹君子女冢也,去县十八里,吴所葬。"在史书中,淹城仅仅留下这样简短的记述,而小说《淹城公主》却以丰富的想象和动人的故事,虚构出它曾经的繁华,为今天的人们凭吊和感怀历史提供了生动的精神资源,值得好好一读。

原载 2005 年《常州政协》第 3 期

陆林深和他的《借的学问》

"没有当初的下海经商商,也就没有这本书。"那个阴雨绵绵的午后,在九洲食品日用品市场三楼的会议室里,手抚着《借的学问》,陆林深缓缓地讲述他和这本书的故事。

"当初经商也是几经犹豫,在这之前,我当过兵种过田,后来进了工厂,当团委书记、办公室主任,在厂里干得不错。可能是性格关系吧,总觉得受约束,渴望在经济上独立,然后做些自己喜欢的事。我喜欢郑板桥的那句话:流自己的汗,吃自己的饭。

"商海十年,赤手空拳,从糖烟酒批发做起,经营过百货、钢材、服装和快餐,尝遍了甜酸苦辣,开始一心只想赚钱,所以输不起,生意上一有波折便心灰意懒。其实商海有急浪也有暗流,呛水淹过之后,对成败得失也看淡了。经商总是有盈有亏,潮起潮落,我更看重这一过程中的人生体验。

"还是说说书吧。1994 年,我去四川成都进货,火车的轰鸣声中,我忽然想起很多事,那时我刚在一桩小生意上摔了个大跟头,想着这些年来在生意场上摸爬滚打,得到过他人的鼎力相助,也曾被人坑蒙拐骗。经商过程中,借的行为无处不在,而由借而引发的世态炎凉、善恶正邪、恩怨喜悲更是令人心生感慨,这样想着,心头便涌起一种创作的冲动。回常州后,我把自己关在屋里,整整写了两个半月,完成了这本书的初稿。

"许多人感到奇怪,一个生意人怎么写起书来。其实这么多年来,我从未停止过写作。从小就喜欢文学,没有什么原因,就是喜欢读喜欢写,小学时我的作文就深得老师喜爱。我们那一代因为历史的原因在校时间不多,后来我还设法进修,参加自学考试,还在常州教育学院读了3年书,在《常州日报》、《翠苑》杂志上发表了许多文章,如《踏雪寻梅》等等。我这人兴趣广泛,政治、法律、经济等方面的书也读了不少,这次写《借的学问》也算是理论与实践相结合吧。写这本书,就是想为提高人们借行为的知识水平,把握借行为的正确导向,建立借行为的正常秩序尽一点力。我尽量写得通俗易懂,希望大家能够喜欢。"

原载 1998 年 3 月 13 日《武进日报》,合作者:陈陌

一位"老三届"的收藏情结

——记中国收藏家协会会员、常州兰陵五交化商场办公室主任周德行

周德行,真是人如其名,德行千里,一路走来,一路欢歌。

周德行

20 世纪 60 年代中期,他和众多的热血青年一样投入了轰轰烈烈的"知识青年到农村去,接受贫下中农再教育"的洪流中,从繁华的常州城里下放到偏僻的金坛农村。他在农村什么农活都干过,莳秧、收稻、施肥、治虫,还当过公社农技员,十年的农村艰苦生活,磨砺了周德行的坚强意志。1978 年,他从金坛农村上调,后到常州市商业局工作,并担任信息系统工程所主任,1987 年,他加入常州集邮协会,并且自学成材,获得了大学毕业学历。1991 年,他受聘于中国管理科学研究院,当上了助理研究员;1995 年至今,他调到常州五交化总公司兰陵五交化商场

当办公室主任。

"盛世搞收藏。"20 世纪八九十年代全国兴起了一股收藏热,常州与全国各地一样,随着人民物质生活的改善和提高,精神生活也相应发生了显著变化,正在兴起一股史无前例的收藏热。据有关方面估计,常州仅市区内热衷于收藏的人员就达数万人之多,周德行正是这支队伍中的一员。

"收藏者爱好者,特别是搞收藏的人一定要选好课题,应明确自己收藏什么,到藏品市场交流什么,要确立自己的目标,一旦立下收藏课题后,就应一心一意地、日积月累地收藏下去,时间一长必会收益。"周德行正是按照自己的设想和要求去实践的。20 世纪 80 年代,随着常武地区收藏热的兴起,周德行根据自身条件和爱好特长,选择唐三彩艺术品,作为自己的收藏品。唐三彩是精美的雕塑艺术品,集中反映了当时的社会生活风貌和人文气息。那些不知名的民间艺人以简练的手法,抓住人物、动物的神态进行塑造,将自己的喜爱、赞美之情融入艺术的创作之中。俗话说,接近生活的艺术是最伟大的艺术。唐三彩之所以能成为后世雕塑艺术的典范,正因为它具有很高的艺术价值,在我国陶瓷史上占有很重要的地位。

当周德行确立以唐三彩艺术品为自己的收藏专题后,他四处查阅五代至宋的史书资料,详细了解唐三彩釉陶工艺,并写好收藏日记,把所有自己收藏到的三彩器拍成照片分类管理,标明尺寸、搜集地,建立文字和实物照片的系统档案,存入电脑数据库,作为自己"曦院斋艺术藏品馆"的一部分。周德行平时默默无声,在生人面前甚至有些嘴拙,但一说起文博鉴赏、收藏天地,便进入了状态,仿佛判若两人,滔滔不绝,文博逸事、收藏经信口说来,欲罢而不能,与周德行交往久了,就感到像他这样的人,好像就是为收藏而生,为艺术而活的。经过多年的钻研论证,周德行陆续编写出了有关唐三彩的论文数十篇。常州博物馆专家曾两次去他家欣赏藏品,叹为观止,并盛情邀请他到博物馆办展览。江苏电视台、常州电视台(对外国际部)专程采访了他,并在《新闻热点播报》及《今日常州》栏目中播出,《常州晚报》、《武进日报》、常州人民广播电台先后采访并报道了他的收藏事迹和相关文章。为弘扬和发展中国古陶瓷文化,培养下一代陶艺爱好者,周德行于 2000 年受邀于江苏省常州中学,担任了高一年级历时 3 个月的专业辅导,组织学生参加学习班培训、进行社会调研、参观博物馆等活动,并编写了上万字的研讨论文,作为科研小组的成果发表。周德行认为,收藏品只有奉献在广大爱好者面前,才能显出它的意义,才能发挥它的价值。近年来,他先后被江苏省收藏协会和中国收藏家协会吸纳为会员,这更加提高了他的收藏积极性。

周德行的收藏品：唐三彩

收藏本身就是一种艺术，是要付出代价的。为了收藏这些"宝贝"，周德行一直粗茶淡饭，生活朴素。时至今日，周德行的唐三彩藏品和对此的鉴赏研究在收藏界已颇有名气。周德行以孜孜不倦、锲而不舍的精神，不断地积累自己的藏品和藏识，不断地实现自己的梦想。周德行收藏的过程，是学习历史、了解历史、考证历史的过程。他已从感性收藏升华为理性研究和鉴赏，这便是一个收藏家的人生哲理，一种对健康生活、对历史文化的执著追求。

交谊舞园地的耕耘者

不久前，在常州市举办的"富士杯"交谊舞决赛中，一对身着艳丽拉丁舞服装的男女选手，伴着优美动听的乐曲，以娴熟自如、富有抒情和浪漫色彩的伦巴舞，博得在场观众多次满场如潮的掌声和喝彩，最终获得了第一名。这对选手中的男选手就是武进县文化馆的辅导教师凌耀秋。

步入中年的凌耀秋在部队从事了多年的文体工作，1978 年转业到武进县体委，后转到武进县文化馆工作。他是一位活跃于常州武进地区声乐舞台上的颇有影响的男高音歌手。一次偶然的机会，他对交谊舞产生了浓厚的兴趣。1982 年以来，他参加了多次国标交谊舞培训班，由于他勤奋好学，水平提高很快，先后获得现代舞、拉丁舞 10 项国标舞合格证书和江苏省国标舞总会授予的"教师和评委双项资格"证书，并在省市级比赛中多次获奖。

随着生活的富裕，农民群众对文化生活也有了新的追求。作为一名群众文化工作者的凌耀秋,当他看到群众跳交谊舞迫切而又缺乏正确指导时,一种责任感驱使他走上了向农民群众普及交谊舞知识的道路。前年,武进县汤庄乡的几位领导在出差深圳考察和洽谈业务时,遇到了不会跳舞的"尴尬"和"麻烦"。回来后,他们想起了曾一起在农村搞社教的凌耀秋,立即与他进行了电话联系,凌耀秋及时为该乡举办了一期教全乡党政干部跳交谊舞的培训班。自此,"交谊舞热"在汤庄乡乃至武进农村悄然兴起。随后,他又为横山桥、龙虎塘、牛塘、湖塘、横林、洛阳、奔牛、寨桥、芦家巷、南宅等地的 30 多个单位举办了 30 多期交谊舞培训班,培训人数达 3 000 多人次。同时,他还正确引导大家规范化地跳交谊舞,提高大家的舞艺、舞德、舞风;对一些追求高雅艺术的国标舞爱好者,他做到精心辅导、一丝不苟,使他们在摩登舞、拉丁舞等方面取得了明显的进步,一些选手已在市级比赛中获奖。

武进电台 1991 年 6 月 26 日播出,原载 1991 年 7 月 3 日《华东信息报》

生命之"荷"常绿
——记常州日报社退休干部陈荷珍女士

她,快人快语,性格开朗;她,战胜病魔,意志坚强;她,老有所学,成果辉煌;她,热爱社区,受人赞扬。她,就是常州日报社退休干部陈荷珍女士。

一、抗争命运　绝处逢生

今年 67 岁的陈荷珍于 1996 年 11 月从常州日报社退休。如今,她说:"现在我一点无毛病,身体棒棒响的,体重有 136 斤。"提起陈荷珍的身体,确实昔非今比。1988 年 5 月,她得了一场大病,患的是胆结石。按理说这是一种常见病,可是她在常州某医院住院治疗期间,由于医生手术失误,致使她在短期内连续开两刀。这时的她,生命垂危,医生多次劝其家属为她料理后事。后来,经人介绍,陈荷珍又转移到上海中山医院接受治疗,在一位孟高级教授的指点下,又开了一刀。在短短的几个月里,陈荷珍连续开了三刀,而且刀口都在 20 厘米左右。这对一个危重病人来说,是何等的痛苦!

在医院的病床上整整躺了 8 个月后,身体虚弱的她终于回家了,这时的她体重只有 75 斤,皮包骨头,犹如风中之"烛",随时随地都有"走"的可能。回到家中后,她自我安慰,只要有一线生存的希望,自己就要与病魔抗争下去。

家属和单位里的领导、同事等亲朋好友前来看望她时,也鼓励她要与病魔作斗争,并祝愿她早日康复。陈荷珍在大家的鼓励下增强了生活的信心,她克服身体虚弱的困难,坚持每天锻炼身体。起初,她跟人家学习打太极拳,后来,她又应用自己年轻时在局前街小学当专职体育教师的经验,每天早晨做操"早锻炼";在饮食方面,她坚持吃新鲜的东西,粗茶淡饭,从不挑食;在精神上,她一直保持乐观,遇事不发愁,心态平衡。她说:"过去自己生场大病等于是做场噩梦,梦醒后,只当没有这回事。"在陈荷珍在家养病2年期间,正好她的2个外甥女和一个外甥需要照料。这时,陈荷珍像幼儿园的教师,每天教他们唱歌、跳舞,每天中午还要洗菜做饭,一老一少,其乐融融。由于陈荷珍生活讲究科学,坚持锻炼,因此她的身体也一天天好起来,一天天强起来。家里人和亲朋好友也为她身体康复而感到无比高兴。

陈荷珍

二、老有所学　余热生辉

听到"陈荷珍要办画展啦!"的消息后,有的人抱着怀疑的口气说:"陈荷珍能办画展? 不信!"2001 年重阳节前夕,陈荷珍办画展的消息在常州日报社的职工中传为美谈。

2001 年重阳节那天,陈荷珍的画展在一片喜气洋洋的气氛中"闪亮登场"了,61 件佳作代表着她走过的 61 个春秋,件件精心制作的作品吸引了众多的观众,使大家对她刮目相看。报社社长黄家楠代表报社的全体同仁向陈荷珍表示祝贺,并要求报社全体同仁要向陈荷珍同志学习,学习她那种自强不息、发奋向上的精神。

那么,陈荷珍缘何会走上学习书画的道路呢? 这还得从 1996 年说起。这一年,陈荷珍办理了退休手续后,就去常州老年大学报名。由于陈荷珍对花鸟特别感兴趣,因此她就报名参加学习花鸟国画班。

学习国画并非一件易事,不要说是年过花甲的陈荷珍,就是在专业学校的年轻学生学习时也感到很吃力。可是,陈荷珍对待学习非常认真刻苦。起初,她对老师上课讲的内容一窍不通,也不敢去多问老师。后来,她心想,如果我

陈荷珍的书画作品在警营展出

不懂装懂,岂不是自欺欺人吗?最终还不是自己吃亏。孔夫子早就说过:不耻下问。为此,她在课堂上认真听老师讲课,做好笔记,遇到问题,不懂就问;老师布置的作业按时完成,并且,有时老师布置作业说做三遍,她总要做五遍六遍。作业交到老师手里后,她总要恳请老师指点,然后根据老师的点评再去改正。有一次,为了画一幅荷花,她给老师看了八九遍,修改了八九遍,到第十遍时,老师终于赞扬陈荷珍画的荷花作品基本成功了。

绘画是一种梦幻的现实,没有想象力(即形象思维能力)就无法塑造美的体象和境界,而没有生活就谈不上艺术的想象力。陈荷珍步入绘画的艺术生涯后,对生活十分热爱,她经常逛公园,观察公园里一草一木,观察动物园里猴子、马、狼、狗、象、鸟、鱼等动物的一举一动,以及动物的生活习性。陈荷珍对中央电视台节目主持人赵忠祥主持的《人与自然》专题节目特别感兴趣,每期必看。因为,这档节目与她的绘画艺术联系太紧密了。陈荷珍说:"在生活中,关注的品位高,才能利用好自己的美感经验,不断捕捉生活中有价值的现象,不断积累感受,从而提高自己艺术的判断和构成能力。"

陈荷珍擅长花鸟画,她的画构思新颖,给人一种美的享受。2000 年 7 月,来自加拿大国家的华人刘杏妹来到家乡常州钟楼区东头村社区。东头村社区的党支部书记许巧珍将陈荷珍的一幅彩绒画作品《雄鸡》赠送给她。这位华人看到这幅惟妙惟肖的作品后,爱不释手,连续称赞这幅作品制作得好,富有艺术水平,它既展示了江南山水的风光和动物的雅趣,又体现了中华民族的典雅。这位华人将作品带回加拿大几个月后,又打电话给许巧珍说,加拿大的人很欣赏这幅作品,并要求许巧珍再为她制作几幅。

常言道:一分耕耘,一分收获。艺术的升华使陈荷珍的绘画、书法学习取得了丰硕的成果。数年来,陈荷珍在常州老年大学不仅获得了花鸟画、书法、彩绒画等专业的毕业证书,而且在花鸟画、彩绒画研究班深造结业,并多次参加书画彩绒展。为了纪念香港回归祖国十周年,常州老年大学送了三幅作品到香港参展,陈荷珍的一幅书法作品获得了金奖。在纪念中国人民解放军80周年的书画展中,陈荷珍的一幅书法作品荣获了一等奖,并载入了《纪念中国人民解放军80周年》画册。

三、热爱社区　奉献社会

"陈荷珍对社区工作非常热心,她是我们社区的一位好同志。"东头村社区党支部书记许巧珍如是说。

陈荷珍不仅热心社区工作,而且她对社区的老年人非常关心。她说:"社区的某些老年人,是我们国家的有功之臣,现在这些老年人生活过得很清苦,也很孤独、单调,需要我们去关心、关爱。"陈荷珍是这样说的,也是这样做的。

陈荷珍的书法作品

2001年3月21日是社区的一位离休干部(红军干部)罗惠彬老太的80岁生日,陈荷珍了解到这一信息后,花了三天时间,为这位老红军精心制作了一个彩绒"寿"字的盘子,亲自将这一特殊礼品赠送给这位离休干部。在赠送时,罗老太非常感激,赞不绝口地说:"你真是我们社区的热心人。"

据了解,数年来陈荷珍不讲条件,不计报酬,无私为社区和社会各界人士赠送书画作品、成扇500多把,彩绒工艺品100多件,为社区和灾区人民捐款1 000多元,捐献衣服80多件(套),真正体现了她对社区对社会的无私奉献精神和高尚的道德品质。

"夕阳红似火,未必逊晨曦。"高雅的情趣、高尚的品质使陈荷珍的家庭和睦,夫妻相敬如宾。她的家庭由此也被社区评为"五好家庭"、"学习型家庭"、"艺术性家庭"。美好的追求让陈荷珍变得健康美丽,正如天边的夕阳、水中的荷花,犹如一首含蓄的诗篇,令人回味无穷。

写于2007年8月22日

飞入寻常百姓家

—— 记陈燕和她的陈燕美源空间

陈燕，一个多么青春和富有诗意的名字，一听这个名字，就会使人想起唐代著名诗人刘禹锡那首《乌衣巷》来："朱雀桥边野草花，乌衣巷口夕阳斜。旧时王谢堂前燕，飞入寻常百姓家。"

陈燕是谁？这只"燕子"从哪里飞来，又飞向哪里？

一

陈燕，一位非常漂亮的女性，只要你见过她，她那双仿佛会说话的明亮的眸子以及那轮廓鲜明生动的脸庞，就会深深地印在你的心里。

陈 燕

陈燕，一家以她自己的名字命名的美容机构的创始人。也许有人会想起来了，是不是就是依傍在大运河河畔，位于世纪明珠园旁的"陈燕美源空间"？

是的，就是她。这家美容机构的名字叫"常州陈燕美源空间美容美体中心"。

陈燕还有许多衔头：国家级技师、江苏省考评员、江苏美容评委、中国美发美容协会理事、江苏省美发美容协会常务理事、江苏省美发美容协会医学美容专业委员会副主任、常州美发美容协会副会长，曾荣膺江苏省美发美容行业十年辉煌人物金手指奖……

二

陈燕美源,它的源头在哪里?

让我们把日历翻到 1991 年。16 年前,正值花样年华的陈燕由于所在的一家纺织企业效益不好,便辞职回家了。她一边调整自己,勉励自己,告诫自己千万不能消沉下去;一边到母亲工作的照相馆去帮忙替宾客化妆。说来也怪,凡经过她化妆的女性,没有一个不称赞她,没有一个不夸奖她。这天晚上,母亲把她叫到床边,语重心长地对她说:"小燕,你去从事美容业吧!"

陈燕从来没有想过:"这……行吗?"

"这么多日子了,我看你有这方面的天赋,你去从事美容事业一定会成功的!"性格内向的陈燕没有多话,三天之后,她作出了一个决定,听妈妈的话,从业美容,并立即动身到上海医科大学美容班学习美容。不久,她又进入香港一家美容学校在常州的培训班进修,同年取得各项资格证书。

"我一定要让广大女性重拾青春和自信。"陈燕怀着对美容业的光荣与梦想,迈出了美容业的第一步。

三

一切都从头开始,毫不起眼,悄无声息,陈燕默默地来到一家只有 25 平方米面积的美发店做美容,而且一做就是六年半。这六年半,正是她的青春岁月,比黄金还要珍贵。"在这样的日子里,她想了些什么? 做了些什么? 准备了些什么?"

"一切崇高和伟大的事业都必须从小事做起,从平凡做起,从细节做起。"陈燕已经记不清这句话是从哪里看到的,但却早已在她的心中扎下根来。况且自己只是一个再就业青年,一个毫无资金实力的普通百姓,要耐得住寂寞,要沉得住气。

学习是永恒的动力。陈燕不但在实践中学,而且在这六年半的时间里,每年都要远赴西安去学习祛斑等美容知识,不断练兵,不断积累,让这只雏燕的翅膀一天天丰满起来,坚强起来。

更让她感到高兴的是,这六年半,她还带出了 6 个徒弟,并且用自己的双手打开了她原本封闭内向的心扉,培养出开朗、乐观的性格。

这一年,陈燕 30 岁。一天,她忽然听见有人喊她"大姐",心中震颤之余她意识到:人生三十而立,已到了该走出去的时候了!

四

1997 年 5 月,陈燕咬咬牙大胆地承包了位于兰陵大厦三楼一家濒临关闭的美容美发厅。虽然经营面积比自己原来工作的那家要大出两倍，但由于位置不好等原因，生意清淡，常常门可罗雀。

承包后一连三个月出现亏损。每年近7万元的租金及员工工资等日常开支常压得她喘不过气来。陈燕痛定思痛，这才意识到，仅靠自己的技术是不行的，她开始学管理，学营销策划，学市场经济，在开拓客源、稳定客源、巩固客源、发展客源上下功夫。果然，美容店很快便有了起色，并开始赢利。其间，她以前瞻的视角，非常聪明地走个性化道路，鼎力推出"绣眉"这一项目。陈燕的绣眉逼真、自然，几乎看不出来是绣的。她决心把它做强、做优、做大，成为"镇店之宝"。品牌的力量是无穷的，人们闻讯后纷至沓来，陈燕终于迎来滚滚客源，美容空间愈来愈大。

该是陈燕收获的季节了，可是她的心里却留下了永远的痛，引领自己走上美容事业之路的母亲不幸在这期间病故了，再也不能见到她那和蔼的脸庞，再也不能让母亲分享丰收的喜悦。但她牢牢地记住了母亲临终前的心愿，并化作不尽的动力：一定要把美容业做出自己的特色，做出一流水平来！

五

大运河啊，请你作证：2001年7月，以自己的名字命名的美容业——"陈燕美源空间美容美体中心"在大运河旁的世纪明珠园南创建起来了！

这是陈燕美容一个新的里程碑。

这是陈燕美容一次质的飞跃。

陈燕美源空间以创立自己的品牌为己任，在扩大企业经营、提升企业知名度的同时，倾力为广大员工搭建能体现自身价值的广阔的发展平台。发展是硬道理，陈燕马不停蹄地、全方位地为企业注入新的活力：吸纳精英、扩充客源、购置设备、提升服务、教学互动、追逐时尚等等。她引进了英国产"紫色兰朵"光子嫩肤仪、德国产GSD轮廓雕塑仪、台湾产BID眼部除皱仪等；常年邀请广州、上海、深圳等地的教授及专业教师对员工进行培训；打造团队精神，在上级部门的指导下筹建了党支部、团支部，并建立了工会，以更高远的目光关注整个美容业的发展，倾情与世界一流美容接轨。同时她更勤奋，把能挤出来的仅有的一点业务时间用来学习，学中医养生，学皮肤学，学现代管理等，并报考了北京某学院工商管理本科班。利用所学知识，针对现代人的亚健康状态，引进加拿大理疗技术，陈燕特推出一项旨在疏通经络，改善亚健康状态的新项目，取名"摩蝎经络导引"，深得爱美人士的青睐和喜欢。她常说这个世界变得太快，美容业必须以变应变，这就需要学习，在学习中求生存，求发展。

陈燕的美容业蒸蒸日上,企业呈现一派盎然生机,让我们从她的员工所获得的省级奖项来解读这一切吧!

2003 年获江苏省美发美容美甲大赛绣眉组两枚金奖(整个大赛一共只有三枚金奖);同时获新娘化妆铜奖。2005 年又获江苏省美发美容美甲大赛绣眉组金奖。陈燕美源空间也先后被评为江苏省明星美容院、江苏省优秀美容院、江苏省知名品牌企业、江苏省诚信示范店、常州市巾帼示范岗、常州市文明店等称号。

美容是一个朝阳事业,美容是人类永恒的主题。"做美容业首先要学会做人",为人厚道,做事实在的陈燕作为常州市美发美容协会副会长,不仅仅关注自身的发展,还将更深邃的目光扫视整个行业的健康发展和不竭资源。

陈燕的天空,唯美至上,她既然已经起飞,就永远不会停留在一个地方。

飞吧! 陈燕!

原载 2006 年 7 月 26 日《南京晨报》社区专刊,合作者:姚建华、陈克平

从小快餐到大品牌

——访常州丽华快餐集团有限公司董事长蒋建平

网上动一动手指或是一通电话,坐在办公桌前的你或是缩在被窝不想动地儿的你,都可以在半小时后享受到热气腾腾的饭菜,这是中国快餐专家"丽华"为你提供的快捷服务。15 年前,江苏常州一处出租房内,丽华快餐的第一份快餐由这里送出,15 年后,丽华快餐已经送到北京、上海、大连等全国 12 个城市,每天有 15 万人选择丽华快餐,扩张依旧在继续,丽华快餐董事长蒋建平说:"把别人不爱干,看不起眼的事做到最好,我们就能成功!"

一、追赶第一

2008 年 1 月 8 日,丽华快餐与美国私募基金晨兴科技达成协议,获得风险投资一千万美元,晨兴科技将持有丽华快餐 25% 股权。素以低成本进行扩张的丽华快餐并不满足于现在的扩张速度,蒋建平希望可以再快一些,"做到全国畅销的品牌,要做到第一,仍需要扩张和发展,要扩张和发展必然要靠雄厚的资金作支撑。"

在蒋建平看来,企业谁是东家并不重要,重要的是企业的发展前景,"我要的就是把企业做成功。"蒋建平用 25% 股权,换回丽华的加速器,而在丽华内

部,他也一样出手大方,"一部分原始股奖励给中高层核心管理者,普通员工也可以通过比较平实的价格购买丽华的股份,简单的激励福利远远不够。"蒋建平希望把大家绑在一块,"我要把家族企业变成'合资公司',企业只有引进合理的发展机制,才能真正做大作强。"

2006 年,丽华快餐的年销售额已经达到 2 亿元人民币,是名副其实的国内快餐品牌龙头企业,单就无店铺快餐外卖这一领域,蒋建平似乎看不到竞争对手,"无店铺快餐可以做到世界 500 强,已经有成功的例子,像已经进入中国的法国索迪斯、欧洲的怡乐食等三大国际餐饮服务巨头,中国要有自己的无店铺快餐品牌企业。"看来,蒋建平追赶的目标是已经来中国攻城略地的世界 500 强。

经过 15 年的发展,丽华快餐已经由最初单纯的外卖快餐公司,发展成一家餐饮服务公司,除个人外卖快餐服务外,团膳(重大活动供餐)等已经成为公司业务支柱之一。丽华快餐不仅走进了 100 多家驻华大使馆、领事馆,乘上了特快列车(T711 次、T701 次、T733 次、K815 次列车指定供餐),更在 50 周年国庆阅兵、春节晚会、申奥庆典、迎接新世纪晚会、21 届世界大学生运动会、第十届全运会、第三届全国体育大会等重大活动中出色的完成了的供餐服务。

与创建于 1966 年的法国索迪斯等国际巨头相比,蒋建平承认在规模与经验上无法与之相抗衡,但在中国本土,蒋建平却信心十足:"我们非常有信心,丽华快餐积累了 15 年,在国内有一定的品牌知名度,发展也比较稳健,同时我们引进资金、技术和人才,至少在中国本土上可以和世界 500 强的三大巨头一决高下。"

风险资金注入丽华后,丽华快餐将会向纵深挺进发展,"我们长期的目标是,任何时间,任何地点,任何人群,都能够订到丽华快餐,现在丽华只遍布十几个城市,未来要在全国做到几百个城市,形成一个巨大的丽华快餐网络。"蒋建平在接受记者专访时说,与此同时,丽华快餐已经启动了上市计划,"通过资本市场企业会发展的更快,具体的操作大概需要两年的时间,我们计划上市的时间预计在 2010 年。"

二、大统而一

中国烹饪协会和中国社会科学院发布的《2007 中国餐饮产业运行报告》显示,中式快餐去年的营业额已高达 2 000 多亿元,占整个快餐市场的份额有所增加。虽然中式快餐市场越来越大,但由于制约中式快餐行业发展的深层次问题始终难以解决,多数企业的发展仍处于利润低、发展难的阶段。

对于快餐行业遇到的深层次问题,中国烹饪协会快餐专业委员会副主任李亚光一针见血的指出:"快餐连锁企业能否做大,首先要看它是否解决了标准化问题。"中国烹饪协会副秘书长边疆亦表示,标准化问题一直以来都是中式快餐发展的最大障碍,标准化问题解决不好,会直接影响中式快餐企业的规范化、规模化和工业化。

"的确,中式快餐要做大做强,一定要实现标准化。"身处快餐行业多年的蒋建平深有体会,蒋建平认为,制约中式快餐标准化原因之一便是传统观念的影响,"传统的理念,讲究人工操作,靠师傅的绝招,饭菜味道好坏全完取决于掌勺的师傅的手艺和水平。但快餐必须要改变这种情况,应该把许多优秀的厨师集中在一起,研究出符合大众口味的饭菜味道,让所有的人按照这个标准来操作,这才是标准化。"

然而颠覆传统并非易事,企业规模相对较小的时候,标准化尚能控制,一旦进入快速扩张阶段,如果企业管理与体制跟不上,企业往往会死于标准化的缺失。

中式快餐标准化少有成功的案例,蒋建平自称也在一步步探索,"根据企业所处阶段逐步实现标准化,分几步走,适度的执行,一步到位并不现实。"丽华快餐在产品标准化探索已经取得了阶段性成功,丽华快餐开设的"快餐工厂",引进米饭自动生产线,大米淘洗、加水、蒸制、出饭等全部实现电脑控制。

而对于较难控制的菜品味道标准化,丽华则是通过两项统一来完成,"一些菜品,我们已经实现了标准化操作,有专门的调味料包。"蒋建平说,"一些尚无法通过调味料包烹制的菜品,我们会对操作人员进行相关培训,将过程中每一个环节量化、标准化,按照工业化的程序来操作。"

标准化的快餐生产出来以后,怎样以最快的速度送达消费者的手中,考验的是快餐企业物流标准化的程度。在国内敢于率先推出 30 分钟送餐服务的丽华快餐,依靠的正是自我设计的标准高效的物流体系。

丽华快餐首提的"固定加流动仓储中心"概念,通过固定加流动仓储中心织成一张覆盖整个城区的配送网络。每进入一个城市,丽华快餐便会根据城市的情况圈定生产中心和调度中心,围绕这些固定的中心,工作人员会根据每天订单的情况,在中餐时间配备一定数量的盒饭。在非商业圈,会有十几台车装载一定数量的盒饭分布在这些区域,形成一个流动的"仓储中心",送餐员分布在这些固定的和流动的"仓储中心"周围,以这些"仓储中心"为圆心,以半小时车程为半径,送餐服务便可以辐射整个城市。

这套物流体系的高效性与标准化,为丽华快餐的供餐服务提供了保证,蒋建平说："这30分钟送餐承诺浓缩了丽华快餐十几年所有的技术和经验的精华，这些别人是无法克隆的，因此，我们的竞争对手只有一个，就是自己。"

三、因势而变

变则通，对于蒋建平来说，这句话意味深长，正是这句话，让蒋建平顺利通过每一个事业拐点。1993年。蒋建平从常州国营粮食部门辞职，下海经商，创业资金2 000元，在市内开饭店似乎不太现实，于是他租赁承包常州市一家丽华老年公寓的食堂，食堂的需求毕竟是有限的，蒋建平开始尝试电话订餐的外卖业务，没想到这一尝试竟为他开启了事业的大门。

三年后，丽华快餐在常州已经开设了四家分公司，占常州快餐市场50%的份额。当年，蒋建平决定走出常州。第一站他选择了北京，攻占北京市场，蒋建平只带了7万元现金，即使在当时的北京，7万元也仅够租用一个中等规模餐厅一年的费用，蒋建平却希望用7万元立足北京。

场地租金可以说是成本支出最高的一部分，可不可以借壳生蛋呢？蒋建平将目光瞄向了一些国有企事业单位的食堂，"国有企业的食堂是中国特色的食堂，以前全部是企业自己办，因为企业自身机制的原因，食堂经营的效果并不理想，有些甚至成为企业的鸡肋。"

很快，蒋建平就承包了几个食堂，场地租金问题迎刃而解。在高手林立，本已接近饱和的北京市场，丽华快餐通过低成本优势迅速打开了市场。

无店铺经营模式下，送餐人员就是连接丽华快餐与消费者的纽带，原本无店铺经营在一定程度上削减了企业的成本，但随着人力成本逐年攀升，蒋建平又遇到了新问题，"物料成本约55%，营销成本为6%，房价为4%，而人力成本则为'百分之二十好几'，公司的员工总计有3 000多人，其中送餐员和生产员工各占三分之一，不仅总的人力成本在逐年增加，单人员工的劳动力成本也一直以10%左右的速度增加。"

怎样在降低劳动者密度的同时又不影响企业的正常运转？蒋建平早已做好打算："我们的新想法是，凡是能用设备和电脑来代替人做的，就不要用人，丽华快餐的新方向就是要走快餐工厂的路子。"

丽华快餐在北京大兴的快餐工厂正在建设中，工厂占地30 000多平方米，从切骨机到洗碗机等一系列设备都将实现完全机械化，总投资达到5 000多万元；而在长三角地区，常州和上海的快餐工厂也已经在筹备中，今年年底将会开工，珠三角的工程则会在明年上马。

"快餐工厂，将原来分散制作的生产环节，收紧到各区域集中的工厂中生产,在目前无法集中生产的区域,则尽量供应半成品。而将来丽华快餐则要取消厨师这个岗位,而是改为操作员岗位,即每个工厂中,以机械化的设备为主,操作员按照制作流程操作,或者使用袋装的半成品配料进行生产。"蒋建平说。

想尽办法降低生产各个环节的成本,而在原材料选材方面,决不会因为成本问题降低标准。"我们一直严格按照食品卫生法的要求来向通过 ISO9002 认证的优秀生产商采购原料。丽华快餐也先后通过了 2000 版国际质量体系、HACCP 食品安全控制体系、ISO14001 环境管理三大体系的认证。"蒋建平说。

快餐所使用的产品外包装,也是通过严格的审查才能最终被采用,"我们选用的筷子全部是竹制筷子,以减少木材浪费,下一步,我们计划将外包装换成纸质包装,尽我们的能力减少白色污染。"

2008 年,各餐饮企业决战北京奥运之时,丽华快餐也借势而起,"我们一定积极参与北京奥运会,在建的北京快餐工厂就是为奥运而准备,届时我们将会为包括鸟巢在内的多个场地提供餐饮服务,08 年,我们要做好的就是打好奥运战役。"

四、爱在丽华

"15 年来,我们一步一个脚印,企业从小到大,从弱到强,除了我个人努力之外,一个很大的因素,就是靠党和政府及社会各界人士的鼎力支持,因此,企业成功后我要回报党和政府对我的关怀,回报社会对我的支持,奉献是我人生的最大快乐也是一个企业家的社会责任。"蒋建平是这样说的,也是这样做的:

2003 年,非典期间,他向非典救助指定医院——北京胸科医院捐款人民币 10 万元整。

2005 年 9 月 9 日,他向常州市第一中学捐款 30 万元人民币,成立"丽华快餐"奖励基金。

2006 年 4 月 18 日,他向常州市光彩事业促进会捐资 200 万元人民币,设立"丽华光彩基金"

2008 年 2 月,在我国南方地区遭受 50 年不遇的雪灾,期间,丽华快餐集团在广州火车站\南京中央门长途汽车站,免费向滞留旅客派发套餐万余份。

2008 年 5 月 12 日,四川地区遭遇强烈地震,丽华快餐集团向中国红十字总会捐款 10 万元人民币,用于救助地震灾区人民。

2008 年 5 月 24 日,有鉴于四川地震灾区即将开始重建家园,丽华快餐集团又向四川地震灾区捐款 10 万元人民币。

……

"大树王国"的缔造者

——记全国科普带头人、常州市华余园林花木有限公司董事长戴锁方

他,国字脸蛋,中等身材,穿着朴素,挺精神的。站在他身边,犹如置身一棵茂盛荣煌的大树旁,连呼吸的空气也感到新鲜。

他,很健谈,等我三言两语说明来访的目的后,他就沉浸在绿色的向往之中,为我编织了一个春有希望、夏有阴凉、秋有红霞、冬有憧憬的温馨之梦……

他,就是新近荣膺"全国科普带头人"的常州市华余园林花木有限公司董事长戴锁方。

变副为主:三分地里播下致富的希望

自古以来,江南农村农民都是依靠种稻麦为生的,种植花木、竹子仅是农民的副业,是房前屋后的点缀而已。1978 年,改革开放的春风开始吹遍了大江南北,让每个充满激情的年轻人豪气顿生。这一年,农民的儿子——戴锁方从校园毕业,同大部分热血青年一样,沐浴着晨风和旭日,去实现自身的社会价值。戴锁方是个敢吃螃蟹的先知先觉者。那一年,他偶然看到临近乡镇农户的地里种植少量花木,便在心中萌发了学种花木的动机,可贵的是,他不等不靠,主动外出拜师学艺剪苗栽种,并毅然在自家的三分自留地里插下了一万棵小树苗。他感到那播下的是致富的希望,经过 1 000 多个日日夜夜的辛劳和期盼,一万棵成材的树木为他换得了第一桶金(4 万多元)。戴锁方在收获财富的同时更看到了变副为主的美好前景,也更坚定了他向前闯的信心。

戴锁方

惊险一跃:从 108 亩到 1 080 亩

随着种植花木经验的积累,市场的扩大,戴锁方的创业视眼更开阔,他要大刀阔斧地开拓花木种植的品种和范围。从三分自留地到承包村里的 20 亩

地,只是锋芒初露。1996 年的大手笔,确实让不了解他的人为他捏了一把冷汗:这一年他挑起了厚余花木公司亏损的烂摊子!回家与妻子商量后,他决心用家庭财产作抵押,筹措资金 200 多万元,在 4 个行政村建起了总面积达 108 亩的 4 个花木基地。面对怀疑的人们,戴锁方当即立下"军令状":赚了钱归集体,亏了钱个人承担!两年后,他领导的厚余花木公司起死回生,实现赢利!为此,群众对他刮目相看!

　　戴锁方成为种植花木的专家能手、常州市农业科技专家。他通过每年的市场调查,发现由于全国大规模地城市改造,大树变得特别稀缺,于是他看好这块市场,搞起了大树种植项目。自古就有"树挪死、人挪活"之说,但是凭借着扎实的专业知识和坚韧不拔的追求精神,戴锁方硬是创出了一套"大树移栽,快速生根"的方法,并且还获得了国家专利,这一创举,使他成为国内大树移栽的先行者。有了这手绝活,戴锁方又向规模化发展进军,他一手创建了 1 080 亩生产规模化、管理科学化、技术现代化的常州市华余园林花木有限公司,基地内苗木、花卉、大树各成风景,集观光、科研、销售于一体,真正实现了"大树王国"产业化!2002 年 5 月,他又投资 4 500 万元建立观赏植物科技示范园——艺林园,并成为省园艺博览会的分会场。公园占地 180 余亩,园内种植的花木以名、特、优、珍稀为主,有 300 多个品种、近万株。园区建有各种曲桥、人工湖、喷泉、假山瀑布、风光亭、长亭等景点,集苏州园林及欧洲式景点于一体,进入园区犹如走进森林公园,各种苗木、观叶植物、球根花卉、盆花、盆景琳琅满目,百年以上树龄的罗汉松、竹柏、银杏等随处可见。这些大自然赐给人类的宝贵财富,如今安置在亭台楼阁、小桥流水、曲径回廊之间,花繁叶茂,各呈其妙,已成为武进现代农业一道亮丽的风景,成为旅游观光的胜地。

　　现在的华余园林花木有限公司是常州市龙头企业、常州市武进区的科普示范基地、江苏省农科教结合示范基地,还是南京林业大学、苏州大学、扬州大学等十多所院校的校外实习基地。近几年来,该公司曾被中国科技协会授予"全国农村科普工作先进集体",2001—2006 年被评为"全省农产品 50 强营销大户",2003 年被江苏省农林厅授予"花卉先进企业"称号,2006 年容器育大苗技术获国家级星火计划和江苏省人民政府"农业科技先进奖"。

为富惠人:让小康的阳光照耀四方

　　改革的不断深化、市场的不断完善、经济的不断发达使嘉泽的花木名扬全国,以诚信为本、以服务取胜的戴锁方致富后不忘带领周围群众共同致富。为了帮助农户解决销售和技术欠缺等难题,公司专门成立了常州市华余花木专业合作社,2003 年 6 月成立至今,已经与 250 多家花木农户签订了苗木产销协议,无偿为农户引进苗木新品种几十万株,并提供技术服务,指导农民引种花木,以高于当地市场价 5% ~ 10% 左右的价格收购,示范带动邻近 10 多个乡镇的 15 万亩的花卉苗木种植,每年为本地农户销售花木一千多万株,销售收入近 3 000 万元,实现人均收入 8 000 余元,使这些农户的生活水平有了较大的提高。

省、市、区领导视察华余园林花木(右一为戴锁方)

　　戴锁方致富不忘帮困扶贫的事迹在当地广为传诵:为铺筑村级大道,他个人投资 20 万元;为赞助中小学教育事业,帮助特困户捐款,资助本镇特困学生等,他每年都要捐款 100 万元,他都一步一个脚印地去做,从不哗众取宠。他为富惠人的精神还表现为每天接待几十批客人参观咨询,每月要用 3 000 多元电话费,其中有一半是为农户和花木经济人及外地客户解答花木专业的疑难杂症的。有人劝他不要这样拼命干,而戴锁方都认为他现在从事花木生产、销售事业,很大程度已不是为了赚钱,而是心中有种使命感:为我国的环保事业、生态事业作贡献,为全国人民生活奔小康而努力,因为花木也有情,花花草草能怡情,它能给人类带来美好的感觉! 由此我们不难感受到戴锁方敢为人先的艰苦创业精神、富有洞察力的市场远见、为富惠人的博爱情操!

原载 2007 年 10 月 29 日《武进日报》

情 系 "三 农"

——记常州市横山农副产品批发市场总经理
兼横山砂梨合作社社长吴泉培

　　"我在全国走了好多地方,也看到了好多合作社,你们砂梨合作社堪称全国一流的合作社。你为农业增效、农民增收作出贡献,为农村第二步改革指明了方向。我代表全国供销合作总社向你致敬,给你鞠个躬。"这是今年4月28日中共中央委员、全国供销合作总社党组书记周声涛来到横山砂梨合作社视察时向该社社长吴泉培说的一番感人肺腑的话。那么,吴泉培有何值得周声涛如此赞赏呢? 日前,笔者专程来到风景秀丽的清明山南麓——常州市横山农副产品批发市场进行采访。

吴泉培(左一)与上级领导在一起

一、执著追求

　　走过61个春秋的吴泉培,自小在横山桥镇省庄村土生土长。由于家境贫寒,靠自留地上种些蔬菜去街上变卖些钱支付学费、书费显然不够,靠着村里人的同情和老师的照顾,吴泉培才勉强读完了高中。高中毕业后,生性好强的吴泉培带头响应党的号召到新疆"支边",一去就是23个年头,他曾在新疆拜城县担任供销社主任。90 年代初,他回到常州后一直从事商业工作,在常州农贸中心担任副总经理,2002 年才退养下来。

为报答父老乡亲的养育之恩,他拒绝了许多单位的高薪聘请,毅然回到阔别 40 多年的横山桥家乡。镇领导聘请他出任横山农副产品批发市场总经理,他欣然接受了。他说:"我的想法很简单,这是家乡的市场,我就要尽心尽力为它办好,并依托市场帮助农民销售果蔬,使农民增收、农业增效、农村富裕。"然而,办市场压力很大,因为市场开业不久,很不景气,遇到了种种困难。于是,吴泉培遭到家人的反对,怕他"头顶石臼做戏——吃力不讨好";朋友们也不理解吴泉培,但是,吴泉培心底里有一种执著的追求:我非要把市场办好不可,为"三农"作出贡献。不难看出,吴泉培与"农"结下了不解之缘。

2002 年 4 月 14 日,吴泉培走马上任,很快托出了他的思路:不能仿照别人家办市场的模式,要闯出自己的特色才能有市场竞争力。"农副产品市场是'农'字当头,市场必须以'农'为基础。"这是吴泉培的口头禅,也是他的座右铭。为此,吴泉培给市场制定了三十二字方针:"以'农'为纲,开拓思路;以人为本,真诚服务;以诚为信,文明经商;优化质量,繁荣市场。"市场的定位、市场的方针、市场的发展一目了然:创办"产地型市场",富一方百姓,活一方经济。于是,他精心构筑了市场五年规划蓝图,提出了建设"万亩果蔬园"作为市场基地。2003 年,在镇村二级领导的支持下,首期"千亩果蔬园"一举建成,并带动周边镇村建起 5 000 亩以上的蔬菜基地,这样,横山桥农副产品批发市场的"地菜"一下子红火起来,西红柿成为远近闻名的"抢手菜"。其中 500 亩砂梨科技示范园在镇江研究所的全力支持下同样一举成功,并且以"横山桥镇都市型现代科技农业"上报省农林厅,成为当初常州市唯一的省科技发展项目。该市场还被列入常州市农业龙头企业;武进区政府把该市场发展建设列入"武进果蔬销售中心"。2005 年该市场获得了常州市"文明市场",2006 年该获得了江苏省"星级文明市场"。

为了发展合作经济,彻底改变单干的小农经济模式,吴泉培说服动员一大批农户抱成"团",成立合作社。2003 年 4 月,横山砂梨专业合作社和横山蔬菜专业合作社正式宣告成立,吴泉培担任社长。横山农副产品批发市场也成为合作社成员,今年初,常州市供销社也加盟了合作社,从而使合作社成为坚强的经济实体,创造了"合作社 + 市场 + 基地 + 农户"这一独特的模式,实现了产销一体化,使农民在市场经济的海洋里形成了一只抗击风浪的大船,从而彻底解决了农民果蔬"销售难"的问题,使众多的农民走上了勤劳致富、科技致富的道路,有力地促进了农村经济持续发展,为深化农村改革指明了方向。

二、武进"果王"

武进是富饶的"鱼米之乡",钟灵毓秀、灵气瑞光、烟波浩渺的八百里太湖,孕育了阳湖一方儿女;武进林果业的迅猛发展,似一颗璀璨的明珠,光耀天下,熠熠生辉。如今,武进响应江苏省委李源潮书记"大力培育高效农业"的指示,在调整农业产业结构中写下了浓墨重彩的新篇章,武进东南区域大力发展林果板块的规划设想已成为现实。武进东南部漕桥、雪堰、潘家、洛阳、横山、焦溪等乡镇已构成了连片的林果板块,于悠久的栽培历史和独特水土优势,造就了桃子、葡萄和梨等特色水果。目前,栽培面积4.3万亩,涉及农户1.2万户。

吴泉培看得长远,认为武进果农、武进果品合作社必须结成联盟,抱成一团才能闯市场,才能彻底解决"引种难、种植难、销售难"的问题。吴泉培依靠武进区农工办等部门,在2004年10月发起成立了"武进果品协会",20个会员单位中除了林果合作社,还有市场、农加工企业和新闻媒体《金土地》等,成为一个强大的阵容。武进果协成立了,吴泉培担任了会长,他想得更多了,做得更多了:当年使1.2万果农平均增收3 000余元。

三、特色庄园

也许是因为吴泉培在退养前与水果打了多年交道,所以对水果情有独钟,一心要办好"横山砂梨科技示范园",使这里成为果香、花香一年四季飘香,观花、品果、垂钓乐趣无穷的好地方。

吴泉培与镇江农科研所是最紧密的合作伙伴,合作社引进日本的优质砂梨苗,引进国际先进水平棚架栽培技术,都离不开镇江研究所的帮助。镇江研究所的专家糜林研究员每月来梨园辅导技术,检查技术落实情况,手把手教农民操作技术。现在砂梨园在吴泉培的规划下"立体"发展:中间水平棚架设施,地面滴灌设备喷水,空中护果防鸟天网设置,还有引进"频振式杀虫灯"物理治虫设施,俨然是一个高科技设施农业管理模式,在苏南独有,在全国罕见。

吴泉培亲自去过国家农科院郑州果树研究所,拜访并聘请李秀根研究员来横山镇以及其他乡镇讲课,传授科技知识;亲自去南农大会晤张绍铃教授以及其他果树专家等,邀请他们来横山桥考察指导。去年,经过专家们调研,砂梨园被确定为农业部948梨科研示范基地并挂牌。正如吴泉培说:"专家、教授、农民成一家,科教兴农结硕果,果里淘金有希望!"

为实施科普教育,吴泉培处心积虑地在设想建立"梨博馆",并将这一规划纳入砂梨专业合作社"十一五"规划,预计2008年完成,届时世界上432个梨品种的蜡制品将在砂梨园梨博馆出现,一整套梨文化将在梨博馆内展示,而砂梨科技示范园将成为龙城青少年科普教育基地。

"一方水土养育一方人。我要多为农村做点实事,为农业增效,为农民增收,来报答家乡的养育之恩。"吴泉培同志作为一个老共产党员,践行了他的入党誓言,起到了党员的先锋模范作用,他是农村党员先进教育的典型,也是科技兴农的典型,是科普教育的带头人,也是农民的贴心人。在此,我们衷心祝愿吴泉培同志身体健康,在社会主义新农村建设中作出新的贡献!

采写于 2007 年 7 月 1 日,合作者:魏梓金

为了强壮一代人

——记江苏春晖乳业有限公司武进现代畜牧有限公司创始人吴新代、张友春夫妇

"啊!真好喝!春晖牛奶名不虚传!"这是不久前一位省级领导在一次会议上品尝"春晖"牛奶时发出的由衷赞叹。

的确,"春晖"牛奶以其特有的"纯,鲜,香"赢得了广大消费者的青睐。目前,每天有 10 万多份春晖牛奶销售到龙城的千家万户及周边地区。龙城人为喝到由龙城人自己生产的高品质的牛奶而感到欣慰。一位住新天地社区的消费者喜滋滋地向笔者说:"喝春晖牛奶真是龙城人的口福。它强壮了我们这一代人的身体!"

那么,春晖牛奶缘何有如此魅力呢?近日,笔者带着这个人们普遍关心的问题,专程来到风景秀丽的西太湖武进经济开发区——江苏春晖乳业有限公司、常州市武进现代畜牧有限公司,采访了该公司董事长、总经理吴新代、张友春。

一、与奶牛结缘的下岗夫妇

吴新代和他的妻子张友春原是雪堰镇商业社的职工。20 多年中,他们在工作中一步一个脚印,年年被评为先进工作者,吴新代曾担任商业社的主任。然而,命运似乎有意捉弄人,随着改革的不断深入,商业社改制了,夫妻俩面临着下岗的窘境。两人都已是四十不惑的年龄,今后的路怎么走?从来没有在市场经济大潮里滚爬的夫妻俩竟有点手足无措起来。也真是巧,吴新代在北

京工作的二姐和著名农业经济专家、中外农村经济技术研究所所长刘振邦都是留学法国的同学,一个偶然的机会,他听刘教授讲:"喝牛奶能强壮一个民族。"目前发达国家的农业食品加工业非常发达,尤其是畜牧业养殖加工更是占主导优势,而其中又以奶牛的经济效益比较高。在我国,奶牛业发展水平低下,人均奶制品的消费水平很低,甚至连印度这样的发展中国家,我们都无法与之相提并论。吴新代心中一动,这不是一个机遇吗?他和妻子一讲,准备搞绿色生态奶牛养殖业。两人一合计,决定不管怎么样也要闯一闯。1998 年,在姐夫的引荐下,他们花费数万元,先后 6 次前往北京聆听专家讲课,还到河北、山东、山西、海南等地考察,进一步坚定了他们的信心。

2000 年 8 月 28 日,他们自筹资金 200 多万元在本镇雅浦村的荒山沟里创办了武进现代畜牧有限公司。在一片杂草丛生的荒山沟里,夫妻俩带领一帮人,没日没夜地奋斗在工地上。10 月份,他们又亲自赶赴内蒙古,引进 50 头荷兰黑白奶牛,雇用 4 辆大卡车,日夜兼程赶路,整整 50 个小时,只吃 3 顿饭,未敢合一眼,直到 50 头奶牛平安到家,才疲倦地松了口气。在镇政府的支持下,于是这里的 1 000 亩荒山就成了奶牛的乐园,一座现代化的新型奶牛场就在这里崛起。

二、循环养殖 提升奶质

国内养奶牛一般吃干草、精料等,而这人为地改变了它们的食性,生产的奶制品品质并不好。其实,牛本身是食草动物,当它还自由自在地游荡在大草原上的时候,它们吃的是鲜草,这才是它们应有的状态。吴新代想:牛在这样的状态下,才更符合牛的生长规律。刘教授这位国家发改委首席农业科学家十分赞赏他的看法,建议他从国外引进优质牧草。这批国家级的专家成了吴新代的智囊团,使他一开始就从高起点上与国际接轨。同时,一幅现代养殖蓝图也正在吴新代的脑海里形成,他先后投入 2 000 多万元,在雪堰镇、农发区、溧阳三大基地种植牧草 1 000 多亩,并引种了美国黑麦草、墨西哥玉米、紫花苜蓿、籽粒苋、杂交狼尾草等 10 多个优质牧草品种,养殖良种奶牛 500 多头,还带动和扶持农民饲养奶牛 1 600 多头。

2005 年,他们又直接从澳大利亚引进优质娟姗种奶牛 102 头,这在全国是独一无二的。娟姗奶牛是世界良种奶牛,乳脂率高、蛋白质含量高、耐粗饲、耐湿热、抗病力强。我国长江以南地区气候温暖湿润,高温天气持续时间长,目前饲养的荷斯坦牛原产北方,不适应这种气候条件。娟姗牛的适度引进正好填补了这一空白。为此,他们抓住这一契机,通过对娟姗牛养殖条件、繁育条件的研究,探索出一套科学管理的饲养生产标准和牛场管理的规范,通过自繁自育、胚胎移植和杂交等现代化科学手段,迅速扩大种牛群体,尽快培育出适应我围南方湿热地带养殖的奶牛新品种,真正形成产业化、标准化,建成长三角洲地区一流的良种奶牛繁育推广中心。

更值得欣喜的是,吴新代在全国首创牧草养奶牛、牛粪养蚯蚓、蚯蚓可制药以及养黄鳝、蚯蚓粪和牛尿做有机肥料浇灌牧草变废为宝的良性循环的生态链,笔者漫步在经发区基地,发现该公司在原有的基础上又增加了新的环节,即投资 40 多万元,建造了 500 立方米沼气池,将牛粪牛尿、牛场冲洗水经铺设的管道引入沼气池,经过发酵产生沼气,新上 1.5 吨沼气锅炉 1 台,烧煮开水供员工生活使用,沼液则作为优质肥料浇灌牧草。整个过程不施用农药化肥,实现了污染物的零排放。有机肥的大量使用,不仅减少了农业面源污染,更为生产无公害绿色食品创造了条件。这既体现了人与自然的和谐统一,又展示了科技兴农的广阔前景。国家环保总局解振华局长闻讯兴致勃勃到该公司视察时,对这里的经验大加赞赏,他说:"这里的一切突出了四个字:生态、环保。通过植物、动物、微生物的有机结合,形成了一条良性循环的生态链,走出了一条农村经济可持续发展的道路。在明显减少农业面临污染这一重大课题上,为环太湖地区规模农业企业起了示范作用。这种生态模式应该在全国推广。"

三、春晖牛奶香溢龙城

为了进一步提高春晖牛奶的质量和数量,吴新代夫妇俩对新厂房投入了大量的人力、物力、财力,确保把该项目建成精品工程。由于乳品加工行业属食品加工业,工艺要求极为严格,每个环节都有专属专业,因而从 2006 年起,公司就聘请业内知名专家于爱群、陈葆琼对生产线进行了整体规划设计。为了确保方案的可行性,大年初八,他们和专家亲自飞往内蒙伊利、黑龙江完达山等知名企业的生产车间进行考察,吸取他人的长处,结合自身特点设计出切实可行的方案。到设备订购阶段,他们又前往各个设备生产厂家进行考察,了解实际情况,以确保引进设备的质量。前期考察费用就达 35 万元。食品安全卫生法施行后,为了顺应行业发展的需求,使上马的设备达到国际领先、国内一流水平,他们又请专家对原方案进行了论证,并作了较大的改进,选购的都是业内最好厂家的生产设备。此外配套有冷库、锅炉、水净化设备、电力设备、污水处理设备、中央空调等设施,全部同时上马,因此投入资金在原有的基础上又有较大增加,原定厂房设备投资 2 500 万元,实际已达 3 500 万元。

新车间建成投产后将达到消耗鲜奶 70 吨/班的水平,如按二班制计算可达 140 吨/天,日产牛奶 60 万份。

虽然初期投入大,但吴新代夫妇最终尝到了循环经济的甜头。目前"春晖"消毒牛奶已经被中国绿色食品发展中心认证为绿色食品 A 级产品、国家无公害食品,并获得江苏省名牌产品、常州市知名商标等称号。2006 年在参加江苏省学生奶定点生产企业的评审中,春晖乳业成为常武地区唯一通过评审的企业,企业知名度和"春晖"品牌信誉度得到进一步提高,企业已进入良性循环。

让生活更有滋味

——记江苏吉祥贺盛食品有限公司总经理周国林

在从多调味品当中,鸡精作为一种复合型、营养健康型的基础调味品在近年来脱颖而出,其味道更鲜美、营养更丰富的特点逐步取代味精,而在众多调味品中异军突起。贺盛鸡精就是鸡精生产中一支生力军。从 20 世纪 90 年代一家小作坊起家,到如今年生产规模达 20 000 吨,贺盛鸡精经历了脱胎换骨式"嬗变"。江苏吉祥贺盛食品有限公司总经理周国林便是这一嬗变的推动者。

一、"鸡"缘

20 世纪 80 代末,在集体企业某味精厂工作多年的周国林不甘于过舒适清闲的日子,为挑战自我、体现自身的价值,毅然辞职"下海"闯荡。拿着省吃俭用的几万元钱,租了几间房子,周国林独自创办了自己的味精厂。像许多创业者一样,周国林经历了不少风风雨雨,但凭借坚强的毅力,他挺了过来,并逐渐在常武地区味精市场取得了自己的一席之地。

说起调味品,味精可以说是无人不知无人不晓,但当时一些多食味精对人体不利的种种说法对这一调味品的市场产生了一定影响。"'味精有害说'并无科学依据。"周国林至今仍坚持着这一说法,但周国林也意识到味精市场的局限性,1995 年,他便开始通过朋友和一些食品研究所联合开发鸡精。那时,全国鸡精生产企业仅四、五家,鸡精市场并不成熟,没有现成的标准,全靠自行摸索,研发、尝试,研发、尝试……经过数千次试验,终于研制出鲜度达 208 度的复合型调味品——鸡精。投放市场后,再经过市场调研,广大消费者普遍反映:"贺盛"鸡精,前景广阔远大。在众多调味品中,"肴肴领鲜"。从此,周总与"鸡"结下了不解之缘。

二、基石

周总认为,一个企业的产品质量好坏,是与该企业的管理分不开的,就好比建造大厦一样,基础打得越深越坚,大厦就可以造成越高越大。所以"高起点、高标准,带来高品质,高品质带来高效益",就是这个道理。

该公司从成立的第一天起,就确立了"质量第一、用户至上"的理念,为此,周总将自己的企业宗旨概括为 15 个字:"原料真、设备好、工艺新、管理严、服务优。"这些措施好比建造大厦的一块块基石,也是他们贯彻企业标准、行业标准的具体体现,他们的企业标准高于行业标准。

食品的质量始终是食品生产加工企业管理的重点与核心。为此,周总将把提高产品质量视为企业的生命。在生产过程中,他严格按照产品标准、工艺规程操作,把好第一道生产工序,并做好记录、保管好资料,对每批成品均封样保存,对接触食品的器具和设备都进行有效的清洁和消毒,并保持生产现场整洁,对生产操作人员在指定的消毒间进行规范清洗。他还对质量管理进行检查检验,定期或不定期对各部门以及个人进行检查,质检员对各个生产环节巡查抽查,对设备的质量控制点 100% 全检,最后对成品进行检验,做到道道把关、袋袋优质,达到"成品效验达标率 99.2%,出厂成品达标率 100%,顾客满意度达满意"的质量目标。周总非常重视更新设备工艺,目前,他的公司有高标准生产车间 5 000 平方米,建立了三条鸡精生产线(其中一条专门生产出口鸡精),有鲜鸡加工鸡肉粉的全套设施,通过酶解和美拉德反应,再进行喷雾干燥,获得高品质的鲜鸡肉粉,现生产能力突破 2 万吨/年。在此基础上,周总又配合食品安全认证,生产现场均按准 GMP 标准设备,全封闭车间,十万级空气净化、配备中央空调系统,采用闭路电视监控生产全程,并成立研发、品控中心,使产品质量更有保障。

目前,周总的公司已开发出高档鸡精、鸡粉、鸡汁、汤主、鲍鱼汁、味精、汤料、调味素八大系列上百个品种的产品,并先后被评为常州市、江苏省名牌产品、中国调味品名优产品,公司已于 2001 年通过 ISO9001 国际质量体系认证,同年又获得中国出口食品卫生检疫注册证书以及近年获得江苏省著名商标称号。

三、机遇

产品质量提高了,而占领市场,保证销售远比抓企业内部管理难得多。调味行业厂家林立,光本省内就有 100 多家。为了在激烈的市场竞争中赢得市场,周总着力建立健全多功能的产品促销机制,在市场上巧用"销售术",他采取一招二聘的方式广揽销售人才,把那些思想好、作风正、精通管理、了解市场、口头表达能力强、办事精明的人才选拔出来,建立起一支由近百人的销售队伍,奔赴大江南北安营扎寨,先后在40多个大中城市发展了销售"贺盛"鸡精的"根据地"。

产品销售是企业实现持续经营的基础与保证。周总要求公司人员对经销商和消费者提供优质服务,保证把优质产品提供给客户,并承担合理的退换货费用。使经销商经营"贺盛"鸡精的风险为零,公司服务人员协助经销商宣传产品,并利用超市开业和节假日搞大型的促销活动,大做 DM 宣传。周总和他的助手们还参加龙城首届厨艺大赛,得到国家级行政总厨、中国烹饪大师徐建华等评委和众多厨师的好评;同时虚心听取美食专家的宝贵意见,并吸纳优秀的厨艺界人士为"贺盛家园"厨师联谊会员。该公司的产品以质量好、包装好,进入千家万户,特别是在华东和西南地区,快速占领"家乐福"、"麦德龙"、"好又多"、"易初莲花"、"乐购"、"欧尚"等大卖场的货架,赢得了消费者的口碑。

就在"贺盛"鸡精及各种系列产品稳步巩固国内市场并不断拓展市场更大空间之际,"贺盛"鸡精的海外销售也是捷报频传,受到了日本、英国等国家的消费者青睐。2002 年,"贺盛"企业成功开发出新一代乌骨鸡系列调味品,通过与日本著名企业经销商精诚合作,成功进入日本高汤卖场"高岛屋";2003 年,"贺盛"企业更上一层楼,通过与英国驰名国际贸易公司合作,成功将"贺盛"鸡精、鸡粉销往英伦三岛。更让"贺盛"人感到自豪的是,"贺盛"系列产品去年已被中国贸促会列为向欧盟市场重点推荐产品。同时,企业还通过与马来西亚知名企业合作,在去年初将产品成功打进东南亚市场。据了解,2004 年的"贺盛"企业的销售额和上交国家税收均比上年有较大辐度增长,取得了显著的经济效益和社会效益。

企业的竞争,就是产品的竞争。周总说:"贺盛"企业发展到今天,我要感谢竞争对手,因为有竞争,就有压力;有压力,就有动力;有竞争才能发展,所以,竞争对手给了我发展的机遇。

成功之星是暂时的,只有追求之心才是永恒的。虽然周总经营的企业和产品已名扬海内外,但这并不是终点。按周总的话说:我全部人生的奋斗目标和人生追求,就是让广大消费者生活得更有滋味。如今,江苏吉祥贺盛食品有限公司的全体员工在周国林总裁的带领下,将继续弘扬"以人为本,科技创新,自我加压,争创一流"的企业精神,加大投入、提高科技含量,上马三期工程,将鸡肉产品深加工,做大做强,以崭新的姿态,全新的技术,开发出一个个

"贺盛"牌系列新品,奉献给社会,为人们倡导有滋有味和有质量的新生活。

原载 2004 年《贺盛家园》第 3 期

创业者的足迹

——记常州市常宏同力电器有限公司董事长常光友

常言道:在晚年能收到美满的果实,大都是由于他们在年轻时辛勤地播下了优良的种子。常州市常宏同力电器有限公司董事长常光友就是其中的一位典型代表。金秋季节,笔者专程来到该公司采访了常光友先生。

一、拜师学艺 艰苦创业

走过 52 个春秋的常光友,出身于魏村镇新华村。由于他从小就立志当兵,报效祖国,所以初中毕业后就报名参加了中国人民解放军。部队这所特殊的大学校磨砺了常光友的意志。1975 年常光友从部队退伍回到自己的家乡,由于一时没有找到合适的工作,因此在家务农。俗话说:荒年饿不死手艺人。1977 年,他看到村上有一位木工师傅技术很好,于是便拜这位木工为师,干起了木工这个苦行当。他很认真地学习木工技术,一年多就基本学成,三年就成了老师傅。有了一技之长的常光友不甘心东家做两天、西家做三天,于 1982 年毅然自立门户,在村上开办了一家家具厂。

开店容易,守店难。开办家具厂谈何容易?为此,常光友自学成才,他从新华书店购买了有关新潮流的家具书籍,白天在厂里干活,晚上回到家就学习研究款式新颖的家具。经过一段时间的实践摸索,一批款式新颖的家具投放了市场,果然成为广大消费者的抢手货。武进县日用杂品公司家具市场常年销售该厂生产的家具,有时还供不应求。常光友的厂经常加班加点,业务繁忙,常光友由此掘到了"第一桶金"。

二、为民奔波 奉献集体

新华村在全市、全省乃至全国是一个颇有名气的村,近似江阴华西村。该村为了走共同富裕的社会主义道路,就把个体的企业收为集体企业。1991 年,常光友的家具厂转为新华村木器厂。

常光友

1995 年,由于家具市场竞争十分激烈,常光友不得不考虑转产。在 20 世纪 90 年代,家用电器是一个热门的行业,于是常光友的木器厂转为了家用电器厂,即常恒集团器件制品厂。开办器件制品新厂困难重重,资金、人员、技术、厂房、销售渠道等都是问题,没有一点现成的条件可循。从家具到家用电器,行当大不一样,产品产生了质的变化,一切从零开始。

建厂工作千头万绪,沉重的担子压在常光友一人肩上,他不但忙内,还要外出接业务,组织原材料,拆借资金等。由于当时企业条件差,没有汽车,常光友不知多少次骑着摩托车到苏北泰州春兰空调厂送货。数九寒天,为了赶时间,不失信誉,他经常骑摩托车到苏北有关业务厂家联系业务(往返 100 多公里)。为了开拓市场,他东奔西跑,日夜奔波,别人到外地去总是住高档的宾馆,而他考虑的是为工厂节约生产成本,经常住在小旅馆里,每夜只花二三十元钱。为了提高产品质量,常光友对企业进行严格管理,也因此得罪了许多亲朋好友。经过数年的拼搏,工厂不断发展,产品与国内较好的大品牌企业海尔空调、小天鹅洗衣机、河珂玛、美的空调、格力电器等配套,年产值达数千万元,获得了较好的经济效益和社会效益,为新华村的两个文明建设作出了贡献。

三、另起"炉灶"自主创业

集体企业吃"大锅饭"的管理模式给企业的发展带来了诸多弊病,对此常广友看不惯,也耐不住。于是他向镇领导打了辞职报告。在当时的魏村镇政府和魏村村委的全力支持下,他白手起家,率先创办的民营企业——常州市常宏同力电器有限公司,于 2001 年 6 月诞生了。

为了发展民营企业,常光友投入 500 多万元资金,购买了 14 亩国有土地,建造了 8 000 多平方米厂房,企业主要生产电动自行车以及电磁阀、线圈、空调电机、洗衣机电机、水泵等多种家用电器的配套机件。

以管理求效益是常光友的办厂法宝之一。他倾注全力抓好企业内部管理,使企业始终处于蓬勃发展之中,全公司职工自觉养成了遵守厂规厂纪的良好习惯,形成了比学赶帮超、自觉为企业作贡献的氛围,凝成了上下团结、众志成城、团结协作的集体。

常广友是个具有全新管理思想和管理水平的企业家。他使公司领导班子内的成员做到各负其责,配合默契,把企业治理得井井有条;他冲破以前集体企业"吃大锅饭"的模式,建立了全新的管理体制,充分发掘企业内部潜力,按照社会化大生产的要求,抓住生产过程中的计划、质量、设备、消耗各个环节,以高产、优质、低耗为核心,制定目标管理考核条例,把个体目标层层分解到各车间,职能科室按月严格考核。他对工人实行合同制,根据工人的技术水平及工作表现和完成任务情况发给报酬,鉴定使用合同书。对班组,他实行优胜制,在实行承包的基础上,班组之间开展"比学习、比技术、比贡献、比守律、比团结"的五比活动,对优胜班组进行特别奖励。

由于企业管理上水平、上等级,从而激发了职工的积极性,提高了劳动生产率,提高了产品质量,提高了企业的经济效益,由此,该企业也得到了长足发展。

四、身患重病　遇见亲人

常言道:天有不测风云,人有旦夕祸福。1990 年 6 月,常广友患病,来到常州某医院治疗,由于严重药物过敏,生命垂危。后转到市里重点医院进行抢救,仍无好转。据常广友后来回忆说,当时的他,全身起水泡,皮肤溃烂剥离,不能穿衣服,甚至找不到一处好皮肤扎针输液,只能光着身子,躺在无菌隔离罩内,等着家属为他办后事。而为了给他看病,家里还欠下了 18 万元债务。在这束手无策的生命垂危时刻,与他素不相识的老红军刘瑞祥知道了这件事,立即吩咐医院领导和医生一定要千方百计全力抢救这位病人,并对院方领导承诺,他个人愿意承担患者的费用担保和医疗风险。医院的领导和医生被这位老红军的宽大情怀和高尚情操感动了,请来专家对常广友会诊,及时调整医疗方案,组织积极抢救,使他终于摆脱了死神的束缚。在常广友住院期间,刘老还时常去探望常广友,对他进行安慰,鼓励他战胜病魔。经过两个多月的精心治疗,常广友终于康复回家了。为了偿还治病欠下的巨额债务,会些木工手艺的常广友向亲友借钱办起了小木工作坊,准备做家具卖了还债。这时,刘老又带着老伴来到他的小作坊,关心他的事业,给他以精神上的极大支持。

常光友与老红军刘瑞祥(左)亲切地拥抱在一起

17年过去了,如今,已拥有数千万资产的常州市常宏同力电器有限公司董事长常广友每当提到这位慈祥可亲的老红军,都激动得热泪盈眶:"我的生命和健康,我的事业发展,全靠老红军刘瑞祥!如果没有他,就没有我的今天,是老红军给了我第二次生命!"在此,笔者衷心祝愿常光友在漫长的人生路上身体健康,为社会、为人民作出更大贡献,从而来报答老红军的关怀。

"虎王"为你的生活锦上添花

——专访江苏虎王涂料有限公司董事长沈华昌

实施名牌战略是当今企业走向繁荣的原动力。近年来,江苏虎王涂料有限公司董事长沈华昌狠抓产品质量,实施名牌战略,从企业创立到现在,短短5年间就拥有固定资产1 000多万元,综合经济效益居同行业前列,成为江苏地区行业发展较快、经济实力较强的经济实体之一。该公司生产的虎王牌系列涂料油漆,先后获得江苏省优秀科技新产品、98'中国质量信得过名优新产品等称号,企业先后被武进市评为明星企业、乡镇10强企业、省AAA级信用企业、省计量信得过单位、农业部达标单位。最近,该公司通过国家质量技术监督局质检机构的质量认证,成为1999年首批通过国家级质检机构认证的公司。那么,该公司为何能取得如此辉煌成果的呢?

一、靠"虎王"精神闯天下

走过47个春秋的沈华昌,在工业条线上摸爬滚打数十年,对发展民营经济有一股"虎劲",特别是近几年来,他白手起家,克服种种困难,能以较短的时间、较快的速度、极好的效益办成一家省级企业,主要靠的是"虎王人"敢为人先,永争第一,艰苦奋斗,不创一流品牌誓不罢休的精神。这种精神被称之为"虎王"精神。在这种精神的倡导下,在众多品牌的涂料行业中,"虎王"涂料占据了市场制高点,产品覆盖全国10多个省和市、自治区。

二、以过硬的质量创名牌

质量是企业的生命,是企业参与市场竞争的法宝,任何名牌产品都必须有过硬的质量作为其坚强的后盾。沈华昌坚持把重视质量意识贯穿到从市场调研、新品开发、工艺设备、原材料供应、计划生产等各个环节的全过程,每道工序都严格把关,形成了一个综合性的质量控制体系,确保产品合格率达到100%。

在处理质量与市场的关系上,沈华昌认为名牌产品所追求的质量,不单纯指产品内在的物化指标,还包括企业行为满足社会使用价值需要的程度,质量又需要以用户的需求为标准不断发展和改进。因此,沈华昌在生产过程中推行自查与抽查相结合、下道工序监督上道工序的办法,对产品质量问题及时处理和改进,质检部门不定时对所有工序、工艺流程、操作记录进行监督检查。每月对各条工线进行百分考核,考绩与工资奖金直接挂钩。目前,虎王公司已通过国家质检机构的认证。

三、靠规模优势扩名牌

几年来,沈华昌深深地体会到,企业光有先进设备和名牌产品还远远不够,必须发展规模经济,组建一支具有现代化的工业集团公司,发挥企业产品、技术、管理、人才等方面的优势,走技术革新、技术改造、以资产联结为纽带的发展之路。1997年,沈华昌先后投入200万元对设备进行技改;1998年,又投入300多万元扩大企业生产能力。之所以这样做,就是坚持以"名牌促规模,以规模扩名牌"的方针,不断优化企业组织结构、资金结构、技术结构和生产力布局,形成系列产品,改变产品的单一局面。目前该公司已形成了生产13大类300个品种油漆和涂料的能力,产品畅销全国10多个省、市、自治区,时常出现供不应求局面。

1998 年,公司销售产值达 8 000 多万元,成为武进市利税大户、最佳效益企业。

今年,沈华昌先后组建了一个专业生产虎王、多邦超级环保涂料乳胶漆生产厂和一个专业生产涂料生产厂,正在实施组建防腐涂料和汽车漆厂经济实体,全方位、系列化、专业化地满足各个层次用户的需要。目前该公司的生产规模扩大了,技术含量和产品质量提高了,企业的竞争力也增强了。

四、靠市场开拓扬名牌

创立了名牌,只能说企业具备了生产名牌的技术能力和管理能力,要使名牌真正创造经济效益,还必须使名牌产品为用户所认可,具有相当的市场占有率,实现最终意义上的名牌。在这方面,沈华昌充分利用电视台、报刊等大众媒体,多角度、多层次地宣传企业,宣传虎王产品,使用户全面了解虎王公司的产品,同时自觉地把企业和社会联系在一起,主动承担一部分社会责任和公益事业义务。如今虎王公司有特色、有个性的企业形象和品牌已经树立起来,虎王产品已在全国众多用户中扎下了根。并且已在全国 10 多个省、市、县建立了以虎王公司的销售网点为主市场的信息网络,及时收到全国各地市场信息及消费者的需求信息,为公司开发新品奠定了基础,为企业掌握市场营销的主动权提供了依据。

为了抢占市场,沈华昌先后派人走访全国了解信息,主动出击,不断开发新的销售基地。同时定期召开用户座谈会,听取用户对产品质量、产品开发、产品价格以及市场营销的意见和建议,从而不断促进营销工作更上一个台阶。

今后,沈华昌还将坚持以实施名牌战略为重点,为实现虎王公司再次腾飞,为虎王名牌产品再创新天地作出最大努力。可以相信,江苏虎王公司的明天一定会更加辉煌!虎王涂料为国民的生活锦上添花!

原载 1999 年 10 月 21 日《人民日报》市场版

他为企业插上腾飞的翅膀

——记省明星企业家武进县
第三兽药厂厂长史荣根

武进县第三兽药厂坐落在常州西门外的"花木之乡"夏溪镇。今年 1 至 8 月份,该厂的产值达 1 982 万元,利税达 206 万元,外贸出口额达 500 万元,分别比去年同期增长 60% 和 50% ,该厂的兽药产品"鱼服康"和"双甲脒"走俏全国,并出口热销于美国和东南亚市场。提起该厂腾飞的奥妙,该厂干部职工异口同声:"我们厂的腾飞,是厂长史荣根安的翅膀!"

早些年,该厂由于设备陈旧、技术落后,生产的产品仅是"大路货",远远满足不了市场的需求。经过广泛的市场调查,史荣根厂长清醒地认识到:只有把全副力量放到开发技术含量高、市场又十分稀缺的"拳头产品"上,才能驱动企业腾飞。于是,史荣根亲自带队,组织人马去高等学府登门求教。1984年10月,经人指点,史厂长亲自去扬州江苏农学院"攀亲",66岁的著名兽药教授朱模忠被这家小小乡镇企业厂长这种求贤若渴、锲而不舍的精神所感动,一口答应了史厂长的聘约,成为兽药厂的技术信息顾问。在朱教授这样的"开山祖师"的指引和推荐下,史荣根厂长又西去南京、武汉,东至上海,南下福建、广东,北上首都北京,并与上海医药工业研究院、中国科学院水生物研究所、上海水产研究所、江苏淡水研究所、清华大学化学系等挂上了钩,大搞横向联合,一支由高级工程师、教授、副教授组成的高级技术信息顾问队伍渐渐形成了。不过半年时间,"华夏鱼服康"这一填补我国规范化生产鱼药空白的新产品就诞生了。

继"鱼服康"之后,兽药厂又根据朱教授的建议,决定开发一种高效低毒,广谱杀虫、杀螨的"双甲脒",这是消除牛、猪、羊体外寄生虫的兽药剂,过去主要从美国进口。在试制过程中,史荣根厂长又从南京请来了五位退休工程师,列为厂里正式编制。经过一年半时间的攻关,"双甲脒"终于在中国常州夏溪镇问世,并实现了大批量生产,质量完全达到英国同类药品水平。

目前,武进第三兽药厂生产的主要产品"双甲脒"、"鱼服康"、"鸡宝"、"高力米仙"、"尅球粉"等共有7大类60多个品种,广泛用于畜牧业和农业生产。"鱼服康"和"双甲脒"两只产品还分别荣获国家农业部"优质产品"称号;该厂还被评为常州市科研型工厂,省、市、县明星企业,省特级信用企业。同时,史荣根厂长也被县委、县政府评为优秀共产党员和劳动模范,省、市、县"明星企业家"光荣称号。

武进电台1992年8月18日播出,原载1992年8月25日《武进科技报》

一颗正在上升的新星
——记武进县常武轮胎翻修厂厂长王文兴

位于风景秀丽的太湖之滨和常锡公路旁的武进县潘家镇,是一个知名度并不太高的偏僻乡镇。然而水不在深,有龙则灵。近年来,这个小镇上崛起了一家专门翻修汽车轮胎的乡镇企业——武进县常武轮胎翻修厂。这家企业的兴起,犹如一条龙,给潘家镇带来了不小的灵气,无论是桑塔纳轿车,还是东风平头柴油载重汽车和新型解放载重汽车,都用这个企业生产翻修的汽车轮胎。而这条"龙"的龙头,则是这个厂的厂长王文兴。对于这位出生于1951年,今年只有44岁的乡镇企业家,知道他的名字、了解他的事迹及工厂的人并不很多,然而,他却是一颗正在上升的新星。

以身作则　艰苦创业

王文兴的创业史富有传奇色彩。他原本是该厂的一位司炉工,后来又当现金会计,1986年,企业由于管理不善,亏损好几万元,濒临倒闭。在这关键时刻,领导看中了王文兴,因为他工作踏实,不仅能吃苦耐劳,而且还能钻研技术业务。1987年初,他走马上任,当上了这个厂的厂长。王厂长患有糖尿病,右脚还受过重伤,可是,他一年365天带病工作,经常披星戴月地跑东赶西。今年5月的一天,他发高热39度,晚上还在挂盐水,可是为了一笔业务,次日凌晨2点钟他便出发到苏北海安县的一家工厂去了,一直到第三天的早晨5点多钟才到家,连续27个小时没有睡觉。厂里的职工对王厂长这种忘我工作的精神,没有一个不佩服。据该厂职工反映说,"王厂长既当厂长,又当供销。"他跑的轮胎翻修业务占到全厂翻修业务的70%。去年,该厂翻新各种汽车轮胎3万多条;今年1至5月又翻新了1.5万多条。据统计,从1987年至

作者与王文兴先生(左)在一起

今,该厂共翻新轮胎 15 万余条,为交通部门节约资金 90 余万元,为国家节约橡胶 1 800 吨。由于王厂长敢于开拓,善于经营,加上全厂职工的共同努力,8 年来,企业有了很大发展。去年,该厂 68 名职工共完成产值 330 万元,销售 350 多万元,实现综合经济效益 36 万元,新增固定资产 99 万元。今年 1 至 5 月份,已完成产值 160 万元,销售 145 万元,实现综合经济效益 20 万元,均比去年同期增长 30%。现该厂固定资产达到 130 万元。

从一个濒临倒闭的企业发展到目前颇有经济实力、颇具规模的企业,王文兴只用了 8 年时间,而且是从无到有,白手起家。这种高速度、超常规的发展引起了潘家镇党委和政府领导的重视和关注,这个企业被武进县有关部门评为"七项管理基础工作达到一级要求",王文兴也连续多年被评为先进厂长,去年 10 月,他光荣地加入了中国共产党。

灵活经营　发展企业

王文兴经营轮胎翻修成功的奥妙在哪里?探索王文兴的经营之道,总结他办企业的成功经验,可以给人们以有益的启迪。

一、"扬人之长,才尽其用"。首先,建立和实行精干、有序、高效的厂部管理机构。该厂从厂长到全体供销管理人员,一律实行兼职工作制。譬如厂长兼供销;供销科长兼开票,还要记轮胎档案;会计兼基建负责人;供销员、驾驶员兼装卸工等。全厂没有一个吃闲饭的人,也没有一个可以混日子的岗位。这样,既节省了开支,又调动了一线工人的生产积极性。

其次,号召全厂人员发挥自己的聪明才智,为工厂作贡献。该厂车间质检员赵国英同志,通过自己的长期摸索和钻研,终于攻克了建厂以来一直未能解决的部分破旧轮胎不能翻修、有洞的旧轮胎只能报废的技术难关,修复了几千条往年只能报废的旧轮胎。仅此一项,他就为工厂增创了数万元的经济效益。又如青年工人王建伟,进厂时间虽然不长,但他文化基础好,又肯吃苦,虚心学技术,迅速掌握了质量要求高、加工难度大的子午线 $900R_{20}$ 轮胎的翻修技术,并在操作中严格把好质量关,受到用户的多次好评,从而使该厂去年上马的钢丝轮胎翻修项目在用户中建立了信誉,在市场上站住了脚,为工厂的技术进步作出了贡献。再如该厂的张国伟,右手在前几年不幸被炸残,进厂当供销员后,他忙里忙外,和正常人一样要求自己,和健康人一样跑业务、装卸货物,一车几十斤重的轮胎,经常用一只残废手担上担下,行动确实感人至深。

二、狠抓质量不放松,依靠优质求生存。作为轮胎翻修行业,轮胎翻修质量要求一定要高,每一只翻修的轮胎都要到路上经受检验。几年来的实践使他们体会到：没有质量就没有信誉，没有质量就没有效益。可以说，没有质量，就没有一切。1992年春，该厂认真总结由于质量不过关，使工厂蒙受重大损失的深刻教训，从上到下，重新确定了"质量就是生命和质量第一"的思想，并落到工作实处。

三、狠抓供销不放松，走向市场天地宽。乡镇企业的供销科，犹如一个国家的外交部。产品原辅材料的组织供应，产品销售渠道的开拓，新产品开发的信息提供，都得经过这个部门的周密考虑和反馈。因此，供销部门是企业生存与发展至关重要的部门。为此，王厂长一刻也没有放松供销工作，主要抓了这样几条：1. 根据业务发展的需要，从社会上和职工内部选拔人才，加强供销力量。现有供销人员6名，从而保证了供销业务的正常开展。2. 实行供销人员每天（不论是时间早晚）下班前召开一次碰头会制度，汇报当天工作，互通供销信息，商讨和安排第二天的工作。实践证明，这项制度行之有效。同时，该厂还要求供销员必须搞好优质服务，要正直无私地跑业务。数年来，该厂供销科从科长起，人人能吃苦耐劳，不折不扣地完成任务，为工厂的发展立下了汗马功劳。3. 拓宽业务，点面结合搞突破。在业务拓宽的策略上，他们把发展的重点放在苏、锡、常地区，同时开辟宁、沪、杭等华东地区。他们还根据运输单位的实际情况，把业务拓宽的对象重点选择在资金周转快、回笼信誉好、业务量大的各地客运公司上。数年来，他们基本实现了上述战略目标，翻修轮胎的业务量逐月上升。4. 抓信息，适应市场抢效益。该厂要求供销员既要跑好现有业务，又要努力捕捉各种信息，将重要的市场信息提供给厂领导决策，抓住机遇，加快发展。前年，当他们了解到各地基建兴旺这一信息后，立即组织了650轮胎的收旧翻新，仅此一项，就给企业增加了40万元产值，获得了显著的经济效益。

原载《东方大市场》一书

敢攀高新科技的人

——记常州北道精密机械有限公司总经理沈广华

"北海道"是日本国的一个地方，也是我国西部的一个小地方。"北道"即坚定走北方的工业化道路，另从佛教的意义上说：大吉大利。

这是记者日前采访常州北道精密机械有限公司总经理沈广华时他对自己

企业名称的一番解释。

已走过 41 个春秋的沈广华,个头一米八左右,腰粗肩宽,皮肤黝黑,一副企业家的模样。他胖乎乎的圆脸上有一对闪着聪慧光芒的眼睛,给人以朴实、笃厚、精明的印象,尤其是他那远见卓识和追求高新科技的执著精神,叫人赞叹不已,令人刮目相看。

沈广华

一、积淀

青年时代的沈广华,曾在武进机电设备公司工作十余年,由于业绩辉煌,曾在重要部门担任过要职。但"天有不测风云",1999 年,武进机电设备公司因计划经济的缘故,加上企业管理不善等因素,该公司已名存实亡。

为了走自己的路,沈广华在 1999 年下半年白手起家,独自创办了常州燊利机电设备公司。在公司创办之初,沈广华首先认真总结了原武进机电设备公司的成功与失败、经验与教训,并深有体会地提出了"学做生意,先学会做人"这个理念,用这个理念去勉励自己和教育员工:做生意不能搞欺诈,必须诚实经营,以德经商才会天地宽。2000 年 10 月,溧阳市某工厂搞技术改造,按技改项目预算需要 800 多万元,而沈广华对该厂进行重新预算,实际投入只需 600 多万元,并保质保量,达到了预定的技改目标,从而为该厂节约了资金 200 多万元,那位工厂负责人非常感激,称赞沈广华是"儒商"。

二、转折

几年的风风雨雨,几年的顽强拼搏,使沈广华清醒地认识到:企业的发展与兴衰,离不开现代科学技术,尤其是高新技术。民营企业要在这千帆竞发、百舸争流的改革开放大潮中谋一席之地,就必须推陈出新,不断开发新产品。为此,沈总把攀登高新科技、开发新产品作为自己和企业奋斗的目标。今年春天,沈总与三位志同道合的专家走到了一起,共同合股创办了常州北道精密机械有限公司。他们决心在数控机床的王国里披荆斩棘,奋力拼搏,创造一个新的天地。

沈广华一贯认为:人才是企业发家之本,有高素质的员工才有高质量的产品,有德才兼备的管理干部才有一流的企业管理。

沈广华采用多种方法招揽人才。一是广邀志同道合的专家来公司任职。陈工是一位来自北方的高级工程师,他对数控机床的研制开发颇有信心,曾创造过国内第一台数控机床的光辉历史。经人介绍,今年4月沈总与这位专家相识了,并多次向陈工介绍常州的发展史及今天和未来的发展,尤其是向他介绍了常州是全国机械业制造加工的基地,是大有发展前途的一块热土地。沈总的真诚之邀,终于打动了这位专家之心。今年7月,陈工全家来到了常州,而他也全身心地投入了公司的发展工作中,并担任了公司副总经理兼总工程师。二是积极引进国营大企业的现代化、规模化管理干部。张总、杜总都曾是北方一家国营大企业的高级管理干部,沈总三顾茅庐,终于邀请到这两位大企业的管理干部来到了公司,担任了副总经理。三是重视从实际工作中发现提拔人才。卢义兵是一位本科毕业生,他年轻有为,在实际工作中能充分发挥自己的主观能动性,能在生产管理上独当一面,沈总破格提拔他为生产管理部部长。

三、登攀

精密数控机床,在目前来说,除一小部分大型企业能生产外,大部分要依赖外国进口。而且进口的精密数控机床价格比较昂贵,性能繁多,操作复杂。为此,沈广华和他的伙伴们"明知山有虎,偏向虎山行",他们与日本的朋友合作、探讨,阅读有关书籍,查询有关资料,进行深入细致的研究工作。在企业的生产管理上,他们采用网络化管理,即从生产投放到产品销售,全部实行计算机网络化管理。第一台精密数控机床终于在2003年8月底诞生了。这台由沈广华与伙伴们自己设计制造的数控机床结合了国际上的先进技术,并实行了产业国产化,即在不影响高速运转和高精度的前提下,80%的零部件实现国产化。他们还针对因机床丝杆运动磨损不均匀而导致某些部位精度误差的弱点,研究发明了机械运动全程均匀磨损,避免了精度误差。与此同时,他们还针对小型机床平式床身不易排屑的问题,采用了大型高档机床普遍使用斜床身的优点,从而解决了排屑困难的"老大难"问题,一举成为国内首家生产斜床身小型精密数控机床的厂家。

几番努力,几度攀登,常州北道精密机械有限公司终于迎来了高科技的春天——他们生产的小型精密数控机床赢得了轴承业、医疗器械业、电子产品业、小型电机业等行业的青睐,市场前景十分宽广。

写于2003年8月31日

小产品赢得大市场

——记常州市江南电池有限公司董事长刘小青

他，已经在创业道路上奋斗了15个春秋。15年，他领导的企业从一个只有20余人的小厂发展成为现在200余人的中型厂；15年，他领导的企业从一个装潢小厂发展成为现在专业生产多种型号的锌锰和碱锰干电池的中型厂；15年，他领导的企业从一个严重亏损、濒临倒闭的企业发展到如今经济效益、社会效益良好的明星企业。他就是常州市江南电池有限公司董事长刘小青。

已经走过57个春秋的刘小青，曾当过生产队队长和联队队长。1983年10月，他在本村村办厂当供销员，由于业绩优异，他一年后就当上了村办厂厂长。当时村办厂的主要业务是搞装潢。搞装潢是高空作业，不仅辛苦，而且危险。刘小青作为一厂之长，成天东奔西跑、走南闯北，山东、安徽、湖南、湖北、浙江、四川以及东北三省、新疆都留下了他的足迹。在村办厂期间，刘小青做事踏踏实实，做人堂堂正正，对工作认真负责，对同志热情谦逊，因而刘小青和他的企业年年被评为先进。1988年7月1日，他被当地党组织吸收为中国共产党党员。

然而，这个35岁就进村办厂，后又连续8年当村办厂厂长的刘小青，却不满足于现状，他立志要在乡镇企业的大舞台上表演一番。那段时间，刘小青一有空就在思考他和他的企业的成长经历，终于发现：掌握新技术，生产就上水平；缺乏新技术时，生产便不景气。看来，工厂的兴衰荣辱离不开现代科学技术，尤其是高新技术。乡镇企业要在千帆竞发、百舸争流的改革开放大潮中谋一席之地，就必须依靠科技创新，不断开发新产品。他把攀登高新科技、开发新优产品作为自己和企业的奋斗目标。于是，他找有关人员及技术专家商讨，开发电池这一科技含量高、市场潜力大的产品，决心在电池王国创造一个新天地。1990年，常州市江南电池有限公司诞生了。

说干就干。刘小青与几位同行当即就进行了分工，一路人马与大中院校和国营大企业的科研所联系并邀请一些专家教授、工程师作为工厂的顾问；一路人马筹集资金并发动职工集资。他们外出办事时，坚持一切从简，外出差旅费也自己垫付。

经过数月的研制开发，常州市江南电池有限公司终于换来了可喜的变化——他们生产的电池系列产品大批量投产以来,产品合格率保持在99%以上,超过了苏州、无锡等地的有关厂家,优质产品"密迪"、"奥迪曼"电池迅速赢得了南京、济南、武汉、重庆、成都及东北三省等地用户的青睐。

创业之初是创名牌战略的起步时期,当时处在困难时期的"密迪"还很小,刘小青就提出了"质量是企业的生命"的理念,为此,他扑下身子抓质量。首先是多渠道、多层次培训人才。刘小青认为,只有优秀的员工才能产出优质的产品。为此,他在全面提高职工素质的同时,聘请了有关国企的4名工程师定期到公司办实用技术培训班,进行技术辅导,帮助把好产品质量关。其次是开展技术协作。他们与大学、研究所等单位"联姻",并建立长期的技术合作关系。再次是大力引进人才。第四是不断增加投入,进行新产品开发和生产及其检测设备改造。三年来,他们用于新品开发的投资达80多万元,用于生产和检测设备改造的投资达500万元。通过技术改造,企业呈现可喜变化:原来一天生产电池只有6 000支,现在一天能生产70万支,年产2亿多支;包装也由原来的手工包装变为现在的自动化包装。2000年,常州市江南电池有限公司通过了ISO 9002国际质量体系认证。2002年,该公司又通过了ISO 9001:2000标准国际质量体系认证。1998年,该公司获得了自营进出口权证书,主要产品有"密迪"、"奥迪曼",其中"密迪"商标被誉为常州市知名商标。目前,该公司"以诚为本"的经营理念使产品拥有广阔的国内国际市场,产品现已销往全国20多个省市,以及出口俄罗斯、日本、韩国等10多个国家和地区,并为多家合资企业提供工业配套电池,其中有莆田港资企业新威电子工业有限公司、南通台资企业亚科电子有限公司。

刘小青清醒地认识到,自己的公司虽然产值、效益连年翻番、年年上一个新台阶,但是,公司的生产条件还很差,设备还跟不上形势的发展,因此,刘小青决心一方面利用现有的设备,千方百计组织好生产,争取最佳经济效益,另一方面,花大气力进行技改,增加技改投入,加快技改步伐,不断壮大自己。如今,刘小青新征土地28亩,已投资400多万元,现有7条自动流水线,年产电池2亿支左右,建造新厂房5 000多平方米。一个新型的现代化企业正在拔地而起。

原载2005年10月31日《江苏经济报》,合作者:小高

农村富裕是我的心愿

——记社会主义奉献精神"双十佳"企业家杨惠正

走进武进县剑湖乡前杨村党总支办公室,首先映入眼帘的是武进县政府在1990年2月授予该村的那块匾额,上面写着"一马当先"四个闪闪发光的大字。看了这块匾额后,人们自然地想到了这个村的好带头人——前杨村党总支书记、市、县优秀共产党员杨惠正同志。

一、艰苦创业

在农村土生土长已有56个春秋的杨惠正,曾担任过生产队长和大队长。十一届三中全会前,由于他的哥哥和儿子都在海外,虽先后四次向党组织提交了入党申请书,但由于所谓的"海外关系",一直未被批准入党。党的十一届三中全会的春风吹绿了神州大地,也给杨惠正带来了希望,他第五次向党组织递交了入党申请书,终于在1979年光荣地加入了党组织。次年,他担任了村党支部书记。这时的杨惠正,雄心勃勃,决心带领全村干部群众创造一个文明富庶的社会主义新农村。

别看老杨平时言语不多,可是他说到就要做到。1987年10月,在老杨的建议下,筹建轧钢厂的战斗打响了。建造轧钢厂毕竟是白地上成家,要什么没什么,困难诸多。在众目睽睽之下,老杨甩掉了一切忧虑,大胆地兼任村办轧钢厂厂长职务。面对筹建工作中的困难,他多次组织召开了筹建工作人员会议,安排从土建到生产的工作计划,并明确提出要在10个月内把土建完成好,设备安装好的目标。10个月时间,要建成年设计生产 $\phi6.5$ mm 线材10万吨的轧钢厂谈何容易。可是,老杨和同事们一起风餐露宿,日晒雨淋,一起安装调试,一同攻克难关。依靠群众的智慧和集体的力量,仅花10个月的时间,投资1 318万元,终于建成了一座设计能力达年产6万吨 $\phi6.5$ mm 线材的轧钢厂。并且,当年轧制 $\phi6.5$ mm 线材1.1万吨,创产值233.1万元。去年,尽管受到市场疲软的影响,但通过全厂职工的艰苦努力,全厂仍然生产线材5.8万吨,创产值1.04亿元,跨进了武进县"亿元厂"行列。

二、为了集体

杨惠正常说,搞集体经济决不能有半点私心杂念,当村干部就要吃这个"亏"。在他的带领下,无论是党总支委员还是村办企业负责人,都兢兢业业、一心一意搞集体经济。目前,该村拥有 10 个村办企业、1 个为民商场,职工近 2 000 人,拥有集体固定资产 5 000 万元。去年,全村三业产值达 1.5 亿元,人均收入 1 652 元。近几年来,村里先后投资 100 多万元办起了幼儿园、合作医疗站、新建了小学校舍;为师生办了人身保险,小学生免费读书,初中以上学生实行奖学金制度;老年人每年补助 120 元。1988 年,村里投资 70 余万元为每户村民装上了自来水;1989 年,又投资 40 多万元修建了 3.3 公里长的黑色路面环村公路,投资 30 多万元建了一座浴室。全村 1 800 多名群众从本村的变化和家庭生活条件的改善中,真正看到了社会主义制度的优越性。

三、无私奉献

由于工作繁忙,劳累过度,1988 年隆冬的一天,杨惠正突然觉得胸口一阵难受,当即昏了过去。同志们立即将他送进医院,经急救脱了险。后来,医生诊断是得了冠心病。可是,杨惠正只休息了三天,又出现在办公室了。大家劝他要注意身体,他却淡淡一笑:"人生能有几回搏? 我年纪大了,还要在有生之年为集体多作一点贡献。"这句话,正体现了杨惠正——一个共产党员的博大胸怀。

杨惠正十分注意自己的形象,凡事以身作则。近年来,他的冠心病每隔两三个月总要发作一次,但他全然不顾,与工人们一起大胆进行技术改造,提高产品质量,而且经常带病出差,了解市场信息,组织原辅材料,销售工厂产品,为企业的生产和经营顽强拼搏。1989 年轧钢厂流动资金发生困难时,村支部决定发动职工和村民投资,开始,大家摸不准轧钢厂的发展前景如何、信誉怎样,有些顾虑。杨惠正率先把自己家里的 2 万元积蓄投到厂里,书记的行动犹如无声的命令,在以后短短的两个月内,全村共集资 160 万元,从而解决了轧钢厂流动资金紧张的困难。按照他与乡政府签订的合同,1985 年杨惠正应得到工资和奖金 8 000 元,而他只拿了 4 000 元;1986 年,他应得到工资和奖金 10 000 万元,但只拿了 6 000 元。他说:"自己少拿一点,集体就能多积累一点,发展再生产的后劲也就更足一点。"在他的影响下,村委和村办企业的干部以讲奉献为荣,都主动减少了应得的报酬。

四、情系乡亲

前杨村的村民们常说:"杨书记是我们的贴心人。"这话一点不假。村民杨仁福,精神失常,家里无人照料,杨惠正闻讯后,专门派总支副书记把病人送到常州德安医院治疗,并承担了全部医药费。去年,村民袁建中因重病住院治疗,经济困难,杨惠正与总支委员们一碰头,决定补助 2 000 元。病人家属手捧着党总支派人送去的现金,感动得说不出话来。杨惠正还经常到村民家里走访,了解情况,问寒问暖,解决实际困难,村民有什么话,也愿意对他讲。老人徐银发、张二毛曾担任过生产队长,现在年事已高,身体亦不算好,经济上有困难。他俩找到了杨书记,要求解决困难。杨惠正了解情况后,及时向党总支委员汇报情况,经集体研究决定今后每月补助他们30元。当这两位老人得到这个消息时,激动得热泪盈眶,连声说:"还是社会主义好、共产党好。"

鉴于杨惠正同志在建设社会主义新农村的工作中的突出贡献,党和政府给予了杨惠正相应的荣誉:1987年至今,他先后被评为县、市劳动模范,精神文明建设先进个人,县、市优秀共产党员,被授予"农民企业家"称号。同时,前杨村也连续六年被县、市命名为文明单位,1989年被命名为文明单位标兵;村党支部(党总支)也连续六年被乡、县评为先进党支部(党总支)。

地位变了,知名度高了,但年近花甲的杨惠正所想的并不是急流勇退,而是继续扬鞭催马,和村党总支一班人为夺取更大的成绩而努力奋斗。

武进电台 1991 年 7 月 1 日播出

道是无情却有情

——记世界名人、常州大康公司董事长钱康南

年前,从英国传来一条喜讯:常州大康保健药品有限公司董事长钱康南,被英国剑桥国际传记中心(IBC)载入第23版《世界名人录》,同时还被选为"1994年全球100名卓越贡献人物",被卡斯特经济评价中心特聘为研究员。

钱康南在海外屡获殊荣,与大康公司研究成功水溶性全成分珍珠粉密不可分。

钱康南曾经是江苏省激素研究所的创办人之一,早在60年代他就曾荣获省劳动模范和省先进工作者的光荣称号。那时他才20多岁,出席"群英会"的代表证上是一张风华正茂的面孔。6年前,他创办常州市兰海技工贸实业公司时,可谓一无所有,但他认准了改革的方向和民营科技企业机制的特长,一心要把企业发展成拥有制药、食品、兽药、农药等多项产品的国内外知名的民营高科技企业。他把生物工程作为研究对象和开发项目,经过8年的努力,推出了60多项生物工程新产品,由他独立或参加完成的重大科研项目就有28项,其中18项通过了省级以上鉴定,而最著名的项目便是"水溶性全成分珍珠粉系列"。这项技术不仅取得了发明专利证书,而且荣获了中国爱迪生杯发明

金奖等国内国际 17 项金奖,还获得部、省、市科技成果奖 8 项。

今年 57 岁的钱康南和记者谈到珍珠粉时,内心感触良多。一方面,大康公司研制的水溶性珍珠粉能为人体所吸收,能提高人的免疫能力,对人体健康有多种积极作用,为人类提供了一种天然保健食品,这无疑是可喜可贺的;但另一方面,时下流行的许多珍珠粉产品由于技术不过关,营养成分的缺失和浪费相当严重。尤其令他啼笑皆非的是,许多看了他主编的书以后上马开发珍珠粉的企业,现在销路都不错,知名度也很高,而他这个始作俑者生产的产品,尽管质量最好、营养最全,可至今还"养在深闺人不识"。他把这归结为自己缺陷——不会经商,也没有大笔的投资做广告。

然而,即便如此,他依然在科研的道路上顽强挺进。他又自筹资金创办了大康保健药品有限公司,并采用新技术生产"冷法酶曲",不用蒸煮就可发酵,以此酿制的"皇宫御米酒"含有 18 种名贵的动植物复方提取物,营养绝佳,投放市场后颇受青睐。

东边日出西边雨,道是无晴却有晴。钱康南迎着春风,正用科学的彩笔描绘他那民营高科技企业的蓝图;人类的健康长寿还期待他有新的奉献。

原载 1995 年 3 月 5 日《江苏科技报》,合作者:周文虎

供销战线上的女强者
——记武进县化学工业公司蒋凤仙女士

蒋凤仙

在一些人的眼里,妇女办不成大事,挑不了重担,然而,武进县化学工业公司的蒋凤仙从 1980 年担任供销工作以来,却照样干出了一番大事业。最近 7 年来,武进县化学工业公司销售产值连年上升,盈利不断增加,去年全公司销售总额近 650 万元,进销差近 28.3 万元,除去车旅费、运杂费、利息等各项费用,盈利 14 万多元。今年 1 至 5 月,随着供销局面的进一步打开,进销差已达 16 万多元,除去各项费用,盈利在 8 万元以上,创造了历史最高水平。提起这成绩的取得,职工们都会说,这与蒋凤仙同志的努力分不开。

外行转内行

蒋凤仙今年 51 岁,是 1958 年就入党的一位老党员。她从 1955 年起当干部以来,到 1973 年为止,先后在基层干了 18 年群团工作,1973 年由基层调往县级机关后又继续做妇女工作,直到 1979 年调到县化学工业公司工作。

长期搞惯了群团政治,一旦接触经济业务,自然是异常新鲜和卖力。"定要把化工产品一套弄懂,在经济工作岗位上对党多作贡献!"蒋凤仙暗暗发誓。然而,外行毕竟是外行,决心并不能与效果一致。1980 年初,她闹了个供货的笑话:本县有个单位需要购买一批烧碱,来人问她:"氢氧化钠有没有?""没有。"因为她不知烧碱的化学名称就是氢氧化钠,所以错误地回答了。来人又问:"固碱有没有?""没有。"因她不知烧碱的俗称又叫"固碱",又错误地回答了。这样,本来已成交的生意在无形之中便滑掉了。还有一次,南京某工厂打来电话要买碳酸钠,因她搞不清化学名称,也错误地做了回答。幸亏旁人听到及时给予纠正,才成交了业务。几次碰壁,使蒋凤仙心里想得很多:过去长期搞群团,如今一旦干买卖,可真的不行啊!自己单有做好工作的愿望和热情,而没有必要的业务知识,这怎么行呢!"老来学皮匠",还得从头起啊!以后,蒋凤仙下工夫,从多方面进行学习,钻研业务,当年初中、农校的化学课本,她重新找来翻阅;老技术员吴浩健知识丰富,精通化学,她抽空虚心向他求教;哪儿有化工厂,她就抽空跑去调查,并把每种产品的名称、规格、品种、用途一一弄清楚,用表格统计下来;公司里订的《中国化工报》、《化工商报》、《东南行情》、《物资商情》、《经济报》等等,她有空就仔细阅读。"功夫不负有心人",就这样,日复一日,年复一年,由浅入深,由近及远,经过两三年的探索,她终于把本县常用的 100 多种化工产品盘熟了,基本上适应了供销工作需要。

讲究信誉道德

蒋凤仙在从事供销工作过程中,十分注意讲究信誉、道德。她常说:"供销双方代表着各自的利益,应该互相体谅、互相谅解,千万不能有事有人、无事无人,甚至把钞票捞到手就算,要是尔虞我诈、相互欺骗,是当不了长供销的。"

蒋凤仙在对待供销双方每一次交往上,总是周密考虑,从长远着想,并注意在实践中培养与对方的感情。1985 年,正当铬酸处于滞销之机,而科里一位供销人员却与吉林延边五化交公司签订了购进 28 吨铬酸的合同。对履行不履行这合同呢?公司职工感别左右为难,要是履行合同吧,货卖不出,13 万元资金将会被搁死,要是不履行合同吧,公司与对方的关系如何处理?蒋凤仙经过了权衡利弊,还是断然决定把货进了。以后,该公司又来信商量,要求帮助解决 20 吨铬酸的积压问题，蒋凤仙在对方的求援面前，还是宁可把困难留给自己，答应把 20 吨铬酸进了，结果在半年中代销一空，使对方回拢了资金。俗话说："行得春风有夏雨"，"解人急难，必有好报"，不久，当铬酸紧张时，武进县化学工业公司急需进 60 吨铬酸，蒋凤仙一提出要求，对方便无私地供应了 30 吨。

今年 3 月，本县某工厂的二甲苯化工原料经公司搭桥，以每吨 1 900 元的价格卖给武进化工防腐材料厂，但当用户厂职工在启用时，发觉原料有浓郁的臭味，于是便打电话给公司要求退货，照理货物已进，钞票已付，愿者愿买，公司完全可以不管了。但是，蒋凤仙认为，公司既然当了中介人，就不能"推死人过街"，对货物的使用情况不闻不问，她考虑到用户厂的利益，又按照化工原料的性状，便通知另一家工厂前来取样试验。这家工厂因为对二甲苯原料的使用要求比较低，降价购进后仍发挥了效用。

多年来，由于蒋凤仙与全科同志一起，注意按原则办事，不失信誉，不丢商德，并注意不断建立和培养感情，因而供销范围越拓越宽，往来单位日益增多，先后与全国各地的 100 多家单位发生了往来关系，并与 15 家单位建立了固定的协作关系。

识人又识货

在供销工作中随时注意提高警惕，这是蒋凤仙开展业务的一个明显特点。她认为，当前随着改革、开放、搞活的进一步加大，一些骗子、一些卖假货的、一些捞钞票的，往往会乘虚而入，必须时时提防他们钻空子。

1985 年，有位同志曾向蒋凤仙介绍，某乡工业公司有 5 吨电解铜，如果要的话，可马上请他们来联系。没几天，某乡工业公司派人前来了，来人走进蒋凤仙办公室后，说："我们是一号电解铜，6 800 元一吨，要的话我马上送来！"蒋凤仙见来人说话急促，显得很不诚实的样子，顿时生了疑团。于是，她便要来人把质保书拿出来看，那人见蒋凤仙顶真，只得寻一张旧的质保书加以掩饰。蒋凤仙见来人拿不出新的，又催着要马上开票，更生了疑问，于是，她便决定实地去察看鉴别。当她来到看货地方时，呈现在面前的是一大堆冒充的铜皮皮，根本不是什么电解铜。"西洋镜"拆穿后，她当场把那人教育了一番。

"当供销员，头脑千万要想得复杂些，决不能轻听轻信。"蒋凤仙在此经验的基础上，坚持实地察看，这正成了她采购物资严格遵循的一条纪律。一次，她所在公司向外地单位求援 10 吨化工原料，用于制作涤纶丝。对方答应后，蒋凤仙便去厂部看样品，一看，样品的确不错，但她想："样品和仓库里供的货是否会一致呢？还得亲自去看一看才行。不过，开票处离装货的仓库距离较远，车子到了终点还得走五六里路，况且，天还正在下雨，行走不便。去，还是不去呢？不怕一万，只怕万一，倘若原料真有问题那不糟了吗？"在强烈的责任心的驱使下，她毅然上车，步行数里赶去察看。结果不负此行，在 10 吨原料中剔除了 700 公斤次品，使公司避免了近 3 000 元的损失。

从 1982 年以来，由于蒋凤仙带领大家脚踏实地做好供销工作，在每个环节上注意把好关，因而尽管每年进出业务成百上千笔，但从未发生过大的失误，积压、滞销现象也基本没有。

钱物面前不动心

有些人认为，当供销员就要学会吹牛皮、拍马屁、送东西。而蒋凤仙不兴这一套，认为供销之间正常的往来是需要的，但最主要的还是要靠真心诚意、脚踏实地做工作。

在日常供销工作中，她头脑清醒，廉洁奉公，不义之财决不拿。

1984 年邻近春节的一天，蒋凤仙正在办公，突然接到电话，说是泰兴县某单位的同志要她到荷花池招待所去一趟。蒋凤仙感到莫名其妙，但为防止误事，还是只身赶去了。哪知，她刚坐下，一位来自泰兴县某单位的供销员就从口袋里掏出一个装满拾元面值的人民币的饱鼓鼓的信封来，并说："你们供应我们苯粉，对我们支持很大，这一点点心意称作'压岁钱'，请您收下吧。"蒋凤仙顿时一愣，心想，供销之间相互支持是完全应该的，况且原料进出中公司已有一定利润，自己个人怎么还能得到这额外报酬呢？她连忙表示拒绝，那供销见她不收，说："明年我们还要你们支持啊，您就收下吧。"蒋凤仙回答说："今年支持你们，明年有可能自然还要支持你们，不过这'压岁钱'你赶快把它收起来。"那供销员见蒋凤仙执意不肯收，硬把钱塞进她袋里，但蒋凤仙坚持把钱掏了出来。就这样，300 元"压岁钱"她分文未取。

还有一次，由于公司对本县一家单位的支持较大，连续采购供应了他们较紧张的苯乙烯化工原料，该单位供销员内心十分感激，于是春节时便主动去买了一辆崭新的"永久"牌自行车送给她。还专门将车推到了她家里，并说："这车子是特别为您挑选的，您换着用吧。"说完，他还拿出一张发票交给她，蒋凤仙怎么会肯收呢！"我的车子可以骑，您这新车赶快把它推回去！"那供销员还是不肯推走，硬是要把车子和发票留下，弄得蒋凤仙不得不发火了："你如果不推走，我要推到办公室去，到时不要弄得难看。"那供销员见她态度坚决，只得把车子推走了。

蒋凤仙近照

"自己是个有 30 年党龄的老党员,在经济工作岗位上应该随时发扬共产党的优良传统,以实际行动维护党的威信,为党增添光彩!"由于蒋凤仙严格要求,勤奋努力,在供销战线上做出了成绩,因而先后被县妇联、县地方工业局、县人民政府评为"三八红旗手"、"先进工作者"、"先进供销员",近两年还接连被评为"优秀共产党员"。今年 3 月 8 日,她在全县纪念"三八"国际劳动妇女节 77 周年大会上的发言,博得了姐妹们的一致赞扬。

原载 1987 年《武进经济生活》第 7 期,获"常州前进与半边天作用"征文三等奖,合作者:马捷

不怕别人看不起　只怕自己不争气

——记武进市湖塘镇房管所
印刷厂厂长屠华英女士

"不怕别人看不起,只怕自己不争气。"今年 35 岁的屠华英,是经历了一番失败的痛苦和创业的艰难后,才说出她的心里话的。

1989 年,28 岁的屠华英像一头不畏虎的初生牛犊,毅然"下海"。她与另外 3 人合股办了一家印刷厂,但由于不懂业务,不到 4 年小厂亏掉了 10 多万,眼睁睁看着它倒闭了。屠华英欲哭无泪。都说女人心眼小,把铜钿看得比磨

盘大,可屠华英天生倔犟,她没把亏掉的钱挂在心上,而是权当交了"学费"。1992 年 7 月,她借款 1 万元购置设备,又办起了小型的印刷厂——武进市湖塘镇房管所印刷厂。当时家人及亲朋好友都善意地劝她吸取以前的教训,再不要办什么厂了;而一些不怀好意的人则在等着看她的笑话。屠华英没有回头,只是含着泪说了一句话:"别人能做的我也一定能做到。"话好说,事就不那么容易做了。她一边钻研印刷业务和企业经营知识,一边跑业务。不久,她硬是凭着自己的诚意和信誉,获得了一些业务单位的信任。坂上电讯器材厂有一批出口话筒需要包装盒,任务紧急,必须一星期完工交货。按正常生产,这批货 10 天完成都比较紧张,可屠华英卡紧多道环节,实干加巧干,终于在一周内按时交货,厂方十分满意。有一次为常州一家鞋厂

屠华英

印制 2 万多只旅游鞋包装盒,由于设计时一个小小的疏忽,致使包装盒的盖子盖下后遮住了盒身上一排字的近 1/5,几乎不大看得出,若是马马虎虎的话,这批盒子也不是不可以用。可屠华英主动把这批货扣了下来,连夜重新印制,损失 1 万多元。鞋厂的有关人员听说后很感动,高度赞赏屠华英的负责精神。从 1992 年 1 台机器起家,4 年后的今天,屠华英已拥有 9 台机器,固定资产达50 多万元,聘用职工 20 多人,基本固定的业务单位有 20 多家。如果说,屠华英是以自己的诚意、信誉和质量赢得业务单位信任的话,那么,她的治厂靠的则是一个"情"字。

一般企业尤其是私营企业,招的多是外地的打工者,但几年来,屠华英所聘用的职工全是本地人,而且凡进入该厂做工的人,没有一个愿意离开的,他们说,屠厂长待职工就像姐妹一般。一次一位女职工突然接到电话,说是奶奶中风住进了医院,该职工向屠厂长请假,屠华英不但准了假,而且亲自用摩托车把她送到医院,第二天又买了东西到医院探望病人。这位女职工及家人十分感动。屠华英的观点是:我不是什么老板,我把职工当成兄弟姐妹,他们也都一心一意地工作,从来没有"拆烂污"的现象发生,我不忍心亏待他们。

如今,该厂职工的年平均收入达 8 000 多元,厂里还每天免费供应一顿午饭。

印刷是微利行业,可屠华英还是干得很起劲,虽然经常有一些人愿意出高价请她印一些假冒商标和包装盒等,但她不"眼热"这不义之财,总是拒绝。正因为此,该厂年年被公安部门评为治安先进单位。

做女人难,女人要创一番事业更难,可屠华英凭倔犟的性格和不甘失败的精神,终于闯出了一片属于自己的天地。

原载 1996 年 9 月 2 日《常州日报》,合作者:刘川芬

芬芳满园总是春
——访常州润隆房地产开发有限
公司总经理赵葆芬女士

在迎接"5·1"劳动节的大喜日子里,世纪明珠园二期工程于 4 月 30 日全面竣工并交付使用。璀璨的世纪明珠园犹如镶嵌在古运河上的一颗闪亮的明珠,前来参观者无不赞美:好一个亲水、亲绿、亲和的世外桃源。前不久,镇江市的代表团浏览了明珠园后,个个表示惊奇、惊喜、惊叹,当即要与开发明珠园的常州润隆房地产发展有限公司总经理赵葆芬洽谈:把世纪明珠园原样地搬到他们所在的城市,作为该市的样板小区……明珠园缘何有如此的知名度与美誉度? 日前,我们专访了该公司的总经理赵葆芬。端庄大方、精明干练、快人快语的赵总与笔者侃侃而谈。

作者与赵葆芬(右二)在一起

笔者:昔日常州电视台知名节目主持人,在事业有成时,为何"下海"经商?

赵总直言不讳地说："只有不断突破过去,才能追求新的自我。"这是她的人生哲学。当改革开放的春风吹遍神州大地时,永远追求完美的她毅然"下海"。在偶然的一次高峰会谈机会中,又听得中国著名地产大师纵论:汽车改变美国,空调改变新加坡,居住改变中国,这时她对自己所从事的事业有了更深刻的理解,增添了更强的责任感。"做就要做得最好"成了她的信念和追求。

一砖一瓦,一草一木总关情。下海的赵葆芬,在另一个完全陌生的领域里闯荡,艰难跋涉,从水泥标号、砌墙、绑扎钢筋等最基础的建筑知识开始学习,一步一个脚印,甘苦与汗水终于让她领悟到了"凝固音乐"建筑的真谛。凭着自己的谦虚谨慎、好学上进、刻苦钻研,赵葆芬在房地产市场开发的实践中不断探索和领悟,渐从"单纯"、"外行"走向"充实"、"内行",取得了真经。

当经八年风雨磨炼后,赵葆芬得到了开发原国棉二厂这块土地的机遇,她万分珍惜。面对这块荒芜斑驳的土地,赵葆芬在心中默默许下宏愿:一定要对得起自己的良心和道德,一定要对得起这块洒下几代纺织工人汗水,凝结几代市民情结的圣地,经受得住时间和历史的考验,使之成为城市最亮丽的风景线,最无价的大宗商品。于是在南非籍华人董事长许楚汉先生的决策下,在广泛听取国内外房地产建筑高手意见的基础上,对小区进行精心的规划和设计,在实施过程中如履薄冰,如临深渊,小心谨慎,她把事业和工作当成了人格的升华,不敢有丝毫懈怠。

古人言:十年磨一剑,功到自然成。这句话在赵葆芬的房地产开发生涯中得到了真正的体现。十年间,赵葆芬的公司前后开发了常宁公寓、金隆大厦、迎春花园,以及近期开发的世纪明珠园,开一处发一片,无论商住楼还是住宅小区都体现了人、自然、都市和谐完美结合的理念。

笔者:酒香不怕巷子深,花香蝴蝶自来,听说世纪明珠园融会了现代建筑的精华,体现出"环境、建筑、人性和谐相融"的高品质人居精神,是润隆房地产开发以来的得意之作。

赵葆芬微笑着向笔者介绍,16万平方米的世纪明珠园是常州市中心最难得的一块风水宝地:一撇一捺的"人字"运河,呵护着世纪明珠园这个半岛;玲珑的江南园林兰园公园与世纪明珠园交相辉映;锦绣繁华的南大街商业中心与世纪明珠园仅一桥之隔。世纪明珠园紧挨劳动西路、南大街及其延伸线、清潭路等城市交通干道,交通网络四通八达。谈到人居环境,她了如指掌,如数家珍,世纪明珠园体现都市中心高品质生活环境,既有都市的繁华快捷,又有蓝天碧水的宜人景色,是融生态化、智能化、人性化为一体的社区。一期、二期的景观为常州现有小区中独一无二,中心公园景观区、休闲娱乐区、自然生态景观区、世纪明珠广场、饮水思源广场、河滩儿童游乐区、棋盘老人休闲区、观景钓鱼台、廊桥、林涧溪流、雾森、生态景观湖等犹如立体的诗,流动的歌,凝固的画。

笔者:充分利用水和绿来改善生态居住环境又是世纪明珠园一大特点。

赵总介绍说,在整个世纪明珠园内,沿中心带状水景区广植水生植物,从而改善了园内小气候,改善了生活空间中的湿度、温度及空气质量。用绿化带作隔声处理,广植树木、花草、绿色植物吸声,能杜绝外部噪音对居民生活的干扰,使居民具有较安静的环境。在世纪明珠园,乔木、果木、灌木、藤木、水生、草生、各种类型植物共有 70 多种。赵总总要把最好的花草树木移植到明珠园,她听说有种称无患子的树,秋天的树叶在阳光下透出金子般的色彩,美极了,出差一处就打听一次,最后在杭州西湖边看到,每棵千元,她一次就购下 20 棵。近 8 000 元一棵的桂花树园内就有数十棵,金秋时节,香飘满园。园内绿地面积达到 39%,立体的绿化缀满园内空间,这在城市的小区中实属不易。如今的明珠园,春夏花卉芬芳,秋冬果树飘香,春有叶,夏有花,秋有果,冬有景。住户兴奋自豪地说:千棵树万朵花,小溪流过我的家。

笔者:听说你公司有"铁姑娘"和"活字典",这是怎么一回事?

赵总认真地讲,作为企业,我们公司有严格的制度和严谨的作风。总经理首先必须身体力行,才能要求所有管理人员高效廉洁。人们总认为搞房地产开发没有不赚钱的,因而用起钱来也肯定大手大脚。我们公司开发的四处房产,从设计、施工都是公开、公正招标,公司对前来承包的企业和老板约法三章,六亲不认:一请吃不到,二送礼不要,三红包不收。同时告诫所有管理干部,住处及宅电一律不得外传。公司的王副总分管工程建设,在工程管理中一丝不苟,铁面无私,工作之余贤淑温柔,人称"铁姑娘"。销售部的宋经理,钻研业务知识,顾客咨询的所有问题,她都深入浅出、有条不紊地细心解答,戏称"活字典"。公司在各个施工承包中实行淘汰制,形成从规划、建设、管理与服务数字化工程的终极目标。开发的房地产均获优质工程,连续四年为纳税大户,南非籍华人董事长许楚汉先生被常州市政协聘请港澳、侨台委员会顾问。

笔者:"滴水之恩,当涌泉相报"据说是你的做人原则。

赵总动情地说,别人买你账的时候,你拿什么奉献给他? 只有"滴水之恩,涌泉相报"。缘此,她精心塑造了家家见景,户户观花的 21 世纪人文居住标准的亲水、阳光、绿色、清新、宁静、自然的绿色生态家园——世纪都市花园。

赵总欣慰地说,世纪明珠园的和谐完美,是一个整体的胜利,是一种心态的成功,是一种精神的召唤,是一种卓越的追求。

笔者:"好一朵美丽的茉莉花,芬芳美丽满枝芽……满园花开也比不过它……"赵葆芬犹如一朵洁白而芬芳的茉莉花,她把芬芳飘香整个小区,把芬芳带给千家万户。

原载 2002 年 4 月 26 日《服务导报》常州版,合作者:琴珍、建华

她有一颗慈爱之心
——记潞城乡敬老院院长高杏芳女士

走过 42 个春秋的高杏芳是潞城乡潞城村人。1978 年她担任生产队会计兼妇女队长,由于为人正直、工作认真、办事既讲原则又乐于助人,1980 年被选为武进县第七届人民代表。1984 年春,她被调到乡计划生育办公室工作,两年中,她工作上勇挑重担,任劳任怨,为潞城乡的计划生育工作连续两年实现"三无"乡作出了贡献。1984 年她又被选为武进县第八届人民代表。

1986 年 3 月,乡政府为了弘扬我们中华民族敬老爱老的传统美德,新办了敬老院,组织上决定调高杏芳到敬老院工作,当时,她心里不痛快,觉得年轻妇女整天和七八十岁的老人打交道,心里总不是个滋味,况且办敬老院还是个新生事物,自己从未做过这事,一切事情全要靠自己去摸索。然而,高杏芳在分析困难的同时,也看到了希望,敬老事业是个朝阳事业,干好了,自己也感到快乐。于是,她坚定了一个信念:要么不干,要干就要干出点名堂来。

3 月底,敬老院基建完工,进入了迎接老人入院的筹备工作。由于当时乡政府的经济比较薄弱,建造敬老院时已花费了 70 000 多元钱,但院内一些日常用品还需添置,于是,高杏芳就到各单位去宣传动员捐资赞助。真是"走穿了脚底磨破了嘴皮",从而得到了社会各阶层的理解和资助,收到了 20 个单位和一些个人捐赠的资金 3 200 多元,为安顿好老人们入院的生活打下了一定的基础。

4 月 15 日,第一批孤寡老人入院了,这些来自各村 10 个家庭的 12 位老人从此组成了一个大家庭。他们中间年龄最大的 82 岁,最小的 60 岁。这些人中间有残废的,有患病的……各人的脾气性格也不同,生活习惯有差异,加上他们都年老、孤寡,封建思想严重,性情大多孤僻。为当好这个复杂的大家庭的家,高杏芳着实是费尽了心机。俗话说:"开门七件事",首先是吃的问题,1986 年的粮食村里都已分到了老人们的家里,一些老人身虽到了敬老院里,思想上还存在着等等、看看的态度,粮食迟迟不肯交到敬老院来。高杏芳就一

个一个地做思想工作,要他们树立以院为家的思想,通过十多天耐心细致的工作,全院老人们基本上都把粮食交齐了,有的老人干脆把猪油坛、鸡罩等拿来了。粮食解决了,燃料怎么办?上级没有计划煤供应,开始就买了一吨半议价煤,花去了160多元钱,只用了48天,高杏芳一核算,光燃料每日要花费3～4元,乡里资金并不富裕,这样花费太大了,得想办法自己解决。于是,她就带着两个工作人员和几个稍年轻、身体好的老人到公路两旁去整修树枝。又到工厂去商量求援废油木屑,并常年和他们挂好了钩。就这样,她用各种办法亲自动手,解决了燃料问题,八个多月就节省了燃料费近千元。

看着人们生活水平逐步在提高,高杏芳也想着把老人们的生活改善得好些,除安排好乡里拨给的生活费每人每月15元钱外,她还带领工作人员和一些老人自己动手,利用空隙地种菜、养鸡。挑粪浇菜总少不了她,有时院里蔬菜接不上手,她总是把自己家里的菜拿到敬老院里。由于高杏芳的精心操持,计划安排,老人们的生活井井有条,平时少不了两菜一汤。逢到节日,她总是亲手做几样好吃的菜给老人们吃;端午节,她给老人煮粽子、发咸蛋;中秋节,她给每位老人赠月饼;重阳节,她蒸上花色的重阳糕给老人们分享。夏天吃西瓜,秋天尝橘子。由于高杏芳坚持勤俭办院,以自己的劳动补充自给,加上安排得当,老人们有限的生活费还月月有余。如今,当你走进潞城敬老院,看到的是清静优美的环境和一张张幸福的笑脸。老人们会齐夸:这都是高院长当家当得好。

1987年1月18日武进电台播出,合作者:陈莉云

默默无闻的"后勤兵"
——记常州市劳动模范陈汉民

不久前,在武进县广播电视站大楼的会议室里,新老职工欢聚一堂,纪念建站三十周年。此时,只见有位个子不高,衣着朴素,面带笑容,操着一口浓重的西夏墅乡口音的同志在发言:"我来到县广播站搞外线维护工作,已有十多年了,在广播事业战线上,自己虽然出了点力,流了点汗,但是,离党和人民对我的要求还相差很远……"

他,就是1982年、1984年、1985年三次被评为县劳模,后又被评为常州市劳动模范的陈汉民同志,现任武进县广播电视站线务班班长。

在无人监督下工作

广播外线维护工作是硬任务,又是软任务。有人说这是做的"良心"活,因为这个工作常常是在无人监督下进行工作的。可陈汉民说:"既然是良心活,就该讲良心。"他长年累月巡修在广播线路上,近百里的杆线情况和重要设施,他了如手掌,一旦发现线路障碍,他能迅速判断,及时处理。1985年1月6日,强冷空气伴随着偏北大风袭来,天亮时陈汉民听到家里的广播声音忽然不响了,他判断一定是局部断线,便顾不得吃早饭,冒着刺骨的寒风去查线。这时有人对他说:"今天是礼拜天,这么冷的天气,你还去弄啥?"陈汉民回答说:"今天对我来说虽是礼拜天,但广播是没有礼拜的啊,群众听不到广播声音,我怎么安心在家呢?"当测量到汤庄、吕墅乡一带时,他家的一个13岁儿子已经赶到了罗溪乡,要他赶快回家去,说家里的一窝小猪得了病,快要死去了。等陈汉民工作结束赶回家去,一窝小猪同母猪已经全部病死了。

有一股使不完的虎劲

别看陈汉民个子不高,可是他干起工作来却有一股使不完的虎劲。1984年1月17日,历史上的罕见的雪灾将武进县部分广播线路摧毁。他带领全线务班人员知难而进,抢修线路。在抢修通往湖塘桥去的跨越通河的电缆线时,他们遇到了极大的困难,因为两岸是十米多高的电线杆,河面宽阔,只能从高空沿着钢绞线凌空滑行架线。陈汉民主动爬上了十米多高的河面钢绞线上,将电缆线从低坡引向对岸高坡。3米、5米、15米……共是80米,衣衫湿透了,力气使尽了,他硬是咬着牙关完成了这一重要任务。

工作不分分内分外

多少年来,陈汉民工作起来是不分分内分外的。他在做好本职工作的同时,还乐意帮助别人。去年农历二十七下午将要下班时,有人来说:"县政府机关大院内线路不通了。"照理县政府机关大院内的线路应该是57岁的陈某负责检修,但是陈汉民考虑到老陈年纪大了,爬电线杆不方便了,便二话没说,背上工具出去检修了,县机关院内马上又响起了广播声音。因此,人们都称陈汉民是一个"默默无闻,十分舍力"的好同志!

武进电台1986年7月10日播出,原载1986年7月25日《常州日报》

城湾山上"老愚公"

——记省劳模、省绿化先进个人蒋阿林

来到武进潘家乡城湾山,只见万木葱茏,绿带层层,好似一幅山乡泼墨图画,令人心旷神怡,流连忘返。要问这幅"绿色图画"是怎样形成的,人们会异口同声地说,这和省劳动模范、省绿化先进工作者蒋阿林的贡献分不开。

今年70岁的蒋阿林,在担任潘家林业管理站站长的十多年中,和管理站的七名同志一起在荒山秃丘上种下了2 600多亩的国外松、1 008亩杉木,还有茶树、毛竹等。目前,城湾山上有杉木20多万株,蓄积量5 000多立方米,每年增长蓄积量400立方米。从1984年起,蒋阿林被市、县连续评为劳动模范、优秀共产党员、绿化先进个人,1988年又被评为省劳动模范、省绿化先进工作者。

种树先得挖坑,在平地上挖坑算不了什么,但在布满乱石的山坡上就不容易了。植树的黄金季节在冬春,这时候,山上朔风呼啸,特别寒冷,碎土和乱石冻结在一起,一钉耙下去,往往只是个白迹,但这些都动摇不了蒋阿林绿化荒山的决心。一到冬天,他就带头上山挖坑,脱了棉袄,还总是干得热汗直淌,身上冒出一股股热气。凭着这种实干精神,十多年来,他一人就挖坑55 000多个,开条沟30多亩。今年春节,女儿家请他去喝酒,他不去,坚持上山挖树坑,难怪人们说他是"钉耙齿不断,勿晓得歇的犟老汉"。有蒋阿林的模范带头作用,其他几名同志也都不怕苦、不怕累,早上工,晚收工,年年超额完成植树造林任务。

"植树容易成活难",更何况在山丘上?但蒋阿林带领的林业管理站所种的树,成活率都在95%以上,这真是个奇迹!但奇迹出现的原因却并不复杂,那就是蒋阿林对树苗犹如对自己的子女,精心培育,在每株树上都倾注自己的心血。有一次,蒋阿林和往常一样,在清晨2点钟就起床,冒着刺骨的寒风,急匆匆地赶到离家2.5公里的秦南村板桥村民小组,叫醒了拖拉机手,开车直奔横山桥苗圃。苗圃上人手紧,他就自己动手帮着起苗、装车,并马不停蹄地随车往返,由于连续累了14个小时,浑身骨头像散了架,但为了使树苗能及早种下地,他顾不得休息,又扛起树苗走上山坡,直干到天黑。这批树苗由于当天栽种,因此成活率达到100%。

去年夏秋之交,连续近一个月未下雨,刚栽不久的小树苗经不起干旱曝晒,眼看着慢慢地枯萎下去。这时,蒋阿林心急如焚,决定挑水上山浇树苗。

他老伴心痛地说:"你真傻,哪里看到有人挑水到山上浇树苗的!"蒋阿林说:"你心痛我的身体,我更心痛树苗。"说着,便挑起水桶出了门……去年,在城湾山区引栽的 25 亩杨梅,他自己挑水上山浇了三遍,成活率达到 99%。

俗话说,岁月不饶人。蒋阿林毕竟已年过花甲,自然规律迫使他考虑接班人的问题。1985 年,蒋阿林的儿子蒋光杰从部队复员回家了,他自愿放弃了安排工作的机会,来到林业管理站搞绿化工作。由于蒋光杰能刻苦学习林业知识,跟随父亲大搞科学实验,工作干得很出色,因而于 1988 年入了党,并担任了林业管理站站长,接替了父亲的事业。说来也巧,去年春天,蒋阿林的孙子,村办厂不去,也毅然到林业站搞绿化工作。这真是:"城湾山上'老愚公',祖宗三代播绿色,吃苦耐劳无所惧,乐在青山碧山间。"

原载 1987 年 4 月 3 日《常州日报》,在武进电台、常州电台、江苏电台播出,1993 年荣获第四届全省绿化好新闻二等奖

科学种植硕果累累
——唐产忠栽培山芋王的经验

武进县运村乡潭庄村唐家塘村民小组 68 岁的老农唐产忠,热爱科学,艰苦探索,连续数年进行山芋单株高产栽培试验,取得了突出成果,去年他收获了一株山芋,产量竟达 66 公斤,在当地传为美谈。

山芋是我国的主要粮食之一。近几年来,唐产忠在县科委的支持关心下,潜心研究山芋的单株高产栽培技术,并积累了丰富的实践经验。据唐产忠介绍,栽培单株高产山芋有八项技术措施:一是要选择四周阳光充足、空气流通、易排易灌的地方开一条长宽各 75 厘米、深 60 厘米的土坑,让阳光晒干备用,促使土壤疏松通气。二是要施足基肥。每株山芋备足鸡粪 1.5 公斤,晒干磨碎后加磷肥 0.1 公斤,碳铵 0.1 公斤与 300 公斤晒干泥土拌和下塘作为基肥。三是要壮苗早栽。在 5 月 1 日前,选择徐州 18 号壮苗栽插,栽前要把薯苗的无叶部分全剪掉,栽插后三天内不能让太阳暴晒,以保证成

唐产忠

活。四是要勤施追肥。在青苗刚成活时,不能急于施肥,要待青苗生长到 10 厘米左右后,每穴施稀人畜粪 2 公斤左右,每隔一星期施一次,连续施三次。五是要适时切除毛细根。在苗藤长到 45～50 厘米时,可把根部的泥土扒开,把山芋根部所长出的毛细根须全部切除掉,如果不切除掉,则会影响山芋膨大,徒长青藤。六是要在青藤根部包扎上塑料膜(要宽紧适度),包扎后及时覆土,并每穴追施稀粪水 12～25 公斤。七要搭架壅土。在青藤伸长到 65 厘米左右时,开始在其周围搭 40 厘米高的圆柱形架子,随着青藤的伸长,所搭的架子也要越搭越大,使根部通风,叶片受阳光充足。同时在山芋根部每半月壅土一次,确保山芋生长良好。八要注意防治病虫害。如果发现有叶面虫害,要及时用微量"杀虫灵"和"敌杀死"防治。如山芋根部土壤出现裂纹,则易遭老鼠啃咬,一旦发现,应及时壅土填没。

这是唐产忠科学种植的山芋王

一分耕耘,一分收获,唐产忠由于采用了以上技术措施,使单株山芋产量连年上升。1984 年,单株产量为 36 公斤;1985 年,单株产量为 54 公斤;1986 年,单株产量为 49 公斤。1987 年,唐产忠在一分地上栽插九株山芋苗,经过精心技术管理,总产量达 429 公斤,平均单株产量是 47.5 公斤,最大的一株为 66 公斤,创造了唐产忠栽插山芋以来的单株最高质量纪录。唐产忠的突出成绩受到了武进县委、县政府和县科委的一致好评。去年 12 月 4 日,武进县第九届人民代表大会第二次会议闭幕期间,400 余名人民代表在武进影剧院观看了唐产忠种植的山芋王,参观者无不交口称赞,县广播电台电视摄制组专门赶拍了电视新闻片。

武进电台 1988 年 1 月 20 日播出,原载 1987 年《武进经济生活》第 12 期

"山芋王"种出高产稻

沉甸甸的稻穗压弯了枝头,看了谁都陶醉。曾被人们誉为"山芋大王"的武进县运村乡潭庄村唐家村民小组村民唐产忠,今年又推出新的科研成果。由他精心种植的 100 多棵单株香粳水稻,穗大粒密、饱满整齐。据清点,每穗稻平均粒数有 200 粒左右,千粒重达 30 克。根据他种植 4.9 平方米,收获水稻 5.4 公斤推算,亩产可达到 733.5 公斤。

今年 73 岁的唐产忠,几十年来一直研究农作物高产栽培技术。1984 年,他开始栽培高产山芋,第一年就获丰收,最大的一个山芋重达 18 公斤,并连年创高产。1987 年,邻近村上有一位木工师傅看到老唐年年栽培大山芋,很不服气地对他说:"老塘,今年我也种一个大山芋,与你比一比。"到了秋天,"比赛"见分晓,那位木工师傅种的山芋最大的只有 3.5 公斤,老唐种的最大的一个重达 66 公斤。对此,《新华日报》、《新民晚报》、《解放日报》等报纸先后报道了他科学种植山芋的事迹,称誉他是"山芋大王"。今年,老唐又对水稻高产研究着了迷。6 月 16 日,他在一块荒地上栽下了 100 多棵香粳水稻秧苗,并且都是单株繁殖。由于他科学栽培,精心管理,结果又获得了高产。

武进电台 1992 年 11 月 10 日播出,原载 1992 年 11 月 13 日《常州日报》,获《常州日报》"大千"新闻竞赛三等奖

附:《常州日报》编者按:
唐产忠种植山芋、水稻均夺得高产的事实,因为具有新闻性,本报予以报道,但更主要的是通过报道,向科研部门提供一点信息,是否值得研究研究,为什么夺了高产?

志在广厦千万间
——记全国劳动模范蔡洪祥

人们常说,第一印象很重要。这话一点不假。首次采访武进市建筑安装工程总公司三公司 302 队施工队队长(班长)、全国劳模蔡洪祥,便给我留下不

易抹去的印象。

他,中等身材,30 开外,壮实的体魄,微黑的面庞,分明是长期从事建筑行业与经历了艰辛磨炼的印痕;寡言少语,不愿多谈自己,显示了基层领导者冷静、成熟的个性特征。

"成绩和荣誉只能说明过去,今后的路还长着哩,得一步一个脚印走下去!"面对笔者问起他的创业往事,蔡洪祥沉思了一会儿,方说出这样一句话,记者被实实笃笃的话语震撼了。

一、立志成才

几度春秋,几番风雨。蔡洪祥的青春年华浸透着耕耘的汗水,赤诚的上进,热切的追求。他自 1980 年进武建公司工作以来,一直在施工第一线埋头苦干。他热爱企业,热爱本职岗位,不因自己平凡工作而觉得低人一等,而是深信每颗螺丝钉都有闪光点,行行都能出状元,从拜师学艺起,他就以高标准严格要求自己,苦练技术,在平凡的工作岗位默默奉献。通过数年的磨炼,他成为常武地区建筑业上数得着的技术操作能手,由一名普通的工人成长为瓦工技师及队长,在青年职工中树立了榜样。数年来,他带领青工队先后在常州市第一幢高层建筑武进大厦、十二层的东风印染厂蝶球大厦和十一层的县工商银行、税务综合楼及市中医院病房大楼等市、县重点建筑工程中,克服了层次高、面积大、结构复杂、临街建筑场地狭小等困难,精心组织施工,狠抓安全生产,以自身过硬的施工操作技术和一丝不苟的工作作风,确保了每个工程均能优质、快速完成,为企业树立了良好的社会信誉,为建设常州、发展武进经济作出了贡献。

二、立足本职

1993 年,蔡洪祥带领的 302 施工队在承建高十一层、建筑面积 7 500 平方米的县工商、税务综合楼工程的施工过程中,社会上一些个体建筑承包者慕名前来,三番五次以高薪、住房、优惠条件聘请蔡洪祥,但是,他没有被金钱所动摇,坚信自己的选择,坚守岗位,团结职工,身先士卒,使工程得以顺利进行。当工程进入内外装饰的关键阶段时,他连续两个多月,每天工作 15 个小时以上,亲自做样板,晚上还要做好班组管理的多种台账、资料及核算,以及明天的工作安排。他吃苦在前、享乐在后的工作态度赢得了同志们的支持和信任,全队团结拼搏,以提前工期 15%、质量一次成优通过验收交付使用的成绩被评为 1994 年度江苏省优质工程。去年,蔡洪祥所在的施工队共完成产值 600 万元,创利税 58 万元,超额完成了公司下达的多项经济技术指标。

三、以身作则

蔡洪祥深知工程质量在激烈竞争的建筑市场中的重要性。为了工程质量,蔡洪祥在平时加强对职工的技术操作训练,手把手地带出了一批操作骨干,从而增强了队伍的竞争实力。与此同时,蔡洪祥还注意抓好班组管理,坚持"四公开一上墙",平时严于律己,以党员标准严格要求自己,关心职工胜似自己的亲人,将全队职工的衣食住行安排得井井有条。去年,队里有位职工生重病,他组织职工募捐,共集资 1 680 元,并亲自交到病人手中,病人感动得热泪盈眶。工余时间他又安排职工观看电视电影等文化娱乐活动,从而增强了职工对企业的向心力和凝聚力。近几年中,该队在总公司开展的"五比五赛"和"班组三创"达标竞赛中共获 30 余次优胜班组称号,还被县安监站评为"安全生产标准化"工地,连续四年被评为市、县红旗班组,并且被江苏省建委评为"省双文明承包队",成为武建总公司一支能打硬仗、善打硬仗的青年队伍。

四、勤奋好学

蔡洪祥通过孜孜不倦的探索、追求和勤学苦练,掌握了一手出色的瓦工技艺,在 1986 年常州市青工粉刷技术大赛中一举夺魁,在 1987 年常州市粉刷比赛中又获第二名,同年在代表常州市建工系统参加的江苏省"百万青工技术比武精英赛"中雄居第二名。1986 年和 1987 年度,蔡洪祥被评为省、市、县劳动模范,1987 年度被评为江苏省新长征突击手,常州市"七五"、"八五"立功人员,并于 1991 年被破格评为工人技师。去年,在全县人民热情的投票中,他当选为县十大"新长征突击手"。今年 5 月,他又被评为全国劳动模范。

面对各种荣誉,蔡洪祥没有陶醉,而是更加严格要求自己,追求更高、更新的目标。"天高任鸟飞,海阔凭鱼跃。"蔡洪祥以严谨的工作作风,忘我的工作态度,在社会主义市场经济建设的广阔天空中一展真我的风采。正是由蔡洪祥这样一些奋战在建筑战线的闪闪发光的螺丝钉,共同托起了我国建筑事业的辉煌。

原载 1995 年 11 月《常州工人》第 85 期

增收节支的领头雁

—— 记武进县农药厂电工班班长杨志明

"勤俭节约是传家宝,社会主义建设离不了。"这是 20 世纪 60 年代流行的一首歌曲。现在许多人已经淡忘了,可武进县农药厂电工班班长杨志明却把它作为座右铭。他带领全班勤俭节约,艰苦奋斗,使工厂提高了效益。他在 1986 年被市、县评为优秀共产党员,他所在的班组也在去年被评为市红旗班组。

每一分钱都要派用场

杨志明常说:"国家正在搞建设,每一分钱都要派用场。我们做任何事情都不能大手大脚。"这些年来,他在安装、维修电器设备中,坚持做到:能自己制作的不花钱购买,能用旧的不换新的,能自行安装的不请人安装。1984 年 9 月,厂部决定扩建甲胺磷农药车间,电工班负责线路架设、电器安装。当时需要两只配电柜、两只电容柜,全部购买要花一大笔钱。杨志明带领全班 13 人,分头包干自己制作电容柜,为工厂节约了 7 000 元钱。

把技术献给四化

电工是一项技术性很强的工作,修理电器更需要专门的知识。杨志明只读到小学,但他刻苦钻研科学文化和业务技术,自费订阅了《电工知识》《电器材料》《高压电器》《电机》等多种书籍杂志。厂里有五台冷冻机,能耗很大,为了节电,老杨认真研究冷冻机的结构原理和接线方法,用学到的知识试验新法接线。经过半个月的时间,试验终于成功了,5 台冷冻机全部采用新接线法,每台每小时节电 10 度左右,全年共可节电 8.64 万度。

"节约"两字常记心

杨志明心中时刻装着"节约"两字,从一点一滴做起。一段废电线,一只废螺丝,他都视为珍宝,每天工作结束,他总要将边角废料清理分类,归入仓库。今年开展"双增双节"运动以来,他和全班同志一起节约回收各种废旧电器物品,价值 2 000 余元。1984 年,全厂整修电器线路,换下一批报废的铝线,杨志明收了起来。后来厂里生产硫磷,因催化剂——铝锭纯度不高无法使用,生产面临停顿的危险。这时杨志明想到了那批报废的铝线,和全班同志一起,用电工刀剥去铝线外层包皮,通过三天的艰苦奋战,剥出 700 公斤重的纯铝线,从而解决了工厂的燃眉之急。

武进电台 1987 年 5 月 18 日播出,原载 1987 年 5 月 24 日《常州日报》,合作者:沈福如

写 的 做 的

——记复员军人陆国兴

他,天天与人参、鹿茸、麝香、犀角等一百多种贵重中药材打交道,然而他身上闪现着比药材更为贵重的思想品质。他就是复员军人、武进县医药公司的陆国兴。

陆国兴自 1970 年 10 月从部队复员到县医药公司中药库担任细货保管员,至今已有 17 个年头了。多年来,他负责保管的细货库经省、市、县有关部门多次检查、盘点,账货相符率达百分之百,得到了上级有关部门的好评,连续五年被评为县医药公司先进生产者,1985 年和 1986 年连续两年被县评为优秀共产党员。

陆国兴来到医药公司碰到的第一个难题是不懂业务。为了迅速改变这一状况,他一方面拜师学艺,向经验丰富的老药工求教,细心观察师傅所教的每个技术细节;另一方面向书本求教,一本《中药材保管知识》已经带在身边学习了十多年。功夫不负有心人,如今陆国兴对每一味药的形态、性味、真伪鉴别、保管方法、炮制规范,直至价格、产地、包装、销售等可称是了如指掌。

按理说,仓库保管员做好入库验收、在库养护和出库复核工作就完成了任务,但是陆国兴考虑的却不止这一点。他在做好本责工作的同时,经常能主动配合营业员、业务员做好商品的介绍、推销和市场信息的反馈工作。去年,无锡西章医院到公司购买了 100 盒田鸡油。陆国兴主动地向顾客介绍商品,说明田鸡油是一味高档滋补药,对身体虚弱者有较好的补益强壮作用。顾客听了他的一番介绍,当即决定增购 150 盒。过了一段时间,陆国兴又写信去无锡西章医院询问疗效,问他们是否要续购,西章医院回函还再购 100 盒。仅这两次,销售金额就达 6 250 元,为公司提高了经济效益和社会效益。

陆国兴保管的中药细货库,绝大多数是稀有高档和珍贵药材,陆国兴硬是坚持"常在河边走,就是不湿鞋"。前年,有家单位无意中多发了公司一公斤西洋参,陆国兴立即通知对方办理了补票手续,为对方弥补了损失。

尽管陆国兴个人和家庭的生活还清苦,但他不为金钱所动摇。"不贪利、币、权,不怕灰、力、汗。"——日记本上写着的,也正是他做着的。

武进电台 1987 年 7 月 26 日播出,原载 1987 年 8 月 2 日《常州日报》,合作者:王国忠

"徐虎式"的好青年

"小何师傅真好,他不仅修理技术精湛,而且服务态度热忱,童叟无欺,一视同仁……"近日,一位顾客来到常州商业大厦,为钟表部技师何孟安送来了一封热情洋溢的表扬信。

何孟安,今年26岁,1989年高考落榜后便走上自学成才道路,从事学习修理钟表技术。他经过一番勤学苦练后,于1991年获得了修理钟表技术师证书。后来经人推荐于1994年10月到常州商业大厦钟表部从事修理钟表工作。

小何虽然获得了技师证书,但他对修理钟表技术仍然是精益求精。每天晚上,许多青年打扑克或进舞厅娱乐,可他总是伏案灯下,学习研究各种修理

何孟安正在修理钟表

钟表的技术书籍。他说:"只有全面地掌握各种修理技术知识,才能更好地为人民服务。"一次,一位来自戚机厂的退休工人拿着一只进口手表请小何修理,小何不仅一丝不苟地为他修好了表,而且还耐心地向这位老人讲解了平时怎样保养钟表的基本知识,临走时,小何又向这位老人交代说日后如有什么不满意,可随时拿来为他保修,使这位老人既放心又舒心。

何孟安虽然只是常州商厦的一名普通员工,可他总是把商厦的良好形象时刻溶化于自己的一言一行中,他爱企业、爱岗位、爱顾客。前不久,一位来自武进市湖塘镇的顾客请小何修理一只手表,经小何几下拨弄就修好了,而且分文不收。这位顾客感激地说:"我已到几家钟表修理店去修理,开价都要20至30元,而到常州商厦修理却分文不收,这真是徐虎式的好青年。"据了解,数年来,小何在小查小修方面不收费已有千余次,曾多次受到常州商业大厦领导的好评和顾客的赞扬。

更为可贵的是,何孟安对人民子弟兵也充满了爱心。他说:"人民子弟兵远离家乡和亲人,来到部队服役,给国家和人民带来了安宁。我作为一名青

年,也应该为他们贡献一点微薄之力。"为此,小何从 1994 年以来,义务为武警官兵修理钟表,他以热忱的服务和精湛的技艺赢得了官兵的赞誉。据了解,近几年来,他先后为武警官兵义务修表和免费换装电池 200 多件(次),受到了大家的好评,共青团常州市委主办的 1997 年《常州青年》第 8 期对此作了充分肯定,称他为促进"军民鱼水情深"作出了贡献。

原载 1998 年 2 月 26 日《服务导报》,1998 年 7 月 17 日《常州日报》

一身正气保平安

——记省社会治安综合治理先进个人余玉明

他,中等个儿,壮壮实实,国字脸上一副炯炯有神的双眼,一身正气。他就是为平民百姓壮胆,令地痞流氓心寒的武进县东安镇副镇长余玉明。

地处武进、金坛、宜兴三县(市)交界的东安镇,社会治安环境十分复杂,刑事案件时有发生,1989 年达 43 起,严重影响了社会秩序的稳定和人们的正常生活。严峻的社会治安形势选择了余玉明。1990 年春,38 岁的余玉明在镇人大差额选举中被推上了副镇长岗位,主管社会治安综合治理工作。他和周围群众打成一片,足迹踏遍了全镇的每个村落,与各类人员广泛接触,充分了解下情,有的放矢地开展工作。去年 4 月,东安镇南星村的陈某为儿子送请柬途中,在宜兴市新建乡境内不幸发生车祸而身亡。事后,由于新建乡有关部门处理不公,激起了陈某全家及部分村民的义愤,他们联名写信给宜兴市委,声称:"如果这起交通事故不妥善处理,我们就要在 5 月 1 日宜兴市举行全国陶瓷节时上街游行,扩大影响……"余玉明闻知此事,当即向县政政法部门作了汇报,并连夜赶到陈某家中,耐心细致地做陈某亲属和村民的思想工作。同时亲自赴新建乡协调处理这起事故。经余玉明数十次跑上跑下的周旋,终于化干戈为玉帛,缓解了一起可能发生的群众闹事纠纷。

为了确保一方平安,余玉明狠抓了群防群治队伍建设,近年来,先后在全镇建立了 7 支专业联防队伍,昼夜巡查于乡间小道上和工矿企业中。五巷村联防队组建不久,就抓获了一名在毗邻地区流窜作案达 56 起的惯偷,当地群众高兴地称联防队是地方上的一支保安队。

余玉明分管全镇综合治理工作,有些人为谋取不法利益,经常变着法儿向余玉明进贡送礼。面对不正之风的侵袭,余玉明保持清醒头脑,手不伸,嘴不馋,并给自己和家庭立了一定之规:非分收入一分钱不要,非分之物一件不收。3 年来,余玉明拒贿 20 多次,价值 4 000 多元。在他的影响和带领下,镇、村、组三级联防人员工作兢兢业业,在维护社会治安秩序中发挥了积极作用,确保了一方平安。1990 年以来,该镇刑事案件逐年下降,受理的民间纠纷亦逐年减少,没有发生一起恶性案件或民转刑案件。镇派出所、联防队、司法办均被评为县先进单位,东安镇则连续被县、市评为社会治安综合治理先进单位,余玉明本人在最近被省委、省政府授予"社会治安综合治理先进个人"荣誉称号。

武进电台 1993 年 9 月 10 日播出,原载 1993 年 9 月 16 日《常州日报》,合作者:陈伟东、张国平

他像雷锋那样默默奉献

在武进县人民检察院里,总有一个默默忙碌的身影,或统计台账,抄写资料,或清扫门前落叶,打扫厕所,或擦拭门窗玻璃……简直没有闲着的时候。他就是武进县检察院办公室检察员程大俊同志。自 1979 年从部队转业到检察院以来,他就在这样平凡的岗位上勤勤恳恳地奉献着,多次被评为先进工作者、优秀共产党员和劳动模范。去年,他又被评为全国检察系统先进工作者,受到高检院的表彰。

今年 56 岁的程大俊,到检察院以来基本上一直在从事内勤工作。他从没有认为这是大材小用,也没有因为工作清苦、琐碎而闹情绪提要求。他说:都是党的工作,都得有人去做,咱哪能挑三拣四。为了保证全院统计工作的准确性,他刻苦钻研,反复设计,把生命和心血花费在别人看来枯燥的统计台账、表格上。1986 年,他根据高检院对于统计工作的具体要求,在两年多精心研究的基础上,设计出 90 种台账和表格,最终制作出全院总台账。单这项工作,他每年要增加 13 万多文字资料的工作量。由于台账、资料的齐全和各项数据的准确,大大提高了工作效率。多年来,该院统计工作一直名列全市前茅。1989 年 9 月,在成都市召开的全国检察系统统计工作座谈会上,他设计的台账、系列数据储存表受到了高检院的充分肯定和与会同志的赞扬,一致反映这些表格设计科学、使用方便。高检院的《检察简报》上还刊登了他在这次座谈会上的发言。后来应省内外一些兄弟单位的要求,他撰写了《科学积累数据》一

文,发表于 1991 年第四期《人民检察》杂志上。

程大俊说:"每项具体工作、细小工作看起来不起眼,但都是共产主义大厦的一砖一瓦,作为共产党员就应该为党的事业增砖添瓦。"他也一直是这样做的。

接待工作虽然是普通而平凡的事情,但做得好坏,会直接影响到检察院的声誉及其他方面的工作。程大俊自觉地维护集体的声誉。每当外地来联系工作的同志上门,不论多忙,程大俊总是先放下手里的事情,请人落座,使人先感受到同志式的温暖。工作中他主动协助解决难题,尽量给人家提供方便,使来客尽量"不虚此行"。近几年来,他还多次谢绝答谢性的吃请。

为了做好全院的服务保障工作,多年来他一直坚持早上班、晚下班,提前上班搞好办公室卫生,烧好开水;几乎每天冲刷厕所,有时厕所被堵,他就用手去掏。用他自己的话说:"我一个人脏点、累点,能换来多数人的干净、舒适,再脏再累也值得。"

程大俊的闪光点还表现在勤俭节约方面。他处处为集体打算,尽量节约。早晨上班,见到走廊亮着灯,他就及时关掉,看到窗户木挂钩或水龙头流水,他就主动去挂上和拧紧,经他盖印的文件、法律文书很多,他发现其中有夹杂的空白纸张,都送回打字室。虽然这些都是小事,但却处处体现出程大俊同志关心和爱护集体的雷锋精神。

程大俊身体不好,得过血吸虫病,又患有十二指肠溃疡、高血压和心脏病,经常头痛、胸闷,但即使医生开了病假,他一般也不休息,经常带病工作。去年上半年,由于工作劳累,好几个月内吃饭、喝水、咽口水时心脏跳得特别厉害,而且常常忙得忘记吃药,以致心脏病突然发作。他家属急得直哭,非要他去医院急诊。他安慰妻子说:"急有什么用,我不是还活着吗?"第二天他去就诊时,医生要他立即住院。可是,程大俊考虑到马上要做报表,如果住医院治疗,就会影响工作,执意不肯。医生只好给他开了药和半个月的病假,让他好歹休息一下,可是没几天,他就又去上班了。在他的心目中,只有一个信念:"作为一名党员,应该以工作为重。"他正是这样,十几年如一日,勤勤恳恳,默默无闻,得到了组织上和同志们的肯定和赞评。他不断地用"老骥伏枥,志在千里"这句话来鞭策和勉励自己,朝着更高的目标攀登!

武进电台 1992 年 9 月 26 日播出,原载 1992 年 10 月 30 日《常州日报》,1993 年 3 月《人民检察》杂志第 3 期

妙手自有回春力

——武进县人民医院外科见闻

经常听说武进县人民医院的外科开展了一个又一个的新手术,抢救和治愈了一些疑难杂症的病人,在当地传为美谈。

金秋时节,笔者在一个阳光灿烂的上午,慕名来到了坐落在红梅公园南端、文笔塔下的武进县人民医院外科医生办公室。当笔者步入一病区的办公室,映入眼帘的是一面锦旗,上面写着:"医师护士胜华佗,再生父母恩似海。"在此,笔者专访了外科副主任、主治医师徐加林和副主任医师朱绍岐。

年近半百的徐加林医师对笔者说:"病人出于对医务人员的感激之情送来锦旗和感谢信是常有的事。不过,上面所说的那面锦旗可与众不同啊!可以说是做到了全科动员,全力以赴……"接着,他介绍了抢救这位病人的情况。去年的 10 月份,武进县浦河乡办厂的一位青年女工,名叫巢留仙,不慎在冲床上冲掉右手中指,由于处理不当引起了破伤风。入院时,病人持续抽筋,牙关紧闭,身体反张,处于昏迷状态。家里的人和厂里的人总以为这位小姑娘活不起来了。可是,巢留仙入院后,医生、护士立即进行抢救,经过一个多月的精心治疗和护理,病人终于转危为安,恢复健康。这位姑娘感激得把医生、护士看成是重生父母,特地制了面锦旗送来,以表感谢。

年近花甲的外科副主任医师朱绍岐是位医术高明的大夫,又是县人大代表,他向笔者介绍他最近为一位姓马的年轻小伙子作肛门修复手术,整整做了12 个小时。因为小马从小就患先天性巨结肠症,9 岁时手术治疗后,留下了后遗症。前年,小马突然便血,血如喷泉,送到医院时,病人已处于失血性休克状态,血色素只有 2 克,经大量输血,仍出血不止。朱医生当机立断,给病人施行血管阻断手术,暂时封闭肛门,在他腹部造瘘排便,保住了他的生命。今年 5 月,朱医生考虑到病人是个青年,长期腹部挂个粪袋对他身心健康会有影响,于是提前给他施行肛门排便修复手术。手术后,为了防止病人的肠子收缩后会引起狭窄,朱医生每天亲自动手为病人作肛门扩张术;在扩张肛门时,常有粪便溢出,朱医生不怕脏和臭,持续为他做了有两个多月,小马的父亲见了这位医生如此对待儿子,深有感触地说:"真是对不起您了,这种脏事,连我们做父母的都不容易做到啊!"

接着笔者又跨步来到了二楼的外科二病区,外科主任卞善述和副主任丁儒林,热情地招呼笔者,明确了笔者的来意后,向笔者介绍说:"二病区是泌尿和烧伤两个科,近几年来,烧伤外科应用中西医结合的办法,治疗 50% 以上大面积深度烧伤病人的事例有数十次,并且烧伤外科在前不久成功地抢救了一名烧伤面积达 80% 以上的大面积深度烧伤病人,这在全国也属罕见。泌尿科治疗了多例膀胱癌病人,其中有一位受术者是 59 岁的夏溪供销社职工,他患膀胱癌来院就诊时,医生发现他伴有肢端肥大症和左肾结石,右肾功能也很差。这种病人的手术死亡率是很高的。副主任医师丁儒林为病人的利益着想,决心承担风险给病人作手术治疗。去年给他作了全膀胱切除改良回肠代膀胱的手术,今年又为他取出一枚三公分大小的鹿角形结石。病人出院后情况良好,出于对医生的感激之情,两次送来了感谢信,称赞丁医生'给了我第二次生命'。"

是啊,妙手自有回春力,武进县人民医院的外科医生,无论是年轻的还是年长的,都勇于进取,不断向高难度的手术进军,开展了一般县级医院所不能开展的外科手术,因此,这个医院的外科多次被上级有关部门评为先进集体。

武进电台 1987 年 10 月 20 日播出

兢兢业业的白衣天使

——访常州市政协委员、武进县人民医院外科主任医师丁儒林

作为一名常州市政协委员、一位有作为的医务工作者,该朝着怎样的方向去努力? 最近,在湖塘镇召开武进县政协第七届第三次会议期间,我们专程访问了列席会议的常州市政协委员(曾受到过省政协表彰)、武进县人民医院外科主任医师丁儒林。

丁儒林,今年 58 岁,祖籍系武进孟河,与名扬海内外的清末民国初期著名的"孟河医派"中四家代表人物之一的丁甘仁同宗。他自幼在上海长大并在上海读书。1955 年在上海第一医学院毕业后,就被分配到原苏州第一人民医院(现苏州医学院附属医院)当医生,以后,又先后到南通医学院附属医院、海门县人民医院工作过。1974 年 10 月,他被调回家乡武进县人民医院工作,近 15 年来,由于他兢兢业业,勤恳工作,不断长进,除被吸收为中国共产党党员外,还被选为常州市政协委员和县第五、六届政协委员,现任中华医学会常州

分会常务理事,市科协委员,中国中西医结合研究会江苏省急腹症专业委员会委员,《常州医药》杂志编委、编辑等职务。

3月9日上午,当我们在招待所谈起作为一名医生,该怎样做才能健康正常地前进时,这位稳着老练、善于学习、善于思考的主任医师坦率地向我们说:"我认为,作为一名医生,不管是搞内科还是外科,是中医还是西医,都有一个逐步成长的过程,但总的方向应该坚持理论联系实际,走'医疗、教学、科研'三结合之路。这三者都十分重要,不可偏废,而且相辅相成,互相促进。临床医疗就是医生的基本职责,也是教学、科研的基础,而通过教学和科研,又可以促进医疗水平的不断提高,因此,多年来,我始终朝着这个方向去探索和努力。"丁儒林这样说,确实也是这么做的。

1980年初,他由主治医师晋升为副主任医师以后,仍然不脱离医疗实践,八九年来,除了值班、公休以外,他一直坚持在医院正常上班。在从事医疗工作时,他还以高度的责任感对待病人,通过摸索钻研,他擅长的普外科、泌尿科和烧伤专业,在技术上都有较高的水平。他与科室的同事们一起,曾治疗过50%以上大面积深度烧伤的病员16例,其中3例烧伤面积达80%以上。1980年,在他的主持下,还为本县东青乡一位青年农民成功地切除了积水达37斤的病变肾脏,使患者获得了第二次生命,当时,在设备条件较差的县级医院里创出的这一医疗奇迹,还曾引起了新华社一位颇有名望的老记者的重视,所写消息经新华社播发,《光明日报》《人民日报》以及《新华日报》等中央和省级新闻单位报道后,喜讯传遍了全国。

丁儒林在坚持医疗实践的同时,还要担任教学工作,过去曾担任过医学院大学生的讲课工作,来武进后仍然热心教学,担任过武进卫生学校的外科教学以及该医院举办的业务知识讲座;平时,对一些青年医务工作者,也常常耐心地带教、示教,帮助他们提高独立操作能力;有时候,还深入到本县奔牛、横林、湟里、坂上、湖塘、寨桥、浦河、三河口等基层医院进行辅导,会诊一些外科疑难病症,并帮助手术。尽管如此,在繁忙的医疗、教学之余,他还经常挤时间研读医学文献,积累资料,撰写医学学术论文。据统计,丁儒林在各种刊物上公开发表的文章有24篇,其中有5篇还获"优秀科技论文奖",除此以外,还有28篇(次)参加了各级学术会议交流。其中有15篇参加了全国性学术会议交流,他写的这些论文,由于是通过对医学文献的研习和对实际资料的分析,并结合自己的临床经验,从中探索出客观规律写成的,因而对指导临床实践、提高医疗质量起了积极的推动作用,而且这些论文由于列举的病例较典型、资料较翔实,所以发表后受到了学术界不少人的欢迎。如1987年10月他在湖南衡阳市召开的全国学术交流会上宣读"中西医结合治疗肾输尿管结石 58 例疗效分析"一文后,当场就有不少与会者争相提问,颇感兴趣。会后好多人还赶到他住宿处虚心求教,并邀他到他们那儿去协助开展手术和带教工作。

一步一个脚印地前进,永不满足地攀登。去年 5 月,丁儒林被晋升为主任医师后,他感到党和人民赋予自己的责任更大了,担子更重了,他说:"评到了最高职称,不等于自己达到了最高水平。"近年来,这位自感不足、勤勉不辍的主任医师,正在用"精通"、"深湛"、"熟练"六个字要求自己,继续沿着医疗、教学、科研三结合的道路,朝着更高的水平、更深的领域扬帆进发,他决心继续拼搏、攻关,永远追随时代,真正成为名副其实的学术、技术带头人。

武进电台 1989 年 4 月 20 日播出,原载 1989 年 4 月 25 日《武进科技报》合作者:徐福鑫

丹桂飘香正秋日

——记天宁区政协委员刘正秋

"中国牙科 OK! 刘博士 OK!"这是来自一位日本的某服装厂董事长小松对常州市东太平洋牙科诊所所长刘正秋的感慨之言。据悉,在全市工作的 300 余名外国朋友均与该诊所有约,成为该诊所的会员;中日合资东芝变压器有限公司等多家企业也成为该诊所的会员单位。许多市民也纷纷慕名来到该诊所接受治疗。东太平洋牙科诊所缘何有如此魅力?

一、立志求学　报效祖国

走过 42 个春秋的刘正秋,是天宁区政协委员、天宁区卫生行业协会副会长。他从小就有一颗"求学、成才、报国"之心。1986 年,刘正秋从南京医科大学口腔系毕业后,到常州市第一人民医院就职。工作中,他兢兢业业、任劳任怨;工作之余,他刻苦钻研专业知识,为了查找外文资料,他继续认真学习英语,同时还开始自学日语。在临床工作中,他处处留心求医的病人,特别是仅有残根残冠、松动牙而想用它吃饭的患者,他们

刘玉秋

一个个满怀希望地来，又一个个失望而走。当时人们常说：贫穷时有牙没饭吃，而现在有饭却没牙吃。看着这些，作为一名牙科专业医生的刘正秋，为民排忧解难的责任感油然而生。

20世纪90年代初，带着满腔抱负的他自费到日本留学，开始了漫长的求学路。在日本毫无根基，家境又不富裕的他，凭当时国内月收入不超过200元的经济来源，显然难以支持他的求学和生计，于是，在学习和科研之余，他只能挤出晚上和休息日的时间去诊所做助手。在艰辛的求学过程中，他更清醒地知道，最要紧的是早日学成回国，报效祖国。因此，他勤奋努力，刻苦学习，考上了日本名古屋大学的医学研究科。读研究生期间，他由于成绩突出，获得日本 Tunuba 财团学术研究奖，并顺利地继续攻读四年博士课程。这时，他有了足够支持学业的奖学金，但让他缺乏思想准备的是，在沉重的课业负担之外，他还必须体验中国人在日本求学的艰难和屈辱。作为世界经济大国的日本，医学也举世瞩目。刘正秋就读的专业研究科是日本卫生部重点科研中心，因此不乏傲慢的日本人，其中有一个40岁就当上了教授，在美国拿的博士，自视清高，尤其看不起中国人。他经常说："中国人不就会窝里斗吗？"带着这样的精神压力，刘正秋咬牙进行着自己的学业，早上及中午在临床看病，晚上才能进行科研，经常通宵达旦地学习、科研和实验……功夫不负有心人，经过两年苦读，刘正秋就在世界著名学术杂志上发表了有影响的科研成果，并因此获得日本医学领域的大幸财团学艺奖励（相当于国内省级奖）；随后一年又获得了该校一年一度唯一的也是最高荣誉的日本政府文部省特别奖（相当于国内国家科技奖）。

1998年3月，刘正秋终于出色地完成了需经12个医学教授联合审批的博士论文，获得了博士学位。在日本学医不易，中国人学医更难。他的学成引起了日本某大学的重视，校方"国际人才交流协会"三次提出请他留校工作并邀请他一家三口"归化"日本，但均被刘正秋婉拒。他不是不知道入日本籍是多少人求之不得的事情，也深知留在大学意味着收入的丰厚和生活的稳定。但中国日新月异的发展感动着他，他决心把在日本学到的先进知识与技术带回祖国。他的研究计划很快获得了中国教育部的留学生科研启动奖。

二、诊所虽小　专业性强

多年来，刘正秋一直有个心愿、一个情结，就是在国内拥有属于自己的"田园"，能将在日本学到的先进的知识技术，在这块"田园"中辛苦耕耘。据国外最新资料表明：日本每1 000人中就有1名牙科医生，而国内牙科医生和居民的比例才刚刚达到五万分之一。日本在牙科保健上实施"8020"计划，即一个人活到 80 岁口中要有 20 颗牙齿;欧美提出"997722"口号,即 99% 的人活到 77 岁,口中有 22 颗牙齿。相比之下,我国人民的牙科保健意识淡薄。相当多的牙病患者无法及时得到良好的治疗。古人云:"位卑未敢忘忧国",不管身处哪里,不管顺境和逆境,刘正秋回国创业,专业图强的情结始终未变。在市区领导的关心和各级相关部门的大力支持以及亲朋好友的鼎力相助下,2003 年 11 月,他心中的"田园"——常州东太平洋牙防所在局前街 223 号正式与世人见面了。

作者(中)与瑞士牙科专家合影

在一般人看来,牙科在综合性大医院里是个"小科",而刘正秋在这么小领域里却做得很强、很专业。他说:"我要搞出自己的特色,我的诊所必须是高档次的医疗机构,其牙科治疗理念完全与国际发达国家接轨。"他是这样说的,也是这样做的。首先,他引进国际上最新最高档的医疗设备。其次,他引进国际先进的牙科治疗技术和科学的医疗管理。再次,他创造出一套残根残冠和松动牙齿新疗法。他改革传统的做法,进行镶牙革命,做到不拔牙也能镶牙,给假牙上把安定锁,用磁铁装全口假牙,代表着当今镶牙技术发展的最新水平。他定期邀请澳大利亚、日本等发达国家的著名牙科专家来到诊所,采用意大利产的高科技的"智能激光治疗仪",演示豪华美白牙齿技术。这项一个多小时内将以前无法治愈的褐色四环素牙进行美白的技术令人叹为观止,吸引了本市和周边城市的不少牙科专家来观察学习。

三、精英团队　奉献精神

"这里的医生个个都很棒,都能满足患者的需求。"这是笔者在该诊所采访时听到的某些患者的反映。的确,该诊所内虽然只有 10 多个人,但具有高级职称的专家占 50% 以上,整体素质较高。

笔者在与东太平洋牙科的医生交谈时,有一个深刻的印象,那就是无论这些医生的学历背景还是从业背景有多么的不同,进入东太平洋牙科后都有一个共同的感受:"在东太平洋牙科工作,你会感到自己是一个为解除群众患牙疾痛苦的医生,而不只是治病或挣钱的机器。"

"人生精彩,在于奉献。"这是刘正秋对人生的表白。为此,他和他的伙伴们在诊所内认认真真、精益求精地工作,在诊所外无私奉献。刘正秋肩负着一个政协委员的责任,经常和伙伴们一同深入到社区、街道、机关、学校,进行义诊、讲课,据统计,一年多来,他们已到社区、街道、机关、学校义诊、讲课 20 多场,近 2 万人次,受到了广大市民及各级领导的交口称赞。由此,刘正秋被市教育局、市疾控中心聘请为牙病防治技术顾问。

著名作家峻青在《秋色赋》中写道:秋天,比春天更富有欣欣向荣的景象;秋天,比春天更富有灿烂绚丽的色彩。在此我们衷心祝愿天宁区政协委员刘正秋和他的诊所牙科事业像金色的秋天一样更加绚丽多彩!

原载 2005 年《常州政协》第三期

子承父业创奇迹

——访中医世家汤金建

许多人向我介绍,中医妇科汤金建医术高明,疗效惊人,四邻八乡前来求诊的人络绎不绝。果真如此? 笔者带着疑问,近日来到了位于常州市天宁寺元丰桥红梅南路 29 号的汤金建中医妇科诊所采访。

步入汤金建中医妇科诊所,首先映入眼帘的是一块金光闪闪的铜牌,上面刻着"示范中医诊所"六个字,下面落款单位是常州市卫生局。在汤医生的诊所,笔者的感觉是:陈设高雅,充满温馨。

现年 49 岁的汤金建,少承父学,世代为医,笔者见到他时,有数位病人正在排队等他诊治,只见他望、问、闻、切,解疑、开方、配药,使一个个病人化愁为喜,含笑而去。

汤金建的祖籍在金坛市儒林镇。汤金建的祖父行医数十年。他的父亲汤华卿继承祖父的医术,曾是金坛儒林方圆数十里左右颇有名气的中医妇科医

汤金建(左)正在为患者治病

生,早年曾悬壶于南京胡庆余(雪记)堂,1943年应儒林储树德堂妇科药店老板之邀坐堂,门诊行医60余年,在治疗男女婚后不育、男女性冷淡、子宫出血不止、子宫内膜炎、急性盆腔炎、赤白带下、乳房肿块、子宫肌瘤、卵巢囊肿、输卵管不通等多种病症方面有着丰富的临床经验,是金坛地区著名的中医妇科专家之一,求医者遍及全国及港、澳、台地区。为了弘扬祖国医学、传承先辈医术,汤金建从小就耳濡目染地受着父亲汤华卿的熏陶,1975年他高中毕业后,立志跟随父亲学医从医。

学习中医,谈何容易。白天,汤金建在门诊与父亲一起,切磋探讨有关中医妇科方面的问题;晚上,汤金建挑灯夜战,攻读中医医药学书本知识,经过数年孜孜不倦的学习,他自学了《中医妇产科学》、《中西医结合实用内科门诊手册》、《妇产科理论与实践》、《妇产科手册》、《傅青主女科新解》等中医书籍。为了丰富自己的医学知识,1988年至1991年,他到《健康报》振兴中医函授学院学习,获得中医大专文凭。1991年至1992年,他还在常州市中医院进修2年。"功夫不负有心人",20多年来,汤金建根据自己所学的中医理论知识和平时的临床实践经验,总结撰写了数篇论文。其中《卵巢囊肿》一文被《江苏中医》刊登发表;1992年,由他撰写的论文《治疗痹症95例临床体会》参加了全国中医学会第五届妇科学术交流会;1994年,汤金建加入了江苏省中医药会会员。1992年,汤金建被常州市中医学会评为"中医先进工作者"。

汤金建在从事中医妇科的生涯中能博览诸家,取其精华。尤其在不育不孕症方面,他通过四诊法辨证施治。譬如,沈女士,45 岁,武进嘉泽人,婚后多年未孕,曾去过很多大医院治疗,花费上万元仍是不奏效。后来,该女士听人介绍,来到汤医生诊所。汤医生全面了解该女士的病因后,发现该女士患有妇科炎症,而患者一直未引起重视,于是诊断为输卵管不通。对此,汤医生为这位患者开了药方,这位女士服用中药三个疗程后,日前和她的丈夫前来汤医生诊所报喜:已经怀孕了!

汤金建医生在总结他 20 多年的中医妇科临床经验时,告诉笔者说:遵古而不泥于古,临阵治病,处方选药要灵活变通,须因人、因病而异,对症下药方能奏效。汤医生说:不育不孕是全身性疾病或生殖系统病变都可以引起的一个症状,并不是一个独立的疾病,它有其复杂的外因和内因,可以说,生儿育女是男女双方的事。在治疗上,汤金建医生不偏经方、时方,治病选药独树一帜,效果显著。因此,求医者日益增多。安徽省舒城县杭埠镇的刘女士,婚后五年未孕,导致婆媳关系不和,夫妻感情几近破裂。后来,刘女士经表姐的介绍,来到了汤金建诊所求治。汤医生详细了解及检查后,认为刘女士患的是盆腔肿块和输卵管不通。刘女士服用中药半年后,喜滋滋地拨通了汤医生的电话,告诉他:"我终于怀上了!"并感慨地说:"汤医生医术真高明,中医真了不起!"

汤金建医生不仅以其精湛的医术赢得了社会各界的赞誉,更为弘扬祖国的中医瑰宝增添了新的一页。为此,我们衷心祝愿汤金建中医妇科诊所越办越兴旺,为人类的健康和幸福作出新的贡献!

原载 2003 年 4 月 12 日《服务导报》

胸怀国策的计生干部

——记全国计划生育工作先进工作者孔林元

前不久,在江苏省武进县召开的"全国南方片地市级计划生育协会秘书长研讨会"上,只见有位衣着朴素、头发斑白、面带笑容,操着一口浓重的寨桥乡口音的同志在发言:"从 1987 年起到现在,武进县各级组建计划生育协会已达 1 383 个,会员总数达 88 900 多人,占全县总人口的 7%,建立会员之家 696 个,协会小组 12 600 多个,会员联系育龄妇女 135 000 多人,形成了群众自愿结合、自我管理、自觉实行计划生育的网络……"。

他,就是多次被市县评为计划生育先进工作者的孔林元同志。1986 年 3

月,国家计划生育委员会授予他"计划生育先进工作者"荣誉证书。他现任武进县计划生育委员会主任。

一、是党员就要勇挑重担

有人把计划生育工作看成是"苦辣酸味"的工作,喻为"天下第一难事"。因为,这工作涉及千家万户"重男轻女"、"传宗接代"、"养儿防老"等旧的传统习惯。可是,作为在农村基层工作 25 年,曾担任过汤庄、庙桥、奔牛等乡党委书记 17 年的孔林元来说,"天下第一难事"难不倒他。1981 年 12 月 18 日,当组织上决定他担任县计划生育委员会主任时,他欣然受命跨进了大家公认的"清水衙门"——县计生委。

俗话说:万事开头难。孔林元刚到计生委上班没几天,就有人风言冷语地说:"干了那么多年的党委书记,还去干那种女同志干的事。"更何况,老孔的夫人张镇英也有思想包袱。她自得知老孔搞计划生育工作,还背着丈夫哭了好几次呢。因为,老孔的夫人张镇英一直未生孩子,女儿是领养的,怕人说闲话:自己绝了后代,还要去绝别人的后代。老孔针对这些情况,首先做好自己妻子的思想工作。他说:"革命事业总归要有人去做,你不做,他不做,谁做呢? 我是一名共产党员,应该勇挑重担。"就这样,他说服了妻子,同时,对旁人的风言冷语,他应用人口理论的知识和执行计划生育是一项基本国策的道理去说服。

二、一切从头学起

计划生育工作不单是围着"大肚子"转转的事情,而主要是向广大群众宣讲马克思主义人口理论,提高人们对计划生育的认识,从而使人们自觉实行计划生育政策。但对于刚上阵搞计划生育工作的孔林元来说,要了解农村计划生育工作实际,宣讲好人口理论,确实是一件十分艰巨的任务。因此,老孔的态度是:一切从零开始,一切从头学起。

从此,老孔的整个身心已畅游在神秘的人口科学王国里,他如饥似渴地学习。为了掌握人口理论知识,他亲自走访了计划生育战线上的老同志,拜她们为师,虚心求学;有关计划生育的报刊、杂志等材料,他聚精会神地学习,从中索取计划生育的有关知识材料;每个夜晚和星期天、节假日,他总是在写字台前度过。有一天,老孔学习到深夜一二点,妻子心痛地说:"你年纪这么大了,要注意身体,不能不要命啊。"可老孔回答说:"生命是有限的,而学习是无止境的,我不抓紧时间学一点东西,怎能在有生之年为党干一点事业呢?"他的妻子由于习惯于老孔的这种学习态度,便主动为老孔承担了一些家务事,并且协助老孔整理学习材料,装订有关计划生育人口理论"档案"。如今,孔林元已摘录有关计划生育人口理论材料 20 多本、约 30 多万字,剪贴有关文章 50 多本、约 100 万字。近几年,老孔通过学习与工作实践,撰写了多篇计划生育工作论文,其中在中央级刊物发表的有 6 篇,在省级刊物发表的有 10 多篇,在市级刊物发表的有 20 多篇;同时,他还主编了刊物发表的《武进县计划生育志》,约 6 万字。

三、走出机关　面向基层

有人说,计划生育工作重点在农村,难点在农民。武进县有 60 个乡镇、804 个行政村,总人口有 1 274 435 人。孔林元认为,要搞好武进县的计划生育工作,干部首先要走出机关,切实改变过去单纯靠行政命令的做法,由"坐堂办公"转为登门服务,这样既能达到控制人口增长的目的,又密切了党群关系。1989 年 9 月 23 日,孔林元与单位的刘凤珍一同去武进工具厂成立计划生育协会,由于老孔连日操劳,身体疲倦,下午 2 时成立协会时,他忽然浑身冒汗,手脚冰冷,形似虚脱,同志们见状后,立即扶他到会客室,坐了约 10 多分钟后,老孔不顾自己身体,又直奔会场;刚坐下,该厂厂长的报告就结束了,老孔接上去一连讲了 2 个多小时,坚持把会开好。当时,与会人员都被他这种精神感动了。近十年来,老孔在计生委工作,一年 365 天,有 200 多天在基层作报告,或为基层解决问题;讲课次数约有 1 500 场次,受教育人数在 30 万人次以上。用他的话讲:"我来到计生委近 10 年,仅请了一天丧假,大部分节假日扑在计划生育工作上。"他说:当好一名计划生育干部,首先要有"三种精神",即奉献精神、创新精神、拼搏精神。老孔也正是发扬这三种精神,激励自己奋战在计划生育战线上的。

四、工作要不断创新

随着计划工作的广泛深入开展,苏南农村计划生育工作出现了许多新情况、新问题,这就要求计生干部的工作内容要不断地丰富,工作方法需要不断地改进和创新。孔林元搞计划生育工作的一个最大特点是:勇于创新,善于总结。凡是他吃准的问题,他就要一抓到底。在 1988 年 5 月,他总结了全县的计划生育工作的一个"三部曲":一是"治表"。"治表"就是抓好全县计划生育协会的建设,发挥群众团体的作用。1987 年 5 月,他首先在漕桥乡搞试点,然后,把漕桥乡建立计划生育协会的经验在全县推开,使全县目前乡乡村村都建立了协会。二是"治本"。农村计划生育工作难做的主要原因是"农民无劳保,老来无依靠",农民有后顾之忧。1989 年 7 月,孔林元从省召开的计划生育工作会议回来后,当天晚上就动员自己的女儿和女婿参加独生子女养老保险。第二天,女儿、女婿就参加了独生子女养老保险。在孔林元的带领下,全县已有 8 352 人参加了独生子女养老保险,金额达 200 多万元。三是"治根"。为了搞好计划生育宣传教育,孔林元从许多人口理论的资料中,总结出群众最容易接受的"加、减、乘、除"等形象化教育方法,从而使群众能自觉地执行计划生育政策。

五、坚持原则　秉公办事

干部是否清正廉洁,关系到党和政府在人民群众中的威信,关系到改革开放和"四化"建设的成败。"为政清廉,俭以养德,不贪物欲",这句话一直在孔林元的心里铭记着。孔林元认为,计生委虽然是"清水衙门",但也受到社会上污泥浊水的冲击,因此,必须时刻保持警惕。1987 年 12 月,某乡交管站徐某,多次到县计生委要求生二胎,均被拒绝。最后一次,他带了一条牡丹牌香烟,到了老孔家里,推说是某乡乡长托他带来的,并要求老孔照顾他生二胎,老孔铁板脸孔地对那位说:"照顾生二胎是有政策规定的,你不符合政策条件,我是绝对不能'开后门'照顾的。"最后,老孔拒收了那条送上门的香烟。又如 1989 年 8 月 11 日下午,某乡派出所民警谭某来找老孔,要求照顾生育二胎,理由他是残废军人,但因其涂改的证件让老孔生疑。当时,老孔答复他明天派人去人武部查清后再解决。当天晚上,谭某拎了一袋毛蟹(约 20 斤)找到了老孔的家,对老孔说:"孔主任,真人面前不说假话,我的那张残废证是拾来的,请你不必去查清了,但是,今天来你家里,总要请你帮帮忙……"针对谭某那种弄虚作假的行为,老孔对他教育了一个多小时,从政策讲到形势,从计划生育讲到养老保险,终于使谭某认识到自己的错误行为,最后,谭某拎了毛蟹连声道谢,惭愧地走了。

由于孔林元同志和全委的同志共同努力,自 1987 年建立县计划生育协会以来,武进县人口出身率一直稳定在 15‰左右,计划生育率稳定在 99.5% 以上,基本上制止了多胎生育。1989 年,武进县计划生育协会被评为全国模范集体,受到中国计生协会的表彰和奖励。孔林元同志还代表全县计生协会赴京领奖,并与江泽民、李鹏、宋平、李瑞环、王震等 11 位中央领导同志合影留念。

武进电台 1990 年 6 月 20 日播出,1990 年 7 月 2 日在江苏电台播出,合作者:曹丽华

横 山 奠 基 人

适逢李老盘大娶孙媳之大喜,谨撰藏头诗一首,以抒胸臆,示表敬佩。

李老遐龄七十六,

盘石中坚会当歌。

大树庇荫民众乐,

横枪跃马壮山河。

山水美景任尔画,

奠定样板作楷模。

基石牢固奔小康,

人群祈祝添福寿。

2006 年 2 月 12 日

注:因李盘大曾在上世纪六七十年代在横山桥镇政府负责工业生产,故称奠基人。

托起明天的太阳

——访常州市吉的堡双语智优
幼儿园董事长甬本清

现在的孩子大多数是独苗,都是家里的"小太阳"。数年前,有位台商对"小太阳"情有独钟,愿意不惜重金在常州投资数百万元,对这些"小太阳"进行培养教育。他说:"这些'小太阳'经过若干年培养后,就会变成国家的栋梁。到那时我老了,我会感到无比欣慰。"人们不禁要问,这位台商是谁呢?原来,他是政协常州港澳台侨委员会顾问和常州市吉的堡双语智优幼儿园、常州市钟楼区翰林河景幼儿园董事长甬本清先生。在 7 月下旬的一天,笔者冒着酷暑专程来到常州市钟楼区翰林河景幼儿园采访了甬本清先生。

一、与常州的不解之缘

走过 46 个春秋的甬本清先生,出生于教书育人的家庭(他全家有 6 人均是教师),从小就在浓郁的教育文化氛围中耳濡目染。角先生曾经长期担任台湾派驻大陆三阳摩托车销售公司总代理。数年前,他突然萌发了一个念头:要到大陆创办幼教事业,而且特别看好常州。角先生这个新思路不是没有依据的,而是经过深思熟虑的。因为,他在大陆长期工作期间,亲眼目睹了大陆改革开放带来的大好形势,特别是各级政府十分重视教育事业;同时,他也看到了近几年来大陆老百姓的生活水平日益提高,人们对子女培养教育"望子成龙、望女成凤"的心情比任何时候都迫切。在此值得一提的是:角先生对常州这块热土特别有好感。他说:"中国有句古话:天时地利人和。天时地利,就是指江苏是一个教育大省,而常州在苏南中间,是苏北的辐射中心,是未来的大都市,发展空间较大。人和,就是指常州有着深厚的历史文化底蕴。常州人比较聪明,常州的综合实力较强,政府官员的心态较好,因此又是一张'城市名片'。与此同时,我又亲身感受到了常州改革开放的决心和力度在不断加大,处处感觉到自己在融入其中,而没有'外乡人'的不适感。"

一个个好的感觉,形成了一个个好的思路,于是水到渠成:2002年6月,角先生经过一个多月紧锣密鼓的筹备,投资280万元的常州市吉的堡双语智优幼儿园正式落户常州天宁区(与常州纺工幼儿园合作办学)。以后,角先生对常州创办幼教事业的热情一发不可收拾,先后又在钟楼区怀德桥旁创办了常州市钟楼区翰林河景幼儿园和少儿英语培训中心。更难能可贵的是,角先生在接受纺工、怀德两家幼儿园时,同时接受了50多名教师员工,没有辞退一人。

二、倾注于阳光事业

"他这人最大的优点是:敬业,勤奋,开拓。全身心地投入幼教事业。"一位担任吉的堡双语幼儿园的负责人向笔者说。

的确,这几年来,角先生对幼教事业倾注了大量的心血和汗水。

吉的堡是1986年在台湾创办的,也是影响最大的幼教机构(在台湾有1 200多家,在大陆有100多家)。它的最大教学特色是:应用国际教育方法,全面激发幼儿潜质;应用优质教育理念,让孩子与世界同步学习;开发"八大智能",让孩子全身心地发展;应用数码交流平台,培养现代化智能儿童。角先生不遗余力地将这些国际化、信息化、人文化、科技化的先进教育方法移植到我们大陆,特别是在我们常州生根、开花、结果。

——塑造优质双语教学环境。为孩子全身定做一系列中、英教材,以主题学习为构架、统合式的多元化智能教程、结合课程与网络多媒体等各种教学方式，从语言文字、数学逻辑、自然观察、音乐潜力、视察空间、身体运动、人际关系、自我认知等八大智能，帮助孩子系统学习。2004 年，经国家外国专家局批准，获得了全省首批幼儿聘请外国文教专家的资格。常年聘请有 2 名外籍教师在园内担任英语教学，大大提高了幼儿学习兴趣和生活情趣。

——引导幼儿探索人文科学。培养幼儿学前教育的各项能力，并注重培养幼儿的人文教育、人际相处及表达能力，使他们了解社会环境与社会现象，感受生命的意义，培养快乐、健康的心灵。

——活泼、温馨的亲子活动。定期举办家长座谈会、幼儿成果发表会。并且老师在业余时间经常与幼儿通过电话来测试英语能力，让家长了解自己在孩子学习英语的进展和成效。通过园方与家长沟通，更让家长清楚看到幼儿的进步，亲身感受到幼儿的学习成果。

——孩子学习的快乐城堡——吉的堡。老师把幼儿学习英语的氛围浸透到各种游戏活动中，如每年的西方文化节日圣诞节、万圣节，浸透了幼儿英语的交流。在双语中也吸引了外国朋友的孩子进入吉的堡，如美国、德国、日本、韩国、西班牙等，营造了一个中国孩子与外国孩子沟通、学习、交流的机会。从而提高了孩子学习英语的兴趣和效率。一位小朋友天真地说："我在每天的游戏中，学习英语感到很轻松、很愉快。"

——教育的希望在这里。2007 年 2 月，常州吉的堡双语智优幼儿园的幼儿参加了全国青少年英语风采展示活动，在全国总决赛中，该园的一名幼儿钱依琳获得了全国英语口语项目学前组金奖（全国共 2 名）。另外 4 名幼儿获得银奖。

——衔接小学英语教学。吉的堡双语智优幼儿园在常州办了三年后，不做广告，可是生源爆满。为了满足广大家长对吉的堡品牌的爱戴，2006 年 7 月角先生又与钟楼区文教局合作投资创办了翰林河景双语幼儿园。此时，很多家长又提出："我们的孩子在幼儿园英语学得很好，进入了小学后我们还想让自己的孩子学习英语。"基于这种要求，2005 年 7 月角先生又投入了大量资金在市区青果巷创办了吉的堡少儿英语培训中心，为小学阶段的学生提供了英语学习的良好的机会，深受广大家长的欢迎。

三、阳光事业　阳光管理

"幼教事业，是一个阳光事业，而阳光事业就要阳光管理"。角先生如是说。

走进吉的堡幼儿园，会使你感觉到这里的教学一流、环境一流。这里建有标准的企业识别系统（CIS），吉的堡每家幼儿园都延续着相同的风格，这就保证了教学环境的优质性与统一性。小到一个门把手，大到一整面墙，吉的堡幼儿园从招牌企业识别墙、情境布置等各方面都力图营造一个赏心悦目的学习环境。为了给孩子创造一个优良的学习环境，角先生每年投资一定数量的金额进行再投入，用于校舍的改造、维护、设施更新。

角先生深知人才的重要性，教师作为重要媒介，是保证教学品质的关键。为了保证教学的高品质，角先生每年安排专业师资培训课程，进行系统化、密集化的教育训练。同时，还定期召开教学研讨培训、教学会议，为教师安排观摩学习机会，不断更新师资辅导与评鉴制度，协助合作者自我检视师资培育成果，不断自我提高。每年选派优秀的种子老师全国巡回培训，是吉的堡每年必然进行的重要工作之一，角先生不惜花费巨大的人力、物力，针对各地老师进行培训和指导，正是保证优质教育口碑的重要一环。

作者（中）正在采访角本清先生（右一）

角先生很尊重国家的法律法规，特别是"教师法"、"教育法"、"民办教育促进法"，他认真学习，深刻理解。同时在董事会的领导下，他授权幼儿园园长依照法律法规和办学章程进行幼儿园的内部管理，并且积极支持幼儿园党支部、工会、共青团开展各种活动。另外，角先生依照法律法规，尽可能为老师提供各种社会保障和福利。他经常关心老师的生活，有老师结婚、生孩子或生病住院等，他总是抽时间亲自参加和探望。角先生动情地说："有人劝我去投资开发卡拉 OK 等娱乐项目，我不愿意，我就喜欢搞我的阳光事业——幼儿教育。十年树木，百年树人，幼儿教育是一个光彩的事业，它既利国利民又利己，也能提升我的思想境界和净化自己的灵魂。"

采访将要结束，甪先生对笔者说："常州是一块沃土，给我的'营养'成分较高，能使我在常州生根、开花、结果。"在此，笔者衷心祝愿甪本清先生的幼教事业像一棵参天大树，在常州根深叶茂，并结出丰硕成果。

原载 2007 年《常州台协》第 3 期，江苏省台协《辉煌廿年》一书入选作品，合作者：徐立克

心灵手巧的家装人
——记常州易木空间装饰公司工程师杨季如

2007 年 11 月 18 日，在市装饰协会举办的首届 L&D 陶瓷杯家装施工大奖赛颁奖大会上，只见有位个子不高、衣着朴素、面带笑容的中年男子上台领奖，他就是常州易木空间室内装饰公司工程师杨季如，这次他荣获的是优秀奖。

杨季如是一个地地道道的常州人，1969 年响应国家号召"上山下乡"去了苏北射阳县，当了一名江苏生产建设兵团战士，经过五年的艰苦磨砺，被连队推荐为首届工农兵大学生，录取了铁道部铁路机械技术学校，大学毕业后，被分配到铁道部戚野堰机车辆辆工厂工作。

杨季如平时的爱好很广泛，除了喜欢唱京剧、打乒乓球外，篆刻，绘画样样都学。他还有一个特别爱好，每天厂休、节假日他都要到朋友、同事家去帮忙，钉沙发架、包沙发套，一做一个通宵，还不收任何报酬。

1980 年他被厂总工会调入工人文工团，后来经常参加市文艺汇演。从而调入市文化局电影剧场公司。

1997 年，影院为了发展三产，院领导派杨季如协助建筑设计院拟定设计方案兼工地现场甲方监理，经过几个月的施工实践，使杨季如学到了不少关于装饰方面的知识。

2000 年，杨季如乘事业单位改制，办了离退手续，正式搞起家庭装修来。他被几家知名装饰公司聘请为副总、总管，设计总监。2004 年他受某公司委托去南京省党校参加了省建筑装饰行业协会举办的首届江苏省建筑装饰企业负责人培训班，在这次培训期间，他又学到了许多装饰行业的专业知识，并获得了证书。同年他还通过了市建筑装饰行业 A 类（公司负责人），B 类（项目经理）考核。2005 年他代表某公司去连云港参加省装饰装修设计施工大奖赛

领取大奖赛设计施工银奖。在与其他城市同行交流中,南京、苏州等有几家知名装饰公司有意以高薪聘请老杨,老杨且半开玩笑地说:我还是为常州的老百姓多作点贡献吧。

认识老杨的人都知道,老杨不是装饰专业毕业,而纯属是凭兴趣爱好,20多年来他不间断地利用业务时间帮助他人家庭装修,设计图纸,积累了丰富的经验。特别是对隐蔽工程、预留、预理工程以及新材料应用在设计中就考虑的非常周全。由于他文化艺术底蕴高,见识广,阅历深,所以他的设计方案都很简洁、大气、实用。他经常说:好的设计师就是会充分留有空间,有用的留着,无用的去掉。他的时尚、现代的设计方案新潮、超前,有时他比年轻人还大胆,更充满着时代气息。当然他的新古典、中式、欧式就更有韵味,特别是装饰材料的选购和应用更专业化。他一贯提倡家庭装饰一定要实用中求美观,美观中求节约,该花钱的地方就要舍得花,不该花的地方就不该花。他经常教导他的学生:一名设计师要对得起房主对你的信任,不能一味追求经济利益,要懂得一套房子有的房主可是一辈子奋斗的结果,设计师的一个方案有可能要陪伴房主一辈子,所以每一个设计方案都要认真、仔细,要和房主很好的沟通,要不厌其烦,不要给房主留有一点遗憾。由于老杨的为人好,有几位房主宁愿终止和别的装饰公司签的合同交付违约金,还要把生活交给他做。如香江华庭7幢业主也在建筑行业工作,在自家装饰前找了许多知名装饰公司帮助设计,但都没能达到理想的方案,通过他人介绍找到了杨工,杨工首先与其交谈许多并非家庭装饰方面的问题,而是全面地了解房主的爱好及家人、小孩的喜爱等各方面情况,几天后,杨工拿出了方案,该方案既显得美观大方,简洁明快,又显得经济节约、环保健康,使用户满颜欢喜。

创造来源于智慧
——记常州智慧魔方艺术设计
工作室创造总监夏兆银

早就听说夏兆银的一个创意案《公民道德论坛》永久性徽标在 2004 年获得了全国金奖,笔者怀着钦佩之心,专程来到了夏兆银的工作室采访了他。

"获得金奖确实来之不易"。夏兆银回忆说。2004 年,他在偶然的机会中得知:为纪念《公民道德建设实施纲要》颁布三周年,中共中央宣传部、中国伦理学会、中共江苏省委宣传部、中共南通市委于 2004 年 9 月中旬在江苏南通举办首届中国公民道德论坛。为此,面向全国征集论坛徽标设计方案。因为他看到通知距离征集截止时间只有 10 天,于是他白天上班,利用晚上时间进行设计,9 天过去了,还是没有成熟的创意,最后一个晚上,就在一筹莫展的时候,突然想到:《公民道德建设实施纲要》的精神是体现以人为本、天下为公的思想,提倡尊重人、关心人、提高人、全心全意为人民服务。于是将"人、心"形象地组合成"公"形徽标,后来这个作品在全国征集评选为金奖,后又被定为该论坛永久性徽标。中央电视台及几十家新闻媒体报道了此事。

出生于 1973 年的夏兆银,老家徐州,兄弟四人,排行第二。自小就喜欢看母亲农闲时候做鞋剪花样,帮别人家的喜事剪喜庆图案,背地里偷了母亲夹在书本里的图样照着剪,还剪破了手指;他父亲在县城一国营厂里主管宣传教育工作,经常画大型的宣传画,写宣传标语以及出黑板报等等,放假的时候他随父亲到厂里去,在壁画墙下、在办公室里、在黑板报前,看着父亲的工作,他就用粉笔和树枝以及砖头和石头块在地上模仿着写和画,父亲发现后就想到了一个办法:在蜡纸刻上好多方格,上面写好字后油印几十张,他就照着写。等下次回家的时候再带新的回家,同时批阅上次的习字。日复一日的继续下去。因为父亲的字好,每到除夕的前一个礼拜,他们家总是被亲戚朋友和左邻右社占满了,让父亲写对联,他帮着父亲裁红纸。这种情况一直持续到上了初中,一次地方中小学联合举办青少年才艺大赛,夏兆银一人独报了 3 种项目,并获得了书法一等奖、绘画二等奖、剪纸三等奖。也就是在这年的春节,父亲让他写对联,面对众人的赞许,他暗下决心一定要争取更好的成绩。

高中的时候夏兆银正式进入了他们镇的唯一一所省重点中学的美术班,寒假时在他哥哥准备结婚的新房里画素描和色彩,空旷的三间瓦房里就一副画架、一个简易的碳炉,屋外飘着大雪,一个人静静的练习。几天下来,手上冻满了冻疮,他的母亲把土霉素碾碎撒在化脓的伤口用碎布和棉花包住,长久以来以至于现在双手上还清晰可见好几个大的伤疤。

后来为了更好的提高自己的绘画技能,他报名参加了一个离家 30 多公里的另一个乡来自睢宁县老师举办的寒假美术辅导班(睢宁县被国家文化部命名为"儿童画之乡"),先是在一小学教室里,他和几个远路来的男生共同挤在铺满稻草的地上,这样的情况持续有 10 多天就转到乡中学了,到了中学后,没想到那的条件更差:他和另外 3 个远路来的住在学生宿舍里,一间可以住十几个人的上下铺宿舍门窗都透着刺骨的寒风,户外的水龙头早已冻住,只好吃着干硬的煎饼,用茶缸挖点雪解渴。那时候因为路远,他们几个就商量:每一个礼拜一个人回去带四个人的口粮,大家轮流。那年的冬天的风雪特别的大,一次轮到夏兆银回去,回来的时候雪突然大起来了,天空的云压的很底,眼前白茫茫一片,为了能更早的赶回去,他就顺着大河的堤坝抄近路,一路不知摔了多少跤,就在离学校还有 3 里多路的时候,突然自行车一滑,戴着 2 双手套的手早已冻僵麻木支撑不住平衡,滑到了 10 几米深河堰下的河床,掩埋在雪堆中,使了各种方法还是停留原地,看着渐渐黑暗的天空,夏兆银真正体验了什么是恐惧和无助,就在这时,附近村庄的一拣粪的老人发现了他,回去叫了劳力并拿来了绳子,他才得以上来。他说如果当时没有那个老人,他不知该怎么办? 后来因为那所中学要维修房屋,又展转搬到了兽医站的空房子里,整天闻着各种味道,听着动物阉割的惨叫,就在这种情况下学习专业技能一直持续到开学。每次放学回家睡觉前的时间,他的家人和邻居就成了他免费的模特,长久下来提高了他的专业造型能力,每次人像写生的时候,他的作品总是被模特事后要走,这种情况一直到大学毕业。

1999 年,他和大学同学李姝喜接连理,因为李姝是常州人,所以就来到了常州,通过努力,他们在各自的公司担任设计部经理,夏兆银在公司里参与了多届常州中小企业博览会和其他的展示工作。2005 年,由他主创设计制作的《活力常州》服务业大型招商画册在市政府竞标中胜出。2006 年,他在常州大学城的几所大学校园文化建设竞标中又多次胜出:主持了几所大学校园的指示系统和环境艺术设计与施工,并成功为江苏工业大学图书馆大厅设计实施了主题"翔"的浮雕以及教学主楼"大学之道"文化墙。

为了走自己的路,2006 年年初,他与妻子李姝创办了"常州市智慧魔方艺术设计工作室"。并在创立初期,经过市领导考察,获得了常州市总工会颁发的'常州市"蒲公英行动"优秀项目'。

"智慧魔方艺术设计工作室,就是追求创意思维衍变的过程与结果,全方位、多视角,释放出无穷的智慧"。夏兆银如是说。不久前一家超大型的休闲娱乐企业——武进红月亮农家水庄有限公司的老总经人介绍,来到了他的工作室,该企业成立之初就很注重企业形象,先后找了几家专业公司设计,但结果不是太满意。夏兆银接手后认真研究了企业相关的详细介绍,送去了几个提案,采用了多种设计风格,但董事们的意见还是不统一。接下来的几个日夜,草稿画了不少,但总达不到理想效果。设计的思路好象一下走到底了。就在他离最后交稿的前夜,他在幽静的二胡音乐中慢慢的静下心来,思绪仿佛回到了儿时的夏天:和伙伴一起在田野中玩耍,夜晚伴着蛙声和蛐蛐的鸣叫入睡。接着又想到了以前学的课文《荷塘月色》。脑海中突然蹦出个灵感："青蛙"——充满生机的绿色原野上，青蛙的出现无疑勾画出了农庄水乡的遐想，欢歌笑语，充满活力；就像古诗所写的那般富有诗意："蛙声千里出山泉。"在刹那间引人入胜，从青蛙可以联想到喜悦与热闹的水庄，景色宜人的休闲农家水庄景象。随之三笔就勾勒出了青蛙的形象：红色的眼睛恰似红色的月亮，可谓是画龙点睛之笔；青蛙脚下的大地用书法的一笔画出：象征企业文化，犹如广阔，充满生机的原野，意境深远；比喻企业跳跃式发展。色调上采用大面积绿色和小面积的红色搭配，起到万绿从中一点红的大自然色调之美。这个形象标识得到了该企业领导的好评。

后来常州人民广播电台向社会征集台标。夏兆银得知后又进入了苦苦思索。他仔细了解了征集内容要求，做了多种方案总是不尽心意。看着截稿日期的临近，好的创意总是没有。借助以前的成功经验，暂时让自己静下来，抛开原先想的所有思路。想着广播的特点和节目的丰富多彩，广播无处不在，就如同阳光一样时刻陪伴着我们。想到这些，何不用阳光来体现广播呢？二者都有传播的元素于其中。运用色彩斑斓七彩光来表现常州广播的多样化以及丰富多采；台标的整体造型是常州首写字母"C"结合人民广播的"人"字组成；寓意：常州人民广播，视觉上一目了然；其中：首写字母"C"代表常州，体现地域特点；太阳的七彩色则代表了常州广播的蓬勃生机；"人"字图形的"一撇"由渐变的四道线组成，是电波发射的引用，象征4家专业电台在总台的领导下齐头并进，共同发展；人字的"一捺"由书法形式表现，她包含两种意思：一：常州人民广播是人民的广播；为大众提供形式丰富多采的节目；二：广大人民是常州广播的强大后盾，是忠实的听众。提案寄出没多久就通知入选。后来电台与电视台、报纸等四家媒体组合。又分别成功的为旗下的经济台和新闻台设计了形象，并顺利的展开了延伸设计。

夏兆银的工作室成功地为多家大型企业（包括外省市甚至国外的企业）进行了形象设计，成功案例已超过百项。他们还在包装、展览、标识、环境、会议和策划等领域都获得了不少的成功。闲暇时间多次在国家、省、市级各种大赛中获得一、二等奖，近十幅作品被权威刊物收录和发表。在此，笔者衷心祝愿：智慧魔方艺术设计工作室在夏兆银的带领下，运用他的智慧在设计的领域里越走越远、越走越广。

写于 2008 年 2 月 8 日

在创新中成长

——访江苏华讯广告传播有限公司总经理蔡爱东

他,中等身材,思维敏捷,戴着一副近视眼镜,说起话来挺斯文;他,身居幽静的长青苑,距闹市区 20 里路,可他"酒香不怕巷子深",每天恳求他策划的企业老板络绎不绝;他所引领的公司,虽然成立只有 7 年,但他们围绕客户品牌价值核心,打造了诸多富有创新性的成功案例,为社会创造了显著的经济效益,荣获了一个又一个奖项,声誉卓著。

他,就是 2005 年荣膺"中国十大策划专家"称号的江苏华讯广告传播有限公司总经理蔡爱东。

蔡爱东

一、追求梦想的广告人

走过 36 个春秋的蔡爱东,毕业于苏州大学中文系。青年时代的蔡爱东喜好文学,写过小说、剧本,创作过诗歌,当过干部,做过记者,丰富的工作经历养成了他多面的性格。"我也有内向的时候",蔡爱东笑言:"文学使人感情细腻"。但绝大多数时候,蔡爱东展现在人们面前的,是风趣、健谈,还有那么一点含蓄和幽默。而广告需要的恰恰也是这种多面性,好的创意离不开深厚的生活功底和文化底蕴。蔡爱东认为,广告、营销都是洞察的艺术,没有生活基础和对于人性的把握,广告将是无源之水,无本之木。好的广告是要消费者产生共鸣,而文学也恰是共鸣的艺术,多年的文学熏陶,使蔡爱东在把握广告的传播效果上,有着独特而准确的直觉和判断。

蔡爱东坦承自己是个理想主义者,对于工作苛求完美。早年创作文案时每每五易其稿,只到不可增删一字,心底才能坦然。在创作中,他一直坚持原创,虽然限于财力和客户思维有局限,许多作品并不能让他满意,但蔡爱东相信,如果能够像 4A 公司那样请专业的下线公司制作,华讯公司的作品绝不会逊色半分。

《道德经》上有言:"上善若水,水善利万物而不争。"蔡爱东有着"平和心态静如水,真诚为人明如水,轻看名利淡如水,笑对坎坷韧如水"的境界,因此,他在广告之海上,追逐着梦想,努力实现着自己的人生价值。

7 年的华讯事业,蔡爱东做客户品牌,也做自己的品牌;做客户的企业文化,也做自己的企业文化。

二、靠实效打天下的辛勤耕者

倘然说广告人给大多数人的印象是浮躁而轻狂的话,蔡爱东应该是个例外。翻开他的历史,我们可看到的是普通人不断奋斗,并用自己的作品和业绩扫清前进路上障碍,并获得成功的奋斗史。

从 1992 年开始,他长期从事新闻传播工作,先后服务过《沿海经济信息报》、《新闻报》、《国际金融报》、广州报业集团《赢周刊》及新华社下属媒体等。2001 年就任江苏华讯广告传播公司总经理。在长期的新闻实践中,探索和总结出一系列有关市场营销、品牌维护、管理咨询、广告推广的经验做法,曾先后为法国欧莱雅、红星集团、江苏移动、中国网通、武进农村商业银行、中国建设银行、交通银行、农业银行、武进高新区、江苏电力、九州集团、同大公司、远东集团、森达集团等提供外脑服务。

与此同时,他还兼任《广告人》杂志总编及数所高校的特聘教授,著有《华讯兵法》、《创意 37 计》、《整合营销与本土传播》、《转身看策划》等。2005 年末,本着"各有所长、组合制胜、优势互补、资源共享、合作共赢"的 20 字方针,由蔡爱东发起,联合本地多家知名广告公司组建了常州主流广告联盟,这一举动开启了本土广告界先河,6 家公司在实现资源共享的同时,也赢得了市场共享的先机,起到了广告风向标的作用。这一创新发展的开放模式,得到了中国广告协会高层领导的关注和重视,《中国广告》杂志社社长张惠辛也曾来常州专门调研其成果。

蔡爱东认为,为客户提供的服务能力越强,客户的忠诚度就越高,广告公司的工作核心就在于能否为客户实实在在地创造价值。在为客户取得成功、创造价值的同时,他自己也得到了成长。

7 年前,他创办的华讯广告公司,至今资产已达数百万;7 年前,他还只是一个名不见经传的入门级广告人,如今已在国内业界有了很高的知名度,7 年来蔡爱东完成了财富的原始积累,带出了一支充满激情与战斗力的精英团队,企业完成了升级改版,业务从常州走向全国。

三、用智慧打造品牌的广告艺人

经过 10 多年新闻媒体与广告策划的爬打摸滚,蔡爱东逐渐步入了广告创意的黄金期。作为一个创意型企业家,培养公司人才,培育公司品牌是蔡爱东重要的工作日程,几年来,他从创意实践的"行"上升到创意理论的"思",用以指导公司年轻创意人。

蔡爱东常说:"创意(创新)是广告人的灵魂。思维创造创意,而不是技巧创造创意,必须依靠个性化的创意思维,才能创造出良好的创意。"

7 年来,蔡爱东经手的营销实例实在太多了,蔡爱东认为:广告作为一个独特的新兴学科,它对地方经济的推动确实不可低估。作为本土广告营销领域的领军人物,蔡爱东他在品牌与实效的两极之间找到了最佳的契合点。为此,蔡爱东提出了一个极具张力的策划理论"第三极生存模式"。

所谓"第三极生存模式":就是指在事物的两极间找到一个折中、有效解决方案的突围之道,第三极融合"宏观"与"微观",兼顾"实效"与"品牌",不冒进,不偏激,在科学的范围内将创造力发挥到最大化,实现"销售力"和"美誉度"的完美结合,因此,他的"第三极生存模式"的理论,被业内有关专家认为是符合当今中国企业现状的生存模式。

天道酬勤。近几年来,蔡爱东由此获得了许多殊荣:2004 年,他被《新营销》杂志评为"中国十大杰出营销策划人";2005 年,他被中国社科院、中国策划协会等部门评为"中国十大策划专家";2005 年华讯公司荣获"中国本土最具影响力十大策划机构"称号;2007 年该公司又顺利通过国家工商总局的评定,成为江苏地区仅有的少数几家中国广告一级企业。

华讯,走到今天,应该说是和华讯的舵手蔡爱东分不开的,应该是与华讯韵味深长的文化底蕴和不断创新分不开的。低调的蔡爱东在广告市场占得了先机,华讯的声誉也不断增强。华讯已具备了一定的策划实力,但距宏伟目标还有很长的路。开拓者必然要承受比别人更多的磨难,经历了近几年的辉煌,公众在对他报以热烈掌声的同时,更期望他在未来取得更大的成绩。

驰骋在创意领域中的一匹骏马

——记资深广告策划师、常州大运河广告
传媒有限公司总经理姚建华

从八十年代创意策划的《让世界充满爱》大型晚会;九十年代创意策划的"满意在商场、服务在心中"商贸企业十大商场竞赛;常州国际商城独具特色的营销策略;到 2000 年后创意策划的《世纪相约、让天地作证》大型婚典、常州

"思元杯"服务业迎宾小姐风采大赛……一个个精彩手笔均出自他的创意,在业界和媒体中引起强烈反响。他,就是常州大运河广告传媒有限公司总经理姚建华。

喜欢创意　缘于酷爱电影

姚建华

　　上世纪六十年代生的姚建华,中共中央党校函授大专班毕业。八十年代高考时,他最大愿望是报考北京电影学院导演系,可惜当时在学校学的是理科,一瞬间夭折了他的念想。自小酷爱电影的他脑中总萦绕经典的电影画面,浓缩在两小时内的精彩情节所折射出人生的悲欢离合,跌宕起伏的过程,总引起他的浮想联翩。懵懂间他选择了被很多同学鄙视的商业,来到了三尺柜台做起了绸布店的营业员。当时国有体制的商店用不着产品促销,偶然有一次他提示柜长将每天热销的涤纶布,花布等品种、价格写到小黑板上,然后将之挂在店外醒目处,出乎预料,黑板上宣传的商品比往日销售翻了一番,柜员们大喜。此后,小小黑板成了他练手笔的好地方。现在想来这就是八十年代初最原始的创意营销。

　　1983年起,领导培养他做起了共青团工作,成了青年们的头儿。并且抽调在常州团市委工作,在那段日子里,他有幸全过程参与了"常州市首届青少年艺术节"的筹备、实施、总结的过程,在众多充满朝气的青少年活动中体会到了风华正茂的激情,那段时间,诗歌朗诵会、集体舞比赛、书法绘画展……他从中领悟了时代的真谛,活动的规律。时任团市委副书记的邹宏国曾勉励他:用青春的时间谱写无限为人民服务的篇章。

　　1986年他在筹备《让世界充满爱》大型晚会中,曾运用了社会热点＋明星效益＋互动参与的三合模式构架,调动社会各方资源,邀请各界代表发起了爱心救助的倡议,同时他还邀请了市人民广播电台的知名主持人焦琳大姐担当"爱心大使"。在当时流行的《让世界充满爱》美好旋律中,青年们的心灵得到了升华,赋予了当时流行舞会的丰富社会内涵。这一活动成了八十年代社会力量办公益晚会的典范、引来《常州团讯》刊物和媒体的热议。他所撰写的反映青年成长的系列文章《我们有许多愿望》也获得了市征文大赛一等奖。

1988 年他离开了团工作岗位,到一家大型零售商场工作。没有了往日热闹的场面,陌生的环境和工作方式使他迷茫。随着脉搏的跳动延续,市场经济的声浪在冲击着每一个人。琐碎具体的事物并没有破灭他热情洋溢思维的本性。在当时国有体制商业占主导的情形下,商业营销的表现则偏重于政府行为的服务竞赛。九十年代初开展的商贸系统十大商场竞赛中,他作为亲身参与者发挥了最大的工作热情,将所服务的商场在活动规划、柜组管理、竞赛口号、评比细则、员工活动、公共关系等方面尽所能、想所想,一举夺得了十大商场竞赛之冠,姚建华也获得了市财贸系统"优秀联络员"的荣誉称号。

纵横营销　缘于商战谋略

1995 年,姚建华加盟了常州国际商城,在时任商城总经理于东平的率领下,他和他的同事将商城营销发挥到了新的高度和境界。

此时的龙城商业大战已到了如火如荼阶段。

的确,商战必须以独具特色的营销策略出奇制胜。他认为:当今市场竞争之激烈,酷似没有硝烟的战争,市场行情瞬息万变,如果企业不能及时捕捉市场信息,掌握一手资料,即使调整战略,恐怕只有被动挨打,最终难逃被市场淘汰的命运。应采取主动认识买方市场,研究买方市场,适应买方市场,最终引导买方市场,现代的商企经营应当是商品、卖场、服务和营销的有机结合,其中营销则是经营之魂,唯有通过经营者主观能动性的充分发挥、创造,改变客观上不利因素,才能取得销售上的成功。

让我们来回眸一下姚建华在国际商城走过的营销历程:正式营业首推了《帮助贫困母亲》爱心活动,又在"迎接国际商城开业,让常州的交通更有序"的标语下,全市十大岗亭出现了 268 名年轻的国际商城员工与交警并肩站岗,扶老携幼的场景,然后又在凛冽的寒风中进行了"缅怀常州三杰"等 9 个系列活动,在巨型飞艇的轰鸣中国际商城撩开了迷人的面纱,在机遇与挑战并存的商业竞争中,树立了企业整体形象,亲切地走向社会,开拓现代服务业的新天地,一场以情、以行、以景为内容的"经商不言商"亲情战略轰动了龙城,开张后,国际商城又一着不让地举行一系列营销活动,这一轮又一轮的营销策划活动给消费者送去的秋波,打出了国际商城品牌经营的旗号,创出了特色系列化经营新路,辅之以信誉承诺、商业文化、休闲购物、售后服务等高品味的战略策划和战术运用,成为大型商场新一轮竞争的不败者。

在竞争激烈的商战同时,姚建华时时不忘策划独具文化型的公益营销活动,"帮助贫困母亲"活动在社会上赢得了巨大声誉,被评为"弘扬常州精神第一季度十件好事"。百名顾客站柜台,密切了市民与商城的关系,也给龙城市民心间播下了金色的种子。热心的消费者、76岁的倪建中老人在他给商城的征文中说:国际商城提出的种种营销做法,符合中国传统经营思想,"义利结合观"即在讲仁义道德原则下营利致富,将此作为企业文化的内涵,这种把企业文化和人文文化结合起来的做法,对于克服目前市场经济发展过程中的弊端;抵制见利忘义,确实是有现实指导意义的。

放飞心灵　缘于怀想天空

经过大型商场营销策划磨炼的姚建华认为。当今社会必须走自己的创业、创新之路,于是,他在2000年创办了常州大运河广告传媒有限公司。在公司成立之初,他为公司组织了一个精英团队:在常州,有一群专门解决营销问题的人、一个充满活力极富创意的年轻群体,一个善于沟通、奋发进取、能征善战的学习型团队。与此同时,他还提出:讲究诚信、迸发灵感、怀有希望、忠于团队、学会竞争、善于沟通,这六条成为公司的理念和司训。

为社会服务,做有意义的事成了他的行动指南。2002年,他开始策划婚典方案,目的就是要超越传统,打造一场经典与完美的世纪婚典。说到策划的初衷,他认为古今中外,荡气回肠、经典完美的爱情故事一直为人们所传颂。超越与完美,这是时代赋予他们的挑战。把微不足道的事做得完美无瑕是他们义不容辞的责任。大家都在做的时候你一定要有更新更好的想法,好的策划加周密执行自然会有完美的结果。当年9月28日,28对新人享有了专门采集中华民族源远流长的黄河古道水,云南阿诗玛故乡的云海石这一特别礼品,还感受到了时代蓬勃朝气,近距离沐浴党和政府的温暖和关爱。让老百姓在欢歌笑语中体验到一场整体的胜利,一份心态的成功,一道精神的召唤,一种卓越的追求。这些曾引起了多家省级媒体的报道。

2003年,姚建华树起了庆典风尚的新标杆。将社会潮动的时尚和服务项目的需求融合,塑造起了"空间形象"。大型企业开业庆典、周年典礼的许多活动现场总能看到大运河广告公司员工忙碌的身影,从搭台布展、主持表演、协调联络,应能所能,这一形式成功完美的动作也成了大运河广告亮丽的风景线。现在许多单位活动的开业庆典、商业推广、会议服务等,完全委托给了"大运河"实施。

2004年,姚建华敢为业界开先河。有所为有所不为.随着数字技术的普及和媒介经营的开放,"媒介融合"、"媒介整合"已不是什么新鲜事,而大运河广告率先整合各种社会资源,由以往其他公司在大型活动中所处"配角"的地位转化为完全意义上用市场化机制武装的"主角",精心策划运作了一系列大型营销活动:"思元杯·常州服务迎宾小姐大赛"、"泰富杯·常州时尚大使大赛"、"文化型、知识型交友系列活动"……

2005 年,"相亲会"成为社会的关键词,这一传统甚至听起来有些封建的名词,近年来渐渐浮出水面,从广东到上海、从浙江到南京,"相亲"风一路吹来,标志着新时期恋爱观的变革,择偶,开始从封闭走向开明。值得一提的是,他们策划的相亲会从形式上讲,也是一个从封闭走向开明的渐变历程。从全封闭的东坡公园,到半封闭的明城墙,再到全敞开的南大街步行街,相亲会渐渐揭开它神秘的面纱,走入百姓生活,走进繁华城市,为市民搭建起新时代的鹊桥。

2006 年,在小康社会发展的历史进程中,和谐社会的煦风沐浴着每一个人,创新思维,与日俱进。姚建华开创性地率先与强势媒体《南京晨报》合办《社区》专刊,以"社区"为主题系列行动深入到社会基层;社区文化节:社区公益服务活动等,将社会的关爱和群众的需求相结合,温暖遍及千家万户。

2007 年,随着房地产的风起云涌,老百姓对家装装饰需求越来越个性化。面对行业从业人员鱼龙混杂,诚信缺失;消费者权益无法保障等状况。姚建华作为常州装饰装修行业协会家装委员会"L&D 陶瓷杯"常州首届家庭装修施工大奖赛的总策划,通过媒体、行业专家、市民对参赛施工全过程的监督,运用动态手段,全景化地展示了家装施工的各个环节。让装修阳光化、透明化,树立了行业的诚信,展现了有责任感的企业形象深受广大市民的关注和青睐。

大运河广告传媒有限公司,取意沾带着龙城古运河的灵气,流淌着中华古老奔腾不息脉络的智慧型企业,以其务实、高效、极富创意,敢为人先的整合营销,赢得许多企业的赞誉。面对激烈的广告市场竞争,姚建华勇于调整自我,把经营触角延伸到商贸品牌、文化产业,为跨向更高的目标进行战略储备。有着超前的市场洞察力,保持一贯的吃苦精神,凭借丰富的专业经验,再加上生机勃勃的团队精神,人们更相信姚建华一路踏来一路欢歌。

常州的"常客"

——与《江苏科技报》老朋友周文虎的交往

上世纪 90 年代初的某一天,我与江苏科技报社的周文虎不约而同地来到夏溪镇采访一家企业,在这家企业的办公室里坐等老总会见的间隙,我们认识了。他戴着一副近视眼镜,衣装朴素,年纪显然比我大几岁,神态显得老练成熟,但一点也没有省城干部下来时常有的居高临下的架子,十分平易近人。采访结束后,我们同回常州,在聊天中彼此有了基本的了解。因为是同行,话题很投缘,共识也很多,不知不觉中亲近了许多,分手时倒像老朋友似的,握别间有一份留恋。他说他是常州的常客,说不定过几天又会与我见面的。

周文虎

果然,不久我又见到了他,此后我们的接触就多了。

那几年,他在《江苏科技报社》记者部工作,主要任务是负责无锡、常州、镇江这三个市及其所属十个县的报道(含组稿)、发行及通联,三副担子一肩挑,分别有具体的考核指标,考核结果每月都上墙公布,工作压力很大。为了完成好这些任务,他几乎三天两头地出差,常年奔波于三市十县。他对我说过:"运动员只有在跑动中才能获得踢球的机会,当记者也是这样,只有在奔波寻觅中才能获得报道的线索。"后来我才知道,他发表在科技报上的那一篇篇作品,看似转眼间手到擒来,其实背后下了不少工夫,吃了不少辛苦。报纸发行与通联工作,也是靠他跑出来的。由于常年出差,他顾不上照料年迈的父母,顾不上过问孩子的学习,对此他一直心怀歉疚。

他在苏南,不仅与科委、科协、宣传部门打交道,不仅采访企业,还进村入户,与最基层的老百姓攀谈。他下去时,乘坐过小汽车、大客车,还乘坐过大卡车、小货车、中巴、摩托车、马自达、二人车、手扶拖拉机,甚至还有"11 号汽车"——靠双腿步行。他与农民同吃同睡过,还随乡入俗,在农民家洗过澡。

有一年冬天,他在苏南几个县跑下来,早已超过了出发前与家中、与报社预定的出差天数,腰包里的盘缠只够买火车票了,于是匆匆往回赶。但是,天公不作美,下起了鹅毛大雪,沪宁线上火车全部晚点,等他到达南京车站时,已是深夜,南京城冰封雪裹,车辆全部停开,他只好步行回家。但顶着漫天风雪跋涉在近尺深的雪地里实在艰难,哪怕再能忍饥受寒,他终究也没有那个力气赶到江北浦口家中了,只能到报社过夜。当他披着一身雪花走到报社(宁夏路)时,已是下半夜了,他在记者部靠在躺椅上过夜,把所有能御寒的东西,窗帘、锦旗、报纸合订本,都盖在身上,将就着在寒夜里熬到天明。

老周常说他们的报纸是弱势媒体,与强势媒体相比,有着许多的难处;但是,越是弱势媒体,记者越是要强。这是因为,强报弱记可以混得过去,弱报强记才能干得下去。弱报弱记,有时连新闻通稿都得不到。强报弱记参加新闻发布会,拿份新闻通稿回去,发表后让被报道单位感谢不已,弱记还自以为很了不起。弱报在发稿时效上远远不及强报,通稿即使发出来也不讨喜,所以弱报记者必须深入采访,后发制人,在深度报道上显身手。毋庸讳言,全国的科技报大都属于弱势媒体,《江苏科技报》作为弱势媒体能够生存、发展到今天,除了多种因素外,拥有一个社会活动能力强、采写功底深厚的记者群,也是一个不可否认的因素。而老周,就是这个记者群中间的一员。该报曾策划、主编江苏省第一部反映科技兴农经验和成果的获奖通讯文集《扬帆集》,老周是该书编委之一。这本书由该报全体记者分工,面向全省组稿,但最终却有近三分之一的文章是他组稿、编辑的,在第二年又编的续集中,更是有五分之三的文章是他组稿、编辑的,而由他亲自执笔撰写的就达十多篇。老周的能力与勤奋由此可窥一斑。

几年后,老周担任了该报广告部主任,总编特地从记者中挑选了他,要他充分发挥能量为报社创收作出贡献。他来常州更频繁了,很明显他的工作压力也更大了。有时他显得筋疲力尽,有时他显得烦躁不安;有时他紧锁眉头,有时他意气风发。他所有的喜怒哀乐都与他的广告策划和运作紧密相连。在联手组稿中,我亲眼看到他的社会活动能力与采访功力。他做事认真、踏实,言而有信,颇得企业老总信任,谈广告时不卑不亢,一副文质彬彬的样子,从来不低三下四求人,却往往事半功倍。在朋友们的配合下,他又策划编写了《东方大市场》一书,质量相当过硬,江苏省原副省长张怀西特地为此书作序、题写书名。据说,老周主持的广告部,连续两年突破了创收的历史记录。

谁也没想到,正当事业蒸蒸日上之时,他却突然主动辞去主任职务,只任副主任。原来,他的孩子要考高中了,却有三门功课不及格。他急坏了,连忙做补救工作。但临时抱佛脚,哪里还来得及?有一天,他面色沉郁地告诉我:他的儿子终究没能考上普通高中,只能上职业高中了,这意味着,他希望儿子上正规大学的梦想破灭了。看得出来,他很沉痛,一个劲儿地责怪自己没有把孩子放在心上,没有尽到做父亲的责任。他说,他母亲说他是"赚了钱,荒了田,又丢了钱"。我劝慰他想开些,他笑笑,只说了一句:"我的失职我承担。"然后就转移话题,谈些别的了。后来我才知道,他多年来一直在为报社积极创收,几乎年年超额完成规定指标,个人的收入虽然也增加了一些,但是没想到的是,他被一家在银行大厅设台集资的某公司骗了,多年的积蓄投入后损失了大半。

早就听说,在市场经济的大环境下南京报业相互间的竞争已达白热化,《江苏科技报》看来也未能幸免,作为弱势媒体在竞争中必然失多得少,这是可以料想得到的。这几年老周来常州的次数也大大减少了,他无奈地说:"以前我是常州的常客,常来常往;现在不一样了,只能做稀客了。"

2003年我去南京看望我上大学的孩子,到报社拜访了他,他说已经学会了使用电脑上网搜索,互联网这个"空中图书馆"使他眼界大开。他欣喜地聊起网上的种种信息,神情像孩子一般快乐,一点不像年过半百的人。他说,科技报是公益报纸,广告天地较为狭窄,现在采取与外部合作的方式维持报社的正常运转。当时该报在板仓街的办公处所,是被分割在一幢居民楼的若干楼层里的一个个办公室。这种淹没在居民家环境里的办公条件,实在让人惊讶,他们多年来就是在这样的条件下办报的,我真切地体会到老周所说的弱势媒体所处的境地是何等的无奈。后来他来电话说,报社已搬到新街口附近,是新买的办公房,环境好多了,欢迎我有机会去看看。

老周在科技报无论是做记者工作还是搞广告创收,他那种默默无闻的奉献精神始终是令我佩服的。在此,笔者衷心祝愿老周在有生之年,身体健康,常州常来走走,为报社再创辉煌!

太原劳模思故乡 情系灾区献爱心

8月1日下午,一位操着一口常州地方话的北方人,风尘仆仆地从常州火车站内走出,回到自己的家乡——武进县牛塘镇沈家弄村,将人民币一万元捐献给了沈家弄村委。他就是山西省太原市劳动模范、现任太原市南郊小店镇"龙泉之"皮鞋厂厂长高金龙。

今年52岁的高金龙,在1965年冬从牛塘镇沈家弄村婚迁到山西省太原市南郊小店镇城西村安家落户。高金龙来到城西村后,看到村民们住的是用泥土垒起的房子,吃的是馒头,生活过得穷叮当,心里总觉得不是滋味。1978年,党的十一届三中全会精神的春风吹进了城西村。具有制鞋手艺的高金龙就与当地村民联合办起了"龙泉之"皮鞋厂。经过数年的艰苦创业,"龙泉之"皮鞋厂越办越红火,每年生产和销售皮鞋50多万双。如今城西村富了,成了当地有名的"小康村"。高金龙厂长也成了当地群众心目中的"致富能人"。

"一人富不算富，只有大家富，才是真正富。"高金龙是这样说的，也是这样做的。他将自己做皮鞋的技术及经营方法，毫无保留地传授给当地的村民，村民们在高金龙的指点下，真是如鱼得水，迅速掀起了一股办皮鞋厂之风，一家、二家、三家……这个村兴办了80多家皮鞋厂。由于高金龙厂长为集体作贡献，为百姓谋福利，因而，他也受到当地老百姓的爱戴，连续8年被山西省太原市人民政府评为劳动模范。他说："这次家乡遭受了百年未遇的洪涝灾害，我尽点义务，愿家乡人民早日重建家园！"

武进电台1991年8月5日播出，原载1991年8月15日《常州日报》，1991年8月25日《武进科技报》

永 恒 的 丰 碑

——中国共产党早期革命活动家
董亦湘冤案平反昭雪始末

董亦湘同志于1896年出生在武进县潘家乡秦南村董家旦的一个农民家庭。父亲名叫文尉，母亲去世较早。兄弟三人，老大叫椿高，弟弟叫椿永。他原名椿寿，单名衡，参加革命后改名亦湘，在苏联学习时取名奥林斯基·列夫·少哈依洛维奇。他家境贫寒，从小过着半耕半读的生活，先在本地上私塾，13岁起在雪堰殷家宅的塾师殷彦洵家里读了四五年书。他求知欲强，即使在农忙时，稍有空，就要看书，常常把书带到田头，人家休息时，他就拿着书看。农闲时，他更是手不释卷。乡间一些人说他和他弟弟是茅柴窝里生出的两支笋。他每年两次赶到离家80多里路的常州买书。有一次在书店里，他看到梁启超的《饮水室全集》，翻阅之下，欣喜若狂，后又看到邹容的《革命军》，更是爱不释手。董亦湘读书认真，也热爱劳动，农忙下田，会干各种农活，是本村的莳秧能手。19岁那年，他在本地当塾师，他循循善诱，教学严谨，颇得学生的爱戴。

董亦湘秉性刚直，爱憎分明。早在少年时期就胸怀大志，立下了"大丈夫以身许国，好男儿志在四方"的誓言，并将这两句话用小刀刻在笔筒上，置于案头，作为座右铭。他当塾师时，国家内忧外患，纷至沓来。他非常关心国家的命运，常在灯下阅读报刊杂志，读至痛心处，往往潸然泪下。他常与友人纵谈天下大事，对学生讲述中外历史，歌颂那些为国为民的民族英雄，而对那些祸国殃民的千古罪人则深恶痛绝。他还写过一篇洋洋万言的论述救国救民之道的文章，抒发了强烈的爱国热情，得到了他的老师、当地著名人士殷彦询先生的赞赏。

董亦湘热爱家乡，对家乡的旱涝灾害非常忧虑。当塾师时，他曾提出兴修水利、为民造福的设想。他以家乡为中心，对南至太湖、西至滆湖、东到无锡、北到长江的方圆数百里范围内的主要河流，进行过多次调查研究，画过几十幅图纸，写出兴修水利的建议书。可是，在黑暗的旧社会，他的这番心血只能付之东流。

1918 年秋，董亦湘由殷产洵先生介绍进入上海商务印书馆当字典部助理编辑。1919 年，在"五四"运动影响下，他接受了马列主义的熏陶，并与瞿秋白、恽代英、俞秀松等早期共产党人建立了深厚的革命情谊，在 1922 年春，由沈雁冰同志介绍参加了中国共产党。入党后曾任商务印书馆 13 名党员的组长和支部书记，并先后介绍陈云、黄玉衡、郭景仁、恽雨棠、张闻天、薛兆圣、汪沛真、徐耀祖、张守仁等一批志士入党，为建设党的队伍发挥了先驱者的作用。他还是无锡支部的创建者。为了发动革命力量和提高革命理论，他先后介绍了恽雨棠、糜文浩、吴兆铭等多人去苏联莫斯科中山大学学习。1925 年，他接受党的委托，和俞秀松、周达文等赴莫斯科中山大学学习，并留校参加教务处的工作。在苏期间，曾与俞秀松、周达文等文人一起，反对以王明为首的一伙人搞宗派活动。但是，由于王明一伙对中山大学副校长米夫采取阿谀奉承的手段而取得了米夫的信任，又因为当时苏联斯大林对托洛斯基的极度镇压，王明一伙借机将董亦湘、俞秀松、周达文等人诬陷为所谓的反革命"江浙同乡会"的首领、"在苏联的托洛斯基匪徒"。1937 年夏天，董亦湘在苏联的哈巴罗夫斯克市被捕，1939 年 5 月 19 日在哈巴罗夫斯克含冤而死，终年 43 岁。

董亦湘冤死于苏联以后，由于国内正值长期的抗日和解放战争时期，因而国内以至董亦湘的家乡人民无法了解和理会这位我党早期革命活动家在苏联的存亡情况。1947 年，离散多年女儿董梅珍因思念自己的生父，和丈夫一起去苏北解放区辗转寻父，期间虽然受到解放区领导叶飞和管文蔚同志的亲切接见，终因无法获悉父亲的存亡而失望地返回了自己的家乡。全国解放后，亦湘的子女孝光和梅珍再度希望得到父亲的下落，多次发信党中央，但得不到确悉。天长日久，这位我党的早期革命活动家在家乡人民的心目中也就逐渐被遗忘了。在十年动乱的"文革"期间，左倾路线反而以"托派"罪名株连了亦湘的子女，孝光和梅珍同时受到无故迫害。

1982 年春天，在政通人和、盛世修志的时日里，武进县潘家乡成立了乡志编修领导班子，在着手编写地方志的时候，编写组人员偶然从一篇管文蔚同志在全省编修地方志会议的文稿里看到,他是恽代英、董亦湘介绍先参加国民党后参加共产党的,这份材料为解开"董亦湘谜"带来了一线希望。后在县党史办同志的指导下,潘家乡志编写组人员立即发信给南京的管文蔚同志,同时还写信给在上海徐汇区任人大常务委员会副主任的董滁尘同志(董亦湘的胞弟),要求他提供有关亦湘在国内和国外参加革命活动的情况。董滁尘收信后及时复信于潘家乡乡志办编写组人员,并提供一条重要线索,上海市《文史资料》第二辑中,刊有《怀念俞秀松烈士》的文章,其中有涉及董亦湘和俞秀松在苏联的革命活动的内容。因此,潘家乡乡志编写组人员随即又发信给上海文史资料委员会,要求他们提供有关董亦湘的材料,上海文史资料委员会得悉后,将《文史资料》第二辑材料寄给了潘家乡乡志编写人员。在获得有关董亦湘材料依据后,潘家乡乡志编写组人员继而又向在大连市海军政治学校史研究室工作的王才兴同志(潘家乡人)联系,试图在他们那里获得存有有关董亦湘情况的资料,王才兴同志关心家乡的编志工作,及时地寄给潘家乡两本大量阐述董亦湘同志在苏联工作期间的书,一本是盛岳著的《莫斯科与中山大学》,一本是王凡西著的《双山回忆录》。潘家乡乡志编写组人员将获得的这些资料及时地交给了县党史办公室,他们十分重视这些材料的发现,并组织专案人员对董亦湘同志进行立案调查。县志办公室主任张尚金和金振之等同志先后去上海博物馆、档案馆、文史馆、图书馆等单位查阅了董亦湘同志在国内期间参加革命活动的大量档案资料,并再次从亦湘的弟弟董滁尘处征集到一份1959年苏联中央检察院和远东军区军事法院为董亦湘平反昭雪的证明和通知文件。专案调查人员还冒暑踏寒地到全国各地走访了和董亦湘在国内外共事的革命老人,在38位革命老人的大量口碑资料中进一步核清了董亦湘参加革命活动和受害经过,中共武进县委向常州市委、江苏省委写了报告,经江苏省委向中共中央作了报告。1984年5月,中共中央组织部郑重地发出通知,为董亦湘平反昭雪、恢复名誉,1987年3月,被中华人民共和国民政部门批准为革命烈士。四十余年的沉冤终于在县乡编史修志的过程中得到洗刷。

全国政协常委管文蔚同志于1985年2月5日亲自来到武进县潘家乡看望董亦湘的子女。潘家乡的人民为了纪念这位我党早期革命活动家的功绩和教育后人,经上级党委和政府的批准,于1987年4月在潘家乡政府所在地的后亭山上建立一座由陈云同志亲笔题写的"董亦湘纪念碑"。六个金光闪闪的大字镶嵌在董亦湘光照千秋的纪念碑上。

武进电台1987年4月5日播出,合作者:徐荫良

人 生 如 歌

　　记者的经历是一首多彩的诗、难忘的歌！

　　流逝的岁月总会给每个人留下一些永不抹去的记忆。不经意间将它们翻弄起来，撩拨起种种并不乏味的"感觉"，酸甜苦辣自在心中。

　　作为记者，我有幸亲眼目睹和亲身经历了《龙的奇观》、《参观了人民大会堂》、《从田埂上走出来的记者》、《圆梦》……留下了许多难以忘怀的记忆。

　　我想众多的读者对记者这一行既熟悉又陌生。熟悉的是记者就是采访、写文章、做报道；而陌生的是记者背后的很多故事。于是，我将自己一些不能忘记的故事梳理成文，奉献于众。

乡村夏夜萤火虫

从童稚时代起,我就喜欢萤火虫。它点点银白的色,闪闪灵动的光,在乡村夜幕的草丛中飘忽游动……一天,我和几个小伙伴在迷茫的夜色中,像捉蜜蜂似的,窜东走西地寻捉萤火虫。亮光,飘忽地窜来窜去,很不容易捉到。一个亮点儿熄灭了,又有一个飞了过来。倏地,一只萤火虫飞到我面前的草丛中躲起来了,我小心翼翼地,一步一步地猫着腰悄悄地逼近了它。可它还未察觉,在慢慢地爬行呢,近了近了,离它还有尺把远时,我竖起身,一下扑了上去……"哈哈,逮住一只!"这时,我手心底感到痒痒的,这小东西准在狼奔豕突地寻找逃跑的突破口呢。我眯起眼,凑近拳头,从指缝中看去,绿悠悠的亮点在我眼前晃过,煞是好看。一个小时过去了,我们捉满了一小瓶,有五六十只呢。那瓶像五彩缤纷的霓虹灯,照亮我们回家的路。

如今,乡村的夏夜,尽管萤火虫还在夜空中飞舞,但是童稚时代的游戏却是不再做了。连小孩子们也不再捉萤火虫了,他们有新的乐趣。喏,你看他们围在电视机旁收看新生活的精彩节目呢。

每当我看到夏夜中飞舞的萤火虫,总要引起儿时的回忆,啊,那梦一般的童年……

原载 1985 年 7 月 28 日《常州日报》

"龙" 的 奇 观

在我童稚时候,就听到不少关于龙的传说。上学了,我又在书本上看到许多描写龙的神话。历代的文人写到龙,总赋予它神的形象,把它作为力量和吉祥的象征。古人曹操对龙的描述:"龙能吞云吐雾……升可以飞翔在宇宙之间,隐可以潜伏在波涛之间。"最著名的莫过于蒲松龄的《聊斋志异》中那篇《龙》的寓言,写得更是活灵活现了。可见,我们的祖先赋予龙多么丰富的想象力,多么伟大的创造力,只可惜,古往今来,人们谁也没见过龙究竟是个什么样子。

然而,我却在 1975 年夏末秋初的一天,在我家乡戚区潞城镇曙光村委陈排头村民小组亲眼目睹了"龙"。那天下午三点多钟,太阳刚刚被铁块般的乌云掩没不久,东边天空一大片破絮似的灰白云中,有一个像大象鼻子那样长的"漏斗云"悬挂在天空,时长,时短……它随着东南风向西北方向,渐渐向村庄

飘游而来,仿佛要把整个村庄抓起来。倏地,那东西形成一条高高的乳白色的擎天大水柱,足有二三百米长,刹那间,一个从未见过的奇景在我眼前出现了:巨大的水柱迅速旋转着,稻田和小河里的水倒吸上空,它浑身尽是晶莹的水帘,向上飞腾;水帘倒挂下来,犹如龙身的片片银磷,在阳光的照射下,闪闪烁烁,令人目眩。此时此刻,好奇而又心惊胆战的村民们看得出了神。约有刻把钟,它伸进了村后的一条小河浜里,河水顿时浪涛翻滚,哗哗直响,一条五吨多重的水泥农船被这庞然大物甩到河岸上,一只装满着一船水草罱河泥的木船被卷上数丈高,掀了个底朝天。又过了一支烟的功夫,"巨龙"头一昂,身一抖,尾巴一收缩,不着地了,在天空中翩翩起舞,它忽尔伸长、忽尔缩短、忽尔向东、忽尔向西,约摸飞了五里路远,龙头龙尾迅速地往九重霄汉插去,钻进了厚厚的云层。我和村民们看的所谓"龙",实际上就是自然界中的龙卷风。

次日,方圆十里,人们奔走相告,争说着一则自然界中活灵活现的龙卷风奇观。其实,我们从科学的角度来看,龙卷风的形成是在浓黯的积雨云里,上下温差极大,使得上下层空气交替扰动,产生旋转,形成许多小旋涡,这些小旋涡渐渐弯曲,并从云底慢慢垂了下来,这就是龙卷风。龙卷风的内部的空气急剧变化,因此,它总是弯弯曲曲,摇摆不定,有时伸长接近地面,有时又缩进云里去了。过去,许多老百姓误认为这种现象是"龙摆尾"或"龙吸水",其实,这不过是一种自然现象罢了。

1986 年 8 月 23 日《常州日报》周末版,2005 年《常州政协》第 3 期

参观人民大会堂

——一段难忘的经历

辛未年十月,秋高气爽。我托武进市广播电视局工会之福,首批赴首都北

京旅游(同去的有：吴建晓、朱林元、陆伯良)。此时此刻,作为一名新闻工作者,感到无限幸福和欣慰。

来到北京的第一天,我跟随导游就参观了人民大会堂。雄伟的人民大会堂,位于天安门广场西侧。40 余米高的巍峨躯体,多层次的建筑立面,粗大挺拔的廊柱,以及黄绿相间的琉璃瓦檐,构成一座庄严雄伟的巨厦。大会堂正门的顶楼,镶挂着巨大的国徽,闪闪发光。

我在人民大会堂前留个影

踏上台阶,迎面 12 根 25 米高的浅灰色大理石门柱,坐落在浅红色大理石基座上。中央大厅的桃红色大理石地面上,竖立着 20 根汉白玉石的巨大圆柱,大厅顶部悬挂着一排宫灯式水晶玻璃花灯,使大厅显得典雅舒适,朴素美观。

穿过中央大厅就是万人大礼堂,这是全国人民代表大会开会的地方。礼堂宽 76 米,深 60 米,体积达 9 万余立方米,穹隆顶纵横排列着 500 盏星灯,中心装饰着红宝石般的五星灯,加上周围 40 朵镏金的葵花瓣和 70 束金光线,与淡青色塑料板相辉映,形成了"水天一色"的壮丽图景。这时的我,完全被这美好的景象所深深吸引。

接着,我随着导游来到了大会堂的北翼宴会厅。这个宴会厅可容 5 000 个席位,面积有 7 000 多平方米,相当于一个标准的足球场,贴金廊柱,彩画藻井,使大厅更加富丽堂皇。大会堂的南翼是全国人民代表常务委员会办公楼,这里有接待厅、会议厅和办公室,还有宽敞的庭院。

大会堂内有以省、市、自治区命名的厅堂,各厅室的装饰布置均富有浓厚的地方色彩。在厅、室的墙壁上,镶挂着著名书画家的杰作。如《江山如此多娇》,是毛主席诗词的《沁园春·咏雪》为主题的巨幅国画;以黄山名胜迎客松为主题的铁画,古松枝干盘曲,亭亭如盖,枝干远伸,如迎嘉宾。

据记者了解,人民大会堂建筑面积达 71 800 平方米,东西宽 206.5 米,南北长 336 米,最高处为 46.5 米,体积有 159 万平方米。它是 1959 年仅用 10 个月的时间建造起来的,整个建筑既采用了我国传统的建筑风格,同时又吸引了外国建筑的精华,中部略高,两翼稍低,庄严稳重,气势雄伟。这段难忘的经历,将永远珍藏在我漫漫人生的记忆中。

原载 1993 年 10 月 10 日《武进日报》

宏 村 行

甲申年农历五月,枇杷压枝,碧桃累累。笔者与广电局的同行,一同来到中国皖南古村落——宏村。

我在宏村

上午时分,笔者一下车就被宏村南湖的景色迷住了。只见南湖古树垂荫,湖水微波粼粼,飒飒树影,掩映着一弯小石桥,远处重黛的翠峰,近处书院门楼全然跌落在湖波中。此时,我想,过去只知道黄山美,想不到黄山脚下的古村落也这么美。青山绿水白墙黑瓦,参差掩映风韵别致,真是一个美丽的地方。

　　笔者走上小石桥,沿着南湖中坝向村中走去,看见前面一幢民居门罩上写有"开朗"两字题额,觉得很妙。驱车来时七转八弯,两边都是山,来到这里,青山古楼,白云深处却有这个颇具规模的南湖,不正是豁然"开朗"吗? 笔者又在一幢民宅门罩前仔细瞧着图案,觉得这门罩图案设计颇好,嵌在白墙上,衬以砖雕,十分耀眼,古朴中透着一股灵气,意境深邃。

　　转眼间,笔者到了宏村村中月塘。据了解,月塘历史悠久,在永乐年间汪升平倾所储万余金建圳,汪思齐等献出宅周围祖田,将半月形池塘挖掘而成,这就是月塘。月塘建成后,村民相继在塘四周建造楼房,这就是现存的月沼民居群。月沼常年活水长流,塘面如镜,水园景观与层楼叠院交相辉映,蓝天、白云跌落水中。老人聊天,少妇浣沙,顽童戏耍,因此,月沼实际上就成为村中的水广场,百姓的共享空间,自发的聚会中心,风俗民间的"露天舞台"。在此,我目睹了塘中鹅舞红掌,鸭戏清波;空中微风柔动炊烟氤氲,真是一幅流动的水墨画。

　　看完了月塘,我又在宏村看到了牛肠水圳碧波飞溅时,感到宏村人工水系最妙的就是活水,流水不腐,长流不息,比苏州的园林水流速还快,还活。古代文人曾赞咏牛肠水圳"青流如带漾涟漪"、"家家门前有溪泉"。今人曾写下"青山绿水本无价,谁引碧渠到百家"的诗句。宏村整个村落千家流水,处处畅通,几百年都未发生大火灾,这绝妙的设计手法,实在令人拍手叫绝,值得有关部门好好研究一番。

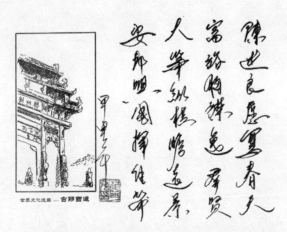

安徽黄山市黟县西递村直街的书法家华少强为作者题词

　　最后,笔者来到宏村的承志堂,仔细观察承志堂,它背倚低山,前接碧水,从外观上就有一种起伏跌宕气势。同时,整幢承志堂宅院厅堂、厨房、书房、庭院、池塘、花园,一应俱全,笔者觉得承志堂整体设计科学协调、布局均衡、聚合性强,雕饰又那么精美,纯属是一幢典型的徽派建筑,充分显示了这一带民间大幢建筑的艺术特色,彰显着浓重的文化内涵。

撰写于 2004 年 6 月 20 日

潞城　我可爱的家乡

人人都有自己的家乡,人人都爱自己的家乡,亲爱的朋友,您到过我的家乡吗? 从常州新丰街汽车站乘长途汽车蜿蜒东北半小时,便到了潞城——我可爱的家乡! 也许您会说:"哦,潞城,那里原是武进县有名的贫困乡!"

的确,九年前,潞城乡落后、贫穷! 工业几乎是一片空白,割资本主义尾巴在潞城乡到处盛行,农民仅靠微薄的稻麦收入度日。当时,邻乡的姑娘有个不成文的规定:嫁南嫁西不嫁东北! 为什么呢,也难怪,还是穷啊! 难道人家姑娘跟你一辈子一日三餐吃碗稀粥吗? 可凭良心说,那时老老少少、男男女女,并没有偷懒呀,出早工,开夜工,出满勤,出足力,一天下来还是挣包烟(当时一个工日只值一包烟)。乡亲们说,农活做得像姑娘绣花,到头来还是没钱花! 这句话包含着多少悲哀,多少辛酸啊! 拼死拼活地做,还是受穷? 真想不通啊!

十一届三中全会后,党的政策像春风似阳光,催发着家乡人民建设四化,发愤图强。山变、水变、地变、人变,家乡的历史翻开了新的一页,家乡的面貌焕发了新的容光。贫穷,已成为过去的回忆;落后,再不是今天的家乡!

今天的潞城,到处是风光如画,一片繁荣景象。就拿韩区村来说吧,这个村在九年前,楼房只有寥寥数间,如今有百分之九十五以上的农户造了新楼房,一排二排三排,二层三层的楼房,喏,你看楼顶,还挑着电视天线呢! 有人脱口会说,楼房有什么稀奇? 现在农村各地楼房多着呢。可九年前,我家乡的农民,还得不到温饱呢,而今天摆脱贫困,实现高楼大厦,家家户户看电视,听音乐的历史转折,九年啊,九年的历史赋予了人们多少创造力啊! 九年的农村改革,浓缩了几十年的历史! 家乡的人民,充满希望;家乡的工业,蒸蒸日上。九年来,潞城的工业平地崛起,从小到大、由弱到强。街东:无线电元件厂、农机厂、电热杯厂、砖瓦厂;街南:水泥制品厂、金属制品厂、建筑钢件厂、新河胶木厂;街北:潞城五金厂。每天早晨,一队队乡村工人,一辆辆"金狮"、"凤凰",意气风发,迎着朝阳,车轮滚滚把班上。一双双勤劳的手,一颗颗智慧的心,描绘着潞城的美丽画图,创造着潞城的繁荣富强!

再看看家乡的多种经营日益兴旺。春天,一家家养起白白胖胖的蚕宝;夏天,一村村挑出通红的番茄;秋天,一处处可闻到花木果熟飘香;冬天,一团团雪白雪白的兔毛涌进市场,哪一村不是猪肥牛壮,哪一处,不闻鹅吟鸡唱;那碧波荡漾的水面,鱼儿欢跃,珍珠闪光……每逢农历三月十八,是我家乡潞城的庙会,您看,络绎不绝的农民,热闹得像过节一样,小伙子结领带,大姑娘挂耳环,老年人带金戒,市场繁荣,购销两旺,新辟的水泥大街代替了昔日的狭窄弄堂。

1986 年 12 月 24 日,《常州日报》头版头条刊登了潞城等乡划归为戚墅堰区管辖,新的行政管理体制将给潞城创造了优越的环境条件,带来了无限的希望。我深信,勤劳勇敢的家乡人民,将把她装扮得更加艳丽多姿,在奔向明天、奔向未来的征程中,我的家乡将变得更加灿烂辉煌。

原载 1988 年 2 月《二月》杂志

"放牛郎"的心声

"今天的《农民日报》刊登了陈富大撰写的评论《治理不是治死,整顿不是停顿》……"听着中央人民广播电台"新闻与报纸摘要"节目,我心潮起伏,思绪纷繁,以往生活的断面一幕幕叠映出来……

20 多年前的我,还是一个骑在牛背上的少年,在边读书边放牛的生活中成长。三中全会后,农村的新气象激发我拿起笔来,走上了新闻写作之路,我成了县广播电台的通讯员,1984 年,我还被中共潞城乡党委评为优秀共产党员。离开学校多年以后,我又坐到了教室里,乡党委把我送到县里举办的通讯员培训班学习。同时,北京中国人民大学新闻系和《农民日报》联合举办的"农民新闻函授学校"的自费生名单里,也填上了我的名字。俗话说得好:水往低处流,人往高处走。1986年2月,我终于实现了自己的理想,当上了武进县人民广播电台记者。作为一名专业新闻工作者,我更积极地宣传党的政策,反映农民的心声。针对农村中一些现实问题,我采用撰写小言论的形式,加以针砭、褒扬,引起人们关注,收效明显。那篇《秸秆还田好》在《常州日报》头版登出后,农民对科学种田有了进一步了解,当年全县秸秆还田面积达57万亩,比上年增加6万余亩。几年来,我已为各级党报和广播电台撰写评论100余篇,计5万字,并多次获奖。能用自己的笔为社会、为人民、为党服务,我感到无限欣慰。

回顾自己38年的生命历程,走过的哪一步不是沐浴着党的阳光雨露?我愿做一棵挺拔的小草,为祖国大地增添一分春色。

原载1991年6月9日《常州日报》,并获"火车头杯"党的光辉照我心征文三等奖

鱼 跃 "抛 荒 河"

村后的一条小河,曾称白家浜,系丁塘港支流。相传夏禹治水时便有此河,历史上水流不息,盛产鱼虾蟹。

在我童稚的时候,村上一些老农曾堆坝筑堤养成鱼,塘面约20余亩,内河

养鱼,水清鱼肥。可是在"割资本主义尾巴"那些年,"海、陆、空"一刀砍(河里的鱼、菱,陆上的蚕桑,爬藤上空中的扁豆、丝瓜等)。村后这条河也就无人问津,成了"抛荒河",村上老少更谈不上吃新鲜鱼了。

1985年春天,村民小组开大会,组长向大家讲:"村后的一条河,啥人出来承包养鱼?超产部分,归承包者所得。"会场上一片肃静,鸦雀无声,因为,这条河通向大运河,要承包,非要在河的一端建个闸门不可,其次,这条河原属沿河3个村民小组所有……因此,大家都默不作声。这时,我冲着嗓子,大声说:"大家不承包,我来承包,其余两个组的事由我去协商。"不管有些人将怀疑的目光投来,在会上我当即拍板成交这桩养鱼之事。

次日,村上有两个"捉鱼精"上门到我家。"哦,富大,是否给我搭个股,我们一起养,好哦?""好格,只要大家把鱼养好,大伙儿吃上鱼,联户承包有啥不好!"吃完晚饭,我们一起与另外2个村民小组的干部商议,并签订了为期5年的承包合同。

几天后,我们陆续购进了铁板、角铁等材料,自己动手,建造了一座水闸,还搭了个看鱼舍房。第一年投放鱼苗达1万余尾。

去年冬天收获季节,我和几个联户承包养鱼的村民,请了丁堰镇上的捕捞专业户,将捉到的首批成鱼,如数交到了3个村民小组。村上的男女老少们,都拎着篮子,有的还哼着歌曲,来到分鱼场地上。这时,大伙儿七嘴八舌,议论谈笑。一位老农看到在篮子里活蹦乱跳的鱼儿,连声称道:"党的政策如春雨,'抛荒河'里鱼有余!"

原载1987年10月20日《常州日报》,并获"我和这九年"征文二等奖

"小喇叭"魅力无穷

我是农民，偏爱农村有线广播(俗称小喇叭)，喜欢火热的农村生活，连呼吸的空气也都充满着泥土的芬芳。

有一年，我家种的水稻，由于我照着小喇叭里讲的方法除草、施肥、治虫，秋收亩产达600公斤，村民问："富大，你水稻产量为啥这么好？"我回答说："那还不是我听广播、用广播，科学种田的结果嘛。"广播不仅提高了我责任田里的粮食产量，而且还提高了撰写新闻作品的产量。三中全会后，农村的新气象激发我拿起笔来，走上了新闻写作之路，成了武进县广播电台的一名记者。作为一名专业新闻工作者，我更爱听广播了，一日三餐，广播声音总是伴随着我，使我从中获得了许多精神食粮，宏观意识亦不断增强。尤其是我喜欢用手中的笔撰写一些"豆腐干"式的小言论，加以针砭、褒扬。那篇《治理不是治死，整顿不是停顿》的评论，在武进、常州电台广播后，还刊于1988年12月28日《农民日报》头版头条，当天的中央人民广播电台新闻和报纸摘要节目亦简要播送了这篇评论文章，当年，这篇文章还被常州市广播电视局评为言论好稿一等奖。数年来(除新闻、通讯稿件外)，我已为各级党报和广播电台撰写新闻评论百余篇，计五万余字。1990年第1期《视听界》杂志上，还发表了我如何撰写的评论体会文章，题目是《农村小言论之魂》。这真是：广播引导我，笔耕为人民，再耕责任田，连年双丰收。

原载1992年4月27日《常州广播电视报》

难忘五年"社会大学"

在农村土生土长的我，1972年高中毕业后，本想考大学。可是，在那个极"左"年代，没有考大学的规矩，只能是基层选送，而且必须在农村锻炼2年后方可选送。记得在1974年10月上旬，公社党委书记陈祖良对我说："富大，你还是到工作队去锻炼一下吧，上大学名额有限。"就这样，我受潞城公社党委的派遣，参加了武进县委组织的农业学大寨工作队，从1974年10月至1978年10月，分别进驻潞城公社钱家大队、剑湖公社勤建大队、厚余公社金鸡大队、新桥公社光明大队。我到了武进广播电视局工作后，在1992年又受广电局的派遣，又到社教工作队一年（在县社教办负责宣传）。5年的工作队生涯，使我终生受益匪浅，深深体会到：实践出真知，工作长才干。

勤奋学习，充实人生。我在工作队一直是担任材料员工作，这项工作既是一项认真细致、规范严肃的工作，又是一项光荣而艰巨的任务，而我由于只有高中毕业文化，自感知识匮乏，生怕做不好这项工作，因此，一度思想顾虑重重，后经过工作队领导的指教和多次组织材料员培训上课，从而增强了我干好这项工作的信心。与此同时，自己不断加强文化修养，一有空闲时间就往书店跑，每逢节假日就泡在书店里，看到自己喜爱的书籍，就爱不释手，并不顾当时经济拮据，总要买一大包书带回。从此，书店成了我最爱去的地方，书籍成了我的精神食粮，从而也养成了我像海绵吸水一样，如饥似渴地学习的良好习惯，提高了我的文化素质。

1978年10月，与我的入党介绍人马杏林（前排右一）、王振国（前排左一）以及好友陈龙喜（后排右一）合影

劳动汗水，启迪人生。当时在工作队有个要求，工作队员要与社员实行"三同"，即"同吃、同住、同劳动。"我作为一名农村青年，虽然一些农活也干过，但是正儿八经地做起来还是笨手笨脚的，或有些怕苦怕累的。记得有一年，当时正值初春三月，春寒料峭，气温只有10℃多度，我与社员一起搞灰塘（积造有机肥），而这项农活必须赤脚，卷起裤脚管下塘泡在水里，手拿钉耙将草一层层地搅拌在泥塘里。刚下塘时，冰冷的水有点刺骨，冷得我浑身发抖。当我产生退缩念头时，却看到了社员们都干得满头大汗，欢声笑语，这时自己就咬紧牙关，坚持与社员一同劳动，直至完成该任务。农村工作和体力劳动，虽然很苦很累，但我深深体会到：劳动能培养人的艰苦奋斗精神，能保持劳动人民的本色，能与群众保持鱼水关系；劳动能使自己树立正确的人生观、价值观和世界观。后来我在工作队也就经常与社员一起劳动，如莳秧、割稻、种麦、割麦等。我想，我作为一名青年人，"苦"是相对的，肉体上的痛苦，会变成精神上的"甜"。与此同时，我在工作队期间，也亲眼目睹一些村"官"、乡"官"逐渐演变成为贪"官"，他们的腐败最初也是从好逸

恶劳、不劳而获开始的,最终跌入了犯罪的泥潭,他们的沉痛教训就是我们后人的前车之鉴。

不怕挫折,笑对人生。大罗马哲学家小塞涅卡有句格言:"如果一个人不知道他要驶向哪个码头,那么,任何风都不会有顺风"。我想,在生活的海洋里,一个人如果没有目标,就像船没有航向一样,就会随波逐流。我参加工作队的第一年,就紧紧靠拢了党组织,迫切要求早日加入党组织。在那个"极左"年代,入党可不是件容易的事,不仅要看个人表现,而且还要看家庭历史和社会关系。我曾多次打入党申请报告,可是每次都因我父亲的所谓历史问题而被卡住。这时的我,虽有苦恼,但还是笑对人生,决不泄气和埋怨谁。因为我相信党组织会对我父亲的历史问题调查清楚,相信自己是经得起考验的。后来,由于我工作成绩斐然,终于在 1978 年 10 月 28 日光荣地加入了中共党组织,从而圆了我多年要求入党的梦。

作者在嘉兴南湖中共一大会址

社会是个大磨盘,生活是个大熔炉,每个人在社会生活中都要经受着各种各样的研磨和锻炼。而我将参加工作队比作上"社会大学",在这"社会大学"里,我学到了许多对人生有益的知识和做人的道理,这些宝贵知识和经验的积累为我后来走上新闻工作的道路奠定了良好的基础,因此,我要感谢这五年"社会大学"对我的培养和教育。

原载 2004 年 10 月 22 日《常州日报》

圆　梦

"富大,你50多岁的人了,还去党校学习嗲佬?算了。"一位朋友快言快语地对我说。而我也爽快地脱口而说:"圆个大学梦吧"。2004 年 8 月,我经常州市委研究室的一位热心的同志极力推荐去常州市委党校报了名,通过认真复习和严格考试,我被中共常州市委党校录取为 2005 级经济管理大专班,使我实现了梦寐以求的夙愿。

作者在中共常州市委党校

提起那个极"左"年代,想要念点书,可比登天还难。我是"文革"后的 70 届初中毕业生(以前几届毕业生都要上山下乡,而这一届开始就不要上山下乡了),我们那一届初中毕业生,有喜有忧,喜的是 90% 的毕业生被分配到工商企事业单位工作,9% 的毕业生留下了读高中,1% 的毕业生回家务农"绣地球",而我是属于 1% 的毕业生,在 60 个初中毕业生分配大红榜上明明写着:陈富大,务农。当时的我看了红榜上写的自己是"务农",欲哭无泪,心急如焚。心想:为什么偏偏就让我一个人务农?连个读高中的机会都没有?据校方领导说:"我父亲有所谓的历史问题,不能读书。"当时我很气愤,我父亲所谓的历史问题与我读书有何关系?可是,在那个年代,校方领导受极"左"思潮影响,偏偏就这么做了,使我在人生的起航初期,心灵上就蒙受一次无故的委屈。后来,我再三找校方领导表示要求读书,并打了三级证明,证明我父亲所谓的历史问题是无辜的。与此同时,正好我的一位初中同学胡文德,他的分配是读高中。后来,因为他跟父亲去云南工作,也就放弃了读高中的名额,这样,我正好有填空读书的机会,校方也就顺水推舟同意了我进入常州市第四中学读高中(后我因近就学,又转入常州市第七中学读书)。

我读高中是"文革"后的二年制首届高中生,二年时间一晃,转眼间就高中毕业了(1973 年 2 月)。在那个极"左"年代,自己要想考大学是不可能的,只能是层层推荐的工农兵大学生,而且高中毕业后必须在基层实践锻炼二年后才能有资格推荐,因此,我想也白想,只能在家务农。

1974 年 10 月 12 日,我作为一名农村优秀青年,被中共潞城乡党委派遣,参加了中共武进县委组织的农业学大寨工作队。在工作队这个"社会大学"里,我一呆就是五年(我来到武进广电局后,又被广电局派遣,在 1992 年又参加了武进县委组织的社教工作队,在县委社教办公室负责宣传),并且在这五年"社会大学"里,我学到了不少为人做人、处事做事的知识和能力,从而丰富了我的人生阅历。

前排左二为作者

古黟楹联中有一句颇好:"几百年人家无非积善,第一等好事只是读书。"我在市委党校经济管理大专班学习期间,我像海绵吸水一样,如饥如渴地学习各种知识。尤其是当我学到《邓小平理论》、《社会学》、《干部应用写作》、《经济管理原理》、《中国经济管理思想史》、《企业概况》、《农业经济管理》、《市场营销学》等课程时,党校老师结合理论联系实际的方法,把抽象的理论用形象生动的、有声有色的语言表达出来,使我增加了浓厚的学习兴趣,起到了茅塞顿开的学习效果。譬如范立访老师,他在讲课时,注重学员的素质教育,他联系自己多年的教学实践经验,启发学员不仅要学习文化知识,更要学习做人,即思想品德教育。他说:"我一辈子教过很多学生,其中有好的,也有坏的,但是,我们无论是做平民百姓,还是当官,始终要记住:一定要做一个诚实的人,做一个忠于党和人民的人。"范老师的谆谆教诲,使我从思想上充分认识到做人的重要性,从而提高了我的政治素养。在党校学习期间,大家叫我"陈班长",你一声"班长",他一声"班长",自己的心仿佛又回到了青少年的读书时代,浓浓同学情,悠悠学子心,真使我其乐无穷啊! 在 2005 年 3 月党校举行的一次学生代表座谈会上,党校副校长沈建钢点名我第一个发言,我开门见山、直言不讳地说:"我来党校读书不图啥,首先是圆个大学梦;其次是想多学点知识,充实一下自己;再次是多结识一些新人(学生和老师);又次是给我上大学本科的儿子树立一个好学上进的榜样。"

走过了风雨,目睹了彩虹。如今,值得自己庆贺与欣慰的是,自己想做的事终于做成了,圆了自己多年的大学梦!

撰写于 2007 年 11 月 8 日

同 学 情 深

"谢谢你们,谢谢你们,你们在百忙之中抽空探望我,真不好意思,我有你们这帮同学感到高兴和自豪!"这是不久前一位身患疾病的同学紧紧地握着我们的手,发自内心的肺腑之言。

我们常州市第十四中学 1970 届的初中同学,大多数来自农村,即:丁堰镇和潞城镇,一小部分来自这两个镇上的居民户。在我们这些同学身上最大优点就是"纯朴、善良、厚道、勤奋、创业",如今有的同学为社会和自己的家庭创造了一定的财富,有的同学在政治生涯中获得了一定的政治地位(例如:原江苏省民政厅厅长顾汉萍),有的同学在事业上有一定的建树。

2002 年 10 月,一些同学提出有必要聚会一次,时间确定在 2002 年 11 月 23 日,地点在常州园外园。我很赞同,并和章学元、张伟民同学积极做好联络筹备工作。在联系中,我与倪国元老师谈到同学聚会之事,他说:"同学聚会不要一聚而散,一散了之,而要在聚会中倡导一种'三互'氛围,即:互相提供信息、互相提供服务、互相提供援助,这样才能真正体现同学之情。"当时,我听倪老师这么一指点,使我茅塞顿开。的确,作为我们初中的同学,虽然大家同窗只有2年,但这也是一种缘分,正因为有这种"缘",所以大家就应该珍惜它,利用它。在同学聚会之际,倡导"三互",在当时看来,可能见效甚微,说不定若干年后,这种"三互"能在某些人身上得到体现,得到实惠。于是,我将这一建议转告其他同学。在11月23日的同学聚会那天,张伟民将这一倡议在会上一宣布,同学们纷纷响应,并立即付之于行动慷慨解囊,你100元,他300元、500元、1 000元、2 000元,这次捐款共捐到现金2万多元,除去这次聚会活动费用,还剩1万余元。后来,经过同学们商量,决定成立同学慈善基金会,我担任基金会的现金保管员,张伟民担任基金会的记账员。今后凡是同学中有何特殊困难以及身患重病,基金会人员代表全体同学去探望这些有困难的同学,或身患重病的同学,费用在基金中开支。

天有不测风云,人有旦夕祸福。

同学戴汝德,他原是常州天马集团(建材二五三厂)劳资科科长,他这人对工作认真负责,对同志平易近人,思想品德高尚,真是"人如其名,名符其实"。可是,老天偏偏对他不公平,在数年前,他患了膀胱癌,经过开刀治疗,病情终于有所好转,但是,昂贵的医疗费及营养费压得他这个家庭负担重重。同学们看在眼里,急在心里。于是,同学们利用节假日买些水果等物品到他家里看望他、安慰他。一次同学们议论说:"送给他3 000元钱让他自己去买些冬虫夏草,补补身体。"可是,他将3 000元钱退了回来,始终不肯收,并且他还写了一封信给全体同学,现我将这封信全文转摘。

一九七〇届全体同学:

首先感谢大家对我的关心和鼓励,此时此刻我真正感受到同学之情谊的内涵,并在我身上进一步得到了升华。

通过几次的同学相聚,大家都还是那么尊重我,实际上越是这样,我内心越是觉得对不起大家,这迟来的"春天阳光"为什么没有早一点引起我们注意,我想这也许是我们都即将跨入中老年行列而迫切渴望春天阳光的温暖缘故吧!现在我们既然捕捉到了,那么就好好把住机遇,让它逐步完善、稳定发展,使我们每一个同学在这春天阳光的沐浴下,得到一份暖意。

对于大家对我的一份心意,我深表谢意,但我坚决不能花这笔钱,即使不久我"摆平"后也不能花,现提出个人意见如下:

1. 这笔钱如还没有处理（入账），那么就退回；

2. 这笔钱如已处理（入账），那么就把它返捐给基金会，我随时都有可能离开这美好的世界，但我会尽量争取延长时间，和大家一起共享那美好的时光。

现在我说的每句话都发自内心的真心话，因此，希望大家能满足我这小小的要求，拜托！

最后，借此机会预祝大家年年身体健康、工作顺利、合家欢乐！

戴汝德

2003 年元月 21 日

看了这封热情洋溢的信，真是感慨万千。2007 年初夏，戴汝德同学与世长辞了，我们班上的部分同学在与他遗体告别的那天下午，大家热泪盈眶，万分悲痛。

同学何建良，原在常州天马集团（建材二五三厂）担任中层干部，他对工作有一种"虎"劲，敢于开拓创新，为人谦虚、厚道。可是，2004 年，他患了肝癌，经过一年精心的治疗，最终还是未挽救其生命。在 2005 年 10 月中旬，他也与世长辞了。在他患病期间，我们一班同学曾多次到他家里或医院里去探望他、安慰他。他的哥哥说："你们初中同学，毕业了 30 多年，还这么亲热，真是从来未见过。"

2002 年金秋，作者与常州市第十四中学 70 届师生在常州园外园合影（前排左一为作者）

同学唐忠良,在前几年出了车祸,突然撒手人寰。我们一班同学知道后悲痛万分并带了慰问金,送了花圈,对他的家属表示深切的慰问。他村上的村民说:"想不到忠良生前还有这么一些好同学",大家表示羡慕不已。

还有其他同学生病,我们同学都一一去探望和慰问,一位同学深有感触地说:"同学之间的这种情谊,真是用金钱买不来的。"

浓浓同学情,悠悠赤子心。我想,这种浓浓的同学情结,不就是眼下党中央在全国倡导的"构建和谐社会"的具体体现吗?不就是我们中华民族倡导的传统美德吗?不就是我们自身需要的"我为人人,人人为我"春天般的温暖吗?因此,我愿这种同学情在构建和谐社会中不断延续……

撰写于 2007 年 6 月 28 日

养　猪

我父亲一辈子挺喜欢养猪,是地方上远近闻名的养猪能手。这话一点不假,因为,他在上世纪六十年代就在本乡"八一"饲养场养过多年猪,后来在"文革"时期又在本生产队的饲养场养过猪,而且养猪的数量和规模不小。与此同时,为了维持全家生计,他在自己家里一年四季养猪,常年养一头母猪、两头肉猪,最多是养两头母猪、五头肉猪。因此,我称他为养猪能手,一点也不过分吧!

我从小就在父亲身边耳濡目染,也学会了养猪。1981 年 4 月(农历三月二十一日),我父亲突然去世,家里的养母猪的任务就落在我的肩上。可是,这一年农民养猪普遍不景气,饲料价格上涨,猪肉价格下滑,一些养猪专业户,因养猪亏本,纷纷将自己的母猪宰得宰,卖的卖,养猪在当时成了农民的负担。这时的我,思想上左右为难,究竟养不养母猪?最后,"养"的思想还是占了上风。原因有三:其一,我父亲遗留下了一头母猪给我,也算是一笔生产资料,我不能枉费父亲的一片心机,应继承父亲的养猪事业,把猪养好。其二,如果农民兄弟都不养猪,大家吃什么?总不能老是青菜萝卜搭饭吧?其三,海水有潮涨潮落现象,养猪市场也有时起时伏的时候,这是很正常的现象,只要正确把握机遇,养猪肯定会赚钱、致富。基于这种认识,于是我就学着父亲养猪的方法,慢慢地养起猪来了。为了节省养猪成本,平时我给母猪吃些粗饲料,如将稻草粉碎后,搭配些青草或青菜给母猪吃,而且是生吃。待母猪怀孕后,我将粗饲料搭配一些精饲料(如大麦、豆饼等)喂猪,这样给母猪增加了营养,使母猪养得正常健康。这一年的冬天,一窝小猪顺利产出了,一共是 11 只,其中 3 只是公的,8 只是雌的,为此,我想方设法,精心饲养。首先,我讲究科学养猪,无论母猪还是小猪,都是生食喂猪,改变传统的熟食喂猪。因为猪饲料经过高温烧熟后。营养会被破坏,而生食喂猪,营养不被破坏,而且新鲜,猪吃后,既长膘,又长肥。其次,我养猪核算成本,尽量节约费用。如我在自留地上种了一分多地的甜菜,而甜菜喂猪是理想的饲料,它含糖、蛋白质微量元素,营养成分较高。另外,甜菜是剥叶子吃的,一层叶子剥掉,没过几天,又长起来了,真是"层出不穷"。因此,种甜菜养猪,既节约成本,又能促进猪的生长。

经过 50 多天的饲养,小猪要阉割了,我将八头小雌猪繁殖成八头母猪(没有阉割)。为何在生猪市场不景气的形势下,我还继续繁殖母猪呢? 这里有我的思路:因为在 1981 年大家都把母猪宰的宰、卖的卖,市场上的母猪极少了,母猪一少,苗猪自然就少,到了 1982 年春节前后,猪肉突然涨价,一些养猪专业户又想养猪重操旧业了。可是,当他们想养猪时,却苗猪少得可怜,猪源匮乏。因此,地方上的一些养猪能手纷纷向我预订母猪,8 头母猪一下子预订了5 头,还有 3 头,我拿到戚墅堰苗猪市场卖掉了,而且价格比一般的苗猪要贵一倍(当时苗猪价格是每一百斤 70～80 元)。经过近三个月的饲养,8 头母猪共卖到一千多元,这一千多元钱是什么概念? 一千多元钱在当时农村可以建成一间两层半的楼房。这时的我,虽然奔东赶西,忙前忙后,但我的心里确是乐滋滋的。这真是:父亲靠养猪维持全家生计,儿子靠养猪奔向小康生活。

养猪事虽小,但作为我个人来说,堪称是人生的一堂免费的市场经济原理课和一大乐事。时至今日,回首往事,仍然记忆犹新。尤其是联想起当今社会又重蹈覆辙重复过去的养猪一哄而上、一哄而下的失控状态,导致猪肉价格猛涨,老百姓吃不起猪肉,更激起我撰写此文的热情。

从田埂上走来的记者

—— 谈我的记者生涯

走过 55 个春秋的我,在新闻写作的道路上取得了点微小的成果,我想,这些成果的取得,主要是承蒙武进广电局领导的培育所至。因此,我的成就和荣誉主要归功于武进广电局。

一、耕罢责任田，笔耕为人民

我跟朋友聊天时常说："我是从田埂上走出来的记者。"的确，在农村土生土长的我，什么农活都干过：放牛、养猪、养鱼、罱河泥、摇船、开河、莳秧、割稻、种麦、割麦等等，别看我个子瘦小，可是干农活是"高手"，为何？因为我家种的责任田讲究科学种田，产粮总比村上的农户高，每年他们在秋后总要到我家来换良种（水稻）。自从上世纪八十年代初，开始分责任田，我家一直种责任田 5 亩多，每年上交公粮 3 000 多斤。到了 2005 年，由于我村的田地被常州万都义乌小商品城征用，因此，我也就跳出"农门"，不需种田了。但是至今我对种田还是深有感情的，毕竟根在农村。

白天，我在责任田地干活，晚上，我在灯下写稿。为电台、报社撰写稿件是我人生的一大乐趣，因此，我也成了电台、报社的一名通讯员。1985 年，为了给自己"充电"，我自费参加了中国人民大学新闻系与《农民日报》联合举办的新闻函授学校学习，通过 2 年的刻苦学习，我初步掌握了新闻、通讯、评论的写作方法，并获得了结业证书。俗话说，"机遇总是垂青有准备头脑的人"。1985 年 12 月 26 日，我被武进广播电台招聘为编辑记者。在今天看来，这一步是我人生中从一个农村青年逐渐成为一名新闻工作者的质的飞跃。并且，验证了"知识改变命运"这句话的至理名言。

二、为人作"嫁衣"，苦中亦有乐

我来到电台后，领导安排我当编辑工作，每周编三档节目：《听众来信》（10 分钟）、《科技知识》（10 分钟）、《政策与信息》（5 分钟）。当编辑可不是件容易的事，这对我刚从田埂走上来的通讯员来说，真是一场人生的挑战，因为，我对此工作一窍不通。为此，我虚心向老编辑学习，同时，到书店购买一些有关编辑的书籍，进行自学，这样，我边干边学，终于得心应手了。后来，领导又安排我编《武进新闻》节目（10 分钟），编新闻节目与编专题类节目大不一样，它的要求更高，责任更大：首先，要有丰富的知识，它的知识面不仅要广博，而且要专一，既是"杂家"，又是"专家"；其次，要有审美观念，因为要代替社会、听众选择精神食粮（稿件）；再次，要有文字功底，因为要对稿件进行加工，所以，又应该是"作家"；第四，要具备组稿活动的能力，故应该成为"社会活动家"；第五，要有较高的政治思想和政策水平，因为要对社会生活作出评价，所以又应该成为"评论家"。与此同时，编辑还要有职业道德和良好的编辑工作作风。总的一句话，要做好新闻编辑，最起码的一条，就是要热爱编辑工作，没有这个基础，学识再渊博，水平再高深，也是当不好的。从 1986 年至 1990 年的 5 年编辑工作,我始终按照以上几点要求去认真做的,尤其是我在编《武进新闻》节目期间,我针对县委县政府的中心工作,及时地配发新闻评论,进行针贬褒扬、舆论引导。据在 1989 年 5 月至 12 月,我编《武进新闻》节目,共配发各类广播评论 97 篇,平均每周 3 篇,并且由本人撰写的评论有 20 余篇,有效地配合了党和政府的中心工作,有力地促进了全县的经济建设和社会进步。1989 年,我编的消息:吴仁福为村民发售粮奖(作者管晓东);1990 年,我编的新闻:武进县近百万亩水稻实现县乡两级供种(作者:徐福鑫);1991 年,我编的评论:为大篷车文化喝彩(作者潘剑武)均获得常州市广电系统优秀节目一等奖。常言道:实践出真知,艰难长才干。1990 年,我根据自己编新闻节目的实践体会,撰写了业务论文《浅谈广播评论的写作技巧及其在新闻节目中的应用》,获得了县广电局业务论文研讨三等奖,并在 1993 年 2 月被江苏省广播电台《编播园地》刊载;论文《农村小言论之魂》获得县广电局业务论文研讨二等奖,并在 1990 年 1 月,被江苏省广播电视厅《视听界》刊载。

三、机动记者活,七个体会深

1991 年至 1994 年,我因工作需要,由电台新闻编辑调为电台机动记者(其中,每星期日的《武进新闻》节目仍由我担任编辑),在此期间,我深入武进农村基层和群众,采写了一批新闻和通讯及评论稿件。

当机动记者的特点是"活",随时受编辑部的调遣,一个任务下来,说走就走,说到哪里就到哪里。这种工作灵活性的优点是接触面广,视野开阔,采访的主题比较重大,有一定深度。其短处是不像驻区记者(原武进县有八个区、60 个乡镇,每区有一名驻区记者以及通讯员),人熟,地方熟,情况熟,采访起来,仓促上阵,有很多困难。记得在 1993 年 10 月下旬,我从一次县农业会议中了解到一条新闻线索,即魏村乡新华村建立农业化、社会专业化经营机制成效卓著。第二天,我就赴该村采访,可是,该村干部出差的出差,忙事情的忙事情,连接待我的功夫都没有,我在那里呆了半天后,一点资料都未采访到,真是深入宝山而来,两手空空而归。过了两天,我总结了经验教训,重返新华村,采访了该村的支部书记和会计,回来了后立即写了篇新闻:《新华村率先实行"一田制"》。这篇新闻不仅在本台播出,还在常州电台播出,被《武进日报》、《常州日报》、《新华日报》、《解放日报》、《人民日报》刊载,并获得了 1993 年度常州市广电局优秀广播节目一等奖。

如何当好机动记者,我有以下七点体会:

一、要有根基。所谓根基就是要有群众基础。当机动记者最忌钦差大臣,以大记者自居。群众是真正的英雄,脱离群众,脱离实际,孤家寡人,本领最大,也一事无成。当机动记者,不能老坐在办公室,要多下基层,多深入实际。实际生活是丰富多彩的,是不断变化着的,凭老经验,老办法,接受不了新生事物,日长天久,也就跟不上形势,就要掉队落伍。当机动记者,要和驻区记者及通讯员密切配合,野战军和地方军配合得好,就如虎添翼。

二、头脑要勤。当机动记者,脚勤、手勤固然重要,因为要面向基层、面向实际,一处跑了又跑了另一处,找这个人谈了又找那个人谈。但是,当好一个机动记者决非是蜻蜓点水,到处乱跑,而是要多动脑子的。勤奋就是要勤于思考。善于把不同的事物联系起来思考,善于把事物在不同阶段的表现联系起来思考,善于把生产者、经营者、销售者、消费者和管理者的情况、感受和愿望联系起来思考。正是在这种联系中,事物就活起来了,矛盾、症结就突显出来了,新的视角、新的主题、新的概念就冒出来了。人们常说,新闻是活的历史。事实上,只有不断创新的新闻,与历史同行的新闻,才真正是活的历史。我写的《新华村率先实行"一田制"》、《武进农村产权制度改革已见成效》、《剑湖乡党委围绕经济抓党建,抓好党建促经济》等新闻,我觉得自己是绞尽脑汁的,因此,是一段活的历史。

三、要积累资料。机动记者不像驻区记者和通讯员那样对某一个地区或某一专业的情况十分熟悉,这就需要机动记者平素花更大的功夫积累资料,否则,临阵擦枪,仓促上阵,很容易吃败仗。积累资料既有活资料也有死资料,所谓活资料,就是当前的新情况和新问题。所谓死资料,就是某乡某村历史上的情况和问题,或者是群众的顺口溜、谚语等。从某种意义上来说,前一种资料比后一种资料尤为重要。记者不是历史学家,积累资料的目的是为了进行采访,不是钻到古纸堆里去。不研究新情况新问题,就失去了新闻姓"新"的含义和作用。机动记者应当知识渊博,站得高,看得远,写出来的文章才有一定的深度和力度。而知识是靠平素积累而来的,不是天上掉下来的。

四、从会议中抓"活鱼"。现在一些部门召开会议特多,一开会,就邀请记者参加。以前,我参加这类会议感到十分头痛。不参加吧,盛情难却,参加吧,说实在的,浮在会议上,很难写出有分量的报道,时间也赔不起。后来,我对参加会议也感兴趣,发现参加某种会议也能抓到"鱼",有时甚至还是"活鱼"。新华村率先实行"一田制"一文就是我从会议中抓到的一条"活鱼"(以上所述)。还有像"莫让地方保护主义'炸'瞎了眼"。这篇评论是从县工商局召开的一次会议中发现的。一位工商局的领导在会上说:"我县崔桥乡的一位小学生在吃营养品时,被假冒伪劣产品炸伤了眼睛"。第二天,我就到崔桥乡去采访,回来后就写了篇广播评论。后来这篇评论被《常州日报》、《新华日报》等刊载,并被常州市广电局评为 1992 年度优秀广播言论一等奖。

五、从实际出发,不眼高手低。当机动记者都希望能写出有分量、有影响的文章,这当然是对的。但要从实际出发,能抓大的就抓大的,抓不到大的,小的也要抓。大和小是对立的统一,质量和数量也是相对的,辩证的。只能抓大的,忽视小的,只重视质量,而无数量,就会导致大的抓不住,小的又不抓的不良局面。一滴水能见太阳,以小见大就是这个道理。因此,当机动记者就要学会既能写一些短小精悍的消息,又要学会写一些生动活泼的通讯,以及写一些逻辑性强、指导性强的评论。

六、自配评论好处多。当过编辑,再当记者,多了一种功能,形象思维能掌握,逻辑严密的评论也擅长。既能写消息、通讯,又能写评论、杂谈,报道的形式多样化。消息配评论,作用大不一样,一条消息配上评论,增加了分量,本来不大显眼的新闻,一下子能轰动全县或全市,这是为什么? 是评论起了作用。消息配评论好处甚多,它能画龙点睛,把消息提高到应有的高度,引起人们广泛关注;它能离开所报道的事件的本身,放到更广阔的领域中去,更深刻地加以论述,针贬褒扬;它可以增加理论色彩,增强稿件的战斗性、思想性和趣味性。在当机动记者期间,写了消息后,我都尽力配发评论。如:《改革耕作方式、挖掘增产潜力》、《增加投入,大兴水利》、《要与"洋人"打交道》、《为"亚运"添光彩》、《繁荣广播电视、促进文明建设》等等,这些评论都是我在写消息后再配的,因此,起到了舆论正确引导作用。

七、要有吃苦精神,即不畏艰险的采访作风。有人说:"记者工作是世界上最艰苦的劳动之一。"其所以艰苦,是因为记者所从事的新闻工作决定了他的任务是一个接一个,长年累月不得休息。有时候,遇到特殊情况发生,还得身不由己,奉命执行。比如 1991 年,常武地区遭遇了百年未遇的特大洪水灾害,身为一名电台的记者,义不容辞地投入了抗洪救灾的宣传报道中去。并且,不顾自己家中房屋淹水 70 多厘米,生活受到了严重影响。于是,自己将 7 岁的儿子送到岳母家,将 80 多岁的老母送到姐姐家,坚持每天到洪涝灾害最严重的乡镇、村、厂采访。据统计,仅发生洪涝灾害的 7 月份,自己发稿 25 篇,基本上每天出去采访发一篇稿件,及时报道了全县人民抗洪救灾的新情况、新问题、新风尚。如本人采写的通讯:"众志成城斗水魔。"本人冒着危险 2 次趟水到马杭镇东升村的武进印整厂采访,回来后,连夜写成连续报道,在武进台播出后,又在常州电台播出,后被编入《战天歌》一书中,并获常州市优秀稿件 2 等奖。

四、岗位有变动，笔耕永不辍

1995年7月1日，武进电视台正式成立，随之我的工作也有所变动。1995年至1996年，我因工作需要，调到《武进声屏报》。后来因《武进声屏报》撤销，又与《武进报》周末版合作，主要刊登武进广播电视节目预告以及做一些广告。

1997年至今，我又调到武进电视台广告部（其中1999年至2002年又调入电台广告部）负责广告创收工作。

十多年来，我的工作岗位虽然变了，但我对写稿的热情未减，手中的笔没有停止。而且，我认为，假如没有当记者的基础，广告人亦做不好，因为，广告的设计、创意就需要记者写新闻的创新思维、写通讯的形象思维、写评论逻辑思维，所以，广告人应该是一种"通才"，其知识结构应该是多种学科知识的高度复合。因此，我在广告设计、创意方面也得到广告客户的认可，对广告创收起到了一定的促进作用。

我在搞好广告创收的同时，还时常思考一些问题，撰写一些评论及人物通讯等文章。2002年7月初，我看到社会上的一些青少年成天泡网吧"上瘾"，有的孩子因父母亲不准去网吧，竟从四楼窗口跳下，以身"殉网"。互联网渐渐成为一些家长和老师眼中的"洪水猛兽"，而"色性网站"、"网恋"、"电子海洛因"等之眼，则更是让关心孩子的大人们感到心惊肉跳——孩子泡网吧已是日益突出的社会热点、难点。这时，我经过深思熟虑后，写了篇评论《莫让孩子以身"殉网"》，在2002年7月6日发表《常州日报》头版，后来，我感到对孩子上网一概拒绝，一味采取"堵"的办法，这实际上是一种消极行为，这种消极行为，往往会导致孩子产生逆反心理。因此，积极的方法，应该是变堵为疏，于是我又立即写了篇评论《疏比堵好》，发表在2002年7月20日《常州日报》头版。这两篇文章时隔半月，在当时读者中产生了强烈的反响，一些家长纷纷打电话到报社说："这两篇文章登得及时（正好在学校放暑假开始），为我们家长消除了后顾之忧。"由此，《莫让孩子以身"殉网"》一文被《常州日报》评为红星美凯龙杯《延陵语丝》征文优秀奖。

2002年8月底，我随武进广电局同行去革命圣地——井冈山参观回来后，我觉得井冈山这一革命圣地，早已成为中国人缅怀历史、提升人格，汲取力量的"精神家园"，全国这类地方甚多，我们（特别是领导干部）该常去走走，就像儿女常回家看看一样，于是，我灵感（思路）一来，我又写了篇评论《精神家园常走走》，发表在2003年1月17日《常州日报》。后来，这篇文章又在2004年中共常州市委《开创》杂志第六期和2004年《常州政协杂志》第三期发表，受到广大读者的好评。一位读者对我说:"2006年1月24日《人民日报》刊登一篇题为'常到烈士陵园看看'的文章(这篇文章与我的那篇'精神家园常走走'类同),而你的那篇'精神家园常走走'在2003年1月17日《常州日报》就发表了,比《人民日报》的那篇'常到烈士陵园看看'早3年,因此,那位读者说我有一定的超前意识和宏观意识。由于近年来,本人经常为《常州政协》撰写文章,因此,从2005年1月至今,自己被《常州政协》编辑部聘请为特约编辑、记者。"

岁月悠悠,征程漫漫。写作(新闻)是我人生的追求,也是我人生最精彩的部分,它给我的人生带来了快乐,而这个快乐也是武进广电事业这个平台给我的快乐。为此,我要好好地珍惜这份快乐,并将这份快乐与我人生相伴永远! 永远!

撰写于 2007 年 11 月 8 日

上井冈　谈感想(三字歌)

八月底,九月初;　　　　　　　想当初,艰苦闯;
受教育,上井冈;　　　　　　　睡地铺,住茅房;
忆朱毛,创红军;　　　　　　　红米饭,南瓜汤;

作者在天下第一山——井冈山

吃穿用,穷叮啖; 　　　　　拒腐浊,永不沾;

穿草鞋,背土枪; 　　　　　若要"贪",进"班房";

反围剿,斗志昂; 　　　　　创大业,需精神;

既打仗,又演讲; 　　　　　学做人,上井冈;

革命军,斗志旺; 　　　　　不为名,不为利;

百姓中,有威望; 　　　　　老传统,要发扬;

星星火,燃神州; 　　　　　勤读书,多学习;

天安门,红旗扬。 　　　　　搞工作,奉献讲;

创业易,守业难; 　　　　　井冈山,好地方;

"三代表",指航向; 　　　　　于人生,是课堂;

民要富,国要强; 　　　　　育后代,讲井冈;

头脑清,本勿忘; 　　　　　对子孙,有益帮;

树信念,讲理想; 　　　　　"十六"大,即将开;

革命志,胸中装; 　　　　　愿江山,永盛昌。

共产党,树形象;

做模范,立榜样; 　　　　　　　　　作于 2002 年 9 月 9 日

与好友薛文良(左)在朱毛
会师广场上留影

父亲——我人生的榜样

父亲,陈福泉,他的确是一位普通得再普通、平凡得再平凡不过的中国典型农民。可是,在他普通和平凡的一生中,却折射出一种光辉,那就是:勤劳朴素、心地善良,做人耿直、为人厚道的高贵品德。

据我母亲说,父亲的幼年时代生活非常坎坷,3岁就无娘,4岁就没爹,由于堂祖父母未生子女,因此,父亲由堂祖父母领养长大。父亲到了七八岁时,就帮村上的富裕人家放牛、做勤杂工。到了十七八岁,经人介绍就到苏州民族乐器厂做工,他在农忙时在家种田,农闲时到乐器厂做工。据父亲的一位好友吴千大(现在86岁)说,父亲在乐器厂数十年,该厂主要生产镗锣产品,而这些产品都是用黄铜制作的。黄铜在当时来说是很贵重的,要保管好这些贵重物品,非要一个信得过的人来

父亲:陈福泉

担任仓库保管员,而父亲一贯忠厚老实、为人厚道,因此,这个仓库保管员的重任自然落到了父亲的身上。直至全国解放,企业倒闭,父亲又回到家乡种田。

父亲喜欢种田,自认为种田有出产,致富快。他看到村上哪块田地好(主要指田地平整、过水方便)就不惜代价买下来自己种,一共买了13.37亩,到了土改时,父亲被评为中农。

解放后,父亲担任多年的生产队队长,一生挺喜欢养猪、罱河泥、积造有机肥,因此,生产队里的粮食产量年年获得丰收。后来,父亲养猪出了名,大队里开办了"八一"饲养场,他在饲养场养猪多年。

1957年4月至9月,父亲在戚墅堰机车车辆修理工厂工作期间,由于他直接参加了该厂的"节约利废"工作,为社会主义建设创造了显著财富,对国家和人民事业有一定贡献,因此,父亲受到该厂领导的表彰和奖励。

父亲在60多岁时,不仅在队里养猪,还在自己家里养猪,在家里常年养1头母猪、4头肉猪,最多是养2头母猪、6头肉猪。养猪是很辛苦的,父亲每天早晨天蒙蒙亮就起床,烧猪食、喂猪;白天还到田里去劳动,晚上喂猪、搞猪圈卫生,每天要到很晚才睡觉。为了养好猪,节省成本,父亲总要到我姐姐家里去搞些菜边皮和青草回来喂猪(我姐姐家在常州郊区红梅乡解放村委采菱村,

当时是菜园地)。记得上世纪60年代有一年数九寒冬,父亲到我姐姐去挑猪饲料,150多斤的担子,走了七八里路,挑得浑身是汗,赤了膊,穿了短裤,才挑回家。可见,养猪是多么劳累辛苦。还有一次,父亲和我姐姐拖了一板车的猪饲料,有好几百斤重,他们经过白家桥(现政成桥)时,由于该桥坡度大,板车速度快,结果板车从我姐姐的身上滚了过去,险些危及生命。可想而知,父亲当时依靠养猪维持全家生计,真是吃尽了苦头,并连累了我的姐姐。

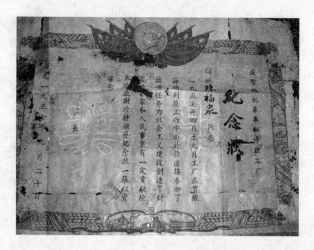

父亲荣获的荣誉证书

父亲一生最大的不幸是和我母亲生了13个孩子,我最小。可是,由于旧社会医疗条件差,只剩5个,其中8个夭折了。由于生一个死一个,父亲处于极度的悲痛之中。无奈之下,他逐渐相信迷信起来,每逢初一、月半,他都要求神拜佛,祈求老天,早生贵子。后来,父亲到了39岁那年,终于生了我哥哥,到了42岁时生了我。父亲生怕养不活我们,就在我们兄弟俩的名字中均带有一个"大"字。哥哥:陈同大(指与我姐姐一同长大的意思);本人陈虎大(曾用名,指像老虎一样长大)。在我三个姐姐的名字中均带有一个"娣"字,大姐:陈荷娣;二姐:陈顺娣;三姐:陈美娣("娣"指企盼生个弟弟)。足见父亲盼子心切。

由于父亲相信迷信,他在"文革"期间,也蒙受极"左"思潮的冲击,被挂牌批斗,这对父亲是很不公平的,是一种人格的侮辱,在他的心灵上受到了很沉重的创伤。由此,父亲的所谓"历史问题",也牵涉到我的求学、入党等大事。对此,我非常痛恨"文革"中的那些极"左"分子。

父亲由于自己出身贫寒,从小未进过学堂念过书,但他有一个慈父之心。记得我在6岁时,左腿上生一个瘤疽,父亲背了我到处求医,后来,听说武进横林镇有专治瘰疬的医生。为此,父亲背了我又到横林镇上医治,经过多次的治疗,我左腿上的瘰疬才治好,父亲才松了口气。父亲对子女的读书非常重视,因为,他深受没有文化的痛苦,所以,看到自己的子女上学了,心里非常高兴,并倾注了大量的心血。他经常对我们说:"学习文化知识是做好一切事业的基础,你们一定要好好念书,长大后成为一个有文化、有道德、有益于社会的人。"记得我初中毕业时,校方领导受极"左"思潮的影响(说我父亲有所谓的历史问题),将我一个人打发回家务农,其余的同学都是分配工作以及读高中。后来,我通过努力(打了三级证明,证明我父亲历史上是清白的),最后才勉强读了高中。这时我父亲终于眉开眼笑了,并鼓励我一定要争口气,好好念书,将来成为国家栋梁。

父亲的慈善之心在当地是有名的。记得我在小学读书时,父亲看到路上坑坑洼洼,他就拿把铁铲或锄头去把那些坑坑洼洼填平,让过路的人走得舒畅、平安。父亲对穷苦人特别同情,有一位从苏北来我村打工的屠琪云,是个单身汉,穷得叮当响,父亲就收留了他,让他一直住在我家后面的一间小屋里。后来,父亲要养猪了,就把那间小屋腾出养猪,并又在我家的西屋山重新建造一间小屋让那位姓屠的居住,每当屠生病,父亲就去精心照料,对他像亲人一样关照,十多年如一日,一直照顾到屠师傅病逝。父亲的这种助人为乐、慈善之举正体现了我们中华民族的道德本色,在当地传为美谈。直到今天,村上老一辈的人讲到此事,还记忆犹新。

父亲在村上或社会上的人缘颇好。一生中基本上未和人家吵闹过。他常说:吃亏是福。因此,在遇到利益之间矛盾时,他常常是吃点小亏无所谓,泰然处之。村上人以及他的朋友都称赞他是"宰相肚里好撑船"的大度人。有时,周围的群众有困难,向父亲伸手借钱或借物,父亲总是有求必应慷慨解囊。可是,社会上的人总是良莠不齐,也有个别的"赖皮"借了不还的,父亲总是一笑了之。俗话说:树直必空,人直必穷。父亲一生中吃了不少苦,赚了好多辛苦钱,可是一生中未能造得起新房子,一直是住在上祖遗留下来的2间破旧不堪的房子里。所以,我母亲总要责怪父亲,"他这人,只晓得(买)田,不晓得造房子,只晓得借钱(物)给人家,不晓得自己的生活怎样"。直到我要成婚的时候,还是没有房子。这时,我父亲才感到亏待家人了。

父亲虽然没有文化,但他喜爱文艺。也许是父亲曾经在苏州民族乐器厂工作的缘故,他一生爱好音乐。记得在"文革"前,我家有一套锣鼓乐器,村上人每逢喜庆日子,如参军等,都要用此乐器进行热闹一番。而且,父亲在很早就购买了留声机,唱片一放,在悦耳动听的音乐声中陶醉了。在那个年代,生活虽然清苦,但父亲对文化艺术尤其是民族音乐还是非常热爱的。在父亲的熏陶下,我也很喜欢文艺,特别是锡剧和民族乐器独奏等(在我读小学时,我就基本上学会了吹笛和拉二胡),这也许与父亲的遗传因素有颇大关系。

太平盛世——天宁宝塔

常言道:天有不测风云,人有旦夕祸福。1981 年 4 月(农历三月二十一日清晨),父亲不幸去世,享年 71 岁,我们全家万分悲痛。尤其是我,尚未成家立业,生活一度处于最低谷。父亲一生没有留下什么财产,可是,唯一留下的就是他一生勤劳朴素、心地善良,做人耿直、为人厚道的高尚品德,我想,他的这些高贵品质永远是我们后辈人宝贵的精神财富!

撰写于二○○一年农历三月二十一日(纪念父亲逝世二十周年)

母亲——我心中的明灯

母亲,裴琳娣,活了 94 岁,没有想到她离开我们以后,她点点滴滴的平凡事,对我的影响会越来越大。

母亲虽然生在封建制度的旧社会,未念过书,但她有一颗慈母之心。母亲一生养了 13 个孩子,我是最小的一个。据我母亲说,在我降生一个月后,由于没有奶水,我瘦得像个"干瘪枣子",因此,母亲到处寻找奶妈。可是,没有找到一个乐意带我的奶妈。盛夏的一天，母亲抱了我，一个村一个村去寻找奶妈，大约走了六七里路，来到当地的一个韩区村，只见村头有一位十七八岁的姑娘（芳名朱月琴）正在田间插秧，那位姑娘听说我母亲要寻找奶妈，她一想，自己的母亲不是在不久前生了个孩子，不幸夭折了吗？回去问自己的母亲乐意不乐意带这孩子。当时，我母亲抱了我就来到她家，她们母女俩一看我瘦得像"干瘪枣子"，觉得这孩子比较难养，倘若养不好，不是给人家责怪吗？这时候，我母亲再三恳求她们带养这孩子，最后那位善良的邓兰凤母亲终于收养我了。经过她们半年的精心抚养，终于把我养得白白胖胖、健健康康，逗人喜爱。后来，我长大了，一直到8岁进学校读书才回到自己的家。之后，我一直把这位奶妈当作自己的母亲，每逢过年过节，都要去看望她、孝敬她。有一首歌唱得好"世上只有妈妈好，有妈的孩子是个宝"。我有两位母亲，因此，我更体会到母爱的无限幸福。

母亲：裴琳娣

母亲小时候，由于家境贫寒，从小就跟一位亲戚到上海吴松口的一家纺织厂当童工，后来又到常州大成二厂当织布工，数十年如一日，在此期间，其生活的艰难可想而知。当她看到人家的孩子有书念，非常羡慕。到了老年了，她多次跟我们说，她小时候苦得很，读不起书，旧社会的封建制度、礼教坑害的人太多了。母亲没有受过学堂教育，但她对文化有一种天然的追求。她要求我们喜爱书，不许我们浪费纸张，只要她看到带字的纸张，她总是要把它收藏起来。她不识字，但她喜欢看连环画，因此，我在上世纪八十年代经常买一些连环画给她看，她看了后，还能按照画面的介绍惟妙惟肖地讲给我们听。到了九十年代初，我家买了彩电，她看了电视后，也能把电视里的内容绘声绘色地讲给我们听,因此,我很佩服她的记忆力和描述能力。

母亲是中国传统的乡村妇女,虽然没有文化,但她对子女的读书要求很严。她说:她小时候由于家里穷,没有念过书,而如今新社会了,生活条件好了,一定要让自己的孩子多读书,读好书。而我在小时候很贪玩,有时候还逃学。母亲晓得后,马上就要敲打我。记得我在读小学三年级时,与一位同学发生打架,被老师批评了一顿,第二天我不愿上学赖在家里,母亲晓得后,先是劝说,而我还是不肯上学,后来被母亲敲打了一顿,我才上学。这一年,由于我没有好好读书,因此留了一级。母亲对此也很惋惜。后来,母亲对我的学习非常重视,每天晚上她总要陪伴我做作业,并一再鼓励我要好好念书,长大后成为一个有文化、有道德、有益于社会的人。

母亲本是个农村平凡妇女,她身体羸弱,身材虽小,却有一颗明辨事理的博大之心。记得在"文革"期间,生产队里脱粒下来的数万斤稻谷,有的堆在社场上,有的堆在仓库里,为了防止晚上偷窃,必须做好标记。我母亲负责在稻谷堆上打印(即用石灰粉放在一个木盒里,间隔一、二尺,打个印记,以防偷窃)。这件事虽小,但足见她的人格魅力。有时候,村上邻居经常发生口角争吵,母亲总是苦口婆心地去调解。记得上世纪六十年代,村上有一对夫妻为了点小事发生争吵,那位妻子想不开喝农药,自寻短见,母亲晓得后,立即赶到迅速将那位自寻短见的人灌肥皂水,由于抢救及时,那人才脱离了生命危险。后来,我母亲经常关心这对夫妻,并晓之以理,动之以情劝导他们家庭要和睦。她经常说,做人肚量要大,不能为了点小事斤斤计较,二碗三碗饭能吃,二句三句闲话就不能受,后来,村上发生什么纠纷,母亲总是去评头品足,规劝几句,因此,母亲逐渐成为村里的德高望重的女性。

母亲一生聪明能干,勤俭持家。无论在生产队里干农活,还是在家里做家务,她做任何事情总是精益求精,有条不紊。在生产队里干活,她堪称"一把手"。每年秋收稻上场,由于脱粒跟不上,总要将稻子堆砌起来,像个小山一样,待以后慢慢脱粒。这项农活有人会堆,有人不会堆,我母亲干起来可是拿手好戏,每次队里稻子上场,堆稻之事非她莫属。在家里干活,母亲也是很有心计,上世纪七十年代,我姐姐出嫁时,母亲自纺自织,织了许多好看的土布给我姐姐作陪嫁。村上的人看到我母亲会织布,羡慕不已,纷纷送来棉纱,求我母亲帮她们织布,母亲一一答应了。后来,母亲年纪老了,不织布了,但她对纺织业有割不断的情,舍不得的爱。有时,只要一提起织布之事,她总是兴致勃勃地讲起她过去的织布事情。

随着岁月的流逝,母亲的腰弯了,眼睛也花了,但是母亲好强,在她年老时,她仍然很注意身体的保健,即使眼睛看不清,手发抖,也很少让别人帮她修剪脚指甲;家门口有一块自留地,她总要去种些蔬菜;路上的草长起来了,也不厌其烦地将它一根根除掉。平时母亲很讲究清洁卫生,生活有一定规律;并且她还有一个平和的心态,这也许是她长寿的秘诀。每年农历正月初一,春节一大早,她总是一个人步行二公里到徐窑汽车站乘7路汽车到天宁寺烧香拜佛,祈求全家平安。

2003年,也是母亲94岁那年的春天,母亲不幸的事终于来了,她患了胆管结石,疼痛得死去活来,我和我哥哥叫来了救护车,将她送往常州二院进行治疗。医生对我们说:你母亲的病必须马上动手术开刀,但是这么高的年龄进行开刀,肯定有生命危险,你们要有思想准备。我们表示,无论什么危险,尽一切技术力量为她抢救。经过3个多小时的手术,母亲奇迹般地出来了,手术很成功。当时那位开刀的刘主任医师说:这么高年龄的病人进行开刀,这在我们医院还是首例!经过半个多月的护理和疗养,母亲终于回到家了。可是,她虽然出院,却要在腰部拖一根引流管,将体内的废物通过引流管排出体外。医生在出院时再三叮嘱告诫我们,要当心你母亲那个引流管,不能随意拔掉,否则有生命危险。大约过了四个多月,即2003年8月中旬,我母亲突然发高烧,在神志不清中将引流管无意拔掉,结果我母亲由于体内废物不能排出体外,导致全身中毒、高烧不退。在母亲病危期间,我抚摸着她苍白的头发,消瘦的脸庞,心中阵阵酸楚。这时,母亲伸出一只枯槁的手,握住我的手,并又伸出大拇指指向我想说些什么,我仔细地观察她的表情,我想,她仿佛在说:我有这么个儿子,感到十分欣慰。

千年古塔——文笔塔

母亲一生都是为了别人、为了自己的孩子,直到自己的生命结束。母亲去世后,她没有保留任何东西。而我将根据她的遗愿和当地的习俗,在每年的清明节、农历七月半和农历除夕这三天作为祭奠日,以此来缅怀母亲及先辈们的创业艰辛和养育之恩。

我已年及天命,母亲的形象在我的记忆中越来越明亮,她是我心中的一盏明灯,永远为我照亮前进的路程!

撰写于二〇〇六年农历七月二十九日(纪念母亲逝世三周年)

前排：两位老母亲均活到 94 岁高寿
后排：姐夫余兆铭（左一）　姐姐朱月琴（右一）　中为作者

农村小言论之魂

　　我在农村土生土长已是 36 个春秋了，我偏爱农村，偏爱农民，喜欢火热的农村生活，连呼吸的空气也都夹杂着泥土的芬芳。所以，我对农村中存在的实际问题，尤其是农业生产问题，喜欢用手中的笔撰写一些"豆腐干"式的小言论。数年来，我共写小言论近百篇，分别被有关报纸和广播电台录用。我觉得要写好农村小言论，关键是要在"新"字上做文章，下工夫。

　　首先，立新意。既要掌握"大气候"，抓住党的中心工作在实践中遇到的"难点"，又要掌握"小气候"，抓住群众中议论的"热点"，立论切中时弊，具有鲜明的针对性。而这个问题又是人人心中有、个个笔下无的东西，这样价值就大了。1988 年 12 月，武进县召开了一次乡镇企业厂长座谈会，在会上我听到某些厂长对中央关于"治理、整顿"的方针理解不够全面，误认为"治理就是治死，整顿就是停顿"。有的人说："治理、整顿"把乡镇企业原料渠道给堵死了，紧缩资金把乡镇企业收干了。针对这个问题，我认为，如不在舆论上给予正确引导，势必会给乡镇企业的发展带来思想上的障碍。同时，对中央决策的贯彻也是极其有害的。于是，我写了一篇题为《治理不是治死，整顿不是停顿》的小言论。在武进和常州电台新闻节目中播出后，还在

《农民日报》头版头条位置刊登了，并被常州市广播电视局评为言论好稿一等奖。

其次，角度新。写新闻要注意选择最佳角度，写言论同样需要选择最佳角度。1987年8月，贪污130余万元的特大贪污犯蒋正国被新闻界"曝光"后，《人民日报》、《中国法制报》、《中国化工报》都从不同角度，相继发表评论。这时，我感到，蒋正国走上犯罪道路，不仅仅有其主观上的责任，而且在客观上也给其可乘之机。如武进化肥厂制订的各种规章制度虽然名目繁多，但用蒋的话来说："厂里制度定了不少，只是挂在墙上。"这句话道出了蒋正国贪污巨款的客观条件。于是，我选了这个角度撰写了一篇小言论，题目是《莫把制度当"纸图"》，稿子仅400字左右，却揭示了一个重要主题，这就是"不要把制度挂在墙上，而要照章办事，层层监督，否则，最好的制度也是一纸无用的空文。"这篇言论稿先后在《常州日报》、《中国乡镇企业报》上刊登了。

三是题材新。对于小言论，听众和读者是"喜新厌旧"的，我们应该像抓新闻那样抓新题材、新论点，才能使人耳目一新。如在1987年5月，我下乡采访，发现农村一些专业户在计划生育中，出现了"有钱不怕罚，只要有儿生"的事。这在当时当地来说，还是个新题材，我立即抓住，写了篇小言论《有钱岂能买"超生权"》。这篇小言论在县、市电台新闻节目中播出后，在听众中反响很大。有一位叫陈福林听众来信说："这篇言论切中时弊，希望电台能经常播出这类言论稿子。"这篇小言论被常州市广播电视局评为言论好稿二等奖，获得武进县计划生育征文竞赛一等奖。

最后是写法新。一篇好的广播小言论，应当是声情并茂，寓理于情，集思想性、群众性、战斗性、知识性、趣味性于一体，这样的小言论才能有光泽，有价值。起初我写小言论大多是平叙直谈，就事论事，给人一种"简、浅、平"的感觉。随着我不断学习，认识水平不断提高，在写作上也不断有所创新。如近期我写的广播言论《妙哉，第一板斧砍"吃风"》，这篇小言论不仅从道理上指出吃喝风的危害性，而且还引用一则典故来说明。司马光在《训俭示廉》一书中讲过："侈则多欲。士人多欲便贪慕富贵，枉道速祸；小民多欲，则多求枉用，败家丧身。"所以，他的结论是奢侈者"居官必贿，居乡必盗"，从而解释了吃喝风如不制止，必将害党误国的道理，比较耐人寻味。

原载江苏省广播电视厅1990年《视听界》第1期，并获县广播电视工作理论研讨论文作品二等奖。

既当"观察者",又当"瞭望者"

——从一篇评论谈记者的责任感

常言道：人生不过是一个个往事的不断创造与遗忘。在我的人生中，有一个往事印象较为深刻，那就是在 1988 年 12 月 28 日，由国家农业部主办的《农民日报》头版头条位置刊登了我撰写的评论文章，题目是《治理不是治死，整顿不是停顿》。我想，作为一名农村基层的记者，一篇文章能登上中央一级大报的大雅之堂，堪称是麟角风毛。这不仅是我的骄傲，也是我们武进广电局的骄傲，因为武进广电局是我走上记者生涯的启蒙老师。

回想起我当时撰写这篇文章的经过，至今历历在目。1988 年上半年，全国经济增长过热，基建规模扩大，"官倒"、"私倒"猖獗。党中央审时度势，果断地提出了"治理经济环境，整顿经济秩序"的宏观调控政策，这个政策在当时无疑是完全正确的，也是非常及时的。然而，就在这时，对于刚刚起步、蓬勃发展的乡镇企业来说，却受到了一次冲击。这一年的 12 月上旬，武进县委、县政府召开了全县乡镇企业标兵厂长座谈会，本人作为一名记者，有幸参加了这次座谈会。在会上。我倾听了来自全县各地标兵厂长的肺腑之言，他们说：治理"官倒"和"私倒"，把乡镇企业的原材料渠道给堵死了，紧缩资金把乡镇企业收干了，现在发展乡镇企业难了。譬如一些单位在制订明年的生产经营计划时，也表现得非常保守等等消极悲观的情况，我一一记在笔记本上。座谈会虽然结束了，但却引起我的反复思考，敏锐地认为他们这些厂长的糊涂认识和消极行为如不及时纠正，势必会给乡镇企业的发展带来思想上的障碍，同时对中央决策的贯彻也是极其有害的。于是，我经过深思熟虑后，决定挑灯夜战，连夜撰写一篇评论稿，初稿写成后，自己看看不行，又重写第二稿、第三稿、第四稿，最后到了第五稿终成其文。文中阐述了这样一些科学道理："我们知道，'治理'、'整顿'是为了更快地发展生产力，而绝对不是阻碍社会经济前进。现在，我们把那些过热的经济增长与基建规模压下来，正是为了解决已经出现或隐藏在经济活动中的各种危险因素，不至于造成更大的危害。因此，我们要把贯彻落实中央提出的治理经济环境、整顿经济秩序、全面深化改革的方针同发展乡镇企业统一起来。同时我们也应看到，农村产业结构的优化，剩余劳动力的转移，农民的致富，公共积累的增加等主要取决于乡镇企业的发展。乡镇企业不发展，农村改革这盘'棋'就走不活。当然，在治理经济环境、实行宏观控制中，乡镇企业是要遇到一些困难的。但，大局好转了，机遇就会多；改革深化了，机制更灵活。现在要紧的，是应该从盲目追求高速度转向提高整体经济效益，从注重外延扩大再生产的过热投资转向企业内部挖潜上来，在加强企业管理、苦练'内功'、抓紧技术改造、增产急需的对路产品、搞活企业微观方面多下工夫。"第二天，此稿在本台《武进新闻》节目中播放了。不久常州电台和《常州日报》相继播放和刊登了，在常州地区的听众和读者中产生了强烈的反响。这时，我想，武进县的乡镇企业厂长对中央提出的"治理、整顿"宏观调控政策有这样那样的误解，那么，全国其他县的乡镇企业厂长肯定也会存在这样那样的误解。于是，在 12 月 16 日，我又将此稿寄往了《农民日报》。不到半月，《农民日报》居然在头版头条位置刊登了这篇文章，当天的中央人民广播电台新闻和报纸摘要节目也播发了这篇文章。这充分说明，这篇文章立论新颖，言简意深，切中时弊，在全国有较强的指导性。当年，这篇文章被常州市广播电视局评为言论好稿一等奖。

如今，乡镇企业（尤其是民营企业）已成为中国经济的半壁江山，我想，我的这篇文章至少也为乡镇企业的发展起到了一定的推波助澜作用，为党和人民做出了一件有意义的事情，由此感到由衷的欣慰。

源远者流长，根深者枝茂。这是唐代大诗人白居易说过的一句名言，我把它视为事物发展的因果关系论。我的这篇文章虽然在中央大报和国家电台发表已过去将近 18 年了，但至今给我的启发至少有三点：首先，要有宏观意识，前瞻性的思维。一位名人说得好："记者是站在船头上的瞭望者。"我想，当这个瞭望者就必须进行长期不断的理论学习，学以润德、学以修身、学以致用，这是一个经常谈及却未必引起重视的话题。譬如，现在有的记者不大重视写评论，认为那是编辑部的事，与己无关，这是不对的。其实，记者学会写评论是大有好处的，它能全面锻炼提高自己的政策思想水平和认识问题、分析问题、解决问题的能力。写好评论是很不容易的，它具备一定的理论修养，要十分熟悉党的方针政策。搞记者时间长了，成天东奔西跑，坐不下来，往往容易忽视理论学习，也忽视党的方针政策系统全面的理解，试想一个没有被科学的世界观方法论武装起来的人，怎样能把世间万物联系起来？怎样能对时局变化的方向和趋势作出正确判断？因此，记者学会写评论，就可以弥补这方面的不足。其次，要有微观意识，当社会生活的观察者。这个观察者就必须对现实生活尽可能保持最近的距离，以极大的热心和耐心观察和了解时代的变化，以高度的责任感进行思考。说得形象一点，就是记者要有一只一般人所没有的"望远镜"、"显微镜"，习惯于把一些日常生活中遇到的"琐事"放在"望远镜"、"显微镜"下,观察其内在的活动因素和对整个国家机体的影响,从而作出正确的判断,这也就是我们常说的政治敏感;再次,要养成好学深思和逆向思维的良好品格。对记者来说,尤其重要的是,要通过笔耕来磨砺思想。我想,学会写评论,就能锻炼记者严密的逻辑思维能力。记者一般擅长写消息、通讯。通讯是以叙事为主,形象思维较多,而评论是理论为主,运用概念、判断、推理等逻辑思维来讲道理。记者学会写评论,逻辑思维加强了,有助于加强写作的严谨性、思想性;同时,记者学会写评论能成为新闻工作的多面手,十八般武艺,样样能通。而且评论写作本身就包含着学习和积累,写作欲望常常是激活思想最有效的催化剂,新颖独特的观点和见解以及解决问题的科学方法,正是记者长时间思想劳动的果实。

原载 2005 年 6 月《常州日报》新闻简报,武进广播电视局《声屏秋实》一书

争做一个合格的广告人
——在全局职工会议上的发言

各位领导,全体同仁:

我于 1997 年元月从电台调到电视台搞广告创收工作。起初,我对电视广告创收工作也是感到很陌生、困难重重,但是,我认为,做任何工作,只要自己认真去对待,尽到自己主观上的努力,最大的困难还是能克服的,并且一定能在实践中取得好的成绩。今年上半年,本人已完成广告创收 60 余万元,已到账达 50 余万元,到账率达 90% 以上。基本达到了时间过半,任务过半的要求。回顾自己近年来搞广告创收工作的实践过程,自己感到有这样三点体会:

首先是要做到三个"明"。所谓三个"明",即做人要聪明、做事要精明、处事要高明。

1. 做人要聪明。做一个广告创收员,应该树立"先做人,后做事"的理念,经常学习和了解一些党和国家的方针政策,提高自身素质,特别要了解《广告法》,按照《广告法》去做广告,不能做虚假广告,更不能做违法乱纪的事情。同时,经常注意留心记录一些适合于我们台做广告的信息。真正做到"耳聪目明",眼看四方,耳听八方。

2. 做事要精明。做一个广告创收员,不仅是出去拉广告,而且还应该学会算账,懂得经营,特别是在价格问题上,应该站在我们局台的利益上考虑,一

点不能含糊。

3. 处事要高明。我认为在精明的基础上，还要做到高明或开明，让广告客户感到满意。特别是我们广告创收人员在服务措施上要到位，要为广告客户出"金点子"，创意创新，把广告做得精美一点，真正做到诚信立业、仁厚立身。

其次是要做到三个"广"。所谓三个"广"，即广揽信息，广交朋友、广开财源。

1. 广揽信息。当今社会是一个信息的社会。作为一个广告创收人，对广告信息应该有一种很强的意识。俗话说：信息就是财富，抓住了信息，就等于抓住了机遇。因此，自己在这方面做了一点工作。譬如，平时自己经常注意收集一些报纸、电视方面的广告信息，尤其是走在路上看到一些路牌广告，有时就停下来拿笔记一下电话号码、地址等，以便取得联系。据统计，今年以来，本人从报纸等方面取得的信息，通过联系，在我们电视台做广告的已有 15 万元左右。

2. 广交朋友。俗话说：一个好汉三个帮，一个人的精力、时间毕竟是有限的，因此，必须充分利用和发挥朋友、同学、同事、亲戚等关系的优势，来完成自己的广告任务。这样不仅能减轻自己的任务压力，而且又能增加电视台的经济收入，何乐而不为呢？譬如，自己和环保局、工商局的一些同志关系很好，就利用他们对全市的企业及产品很熟悉的优势，向我提供一些广告信息。今年自己通过朋友、同事等提供的信息作成的广告已有 10 多万元。

3. 广开财源。在这方面，我认为，除了不放弃常州市区这块阵地外，还应积极挖掘、开拓一下我们武进这块广告阵地，把我们武进的企业、产品拿到我们武进电视台来宣传。这样不仅增加了我们武进电视台的地方特色，而且能扩大我们武进企业、产品的知名度。像九里的粮油机械厂、横林的常州调味品厂、湟里的武进链条厂、嘉泽的武进复合肥厂、湖塘的常州特种蓄电池厂、横山的常德乐食品公司和兰陵化工集团、泰村的侨裕集团公司、罗溪的常州大江饲料公司以及武进的几个市场：九龙市场、九洲服装城、楼上楼餐饮公司、武进保险公司等等。本人联系后发现，这些企业很乐意在武进电视台做广告，而且投入量也相当可观。今年，本人所做的广告中，我们武进的企业占 60% 以上。

再次是要有三股"劲"。所谓三股"劲"，即拼劲、钻劲、韧劲。

1. 拼劲。搞广告创收工作，我认为，也应该有一种"拼命三郎"的精神，要有一种"只争朝夕"的时间观念。有的广告，往往由于你没有主动去联系，或者是去晚了一步，因此就给人家拉去了，事后想想很可惜，很遗憾。所以，我想做一个广告创收员，必须要有一种吃苦耐劳、只争朝夕的精神，具体要做到：腿勤（主动跑出去）、手勤（经常打电话）、脑子勤（不能有半点惰性）。

2. 钻劲。搞广告创收工作,不仅要靠"三个勤",而且还要有研究做广告的策略和艺术。尤其是电视广告,包含着广告的创意策划、拍摄制作等。因此,这就具要求广告创收人员进一步学习、研究这方面的技术知识,只有全面掌握各种技术知识,做广告才能得心应手,才能打动客户的心,把广告客户吸引到我们这里做广告。

3. 韧劲。做广告创收工作应该有一种坚韧不拔的精神,出去拉广告不一定次次成功,有时候会碰到一鼻子灰,有时候连一口茶都吃不到叫你动身走人。(尤其是出去催收广告款,真正是尝到了甜酸苦辣诸般滋味。)看的是冷面孔,坐的是冷板凳。这些情况经常会碰到。那么,碰到这种情况怎么办呢?是泄气打退堂鼓,还是继续出击?我想应该还是不厌其烦继续出击,一次不行两次,两次不行三次。如有家广告客户的负责人说:我给你做广告,真正是被你的这种"韧劲"精神所感动的,我们单位的销售业务员也像你这样就好了。

作者在首届常州广告节的留影

本人在广告创收工作上取得了一些微小的成绩,我想,这些成绩的取得也凝结着我们经济信息部全体同仁的千辛万苦。因为,当我联系到一条电视广告出现在观众的面前时,这里面包含着经济信息部的全体同仁的共同劳动的结果,他们为我提供了一个广告创收的良好外部环境,在此,本人向他们表示衷心的感谢!

此文是作者在 1998 年 7 月 26 日武进广电局召开全局干部职工会议上的发言稿

后　记

今天的新闻就是明天的历史，记者是历史的见证人。当记者10多年，做广告人10多年，一路走来，写下了数十万字的文章。时至今日，自己想想这些文章也是自己经过脑力劳动的精神产品，倘若将它丢之岂不可惜。因而，将其结集成册，这样可以无愧于自己人生、无愧于工作岗位，同时对社会也算作是一种奉献吧，从而真正彰显蜜蜂勤劳奉献精神的内涵。于是，自己苦心整理近1年，今天集子终于面世，算是了却一个心愿。

知道自己是从田埂上走出来的记者，才疏学浅，但出于"位卑未敢忘忧国"之念，所以更加踏踏实实地去写，力争做到"心热脑冷"、客观真实。没有虚话，没有假话，没有大话；没有粉饰，没有雕琢；不夸张自己，也不夸张别人。我只想如实地记下我做记者的经历和感受，把那些真实的故事和内心的感受告诉大家，在阅读别人的同时，把脉自己的命运；在瞭望世界的同时，感受自己的生活。认识名人、感知历史，做平凡人、平凡事，享受平淡的生活，在平淡中体味起起伏伏的人生。这是我做记者以来的一点感受，一点收获，我愿意与读者分享。

随着年龄的增长，阅历的增加，我内心深处的感恩之情也越来越多，此书的出版也让我想起许多要感谢的人。我要深谢我的父母，他们不仅生了我身，且还教我怎样做人，他们的高贵品质永远是我的精神财富。我要深谢妻子吴凤珍，承担了大量繁重的家务，她也是我事业的坚定支持者。我要特别感戴中共常州市委副书记、宣传部部长邹宏国等领导在繁忙工作间隙为我题词，使我感到莫大的荣耀。我还要特别感谢武进广电局的领导，是他们给了我施展才华的平台，没有他们就没有我今天。更感谢朱琪、陆涛声、张尚金、赵汉庭、金明德诸位，他们在百忙中为本书作序，他们精彩的序言为本书增添了光彩，同时也是对我莫大的鞭策。我要特别感谢本书的编辑，他们为本书的出版付出了努力。

本书的出版，要特别鸣谢常州电通集团总裁李焕明、常州华余园林花木有限公司总裁戴锁方、江苏吉祥贺盛食品有限公司总裁周国林、常州常宏同力电器有限公司总裁常广友、常州"虎王"涂料有限公司总裁沈华昌、常州丽华快餐集团总裁蒋建平等,他们苦心经营,事业有成,企业兴旺,在本书时代人物篇中已经显现。他们堪称儒商,以真诚为本作理念,当我要出版此书时,纷纷要求订阅此书,使我这一介寒儒感到莫大的欣慰。

这里还要感谢好友赵忠齐、顾维宪、沈建钢、刘刚、朱承宏、居大宁、王日曦、谢飞、孙阳、李国富、是永进、徐华忠、姚建华、徐立克、狄华栋、钱月航、许卫屏、季冬保、汤宪鸣、王艳、倪建春等的鼎力支持。在此,不能一一叙说,恳请见谅。另外,深深感谢上海文化出版社出版本书。

由于时间仓促,水平有限,本书难免疏漏,敬请批评指正。

谨以此书向中国改革开放三十周年致以深深敬意!

于 2008 年 6 月 26 日潞城

图书在版编目(CIP)数据

蜂采集/陈富大著. —上海:上海文化出版社,2008.8
ISBN 978-7-80740-345-6

Ⅰ.蜂… Ⅱ.陈… Ⅲ.新闻报道—作品集—中国—当代
Ⅳ.I253

中国版本图书馆 CIP 数据核字(2008)第 108156 号

出 版 人　陈鸣华
责任编辑　周蒋锋
装帧设计　上海阿波罗文化艺术公司

书　　名　蜂采集
出版发行　上海文化出版社
地　　址　上海市绍兴路74号
电子信箱　cslcm@ public1. sta. net. cn
网　　址　www. slcm. com
邮政编码　200020
印　　刷　上海文艺大一印刷有限公司
开　　本　787×1092　1/18
印　　张　26
字　　数　500 千
版　　次　2008 年 8 月第 1 版　2008 年 8 月第 1 次印刷
国际书号　ISBN 978-7-80740-345-6/I·535
定　　价　68.00 元

告读者　本书如有质量问题请联系印刷厂质量科
T: 021-64511411

封面摄影：刘建中
图片《春秋淹城古遗址》（第70页）摄影：刘建中
图片《淹城门楼》（第69页）摄影：李建军